The Goldfinch

金翅雀

〔下〕

唐娜・塔特 Donna Tartt——著 劉曉樺——譯

第 三 部

我們是如此習於在他人面前偽裝自我，

以致最終，在自己面前也看不見真我。

——弗朗索瓦·德·拉羅什富科

第七章　店後之店

1.

當我被垃圾車的隆隆聲響吵醒時，感覺就像自己背著降落傘降落到了另一個宇宙。喉嚨好痛，我動也不動地躺在羽絨被下，呼吸陰暗的空氣，鼻子裡聞到乾燥花、壁爐焦炭，以及——隱隱約約、幾乎細不可辨的——松節油、樹脂、清漆等常青植物的強烈氣味。

我就這麼躺了一會兒，原本蜷在我腳邊的波普已不見蹤影。我身上仍是昨晚的一身髒衣服，最後——因為想打噴嚏——我終於坐了起來，直接套了件毛衣，伸手摸向床底，確認枕頭仍在原位。然後，踩著冰冷的地板，舉步維艱地走向浴室。我頭髮已經乾了，嚴重打結，梳也梳不開。即便用水打濕後再試一次，仍有一撮頑強不屈。最後只好舉手投降，用一把在抽屜裡找到的生鏽指甲剪，千辛萬苦地把它剪掉。

老天。我心想，轉身離開鏡子，打了個噴嚏。我已經一陣子沒照過鏡子，幾乎認不出自己。下顎一片紫青，滿臉青春痘，還因為感冒的關係，一張臉又紅又腫——眼睛也一樣，沉重、睏倦，顯得愚蠢多疑，彷彿從小在家自學，被邪教養大，剛被當地警察從一間塞滿槍械和奶粉的地下室救出，茫然眨眼。

時間不早了，已經九點。我走出房外，可以聽見紐約公共廣播的晨間古典樂電台，主持人的聲音隱隱有種夢境般的熟悉感，寇海爾編號[1]，宛若嗑藥之後的平靜。過去在薩頓公寓，我有許多早晨就是聽著這溫暖的公共廣播電台呢喃甦醒。走進廚房，我看見霍比捧著書坐在餐桌前。

但他目光並沒有停留在書本上，而是凝視著廚房另一頭，見我出現，他嚇了一跳。

「你醒啦。」他說，起身將郵件和帳單隨隨便便地掃到一旁，騰出位置讓我坐下。他身上穿著工作服，膝部磨損的燈芯絨褲與一件破破爛爛，還被蛾蛀出了洞的泥棕色舊毛衣。後退的髮際線與新剪的短髮讓他看起來猶如海德里拉丁文法書封面上的冰冷議員，禿頭、沉悶。「覺得怎樣？」

「很好，謝謝。」我的聲音沙啞粗礪。

他又皺起眉，面色凝重地看著我。「老天！」他說，「你聽起來像烏鴉一樣。」

那是什麼意思？我羞愧不已，鑽進他替我拉出的椅子——心裡無比困窘，無法直視他雙眼，只能瞪著他的書，一本皮面龜裂的《某某勛爵之生平與書信》；大概又是從波基普西[2]某位臀部骨折、膝下無子、晚景淒涼的老嫗資產拍賣會上買回來的舊書。

他替我倒了杯茶，將一只餐盤推到我面前。為了掩飾心中不安，我低下頭，將吐司塞進嘴裡——卻差點噎住，因為喉嚨痛到我難以吞嚥。我慌忙拿起茶杯，不料卻一把打翻在桌巾上，只能趕緊七手八腳地胡亂擦拭。

「不——不，沒關係——來——」

餐巾濕透了，我不知該拿它怎麼辦，慌張間扔到了吐司上。我將手伸進鏡片底下，揉了揉眼，脫口而出：「對不起。」

「對不起？」他看著我，彷彿我剛跟他問路，他卻也不確定該怎麼到達。「怎麼啦——」

---

1 奧地利音樂學家寇海爾為莫札特的音樂作品所做的編年式編號系統。

2 Poughkeepsie，紐約州哈德遜河畔的一座城市。

「求求你別趕我走。」

「趕你走？你能走去哪兒？」他將半月形的眼鏡往下推，透過上緣看著我，「別傻了。」他說，有些玩笑又有些焦躁地，「知道我該趕你去哪兒嗎？床上。你聽起來就像染了黑死病一樣。」

但我沒有感受到絲毫安慰，只是困窘地凍結原地，堅決不許自己落淚。回神後，才發現自己正牢牢凝視爐子旁的一個荒涼角落，那兒原本擺著小星的狗床。

「唉，」霍比見我盯著那空蕩蕩的角落，便說，「沒錯。儘管聾到什麼也聽不見，一星期還會發作三、四次癲癇，我們依舊希望牠長命百歲。我哭得唏哩嘩啦。如果以前有人告訴我，韋堤會比小星先走一步，我絕不會相信——他花了那麼多時間帶牠進出獸醫院——」見我依舊滿臉愁容，沉默不語，他語氣一變，傾身向前，想要迎視我雙眼，「好了，我知道你吃了很多苦，但現在不用著急，也不用擔心。你氣色糟透了——別否認，你就是——」他果斷地說，「真的很糟——保重！」見我打了個噴嚏，霍比微微一縮，「——而且肯定病得不輕。別急——一切都沒事了。先回房休息吧，我們晚點再談。」

「我曉得，但是——」我轉過頭，忍住一個濕濡的大噴嚏，「我沒有別的地方可去。」

他靠回椅背，禮貌、謹慎，還有那麼點疲憊地。「席歐——」他用手指點了點下脣，問，「你今年幾歲了？」

「十五；十五歲半。」

「那麼——」他似乎在思索該怎麼詢問，「你祖父呢？」

我楞了一會兒，然後無助地回答：「喔。」

「你和他通過話嗎？他知道你無處可去嗎？」

「我……該死的——」髒話就這麼脫口而出；霍比連忙舉手安撫我。「——你不懂。我的意思是——我不曉得他是得了老人癡呆還是怎樣，但他們打電話通知他時，他甚至沒說要和我說話。」

「好——」霍比的下巴沉甸甸地托在手上，像學校老師般狐疑地看著我，「——所以你沒和他說到話。」

「對——我的意思是，我沒有和他本人說到話——那時家裡有個來幫忙的女士——」杉卓拉的朋友莉莎（關懷備至地緊跟著我不放，用溫柔但越來越急切的語調憂心提醒我們應該要通知父親的「家人」）不知何時退到了角落，撥打我給她的號碼——而她掛電話時的表情讓杉卓拉發出了那晚唯一的笑聲。

「幫忙的女士？」霍比打破接踵而至的沉默，這麼詢問，語氣彷彿在對一名精神不正常的病人說話。

「對。我的意思是——」我用手抹了抹臉。廚房裡的色彩太鮮明強烈，我覺得失控暈眩——「我想是桃樂西接的電話。莉莎說她只回了聲：『喔，好，等等。』——連句『喔，不！』或者『出了什麼事？』、『太可怕了！』之類的話都沒有——只有『請稍候，我讓他來聽電話。』祖父接過電話後，莉莎把這個噩耗告訴他。他聽完後只說：好吧，他很遺憾聽到這消息；不過重點在於他的語氣；莉莎說。他沒問『我能做些什麼？』或者『葬禮什麼時候舉行？』等等之類，只是簡單一句：謝謝妳的通知，我們感激不盡，再見。我的意思是——我該先警告她一聲的。」見霍比默然無語，我又緊張地補上一句，「因為，他們其實對我爸沒什麼好感——真的沒什麼好感——桃樂西是他繼母，兩人從第一天開始就對對方深惡痛絕，跟戴克爺爺的關係也一直很差——」

「好了好了，別急——」

「——我爸小時候好像惹過什麼麻煩，大概跟那有關——還被抓進警局，但我不曉得是為了什麼事——真的，我不知道原因，但打從我有記憶以來，他們就不想和他有任何牽扯，我也一樣——」

「冷靜點！我沒有——」

「——因為，我發誓，我跟他們根本沒見過幾次面，完全不熟，但他們沒有理由恨我——不過祖父本來也就不是什麼大好人，老實說，他對我爸還滿惡劣的——」

「噓——別說了！我沒有逼問你的意思。我只是想知道——不，聽著，」他說，見我想提高音量，便揮了揮手，像要趕走桌上蒼蠅般驅散我的話。

「我媽在這裡有律師，就在曼哈頓。你可以陪我一起去見他嗎？不——」見他皺起眉頭，我趕緊驚惶解釋，「——不是打官司那種律師，是處理財務那種律師。我和他通過電話，在我離開之前。」

「欸，」琵琶說——笑語晏晏，兩頰凍得通紅——「這隻狗是怎麼回事？從來沒看過車子嗎？」豔紅的髮絲，綠色的毛帽，在光天白日下見到她的震撼宛若冷水淋身。她走路有些跛，可能是因為那場意外，但那步伐中有種蚱蜢般的輕盈感，彷彿某種奇特優雅的預備舞步。而且她全身包裹在層層禦寒衣物中，看起來就像個長了腳的七彩小蠶蛹。

「牠像小貓一樣叫得好淒厲。」她說，解開其中一條層層交疊的圍巾。小波咬著自己的牽繩尾端，在她腳邊撲來撲去。「牠叫聲一直那麼奇怪嗎？只要有計程車經過，牠就——哇！一下飛了起來！像風箏一樣被我拉在手裡！路人都快笑死了。沒錯——」她俯身對小狗說話，用指節揉揉牠頭頂，「——你這小傢伙啊，需要好好洗個澡了對不對？牠是馬爾濟斯嗎？」她問，抬起頭來。

我點頭如搗蒜，手背掩在嘴前，拚命忍住噴嚏。

「我好喜歡狗。」她看著我，那眼神令我頭暈目眩，幾乎一個字也聽不見。「我有一本狗狗的圖鑑，裡頭有的品種我都背下來了。如果要養大狗，我會養紐芬蘭犬，就像小飛俠裡的娜娜；如果要養小狗——好吧，我老是拿不定主意，所有小型㹴我都喜歡——特別是傑克羅素，我在路上碰到的都好親人好可愛，不過我也認識一隻好乖的巴辛吉，前幾天還看到一隻超可愛的北京犬，真的好小好小，又好聰明。在中國只有皇室可以養，是非常古老的一個品種。」
「馬爾濟斯也是。」我啞著嗓子說，慶幸自己有個有趣的訊息可以提供，「可以回溯到古希臘時期。」
「所以你才養馬爾濟斯嗎？因為他們擁有古老的血統？」
「呃——」我強忍住一陣咳嗽。
她說了些什麼——對波普，不是我——但我又打起噴嚏，所以沒聽見。霍比飛快抓起手邊最近的東西——一條餐巾——遞來給我。
「好了，夠了。」他說，「先回房去吧。沒關係，不用了。」見我想把餐巾還他，他趕緊說：「你留著吧。現在呢，告訴我——」他看向我狼籍的餐盤、翻倒的茶水和濕透的吐司，「——你早餐想吃什麼？」
我一面咳嗽打噴嚏，一面像俄羅斯人那樣無所謂地聳了聳肩——這是我從鮑里斯那學來的動作——表示：都可以。
「好吧，如果你不反對，我就替你準備些燕麥片，比較容易下嚥。你有襪子可以穿嗎？」
「呃——」她正忙著和小波玩。芥末黃的毛衣，秋葉般的紅髮；她身上的色彩與廚房裡的明亮色調摻雜交錯，看得人眼花繚亂。削了皮的蘋果在黃碗中晶亮生輝，霍比拿來放畫筆的咖啡罐閃爍著耀眼的銀光。
「睡衣呢？」霍比問，「也沒有嗎？我看看能不能從韋堤那找到些合穿的。等你換下身上的衣服後，我會把它們扔進洗衣機裡好好洗一遍。現在快回房去吧。」他說，冷不防地拍了我肩膀一下，嚇了我一大跳。
「我——」
「你可以留下來，想待多久就待多久。而且別擔心，我會陪你一起去見那位律師，沒事的。」

2.

我虛脫乏力，不住顫抖，蹣跚穿過幽暗的走廊，倒回沉重冰冷的被窩底下。房中氣味潮濕，儘管有許多有趣的小玩意兒可以欣賞——一對獅鷲的陶像、維多利亞時期的串珠畫，甚至還有一顆水晶球——但那些紋理乾燥粗糙，有如可可粉的深棕色牆壁卻像霍比的聲音般深深浸潤著我；還有韋堤的聲音，那和藹親切的褐棕色盈滿體內，用一種溫暖的老派語調喃喃訴說。因此，漂浮在此刻熾烈高燒中的我，就像被他們緊緊包圍，覺得好安心，好安全。琵琶也散發著繽紛絢爛的變幻光暈。我恍恍惚惚地想起豔紅的樹葉，想起篝火的火花在黑暗中飛舞；還有我的畫，想像它在這漆黑無光的濃郁背景中看起來會是什麼模樣。黃色羽毛。赤紅的面孔。明亮的黑瞳。

我猛然驚醒——四肢恐懼揮舞，又回到那巴士上，以為有人從我背包裡偷走那幅畫——結果只是琵琶抱起睡眼惺忪的波普，她的紅髮比房裡任何一切都還要耀眼。

「對不起，但牠得出去走走了。」她說，「別對著我打噴嚏。」

我掙扎著用手肘撐起上身。「對不起，嗨。」我傻傻地說，舉起手臂抹了抹臉，又補了一句：「我覺得好些了。」

她用那雙令我心跳紊亂的金棕色雙眸環顧房內：「你會不會無聊？要不要我拿些彩色鉛筆給你？」

「彩色鉛筆？」我一頭霧水，「我要彩色鉛筆幹嘛？」

「呃，畫畫呀——」

「喔——」

「沒關係。」她說，「不想要的話直說就好。」

她迅速離去，波普跟著她跑出房門，留下隱隱的肉桂口香糖味。我把臉埋進枕頭裡，覺得自己蠢到無可救藥。雖然我打死也不會告訴別人，但我其實很擔心自己因為濫用藥物，腦部和神經系統都已受到損傷；說不定連靈魂都已無法挽救，只是表面看不出來。

當我躺在床上擔心時，手機忽然響了起來：**猜猜我在哪？美高梅的撞球間！！！！！**

我眨了眨眼：**鮑里斯？**我回傳。

就是我！

他在那做什麼？**你還好嗎？**我回傳。

很好，只是睏死了！在玩八號球，老天。:-)

隨即又響了一聲：

超級好玩。我愛派對。你咧？找到地下道睡覺了？

我在紐約。我回傳。**臥病在床。你為什麼會在美高梅？**

和凱蒂、安柏以及其他人一起。;-)

隨後又是一封：**你聽過一種叫做白色俄羅斯的調酒嗎？很好喝，但名字不是太好。**

敲門聲響。「你還好嗎？」霍比探頭問，「需不需要些什麼？」

我將手機放到一旁，回答：「不用，謝謝。」

「好吧，餓了一定要告訴我，家裡很多食物，冰箱滿到門都快關不起來了。感恩節我們請了客人來吃飯——那是什麼聲音？」他問，左右張望。

「我的手機。」鮑里斯又傳來：**你不會相信我最後有多暈！！！**

「好吧，你先忙吧。有什麼需要就告訴我一聲。」

他一離開，我就翻身面向牆壁，回傳：**美高梅？和凱蒂．貝爾曼一起？**

手機幾乎是立即響起：**沒錯！還有安柏、咪咪、潔西卡和凱蒂念*大學*的姊姊喬丹。:-D**

搞屁？

只能說你走太快了。:-D

然後，幾乎是立刻的，我還來不及回覆就收到：**得走了。安柏要用手機。有空打給我。**我回傳，但訊息石沉大海——而且要過了許久、許久之後，我才又終於重獲他的消息。

3.

那天以及接下來的一、兩天，我只是穿著韋堤柔軟舒適的舊睡衣躺在床上翻來覆去，高燒燒得我神智不清，恍恍惚惚，一遍又一遍發現自己重回巴士總站，亟欲逃離人群，在攢動的人潮間穿梭閃避，躲進隧道，油膩的水珠淌落身上；又或者重回拉斯維加斯的CAT巴士，穿過強風呼號的工業區，棕色的沙粒擊打車窗，卻沒錢支付車資。時間如積雪高速公路上的打滑車輛，自我身邊飛掠而過，車輪偶爾卡死，刺眼的光芒猛然閃現，我又被拋回現實：霍比拿了阿斯匹靈和加了冰塊的薑汁汽水來給我，小波——剛洗得煥然一新，毛茸茸又白綿綿——跳上床尾，在我腳上踏來踏去。

「是我。」琵琶說，來到床邊，戳了戳我腰間，要我挪出位置給她坐。「過去一點。」

我坐了起來，摸索眼鏡。我原本在作夢，夢見那幅畫——夢到我把它拿出來看；或者，我是真把它拿出來看了？——回神後，發現自己正焦慮地環顧房內，想確認睡著前有沒有把它收好。

「怎麼了？」

我強迫自己將目光轉向她。「沒什麼。」我在被子下悄悄挪動了幾次身子，伸手摸索枕頭套，心裡思索，如果我不小心讓它從床底下露出來怎麼辦？不要往下看。我告訴自己；看她。

「喏，」琵琶說，「我替你做了個東西。手伸出來。」

「哇。」我瞪著掌中那稜角分明的綠色摺紙，說，「謝謝。」

「看得出來這是什麼嗎？」

「呃——」鹿？烏鴉？瞪羚？我不知所措地看向她。

「這麼快就放棄？是一隻青蛙！看不出來嗎？喏，放到床頭櫃上。看，只要這樣一壓，它就會跳起來，看到沒？」

我笨手笨腳地嘗試，察覺她目光一直停留在我身上——瞳孔裡閃耀著野性與光芒，一種如幼貓般的率性力量。

「我可以看看嗎？」她拿起我的iPod，捲動目錄察看。「嗯，」她說，「真棒！磁場樂團、迷惑之星、妮可、超脫合唱團，奧斯卡．彼得生；沒有古典樂？」

「呃，有幾首。」我尷尬回答。但除了超脫合唱團外，她方才提到的其實都是母親聽的音樂；即便是超脫合唱團，也有幾首是她的。

「我可以替你燒幾張CD，只是我把電腦留在學校了。我想我可以寄幾首給你——我最近很常聽阿爾沃．帕爾特，不要問我為什麼；我得用耳機聽，否則會把室友搞瘋。」

我害怕她會發現我盯著她看，但又無法轉開視線，便趁她低頭研究我的iPod時看著她：雙耳如玫瑰粉嫩，突起的傷疤在火紅的髮絲下略顯攏皺。從側面看去，她低垂的雙眼長而沉重，透著一縷溫柔，我以前曾在圖書館裡不停反覆借閱同一本北歐名著選，而她此刻的剪影令我不由想起裡頭的天使與侍童。

「嘿——」話語乾涸在我口中。

「什麼事？」

「呃——」以前不會這樣啊？我為什麼腦筋一片空白？

「喔——」她抬眼看向我，又笑了起來，笑到連話都說不清楚。

「什麼事這麼好笑？」

「你幹嘛那樣看我？」

「哪樣？」我慌張地問。

「這樣——」我不確定該怎麼解讀她那瞪大眼珠的表情；吃東西噎到？蒙古症患者？還是魚？

「別生氣，只是你好嚴肅。我只——」她低頭看向iPod，再度綻放笑顏，「喔，」她說，「蕭士塔高維契，厲害。」

她還記得多少？我心忖，只覺全身滾燙，丟臉至極，卻又無法轉開目光。雖然這不是個得體的問題，但我仍然想知道。她也會做惡夢嗎？害怕人群嗎？會驚慌失措、冷汗淋漓嗎？她有沒有過那種感受，彷彿置身一旁，遠遠觀察自己，像我時常那樣，好似那場爆炸將我的軀體與靈魂撞成了兩個不同的個體，彼此相距六呎遠？她的笑聲裡有種自我推進的輕率與魯莽，我與鮑里斯共度那樣多的瘋狂夜晚中，早已再熟悉不過，那份暈眩與歇斯底里總讓我有種九死一生的感覺（起碼我是這麼覺得的）。在沙漠時，好些夜裡，我是如此厭倦那些笑聲，厭倦好幾個小時捧著痠痛的肚子，笑到直不起身；厭倦到我願意欣然衝到車子面前，只為停止那一切。

4.

星期一早晨，雖然還是很不舒服，但我仍拖著全身痠痛、昏昏欲睡的病體下床，步履蹣跚，盡責地走進廚房，聯絡布萊斯葛多先生。但當我表示想和布萊斯葛多先生通話時，他的祕書（在請我稍待片刻，隨即又有那麼點過於迅速地接起電話後）卻答覆布萊斯葛多先生目前不在辦公室，而且，她沒有他的聯絡電話；而且，恐怕她不確定他何時會回來。還有什麼其他需要幫忙的嗎？

「好吧——」我留下霍比的號碼；但就在我懊悔忘了先和她預約會面時間時，電話又響了起來。

「嗯，二一二的區碼？」一個渾厚又睿智的聲音說。

「我離開拉斯維加斯了。」我楞楞地回答，腦中的寒意不僅讓我聽起來鼻音濃重，而且反應遲鈍。「現在在曼哈頓。」

「是的，我也這麼認為。」他的語氣和善，卻冷淡。「有什麼我能效勞的嗎？」

我說出父親過世的消息，聽見他深呼吸了口氣。「唉，」他小心翼翼地說，「我很遺憾。是什麼時候的事？」

「上星期。」

他靜靜聆聽，沒有打斷我。我用了大約五分鐘的時間解釋來龍去脈，聽見他至少拒絕了兩通電話。「唉呀，」聽我沉默下來後，他說，「辛苦你了，席爾鐸。」

唉呀。換個心情，我說不定會笑出來。他絕對是母親會認識而且喜歡的人。

「你在那裡一定吃了很多苦。」他說，「當然了，我非常遺憾你痛失親人，這實在太不幸了，但坦白說——而且我必須承認，如今再告訴你這件事容易多了——當他出現時，所有人都不知所措。令堂自然是吐露過部分事由——就連莎曼珊都表達過關切——但如你所知，情況相當棘手，不過我想大家都沒料到會發生這種事；流氓帶著棒球棒出現門口。」

「呃——」流氓帶著棒球棒出現門口。我沒想到他會聽得這麼仔細。「他只是拿著球棒站在那裡，沒有真的打我還是怎樣。」

「好吧——」他笑了起來；笑聲輕鬆，打破緊繃的氣氛，「——不過六萬五千塊這數字聽起來確實非常明確，而且我必須坦承——和你通話時，我做了些逾越職權的事。但考量到當時的情況，希望你能見諒。只是我察覺事有蹊蹺。」

「什麼意思？」我感到一陣反胃，沉默片刻後說。

「在電話上。關於那筆錢，你其實是可以提領的，起碼五二九的戶頭可以。雖然必須繳付高額的懲罰稅，但實際上是可行的。」

可行的？我原來可以領那筆錢？另一個不同的未來在我腦中閃現：清償西佛先生的欠款；爸身穿浴袍，拿著黑莓機察看比賽分數；我在史皮爾斯卡亞的教室裡，鮑里斯懶洋洋地坐在走道對面。

「但我必須告訴你，基金裡的餘額其實不是太足夠。」布萊斯葛多先生說，「不過存在裡頭一直有在成長！雖然考量到你的情況，我們目前尚無法做出任何安排，但令堂當初的態度非常堅定，即便財務發生困難，她也絕不動用半分。而她最不想看到的，就是令尊插手其中。而且沒錯，這話我不會告訴別人，但我認為你自行回紐約是個非常明智的決定。抱歉——」電話另一頭傳來模糊的交談聲，「——我十一點還有事，得先走了——你現在住莎曼珊那兒，對嗎？」

這問題問得我措手不及。「不是，」我說，「我現在住東村一個朋友家。」

「好吧，很棒，只要你住得習慣就好。總之我得先走了。不如你來我辦公室，我們見面再談，好嗎？我把電話轉回給佩西，讓她安排個時間。」

「好。」我說，「謝謝。」但等我掛斷電話後，卻只覺得暈眩作嘔——彷彿剛有人把手伸進我胸口，擰開心臟周遭許多濕潤醜陋的血管。

「一切都還好嗎？」霍比問——他穿過廚房，看見我臉上的表情倏然止步。

「當然。」但穿過走廊回房的路途卻是如此漫長——我一關上門，倒回床上，淚水立刻奪眶而出；或該說我把頭埋進枕頭裡，發出難聽的乾涸啜泣聲。小波兩腳趴在我衣服上扒啊扒，焦慮地聞嗅我頸後。

5.

在這之前，我本來覺得好了些。但不知為何，那通電話彷彿又讓我墜回谷底。時光分秒流逝，高燒再度攀升，先前那天旋地轉的暈眩感再度襲來，腦海中除了父親外，我什麼也無法思考。我必須打給他；當我意識逐漸飄散，一遍遍自床上驚醒時不由這麼想。彷彿他的死不是現實，而只是一場預演，一次排練。真正的死亡（無可逆轉的那個）尚未發生，我還能阻止這一切，只要我找到他，只要他接起手機，只要杉卓拉能從工作的地方聯絡上他。*我必須找到他，我必須告訴他*。然後——這天結束了，天黑了——恍惚間，我陷入不安的夢境，聽見父親斥責我搞砸了什麼機票訂位的事。就在這時，我察覺到走廊上的燈光，看見一個小小的背光人影——是琵琶。她忽然一個踉蹌，跌進房裡，狐疑地望向身後，好像有人推了她一把。「我要叫醒他嗎？」她問。

「等等。」我說——一半是對她，一半是對我父親；他正迅速墜回黑暗之中，跌進某扇高大拱門後的體育館暴動人潮。我戴上眼鏡後才看見她身上穿著外套，彷彿正要出門。

「對不起，妳說什麼？」我說，一手擋在眼前，在耀眼的燈光中只感到滿心的茫然與不解。

「不，是我該抱歉。只是——我——」她撥開臉前的髮絲，「——我要走了，想來跟你道別。」

「道別？」

「嗯。」她蹙起蒼白的雙眉，望向門邊的霍比（但已消失不見），隨即又轉回視線。「對，好吧。」她聽起來有些惶恐，「我要回去了。今晚。總之，很高興見到你，希望你一切安好。」

「今晚？」

「對，我要去搭飛機了。姑姑送我去念寄宿學校，記得嗎？」見我仍楞楞地看著她，她又說，「我是回來過感恩節的；還有看醫生？記得嗎？」

「喔，對。」我專注地凝視她，非常專注，希望自己仍在夢境中。寄宿學校讓我隱隱記起了什麼，但我以為自己只是在作夢。

「對啊——」她似乎也同樣侷促不安，「——很好玩，可惜你沒能早點來。霍比親自下廚——好多人都來了。總之，我能回來就很幸運了——還得卡曼贊德醫生同意才行。我們學校不過感恩節。」

「那他們都做什麼？」

「他們不過節。好吧——大概會替過節的人烤隻火雞之類的，我想。」

「那所學校叫什麼名字？」

她告訴我——嘴角有些俏皮扭曲——聽見答案後，我大為吃驚。海斐利峰學院是一所瑞士學校——據安迪所說，幾乎沒有任何公信力可言——只有最笨、最不正常的女生才會被送去那裡。

「海斐利峰學院？真的假的？我還以為那裡很像——」精神病院不是正確的字眼，「——哇。」

「嗯，瑪格瑞特姑姑說我會習慣的。」她把玩床頭櫃上的那隻摺紙青蛙，試圖讓它跳起來，但它只是蹣跌傾倒。「而且那裡的景色就像卡達色鉛筆盒上那座山，白雪皚皚、花田盛開。但除此之外，一切就像歐洲那種沉悶的恐怖電影，每天幾乎都一成不變。」

「但是——」我覺得自己好像漏了什麼，又或許仍在睡夢之中。在我所有認識的人中，唯一去念海斐利峰學院的是詹姆斯．維利爾斯的妹妹：朵莉特．維利爾斯。而據說她會被送去那，是因為在男朋友手上捅了一刀。

「對啊，那是個奇怪的地方。」她說，兩眼百無聊賴地掃視臥房，「瘋子念的學校。但因為頭傷的關係，我沒有多少選擇。學校裡有附設診所，」她聳了聳肩，說，「有醫生值班。比你想像中還要認真的一所學校。我的意思是，自從頭受傷後我就有些問題，但我沒有瘋也沒有偷東西的習慣。」

「對，沒錯。但是——」我仍忙著將恐怖電影四個字趕出腦海，「在瑞士啊？那很酷啊。」

「大概吧。」

「我認識一個在羅實念書的女生，拉莉・福克斯；她說她們每天早上都有段休息時間讓你吃巧克力。」

「是嗎，我們連吃吐司都沒有果醬可以配。」她手上雀斑點點，在黑色外套的映襯下更顯蒼白。「只有飲食失調症的女生才有。如果想在茶裡加糖，還得偷護理站的糖包。」

「呃——」越說越糟了。「妳認識一個叫朵莉特・維利爾斯的女生嗎？」

「不認識。她本來在那兒，後來又被送去其他地方。我想是因為她差點抓傷別人的臉。他們把她送去禁閉室關了一陣子。」

「什麼？」

「他們當然不是這麼稱呼。」她揉了揉鼻子，說，「那是一座類似農莊的建築，名字叫做『穀倉』——你知道的，有擠牛奶的女工、假造的鄉村風情等等之類。比宿舍好，但門上都有警鈴，還有警衛等保全措施。」

「喔，我——」我想起朵莉特・維利爾斯——金黃色的捲髮、茫然的藍色眼珠，宛如聖誕樹上的空洞天使——一時間無言以對。

「只有真的腦子有問題的女生才會被安置在那；我是說穀倉。我和一群說法文的女生住貝松奈特；本來是想讓我法文學快一點，但沒有人願意和我說話。」

「妳應該跟她說妳不喜歡那裡的！我是說妳姑姑。」

她扮了個鬼臉：「說過了，但她會開始嘮叨那地方有多貴，要不就是說我很傷她的心。總之，」她用那種「我得走了」的語調不安地說，回頭望向身後。

「嗯。」我只覺得頭暈目眩，沉默片刻後終於說。不分晝夜，我那些狂亂的夢境與譫妄都因她而添上了色彩。我知道她在家，只要聽見走廊傳來她的聲音，她的腳步聲，就能感到快樂的電流再次流竄。我們將一起用毛毯搭帳篷、她會在溜冰場等我；想到好轉後我們可以一起做的事，我便興奮不已——事實上，感覺就像我們已經在做這些事了，一面用五彩繽紛的糖果串項鍊，一面聽著貝兒與賽巴斯汀樂團的歌聲自廣播流洩而出，然後一同漫步穿越華盛頓廣場上不存在的電動遊樂場。

「等等！」

我看見了，霍比悄悄出現走廊上。「對不起，」他看向手錶，說，「我真的不想催促——」

「沒關係。」她說，又轉頭看向我，「那就再見了。祝你早日康復。」

「怎麼了？」她說，半回過身。

「妳會回來過聖誕節嗎？」

「不會。我要去瑪格瑞特姑姑那兒。」

「那妳什麼時候還會回來？」

「我想想——」她聳了聳一邊肩膀，「不曉得，大概春假吧。」

「小琵——」霍比開口，但他說話的對象其實是我，不是她。

「好。」她說，撥開眼前的髮絲。

我等著，直到前門傳來關門聲才下床，走到窗邊，拉開窗簾。透過蒙塵的窗戶，我看見兩人相偕走下台階，琵琶圍著她的粉紅色圍巾，戴著帽子，略顯倉促地跟在霍比那穿著體面的高大身影旁。

兩人轉過街角後，我又在窗邊佇立了一會兒，凝視空蕩蕩的街道。然後，絕望而暈眩地來到她房前，並且——無法抗拒地——將門打開一小道縫隙。

與兩年前相比，房裡沒有任何改變，只是冷清許多。綠野仙蹤與拯救西藏的海報仍在。少了輪椅。窗台上積著一畦畦冰珠。但聞起來像她，也依舊充滿著她的溫暖與活力。而當我佇立原地，鼻裡呼吸她的氣息時，可以感到臉上綻放大大的歡樂笑容。只是站在那兒，與她的童話故事書、她的香水瓶、她那亮晶晶的髮夾、她收藏的情人卡：上頭有蕾絲、邱比特、鴿子，還有將玫瑰花束按在心口的愛德華時期求愛者。悄悄地，即便赤足我也仍踮起腳尖，走向衣櫃上的銀質相框——韋堤和小星、韋堤和琵琶、琵琶和她母親（同樣的髮色、同樣的眼珠），以及更年輕、更瘦削的霍比——

房內響起輕微的嗡鳴。我心虛地轉過身——有人來了嗎？不，只是小波，洗完澡後軟綿如棉花，舒舒服服地蜷在她床上凌亂的枕頭間，一面打呼一面流口水，發出幸福的呼嚕輕響。儘管有那麼點可悲——像小狗依偎舊外套般，我在她留下的物品間尋求慰藉——我仍鑽進被窩，在小波身旁躺下，對著她床褥的氣味以及臉頰上的絲質觸感傻傻綻露笑顏。

6.

「幸會，幸會。」布萊斯葛多先生和霍比握手道，隨後又轉頭向我看來，「席爾鐸——我必須說，你出落的越來越像令堂了。真希望她能看看你現在的模樣。」

我試著迎視他雙眼而不流露絲毫尷尬之色；事實是，儘管我遺傳了母親的直髮與她對比鮮明的髮色和膚色，樣貌卻幾乎和父親如出一轍。我們兩個相像到只要在街上碰到多話一點的路人，或走進咖啡館，服務生一定會有所表示——這麼說並不代表我喜歡自己長得像那名我無法忍受的父親，從他死後，每當我在鏡中看見他那張陰沉慍怒、酒醉駕駛的年輕面孔，心裡只有更加煩躁。

他們兩人低聲交談——布萊斯葛多先生正在描述他與母親相識的過程，霍比臉上流露回憶的神情：「沒錯！我想起來了——不到一小時就淹了一呎高的水！老天，那時我剛離開拍賣會，路上塞得水泄不通；就在上城以前的帕克—柏奈拍賣行那——」

「在麥迪遜大道上？卡萊爾對面？」

「對——想從那裡走回家可遠了。」

「您是古董商？在東村那兒？席歐好像是這麼說的。」

我乖巧有禮地坐下，靜靜聆聽他們交談：共同朋友、畫廊主人、藝術品收藏家、瑞科家、倫伯格家、佛西家、佛格家、米爾德伯格家、德普家，一路聊到現已消失的紐約地標：結束營業的盧特斯法國餐廳、卡拉維爾餐廳、藝術家小館；你母親會怎麼想呢，席爾鐸，她好愛藝術家小館。（不曉得他怎麼知道的，我心忖。）儘管父親在情緒低劣時曾惡毒地暗示過母親一些事，但我從來沒有半秒相信。然而，此刻看來，布萊斯葛多先生確實比我想像中還要熟識母親，就連他書架上那些與法律無關的書籍似乎都暗示了兩人的往來，一種共同興趣的反映。有藝術書籍：艾格妮絲．馬汀與愛德溫．狄更生；還有詩集，初版的泰德．貝里根、法蘭克．奧哈拉和《緊急時刻的冥想》。我還記得她有天回家時興奮的滿臉通紅，手裡拿著的正是一模一樣的法蘭克．奧哈拉詩集——我本來以為她是在思存舊書店找到的，因為我們負擔不起這樣的東西。但如今仔細一想，才察覺她從未說過是在哪裡買的。

「好吧，席爾鐸，」布萊斯葛多先生說，將我拉回現實。儘管上了年紀，但他仍有那種閒暇時常打網球的人的冷靜神態與健康膚色，而眼睛下方的黑眼圈讓他看起來有如一隻溫和的熊貓。「你現在年紀已經夠大，所以法官在裁量時，會以你的意願做為最高優先。」他說，「尤其是你的監護權沒有任何爭議——當然了，」他對霍比說，「我們可以為未來這段期間申請暫時監護權，但我認為沒有此必要，這對這位未成年少年來說顯然是最好的安排，只要你同意。」

「我非常樂意。」霍比說，「只要他同意我就同意。」

「所以你已準備好在接下來這段期間擔任席爾鐸的非正式成年監護人？」

「非正式，半正式；怎麼稱呼都行。」

「我們還必須考慮你就學的問題。我記得我們先前曾提過寄宿學校，但現在要你思考這件事太勉強了，對不對？」看見我臉上如遭雷殛的表情，他又說，「才剛回來又要離開，聖誕節又即將來臨？所以我想現在還不用做任何決定。」他說，望向霍比，「這學期你不妨就先好好休息，我們之後再從長計議。有事的話當然歡迎你隨時打給我，無論白天或晚上都一樣。」他在名片上寫下電話號碼，「這是我家裡的電話，這是我的手機——老天，你咳得真厲害！」他抬頭看向我，說，「——聽起來好嚴重，你去看醫生了嗎？還有這是我布里吉漢普敦的號碼。無論什麼事，只要有任何需要，我都希望你立刻打給我。」

我死命壓下另一陣咳嗽。「謝謝——」

「你確定這是你想要的？」他目光灼灼地看著我，那神情讓我覺得自己好像坐在證人席上一樣。「接下來幾週暫且先和霍比先生同住？」

我不喜歡他說接下來幾週的口氣。「對，」我舉拳擋在嘴前，說，「但是——」

「你可以考慮一下寄宿學校的事。」他交疊雙手，靠回椅背，仔細端詳我，「長遠來看，那可說是對你最好的安排。但坦白說，依照當前的情況，我可以聯絡我在巴克菲爾德的朋友山姆・溫格爾，請他立刻幫你註冊。這是能夠安排的。那是一所非常優秀的學校，而且我想應該可以安排你住在校長或老師家，不用住宿舍。這麼一來，你就可以生活在較為居家的環境，如果你想要的話。」

他和霍比都用鼓勵的眼神看著我思索。我瞪著腳上的鞋子，不想顯得不知好歹，但又希望他能自己收回這提議。

「好吧。」布萊斯葛多先生和霍比交換了個眼色——我是不是在霍比臉上看見一抹隱約的無奈與／或失望？「只要這是你想要的，霍伯特先生也不反對，短期內我看不出這安排有什麼不妥。但是席爾鐸，我希望你能好好考慮未來的計畫，以便我們為下學期或甚至暑期的課程做準備，可以嗎？」

7.

暫時監護權。接下來的幾週，我焚膏繼晷，用功念書，盡量不去想暫時是什麼意思。我在曼哈頓申請了一所預修專校——這樣一來，若出於某種原因，我無法與霍比同住，起碼還可以留在城內。我整天關在房裡，小波在腳邊的地毯打盹兒，陪我就著微弱的檯燈埋首苦讀琳瑯滿目的參考書，背誦各種日期、論證、定理和拉丁單字。西班牙文的不規則動詞多到就連我作夢時，都會夢到自己瞪著長桌上的線條，急著想把它們排整齊。

將目標訂得那麼高，感覺就像是我想懲罰自己——甚或是補償母親。我早就沒有寫功課的習慣；不過這並不表示若我在拉斯維加斯有乖乖念書今天就會比較輕鬆。光是要背的教材就多到彷彿一種酷刑，強光直射面孔，不曉得正確答案，如果失敗一切就完了。我不停揉眼，努力用冷水澡和冰咖啡保持清醒，反覆提醒自己、鼓勵自己這是正確的決定，儘管那些永無止境的背誦感覺比我所有吸食過的強力膠都還要戕害身體。而不知不覺間，念書這件事也彷彿變成一種毒品，讓我筋疲力盡，幾乎完全阻絕於外界。

但我依舊滿心感激，因為念書令我精神嚴重耗損，無法思考。正因為無法確定那苦苦折磨我的羞恥感究竟從何而起，所以更覺煎熬。我不曉得自己為什麼覺得那麼腐敗，那麼沒用，那麼不對——但就是這麼覺得。如今，只要我從書本中抬起頭，就會覺得有種黏稠的液體從四面八方湧入，將我淹沒。

部分是因為那幅畫。我知道留著它沒有任何好處，但也清楚自己已私藏太久，如今已無任何退路。向布萊斯葛多先生坦承只是一種愚勇，他現在一心只想把我送去寄宿學校，我的處境已岌岌可危。而每當我考慮向霍比坦白——這想法在我心頭縈繞不去——腦中就會浮現各種情景，而每一種都同樣難以想像。

我會把畫交給霍比，而他會說：「喔，這沒什麼大不了。」，然後將一切處理妥當（但要怎麼處理我還沒想好）；或者打給認識的朋友、想到什麼萬無一失的方法，總之他不會在意，不會生氣，一切終將平安落幕。

也或者：我將畫交給霍比，他打電話報警。

也或者：我將畫交給霍比，而他把畫私吞下來，說：「什麼，你瘋了嗎？畫？什麼畫？我不知道你在說什麼。」

也或者：我將畫交給霍比，而他會點點頭，同情地看著我，說我做了正確的決定。但只要我前腳一離開，他就會聯絡自己的律師，立刻把我送去寄宿學校或寄養家庭（關於這部分，無論有沒有那幅畫，我的假設往往都是這麼結束）。

但到目前為止，我最大的不安還是來自父親。我清楚他的死不是我的錯，但在某種深及骨髓、毫無理性、無可動搖的層面上，我也知道自己難辭其咎。在他人生最終的絕望時刻，我是如此冰冷離去，以至於他說謊的事實也顯得無關緊要。或許，他也清楚是否能清償債務完全取決於我——而這個事實自從布萊斯葛多先生輕輕巧巧脫口而出後就一直苦苦糾纏著我。在桌燈的映照範圍外，霍比的那對獅鷲陶像在陰影之中用它們圓小晶亮的玻璃眼珠牢牢凝視我。他會以為我是故意陷害他的嗎？以為我想要他死？夜闌人靜時，我會夢見他在賭場的停車場上被人追趕、毒打，不只一次猛然驚醒，看見他坐在我床邊的椅子上，靜靜注視我，灼亮的菸頭在黑暗中閃耀紅光。但他們說你已經死了；我說，然後才察覺他並不在那兒。

少了琵琶，屋子裡只剩死寂。那些封閉的房間聞起來飄渺，潮濕，宛若枯葉。我到處徘徊，觀賞她的物品，想像她在哪兒、做些什麼，拚命想從浴缸排水孔上的紅髮或沙發底下捲成球狀的襪子等細瑣連結感覺她的存在。然而，無論我有多想念她在家時我那總是坐立難安的緊張感，也依舊深深為這房子所撫慰，它那充盈的安全感與包圍感：古老的肖像畫與昏暗的走廊、大聲走動的時鐘。那感覺就像我成了鬼船瑪麗・賽勒斯特號上的僕役。我在凝滯的死寂間遊走，穿過一畦畦陰影與深沉的陽光，腳下的老舊地板如船上甲板嘎吱作響，第六大道上的車流聲隱隱可聞。樓上，我與微積分方程式、牛頓冷卻定律、獨立變項辛苦奮戰：我們使用T來做為消除導數之常數。而樓下的霍比猶如船錨，一個沉甸甸的溫暖重量，聽見他的木槌聲自底下傳來，知道他在地下室靜靜使用各種工具、快乾膠水與不同顏色的木頭，總是帶給我無比安慰。

住在巴波家時，缺少零用錢是我心頭拋之不去的一塊大石，而總是得向巴波太太討午餐錢、學校的實驗費及其他零碎的小錢也帶給我與她平日輕鬆揮灑的金額完全不成比例的恐懼和焦慮。但從布萊斯葛多先生那領取的生活費讓我住得心安許多，不會對冒昧落腳霍比家一事感到那麼難堪。我可以自己支付小波的獸醫帳單，這也是一筆不小的開銷，因為牠牙齒不好，又有輕微的心絲蟲病——在我住在拉斯維加斯的整段期間內，從沒見杉卓拉餵過牠一顆藥，或打過任何一劑預防針。除此之外，我還有錢支付自己的牙醫帳單，這筆金額非常可觀（總共補了六顆牙，在牙醫的診療椅上忍受地獄般的十小時）；並替自己買了一台筆記型電腦和一台iPhone，以及平日所需的鞋子與冬季衣物。還有——雖然霍比不肯收下我給他的菜錢——我一樣會用自己的錢替他採買食物與生活用品，像是聯合超市的牛奶、糖和洗衣粉，但更多是從聯合廣場上的農夫市集買回來的新鮮農產品，如野生蘑菇、醇露蘋果、葡萄麵包，以及一些似乎能討他歡心的奢侈小物；不像那超大容量的汰漬洗衣粉，他只是悲傷地看了它一眼，然後便一語不發地收進儲藏間。

這裡的所有一切都與巴波家擁擠、複雜又過分拘謹的氣氛截然不同。在那裡，事無大小，全都像百老匯舞台劇般經過演練與規劃，而這份令人窒息的完美總是讓安迪緊緊封閉內心，如受驚的墨魚般匆匆逃回自己臥房。霍比則全然相反，猶如一頭巨大的海獸徜徉、生活在自己和煦的氛圍內，深棕色的茶漬與菸草，每座時鐘都訴說著不同的故事；就連時間也有異於世俗標準，徘徊於自身寧靜的滴答聲中，遵循這塞滿古董的荒僻角落的節奏，遠離屋外那座以工廠與環氧樹脂打造而成的星球。雖然他也喜歡出門看電影，家裡卻沒有電視，讀的也是書頁邊緣泛黃爬斑的舊小說。他沒有手機，僅有的電腦——一台史前時代的IBM電腦——不只像行李箱一樣巨大，而且毫無用處。他埋首於純淨無瑕的靜默之中，用蒸氣彎折飾板，用鑿子修補桌腳。而他專注的喜悅會自工作室飄然而上，如冬日裡的爐火溫暖整間屋子。他總是心不在焉，和藹親切；漫不經心，糊里糊塗；謙沖自牧又溫柔寬厚。別人說話，他常要第二次才會聽見，有時甚至連第二次也聽不見；他會弄丟眼鏡，忘了皮夾、鑰匙或乾洗店收據放哪兒；總是從樓下呼喚我，要我幫忙尋找他掉落地上的細瑣材料或工具。偶爾偶爾，他會接受客人預約，開店一、兩個鐘頭，但是——就我所知——這不過是個藉口，讓他有機會拿出雪利酒，與朋友或熟人敘舊。即便他真帶領客人來到一件家具前，將抽屜開開闔闔，引得讚嘆聲此起彼落，大多也只是像我和安迪以前搬出玩具那樣，只是想要展示介紹，而非真心想賣。

假若他真的曾經賣出過任何一件家具，我也從未見過。工作室——或該用「醫院」形容更為貼切——才是他的轄區（他是這麼稱呼的），裡頭疊滿形形色色的瘸腳桌椅，等待他修復。如同園丁辛勤照顧溫室裡的植物，細心拂去盆栽葉上的蚜蟲，他也全神專注於每一件家具的紋理、質地、暗格與那些傷痕和驚奇之中。儘管他也擁有幾樣現代的木工工具——一台刳刨機、一把無線電鑽與圓鋸——卻鮮少使用。（「只要需要用到耳塞，我就意興闌珊。」）他總是早早下去工作室，有時候，若工作尚未完成，天黑後也不會上來，但通常只要到了亮燈時間他就會上樓，並且——在為晚餐梳洗前——一絲不茍地替自己在乾淨的小玻璃杯中倒上固定分量的威士忌，神情疲憊、平和，手上染著炭黑色的顏料。而他的委頓之中似乎透著一種如士兵般的粗野氣息。**他有帶你出去吃過飯嗎？**琵琶傳來簡訊。

有。三、四次吧。

他只喜歡去生意不好的餐廳。

對，他上星期帶我去的那家簡直就像法老王陵墓一樣。

對啊，他會去都是因為同情老闆！怕他們會倒閉，覺得良心不安。

我比較喜歡他自己煮。

請他做薑餅給你吃。我好想吃喔現在。

我每天最期待的就是晚餐。在拉斯維加斯——特別是鮑里斯和小咪開始交往後——我始終不曾習慣夜裡必須獨自覓食的那份淒涼感，坐在床邊，手裡拿著洋芋片，或是一盒我爸吃剩的乾白飯。幸運的是，這裡完全相反，霍比的一天是繞著晚餐運轉。我們要去哪裡吃飯？誰要來一起共進晚餐？我該煮些什麼？你喜歡蔬菜牛肉鍋嗎？不喜歡？從來沒吃過？想吃檸檬飯還是蕃紅花飯？無花果乾還是杏桃乾？想陪我一起散步去傑佛遜小館嗎？他週日有時會請客人來家裡用餐，對象包括新學院大學與哥倫比亞大學的教授、歌劇院管弦樂團和保護學會的女士、街頭巷尾的老鄰居，以及其他許多形形色色、各行各業的收藏家與交易商；從戴著無指手套、在跳蚤市場賣喬治王朝時期珠寶的瘋癲老婦人，到置身巴波家也不顯突兀的有錢人（我後來知道，韋堤過去曾當過其中許多人的採購顧問，幫忙他們收購藏品）全都一應俱全。他們的談話內容大多聽得我一頭霧水（聖西蒙酒店？慕尼黑歌劇節？庫馬拉斯瓦米[3]？法國波城的度假別墅？），但即便氣氛正式，賓客「博學多聞」，大家也不介意自己動手，或直接就著大腿上的盤子用餐；不像巴波家那種外燴精美的宴會，人人正襟危坐，彬彬有禮地用刀叉小口小口細嚼慢嚥。

不過坦白說，在這些餐會中，雖然霍比的客人個個親切有趣，我還是擔心哪天會被巴波家的朋友認出來。沒有聯絡安迪我心裡也過意不去，但自從在街上遇到他爸後，想到要讓他知道我重回紐約，而且沒有自己的地方可住，我只覺得更加丟臉。

除此之外——雖然這只是件微不足道的小事——但最初來到霍比家的原因仍深深困擾著我。儘管他從不曾在我面前提及，因為他知道我會坐立難安，但還是會常和別人提起我當初現身他家門口的來由——我沒有怪他的意思；這故事實在太精彩，不吐不快。「如果你認識韋堤，就知道這一切有多像他的作風。」霍比的好友德弗里斯夫人說；她是一名十九世紀水彩畫的交易商，儘管衣裝總是筆挺，香水又濃的嗆鼻，實際上卻非常親切，喜歡抱人，像老太太一樣，喜歡一面說話，一面握住你的手或拍拍你的頭。「因為啊，親愛的，韋堤對市集有種異樣的迷戀，他熱愛人群，也熱愛市集。喜歡那些來來往往；買賣、貨品、談話與交流。那是他童年在開羅生活留下的小小遺跡，我老說就算只是踩著拖鞋、在露天市集賣地毯他也一樣悠然自得。他天生就是當古董商的料，你懂的——他就是知道某個東西該屬於誰。客人走進店裡，可能原本沒打算要買東西，只是想躲雨。但他會請他們喝杯茶，最後，他們便會買下一張餐桌，請他送去狄蒙。或者一個學生走進來，只是想看看，他便拿出一幅價錢親人的小畫，雙方皆大歡喜。他知道不是所有走進店裡的客人都有能力買下珍貴的藏品——重點在於尋找合適的對象，替每一件作品找到完美的歸宿。」

「是啊，而且大家都信任他。」霍比說，端著德弗里斯夫人的雪利酒與他自己的威士忌走進房內，「他總說他的殘疾讓他成為一名優秀的推銷員，我認為這話也不無道理。『那個善良體貼的殘廢』，從來不為一己之私，總是置身局外，冷靜旁觀。」

---

3 Ananda Kentish Coomaraswamy，研究印度藝術史的開拓者與向西方介紹印度文化的著名翻譯家。

「啊，韋堤從來都不是局外人。」德弗里斯夫人說，接過她的雪利酒，親暱地拍拍霍比衣袖，紙扎般的小手上玫瑰鑽石光耀閃亮。「上帝保佑，他總是置身中央，總是面帶笑容，從無怨言。總之，親愛的，」她回頭看向我，說，「別誤會，韋堤給你那枚戒指時，非常清楚自己在做什麼。因為那枚戒指能直接領你來到霍比身邊，你明白嗎？」

「明白。」我回答——說完後，我不得不離座，躲進廚房。她的話令我心亂如麻，因為，顯然地，他交給我的，不只有那枚戒指。

8.

夜裡，在韋堤的舊房間裡——現在是我的房間了——他過去的老花眼鏡與鋼筆依舊好好收在書桌抽屜，而我清醒地躺在床上，聆聽街上的聲響，憂心不已。在拉斯維加斯時，我曾想過，若我爸或杉卓拉發現那幅畫，他們很有可能根本認不出它是什麼，起碼一時三刻間不會知道。但霍比會。一遍一遍，我發現自己想像那畫面：回到家中，看見霍比拿著那幅畫等我——「這是什麼？」——但沒有任何謊言、藉口，或任何先發制人的台詞可以應付這場浩劫。而每當我跪在地上，將手搆進床底，觸碰那枕頭套時（我只要想到就會這麼盲目摸索，確認它仍在原位），總會飛快縮手，就像要拿出微波爐裡高溫炙手的晚餐。

失火。除蟲公司。失蹤藝術品資料庫上的大大四個「國際刑警」紅字。若有人有心追查，韋堤的戒指就是最確鑿的證據，能夠證明我和那幅畫曾共處一室。我房間的門板老舊，而且門栓歪到根本無法好好關門，得用一個鐵製門擋才能把門完全關上。要是霍比忽然心血來潮，決定上樓打掃怎麼辦？沒錯，這確實不像是我認識的那個心不在焉、又不太在意整潔的霍比會做的事——**不，他不會在意你的衛生習慣。除了換床單和撣灰塵外，他從沒進過我房間。**琵琶在簡訊裡這麼說。我一看到就立刻扒掉床單，抓起一件乾淨的T恤，花了整整四十五分鐘瘋狂擦拭房裡所有可見的表面——包括那對獅鷲陶像、水晶球和床頭板。打掃很快成為一種走火入魔的習慣——我甚至還出門買了一組自己的除塵抹布，即便家裡多的是。因為我不想他看見我打掃，只希望當他探頭進我房裡時，腦中永遠不會想到「灰塵」兩個字。

因為如此，所以只有和他一起出門我才能安心，因此我大多時間都待在房裡，坐在書桌前，幾乎連飯也不吃。每當他出門，我就跟著他一起去畫廊、資產拍賣會、展覽會或古董拍賣會。我會和他一起站在最後方（「不，不，」當我指向前方的空椅時他這麼回答，「我們要在可以看見號碼牌的地方。」）——起初還興致勃勃，感覺自己彷彿置身電影場景，但兩小時後一切就變得跟微積分課本一樣無聊。

然而，儘管我努力擺出一張淡漠的面孔（還算成功），意興闌珊地跟著他在曼哈頓四處溜達，彷彿完全不在意，但內心其實焦慮至極，一步也不敢離開他身邊，就像小波在拉斯維加斯時那樣——寂寞到走投無路——老是緊黏在我和鮑里斯屁股後方。我跟著他去裝腔作勢的午餐會、鑑定會和裁縫店；聽門可羅雀的演講，主題是冷僻的一七七〇年代費城櫥櫃工匠。還跟著他一起去聽歌劇院管弦樂，儘管節目無聊而且冗長到我怕自己真的會陷入昏迷，倒在走道上。我跟他一起去安思提斯家（同樣位於公園大道，和巴波家近的可怕）、佛格家、克勞斯洛家和米爾德伯格家共進晚餐。他們談天的內容不是⑴無聊到讓人鬥雞眼；就是⑵完全超出我理解範圍，以至於我從頭到尾只能嗯嗯啊啊地附和（「可憐的小男孩，你一定覺得我們無聊到了極點。」米爾德伯格太太愉快地說，完全不曉得自己一語中的。）其他友人，如亞伯納西先生——和我爸年紀相仿，過去曾鬧過一些內幕不明的醜聞——說話顛三倒四又滔滔不絕，完全無視我的存在（「詹姆斯，你說這小孩是哪兒找來的？」），我只能目瞪口呆地坐在中國古董與希臘花瓶間，想要說些什麼俏皮話，又怕引人注意，只覺得舌頭像打了結似的，腦筋一片空白。我們一週至少會去一、兩次德弗里斯夫人家，她那間塞滿古董的高級豪宅位於東六十三街（就像霍比家的上城翻版），而我會正襟危坐在單人椅的邊緣，試著無視她那幾隻嚇人的豹貓把爪子扎進我膝蓋。（「他對時事的觀察相當敏銳，不是嗎？」我聽見他們在對面房裡討論愛德華．李爾的幾幅水彩畫時用不是太低的音量說。）有時她會和我們一起去佳士得和蘇富比的展示會，霍比會細細觀察每一件物品，一格格拉開抽屜又關上，向我解釋各種工藝風格，用鉛筆在型錄上標記——離開後，我們會再去一、兩家畫廊，然後她會回到六十三街，而我們會去聖安布魯斯，霍比穿著他一身幹練的西裝，站在櫃台旁喝上一杯義式咖啡。而我會一面吃巧克力可頌，一面看著背書包的學生走進店裡，暗暗祈禱不會撞見以前的同學。

「令尊要不要再來杯咖啡？」霍比去洗手間時，櫃台後方的店員這麼問我。

「不用了，謝謝。我想我們可以買單了。」聽見別人將我和霍比誤認為父子，我心裡就——非常可悲地——不由一陣竊喜。儘管他年紀足以當我祖父，但散發著一種氣質，就像你會在東城看到的那種年紀稍大的歐洲父親——光鮮優雅、魁梧結實、成熟穩重，過去已有過一段婚姻，到了五、六十歲才開始生兒育女。一身上畫廊的裝扮，喝著手中的義式濃縮咖啡，沉穩地眺望街道，這樣的霍比看起來就像一名瑞士工業鉅子或米其林餐廳的主人：生活優渥、富裕、晚婚。看見他回來，大衣拎在手裡，我不由悵然思索，母親為什麼不是和這樣的人結婚呢？或者布萊斯葛多先生也好？兩人真的擁有共通點——年紀或許稍長，但風度翩翩，喜歡逛畫廊、聽弦樂四重奏、會到二手書店尋寶；細心殷勤、知書達禮、善良敦厚？某個懂得欣賞她、珍惜她、會買漂亮衣服給她、生日帶她去巴黎、不會虧待她的人？若她有心，要找到這樣的對象並不難。男人都愛她：從門房、學校老師、我朋友的爸爸，一直到她的頂頭上司薩吉爾（我不曉得原因，但他總是叫她小姑娘），沒有一個例外；就連我去巴波家過夜，她來接我回家時，巴波先生都會立刻跳起來迎接她，瞬間換上笑臉，忙不迭地搭住她手肘，領她來到沙發前，親切地小聲詢問要不要坐一下、想喝些什麼?茶好嗎?還是其他別的什麼?布萊斯葛多先生凝視我的眼神是如此專注,我不認為那只是我的想像——絕對不是——那感覺幾乎就像他是在看著她,或在我臉上尋找她的影子。但就連死亡也無法抹去我爸的存在,無論我多用力祈禱——他都一直執拗地存在於我的雙手、我的聲音、我的步態,以及與霍比相偕離開餐廳時我飛快斜眼一瞥的睨視;我偏頭的動作就像他過去經過任何可以映出倒影的表面時,總不禁察看自己儀容的習慣。

9.

兩場測驗都在一月:一場簡單,一場困難。簡單那場在布朗克斯的一所高中教室舉行,應試者有孕婦、有形形色色的計程車司機,還有一群吵吵鬧鬧、七嘴八舌、就住在廣場大道附近的女孩,身上穿著毛茸茸的短版夾克,十指塗得閃閃發亮。但考試內容沒有我想像中容易,我沒想到會有那麼多關於紐約州政府的艱澀問題(位於阿爾巴尼的紐約州議會一年有幾個月的會期?我怎麼知道?),以至於搭地鐵回家的一路上都垂頭喪氣、魂不守舍。而困難的那場(教室上鎖,焦心的家長在走廊來回踱步,氣氛緊繃,猶如西洋棋比賽)簡直就像由某個麻省理工學院畢業的孤僻變態所設計,好多複選題選項類似到我完全無法預測自己考得怎樣。

那又怎樣?我告訴自己,走到堅尼街上搭地鐵,雙手深深插在口袋裡。考試時,我焦慮到不停冒汗,腋窩因而飄出陣陣臭味。我有可能考不進預修專校——沒進的話會怎樣?我的成績必須非常、非常好,起碼要有前百分之三十才有機會錄取。

驕矜自負:這成語在我模擬考時發揮了重要作用,但在正式測驗中卻壓根沒出現。我和其他五千名考生一起爭取大約三百名的名額——如果沒考上,我實在不敢想像未來會怎樣;我不認為我可以忍受麻州的生活,和布萊斯葛多先生老是掛在嘴邊的溫格爾一家同住一個屋簷下。在我想像中，這位好好校長和他的「隊員」——布萊斯葛多先生是這麼稱呼的——他的妻子再加上三個兒子，就像一排站在樓梯上、笑容燦爛、露出一口白牙的石頭雕像，和過去那慘澹的高中歲月裡總是時間一到就興高采烈毒打我和安迪、逼我們吃地上灰塵的傢伙同一模樣。但如果我沒考上（或者說得更精準些，如果我成績沒有好到可以進入預修專校），要怎樣才能繼續留在紐約？顯然我該訂個比較實際的目標，在城裡找間不錯的高中，起碼是我有機會進去的高中試試。但由於布萊斯葛多先生十分堅持要送我去念寄宿學校，說什麼新鮮空氣、美麗的秋色、燦爛的星空和多采多姿的鄉村生活對我大有裨益（「嗯，史岱文森嗎？但如果可以離開紐約，伸展筋骨，放慢步調，重溫家庭生活，何必留在這裡，去念史岱文森呢？」），以至於我完全不把普通高中納入考量，即便是頂尖的學校也一樣。

「我知道令堂會怎麼想，席爾鐸，」他再三重申，「她會希望你離開這裡，重新開始。」他說得對，但我要怎麼讓他明白，經過她死後的種種混亂與麻木，過去的心願早已變得微不足道？

我轉過街角，走向車站，依舊迷失在這些思緒之中。就在我摸索口袋裡的地鐵票，經過書報攤時，看見有則標題寫著：

博物館珍藏現身布朗克斯
失竊藏品價值高達百萬

我在人行道上猛然駐足，通勤乘客在兩旁川流來去。然後——全身僵硬、心臟撲通狂跳、彷彿被人監視般——我掉頭，買了一份報紙（像我這年紀的少年去書報攤買報紙一點都不可疑，對吧？），然後跑到對街，在第六大道上找了張長椅坐下。

警方接獲線報，在布朗克斯一所私宅中尋得三幅失蹤的畫作——一幅喬治・范德梅恩、一幅維布朗・亨利克斯，以及一幅林布蘭，都是自爆炸事件後便不知所蹤。三幅畫藏於閣樓的儲藏間內，外頭裹以錫箔紙，夾在公寓中央空調所需的備用濾網間。該竊賊與其弟，及其弟之岳母——也就是屋主——目前均收押候保；若罪名全數成立，數罪併罰，最高將面臨二十年之有期徒刑。

報導足足占據了一整頁，還附上精美的時間軸與圖表。那名竊賊——一名救護人員——在接獲撤離命令後仍滯留博物館內，取下牆上的畫作，以布單包裹，藏在一張折疊式的擔架底下，就這麼帶著它們走出博物館，完全沒被發現。「該竊賊對藝術一無所知，」受訪的聯邦調查員表示：「看到什麼就拿什麼，毫無概念。把畫帶回家後，他不知該如何處置，於是與弟弟商量，最後決定把畫藏在岳母家中。該婦人宣稱自己對此事毫不知情。」顯然地，兩兄弟在網路搜尋一番後，發現林布蘭的作品過於知名，不可能脫手；而正也因為兩人企圖變賣另兩幅較不知名的畫作，才讓調查員查到閣樓的藏匿處。

但最後一段卻像用紅字印刷般，怵目驚心地躍入我眼中。

至於其他依舊下落不明的藝術作品，調查員亦重燃希望，聯合各方單位傾力追查當地其他線索。「搖得越用力，就會有越多果子從樹上掉下來。」紐約警局與聯邦調查局藝術犯罪偵察組之聯絡人理查・納諾利表示，「一般而言，藝品竊賊會希望在最短的時間內將贓物運送出境，而此次布朗克斯的查獲只是更加確認我們面對的可能並非專業慣竊。他們缺乏經驗，在一時衝動之下竊取作品，不懂得該如何脫手或藏匿贓物。」納諾利表示，調查員目前已又聯絡、詢問當時多名在場人士，重新展開調查。「顯然地，大家目前的共識是多件失蹤畫作可能都尚在城內，藏在我們眼皮子底下而不自知。」

我好想吐，起身將報紙扔進最近的一個垃圾桶，然後——沒有去搭地鐵——而是走回堅尼街，在中國城足足遊蕩了一個小時。寒風刺骨，我包圍在廉價電器品和飲茶樓的血紅色地毯間，瞪著起霧櫥窗裡一隻隻串在桃花心木架上的北平烤鴨，心裡只有一個念頭：該死的，該死的。雙頰通紅的攤販包得好似蒙古人，在煙霧氤氳的火盆前大聲叫賣。地方檢察官。聯邦調查局。最新消息。我們一定會對這些罪犯求處最高刑責，並堅信剩下的失蹤作品很快就會出現。國際刑警、聯合國教科文組織及其他聯邦與國際機構目前均已投入此案，與當地警局協力調查。

到處都是。沒有一份報紙例外，就連在中文報紙上，我都可以看見尋獲的林布蘭包圍在密密麻麻的中文字間，從一桶桶無以名之的蔬菜和冷藏鰻魚中探頭而出。

「真的是很不應該。」晚上與安思提斯夫婦共進晚餐時，霍比眉頭緊蹙、愁容不展地這麼說道。他整晚都滿口不離那些尋獲的畫作。「到處都是受傷的民眾、失血瀕死的民眾，但他竟然還有心情把畫從牆上偷下來，帶進雨中。」

「這個嘛，我得說我並不意外。」安思提斯先生說。這已經是他第四杯的加冰蘇格蘭威士忌。「在家母第二次心臟病發後，你不會相信這些貝斯以色列醫院的暴徒在我家留下的傑作。地毯上到處都是黑色鞋印。連著好幾個星期，我們一直在地上找到塑膠針筒蓋，其中一個還差點被狗吃進肚裡。而且家裡還有東西被他們撞壞了，是瓷器櫃裡的某樣東西；是什麼，瑪莎？」

「我不會責怪救護人員。」霍比說，「茱莉葉生病時，我真的很感謝那些來幫忙的醫護人員，非常專業。我很高興那些畫在嚴重受損前就先找回來了，否則真的很有可能——席歐？」他忽然對我說，我不得不飛快從餐盤前抬起頭。「你還好嗎？」

「對不起，我只是累了。」

「這也難怪。」安思提斯太太好心附和。她是哥倫比亞大學的美國史教授，在這對夫妻之中，霍比真正熟識而且喜歡的人是她，安思提斯先生不過是不得不接受的附屬品。「你今天辛苦了。在擔心成績嗎？」

「還好，不是太擔心。」我想也沒想立刻回答，但隨即後悔自己的魯莽。

「喔，我相信他沒問題的。」安思提斯先生插口，「你一定會錄取的。」他對我說，語氣就像在暗示任何白癡都考得過這次測驗，隨後又回頭看向霍比，「現在多數的預修專校都名過其實，對不對，瑪莎？空有虛名的明星高中，很難進去，但進去後就隨你打混。現在的小鬼就是這樣——只要有參與出席，就覺得自己應該受到獎賞。皆大歡喜。你知道之前瑪莎的學生跟她說什麼嗎？告訴他們，瑪莎。有個小鬼下課後說想找她談一談；不，我不該說是小鬼——是研究所學生。你們知道他說了什麼嗎？」

「哈洛。」安思提斯太太制止丈夫。

「說他擔心自己的考試成績，希望她能給些建議，因為他最近記性不太好。這像話嗎？美國歷史的研究生？記性不好？」

「唉，誰知道呢，我記性也不好，老是忘東忘西。」霍比和顏悅色地說，起身收拾碗盤，將話題轉到其他事上頭。

但那晚深夜，等安思提斯夫婦離開、霍比也入睡後，我坐在房裡，凝視窗外的街道，聆聽凌晨兩點的隆隆貨車聲自第六大道遠處傳來，努力要自己冷靜，不要慌。

但我能怎麼辦？我在手提電腦前坐了好幾個鐘頭，覺得自己瀏覽了上百篇報導——《法國世界報》、《每日電訊報》、《印度時報》、《義大利共和報》，全世界每一份報紙，包括我看不懂語言的，全都報導了。除了監獄刑期外，還有天文數字的罰金：二十萬美元、五十萬美元；更糟的是，連那名女屋主也被起訴，因為畫是在她屋內找到的。而這代表霍比有非常高的機會也會受到牽連——而且處境比我還要嚴重。那名婦人，一名退休的美容師，宣稱自己對名畫藏匿家中一事毫無所知。但霍比呢？一名古董交易商？先不論他是在毫不知情的狀況下，出於善心收留我，誰會相信他真的完全一無所知？

四面八方，我的思緒翻騰起伏，宛如一輛駭人的雲霄飛車。儘管這幾名竊賊僅為一時衝動犯案，過去也無前科，但他們的初犯並不會阻止我們起訴此案。倫敦的一名評論家在說起那幅失而復得的林布蘭時也提到了我的金翅雀：……令我們想起其他更珍貴、至今仍下落不明的作品，尤其是法布里契爾斯於一六五四年所繪之金翅雀，該作品在藝術史上獨樹一幟，實為無法以金錢衡量之無價之寶……

我第三還第四次重新打開電腦又關機，然後，有些僵硬地爬上床，關掉電燈。從杉卓拉那偷來的藥丸還在——總共上百顆，各種顏色與大小一應俱全，鮑里斯說全都是止痛藥。但儘管這些藥有時會讓我爸昏迷不醒，我也聽過他抱怨晚上睡不著覺。因此——在我麻木不仁、猶豫不決、忐忑不安地躺了大約一個鐘頭後，像暈船般翻來覆去，噁心想吐，看著車燈的光柱輪次掃過天花板——我「啪」地打開電燈，伸手在床頭櫃的抽屜裡摸索，找到那袋藥，選了兩顆不同顏色的藥丸，一顆藍，一顆黃，想說如果一顆無法讓我入睡，另外一顆還有機會。

無價之寶。我翻身面向牆壁。雖然那幅尋獲的林布蘭價值四千萬美金，但起碼有個數字。

屋外的街道上，一輛消防車尖聲呼嘯而過，消失遠方。汽車，貨車，大聲笑鬧走出酒吧的情侶。我清醒地躺在床上，試著想像一些能夠平靜思緒的東西，像是雪或沙漠中的星辰；並暗暗祈禱自己沒有混錯藥丸，不小心就賠上性命，同時在腦中拚死抓住網路上看到唯一一則令人安慰的光明消息：除非竊賊試圖變賣或移動贓物，否則失竊的畫作幾乎可說是無從追蹤，因此至今僅有約百分之二十的藝品竊賊落網。

第八章　店後之店・續章

1.

由於我成天為了那幅畫提心吊膽，就連通知信寄達一事都被拋到九霄雲外：我錄取大學預修專校的春季班了。因為實在過於震驚，我只是默默將信收進書桌抽屜，和印有韋提姓名的信紙一起藏了兩個星期。最後，我終於鼓起勇氣，拿著它來到樓梯頂端（抖擻的鋸木聲自樓下飄了上來），開口呼喊：「霍比？」

鋸聲停止。

「我錄取了。」

霍比那張蒼白的大臉出現在樓梯底部。「你說什麼？」他說，心思仍沉浸在工作之中，尚未回過神來。他抹了抹手，在黑色圍裙上留下白色的手印——但一看到信封，表情立刻轉變。「這是我想的那個東西嗎？」

我默默交給他。他看了看信封，又抬頭望向我——他那特有的愛爾蘭笑聲隨即迴盪在空氣中，粗嘎，又意外。

「太好了！」他說，解開圍裙，順手扔在樓梯欄杆上。「沒有騙你，我真的很高興。因為我實在不想看你收拾行李，自己搬去外地。你打算拖到什麼時候才告訴我？開學第一天？」

看他喜上眉梢，我只覺得羞愧不已。在我們的慶祝晚會上——我、霍比和德弗里斯夫人一起去附近一家生意慘澹的義大利小餐館——我望向除了我們之外的唯一一桌客人，一對正在小酌的夫婦。我並沒有預期中的開心——只覺得煩躁而麻木。

「乾杯！」霍比說，「最困難的部分結束了，你現在可以輕鬆一點了。」

「你一定很開心。」德弗里斯夫人說。她整晚挽著我的手臂，一會兒輕捏，一會兒又發出喜悅的讚嘆。（「妳今晚優雅極了。」霍比在親吻她面頰時這麼說。她一頭銀絲盤在頭頂，鑽石手鍊上串繫著紅色絲絨緞帶。）

「席歐非常認真上進，堪稱表率！」霍比對她說。但聽他向朋友稱讚我有多用功、多優秀，只是讓我更加無地自容。

「這實在是太好了。你不開心嗎？而且還是在這麼短的時間內就考上！試著展現開心一點的表情吧，親愛的。他什麼時候開學？」她問霍比。

2.

驚喜的是，在接獲錄取通知的震驚與壓力平復後，我才發現預修課程原來不如我恐懼中那樣嚴格。就某些層面而言，它是我念過要求最寬鬆的一所學校：沒有進階先修班、不用煩惱大學入學測驗和長春藤名校的申請，也沒有讓人筋疲力盡的數學和語文必修課——事實上，根本半點要求都沒有。我一天比一天迷惘，舉目環顧這所自己好運闖入的書呆天堂，終於理解在紐約五個行政區中，為什麼有那麼多天資聰穎的高中生拚死拚活也要擠進這地方。沒有考試、沒有測驗、沒有分數。有的是教你打造太陽能板的課程，以及諾貝爾經濟學獎得主講授的研討課；甚至有些課只要聽吐派克的音樂或看影集《雙峰》。如果想的話，學生也可以自行規劃機器人開發或賭博歷史課程。我可以自由選擇有興趣的選修課，只要期中完成一份可帶回家做的測驗和一份期末報告。不過，雖然我知道自己非常幸運，卻仍無法為這份好運高興，甚至感激。就像我心裡起了什麼化學變化，靈魂的酸鹼度改變了，將我的生命完全自體內濾除，如珊瑚硬化為骨骼，再也無法反轉或修復。

要自己像行屍走肉般生活並不難，我以前就做過了：放空腦袋，渾渾噩噩地度過每一天。每星期裡有四天，我會早上八點起床，到琵琶臥房的爪足浴缸裡沖澡（蒲公英浴簾，她洗髮精的草莓香味讓我飄飄然陷入虛假的幻境，感受她的微笑將我包圍其中）。然後——在猛然墜回塵世後——我走出氤氳的蒸氣，回到自己房裡默默穿衣打扮。接著——先拉著小波到屋外驚恐吠叫、橫衝直撞地散步一圈後——再把頭探進工作室，向霍比道別，背包甩上肩頭，搭乘兩站地鐵到下城。

大部分的學生一學期會修五、六堂課，但我只修足最低學分：四堂——分別是藝術創作、法文、歐洲電影概論和俄國文學翻譯。我本來想修俄文會話，但是俄文初級班——最基礎的課程——要到秋天才會開課。我每天漠然麻木地走進教室，從不主動開口，只是乖乖完成作業，然後走路回家。放學後，我有時會去紐約大學附近的廉價墨西哥或義大利餐館吃飯，店裡擺著彈珠台和塑膠盆栽，寬螢幕電視上播放體育節目，歡樂時光一杯啤酒一元（但我不能喝啤酒；重拾未成年生活的感覺好奇怪，好像再次回到幼稚園，用蠟筆畫畫）。然後，在喝完無限暢飲的雪碧，讓血糖得到充分的補充後，便將 iPod 開到最大聲，低頭穿過華盛頓廣場公園，走路回霍比家。我依舊提心吊膽（那幅失而復得的林布蘭仍未從新聞上消失），近來睡得極不安穩，只要霍比家的門鈴毫無預警響起，我就會像聽到火災警鈴般倏然一驚。

「你不好好把握機會太可惜了，席歐。」我的輔導老師蘇珊娜（我們都直呼其名；像好朋友那樣）說，「課外活動是幫助學生融入校園生活的重點，特別是年紀較輕的學生，否則很容易迷失自我。」

「嗯——」她說得沒錯，校園生活是很寂寞。十八、九歲的學生不會和未成年的學生來往，而儘管校內有許多和我同年或年紀更小的學生（最低甚至只有十二歲，身材瘦弱，傳聞智商高達兩百六），但他們是那麼不食人間煙火，心裡的煩惱是那麼愚蠢和陌生，感覺就像他們說的是某種失落已久、我亦早已遺忘的國中語言。他們和父母同住，在意的是成績曲線、義大利旅遊和聯合國的暑期實習機會。光是在他們面前點菸，就可以把他們嚇得花容失色。個性認真、善良、純潔、無知。如果要我在我和他們之間尋求共同點，還不如去格林威治的公立小學和八歲小孩鬼混。

「我看到你有修法文。法文社每週會聚會一次，在大學區的一間法國餐廳；每週二還會去法國文化協會看法文電影。你可能會有興趣。」

「可能吧。」法文系的主任——一名阿爾及利亞老人——已經找過我（把我嚇得魂飛魄散——他那隻堅定的大手忽然按上我肩膀，我像碰到搶劫一樣，整個人跳了起來），單刀直入地說他開了一堂研討課，我或許有興趣旁聽，內容關於現代恐怖主義的根源起自於阿爾及利亞民族解放陣線與阿爾及利亞戰爭之類——我討厭學校裡的每一個老師似乎都知道我是誰，和我說話時，語調總明顯透露他們已經知道「那場悲劇」——我的電影老師勒柏威茲太太（「叫我露西就好。」）便是如此稱呼。她——勒柏威茲太太——在看過我為《單車失竊記》寫的報告後，也問我要不要參加電影社，還說我可能會對哲學社有興趣，他們每週都會討論她稱為「大哉問」的題目。「呃，我考慮考慮。」我禮貌回答。

「嗯，從你的報告看來，你似乎對——好吧，我想不到其他更好的說法——形而上學很感興趣；像是好人為什麼受折磨。」見我只是用茫然的眼神看著她，她又道：「還有命運是偶然的嗎？你的報告內容其實不全然和導演狄西嘉的電影主題有關，而像是現世的基本混亂與不確定性。」

「我不知道。」我說。不安的沉默籠罩房內。我的報告真的是關於這些東西嗎？我甚至不喜歡《單車失竊記》（或者是《鷹與男孩》、《海鷗》、《勒亢魯西安》，或任何一部我們在勒柏威茲太太的電影課上看的極端灰暗外語電影）。

勒柏威茲太太只是看著我，久到我坐立難安，然後調整了一下臉上鮮紅色的眼鏡，說：「好吧，我們在歐洲電影課上討論的電影大多相當沉重，所以我在想，你有沒有興趣來旁聽我為電影系學生開的一門研討課，『三〇年代的瘋狂喜劇』，或甚至是『無聲電影』。主題是卡里加利博士的小屋，但也會有大量巴斯特・基頓和卓別林——探討的重點在於混亂，但是是在無威脅性框架下的混亂；對人生抱持肯定態度之類的。」

「我會考慮。」我說，但心裡壓根沒打算給自己找麻煩，一點點都不想，無論那多能讓你看見人生的光明面。幾乎就在我收到錄取通知的同時——那股幫助我擠進預修專校的虛假精力就在瞬間崩塌瓦解。它的慷慨揮霍將我搾得一乾二淨；若非必要，我不想多花半分力氣，只求低空飛過就好。

因此，老師們的熱情歡迎很快轉為無可奈何與某種飄渺依稀的懊悔。我不挑戰自我、培養能力、開拓視野，善加利用學校提供的眾多資源。正如蘇珊娜曾委婉表達過的，我並不適應這所學校。實際上——隨著學期一天天過去，老師們也漸漸開始和我保持距離，憤怒的評語也一一浮現。（「從各方面來看，敝校提供的諸多機會似乎都無法帶動席爾鐸投入更多心力。」）我越來越懷疑，我當初會被錄取，只有一個原因，也就是那場「悲劇」。招生部的職員特別在我的申請書上做了記號，交給審核人員，天吶，這可憐的小孩，恐怖主義的受害者，等等之類的廢話；學校肩負有社會責任，我們還有多少名額？你認為我們可以騰個位置給他嗎？我很確定自己一定毀了某個住在布朗克斯社會住宅的天才的人生——只因為我搶走了原本該屬於他或她的名額，所以那個吹長笛的可憐蟲現在還必須為了自己的代數作業挨揍，最後淪落到收費亭工作，而不是在加州理工學院教授流體力學。

顯然地，這是個錯誤。「席爾鐸在課堂上鮮少參與，除非絕對必要，也不見任何拓展學術知識之欲望。」我的法文教授在一份——由於我身邊沒有任何一位會密切監促我學業的成年人——所以除了我之外，沒有任何人看過的期中成績單中毫不留情地寫道；「希望失敗能夠驅策他發奮向上，以期後半學年有所斬獲。」

但我不想要任何斬獲，更不想發奮向上。我就像失憶症患者般，日復一日在街頭躑躅遊蕩，（沒有寫功課，沒有出席外語研習會，也沒有加入任何一個受邀的社團），乘坐地鐵來到終點站一帶的破敗社區，沿著酒行和編髮店踅足徘徊。但很快地，就連這新消遣也挑不起我任何興趣——綿延百哩的地鐵軌道，只是為移動而移動——於是，彷彿石子無聲墜跌深海，我開始讓自己迷失在霍比的地下室裡，無所事事，人行道底下的誘人委靡將我隔絕於城市的喧囂和直入天際的辦公與摩天大樓之外；在那兒，我可以一連聽上好幾個鐘頭的紐約公共廣播古典電台，樂此不疲地拋光桌面。

畢竟，我壓根不在乎法文的過去式或屠格涅夫的作品。我只想把頭蒙在被子裡，睡到日上三竿，遊蕩於祥和寧靜的屋子裡，抽屜裡裝著古老貝殼，藤籃裡擱著整齊摺起的織品，收在客廳寫字桌底下，看著落日的烈焰餘暉穿透前門楣窗。這有那麼罪不可赦嗎？不多久，在往返學校與工作室的路途間，我常會無意識陷入一種遺忘的迷茫狀態，一種如夢境般的扭曲前世。我走在熟悉的街頭，身旁卻環繞陌生的景物、相異的面孔。而儘管在上學途中，我時常想起過去與母親共度的遺失舊日——堅尼街的地鐵站、韓國超市裡一桶桶打著光的鮮花，任何事都能觸發那記憶——但拉斯維加斯的生活卻像被蒙上了一面黑幕。

只有偶爾偶爾，在我毫無防備的時刻，它才會如猛烈砲火襲來，讓我陡然止步在人行道中央，驚愕失神。現實不知在何時縮小成一個微不足道，而且更加乏味的空間。或許這只是因為我比過去清醒了點，不再沉溺於日復一日的醉生夢死，享受青春狂亂爛醉的輝煌壯麗；那個在沙漠憤怒肆虐、只屬於我們兩人的小小戰士部落。或許成長就是如此，但我仍無法想像鮑里斯（無論是在華沙、卡米烏拉格、巴布亞紐幾內亞或任何地方）過著平靜的生活，準備邁入成年，像我現在一樣。我和安迪——甚至是我和湯姆・蓋伯——總是像著了魔似地不停談論未來的藍圖。但鮑里斯不同，對他而言，最遠的未來只到下一餐。我無法想像他為了工作或社會做任何準備。但和鮑里斯在一起，你會體會到，人生中充滿各種偉大、荒謬的可能性——比學校教導我們的還要寬廣許多、浩瀚許多。我早已放棄傳簡訊或打電話給他，留到小咪手機裡的留言有如石沉大海，拉斯維加斯的家用號碼也停話了。我無法想像——根據他遍及天涯的流浪範圍看來——自己這輩子還能再見到他。但他仍幾乎天天浮現我腦海：學校裡指定要念的俄文小說讓我想起他；所有俄文小說和《智慧七柱》讓我想起他；連下東城也讓我想起他——那些刺青店和波蘭餃子館、空氣中的大麻味、提著雜貨袋左右搖晃的波蘭女士，還有聚集在第二大道酒吧門口抽菸的小鬼。

而且——有時候，猝不及防地，伴隨一種幾近疼痛的猛烈——父親的身影也會浮現腦中。中國城的五光十色與汙穢骯髒讓我想起他，那捉摸不定又無法解讀的氣氛讓我想起他：鏡子、魚缸、裝飾著塑膠假花和幸運竹的櫥窗。有時候，當我替霍比去堅尼街的珍珠繪畫美術用品店買腐石和威尼斯松節油時，會發現自己不知不覺間竟遊蕩到了茂比利街。E線地鐵站附近有間我爸從前愛去的餐館，我步下八級階梯，來到地下室，店裡擺著汙漬斑斑的塑膠桌，在那裡買蔥油餅和辣豬肉。我還必須用指的點餐，因為菜單上寫的全是中文。第一次帶著油膩膩的紙袋回霍比家時，他臉上茫然的表情讓我不由猛然駐足，停在客廳中央，像夢遊者遊蕩到一半時忽然被人吵醒，思索自己到底在想什麼——當然不是霍比，會不分晝夜，無時無刻想吃中國菜的人並不是他。

「喔，我喜歡中國菜啊。」霍比連忙說，「只是從來沒想過要吃。」我們在樓下店裡直接就著紙盒吃。霍比坐在高腳椅上，穿著他的黑色圍裙，袖子捲至手肘，筷子在他的一雙大手中顯得異樣細小。

3.

只是「暫住」霍比家一事也讓我憂心不已。儘管霍比——對他自己的善行懵懂未覺——似乎不在意我的留宿，但布萊斯葛多先生顯然只是將這當作權宜之計。他和學校的輔導老師都不厭其煩地解釋，雖然學校宿舍一般只保留給高年級的學生，但可以特別為我安排。然而只要任何有關住所的話題一展開，我就會陷入沉默，低頭瞪著自己的鞋子。宿舍不僅擁擠，而且到處都是蒼蠅，一座畫滿塗鴉的籠式電梯如監獄電梯般隆隆作響。牆上貼滿樂團的傳單，地板被啤酒淋得黏答答。像殭屍般裹著毯子的學生在電視間的沙發上打瞌睡，滿臉毛髮的男生一臉爛醉——他們在我眼裡都已經是成年的大人，二十幾歲的可怕大塊頭——在走廊上互扔四十盎司裝的空酒瓶。「好吧，你年紀是還有點輕。」布萊斯葛多先生說。我在——逼到走投無路時——終於表達自己的疑慮。但那些疑慮背後的真正原因我無法明說：考量到我的情況，我怎麼可能和室友同住？那裡安全嗎？灑水系統呢？竊盜問題呢？校方無保管學生個人物品之責任。我拿到的學生手冊上這麼寫道；學生應遵從宿舍保險規定，貴重物品請隨身攜帶至學校。

我在惶惶不安的迷茫日子中，努力讓自己成為霍比不可或缺的助手：替他跑腿、清理刷具、幫忙清點修復的家具、整理器材和老舊的櫥櫃木料。當他在雕刻椅背中央的長條木板或模仿舊椅腳改造新椅腳時，我就幫忙在熱鍋裡融化蜂蠟和樹脂，準備修復所需的亮光漆：十六份蜂蠟、四份樹脂、一份威尼斯松節油，香氣四溢，好似奶油糖般晶瑩剔透，又如糖果般黏稠，在鍋子裡拌攪時自有一種舒暢感。很快地，他開始教我在貼金箔前如何先在白底塗上一層紅土顏料：一定要在手會自然碰觸的地方揉進少許金箔，然後在裂縫和襯背上揉進少許炭黑色的塗料。(「金屬的氧化向來是一大問題。使用新木料時，如果你想要製造仿舊的效果，金箔的鏽澤永遠是最容易仿造的。」）如果在上了炭黑染料後，金箔仍舊太新太亮，他教我可以先用針尖刻出傷痕——各種輕微的、深淺不一的不規則傷痕——然後用舊鑰匙圈輕輕敲打，最後再將吸塵器轉到排氣的功能，噴上灰塵，黯淡表面的光澤。「經過重度修復的家具——會缺少磨損的痕跡或光榮的傷疤，所以你必須自己製造一些古老的光榮印記。祕訣在於，」他用腕背抹了抹額頭，解釋道，「永遠不要弄得太漂亮。」他所謂的「漂亮」是指「工整」。任何過於工整的磨損痕跡都是顯而易見的破綻。我從幫忙處理過的真品中了解到，真正的歲月痕跡是形形色色、歪七扭八、千變萬化的，時而開心，時而惱怒。紅木櫥櫃上，受日光斜射的部位會留下不對稱的溫暖痕條，另一面卻依舊如完工日般深邃。「什麼會造成木材老化？什麼都會。高溫、寒冷、壁爐的煤灰，家裡養太多貓——或者是，那個——」看見我指尖沿著一只桃花心木櫃粗糙骯髒的表面遊走時，他往後退開，問：「你覺得是什麼破壞了它的表面？」

「老天——」我蹲下來，查看清漆——又黑又黏，彷彿用玩具烤箱烤出來、令人胃口盡失的燒焦麵包表面——發現上頭出現清澈明亮的羽毛狀光澤。

霍比笑了起來：「造型噴霧。累積數十年的造型噴霧。你能相信嗎？」他說，用大拇指指甲邊緣刮起一層黑色汙垢。「美麗的老婦人把它當梳妝檯使用，經年累月下來，噴霧便如漆料般累積。我不曉得裡頭有什麼成分，但要清理簡直是一場惡夢；特別是五〇、六〇年代的東西。要不是表面受到損壞，這真是很別緻的一只櫃子。我們能做的就是將表面清理乾淨，讓底下的木頭重見天日，或許再替它上一層薄薄的蠟。不過這是件美麗的古董，不是嗎？」他說，手指愛憐地撫過櫃身。「看看櫃腳的轉折和這裡的紋理，還有它的形狀——有沒有看到這裡和這裡的塗漆是如何仔細搭配？」

「你會把它拆解開來嗎？」儘管霍比總是盡量避免，我卻非常喜歡那如手術般將家具拆解再重新組合的過程——要趕在膠乾之前迅速完成，就像船醫以最快速度割除盲腸。

「不——」他將耳朵貼在木櫃上，用指節敲了敲表面，「——聽起來還很堅固，但滑軌有些問題。」他說，拉開一只抽屜，嘎吱幾聲後便卡住了。「抽屜裡長期塞滿廢物就會這樣。我們會把這些修一修——」他使勁將抽屜拉出來，聽見木頭發出刺耳的摩擦聲不由縮了縮肩膀，「——將接合處磨平。看見這圓角嗎？最好的處理方法就是將凹槽磨方——把它變寬，但應該不用撬出榫頭上的舊滑軌——還記得我們之前是怎麼處理那只橡木櫃嗎？不過——」他用指尖撫過邊緣，「——桃花心木不太一樣；胡桃木也是。你會非常意外，修復時，被刨去木料的部位常常不是真正出問題的地方。特別是桃花心木，它的紋理非常緊密，尤其是這年紀的桃花心木；若非必要，你絕對不會想要刨它。只要在滑軌上抹上一點點石蠟，它就又煥然一新了。」

4.

時光飛逝。每天的生活一成不變，我幾乎不曾察覺幾個月就這麼過去了。春去夏來，空氣裡開始瀰漫潮濕與垃圾的臭味，街上人潮洶湧，臭椿樹上綠蔭濃密。然後夏去秋來，寒意籠罩，蕭索淒清。夜裡，我不是閱讀《尤金．奧涅金》，就是研究韋提眾多的家具書籍（我最喜歡的是一套兩冊裝的《齊本德爾家具：真品與贗品之比較》），或是詹森那本又厚又精彩的《西洋藝術史》。雖然有時我和霍比會在地下室一連工作六、七小時卻幾乎不曾開口交談，但在他的陪伴下，我從來不曾覺得寂寞。沒想到除了母親外，還有其他成年人可以這樣理解我、懂我、關懷我，實在令我大為震撼。雖然由於年齡上的距離，我們不免有些靦腆，兩人總是禮貌客套，沉默自持，但在工作室裡卻也培養出一套默契，不用他開口，我就能遞給他正確的木刨或鑿子。「環氧樹脂」是他對所有劣質贗品以及市面一般廉價品的簡稱。他給我看過許多接合處已完好維持超過兩百年以上的真品，而許多現代家具的問題在於木頭卡得太緊太密，以至於產生裂隙或無法呼吸。「永遠不要忘記，我們真正服務的對象，是一百年後要修復這件家具的工匠。他才是我們要打動的對象。」每當他需要黏合家具時，我的工作就是準備好所有正確的夾鉗，並且每個開口都要朝向正確的方向，等他將榫頭和榫孔一個個對準排好——與實際的膠合過程相比，準備工作才是真正辛苦麻煩的部分。一旦開始動工，我們必須在膠尚未凝固前的短短幾分鐘內瘋狂趕工，霍比的手如外科手術醫生般堅定，總能在我手忙腳亂時拿起正確的零件。我的工作主要是在他上夾鉗時扶住兩側（他用的不只是一般的G型夾鉗和F型夾鉗，還有為了充作固定工具而留在手邊的各種怪東西，像是床墊的彈簧、曬衣夾、舊繡花圈、腳踏車的內胎，還有——為了增加重量——以印花布縫製的彩色沙袋，和各種隨手拿來使用的物品，像是老舊的鉛製門擋和鑄鐵存錢筒）。如果他不需要幫手，我就清理木屑或把工具掛回架上——如果真的無事可做——只要能靜靜坐在一旁，看著他磨利鑿子或用加熱板上的熱水蒸氣彎折木頭，我也心滿意足。**我的老天，下面臭死了。**琵琶的簡訊寫著；**那煙味好嗆，你怎麼受得了？**但我好愛那味道——臭的人通體舒暢——也好愛那陳舊木料在我雙手之下的觸感。

5.

這段時間內，我一直密切留意布朗克斯那名雅賊同伴的消息。三人都認罪了——包括那名岳母——並被判處最高刑期：上萬元的罰金及五至十五年之有期徒刑，不得假釋。一般大眾似乎都認為，若非他們自己愚蠢，試圖賣掉維布朗．亨利克斯的作品，導致交易商打電話報警，他們現在仍能開開心心待在莫里斯高地，在岳母家享用義大利大餐。

但這絲毫沒有平撫我心中的不安。有天放學回家時，我發現樓上濃煙瀰漫，還有大批消防員集結在我臥房門外的走廊上——「老鼠。」霍比說。兩眼圓睜，臉色蒼白，身上套著工作罩衫、護目鏡架在頭頂，像個瘋狂科學家般走來走去。「我實在狠不下心用黏鼠板，那太殘忍了，又一直拖著沒請滅鼠隊來；但是老天，這太過分了，我不能讓牠們這樣繼續啃電線，要不是有煙霧偵測器，屋子就要付之一炬了。你看——」（他詢問消防員）「——我可以帶他過來嗎？」他繞過消防員帶來的配備，說，「你得看看這個……」他遠遠站在後方，指出一團仍在牆腳邊上冒煙悶燒的焦黑鼠骸。「你看！整整一窩的老鼠！」雖然霍比家裡裝設有保全系統——不只是煙霧偵測器，還有防盜系統——而且除了部分的走廊地板外，火勢並沒有造成任何真正的損傷，這件事仍嚇得我魂飛天外（如果霍比不在家怎麼辦？如果起火點在我房間怎麼辦？）而且光在兩呎高的護牆板裡就有那麼多老鼠，代表其他地方一定還有更多（以及更多咬壞的電線）。這讓我不禁開始考慮，雖然霍比痛恨捕鼠器，但或許我該自己布置一些。我提議過要不在家裡養貓——霍比和愛貓的德弗里斯夫人都興致勃勃——但儘管兩人討論後都同意了這提案，卻沒有立刻行動，後來也就不了了之。之後，過沒幾週，正當我考慮要不要再提養貓的事時，走進房裡，卻見霍比跪在我床鋪附近的地毯上——而且乍看之下，還以為他把手伸到床底下——嚇得我差點暈了過去；但原來他只是在換臥房窗戶底部的一塊裂開木板，正要拿起地上的刮刀。

「喔，嗨。」霍比說，起身拍了拍褲管，「對不起，我不是故意要嚇你！打從你搬進來後，我就一直想幫你換塊新木板。當然了，我覺得波狀玻璃比較襯這些舊窗戶，就是那種本德海姆玻璃，但如果穿插幾塊透明玻璃其實也無所謂——小心。」他說，「你還好嗎？」我扔下書包，彷彿一名飽受砲火震撼、跌跌撞撞自戰場歸來的中尉般，跌坐在扶手椅上。

這太瘋狂了；要是母親知道一定會這麼說。我束手無策，不知該如何是好。我很清楚，霍比有時會用異樣的眼神看我，他一定覺得我精神不正常，但我仍活在自己混亂的迷濛毒霧中，無法逃脫：每次有人出現門邊就嚇得魂飛魄散；電話一響就像被燙到般猛然跳起；即便在課堂上，突如其來的「預感」也會把我嚇得如遭雷殛，立刻奪門而出，趕回家確認畫仍在枕頭套裡，沒有被人破壞包裝或試圖撕毀膠帶。我用自己的電腦搜尋了所有有關藝品盜竊的法律條文，但找到的訊息零星散亂，無法提供任何相關或一致的觀點。然而，除了這件事外，風平浪靜的八個月過去，一個意外的解決方案忽然自行浮現。

我和霍比合作的搬運工人交情都不錯。他們大多是紐約的愛爾蘭人，心地善良、笨拙魁梧，沒能成功躋身警局或消防隊——麥可、西恩、派翠克、小法蘭克（但他個頭一點都不小，簡直跟個人形冰箱沒兩樣）——但也有兩名以色列人，一個叫做拉維夫，一個叫做艾維；此外還有一個——我最喜歡的——俄國猶太人，名字叫做葛里沙。（「俄國猶太人是個矛盾的名詞」他噴出一大團薄荷涼煙，向我解釋，「起碼對俄國人來說很矛盾。因為在反猶太主義者心中，猶太人和真正的俄國人是不同的——俄國對這事的堅持到了一種惡名昭彰的地步。」）葛里沙出生於塞凡堡，聲稱自己對那裡還有記憶（「黑海、鹽。」），但他在兩歲時便已跟著父母移民美國。他有一頭淺金色的頭髮，面色紅潤，眼珠如知更鳥蛋般藍的驚人，頂著老大一個啤酒肚，衣著十分邋遢，襯衫下方的鈕釦有時便這麼大大方方地敞開。但從他瀟灑自負的舉止看來，顯然他相信自己玉樹臨風、一表人才（誰知道呢，說不定他以前真的是）。不像總是擺著一張撲克牌臉的帕夫里考夫斯基先生，他非常健談，總是滿嘴玩笑，或是用那他那引人發噱的平板語調，連珠砲似地描述他所謂的「趣聞軼事」。「你以為自己很會罵髒話嗎，Mazhor？」他坐在工作室角落的棋盤前，玩笑說道；他和霍比有時下午會下個幾盤。「罵幾句來聽聽，我洗耳恭聽。」於是我滔滔不絕爆出一連串不堪入耳的髒話，就連霍比——他半個字也聽不懂——都用雙手摀住耳朵，直起身子哈哈大笑。

某個陰鬱午後——在我第一個秋季班開學不久後——葛里沙送了幾件家具過來，碰巧只有我在家。「Mazhor，過來。」他說，用傷痕累累的大拇指和食指揮掉菸屁股。Mazhor——他替我取的嘲笑綽號之一——在俄文裡的意思是「少校」。「別傻在那兒，過來幫我把車裡的垃圾搬出來。」對葛里沙來說，所有家具都是「垃圾」。

我視線越過他肩膀，往貨車看去。「什麼東西？很重嗎？」

「Poprygountchik（白癡），不重的話我會問你嗎？」

我們把家具搬進店裡——一面以布襯包裹的金邊鏡、一座燭台、一組餐椅——拆開包裝後，葛里沙靠在霍比正在修理的一只餐具櫃上（還記得先用手指碰了碰，確保表面已經乾了），替自己點了根Kool涼菸。「要來一支嗎？」

「不用了，謝謝。」老實說，我很想，但又怕霍比會聞到菸味。

葛里沙用手搧去煙霧，指甲髒的不得了。「你現在有事嗎？」他問，「下午想不想給我幫個手？」

「怎麼幫？」

「放下你手上那本裸女書。」（詹森的《西洋藝術史》），「和我一起去布魯克林。」

「去那幹嘛？」

「我得載幾件垃圾去倉庫，需要個幫手。本來是麥可要跟我一起去，但他今天生病了。哈！巨人隊昨晚輸了，他賠了一大筆錢，現在保證頂著宿醉和一雙黑眼圈躺在英伍德家裡的床上。」

6.

葛里沙載著滿車家具，開往布魯克林，嘴巴沒有一刻停過，像唱獨腳戲似地一下誇讚霍比的優點，一下又說他就要毀了韋堤的事業。「他想在這充滿謊言的吃人世界裡當個正直善良的老實人？過著隱居的生活？看他每天這樣白白把錢扔出窗外我實在快心痛死了。不，不，」他舉起一隻髒兮兮的手，阻止我開口，「他的工作很花時間，那些修復的工作，像古代大師一樣，什麼都靠自己的雙手——我了解，他是藝術家，不是生意人。但拜託誰來跟我解釋一下，他為什麼要付布魯克林造船廠那麼一大筆的倉儲費，而不是把存貨賣一賣，結清帳單？我的意思是——看看地下室那些垃圾就好！韋堤從拍賣會上買回來的東西——每個禮拜還有更多東西送進來。樓上店面已經被塞得水泄不通！他手裡一堆價值連城的寶貝——得花上上百年才能把所有東西賣完！客人停在櫥窗前打探——手裡捧著現金——想要買東西——但他什麼反應？對不起，女士！閃遠點！今天不營業！而他呢，就拿著他的工具躲在地下室裡，為了某個老太婆的爛椅子花上整整十小時雕刻這麼小的木頭。」（用拇指和食指比出大小）。

「是沒錯，但他還是有買主。上星期剛賣出一堆家具。」

「什麼？」葛里沙猛然轉頭，殺氣騰騰地看著我，厲聲質問，「賣出一堆家具？賣給誰？」

「佛格夫婦。他特地為他們開了店——他們買了一只書櫃、一張棋桌——」

葛里沙火冒三丈：「那些傢伙，還有臉說是他朋友咧！你知道他們為什麼跟他買家具嗎？因為他們都知道他價錢低——『預約來店』，哈！他還不如把店關了，以免那些禿鷹上門。我的意思是——」他一拳按上心口，「——你了解我；霍比就像我家人，但是——」他用大拇指、食指、中指做出搓揉的手勢；鮑里斯以前也會做這動作，代表錢！錢！「——他完全不懂做生意。如果自己只剩最後一根火柴、最後一點食物，他也會送給任何一個虛情假意的騙子。你就等著瞧吧——不用多久，只要四、五年，他保證會破產，無家可歸，除非有人能替他管店。」

「像誰？」

「嗯——」他聳了聳肩，「——像我表姊一樣的人。莉狄亞。那女人甚至能把水賣給一個快淹死的人。」

「你該跟他談談的；我知道他也想找人幫忙管店。」

葛里沙嘲諷一笑：「莉狄亞？在那垃圾場工作？聽著——莉狄亞賣的是黃金、勞力士和獅子山共和國的鑽石。出門有林肯禮車接送。身上穿的是白皮褲……長及地板的貂皮大衣……指甲足足有*這麼*長。這種女人怎麼可能整天坐在一間塞滿灰塵和陳年垃圾的舊貨店裡。」

他熄火停車。我們來到一處荒涼的河岸，眼前是一棟方方正正的灰色建築，四周的停車場和修車店杳無人跡，看起來就像電影裡頭黑幫會把人載去解決的地方。

「莉狄亞——莉狄亞非常性感。」他若有所思地說，「長腿——大奶——又漂亮。光看就賞心悅目。但這種生意啊——你不會想找像她這麼高調招搖的人來處理。」

「那要找哪種人？」

「韋堤那樣的人。他有種清白的氣質，你懂嗎？像學者；或是牧師。他就像祖父一樣，慈祥和藹，但同時間又是個非常精明的生意人。你想要當個善良親切的大好人當然沒問題，但一旦獲得顧客信任，讓他們相信可以從你這買到最低價後，就不能讓銀子白白溜走，哈！這就是生意，Mazhor，這世界他媽的真理。」

按鈴進去後，只見櫃台後方有個義大利人獨自在看報。氣泡袋和封箱膠帶的展示櫃旁有個架子，葛里沙登記時，我便讀起架上的手冊：

亞里斯頓專業藝術精品儲藏
最頂尖的設備
火災防制系統、溫濕度調控、二十四小時保全一應俱全
信用—品質—安全
滿足您對藝術精品儲藏之所有需求
創始於一九六八年，為您收藏的貴重珍品打造最安全的儲藏地點

除了櫃台人員外，倉庫裡空無一人。我們把家具搬進貨運電梯——刷卡輸入密碼後——隨著電梯來到六樓，穿過一條又一條毫無特色的長廊，天花板上裝設著一台台的監視器，每扇數字門看起來都一模一樣；D排走道、E排走道，死星般的無窗牆壁彷彿綿延無盡，有種軍方的地底檔案室或甚至是未來靈骨塔的感覺。

霍比在這裡租了一間大型倉庫——雙開門，大到足以一輛貨車進入。「到了。」葛里沙說，轉動鎖孔裡的鑰匙，發出一聲金屬喀嗒聲，用力將門推開。「看看他在這裡放了多少垃圾。」倉庫裡堆著滿滿的家具和琳瑯滿目的物品（檯燈、書、瓷器、小巧的銅器，以及塞滿紙張與發霉鞋子的舊畢奧圖曼包）。看了第一眼後，我茫然失神，還以為自己闖入了某位剛過世的老收藏家公寓，想退後將門關上。

「一個月要兩千塊。」當我們合力拆去椅子的包裝，把它們搖搖欲墜地疊在一張櫻桃木書桌上時，葛里沙悶悶不樂地說，「一年就要兩萬四千塊！他還不如拿這些鈔票來點菸，也好過當這些垃圾的房租。」

「那小一點的倉庫呢？」我看見有些門相當小——大約只有行李箱那麼大。

「一堆神經病。」葛里沙無奈地說，「就算只是像後車廂那樣大的保管箱，一個月也要上百塊。」

「我想問的是——」我不曉得該怎麼開口，「——他們要怎麼防止有人在倉庫裡收藏違法物品？」

「違法物品？」葛里沙掏出一條髒手帕擦去額頭上的汗水，又抹了抹脖子，「什麼意思？你是說槍嗎？」

「對啊；或者你知道的，贓物之類的。」

「怎麼防止？我告訴你要怎麼防止。沒有任何方法能防止。除非你死了、坐牢了，或者沒付錢，否則東西藏在這裡永遠不會被人發現。這裡有百分之九十的東西都是廢物——嬰兒的舊照片、奶奶閣樓裡的垃圾。但是——如果牆壁會說話，你保證會大吃一驚。如果你知道要往哪裡找，這裡大概藏了有上百萬美元的寶藏。祕密、槍、珠寶、凶殺案的屍體——各式各樣的瘋狂物品。過來——」他用力關上門，正努力要把門拴上，「——幫我弄這鬼玩意兒。我恨死這地方了，老天，簡直就跟停屍間沒兩樣。」他指向那彷彿永無止境的空洞走廊，「所有東西都被鎖起來，隔絕在活生生的世界之外！每次來這裡我都覺得呼吸困難，比他媽的圖書館還要糟糕。」

7.

那晚，我從霍比的廚房裡拿了電話簿，帶回房裡，在「藝術精品倉儲」的目錄下查找。曼哈頓和周遭的郊區有不少這種倉庫，許多都在優雅高級的廣告文宣中詳細列載了自己的服務：尊榮禮遇，專人到府收件！一名卡通管家托著銀盤，上頭一張名片印著：**布林更與塔克威爾倉儲公司**，創始於一九二八年，為各行各業與私人客戶提供最隱密、最周到、最頂尖的倉儲服務。藝術科技，文化遺產，檔案管理。全館由溫濕度計記錄系統監控，依據AAM（美國博物館協會）標準，二十四小時保持於華氏七十度恆溫以及百分之五十之相對濕度。

但這些都太專業了。我最不想要的，就是讓人注意到我藏了一件藝術品，我需要的是一間安全又不起眼的倉庫。有家最大也最知名的連鎖倉庫在曼哈頓有二十個據點——其中一個位於東河旁的六十幾街，就在我舊家附近，離我和母親以前住的地方只有幾條街遠。全區由我們二十四小時的特殊人力保全中心所監控，並配備有最新防火與煙霧偵測系統。

霍比在走廊上問了我些什麼。「什麼事？」我啞著嗓子大聲問，語氣虛假，用力將電話簿闔在手指上。

「莫伊拉來了。要不要和我們一起去附近吃個漢堡?」所謂的「附近」就是指白馬小館。

「好,馬上來。」我回到電話簿上的廣告。為歡樂的夏季騰出空間!輕鬆收納你的運動與休閒裝備!他們讓這一切聽起來多簡單啊:不需信用卡,只需現金繳納押金即可。

隔天,我沒去學校,而是從床底下拿出那只枕頭套,用絕緣膠帶牢牢黏緊,放進布魯明戴爾百貨的棕色紙袋裡,攔了輛計程車去聯合廣場上的一間體育用品店。猶豫片刻後,我買了一頂便宜的小帳篷,之後再招輛計程車到六十街。

我走進倉儲公司那彷彿太空時代、玻璃四面環繞的辦公室裡,發現自己是唯一的客人。雖然我已準備好一套說辭(熱愛露營,但老媽有潔癖),但櫃台後方的眾位服務人員似乎都對我那只大字分明,以及巧妙露出小帳篷標籤一角的運動用品店大提袋毫無興趣。似乎也沒有人覺得我一口氣就用現金預付一年——還是兩年?——的租金有什麼奇怪或特別。現金可以嗎?「外頭就有提款機。」收銀台後的波多黎各人伸手指示方向,視線從頭到尾沒離開他的培根蛋三明治。

就這麼簡單?我一面搭電梯下樓,一面心想。「把你的保險櫃號碼和密碼寫下來。」櫃台人員說,「收在安全的地方。」但我兩個都已經背起來了——我看過很多龐德電影,對這套程序再熟悉不過——一走出大門,立刻將紙片扔進垃圾桶。

走出建築,離開那如密室般的死寂與從通風口平穩傳出的悶濁輕鳴聲,我只覺得頭暈目眩,茫然無措。而那湛藍的天空、刺眼的陽光、熟悉的早晨廢氣與喧鬧的汽車喇叭,似乎都沿著馬路延伸為一幅更寬廣、更美好的畫面:一個陽光明媚、熱鬧歡騰的理想國度。這是我回紐約後首次來到薩頓公寓附近,感覺就像墜回一場親切的舊夢。過去與現在交替轉換,人行道上的雜點,甚至是過去就有的裂縫都沒有任何改變。以前,每次我跑回家,都會跳過那些裂縫,壓低身子,想像自己在飛機上,機翼傾斜。快到了;最後的衝刺,迅速朝家逼近——許多老店都還在:熟食店、希臘餐館、酒坊;所有早已遺忘的鄰居面孔在我腦中混雜交錯,花店的老闆薩爾、義大利餐廳的貝塔麗娜太太、乾洗店的維尼；他脖子上總是掛著量尺，跪在母親身前，替她用別針別起裙子。

舊公寓只在幾條街外。而當我朝五十七街望去，看見那熟悉而明亮的巷子、看見陽光映射的角度分毫不差、看見金黃色的光芒在窗戶上閃耀，內心不禁吶喊：阿金！荷西！一想起他們，我的腳步就不由加快。時值早晨，應該至少會有一個人值班。在拉斯維加斯時，我不曾依約寄明信片回去過，他們看到我一定很高興，團團圍在我身旁，擁抱我、拍打我的背，興致勃勃地想知道一切，包括父親的死。他們會邀我進管理室，或許還會打給韓德森經理，告訴我公寓這些日子以來的種種八卦。但當我轉過街角，站在動彈不得的車陣與喇叭聲中時，卻看見半條街外的公寓包圍在鷹架之中，緊閉的窗上貼著公告。

我慌忙停下腳步，然後又——不可置信地——走上前，駭然駐足原地。那扇裝飾藝術風格的大門已不知所蹤，而且——原本涼爽昏暗的大廳、閃閃發亮的地板和有光芒紋飾的鑲板，現在竟變成了一個由砂石和水泥砌成的大洞，戴著安全帽的工人推著裝滿瓦礫的推車走出公寓。

「這裡怎麼了？」我詢問一名頭戴安全帽、滿身泥土的工作人員；他縮著肩膀，稍稍站開了些，正良心不安地喝著咖啡。

「什麼意思，這裡怎麼了？」

「我——」我後退，抬頭仰望，發現不只是大廳，原來整棟公寓都被挖空了，因此現在一眼就可以直接望進後院。牆上的釉面馬賽克磚依舊完整，但窗戶骯髒空洞，裡頭什麼也沒有。「我以前住在這裡，出了什麼事？」

「業主把公寓賣了。」他提高音量，以免被大廳裡的電鑽聲淹沒，「最後一批住戶在幾個月前搬走了。」

「但是——」我抬頭仰望空蕩蕩的屋殼，然後是漫天煙塵、打著照明燈的廢墟——男人在裡頭大聲喊叫，電線四處垂落。「他們在做什麼？」

「改建成高級公寓。一戶超過五百萬——附設屋頂游泳池——你能相信嗎？」

「老天。」

「是啊。你還以為這裡會被好好保存，這美麗的老房子——昨天才用電鑽打掉大廳的大理石階梯，記得那階梯嗎？真的很可惜。真希望我們可以整座原封不動地拆除，現在已經很難見到這麼高品質的大理石了，那樣美麗古老的大理石。不過——」他聳了聳肩，「——這城市就是這樣。」

他對樓上某人高喊了聲什麼——有人用繩索垂吊了一桶沙子下來——我舉步前行，只覺得天旋地轉，來到我們以前客廳窗戶的正下方，或該說被轟炸過的殘骸下方，心裡卻亂到無法抬頭仰望。閃開點，小鬼。荷西在把我行李箱搬上管理室架上時曾這麼說。有些住戶，像是李奧波德老先生已經在這公寓住了超過七十年。他怎麼了？阿金和荷西呢？還有——辛西亞呢？她手上永遠有超過十幾件的兼職清潔工作，每週只在公寓工作幾小時。雖然直到此刻前，我從來不曾想起她，但過去的一切是如此明確、如此穩固，彷彿永遠不可能改變，這公寓裡的社會體系；它就像個連結過往的樞紐，讓我永遠可以回來探望故友、寒暄問候。這裡有認識母親的故人；有認識父親的故人。

離開越遠，我心情就越是煩躁。在這理所當然的世界上，被我視為屹立不搖、恆久不變的停靠點本已寥寥可數，如今又少了一個：那些熟悉的面孔、熱情的招呼：嘿，小兄弟！我一直以為，起碼過往的這塊試金石會一直留存原地。我從沒想過自己將永遠無法親自向荷西和阿金道謝當初給了我那筆錢——更難想像的是，我將永遠無法告訴他們父親死亡的消息。因為除了他們外，還有誰認識他？誰在乎這件事？就連腳下的人行道也感覺隨時都會崩裂，而我將從五十七街跌入一個我永遠無法停止墜跌的深淵。

第 四 部

父子並不僅是血肉相親，更是靈魂相依。

——席勒

第九章 萬事皆有可能

1.

八年後一個下午——在我離開學校並開始替霍比工作後——我踏出紐約銀行大門，心事重重、煩躁難安地沿著麥迪遜大道前行；就在這時，忽然聽見有人叫我。

我轉過身。聲音熟悉，眼前之人卻很陌生：三十多歲，身材比我高大，一雙灰眼陰沉乖僻，極淡的金髮長及肩膀。他的打扮——起毛的花呢夾克，粗糙的翻領毛衣——比較適合出現在泥濘的鄉間小巷，而非城市街頭。而且他隱隱有種紈褲子弟的墮落神情，就像那種會借住朋友沙發，嗑點小藥，浪費父母大把銀子的富家少爺。

「是我，普萊特。」他說，「普萊特．巴波。」

「普萊特。」我震驚到啞口無言，一會兒後才反應過來，「好久不見了，老天。」在眼前這名清醒專注的路人臉上，你很難看出過去那名混蛋袋棍球選手的影子。那份傲慢已消失無蹤，過去那逞凶好鬥的鋒芒。現在的他看起來疲憊不堪，眼裡有種聽天由命的煩憂神情，彷彿郊區一名鬱鬱寡歡、擔心妻子出軌的丈夫，或二流學校裡醜聞纏身的教師。

「喔，哇，普萊特，近來可好？」在一陣尷尬的沉默後，我向後退開，又說，「你還住在城裡嗎？」

「對。」他回答，一手按在頸後，似乎也很不自在。「老實說，我才剛開始一份新工作。」歲月對他並不仁慈。過去，他曾是三兄弟中髮色最耀眼、五官最英挺的一個；但現在下頜變得厚實，面孔變得粗獷，不再擁有過去那種德軍青年團的乖戾俊美。「我現在在一間學術出版社工作，黑岡出版社，總公司在劍橋，但這裡也有辦公室。」

「太好了。」我說，好像我知道那間出版社一樣，但其實聽都沒聽過——然後點了點頭，把玩口袋裡的零錢，思索要怎麼脫身。「很開心見到你。安迪好嗎？」

他的表情似乎在瞬間凝滯。「你不知道嗎？」

「嗯——」我遲疑回答，「——聽說他進了麻省理工學院。我一、兩年前曾在街上巧遇威恩・坦波——他說安迪拿到獎學金——去念天體物理學了？」我緊張地說；普萊特盯著我，看得我渾身不自在，「我其實跟以前的同學都沒什麼聯絡了……」

普萊特摸了一下後腦杓：「對不起，我們不清楚要怎麼聯絡你。情況還是很混亂，但我以為你現在一定聽說了。」

「聽說什麼？」

「他死了。」

「安迪？」我問。見他沉默不語，又補了一句，「不可能。」

譏誚的表情在他臉上一閃而逝——幾乎在我看到的瞬間便消失無蹤。「真的。非常不幸，我很遺憾必須這麼說，但安迪和爸都走了。」

「什麼？」

「五個月前。他和爸在海裡溺斃。」

「不。」我看向人行道。

「船翻了，在東北港外。我們其實沒有開出去多遠，但或許一開始就根本不該出海，但是爹地——你也知道——」

「我的天啊。」我站在迷茫的春日午後，剛放學的小孩在身旁跑來跑去，我卻像被人開了一個不好笑的玩笑般，呆若木雞，惶然不知所措。儘管這幾年來我時常想起安迪，還有一、兩次差點見到他，但自從我回到紐約後，卻始終沒有跟他聯絡。我一直堅信自己有天會和他巧遇——就像和威恩、詹姆斯·維利爾斯、瑪蒂娜·李奇布勞和其他幾個老同學一樣。儘管我常想拿起電話，向他打聲招呼，卻從來沒付諸行動。

「你還好嗎？」普萊特問——一手按摩著自己脖子，臉上表情與我此刻心情同樣不安。

「嗯——」我轉身面向商店櫥窗，要自己冷靜。而我那透明的幽魂也轉身迎視我，玻璃中，可以看見人群在我身後來來去去。

「老天。」我說，「這實在太難以相信。我不曉得該說什麼才好。」

「很抱歉忽然在大街上告訴你這消息。」普萊特揉了揉下巴，說，「你臉色看起來不太好。」

臉色看起來不太好。這是巴波先生以前常說的話。他在普萊特房裡拉開抽屜東翻西找、提議要幫我生火的畫面驀然浮現腦海，我心裡不由一陣絞痛。發生這種事實在太可怕了，老天。

「你爸也過世了？」我眨了眨眼，問，彷彿剛有人把我自酣睡中喚醒。「你剛才是這麼說的嗎？」

他舉目張望——那昂起下巴的模樣又暫時喚回我記憶中的普萊特，不可一世的普萊特——然後看向手錶。

「你現在有空嗎？」他問。

「呃——」

「我們去喝一杯。」他說，一拳打在我肩頭，力道大到我不由一縮。「我知道第三大道上有間安靜的酒吧，怎麼樣？」

2.

我和他坐在幾近無人的酒吧——過去曾盛極一時，牆上鑲飾著橡木板，空氣中懸浮油膩的漢堡味，長春藤名校的校旗掛在牆上。普萊特用呆板侷促的語調滔滔不絕，音量小到我必須全神貫注才聽得見。

「爹地，」他低頭注視著他的萊姆琴酒；巴波太太愛喝的調酒。「雖然我們都避而不談——但……。祖母說是他腦中的化學作用失衡；躁鬱症。他第一次發作——發病——隨你怎麼說，是在哈佛法學院——一年級的時候，連第二年都撐不到。腦子裡塞滿各種瘋狂的計畫，情緒異樣高亢……在課堂上咄咄逼人，恣意發言，還開始撰寫一本有關艾塞克斯捕鯨船的長篇史詩，但其實只是一堆胡言亂語。然後，他的室友——顯然地，在所有人之中，他是最能穩定他情緒的依靠——離開一學期，去德國當交換學生，所以——就這樣，祖父得搭火車去波士頓接他。他因為在聯邦大道的莫里森銅像前縱火而被逮捕，警方現身時還一度拒捕。」

「我知道他有些問題，但從來不知道有那麼嚴重。」

「嗯。」普萊特望著他的酒，一口飲盡，「那是在我出生前許久的事。和媽咪結婚後他就好轉很多，而且已經服了一陣子的藥，只是我們祖母從那之後就再也無法全心信任他。」

「什麼之後？」

「喔，我們當然和她處得很好，我們這些孫子。」他匆匆解釋，「但你無法想像爹地年輕時惹過多少麻煩……花錢如流水，揮霍、咆哮、爭執，與未成年少女鬧出不名譽的醜聞……他會哭著道歉，然後舊事再度重演……奶奶總說祖父會心臟病發都是他的錯，他們兩人在祖父的辦公室裡起了口角，然後就『砰』。不過只要有吃藥，他就溫馴的像頭綿羊；模範老爸——嗯，你也知道的，他對我們小孩很好。」

「他對我一直很親切，以前。」

「是啊。」普萊特聳了聳肩，「他可以是個好好先生。和媽咪結婚後，他穩定了好一陣子。然後──我不曉得究竟出了什麼事，但他做了些非常不明智的投資決定──那是第一個徵兆。三更半夜貿然打給認識的朋友，等等之類的。而且對他辦公室的一個實習女大學生神魂顛倒──媽咪還認識那女生的家人。情況真的很糟。」

不知為何，聽見他稱呼巴波太太「媽咪」，我心裡莫名湧現一股難以言喻的感動。「我不知道以前原來發生過這樣的事。」我說。

普萊特皺起眉頭，流露一種絕望、認命的表情，讓他看起來與安迪驚人相似。「我們也不是太清楚──我們這些小孩。」他苦澀地說，大拇指撫過桌巾。「爹地生病了──我們只知道這點。我在外地念書，他們把他送進醫院後，一直不讓我和他通電話，只說他病情嚴重。有好幾個星期，我還以為他死了，只是不想要我知道。」

「嗯，這些我還記得。太可怕了。」

「記得什麼？」

「呃，精神上的問題。」

「喔，是啊──」他眼裡陡然燒起熊熊怒火，嚇了我一大跳，「──我怎麼會知道是『精神上的問題』還是癌症末期或其他什麼鬼毛病？『安迪太纖細了……安迪留在城裡比較好……我們不認為安迪適合寄宿學校……』好吧，我只能說，差不多我一學會自己綁鞋帶，媽咪和爹地就準備把我送去寄宿學校。那是一間愚蠢至極，叫做喬治王子的馬術學校。一點也不入流，但是，哇，多好的品格培養經驗啊，對未來進入格羅頓中學會是多完美的準備啊！而且他們的學生年齡層真的很低，七歲到十三歲。你該看看他們的手冊，什麼維吉尼亞鄉村狩獵之旅，只是實際上根本沒有照片那麼美好，綠油油的丘陵和英挺的騎裝，哼。我在馬廄裡被馬踹了一腳，肩膀的骨頭都斷了。住在醫務室時，窗外只有空蕩蕩的車道，半輛車也不見，沒他媽的一個人來看我，連奶奶都沒來。而且醫生還是個酒鬼，沒把我肩膀接好，到現在還有後遺症。我到今天還是恨死那些爛馬。」

「總之——」他尷尬地改變語調，「——等爹地情況真的不對、被他們送進醫院時，我已經被帶離那裡，送去格羅頓。他顯然是在地鐵上出了點事……不過眾人各執一詞，成了羅生門，爹地說一套，警察又是另一套。然後呢——」他挑了挑眉，流露一種黑色幽默的做作神情，「——爹地就被送去休閒農場了！整整八星期，不能有任何皮帶、鞋帶或任何尖銳物品。但他們讓他在那接受休克治療，好像真的有用，因為等他回來後，整個人就像脫胎換骨一樣——你應該也記得，簡直可說是年度模範父親。」

「所以——」我想起當年和巴波先生在街上的難堪相遇，最後還是決定不要說出口。「——後來出了什麼事？」

「誰曉得。他幾年前又開始出現問題，得再回去療養院。」

「什麼樣的問題？」

「喔——」普萊特大聲吐了口氣，「老樣子，冒昧的電話、在公共場所鬧事等等。不過當然了，不是他的問題，他好的不得了。情況是從公寓整修時開始惡化的，他本來就反對。持續不斷的敲打聲、電鋸聲，說什麼企業正在摧毀這座城市等等。起初一切正常，他說的都是事實，只是後來像雪球般越滾越大。他開始覺得自己被人二十四小時跟蹤、拍照、監視；寫了些瘋狂荒謬的信，收件對象包括公司裡的一些客戶……在遊艇俱樂部裡鬧了不少事……惹得許多會員抱怨投訴，甚至包括一些老朋友；不過誰能怪他們呢？」

「總之，爹地第二次出院後——就變得和以前完全不同。雖然情緒擺盪沒那麼極端，但就是無法專心，無時無刻都很焦躁。大約半年前，他換了醫生，跟公司申請留職停薪，搬到緬因——

我們的哈利叔叔在那裡的島上有座房子，除了管家外無人居住。爹地說海邊的空氣對他有幫助。

我們大家會輪流去陪他……那時安迪還在波士頓，在麻省理工學院念書，而他最不想做的，就是被迫離開學校，照顧爹地。但不幸地，他距離最近，有時想不去都不行。」

「他沒有回去……呃——」我不想說休閒農場，「——之前那個地方嗎？」

「他不去我們有什麼辦法？如果當事人不願意，要送他進療養院並不是一件簡單的事，特別是病人不肯承認自己有問題的時候，而爹地當時就是如此。除此之外，他也說服我們藥才是最重要的。只要新藥開始發揮作用，他就會恢復正常。管家也會向我們回報情況，確保他有好好吃飯、按時服藥。爹地每天都會和他的心理醫生通電話——醫生也說這樣無妨。」他防衛辯解，「他說爹地可以開車、游泳，想出海的話也沒問題。或許那天那麼晚出海不是什麼好主意，但我們啟航時天氣不錯；而且當然了，你也了解爹地，大無畏的水手，英勇，愚蠢。」

「沒錯。」我聽過太多巴波先生英勇駛進「驚濤駭浪」的故事，結果那所謂的驚濤駭浪原來根本是東北地區大風暴，整整三州宣布進入緊急狀態，大西洋沿岸的城市全停了電。安迪暈船暈得七葷八素，一面吐，一面拚命把海水舀出船外。劇烈顛簸的傾斜夜晚，在漆黑的暴雨中擱淺觸礁。巴波先生——手裡拿著他的純真瑪麗，在星期天早晨的培根蛋前轟然大笑——自己也說過不只一次他和孩子們被颶風吹出長島海峽外的故事，船上的無線電失效，巴波太太只能打給公園大道與八十四街上的聖依納爵教堂的牧師，徹夜不眠地祈禱（巴波太太！祈禱！），直到接獲海岸巡防隊的通知。（「只要強風一到，她就會乘風奔向羅馬，是不是啊，親愛的？哈！」）

「爹地——」普萊特悲傷地搖了搖頭，「媽咪曾說過，如果曼哈頓不是一座島，他永遠不可能在這多待一分鐘。他在岸上總是愁雲慘霧——總是渴望大海——必須親眼看到它、聞到它——我還記得小時候如果要開車去康乃狄克，他不會直接走八十四號公路到波士頓，而是會繞上好遠好遠的路，來到海邊。總是凝視大西洋的方向——真的非常非常敏感，越接近海洋，雲朵就越會有怎樣的變化。」普萊特閉上那雙灰眼，片刻後重新睜開。「你知道我小姑姑投河自盡的事，對不對？」他說；語調淡然到一時間我還以為自己聽錯了。

我眨了眨眼，無言以對。「我不知道。」

「好吧，總之她是。」普萊特用他平板的語調繼續道，「凱西就是以她命名的。在東河的船上派對上縱身一躍——本來只是開玩笑，大家都這麼說，只是一場『意外』；但是人都知道不該那麼做，那裡水流強勁，立刻就將她拉進河底。另一個小鬼也死了，跟著跳進河裡，想要救她。還有爹地的叔叔溫道爾，在六〇年代某天晚上喝醉了，和人打賭說他可以游回內陸——我想說的是，爹地曾說過大海就是他的生命泉源或青春之泉，等等之類的——沒錯，它的確是。但對他來說，大海不只是生命泉源，也是死亡終點。」

我沉默無語。巴波先生的航海故事向來不是真的和這項休閒活動有什麼關連或啟發，而是散發一股雄渾的急迫，一種災難將至的誘人戰慄。

「而且——」普萊特的雙脣緊抿成一條線，「——不用說，只要在海上，他就覺得自己萬夫莫敵。他是海神之子！永遠不可能沉沒！越驚濤駭浪越好。你知道嗎，他以前非常為暴風雨著迷。低氣壓就是他的笑氣。雖然……雖然那天波濤洶湧，但氣溫暖和，是那種明媚的秋日晴空，讓人什麼也不想做，只想到海邊。安迪不想去，他感冒了，而且正在用電腦計算什麼複雜的程式，但我們都不覺得真會有什麼危險。本來只打算帶他出去一下下，讓他冷靜下來，希望可以說服他去碼頭的餐廳吃點東西。懂嗎——」他焦躁地翹起雙腿，「——只有我們兩人陪著他，我和安迪；而且老實說，爹地有點反常，從前一天開始情緒就有點緊繃，說話有點瘋狂，感覺在崩潰邊緣——安迪打給媽咪，因為他有正事要做，而且覺得自己沒辦法應付，所以媽咪就打給我。等我到了那裡，坐上渡輪，爹地的心早已飄到浩瀚的大海遠方，不停喃喃叨唸洶湧的浪花和白茫茫的霧氣——狂野的綠色大西洋——絕對是在胡言亂語。安迪從來都無法忍受爹地這模樣。他把自己關在房裡，牢牢鎖上房門。我想在我到之前，爹地已經給了他一頓好受。

「我知道，事後看來，這麼做似乎過於魯莽，但是——你懂嗎，我自己一個人就可以駕船。爹地在家裡已經瘋了，我能怎麼辦？制伏他，把他關起來？而且，你也曉得安迪，從來不把食物放在心上。櫥櫃裡什麼也沒有；除了一些冷凍披薩外，冰箱裡空無一物……所以我想，快去快回，在碼頭找些吃的感覺起來是個不錯的計畫。『餵飽他。』每當爹地開始亢奮，媽咪總是這麼說，『讓他吃點東西。』這永遠是我們的第一道防線。讓他坐下來——餵他吃一大塊牛排，通常這樣就能讓他安定下來。當然——內心深處，我也想過，如果回到內地後他還是一樣，我們就不要去什麼牛排館了，必要的話直接送他去醫院。我只是為了安全起見才叫安迪一起去，想說可以多個人幫忙——老實說，我前一晚很晚才回家，套句爹地以前會說的，我當時根本沒做好出航的準備。」他頓了會兒，掌心在大腿的粗呢褲管上來回摩挲，「總之，安迪向來對海沒什麼好感，你也知道。」

「我知道。」

普萊特縮了縮：「我看過有些貓都比安迪會游泳。老實說，除了智障和真的有病的人之外，安迪是我見過最笨手笨腳的一個小孩……老天，你該看看他在網球場上的樣子，我們還開玩笑說要送他去參加特殊奧運，他絕對可以橫掃大會。不過他畢竟還是在船上待過不少時間，天曉得——我當初只是覺得能多個人幫忙似乎是個聰明的決定，而且爹地狀況又不好，我們兩個駕船綽綽有餘——我的意思是，一切本來好好的；原本也會好好的，只要我有盡責，仔細留意天色。風越來越強，我們試著要把主帆收起來。爹地揮舞手臂，大聲喊著什麼星星之間的空隙，總之滿口瘋話。結果浪一來，他失去平衡，就這麼跌出船外。我們努力想將他拉回船上，我和安迪——但船身受到猛烈撞擊，恰巧又是最危險的角度。浪很大，就是那種不知從哪憑空冒出、狠狠向你襲來的滔天巨浪。然後『砰』，船就翻了。水其實也不是真的那麼冷，但只要在水裡泡得夠久，五十三度的水溫就足以讓你失溫。不幸地，我們就是這樣；我指的是爹地，他已經不知道被拋到哪裡去——」

那名親切的大學女侍出現普萊特身後，想問我們要不要再來一杯——我迎上她視線，微微搖了搖頭，請她離開。

「爹地是死於失溫。他後來變得很瘦，身上沒有半點脂肪，在水裡泡上一個半小時就足以致命，像那樣在低溫中踢水掙扎。如果不保持靜止不動，你會失溫的更快。而安迪——」普萊特似乎察覺到服務生的出現，轉身舉起兩根手指：再來兩杯。「——安迪的救生衣……他們發現仍連著安全側纜，跟在船後飄蕩。」

「我的天吶。」

「一定是翻船時從他頭上滑出來了。原本有條繫繩應該要繞過胯下——不太舒服，大家都不喜歡綁——總之，雖然安迪的救生衣仍繫在安全側纜上，但顯然他沒有完全扣好，那個小混蛋。」他提高音量，「我的意思是，這實在太符合安迪的作風了，你知道嗎？連根繩子都不肯好好綁好？一輩子都是這麼他媽的笨手笨腳——」

我意識到普萊特音量變得非常大，不由緊張地瞥向女侍。

「老天，」普萊特陡然將椅子往後一推，「我一直對安迪很壞，有夠王八蛋。」

「普萊特——」我本想說不，你沒有。但那不是真的。

他抬眼看向我，搖了搖頭：「老天，」他眼神茫然空洞，就像我和安迪以前愛玩的電腦遊戲（空中騎兵直升機II：前進高棉）裡的直升機駕駛員。「我只要想起以前對他做過的事，就無法原諒自己，永遠。」

「唉。」我在一陣尷尬的沉默後開口，看向普萊特指節粗大、按在桌上的雙手——這麼多年過去，那雙手仍有種魯鈍又粗暴的氣息，一種舊日凶殘的遺跡。雖然我和安迪在學校都難逃被霸凌的命運，但普萊特對安迪的迫害——極具創意、歡樂，而且病態——幾乎跟凌虐沒兩樣。他會對安迪的食物吐口水、破壞他的玩具，對，但除此之外，還會從魚缸裡撈出孔雀魚的屍體，以及列印網路上的屍體解剖照片，放在他枕頭上；或者趁他睡覺時，掀開被子尿在他身上（然後大喊：機器人尿床了！）；像美軍虐待囚犯一樣把他的頭按進浴缸；逼他把臉埋進遊樂場裡的沙坑，看他哭喊掙扎；或者將他的吸入器高舉過頭，看他上氣不接下氣地哀求。想要嗎？想要嗎？我還聽過一則可怕的故事，內容有關普萊特、一條皮帶、鄉間別墅的閣樓、緊縛的雙手、臨時湊合的套索，還有那股純然的惡意。要不是保母聽見我踢地板的聲音，我記得安迪曾這麼說過，用他那飄渺而不帶任何感情的聲音；我就沒命了。

輕柔的春雨打在酒吧窗戶上，普萊特低頭望向他的空酒杯，隨即又抬起頭來。

「來我家看看母親。」他說，「我知道她很想見你。」

「現在？」我在驚覺他指的就是現在後不由訝異反問。

「請你一定要來。如果現在不行，就之後找個時間。不要隨口說說就算。這對她意義重大。」

「我想想——」現在，換我看向手錶。我還有事要辦——實際上，我心情很亂，有幾件非常急迫的事要煩惱，但時間已晚，那些伏特加讓我昏昏沉沉，不知不覺間，下午已過。

「拜託，」他說，示意服務生結帳，「如果她知道我在路上遇見你，卻又這麼讓你走了，一定永遠不會原諒我。你願意陪我回去一會兒嗎？」

3.

踏進玄關，就像踏進某種時光隧道，讓我再度回到童年：那些中國瓷器、打著光的風景畫，還有絲質燈罩下散發的微弱光芒，一切都和母親死去那晚，巴波先生替我打開屋門時一模一樣。

「不，不。」普萊特見我習慣性地要經過圓鏡、走進客廳時說，「這裡。」他朝公寓後方走去，「我們現在很隨興——媽咪通常在房裡接見客人，如果她願意接見客人的話……」

住在巴波家時，我從沒靠近過巴波太太的私人聖殿。但隨著我們步步接近，她的香水味——絕對錯不了，白花的香氣中又透著一股粉狀的奇異感——就像窗前一面被風吹開的簾帷。

「她不像以前那樣天天出門了。」普萊特輕聲說，「再也沒有那些盛大的活動和晚宴——一個禮拜或許會邀人來喝個一次茶，或者出門和朋友吃個飯，但僅此而已。」

普萊特敲了敲門，側耳聆聽。「媽咪？」他呼喊——聽見模糊的回應後，將門打開一道小縫。「我替妳邀請了位客人回來。妳絕對猜不到我在街上遇到誰……」

房間非常寬敞，以流行於一九八〇年代、略顯老氣的蜜桃色為主色調。門口處擺著一張沙發和幾張單人椅——還有各式各樣琳瑯滿目的小玩意兒、刺繡軟墊、九到十幅的古典大師名畫：〈逃奔埃及〉、〈雅各與天使〉，大部分都和林布蘭的作品非常類似。但有一幅小小的耶穌為聖彼得洗腳的棕色墨水畫，由於筆法過於精巧（耶穌疲憊佝僂的姿態與衣背上的褶皺，以及聖彼得臉上茫然而複雜的悲傷），很可能是林布蘭的真跡。

我湊上前，想看仔細些。房間另一頭，一盞宮廷式檯燈啪地打開。「席歐？」我聽見她說。是她，坐在一張異國風情的大床上，背後靠著許多枕頭。

「是你！我真不敢相信！」她說，朝我伸出雙手，「看看你，都長這麼大了！你這些年都到哪兒去了？你現在住在城裡嗎？」

「對，我搬回來一陣子了。妳氣色好極了。」我盡責地補上一句，儘管實情並非如此。

「你也是！」她雙手覆在我手上，「瞧瞧你，現在多俊啊！我太驚訝了。」她比我記憶中老邁，卻又年輕：非常蒼白，沒有口紅，眼角浮現細紋，但膚色依舊光滑白淨。她那頭幾近銀灰色的淡金髮絲（一直都是這顏色嗎？還是她老了？）沒有梳理，就這麼鬆散地披垂肩上；臉上戴著半月型的眼鏡，身上披著緞面的短寢衣，一只雪花形狀的巨大鑽石胸針別在衣襟上。

「真不好意思，讓你見著我這模樣，躺在床上，手裡拿著刺繡，就像老水手的寡婦。」她說，用手指向膝上那幅未完成的刺繡。兩隻小狗——都是約克夏——睡在她腳邊一張白色的喀什米爾毯子上。小的那隻看到我立刻一躍而起，大聲狂吠。

她努力安撫小狗——另一隻也跟著叫了起來——我露出侷促的笑容，環顧四周。那是張現代風格的大床——特大雙人床，布面的床頭板——但房裡同時也收藏了許多我小時候絕不會懂得欣賞的有趣古玩。顯然地，這裡是公寓的藻海，不見容於細心布置的公共空間的物品統統被沖刷到了這兒來：不成對的茶几、亞洲的小巧古玩、一組可愛的銀製桌鈴。從我站立之處看去，有張桃花心木的棋桌看起來有可能是鄧肯．費的真品。桌上（在廉價的景泰藍菸灰缸和沒完沒了的銀盆中）擺著一只紅雀標本：有蛾蛀的痕跡，纖細脆弱，羽毛褪成了鏽紅色，小腦袋大大歪斜，灰黑色的眼珠透露著驚恐。

「叮鈴噹，噓，拜託安靜點，我受不了你這樣吵。這是叮鈴噹。」巴波太太說，將掙扎的小狗抓在懷裡，「牠可調皮搗蛋的，是不是啊小寶貝，一刻都靜不下來；另一隻綁著粉紅色緞帶的是克萊門汀。普萊特，」她提高音量，蓋過狗吠聲，「普萊特，你可以帶牠去廚房嗎？每次只要有客人來牠就成了小麻煩。」她對我說，「我實在該找個訓練師……」

巴波太太捲起繡帷，收進一個貝殼雕蓋的橢圓形籃子裡。我在她床邊的扶手椅坐下。椅套已然磨損，那褪色的條紋看起來很眼熟——以前擺在客廳，如今放逐進臥室。多年前，每當我來巴波家過夜，母親隔日來接我時，都是坐在這張椅子上。我用指尖輕撫布料，剎那間，我看見穿著鮮綠色雙排扣大衣的母親起身迎接我——那件外套很時髦，走在路上總會被路人攔下，問她是在哪兒買的，但在巴波家卻顯得格格不入。

「席歐？」巴波太太說，「你要不要喝點什麼？茶？或者酒？」

「不用了，謝謝。」

她拍拍床上的棉被：「來，坐在我身邊，拜託了。我想仔細看看你。」

「我——」聽見她那既親暱又拘謹的語調，我感到一股巨大的哀傷襲來。當我們凝視彼此時，過去的時光彷彿又被重新定義，為這一刻清晰聚焦，清澈猶如玻璃。那千絲萬縷的靜默是春日的午後細雨，是走廊上那把深色椅子，是她的手輕如鴻毛般碰觸我後腦。

「我真高興你來了。」

「巴波太太，」我說，走上前，小心翼翼地淺坐床沿，「天吶，這實在太難相信了。我剛剛才知道。我很抱歉。」

她像小孩強忍淚水般緊抿雙脣。「是啊。」她說，「唉。」一陣沉重又似乎牢不可破的靜默落在我們之間。

「我很抱歉。」我又說了一遍，語調更加急切，清楚察覺自己聽起來有多笨拙，好像說大聲一點就能傳達我內心的哀傷。

她憂傷地眨了眨眼。我不知所措，只好伸出手，覆在她手背。我們就這麼侷促不安地坐了許久。

最後，是她先打破沉默。「總之，」在我仍絞盡腦汁尋找話題時，她毅然抹去眼角一滴淚珠，說，「他死前不到三天才提過你。他訂婚了，對象是個日本女孩。」

「真的假的？不是開玩笑吧？」儘管我心如刀割，嘴角仍忍不住微微上揚。安迪會選日文做第一外語，正是因為他瘋狂迷戀後宮動漫裡的巫女和漫畫裡一身水手服的風騷女學生。「真的從日本來的日本人？」

「對。個頭非常嬌小，聲音又尖，拎著個像填充娃娃一樣的手提包。喔，沒錯，我見過她。」

她挑起一邊眉毛，「我們在皮埃爾飯店一起吃了頓下午茶，安迪替我們翻譯。後來她當然也出席了喪禮——那個女孩——名字叫做美彌子——嗯；儘管國情不同，但日本人果然是個含蓄的民族。」

那隻小狗——克萊門汀爬到巴波太太肩旁躺下，蜷起身子彷彿一圈毛領。「我得承認，我在考慮要不要再養第三隻。」她說，伸手撫摸小狗。「你覺得呢？」

「我不知道。」我困窘回答。徵詢別人意見好不像巴波太太的個性，無論什麼話題都一樣；更不用說徵詢的對象是我。

「我必須說，牠們確實為我帶來很大的安慰，這兩個小傢伙。我的一個老朋友——瑪麗亞·瑪賽迪絲·德拉佩雷拉在葬禮後一個禮拜毫無預警地帶著牠們出現。兩隻小狗就這麼繫著緞帶，裝在籃子裡。我得說，起初我也不確定，但後來，我想我從沒收過比這更體貼的禮物了。因為安迪的關係，我們以前不能養狗；他的過敏實在太嚴重。你應該還記得。」

「我記得。」

普萊特——仍穿著他那件獵場看守人的粗呢夾克，上頭的大口袋可以裝鳥屍和霰彈槍彈殼——回到房內，拉出一把椅子。「媽咪。」他咬著下脣，說。

「小普。」一陣嚴肅的沉默。「今天工作還順利嗎？」

「很順利。」他點了點頭，彷彿要說服自己，「嗯，很忙，非常忙。」

「很高興聽你這麼說。」

「又有新書要做。其中一本是關於維也納的國會。」

「又一本？」她轉頭看向我，「你呢，席歐？」

「什麼？」我原本正看著她針線籃蓋上的雕刻（一艘捕鯨船），想著可憐的安迪：漆黑的海水、喉嚨裡充滿鹽味、噁心想吐、拚命划動四肢；那是他最痛恨的死法，實在太可怕又太殘酷了。問題在於我壓根就討厭船。

「告訴我，這些日子你都在做些什麼？」

「呃，古董交易；主要是美國家具。」

「真的嗎！」她喜形於色，「太棒了！」

「真的——在東村。我有家店，主要負責銷售的工作。我的合夥人——」事情才確定沒多久，我還不習慣這麼稱呼——「我的合夥人詹姆斯．霍伯特是工匠，負責修復的工作。妳有空可以來我們店裡看看。」

「喔，太好了。古董！」她嘆了口氣，「唉——你也知道我多愛古董。真希望我的孩子們也有同樣的興趣；我一直期望起碼有一個也好。」

「有凱西啊。」普萊特說。

「真有趣。」巴波太太又說，彷彿沒聽到普萊特的話。「我沒有一個小孩繼承藝術氣質，這是不是很特別？小小市儈們，他們四個都是。」

「喔，沒那麼嚴重吧。」我說，盡力裝出玩笑的口氣，「我還記得陶弟和凱西的鋼琴課，還有安迪和他的鈴木小提琴。」

她揮了揮手：「喔，你懂我的意思。我沒一個孩子有藝術眼光，完全不懂得欣賞繪畫、裝潢，什麼都好。而你呢——」她又握住我的手，「——小的時候，我就發現過你站在走廊上，研究我的畫。你總是直接走到最好的一幅作品前：佛萊德瑞克．丘奇的風景畫、費茲．亨利．蘭恩、拉斐爾．皮爾、約翰．辛格頓．柯普利——你知道的，就那幅橢圓形的肖像畫，小小那幅，戴軟帽的女孩？」

「那是柯普利？」

「貨真價實。而且我方才看見你在打量那幅小巧的林布蘭。」

「所以那真的是林布蘭的作品？」

「對，只有沐足那幅，其他都只是同流派的作品。我的四個孩子打從出生開始就和這些藝術品在同一個屋子長大，卻從未展現過丁點興趣；是不是啊，普萊特？」

「嗯，但我們有其他方面的專長。」

我清了清喉嚨：「其實呢……我真的只是來打個招呼的，」我說，「非常開心見到妳——你們兩個都是——」我轉頭，沒漏掉普萊特，「我只希望我們是在更開心的情況下見面。」

「你要留下來吃飯嗎？」

「很抱歉，」我回答，覺得自己進退維谷，「今晚恐怕不行。但我是真心想來看看妳。」

「那你願意找個時間來和我們吃頓飯嗎？午餐也行？只是喝個東西也行？」她笑了起來，「或者你想做什麼都行。」

「晚餐，沒問題。」

她昂起頭，讓我親吻她面頰。在我小時候她從不曾這麼做過，就連對自己的孩子也沒有。

「能再見到你我真的非常開心。」她握住我的手，按上她臉頰，說，「好像又回到從前一樣。」

4.

離開時，普萊特用一種奇怪的方式跟我握手——有點像幫派，又有點像兄弟會的手勢，還有點像國際標準手語——看得我一頭霧水，不知要如何回握。困惑之下，只好收回手——不知所措地——和他碰了碰拳頭，覺得自己有夠愚蠢。

「嘿，很高興在街上遇到你。」我打破尷尬的沉默，說，「我們再電話聯絡。」

「約吃飯的事嗎？當然。可以的話，我們應該會在家吃，媽咪現在真的不太愛出門了。」他將雙手插進夾克口袋，說了件讓我大吃一驚的事，「我最近還滿常見到你那老朋友，湯姆．蓋伯；老實說，我希望不是那麼常見到。他一定會想知道我們見面的事。」

「湯姆．蓋伯？」我露出不可置信的微笑，只是笑得有點勉強。那些不好的回憶：一起被學校退學、母親過世時他冷淡疏離的態度仍讓我如坐針氈。「你和他還有聯絡？」見普萊特沒有回答，我又說，「我已經好幾年沒想到他了。」

普萊特一聲冷笑：「我必須承認，我以前一直覺得那傢伙的朋友會接受安迪這樣的笨蛋實在是一件很奇怪的事。」他無精打采地倚著門框，低聲說道，「我是不在乎啦，反正安迪需要有人帶他出去見見世面，讓他嗨一嗨之類的。」

白癡迪。機器迪。神經迪。爛痘臉。海綿寶寶羞羞臉，拉屎拉在褲子上。

「不是嗎？」普萊特漫不經心地說，誤解了我茫然的眼神，「我還以為你是同道中人咧。蓋伯以前絕對是呼麻小行家。」

「那一定是我離開之後的事了。」

「大概吧。」普萊特看著我；我不確定自己喜歡他的眼神。「媽咪當然認為你是個乖巧清白的好小孩，但我知道你和蓋伯的交情，而蓋伯絕對是個小賊。」他發出刺耳的笑聲——我腦中不由浮現以前那個討人厭的普萊特。「以前你還住在這裡的時候，我都叫凱西和陶弟把房門鎖好，以免被你摸走什麼東西。」

「原來是這個原因。」我已經好幾年沒想起存錢筒的事。

「我的意思是，蓋伯他——」他望向天花板，「這麼說吧，我以前和他姊姊喬依約過會；老天，真的有夠騷的。」

「是啊。」我還記得喬依．蓋伯，記得太清楚了——十六歲，巨乳——穿著一件小到遮不了多少東西的T恤和黑色丁字褲，在漢普敦的別墅走廊上和十二歲的我擦身而過。

「那個小蕩婦！那對翹臀可真夠瞧的。記得她以前會一絲不掛地在熱水池旁昂首闊步嗎？總之，回到蓋伯身上。在漢普敦的時候，爹地的俱樂部裡有人抓到他在男士更衣室裡偷翻置物櫃，那時應該不超過十二、三歲吧；所以是在你離開之後，對吧？」

「一定是。」

「好幾間俱樂部都發生同樣的事，舉行大型比賽的時候——他會溜進更衣室，有什麼就偷什麼。之後上了大學——喔，真是的，我忘了在哪，不是梅德斯通——總之，蓋伯暑假在一家俱樂部打工，在酒吧幫忙，開車送爛醉的老頭回家。親切、健談——你知道的，他會讓那些老頭開始吹噓當年的戰場故事，替他們點菸，捧場他們的笑話。只是有時候，老頭被他送回家後，隔天會發現自己的皮夾不翼而飛。」

「我已經好幾年沒見到他了。」我粗魯丟下一句；我不喜歡普萊特的口氣。「他現在在做什麼？」

「回到他的老本行。實際上，他有時會和我妹妹出去，但我是很希望自己能阻止她啦。總之，」他說，語調微微一變，「我就不耽擱你了。真想趕快告訴凱西和陶弟我在街上遇到你的事——特別是陶弟，他對你印象非常深刻——成天把你掛在嘴邊。他下週末會回來，一定會想見見你。」

5.

我沒有搭計程車，而是一路走回去，想釐清腦中思緒。這是個潔淨而濕潤的春日，陽光穿透烏雲，上班族在行人穿越道上來來去去。但在我心中，紐約的春天從來不是好時節，母親的死總會隨著盛開的黃水仙再度喚醒，絢爛的花樹與斑斑血跡，朦朧的幻覺與戰慄（就像杉卓拉會說的：讚！有趣！）。聽到安迪的消息，就像有人打開X光的開關，把一切景象變成了黑白負片，因此即使周遭有水仙、有溜狗的人們、有交通警察在街角吹哨，我放眼望去，依舊只見死亡：人行道上滿滿的屍體，一具具屍骸自公車蜂擁而下，匆匆返家；百年之後，他們將什麼也不剩，僅餘牙齒裡的填充物和心律調節器，或許還有些衣服碎屑與零星的骨骸。

這實在太難相信了。我想過上千次要打給安迪，而阻止我的只有一個原因：尷尬。沒錯，我和過去的朋友完全斷了聯繫，但偶爾還是會遇到一些以前的同學。而我們的老同學瑪蒂娜．李奇布勞（我去年曾和她有過一段短暫而失敗的關係，在沙發床上偷偷打了三次炮）——瑪蒂娜．李奇布勞提過他，說安迪現在在麻省理工學院，你和他還有聯絡嗎？對啊，還是跟以前一樣宅的要命，只是現在進階到，呃，簡直跟復古風一樣，反而挺酷的；厚厚的近視眼鏡？橘色燈芯絨長褲和黑武士頭盔髮型？

哇，安迪！我心想，懷念地搖了搖頭，伸手摟向瑪蒂娜赤裸的肩頭，要拿她的菸。我那時曾想過，再見到他一定很好——真可惜他不在紐約——或許等他下次放假回家時我再打給他。

但我沒有。因為嚴重的疑心病，我沒有用臉書，也鮮少看新聞，但仍無法想像自己怎麼會對這消息一無所知——不過最近幾週，我由於擔心店裡的事，腦子裡幾乎容納不下其他東西。不是財務上的困難——相反地，我們的收入可說是源源不絕地湧進，多到霍比把我當成了救世主（他原本已瀕臨破產邊緣），堅持要我當他的合夥人。但考量到目前的情況，我其實不太有興趣。但我的推拒只是加深他要和我有福同享的決心。我越想婉拒他的提議，他就越堅持。他用一如往常的慷慨大度，將我的沉默歸因為「謙虛」，殊不知我真正害怕的是成為合夥人後會讓店裡一些見不得光的交易浮上檯面——若讓可憐的霍比知道，恐怕會嚇得跳出他的約翰洛伯紳士鞋。他現在仍不知道，我先前蓄意賣了件贗品給客戶，不料事跡敗露，對方如今不肯善罷甘休。

我不介意把錢還回去——實際上，想要擺平這件事，唯一的方法就是我自己貼錢把東西買回來。這方法向來管用。我會將大幅改造或徹底重建過的家具當真品賣。如果——在霍伯特與布萊克威爾古董行的昏暗燈光下——買家不察，將家具帶回家，事後才發現有什麼地方不對（「一定要記得隨身攜帶小手電筒。」霍比許久前曾這麼告訴過我，「那麼多古董店都燈光昏暗不是沒有原因的。」），我會沉痛承認自己的疏失，但仍矢口堅稱那是貨真價實的真品——然後大膽提議毫無條件地以高出原價一成的價格將家具買回來。這不僅讓我顯得正直無欺，對自家商品的來源與品質信心滿滿，而且願意不計代價，確保客戶開心滿意。這樣通常能安撫他們，並決定留下家具。雖然有三、四個多疑的買家接受了我的提議，但他們不知道的是，這麼一來，那些贗品——以貌似能反映其實際價值的價格重新收購回店裡——便可在一夕之間獲得來源證明。回到我手中後，我便有文件可證明它曾是某某知名收藏家的藏品之一。雖然我必須以高價買回贗品（對方若不是知名收藏家，就最好是把收藏當作嗜好的演員或服裝設計師），但日後若有機會，甚至可以以購回的兩倍價格再次轉手出去，賣給某個壓根分不出齊本德爾與伊森艾倫[1]差別的華爾街凱子，反正只要有「正式文件」能夠證明他的鄧肯．費寫字桌或什麼家具是來自某某先生的收藏——著名的慈善家／室內設計師／百老匯首席燈光師／隨你自己填——他就會樂的不得了。

這方法到目前為止沒有一次失靈。只是這一次，這位某某先生——在此例中是上東城一名叫做盧修斯．李維的同志名流——卻沒上當。讓我傷透腦筋的是，他似乎認為：一、我是故意騙他的，而這的確是事實；二、這事霍比不僅有分，而且根本是整個騙局的幕後黑手，但事實並非如此。當我嘗試力挽狂瀾，堅持一切都是我的責任時——咳，咳，說真的，先生，您誤會霍比了。我還是新手，希望您大人大量，能夠原諒我。霍比的手藝是一等一的頂尖，所以您一定能夠了解這種誤會與疏失在所難免——這位李維先生（「叫我盧修斯就好。」）衣著體面，年紀與職業不明，就是不肯善罷甘休。「所以你不否認這件家具是出自詹姆斯．霍伯特之手？」這頓午餐吃得我頭痛至極；我們約在哈佛俱樂部，他一臉奸巧，靠在椅背上，指尖在蘇打水杯緣遊走。

「聽著——」我這時才醒悟，答應在他的地盤碰面實在是一大失策。他認識這裡的服務生，對這裡的菜色瞭若指掌，我無法裝出一副瀟灑大度的模樣，推薦他嘗試這個或那個。

「他是故意拿湯瑪斯・亞佛列克的這個鳳凰雕像——沒錯，我相信它確實是亞佛列克的作品，起碼一定是費城的——裝在上頭？否則這個子母櫃雖然是真品，但只是同年代一件沒沒無名的平凡之作？難道我們說的不是同一件家具嗎？」

「拜託了，如果您願意讓我——」我們坐在靠窗的桌位，陽光直射眼簾。我全身是汗，如坐針氈——

「你怎麼還能堅持你們不是蓄意欺騙？不管是你或他都一樣。」

「聽著——」服務生在附近徘徊；我希望他趕快離開。「——我說過了，一切都是我的錯，我也願意以高價購回，所以不知道您還希望我怎麼做。」

儘管我語調鎮定，心裡卻焦慮不已。特別是已經過了十二天，盧修斯・李維仍未兌現我的支票——遇見普萊特前，我才剛去銀行查過。

我不曉得盧修斯・李維心裡究竟有什麼盤算。霍比自投身這行以來，幾乎就一直在做同樣的工作：拆解家具、重新組裝改造（他都稱之為「挑戰」）。布魯克林造船廠的倉庫裡塞滿了可回溯至三十年前，或甚至更早期的家具。我首次隻身前往，仔細察看時，整個人簡直如遭雷殛。許多家具看起來都像齊本德爾或薛萊頓的真品，我覺得自己就像走進阿里巴巴的寶窟——「老天啊，不，」霍比說，他的聲音在手機裡斷斷續續——那裡的倉庫和地下碉堡沒兩樣，收不到手機

---

1 Ethan Allen，北美知名家具店品牌。

訊號，我得出去外頭，一指塞住耳孔，站在風勢強勁的卸貨碼頭和他通話。「——相信我，如果是真品，我早就打給佳士得的美國家具部了——」

多年來，我已經欣賞過霍比無數的改造品，甚至幫忙修復過其中一些。但被眼前這些前所未見的家具所「矇騙」（這是霍比最愛的說法），我心裡只有無比震撼，腦中開始浮現各種瘋狂的揣測。店裡不時會收到一些博物館等級，但損毀情況過於嚴重而無法修復的家具。霍比會為了這些高貴典雅的古老遺物深感痛心，好像它們是營養不良的小孩或飽受虐待的小貓，覺得自己必須盡其所能地挽救（這裡加對頂飾、那裡換個精心修補的椅腳），以鬼斧神工的手藝重新將它們組合成年輕優美的拼裝品。有些別出心裁，一看就知道是新作；但有些會因過於忠實呈現該年代的特色，以至於難辨真偽。

酸劑、顏料、金漆、炭黑染料，蠟、土、灰塵。因鹽水生鏽的舊釘子。新胡桃木上的硝酸。用砂紙磨過的抽屜滑軌。將新木頭放在強光燈下照射幾個禮拜，便能讓它老化百年。他可以拆解五張損壞的赫伯懷特餐椅，依原樣複製（從其他同時期的損毀家具上收集可用的木料），一半用原有的零件，一半用新的木料，重新做出八張堅固扎實、幾可亂真的餐椅。（「一般而言——」指尖輕撫表面，「——椅腳的磨損和凹痕通常會出現在底部——即便使用老舊的木料，如果你不希望外觀有任何破綻，仍必須用鐵鍊在新椅腳的底部製造磨損痕跡……力道必須非常非常輕，不能用力打……而且形式非常獨特，前腳的凹陷通常比後腳嚴重，看到嗎？」）我還看過他將一只近乎支離破碎的十八世紀餐櫥重新改造成與鄧肯．費真品無異的餐桌。（「這樣可以嗎？」霍比問，焦慮地退開，似乎完全沒察覺自己剛創造出一件奇蹟。）或者——以盧修斯．李維那只「齊本德爾」子母櫃來說——一件平凡的家具到了他手中，只要加上幾件從其他同年代的精美殘骸上救回來的飾品，就能變得與大師傑作無異。

換作一個個性實際一點，或道德感沒那麼強烈的人，或許會想利用這手藝大撈一筆（或如葛里沙中肯的形容：「把它當五千塊的妓女一樣用力狂操。」）。但就我所知，霍比從沒想過要把這些改造品當真品出售——甚至連賣都沒想過要賣。加上他根本不過問店裡的運作，也帶給我非常大的自由，讓我能有效提高營收、繳付帳單。我光是用以薩列薩克的價格把一張「薛萊頓」的沙發和一組鏤花木背椅賣給一名來自加州、耳根子軟的投資銀行家的年輕妻子，就足以付清這棟房子積欠數萬元的稅額。再一組餐桌椅和一張「薛萊頓」的靠背長椅——買主是一名離城的客戶，依他的眼光應該不至於上當，可惜還是被霍比和韋堤無懈可擊的名聲所蒙蔽——我就還清了店內所有的債務。

「撇得還真乾淨吶。」盧修斯．李維愉快地說，「他把店裡業務全權交給你處理，自己只負責在工作室做假貨，對你所作所為一無所知，跟他毫無干係？」

「我是真心誠意想解決這件事，沒必要坐在這裡聽你胡言亂語。」

「那你為什麼還不走？」

我不懷疑，如果霍比知道我將他的改造品當作真品來賣，一定會非常震驚。別的不說，他有許多異想天開、較為大膽的作品中其實充滿了各種小瑕疵，幾乎就像是自家人才會知道的玩笑。而且他也不像其他真正蓄意製造贗品的人一樣，每次都在材料上花那麼多功夫。但我發現，若我將價錢壓低至真品的八成，即便是相對而言較有經驗的買家，也非常容易上當。以為自己討了便宜誰不會開心？五次當中有四次，他們會就這麼無視自己不想看見的東西。我知道要怎麼把客人的目光吸引到獨特的細節上：手工飾板、美麗的歲月光澤、光榮的傷痕，用指尖撫過精巧的波浪曲線（霍加斯將之稱為「美之線條」），以免他們留意到後方的改造痕跡。在明亮的光線下，他們可能會發現木頭的紋理並不完全吻合。我不會主動提醒客人檢查家具底部，像霍比總是迫不及待那樣——他總是急於教育客人，代價卻是嚴重損害自己的利益。但為了避免真的有人想檢查，我總是確保家具附近地板非常、非常的髒，而我隨身攜帶的小型手電筒恰巧非常、非常的微弱。

紐約多的是有錢人和時間緊迫的室內設計師，只要你拿出一張非常像拍賣會裡會有的家具照片，他們就會欣然以折扣價把東西買回去，特別不是花自己錢的時候。我還有另一個方法——經過精心設計，專門用來吸引較為識貨的顧客的——就是將家具藏在店裡深處，倒轉吸塵器功能，灑些灰塵在上頭（立刻就營造出古董的氣氛！），讓愛挖寶的客人自己去發掘——你看，在這堆髒垃圾裡有張薛萊頓的靠背長椅！這類伎倆——它們總帶給我無比樂趣——想要奏效，祕訣就在於裝傻。你臉上必須擺出百無聊賴的表情，假裝沉迷於書中，裝作不知道自己擁有什麼寶貝的模樣，讓他們以為我才是被糊弄的那個人——即便實際上雙手興奮顫抖、努力想裝出一副不慌不忙，但又立刻衝去銀行提領大筆現金的人是他們也一樣。如果客人身分顯赫，或和霍比交情匪淺也不要緊，我永遠可以聲稱那件家具是非賣品；此外，對陌生客戶冷冷丟出「非賣品」三個字，時常也是兩全其美的開場白，不僅可以讓理想的買家更急於開價——現金價——也讓我在發生問題時有藉口終止交易。最讓我擔心的一個情況是霍比會在不巧的時機上樓來到店面；而另一個潛在，也確實發生過的問題是德弗里斯夫人會在不巧的時機現身店裡——眼看交易就要完成，我卻不得不先打住。最後，那名電影導演的妻子等得不耐煩，一個不開心就走了，再也沒有回來。若沒有紫外線或實驗室的檢驗，一般肉眼大多無法分辨霍比的仿造品。儘管他有許多買主是正格的收藏家，但也有許多客人對家具只有一知半解，舉例來說，他們永遠不會知道，這世上根本就沒有所謂的安妮女王穿衣鏡。但即便有人聰明些，察覺到有什麼不對——比方說，雕刻的風格或木種與工匠的手藝或年代並不吻合——我有一、兩次還是大著膽子，靠一張嘴蒙混過關，宣稱那件家具是為了某位特別的顧客量身打造，因此嚴格來說比一般品項更為珍貴。

我全身顫抖，焦躁不安，幾乎是毫無意識地轉進公園，沿著小徑朝池塘前進。小學時，許多冬日午後，我和安迪會穿著厚厚的外套坐在那兒，等待母親來接剛逛完動物園的我們，或帶我們去看電影——集結點，下午準五時集合！但不幸地，如今我坐在這裡，常是為了等待腳踏車送貨員傑若出現。我的藥都是跟他買的。多年前從杉卓拉那兒偷來的古柯鹼讓我從此踏上不歸路：奧施康定、洛施康定、嗎啡；如果買得到，還有氫嗎啡酮。多年來，我都是直接在路上買；而這幾個月來我一直（盡量）維持一天吃、一天不吃的習慣（不過所謂的「不吃」是指盡可能少量，只要能壓下不舒服的感覺就好）。而儘管今天本應該是「不吃」的日子，我心情卻悶的不得了，和普萊特共飲的幾杯伏特加也開始失效。雖然我很清楚自己身上什麼也沒有，還是忍不住拍向口袋，不停將手伸進大衣和西裝外套口袋內摸索。

大學時，我沒有任何突出或優異的表現。在拉斯維加斯的那幾年荒唐歲月，仍使我無法認真投入任何事。等我二十一歲終於畢業時（我花了六年才畢業，一般是四年），無論在哪方面表現都非常平庸。「坦白說，以你的成績，我看不出有任何進入碩士班的機會，」我的輔導教授這麼說，「特別是你高度依賴財務補助。」

但那無所謂，我知道自己想做什麼。我的古董交易生涯大約是從十七歲開始。那天下午，霍比難得心血來潮，決定開店，我自己一個人待在樓上的店鋪裡。那時，我已經開始意識到霍比的財務問題。葛里沙說得沒錯，如果霍比繼續只買不賣，後果將非常嚴重。（「就算門口哪天真被貼上驅逐通知，他照樣會關在地下室裡漆他的畫、雕他的木頭。」）而且就算玄關的茶几上除了佳士得目錄和舊演奏會節目單外，也開始出現越來越多國稅局的信封（欠費通知、催繳通知、二次催繳通知），若非朋友恰巧路過，霍比每次開店還是不會超過半小時。而到了朋友要離開時，他通常也會跟著趕走真正的客人，將大門上鎖。我幾乎每次放學回家都會看見客人在窗前探頭探腦，而門上掛著「打烊」的牌子，鮮少例外。最糟的是，就算他真的開了幾小時的店，也總是放心地走來走去，進廚房煮茶，就讓店門開在那，收銀台也沒人照顧。雖然搬運工麥可很有先見之明地把銀器和珠寶盒鎖了起來，但仍有不少義大利陶器和水晶不翼而飛。那天下午，我忽然心血來潮來到一樓的店鋪，就正巧發現一名身材苗條結實、穿著休閒，看起來剛上完皮拉提斯的少婦偷偷將一枚紙鎮塞進包包。

「那要八百五十塊。」我說。聽見我聲音，她當場凍結原地，驚恐地抬起頭來。實際上，那個紙鎮只要兩百五十塊，但她仍一語不發地把信用卡交給我，讓我結帳——這大概是韋堤死後店裡第一筆賺錢的交易。因為霍比的朋友（他主要的客群）太清楚自己可以靠著花言巧語，讓霍比把已經過低的價格再壓到天理難容的程度。雖然麥可偶爾也會在店裡幫忙，但他總會不分青紅皂白地哄抬價格，而且拒絕講價，所以也沒做成幾筆交易。

「太好了！」當我下樓告訴他這筆成功的大買賣時（我跟他說賣掉的是一只銀製茶壺，以免他覺得我公然搶劫那名女士；而且我知道他對所謂的小東西不感興趣，這是我從檢視店裡大量堆積的古董書中得知的），霍比在他工作桌燈的強光照耀下開心地眨了眨眼，說，「好眼光。韋堤一定會把你當成門口撿到的嬰兒一樣寶貝，哈！居然對他的銀器有興趣！」

從那時開始，我就養成習慣，只要霍比下午在地下室裡忙，我就會帶著課本到一樓看店。起初只是因為好玩——我在那枯燥乏味的學生生涯中毫無樂趣可言，不是在交誼廳喝咖啡，就是聽華特．班雅明的演講。自從韋堤死後，這些年來，霍伯特與布萊克威爾顯然成了扒手圈中的肥羊；而抓住這些衣冠楚楚的小偷和竊賊，並從他們身上搾出大筆金錢非常、非常之刺激，幾乎就像一種反向的行竊。

但我也學到一件事，而這項積年累月的體會，也正是這行業中最核心的一個真相與關鍵。這是一個沒有人會告訴你、你必須自己發掘的祕密：那就是，在古董交易這一行中，並沒有所謂的「正確」價格；客觀價值——市值——一點意義也沒有。如果有個客人對古董一無所知，只是帶著滿滿現金走進店裡（大部分的客人都是如此），那麼，書本、專家怎麼說並不重要，佳士得最近賣了什麼相似的古董也不重要。一件物品——任何一件物品——只要你能說服客人接受這價錢，它就值這價錢。

所以，我開始盤查店裡的商品，拿掉部分的標價（讓客人必須來找我詢問價錢），再換掉其他的價錢——沒有全部，只有部分。祕訣在於——正如我從嘗試與錯誤中學到的——只要讓至少四分之一的商品維持低價，其他就可大幅提高，有時甚至可以高到四、五倍之多。多年來的異常低價已經為店裡建立起一群死忠的基本客群，而四分之一的低價品一來可以維持他們的忠誠，二來可以確保前來挖掘便宜貨的客人能夠有所斬獲，只要他們肯認真找的話。除此之外，基於某種我至今仍無法參透的荒謬道理，保持四分之一的低價品還可以讓高價品相形之下顯得合情合理。無論是什麼原因，總之有些人會比較願意掏出一千五百塊出來買一只麥森茶壺，只要它是放在另一只外表相似，但看起來較為平凡樸素，只賣幾百塊（價格合理但便宜）的茶壺旁。

一切就是這麼開始的，這就是霍伯特與布萊克威爾古董行在蕭條多年後，因為我巧心經營又開始賺錢的經過。但這一切不只關於錢。我樂在其中。不像霍比——他錯誤假定所有走進店裡的人都像他一樣深為家具所著迷，總是一板一眼、天經地義地指出每件家具的優點與瑕疵——但我發現自己擁有的特質完全相反：基於某種神祕難解的原因，我說明缺點的方式，反而會讓客人更渴望擁有那件家具。想要賣掉一件物品，遊說客人的重點在於你必須先仔細觀察他們（而非好整以暇地坐在後頭，等待毫無戒心的客人自己走進陷阱），摸清楚他們希望自己呈現什麼樣的形象、成為什麼樣的人——而非他們的真實身分（自以為無所不知的室內設計師？紐澤西的家庭主婦？為自己性向感到尷尬的男同志？）。無論你再怎麼美化，一切都不過只是煙霧彈；所有人都在裝模作樣。訣竅在於說服那些形象，那些幻想中的自我——那些專業的鑑定家與目光銳利的華服名流——而非那個真正站在你面前、缺乏安全感的俗庸凡夫。最好是保持點距離，不要過於直接。我很快就學會該如何打扮（要介於保守與時髦之間）、如何用不同程度的禮貌和怠慢應付內行和外行的顧客：無論何者，都要假定他們見多識廣，大方地阿諛奉承，並在正確的時機迅速表現出一副失去興趣的模樣，或退至一旁。

然而，面對盧修斯．李維，我卻徹頭徹尾地搞砸了。我不知道他心裡到底打什麼盤算；實際上，因為他是如此堅決拒絕我的道歉，並將怒火完全集中在霍比身上，我不由開始懷疑，自己是不是無意間踩進了什麼陳年舊恨或宿怨。我不想在霍比面前提起李維的名字，自曝其短，但霍比是全世界最善良、最淡泊的一個人，誰會和他有這麼強烈的深仇大恨？我在網路上搜尋過盧修斯．李維的名字，可惜除了社交新聞版上幾次不痛不癢的描述外一無所獲，他甚至不是哈佛畢業生或哈佛俱樂部的成員，只有第五大道上的一個尊貴地址。我看不出他有任何家人、工作，或明顯的收入來源。我開支票給他實在是太蠢了——都怪我給貪婪蒙蔽了理智。我原本是打算替這只子母櫃建立一套系譜，但現在就連我把裝著現金的信封藏在餐巾底下塞給他，都無法保證他願意就此收手。

我站在那兒，雙拳插在大衣口袋，眼鏡因春日的濕氣蒙上霧靄，快快不樂地瞪著池塘裡的泥水。幾隻憂愁的褐鴨在湖面蕩漾，塑膠袋沖至蘆葦叢間。多數的長椅上都刻有贊助者的姓名——紀念露絲．克萊夫人等等之類——但母親的長椅，我們的集結點，是公園這區唯一一張匿名捐贈的長椅，上頭的題字更有一種神祕且溫暖的感覺：萬事皆有可能。在我出生前，那便是她專屬的長椅。初抵紐約時，她會趁著下午休假，坐在這兒看圖書館借來的書；如果需要把錢省下來，買現代藝術博物館的門票或巴黎戲院的電影票，便索性不吃午餐。池塘後方，小徑變得空曠陰暗，我和安迪便是把母親的骨灰撒在那片凌亂荒涼的空地。說服我違反市府規定，偷偷溜進來灑骨灰的就是安迪；尤其要在這裡，因為我們以前都約在這裡碰面。

是沒錯，但這裡有灑老鼠藥。看，那些牌子上都有寫。

去吧，現在四下無人，正是時候。

她也很喜歡海獅。我們每次都得走去那裡看牠們。

對，但你絕對不會想把骨灰灑在那，魚腥味很重；而且你把骨灰罈放我房裡實在亂恐怖一把。

6.

「老天，」霍比在燈光下看清楚我的臉色後訝異驚呼，「你臉色怎麼這麼慘白，是不是生病了？」

「呃——」他外套掛在手上，正要出門；佛格夫婦站在他身後，扣子都已經扣上，臉上掛著令人不舒服的微笑。自從我接管店內業務後，我和佛格夫婦（或該說「禿鷹夫婦」[2]；葛里沙都這麼稱呼他們）的關係便一落千丈。在我看來，他們有很多家具根本可以說是從霍比那兒偷走的，因此現在無論是什麼東西，即便只是隱隱察覺他們可能有興趣，我都一定會把價格哄抬到最高限度。雖然佛格太太後來學乖了，會直接電話聯絡霍比——她也不是傻子——我通常也還是能先發制人，告訴霍比那件家具我已經賣掉了，只是忘了標記（這只是方法之一）。

「你吃過了嗎？」霍比仍像往常般粗心大意，懵懂無知，絲毫未曾察覺我和佛格夫婦之間除了相敬如賓外，已經沒有任何情分。「我們正要去附近吃飯，要不要一塊去？」

「不用了，謝謝。」我說，能夠清楚感受佛格太太灼熱的目光和冰冷虛假的笑容，她的雙眼如兩顆瑪瑙般鑲在如擠奶老婦的平滑面孔上。我通常會迎上前，回以微笑，這總能帶給我些許樂趣——但此刻，站在冷酷的玄關燈光下，我只覺得全身又濕又黏，筋疲力盡，甚至渺小。「我想我自己在家吃就好，謝謝。」

「身體不舒服嗎？」佛格太太殷勤地問，走上前來，一隻肥手按住我衣袖，「琵琶回來你們玩

2 Vogel（佛格）在英語中音近禿鷹（vulture）。

得還開心嗎？真希望我有時間見見她，但她每天都忙著陪男友。你覺得他怎麼樣——那個男友，他叫什麼名字來著？」她轉頭看向霍比，「艾略特？」

「埃佛特。」霍比不疑有他地回答，「他是個好男孩。」

「對啊。」我回答，轉身脫去外套。琵琶和這個「埃佛特」一同自倫敦飛抵紐約，讓我不只震驚，還感到無比難堪。我分分秒秒倒數著她的歸來，因失眠與興奮不停顫抖，每五分鐘就忍不住看一次手錶，門鈴聲一響便一躍而起，不誇張，真的是飛身衝到玄關前，把門打開——卻見她和一個矯揉造作的英國人手牽著手，站在門外。

「他是做什麼的？也是音樂家嗎？」

「實際上是音樂圖書館員，」霍比回答，「我好奇這職位在電腦時代還有什麼工作要做。」

「喔，我相信席歐一定很了解。」佛格太太說。

「不，並非如此。」

「該說是電腦管理員吧？」佛格先生插口，發出一聲異常響亮而且歡樂的輕笑，並對我說：「他們都說現在的年輕人不用進圖書館就能畢業是真的嗎？」

「我怎麼會知道。」音樂圖書館員！我得用盡全身力氣才能維持表面的鎮定（腸胃翻攪，感覺就像世界末日），握住他濕答答的英國手，你好，我是埃佛特，你一定是席歐，久仰大名了，諸如此類的廢話。而我凍結門口，像被捅了一刀的美國人般，只能睜睜看著眼前這個把我送進地獄的陌生人。他是個身材瘦弱的活潑大眼男子，純樸、乏味，個性開朗到令人火大，一身青少年般的牛仔褲和連帽上衣。等客廳只剩下我們兩人時，他臉上飛快流露的歉然笑容更是令我火冒三丈。

他們到來後的每一分鐘都是折磨，我不曉得自己是怎麼熬過去的。儘管我竭力迴避，（即便像我這樣一個爐火純青的偽君子也只能勉強維持表面上的客套。他所有的一切：粉白的肌膚、緊張的笑聲、露出袖口的手毛，都讓我想撲上前，打得他滿地找牙。我坐在茶几對面，狠狠瞪著他，心裡陰惻惻地想著：如果我這賣古董的眼鏡仔上前捏爆他的卵蛋是不是很讓人驚喜啊？）然而，不管我多努力，都無法和琵琶保持距離。雖然痛恨這樣的自己，卻仍忍不住唐突地徘徊附近。只要在她身旁，我就興奮不已，她早餐時赤裸的雙足、赤裸的雙腿、她的聲音；脫去毛衣時無意瞥見的潔白腋窩；她按住我衣袖時的痛楚。「嗨，寶貝。嗨，親愛的。」她會忽然出現身後，蒙住我雙眼：嚇你一跳吧！她想知道我的一切、我都做了什麼事、遇到什麼人。她會和我一起擠在安妮女王的情人沙發座上，腳碰著腳：喔，天吶。她想知道我在讀什麼書？可以看看我的iPod嗎？我那只美麗的手錶是在哪裡買的？每當她對我微笑，天堂就彷彿降臨。但只要我想藉口與她獨處，那傢伙就會砰砰砰地跑出來，一臉羞怯的笑容，摟住她肩頭，摧毀這一切。鄰房傳來交談聲與陡然爆發的笑聲：他們是在談論我嗎？雙手環著她的腰！還喊她「小琵」！在他來訪的這段期間，我唯一一次能勉強忍受或勉強稱得上有趣的時刻，就是小波毫無來由地跳到他身上，咬傷他大拇指——小波年紀雖大，但地域性依舊強烈。「喔，老天！」霍比連忙去拿酒精，琵琶又擔心又生氣，埃佛特則努力想表現出一副若無其事的模樣，但顯然驚魂未定：當然啊，狗最棒了！我愛死小狗了！只是母親會過敏，所以我們家從沒養過狗。他是她以前同學的一個「窮親戚」（他自己說的）；母親來自美國，手足眾多，父親在劍橋教些沒人搞得懂的數學還哲學什麼之類的。和她一樣，他也是素食主義者，正朝「純素」的方向邁進；更慘的是，他們兩個還同居（！）——造訪紐約這段期間，他當然是跟她同床共眠。在他留宿的整整五個夜晚裡，我每晚都清醒地躺在床上，心情惡劣至極，憤怒，傷心，豎耳聆聽鄰房傳來的每陣床單窸窣聲，以及每聲嘆息與低語。

但是——我與霍比和佛格夫婦揮手道別，好好享用晚餐！然後怏怏不樂地轉身——我能期待什麼？只要她在那個「埃佛特」身旁，就會用一種謹慎、和善的語調和我說話，而那令我怒不可渴，感到一種嚙心噬骨的痛苦——「沒有，」她問我有沒有女朋友時，我禮貌地回答，「不算有。」但其實我有兩個炮友，而兩個都不知道對方的存在（我為此感到一種清晰而悲傷的自豪）。其中一人在外地另有男友，另一人已對未婚夫生厭，在床上時總會過濾他的電話。兩人都很漂亮，給未婚夫戴綠帽的那個更是個絕世大美女——年輕版的卡蘿．隆巴德——但兩人對我來說都並不真實，只是她的替代品。

這樣的情緒令我煩躁難安。坐在原地「心碎」發呆（不幸地，這是第一個浮現我腦中的字眼）實在太愚蠢了，是多愁善感、下賤而且軟弱的表徵——喔，好可憐喔，她遠在倫敦，和別人交往，去挑瓶酒跟卡蘿幹上一炮，忘了她吧。但思念的折磨是如此綿長，我無法忘懷她，正如我無法假裝自己感受不到牙痛。那是不由自主的，絕對的，衝動的。這麼多年來，她始終是我醒來後第一個想起的人，入睡前最後一個掠過我腦海的影像。白晝裡，她會貿然而固執地闖進我心裡，帶來痛苦的震撼：倫敦現在幾點了？我總是在加加減減，計算時差；不由自主地拿起手機察看倫敦的天氣，華氏五十三度，夜晚十點十二分，微雨。我站在格林威治和第七大道街角上那棟已封鎖歇業的聖文森醫院旁，朝下城走去，和我的藥頭碰面。琵琶呢？她在哪裡？坐在計程車後座，出門吃飯，和我不認識的人小酌，在我從未見過的床上入眠？我是多麼想看看她公寓的照片，好在幻想中加些必要的細節，但又不敢開口向她詢問。我想像她的床單，心裡不禁一痛。它們一定是像宿舍裡用的深色款式，亂糟糟的，還沒洗過，一個屬於學生的陰暗巢窩。灑滿雀斑的面孔在深紅色或紫色枕頭套的映襯下是如此蒼白，窗上滴滴答答敲打著英國的雨絲。每天看見掛在房外走廊牆上的她的照片——各種不同樣貌、不同年紀的琵琶——都是一種折磨，那痛苦總是突如其來，總是銘心刻骨。儘管我竭力迴避，卻總不小心抬起目光，看見她就在那兒，對某人的玩笑綻放笑顏，或對不是我的某人嫣然巧笑。每一眼都是一次嶄新的痛楚，狠狠撕裂我內心。

奇怪的是，我知道在許多人眼中，她並沒有我認為的那般美好——真要說的話，反而會因為她略微歪斜的腳步與冰冷陰森的紅髮白膚而覺得有些古怪。不知為了什麼愚蠢的原因，我總是往自己臉上貼金，認為自己是全世界唯一真正了解她、懂得欣賞她的人——若她知道自己在我心中有多麼美好，一定會非常震驚、非常感動，或許還會用嶄新的眼光看待自己。但這從未發生過。我憤然將意識全集中在她的缺點上，刻意仔細端詳她年紀尷尬或角度比較不好看的照片——長鼻、瘦削的雙頰、在蒼白睫毛下顯得異常赤裸的雙眼（儘管瞳孔顏色美的讓人心碎）——如哈克·芬恩般的其貌不揚。但這所有一切——對我來說——都是如此溫柔、獨特，只是讓我更加陷入絕望的深淵。若換作是個美麗的女孩，我還能安慰自己是自不量力；但即便是她的平凡都如此深深撩動我、在我內心縈繞不去，這只代表——不祥地代表——我對她的愛，遠比外貌上的迷戀還要強烈，我的靈魂可能會在這泥沼中無病呻吟、痛苦掙扎許多年。

因為在我內心最深沉、最無可撼動的角落中，理智是完全無用的。她就是那失落的王國，就是我連同母親一起失去的那份無瑕自我。所有與她有關的一切，從她收集的古董情人卡和中國刺繡罩衫，到她從尼爾氏香芬庭園買的小小香精瓶，都宛如一場奇異的暴風雪。她那遙遠而未知的生活中總彷彿有種明亮的神奇魔力：瑞士沃州、通布圖二十三街、布萊罕彎道W11 2EE，每一個我從未拜訪過的國家裡的房間。顯然地，這位埃佛特（「窮到跟遊民沒兩樣。」——他自己說的）是靠她吃穿，或該說靠韋堤舅舅吃穿的米蟲一個；套句我最後一學期在亨利·詹姆斯報告裡所用過的句子，就是古老的歐洲在剝削年輕的美國。

我可以開張支票，讓他離開她嗎？店裡也好，悠閒的涼爽午後也好，都離她遠遠的。我腦中曾浮現過這個念頭：如果你今晚離開，我馬上給你五萬；如果永遠消失她眼前，十萬。他需要錢，這點顯而易見。在紐約的這段期間，他總是不安地翻找口袋，不停駐足提款機前，一次只領二十塊，老天。

無可救藥。琵琶在那位音樂圖書館先生心中絕不可能有我一半重要。她屬於我，我也屬於她；這其中有種夢境般的天經地義和奇妙感，不容爭辯。她的身影氾濫我腦海每一個角落，斑斕絢爛，光彩灑進我甚至不知道有其存在的神奇閣樓，除了與她的連結外，沒有其他任何景色。我一遍又一遍不停播放她最愛的帕爾特，藉此與她相伴；只要她告訴我最近看了什麼小說，我一定立刻飢渴閱讀，彷彿心電感應般進入她的腦海。店裡曾經手過的幾樣東西——一台普雷亞鋼琴，還有一個奇奇怪怪、破破爛爛的小巧俄羅斯浮雕——感覺就像是我和她理應共享共度的生活的見證品。我寫過三十多封電子郵件給她，但沒寄出便刪除了，最後選擇採用自己發明的公式和她聯絡，以免出醜：那就是每封回信一定要比她寄來的內容短三行、時間一定要比我收到她回信的天數再多一天。有時候，躺在床上——漂浮於我那嘆息、恍惚、情慾的幻想中時——我會在腦中與她進行一場坦率的長談：沒有任何事能分離我們。我想像我們對彼此這麼（庸俗地）說道，手撫著對方面頰，我們永不分開。像跟蹤狂般，我會等她在浴室修完劉海後，跑去垃圾桶撿拾紅葉般的髮絲，祕密收藏——更變態的是，撿她還沒洗過，依舊散發如稻草般、素食主義者汗水味的上衣。

無可救藥；不，比無可救藥還悲慘。這太丟臉了。只要她回來，我房門一定不會完全關上，一個不是太委婉的邀請。即便是她緩慢的可愛腳步聲（好像小美人魚，脆弱到難以行走於陸地）都能把我逼瘋。她是連結一切的金絲線，是放大美麗的鏡片，只要她在身邊，世界就不再相同。我試過吻她兩次：一次是在喝醉後的計程車上，一次是在機場，想到又要好幾個月（或者，誰知道呢，說不定是好幾年）見不到她，我就心急如焚——「對不起。」我說，但為時已晚——

「沒關係。」

「不，真的，我——」

「席歐——」又是那甜美而恍惚的微笑，「——不要緊。但我要登機了。」（事實上，並沒有）「我得走了。好好照顧自己，好嗎？」

妳也是。她究竟是看上那個「埃佛特」哪一點?我在她心中一定乏味至極,才會寧願選擇那種要死不活的白癡也不要我。等我們有小孩後……雖然他是半開玩笑地說,我血液還是當場凝結。他就是那種會背著尿布袋、走到哪兒都帶著一堆嬰兒用品的窩囊廢……我狠狠責怪自己沒有更積極,但坦白說,除非我在她身上感受到任何鼓勵,否則永遠不可能展開更熱烈的追求。情況已經夠尷尬了:每次提到她名字,霍比就會變得很敏感,聲音裡出現一種審慎的平板腔調。但我對她的思慕就如多年沉痾,儘管我相信自己隨時會康復,卻始終好不了,就連佛格太太那樣的蠢豬都看得出來。琵琶並沒有給我任何暗示——恰恰相反,若她對我有絲毫在乎,畢業後就會搬回紐約,而不是繼續留在歐洲。但無論是為了什麼愚蠢的原因,我始終無法忘懷我第一天來到這裡,坐在她床邊,她那注視我的眼神。那段童年的午後記憶支撐了我好幾年,我就像隻孤雛——那時候,對於母親的思念讓我淹溺於寂寞之中——將她的身影深深烙印心底;但實際上,是我自作多情,她頭受了傷,整個人昏昏沉沉,早已準備好要張開雙臂,迎接第一個走進她房裡的陌生人。

我把我的「小藥丸」——傑若都是這麼稱呼——藏在一只老舊的菸草罐裡。我在衣櫃的大理石檯面上壓碎一顆舊式的奧施康定,再用佳士得卡分成一道道白色粉末——然後捲起我皮夾裡最新的一張鈔票——湊到桌前,雙眼因期待氤氳:原爆點,砰,先是喉嚨深處的苦澀滋味,然後是排山倒海的安心,那熟悉的甜美感重重襲向心口,我仰倒床上:這是最純粹的歡愉,痛楚而明亮,將所有苦難與喧囂遠遠隔絕於後方。

7.

與巴波家共進晚餐那夜下起了傾盆大雨,強風呼號,我幾乎連傘都打不開。第六大道上招不到計程車，路人垂首弓背，疾行在斜灑的暴雨之中；地鐵月台如碉堡般潮濕，雨珠滴滴答答地單調打在水泥天花板上。

走出月台，萊辛頓大道空無一人，雨點如針尖般在人行道上扎刺跳躍，暴雨似乎放大了街上所有聲響。計程車呼嘯而過，濺起驚人的水花。我躲進車站附近一家超市買花——百合，買了三束，因為一束看起來太寒酸。在那暖氣過強的狹小店裡，百合花的香味讓我渾身不自在，但一直要到了收銀台前我才驚覺原因：它們的氣味正和母親追思會上那噁心難聞的甜膩味道如出一轍。等我再次奔回街上，跑過淹水的人行道來到公園大道後——襪子濕透，冰冷的雨水不停擊打面孔——我很後悔自己買了花，要不是雨勢過於猛烈，我差點就要把它們扔進垃圾桶。但我無法放慢腳步，一秒也不行，只能一股腦兒地往前奔。

我站在前廳——髮絲貼著頭皮，本應防水的風衣濕到像在浴缸裡泡過——門陡然打開，一張開朗直率的大學生面孔出現眼前，我楞了一、兩秒才認出是陶弟。我還來不及為一身的雨水道歉，他便熱情地抱住我，還拍拍我的背。

「我的天吶。」他一面領我走進客廳，一面說，「外套給我吧——還有這些花，媽看到一定很高興。能再見到你實在太好了！已經多久了？」他比普萊特還要魁梧，髮色也比較深，如紙板般的金黃，非常不巴波家；臉上的笑容也是——熱情爽朗，不帶半點嘲諷。

「嗯——」他的溫情——看起來像建立在某些我們過去不曾共享的歡樂與親密上——讓我尷尬不已。「很久了。你現在一定上大學了，對嗎？」

「對——我現在在喬治城念書——趁週末回來一下。主修政治，但有機會的話，以後想進非營利組織，做些管理方面的工作；和青少年有關的非營利組織。」從他臉上如學生會長般的大方笑容看來，顯然在這幾年間，他已成長為一名傑出的有為青年，普萊特過去也曾一度擁有這樣的未來。「我的意思是，希望這話從我嘴裡說出來不會太奇怪，但我必須謝謝你。」

「謝謝我？」

「嗯，關於我想幫助弱勢青少年的事。你曉得嗎，當年你和我們一起住的那段時間，在我心裡留下很深的印象。那真的大大打開了我的眼界，我是指你的情況。即便我那時只有三年級還幾年級，你還是讓我決定——嗯，這就是我未來想做的事，我長大以後要幫助孩童。」

「哇，」我說，思緒仍然卡在「弱勢」兩個字上，「嗯，那很好啊。」

「我真的很期待，因為有這麼多方式可以回饋那些需要的青少年。我不曉得你對華盛頓特區熟不熟，但那裡有許多弱勢社區。我現在有參與一項社服計畫，負責教導邊緣孩童閱讀和數學，今年夏天還要跟仁人家園去海地——」

「是他到了嗎？」拼花地板上響起優雅的腳步聲，衣袖上傳來指尖的輕柔觸感。我回過神，發現自己被凱西摟著，而我正低頭朝著她白金色的秀髮微笑。

「喔，你渾身都濕透了。」她說，兩手扶著我雙臂，上下打量我，「看看你，你是怎麼過來的？游泳嗎？」她有著巴波先生般精巧纖長的鼻子與明亮到幾近傻氣的清澈目光——她與過去那個身穿學校制服、一頭亂髮、雙頰通紅、與書包掙扎奮戰的九歲女孩相去無多——只是現在，當她看著我時，我可以看見長大後的她脫胎換骨成一名清冷脫俗的美人，腦筋不由一片空白。

「我——」為了掩飾內心的慌亂，我回頭看向忙著安置我風衣和鮮花的陶弟。「對不起，這感覺實在太奇妙了——特別是你；」（我對陶弟說）「我最後見你的時候你是幾歲？七歲？八歲？」

「我懂。」凱西說，「那個小壞蛋，現在倒人模人樣了，對不對？普萊特——」普萊特緩步走進客廳，只見他滿臉鬍碴，身上穿著粗呢外套和粗糙的花呢毛衣，活像辛約翰戲劇作品中的陰鬱漁夫——「她想在哪裡用餐？」

「嗯——」他似乎有些尷尬，揉了揉爬滿鬍碴的臉頰——「老實說，她想在房間吃。你不介意吧？」他問我，「艾塔在那擺了張桌子。」

凱西蹙起眉頭：「喔，討厭。好吧，無所謂。那你先把狗關進廚房。來吧——」她抓住我的手，拽著我穿過走廊，神態有些急躁輕率，身子微微前傾——「我們得替你準備些喝的，你會需要的。」在她凝視的目光與急促的呼吸聲中，我可以看見安迪的影子——他上氣不接下氣的喘息在凱西臉上幻化成嬌俏的微啟雙唇，恍若星光呢喃。「我本來還希望她會讓我們在餐廳用餐，起碼廚房也好。她的巢穴好陰沉——你想喝什麼？」她問，轉身走向餐櫥旁的吧台，那兒已擺好酒杯和一桶冰塊。

「有蘇托力伏特加的話就太好了。加冰，謝謝。」

「真的嗎？你確定？我們沒有人喝這個——爹地總是喝這個——」拿起蘇托力的酒瓶，「——因為喜歡它的標籤……很有冷戰的風格……你說叫什麼名字……」

「蘇托力。」

「聽起來很唬人。我連記都記不得。你知道嗎，」她說，那雙綠灰色的瞳孔看向我，「我還擔心你不會來了。」

「天氣也不是真的那麼糟。」

「對，但是——」她眨了兩下眼，「我還以為你恨我們。」

「恨你們？沒有啊。」

「沒有嗎？」當她綻放笑顏時，安迪那彷彿血癌病患的蒼白膚色在她臉上改變了，變得更美，如迪士尼公主般閃閃發亮；太神奇了。「但我那時對你好惡劣。」

「我沒放在心上。」

「那就好。」在一陣過於漫長的沉默後，她轉回身，面向酒瓶。「我們對你很糟。」她淡淡地說，「我和陶弟。」

「別想那麼多，你們那時都還小。」

「對，但是——」她輕咬下唇，「我們還是不該那麼做，特別在你經歷了那些事後。而現在……我是指爹地和安迪……」

我等著；她似乎想釐清腦中的思緒，但最後只是啜了口酒（白酒；琵琶都喝紅酒），碰了碰我腕背，「媽還等著你呢。」她說，「她已經期待一整天了。走吧？」

「好。」我輕輕、輕輕地搭著她手肘，就像過去曾看巴波先生對「女性」賓客做的那樣，領她走向走廊。

8.

那晚，過去與現在混亂交織，猶似置身夢中。有一部分的童年世界仍奇蹟似地完好無缺，另一部分已不再相同，彷彿過去的聖誕幽靈與未來的聖誕幽靈一同攜手主持這場晚宴。雖然安迪的缺席像剜刨舊傷疤般不時出現話題之中（安迪和我……？還記得安迪那時……？），其他一切又是如此陌生與委靡（在巴波太太房裡的折疊桌前吃肉派？），但那晚最奇特的，是我那彷彿回家般毫無來由，卻又刻骨銘心的歸屬感。當我進廚房打招呼時，就連艾塔都解下圍裙，衝上前來擁抱我：我今晚本來要休假的，但就是想留下來見見你。

陶弟（「現在是陶德了，拜託。」）取代巴波先生的位置，成為席間的指揮官，用一種隱隱透著些機械，但又真誠迷人的魅力引導話題。只是除了我之外，巴波太太沒什麼興趣和其他人交談——我們聊了些安迪的事，但主要還是繞著她家族擁有的家具打轉：其中有幾件是一九四〇年代在以薩列薩克古董行購入的，但大多還是她家族自殖民時代留下來的遺產——她甚至一度起身，牽著我的手，帶我去看一組椅子和一只桃花心木矮櫃——安妮女王風格、來自麻州賽倫——那是她母親家族自一七六〇年代開始便傳承至今的古董。（賽倫？我心忖；她的祖先當初也燒過女巫嗎？或者她們自己就是女巫？除了安迪外——他封閉孤僻，獨立自主，誠實正直，撒不了謊，在他身上找不到半點惡意或魅力——巴波家裡所有人，甚至是陶德，都帶有些許神祕，散發一種警戒防備，同時又揉合了端莊與淘氣的狡黠氣質，讓人非常容易想像他們的先祖夜裡群聚森林，褪去身上的清教徒裝束，在異教篝火旁嬉戲。）我和凱西沒有說到多少話——因為巴波太太，我們沒有那機會——但幾乎每一次我向她望去，都能察覺到她注視我的目光。普萊特在喝了五杯（還是六杯？）的萊姆琴酒後，聲音開始變得低沉混濁。晚餐後，他將我拉到酒吧旁，說：

「她在吃抗憂鬱藥。」

「是嗎？」我大吃一驚。

「我是說凱西；媽咪不會碰那種東西。」

「喔——」他低沉的口氣讓我極不自在，好像是在徵詢我的意見，或希望我能提供建議。

「希望她吃起來比我有效。」

普萊特張口欲言，但最後又打消念頭。「喔——」他微微退開，「我想她還撐得住，不過這段日子對她來說確實很難熬。凱西一直和他們兩人很親——我想在我們家所有人之中，和安迪最親的就是她。」

「是嗎？」我不會用「親」這個字來形容凱西和安迪兩人小時候的關係；不過比起其他兩兄弟，她似乎確實比較常出現於背景，就算只是在旁抱怨或取笑。

普萊特嘆了口氣——我差點被他強烈的琴酒味熏暈。「是啊，她本來在衛斯理學院念書，現在暫時休學——不確定會不會回去；可能會到新學院大學修幾堂課，也可能去找份工作——要她繼續留在麻州太痛苦了，畢竟，你也知道，發生了那些事。他們時常在劍橋碰面——可想而知她現在心裡有多內疚，因為她沒有上去照顧爹地。她是最清楚要怎麼應付爹地的人，但那時剛巧有個派對。她打給安迪，求他先去幫忙，結果……」

「太慘了。」我手裡拿著冰夾，駭然佇立吧台旁；想到有其他人也被毀了我人生的悔恨念頭苦苦折磨——我為什麼要……、如果當初……——我就感到胃部一陣翻騰。

「是啊。」普萊特說，又給自己到了一大杯琴酒，「很慘。」

「她不該自責。她不能那麼做。這太瘋狂了。」我說。普萊特那雙濕潤的死魚眼透過酒杯上緣緊盯著我不放，看得我坐立難安，「如果她在船上，那麼死的人就不會是安迪，而是她了。」

「不，不會是她。」普萊特木然道，「小凱是一流的水手，反應奇快，從小就很聰明。而安迪——安迪滿腦子都是家裡那台筆記型電腦，在計算什麼軌道共振之類的鬼東西，到了緊要關頭還魂不守舍，從小到大就是這他媽的死個性。總之，」他用平和的口氣繼續——完全沒察覺我對這句評論的驚訝反應。「——她現在情緒不是很穩定，你一定能理解。你該邀她出去吃個晚餐或什麼之類的，媽咪一定會很高興。」

9.

我離開巴波家時已經超過十一點。雨已經停了，街道上的水窪明亮如鏡，夜班的門房肯尼斯佇立門邊（沉重的雙眼與身上的啤酒味依舊，除了肚子又更大了點之外，毫無改變）。「有空多來走走，好嗎？」他說。小時候，每回母親來接過夜的我回家時他也總是這麼說——同樣懶洋洋的語調，有那麼些遲緩。即便曼哈頓哪天浩劫肆虐，煙硝瀰漫，你都能想像他穿著破破爛爛的制服，神色依舊親切，搖搖晃晃站在門邊，而巴波一家則在樓上燒國家地理雜誌取暖，靠琴酒和蟹肉罐頭維生。

儘管安迪的死如文火煨煮的毒素，瀰漫於那晚的空氣之中，我卻依舊難以接受——但同樣奇怪的是，事後回想，這一切彷彿是如此無可避免，如此詭異的必然，幾乎就像他在子宮內便染上了什麼致命缺陷。即便在他六歲時——整天沉浸在白日夢中、跌跌撞撞、氣喘吁吁、生活黯淡無光——你也能在那孱弱的小人兒身上清楚預見不幸與早逝的未來，就像命運偷偷在他背後掛了個「踹我」的牌子，注定要被剔除。

同樣震懾我的，是他的世界即便少了他，也仍繼續蹣跚運轉。這實在太神奇了；當我跳過路旁一灘水窪時，心裡不由這麼想著；一切竟能在短短幾小時內改變——或該說，發現此刻之中原來存在有過往如此鮮明的殘屑實在是太神奇了；儘管受損了、磨蝕了，卻仍未被摧毀。在我失去一切時，是安迪陪在我身旁，不離不棄。而現在，我起碼能做的，就是善待他的母親與妹妹。當時我並沒有想到，現在才幡然醒悟，自從我脫離那愁雲慘霧的茫然麻木與自我耽溺後已過了許多年；在那些混亂與恍惚、痴鈍與夾註之間，我逐漸將內心啃噬得面目全非，錯過生活中許多平凡、渺小而簡單的善意；即便是善意兩個字都像醫院裡失去意識的病患，終於自各種維生的機器裡甦醒，察覺到周遭的聲音與人影。

10.

正如傑若時常提醒我的，每隔一天的習慣仍是習慣，特別是我也沒有太認真堅守這項原則時。紐約是個時時充滿各種地鐵人潮夢魘的城市，那場突如其來的爆炸從未真正離開我，我總是等待著意外發生、總是用眼角餘光尋覓。公共場合中幾種特定的人潮結構會觸發它，彷彿一種戰時的迫切。陌生人以錯誤的方式忽然攔在我前面，或以特定的角度走得太快，都會讓我心跳瘋狂加快，莫名陷入恐慌，跌跌撞撞跑向最近的一張公園長椅。還有我爸的止痛藥，起初我只是用來舒緩幾近失控的焦慮症，結果因為那解脫的感覺實在過於美妙，我很快開始把它們當零食吃。起先只有週末，然後是放學後，最後只要我心情低落或無聊（不幸的是，這幾乎是我的常態），就會投入那飄飄欲仙的輕鬆喜悅。那時，我還發現了一件驚人的真相。我以前總覺得我爸那些藥丸看起來又小又沒用，所以一直擱置在旁，但原來它們的藥效比我一次吞一把維可汀和波克塞還要強十倍——它們是奧施康定，八〇年代的產品，藥效強到若服用者缺乏耐藥性，是有可能致死的；幸好我當時毫無疑問已經具備。而等到那些彷彿永遠吃不完用不盡的藥丸終於一顆不剩後——就在我十八歲生日前不久——我不得不開始上街買。就連藥頭都告誡我錢花得太凶，幾個星期就要上千塊。傑克（傑若之前的藥頭）每次都拿這事唸我，就連他坐在那張骯髒的懶骨頭王座，數著我剛從銀行領出來的嶄新百元鈔時也不例外。「你還不如直接點火把這些錢燒了，老弟。」海洛因比較便宜——一袋一千五。就算效果沒那麼爽——傑克還苦口婆心地用麥當勞四盎司牛肉堡的包裝紙內側算給我看——起碼開銷會合理許多，一個月大約四、五百塊。

但我只有在有人免費請的時候才會吸海洛因——這裡一點、那裡一點。雖然我也很愛，無時無刻渴望那滋味，卻從不曾自己買過。因為一旦開始，就永遠沒有理由停止。除了藥性的考量外，鉅額的開銷也是一大助力，它不只能讓我有效控制自己吸食的習慣，也提供我強烈的誘因，讓我每天乖乖下樓賣家具。世人常誤解鴉片會讓人頹靡不振、無法好好做事：注射毒品是一回事，但對於像我這樣的人來說——會因為鴿子在人行道上振翅就嚇得魂飛魄散，創傷後壓力症候群嚴重到幾乎會痙攣抽搐、大腦麻痺——藥丸不只能讓我保持行為能力，還能擁有極高的效率。酒精會讓人懶惰渙散；只要看看普萊特．巴波下午三點坐在J．G．西瓜酒吧裡自哀自憐的模樣就知道。至於我爸：即便在他戒酒後，仍隱隱有種醉酒拳擊手的笨拙感，連電話或廚房定時器都拿不好。據說這叫酒精失智症，由於嚴重酗酒造成的精神障礙，某種神經系統方面的損傷，永遠不會康復。他總是歪理一堆，沒有一項工作做得久。而我——好吧，或許我沒有女朋友，也沒有真的完全不碰毒品的朋友，但我一天工作十二小時，沒有任何事會讓我焦頭爛額；我穿Thom Browne的西裝，面對討厭的人一樣能微笑以對；一星期游泳兩次，偶爾打打網球，不碰糖類或加工過的食品。我輕鬆、討喜，瘦的像竹竿，不沉溺於自艾自憐或任何負面想法。我是一流的業務員——所有人都這麼說——而且生意好到我花在毒品上的錢只是九牛一毛。

當然我也有過幾次失控的時候——無法預測的墮落，事情在短短幾個奇異瞬間迅速脫序，彷彿在結冰的橋上打滑失速。我可以看見事情在極短的時間內迅速惡化。這與金錢無關——而是對毒品急遽上升的需求，或是忘了自己已賣掉哪些家具，或是忘了把帳單寄出去。若我不小心吸太多，下樓時神情過於恍神呆滯，霍比會用奇怪的眼神看我。晚宴、客戶……對不起，你在和我說話嗎？你剛有說什麼嗎？不，只是有點累，可能生病了，會早點上床休息。我遺傳了母親的淺色眼珠，因此在藝廊開幕典禮上，如果我沒戴太陽眼鏡，幾乎不可能掩飾自己縮小的瞳孔——但霍比的朋友似乎完全沒有注意到，除了（有時候）幾名年紀較輕、了解內情的同性戀——「你這個壞小子。」有個客人的健美男友在一次正式晚宴上附在我耳畔低語，把我嚇得魂飛魄散。還有個拍賣會的會計部門我每次去都心驚膽戰，因為那裡有個職員——年紀較大，英國人，也是個癮君子——老是跟我搭訕。女人也一樣：我睡過的一個女生——服裝設計實習生——是我帶小波去華盛頓廣場的小狗運動公園時認識的。在公園長椅上坐了三十秒後，我們就立刻知道彼此都有同樣的毛病。每當情況失控，我就會開始節制，甚至戒了不少次——最長一次持續了六個星期。不是每個人都能做到這點，我告訴自己。這並不難，僅僅關乎紀律。但此時此刻，正值二十六歲顛峰時期的我，已經超過三年不曾三天以上不碰毒品。

我已經計畫好，如果我想的話，該如何一勞永逸地戒除：急遽減量，為時七天，並且需要大量的樂必寧[3]；補充鎂和自由胺基酸，修復我大量耗損的神經傳遞素；還需要蛋白粉、電解質補充粉、褪黑激素（和大麻），以及各種那名服裝設計實習生發誓非常有效的藥草和藥水來幫助我安眠，包括甘草根、乳薊，蕁麻、蛇麻草、黑孜然籽油、纈草根和黃芩萃取液。我把所有需要的東西統統裝在一只健康食品店的購物袋裡，而那只購物袋已在我衣櫥深處躺了超過一年半。大部分的東西碰也沒碰過，只有大麻早就抽完。困難在於（正如我一次又一次學到的），只要三十六小時一到，當你的身體開始激烈反抗，未來再也沒有鴉片陪伴的日子開始如監獄走廊般無情展開眼前時，你會需要一些非常強力的理由說服自己繼續朝黑暗前進，而非倒回那張被你愚蠢拋棄的美好鵝絨床墊。

從巴波家回來那晚，我吞下一顆長效嗎啡；每次帶著懊悔的心情回家，覺得自己需要提振精神時我都會這麼做。劑量很低，不到我所需的一半，只是酒後的一點小小輔助，以免我煩躁到睡不著覺。翌晨，我意志消沉（通常戒毒到了這階段，我醒來後會非常不舒服，決心因此在轉眼間煙消雲散），在床頭櫃的大理石檯面上先是壓碎三十毫克，然後是六十毫克的洛施康定，用一根剪過的吸管猛力一吸，然後不甘不願地將剩下的藥粉沖進馬桶（價值超過兩千元）；起床，更衣，用鹽水噴劑沖洗鼻腔，把長效嗎啡藏起來，以免未來「戒斷」——傑若都這麼稱呼——的症狀加重，我無法忍受那種不適感。最後再把知更鳥牌的菸絲盒塞進口袋——趁早上六點，霍比還沒起床時——搭計程車前往倉庫。

倉庫裡——二十四小時全年無休——除了櫃台前有名眼神空洞的職員正在看電視外，靜的就像瑪雅人的陵墓。我忐忑不安地走向電梯。七年來，我只來過這裡三次——每次都提心吊膽，而且沒一次有勇氣上樓察看保險箱，只是迅速穿進大廳，用現金付款——一次繳交兩年的租金，州政府規定的最高上限。

貨運電梯需要鑰匙卡啟動，幸好我沒忘了帶。但不幸的是，它出了點問題。我站在敞開的電梯前，一試再試——整整好幾分鐘，不停祈禱前檯的櫃員全神專注在電視上，不會發現——直到

3 Loperamide，一種抗腹瀉的藥物。

電梯的鋼門終於嘶的一聲關上。我戰戰兢兢，覺得自己受到無數雙眼睛監視，盡力不要讓攝影機照到我模糊幽暗的臉孔，搭乘電梯來到八樓。8D、8E、8F、8G，煤渣磚牆與一排排毫無特色的門板，彷彿某種預製的永生，除了米黃色外沒有任何色彩，不沾惹半點塵埃。

8R，兩把鑰匙，一個密碼鎖，七五二二，鮑里斯拉斯維加斯家用電話的最後四碼。保險箱門發出刺耳的金屬摩擦聲，裡頭躺著典範運動用品店的購物袋——帳篷的標籤依舊垂落袋外，國王牌，四十三點九九美元，和我八年前買回來時一樣新穎。儘管從袋口探出一角的枕頭套令我如遭雷殛，太陽穴猛然一跳，但最讓我震驚的還是那氣味——防護膠帶的塑膠與聚氯乙烯味因長期封閉在狹小空間內變得刺鼻異常，我已經好幾年不曾想起這能深深喚醒過往記憶的氣味。這獨特的聚氯乙烯味令我瞬間回到童年與拉斯維加斯的臥房，那些新地毯和化學藥劑味；睡著後，每天早晨醒來鼻子裡都聞到同一股膠帶味，知道畫就黏在後方的床頭櫃上。我已經好幾年沒有好好將它打開過，即便有美工刀，光要拆開也得花上十到十五分鐘。但就當我失神佇立（茫然困惑，幾乎就像我夢遊到琵琶臥房門口醒來那次一樣，不曉得自己在想什麼或該怎麼做），一股幾近譫妄的衝動使我呆立原地、動彈不得：在闊別多年後，它終於又觸手可及，那感覺就像我忽然察覺自己佇立在某種我先前完全不知道其存在的危險渴望邊緣。陰影中，那木乃伊般的包裹——形貌隱約模糊——有種寒傖、強烈、異樣私密的感覺，不像無生命的物體，反而像某種無助禁錮在黑暗中的可憐生物，無法吶喊，也不奢望拯救。自從十五歲後，我就再也不曾離這幅畫這麼近過。一時間，我能做的，就是阻止自己把它拿出來，夾在手臂下，揚長而去。但我能感到監視攝影機在我背後嘶嘶運轉，於是——在一陣抽搐般的迅速動作後——我將知更鳥的菸絲盒扔進布魯明戴爾百貨的購物袋裡，關上保險箱門，轉動鑰匙。「如果你真想戒就把它們沖進馬桶。」傑若那超級火辣的女朋友米雅曾這麼建議我，「否則你哪天會為了它們，凌晨兩點跑去那間倉庫。」但當我頭暈目眩、腦中嗡然作響地走出倉庫大門時，那些毒品是我最不在意的一件事。只要看見那緊緊密封、孤獨可憐的油畫，就讓我天旋地轉，彷彿過去的衛星訊號陡然湧入，切斷其他所有訊息的傳送。

11.

雖然（偶爾的）停藥日讓我的毒癮不至於變得太嚴重，但痛苦的戒斷症狀比我預期中還要快出現。儘管我留了些藥，但接下來的幾天心情依舊低落，食不下嚥，控制不住地猛打噴嚏。「只是感冒而已。」我這麼告訴霍比。「沒事的。」

「不行，如果你還拉肚子，就表示是流感。」霍比憂心忡忡地說，剛從畢奇洛買了更多感冒藥和止瀉藥回來，還有傑佛遜小館的鹹餅乾和薑汁汽水。「那不是理由——上帝保佑你！如果我是你，一定立刻去看醫生。」

「沒什麼，只是小病而已。」霍比有個堅定的信條，只要他生病，無論是什麼病，一定會喝杯菲奈特．布蘭卡苦酒，然後回去繼續工作。

「或許吧，但你這幾天幾乎什麼也沒吃，沒必要還抱病下來，把自己搞得這麼累。」

但工作可以轉移我的注意力，讓我忘掉身體的不適。每十分鐘我就會感到一股惡寒上竄，然後開始狂冒冷汗。天氣變好了，店裡人潮洶湧，門庭若市，低語聲不絕於耳，店外的行道樹也開滿狂恣的白花。大多時候，我在收銀台前都能保持雙手穩定，內心卻極為不安。「第一波症狀還不是最痛苦的。」米雅說，「到了第三、四次你就會開始生不如死。」我的肚子就像鉤上的生魚不停翻騰扭動，肌肉緊繃痠痛，沒辦法躺著不動，也找不到任何舒服的姿勢。夜裡，等古董行打烊後，我會坐在水溫高到幾乎無法忍受的浴缸裡，滿臉通紅，猛打噴嚏，把一杯冰塊快融光的薑汁汽水按在太陽穴上，小波——因為年紀大了，筋骨僵硬，無法再像以前那樣，總愛把前腳搭在浴缸上，只能坐在浴室的腳踏墊上，焦慮地看著我。

不過這一切並沒有我想像中難熬，只是沒想到米雅所說的「心理問題」原來這麼猛烈，這麼難以忍受，彷彿一面濕透的可怕黑幕。米雅、傑若、我的服裝設計實習生——我多數毒蟲朋友的毒癮歷史都比我久，而每當他們嗑到翻，坐在那兒高談闊論戒毒的經過（顯然地，那是他們唯一能夠談論戒毒的時候），所有人都再三警告我，生理上的不適不是最痛苦的，即便像我這種小兒科的毒癮程度，心理即將面臨的憂鬱也將「超乎我想像」。而我只是禮貌地微微一笑，湊到鏡子前，心想：要打賭嗎？

但「憂鬱」兩字根本不足以形容。那是一種悲傷而厭憎的沉淪，遠遠超出於個人的情感：對人性與人類自混沌初開以來付出的所有努力極度不齒，痛苦憎恨所有自然定律，生、老、病、死，沒有任何人能逃脫。無論多美麗的人都像即將腐壞的柔軟水果，但人類還是莫名所以地繼續做愛、繼續繁衍，繼續製造更多新祭品送進墳墓。不停將越來越多新生命帶來世上受苦就像是一種贖罪、一種善行，甚至在道德上值得欽佩：把更多無辜的旁觀者拉進這場注定雙輸的遊戲。蠕動的嬰兒與遲緩笨重、沾沾自喜、荷爾蒙衝腦的母親。喔，他是不是很可愛啊？噢——好可愛喔。幼童在遊樂場大聲嬉鬧，完全不知道未來有什麼樣的地獄等在眼前：乏味的工作、可怕的貸款、糟糕的婚姻、禿頭、髖關節置換手術、在空蕩蕩的屋子喝著寂寞的咖啡、在醫院裝人工造口袋。多數的人似乎都十分滿意於這些華而不實的薄薄釉彩和騙人的舞台燈光，它們偶爾可以為奠定人類痛苦困境的殘酷基石添上一筆神祕色彩，或起碼看起來不那麼可憎。我們賭博、打高爾夫、養花蒔草、玩股票、做愛、買新車、練瑜伽、祈禱、重新裝潢房屋、操煩時事、操心小孩大小事、說鄰居的閒話、研究餐廳評價、成立慈善組織、支持政治候選人、現場觀看美國網球公開賽、上餐館、旅遊，用各種新產品與發明轉移自己的注意力，無時無刻淹沒於來自四面八方的資訊、簡訊、通訊、娛樂，試圖讓自己忘記：忘記自己在哪兒，自己究竟是什麼。但在明亮熾烈的燈光下，你找不到任何好的解釋美化它。它就是徹徹底底、徹頭徹尾的腐爛。朝九晚五地工作、盡責地繁衍後代、在自己的退休派對上露出彬彬有禮的微笑、在養老院裡啃被單、被罐頭水蜜桃哽住喉嚨。不要誕生還比較好——無盼無望，無欲無求。在這些痛苦掙扎的想法中，還不停穿插重複的影像或惺忪的夢境。我夢到小波瘦骨嶙峋，虛弱地側躺在地，胸骨上下起伏——我遺棄了牠，把牠孤伶伶留在某處，忘了餵牠，而牠就要死了——一遍一遍，即便牠就和我同在一間房裡，在我愧疚驚醒時猛然抬頭；小波在哪？還有那緊鎖於鋼鐵墳墓的密封枕頭套帶著駭人的畫面倏忽而逝。無論我多年以前是為了什麼原因決定藏起那幅畫——最初為何留下它——甚至是帶出博物館——現在都已無法回想。歲月模糊了一切。它是屬於那不存在的世界的一部分——或該說，那感覺就像我生活於兩個不同的世界，而倉庫裡的保險箱並不屬於這個現實世界，而是那個想像的世界。要遺忘那個保險箱，或假裝它並不存在非常容易。我心裡隱隱有些期盼，哪天打開它會發現油畫就這麼不翼而飛。但我知道那絕無可能，它將依舊禁錮在黑暗之中；只要我把它留在那一天，它就會永遠在那等著我，如同被我殺害的屍體，埋藏在地窖深處。

第八天早晨，我在四小時的不安睡眠後醒轉，全身是汗，覺得整個人像被挖空一樣，感到絕望之至，但起碼已經穩定到可以帶小波去街角散步，並到廚房吃些營養的早餐——水波蛋和英式馬芬——是霍比強迫我吃的。

「也該是時候了。」他已吃完自己的早餐，現在正從容地收拾餐具，「你臉色好蒼白——換作是我，如果整整一週除了鹹餅乾外什麼都沒吃也會一樣。你現在最需要的是一點陽光，和一點新鮮空氣。你和小波都該出去好好散個步。」

「是啊。」但我除了一樓的店鋪外，哪裡也不想去。那裡既昏暗又安靜。

「你這幾天人不舒服，我也不想打擾你——」他恢復正經的口氣，親切地偏過頭，令我不由尷尬地別開目光，瞪著自己的餐盤，「——但在你休息期間，有人打了幾通電話來家裡找你。」

「是嗎？」我把手機關了，收在抽屜；看都沒看，就怕收到傑若的簡訊。

「一位好親切、好禮貌的小姐——」他看了看筆記本，然後抬起視線，透過眼鏡上緣向我看來，「——名叫黛西．赫斯里？」（黛西．赫斯里是卡蘿．隆巴德的本名。）「說她工作很忙。」（意即：未婚夫來了，不要找我。）「想聯絡的話就傳個簡訊給她。」

「我知道了。太好了，謝謝。」如果黛西即將在華盛頓國家大教堂舉行的盛大婚禮真的成真的話，時間將會是在六月；婚後她便會和男友——她自己這麼稱呼的——一起搬去華盛頓特區。

「希德司里太太也打來了，問起那只櫻桃木高腳立櫃——不是帽頂那個；另一個。她開了個好價錢——八千塊——我答應了，希望你不介意。問我的話，我會說那櫃子連三千塊都不值。還有——有位先生打來了兩次——名字是盧修斯．李維？」

我差點一口咖啡嗆在喉中——這是我好幾天來首次能將咖啡嚥進肚裡——但霍比似乎毫無所覺。

「他留了號碼，說你會知道是什麼事。喔——」他忽然坐下，掌心在桌面拍了幾下，「——還有巴波家有個孩子打來！」

「凱西？」

「不是——」他喝了口茶，「——普萊特？是這個名字嗎？」

12.

一想到要在清醒的狀態應付盧修斯．李維，我就很想回去倉庫，拿出那只菸絲盒。至於巴波家，我一點也不急著想聽見普萊特的聲音，幸好是凱西接的電話。

「我們想請你吃飯。」她劈頭就說。

「什麼？」

「我們沒有告訴你嗎？喔——我該先打電話給你的！總之媽非常想再見到你，她想知道你什麼時候還會過來。」

「呃——」

「要正式跟你約個時間嗎？」

「呃，對啊。」

「你聽起來怪怪的。」

「對不起，我最近得了——呃，流感。」

「真的嗎？老天，我們都沒事，所以應該不是被我們傳染才對——對不起？」她對背景中一個模糊的聲音說，「——等等……普萊特要把電話搶走了。晚點聊。」

「嗨，老弟。」普萊特接過電話。

「嗨。」我回應，揉了揉太陽穴，試著不去想普萊特那聲「老弟」聽起來有多奇怪。

「我——」腳步聲在電話另一頭響起，然後是關門聲。「我就有話直說了。」

「什麼事？」

「有關家具的事。」他說，語調懇切，「我們可以請你幫忙賣一些家具嗎？」

「當然。」我坐下，「她有什麼想賣的？」

「呃，」普萊特說，「重點就在這；可能的話，我不想拿這事打擾媽咪。我不確定她贊不贊成，如果你懂我意思的話。」

「喔？」

「我的意思是，她東西那麼多……緬因和倉庫那都有許多東西她這輩子甚至不會再看第二眼；不只是家具；銀器、錢幣……還有一些我想應該很值錢的陶器，但坦白說，看起來實在爛透了；我沒有誇張，真的看起來就像一坨牛屎。」

「好吧，那麼我想我的問題是，你為什麼想賣？」

「是沒有必要賣啦，」他匆匆地說，「但重點是，她對其中一些古董廢物實在頑固過頭。」

我揉了揉眼：「普萊特——」

「我的意思是，她也只是收在那兒；那些垃圾。大部分都是我的，錢幣、幾把舊槍和其他東西；是奶奶留給我的——」他簡明扼要地說，「——我就坦白說了，我先前都是找另一個人處理，但老實說，我寧願和你合作。你認識我們、認識媽咪，而且我知道你一定會給我一個公道的價格。」

「嗯。」我回答的有些遲疑。期盼的沉默籠罩電話兩頭，彷彿永無止境——就像我們依著劇本照本宣科，而他正信心滿滿地等我說出下一句台詞——就在我思索該怎麼推辭時，目光忽然落到霍比用他那表情豐富的開闊大手寫下的便條：盧修斯·李維的姓名與電話。

「好吧，事情很複雜。」我說，「我得先親自去看看那些東西才能決定。對，沒錯——」他試圖用什麼照片的事打斷我——「但照片不夠清楚，而且我不處理錢幣，還有你說的那些陶器。尤其是錢幣，你需要去找專門交易錢幣的行家。不過，」我說——他不死心，依舊想要說服我。

「——如果你只是想籌個幾千塊，我想我可以幫忙。」

聽到這句話，他立刻乖乖閉嘴。「是嗎？」

我將手指伸進眼鏡底下，按摩鼻梁。「問題在於，我現在正試著要替一件家具建立證明文件——惡夢一場，那傢伙就是不肯善罷甘休。我願意將家具買回來，但對方似乎想把事情鬧大；不曉得他到底有什麼打算。總之，如果我能拿出銷售明細，證明家具是我從另一名收藏家那買回來的，應該就能解決這問題。」

「嗯，你是媽咪心中的完美典範，」他酸溜溜地說，「我相信她什麼都會答應你。」

「重點在於——」霍比在樓下，雖然開著刳刨機，我依舊壓低音量，「——我們現在說的完全不能傳出去，懂嗎？」

「懂。」

「我看不出有任何理由需要驚動你母親。我可以自己寫好銷售明細，填好日期。但如果這傢伙有所質疑——而我必須說，這可能性非常高——我會把你的號碼給他，讓他聯絡你；因為令堂適逢新喪，而你是家中長子等等之類的。」

「這傢伙到底是何方神聖？」

「他叫做盧修斯．李維。聽過這名字嗎？」

「沒聽過。」

「好吧——不過提醒你一聲，他也很可能認識你母親，或曾經見過她。」

「這應該不是問題。媽咪現在幾乎不見人了。」他頓了會兒，我可以聽見他點菸的聲音。

「——所以——如果這傢伙打來的話？」

我向他描述那只子母櫃的外型。「我可以寄張照片給你。這櫃子的特點在於頂端的鳳凰雕飾。如果他打去，你只要告訴他，這櫃子本來放在你們緬因州的別墅，直到你母親幾年前轉賣給我。你必須說她當初是從某個現在已歇業的古董商那兒買來的，某個幾年前就已經過世的老頭，不記得名字了；可惡，你得查查才知道。如果他繼續追問——」我現在終於體會，在空白收據上灑上一點點茶漬，再用烤箱小火烤上幾分鐘是多麼神奇的一個手法，立刻可以把我從跳蚤市場買回來的一九六〇年代收據本變得更加老舊——「我可以幫忙提供銷售明細，沒有問題。」

「了解。」

「好。總之——」我到處翻找香菸，但身上半根也沒有，「——如果你把事情處理好——你懂的，如果那傢伙真的打去，而你依約替我背書——我就分你一成。」

良商人。」

普萊特笑了起來——一種異樣開心且輕鬆的笑聲。「難怪爹地總說你們這些搞古董的全是無

「七千塊。」

「這樣是多少？」

13.

我掛斷電話，終於放下心裡大石，不覺有些茫然。雖然巴波太太有些古董只是二、三流的貨色，但也有許多重要的作品，所以只要想到普萊特背著她偷賣，我就渾身不自在。至於普萊特會不會乖乖「言聽計從」——若要說有誰看上去就像是受不明的麻煩纏身，那人絕對是普萊特。雖然我已經好幾年沒想起他被退學的事，但還記得那時的氣氛噤若寒蟬，感覺就像他捅了什麼嚴重的婁子，若非巴波家有辦法，可能會引起警方介入；而這一點呢，相當奇怪的，反而令我安心不少，因為我相信他會收了錢乖乖閉嘴。除此之外——只要想到我就開心地想吹口哨——如果這世上有任何人可以讓盧修斯．李維感到威脅或恫嚇，那人絕對是普萊特：一個世界頂級的勢利小人，自己本身就是不折不扣的惡霸。

「李維先生？」聽他接起電話後，我彬彬有禮地說。

「叫我盧修斯就好，不用客氣。」

「好吧，盧修斯，」聽到他聲音我就氣到全身發冷；但現在有了普萊特這張王牌，儘管沒必要，我氣焰仍不由高了起來，「聽說你之前找我，有什麼事嗎？」

「可能不是你想的那件事。」他迅速回答。

「是嗎？」我輕鬆以對；雖然他的語調嚇了我一跳。「好吧，到底什麼事？」

「我想我們最好當面談。」

「可以啊，下城怎麼樣？」我飛快地說，「上次不好意思讓你招待了。」

14.

我選的餐廳位於下城的翠貝卡區——地點夠遠，不用擔心會撞見霍比或他的朋友；而且客群較為年輕，（希望）可以藉此打亂李維的防備。噪音、光線、交談聲、摩肩擦踵的人群；對我新恢復的敏銳感官來說，店裡的氣味過於強烈：酒精、大蒜、香水、汗水；嘶嘶作響的香茅雞自廚房匆匆端出、藍綠色的沙發座椅；鄰座女孩身上那件亮橘色的洋裝像工業化學原料般，直接灑進我眼裡。我的胃忐忑翻騰，嘴裡嚼著從口袋拿出的制酸錠。就在這時，我抬起頭，看見一名紋有美麗長頸鹿刺青的女服務生——面無表情、態度懶散——漠然地為盧修斯．李維指出我的位置。

「你好，」我說，並沒有起身招呼，「很高興見到你。」

他仍站在一旁左右張望：「我們一定得坐這嗎？」

「怎麼了嗎？」我殷勤地問，我是故意選坐在人潮最洶湧的中心地帶——沒有吵到我們必須扯開嗓子嘶吼，但又會讓人焦躁難安；更重要的是，我刻意留了個陽光會直射他雙眼的位置給他。

「這裡太誇張了。」

「喔，對不起，如果你不滿意……」我朝那名沉浸在自己世界裡的年輕長頸鹿努了努下巴；她已回到候位檯後，正心不在焉地搖來晃去。

他沒有堅持——所有座位都滿了——坐了下來。儘管他言行優雅俐落，身上西裝以這他年紀的男士來說剪裁也相當時髦，但氣質卻令我不禁想起河豚——或是卡通裡的大力士、被腳踏車灌氣筒灌爆的加拿大騎警：酒窩下巴，蒜頭鼻，雙唇線條冷硬，五官全擠在面孔中央，臃腫肥胖，紅光滿面，好像血壓過高一樣。

食物上桌後——複合式亞洲料理，大量的香脆炸餛飩和滋滋作響的青蔥。從他臉上表情看來，應該是不太喜歡——無論他約我出來究竟有何意圖，我都等他自己開口。我用韋堤舊收據本的空白頁開了一張五年前的假銷售明細，複本現在正收在我胸前口袋，但若非必要，我沒打算拿出來。

他向服務生要了一把叉子，從他那盤有點嚇人的「蝦蝦」中挑出好幾個蔬菜裝飾，放在一旁，向我看來；那雙銳利的鼠眼在火腿般紅潤的臉上顯得分外湛藍。「我知道博物館的事。」他說。

「什麼事？」我大吃一驚，楞了會兒後才問。

「少來。你很清楚我在說什麼。」

我能感到恐懼自脊椎底部升起，但仍小心翼翼地將視線固定在餐盤中的白米飯和炒蔬菜上，菜單上最平凡的一道菜。「如果你不介意，我不想談這個話題。那是個非常痛苦的回憶。」

「是，我能理解。」

他語氣中充滿譏誚與挑釁，我猛然抬起頭來。「我母親死了；如果你是這個意思。」

「對，她死了。」沉默許久後，他又說，「韋頓．布萊克威爾也是。」

「對。」

「嗯，這些報上都有寫，是公開的紀錄。但是——」他飛快舔了一下上唇——「我好奇的是，詹姆斯．霍伯特為什麼要一直宣揚那故事？逢人就說你是如何帶著他合夥人的戒指現身門口？因為如果他保持沉默，永遠不會有人想到其中的關連。」

「我聽不懂你在說什麼。」

「你非常清楚。你手上有我想要的東西；事實上，是很多人想要的東西。」

我停止用餐，筷子停在空中。我第一個直覺反應是起身離開餐廳，但立刻領悟那會是多麼愚蠢的一個舉動。

李維靠在椅背上，說：「怎麼不說話了。」

「因為我完全聽不懂你在說什麼。」我厲聲回答，放下筷子。在那瞬間——在那飛快的動作之中——我忽然想起了父親。他會怎麼處理？

「你似乎很心煩；我好奇是為了什麼。」

「因為我不知道這跟那只子母櫃有什麼關係；我以為你約我出來是要談這件事。」

「你很清楚我在說什麼。」

「不——」我擠出一聲不可置信的笑聲，而且聽起來還有模有樣，「——我不知道。」

「你確定要我說的這麼清楚？在這個地方？好，那我就說了。你當時和韋頓．布萊克威爾和他外甥女在一起；你們三人都在三十二號展廳，而你——」他臉上緩緩流露嘲諷的笑容，「是那區僅有的一名生還者。除了你外，我們都知道還有什麼也離開了三十二號展廳，不是嗎？」

我全身上下的血液彷彿瞬間竄向腳底。四面八方，到處都是銀器的碰撞聲與笑語聲，陣陣回音在磁磚牆面上擺盪。

「懂嗎？」李維氣焰囂張地說，又開始吃了起來，「非常簡單。我的意思是，當然了，」他放下叉子，用斥責的口氣道，「你沒想到會有人把兩件事串在一起？你帶走那幅畫，把戒指送去給布萊克威爾的合夥人時，把畫也一併交給了他。我不知道你為什麼要這麼做——對，沒錯，」他說，不讓我開口；並微微挪動椅子，舉手擋在眼前，遮蔽陽光，「——老天，結果你讓自己淪落成詹姆斯．霍伯特的階下囚。你成了他的禁臠，從那時起，他就到處利用你那小小的紀念品，靠它詐財牟利。」

詐財？霍比？利用？我說；隨後又冷靜下來：「怎麼利用？」

「聽著，你這裝模作樣的把戲開始無聊了。」

「不，我是認真的。你到底在說什麼？」

李維緊抿雙唇，看起來洋洋得意。

「那是非常細膩的一幅作品，」他說，「獨樹一幟、小巧美麗——絕對是世間僅有。我永遠忘不了第一次在莫瑞泰斯皇家美術館看到它的情景……它和那裡所有作品都不一樣；如果你問我，我會說它和那年代所有的作品都不一樣。很難相信它是十七世紀的畫作，絕對是史上最偉大的小型油畫之一，你不這麼認為嗎？那人是怎麼說的——」他嘲諷地停頓片刻，「——那名收藏家——你知道的，就那個藝術評論家，讓它重見天日的那個法國人？畫原本被埋在一八九〇年代某個貴族的儲藏間裡，從那時起，他便『拚了命地』想要取得它——」他做出引號的手勢，「『別忘了，我一定要擁有這隻小金雀，不計任何代價。』不過我要引述的當然不是這句話；是有名的那句，你一定也知道。到了現在，你想必對那幅畫和它的歷史非常熟悉。」

我放下餐巾：「我不知道你在說什麼。」除了堅定立場、不斷重複這句話外，我無計可施。否認，否認，再否認；我爸曾在一部知名的大片中飾演一名黑幫律師——他在中槍前便是如此建議委託人。

但他們看到我了。

他們一定是看到其他人。

總共有三個目擊證人。

無所謂。他們全看錯了。「不是我。」

他們會不斷帶人來作證指控我。

無所謂，隨他們指控。

有人拉開百葉窗，我們的桌子因此籠罩在虎斑似的陰影之中。李維洋洋得意地看著我，叉起一隻鮮橘色的明蝦，送進嘴裡。

「我一直在想，」他說，「或許你可以幫幫我，像這樣大小的作品，有誰可以跟它比擬？維拉斯奎茲那幅可愛的小畫或許勉強可以，你知道的，就梅迪奇別墅花園那幅。不過當然了，兩者一個在天，一個在地。」

「再跟我說一次，我們現在到底在談什麼？因為我真的不知道你想說什麼。」

「好吧，你就繼續裝蒜吧。」他親切地說，用餐巾抹了抹嘴，「但你騙不了任何人。不過我必須說，你把畫交給那些笨蛋四處抵押，實在是非常該死的不負責任。」

出乎意外地——而且我是真的非常意外——沒想到會在他臉上看見一抹幾近訝異的神情，但轉眼間便消失無蹤。

「你不能把這麼珍貴的藝術品交給那種人。」他說，忙著咀嚼嘴裡的食物，「市井流氓——不學無術的笨蛋。」

「你根本就在胡言亂語。」我再也按捺不住，厲聲斥責。

「是嗎？」他放下叉子，「好吧。我要說的是——如果你願意靜下來好好聽我說的話——我想買下那幅畫。」

我的耳鳴——那場爆炸留下的後遺症——又開始嗡嗡作響；只要壓力一來就常常會發作，一種如飛機迫近時發出的尖銳嗡鳴。

「我該提個數字嗎？好吧，我想五十萬應該綽綽有餘，考量到我現在就可以打電話報警——」他從口袋拿出手機，放在水杯旁，「——將你的企業摧毀殆盡。」

我閉上雙眼，又重新睜開。「聽著，你要我說多少次？我真的不知道你在想什麼，但是——」

「我告訴你我在想什麼，席爾鐸，我在想的是保存，還有保護，而這顯然不是你或你合夥的那些人的首要考量。你一定能理解這是最明智的做法——無論是對你，或者對那幅畫都一樣。沒錯，它確實為你帶來豐厚收入，但這是非常不負責任的行為，你不認為嗎？讓它在如此危險的狀況下四處流浪？」

但我臉上的真誠困惑似乎起了作用。他反常又古怪地沉默了片刻，然後將手伸進西裝胸前的口袋——

「一切都還好嗎？」我們那名男模級的帥氣服務生忽然出現桌邊，問。

「很好，謝謝。」

服務生離開，溜去餐廳另一頭和那名美麗的帶位女侍說話。李維從口袋裡掏出幾張折起的紙，推過桌面，遞到我面前。

紙張上的內容是從網頁列印下來的。我飛快掃視一遍：聯邦調查局……國際組織……拙劣的突襲行動……調查……

「這是什麼鬼東西？」我說，音量大到鄰桌的女士嚇了一跳。李維——仍舊大快朵頤著他的餐點——卻一語不發。

「我是認真的。這到底和我有什麼關係？」我焦躁地瀏覽內容——依不當致死罪起訴……邁阿密一所短期職業介紹所的清潔婦卡門．維多布魯女士在自宅中慘遭突襲探員槍殺身亡——就在我準備再問一次這篇報導究竟和我有何關係時，全身血液忽然凝結。

據傳聞表示，孔特拉斯交易一案使用的抵押品是一幅原本已認定在事故中摧毀之古典大師作品（〈金翅雀〉，法布里契爾斯，一六五四年），可惜並未在南佛羅里達州的突襲行動中尋回。人口走私與軍火交易集團時常利用失竊藝術品做為調度資金的談判工具，但緝毒署不願接受聯邦調查局藝術犯罪偵察部所提出之「手法業餘」、「成事不足、敗事有餘」之抨擊，並為造成維多布魯女士死亡一事公開表達歉意，解釋緝毒署探員並未受過任何辨識或收復藝術竊品之訓練。「在情勢如此緊迫的狀況下，」緝毒署媒體辦公室發言人透娜・史塔克表示，「我們的首要任務永遠是保障探員與百姓之安危，並將嚴重違反美國管制藥物法之罪犯繩之以法。」在繼之而起的譴責聲浪中——尤其是在維多布魯女士的不當致死案起訴後——社會大眾強烈呼籲聯邦機構間需展開更密切的合作。「只要一通電話就能避免這一切。」國際刑警藝術犯罪偵察部發言人霍夫斯塔・馮莫奇昨日於蘇黎世的記者會上表示，「但這些人腦中永遠只有逮捕和起訴，其他都不在他們考量範圍；而這是非常不幸的，因為這幅畫如今又消失於世，或許要等數十年才有機會重見天日。」

據估計，失竊畫作與雕塑品之非法買賣在全球已形成一個高達六十億美元的產業。儘管〈金翅雀〉的出現並未遭到證實，但探員相信這幅珍貴的荷蘭大師名畫已走私出境，可能送往德國漢堡。而這幅在拍賣會上價值百萬的名作極有可能在那裡以極低的價格轉手……

我放下報導。李維已停止用餐，臉上流露緊繃的貓科笑容，凝神端詳我。或許是因為他那張梨子臉上的微笑太過一本正經，總之我出乎意外地爆笑出聲：那是一種壓抑許久，同時又揉合恐懼與安心的笑聲，就像當年我和鮑里斯在購物中心裡被臃腫的警衛緊追在後（而且差點被抓到），結果看到他在美食街濕滑的磁磚地板上狠狠失足，摔了個四腳朝天時所發出的笑聲一樣。

「怎麼樣？」李維說，他嘴上沾到明蝦的橘色印子，又是同樣毫無意義的廢話，「看到什麼有趣的內容嗎？」

但我只能搖頭，看向餐廳另一頭。「老天，」我說，抹了抹眼，「我實在不曉得自己還能說什麼，你顯然有幻想症，或者——我不知道。」

李維——這點我必須稱讚他——臉上沒有半點慌亂的神情，但顯然很不高興。

「不，我是說真的。」我搖了搖頭，說，「對不起，我不該笑的，但這實在是我這輩子聽過最荒謬的一件事。」

李維折起他的餐巾，放在桌上。「你滿口謊言。」他用和善且輕快的語調說，「你或許以為自己可以騙過所有人，但是你不行。」

「不當致死？佛羅里達？怎麼，你真的覺得這一切和我有關？」

李維用他那雙湛藍色的鼠眼狠狠瞪著我：「你最好理智一點，好好想一想，我這是在給你一條脫身的活路。」

「活路？」邁阿密，漢堡，就連這些地名都讓我爆出不可置信的大笑，「什麼活路？」

李維用餐巾揩了揩嘴角：「我很高興你覺得這事這麼有趣，」他從容地說，「因為我已經準備好要聯絡報中提到的這位藝術犯罪偵察部探員，把你、詹姆斯・霍伯特，以及你們共同籌劃的騙局全盤托出。你覺得這樣可好？」

我扔下報導，將椅子往後一推：「請便，你要聯絡就聯絡。看你什麼時候想談另一件事再打給我。」

15.

動能以極高的速度將我推出餐廳，快到我甚至不曉得自己前進的方向。但一走出三、四條街外，我就開始忍不住劇烈顫抖，不得不在堅尼街南端的一小座陰鬱公園止步，找張長椅坐下。我上氣不接下氣，把頭埋在雙膝之間，滕博亞瑟的西裝腋下濕了一大塊，（我知道，在面色陰沉的牙買加保母以及手裡拿著報紙搧風、用可疑目光看著我的義大利老人眼中）我看起來就像嗑藥嗑昏頭的菜鳥交易員不小心按錯按鈕，在瞬間賠掉幾千萬的投資。

對面有間家庭式藥局。等呼吸平緩後，我走過去——在輕柔的春日微風中覺得全身又濕又黏，孤立無援——買了瓶冷飲櫃裡的百事可樂，連找錢也沒拿就走了，回到公園樹蔭底下那張蒙塵的長椅。鴿子在空中振翅，車輛呼嘯而過，朝著隧道、其他地區、城市、購物中心或快速道路前去；那冰冷廣大的跨州貿易。那嗡鳴聲中有種誘人的巨大孤獨，幾乎就像召喚般，有如大海的呼喚。有生以來第一次，我終於明白驅使我爸清空銀行戶頭，領走乾洗店襯衫，替車加滿油，一聲不響地離開紐約的那股衝動。豔陽高照的高速公路，收音機的轉盤，穀倉，廢氣，廣袤的土地如祕密罪行般展開眼前。

無可避免地，我想起了傑若。他住得很遠，在亞當克萊頓鮑威爾大道上，三號地鐵終點站的幾條街外。但一百一十街上有間叫做J兄弟的酒吧，我們有時會在那裡碰面。那是一間工人酒吧，點唱機裡有比爾·威瑟的歌曲，地板黏膩，下午兩點就有委靡的職業酒徒蜷縮在波本之前。但傑若不賣一單位低於一千塊的處方藥，而且雖然我知道他會不吝送我幾包海洛因，但感覺直接攔輛計程車去布魯克林大橋方便許多。

帶著吉娃娃的老婦，為冰棒爭執的幼童。堅尼街遠處隱隱迴蕩著狂亂的警笛聲，那嚴肅的祕密音符聲聲衝擊我的耳鳴；有種機械戰爭的感覺，彷彿飛彈迫近時的持續嗡鳴。

我雙手摀住耳朵（但對耳鳴毫無幫助——只是讓它更嚴重），坐在原位動也不動，試圖思考。此刻回想，我為那只子母櫃設計的幼稚伎倆是如此可笑——我只要去找霍比，據實以告，就能解決所有問題。那不會是個有趣的經驗；實際上，會非常的糟，但還是由我親口告訴他會比較好。我無法想像他會有什麼反應。我什麼也不會，只懂古董，要找其他的業務工作會很困難，但必要的話，靠我的經驗，應該可以找份工匠助手的工作，幫忙鍍金裱框或切割線軸。修復古董的工資並不高，但現在已經很少人懂正確的修復知識和技巧，很多連基本的水準都做不到，所以一定有人肯雇我。至於那篇報導：我看得一頭霧水，好像闖進某部演到一半的電影，而且還不是我想看的那部。在某個層面上，事情非常清楚：有個野心勃勃的騙徒偽造了我的金翅雀（從畫的尺寸與技巧考量，它其實不難偽造），完成後，贗品四處流浪，成為毒品交易中的抵押品，而那些無知的毒梟老大和聯邦探員都把它錯認成了真品。但無論這故事聽起來有多神奇或離譜，或和我和那幅真跡有多不相干，李維的推測都再正確不過。天曉得霍比跟多少人說過我出現古董店門口的故事？那些人又輾轉告訴了多少人？但至今為止，沒有任何一人，甚至是霍比，曾經從韋堤的戒指推論出我當時也和那幅畫在同一個展廳。就像我爸會說的，「這就是劇情的關鍵」；這故事會令我身陷囹圄。那個在一時驚恐下，把許多偷來畫作都給燒了的法國藝品竊賊（包括克拉納赫、華鐸、柯洛）只被判了二十六個月的徒刑，但那是在法國，在九一一事件後不久；而依據最新的聯邦反恐法，所有博物館竊犯還會加判更嚴重的「侵占文物罪」，罰則更嚴厲，尤其是美國；更不用說我的私生活根本禁不起仔細的檢驗。即便走運，也會面臨五到十年的刑期。

而這下場呢——假若我誠實的話——是我自作自受。我怎麼會以為自己可以私藏那幅畫，永遠不被發現？這麼多年來，我一直想好好處理，把它送回屬於它的地方，卻又不停找藉口阻止自己。只要想到它包得密密嚴嚴，禁錮在上城之中，我就有一種自我消除的抹滅感；彷彿把它藏起來只是更加壯大它的力量、賦予它一種更活躍、更可怕的形體。即便層層包裹、埋藏於倉庫保險箱中，它仍找到方法釋放自己，潛入不實的公眾言論，在世人腦中發光發亮。

16.

「霍比，」我說，「我有麻煩了。」

他正在修復一只日式木櫃，黑漆上繪有公雞、鶴和金色的寶塔。聽見我聲音，他便抬起頭問：「我能幫忙嗎？」他正在用水性壓克力顏料描繪鶴的翅膀——和原本的蟲膠性顏料非常不同，但正如他許久以前便曾教過我的：修復的首要原則，就是永遠不要採取自己無法挽救的步驟。

「坦白說，其實是我害你惹上了麻煩，我不是故意的。」

「好吧——」他手上的筆刷沒有絲毫顫抖，「——如果你跟芭芭拉．古柏里說我們可以幫忙裝潢她在萊因貝克的房子，那你就自求多福吧。『脈輪的顏色』？我從來沒聽過那個東西。」

「不——」我努力想擠出個輕鬆或有趣的回答——古柏里太太有個非常適合她的綽號：「迷幻夫人」，常為我們帶來許多歡笑——但腦筋卻一片空白，「不是那件事。」

霍比挺直腰桿，將筆刷塞至耳後，用一條花色狂野的手帕抹了抹額頭；迷幻的紫色，就像有朵非洲紫羅蘭吐在上頭；大概是他去上州出差時，在某個瘋狂老太太的遺物中找到的。「怎麼回事？」他冷靜地問，伸手拿向一枚調色用的碟子。我現在已二十多歲，兩人間長尊幼卑的隔閡已不復存在，相處起來就像平輩的同事；就算父親仍在世，我也很難想像能與他擁有這樣的關係——我總是會繃緊神經，試圖想知道他的情況有多糟糕，或者從他嘴裡聽到任何一種直接答案的機率有多少。

「我——」我摸了摸身後的椅子，確認漆已經乾了才坐下。「霍比，我犯了個愚蠢的錯誤。」見他不以為然地溫柔揮了揮手，我又說，「不，是真的很蠢。」

「好吧——」他用眼藥水瓶加了幾滴赭色顏料到碟子裡，「——蠢不蠢我不曉得，但我可以告訴你，上星期看見魏瑟曼太太的桌面被鑽了個洞，完全毀了我的心情。那可是一張上好的威廉瑪麗桌。我知道她看不出我修補的痕跡，但相信我，那感覺真的很差。」

他心不在焉的態度只是雪上加霜。很快地，我便以一種作夢似的病態墜跌，滔滔不絕地說出盧修斯．李維和那只子母櫃的來龍去脈，但省去了普萊特和胸前口袋那張假收據的細節。一旦開口，我就像無法停止般，就像我現在唯一能做的，就是不停說下去，宛如公路殺手在鄉間警局的燈泡下娓娓暢談。霍比在不知不覺間放下了手邊的工作，把筆刷塞至耳後，專心聆聽，眉頭緊蹙，面色凝重，那如松雞縮起身子般的表情我再熟悉不過。然後他又拿起耳後那支貂毛筆，沾了沾水，在一塊法蘭絨布上擦拭。

「席歐，」他說，舉手閉上雙眼——我停頓片刻，隨即又連珠砲似地說出那張未兌現的支票，以及我所面臨的僵局與危險困境——「停，我懂了。」

「對不起。」我語無倫次地說，「我從來不該那麼做，從來。但那真是一場惡夢。他氣壞了，一心只想報復，而且不知為何似乎對我們有很深的敵意——你知道的，不是因為這件事，而是其他原因。」

「嗯，」霍比摘下眼鏡。沉默中，我從他謹慎思索的表情中看得出來他有多困惑，努力琢磨該怎麼回答。「木已成舟，沒必要再雪上加霜。但是——」他停口，沉吟片刻後又道，「我不知道他是誰，但如果他認為那是個亞佛列克的子母櫃，那就只是個空有錢的門外漢。七萬五千塊買那個櫃子——這是他付的價錢？」

「對。」

「好吧，那我只能說，他最好去檢查一下自己的腦袋。那種等級的家具十年可能會出現個一、兩件吧；而且不會就這麼隨隨便便地憑空出現。」

「對，但是——」

「還有，任何一個傻子都知道，一件貨真價實的亞佛列克絕對不只這個價錢。誰會在買這種古董前不先做好功課？白癡才會這麼做。而且，」他說，不讓我開口，「他找上門後，你也在第一時間立刻做出正確決定。你說你提議將原款退還給他，而他堅持拒收，是這樣嗎？」

「我不是要把錢退還給他，我是想把東西買回來。」

「而且是用比他當初購買時還要高的金額！如果他把這事鬧上法庭，別人會怎麼想？所以我可以告訴你，他不會的。」

沉默接踵而至。在他那盞工作檯燈所散發的熾烈白光下，我能清楚感受到兩人都躊躇不前，不曉得該怎麼繼續。小波——霍比替牠摺了條毛巾，鋪在一張矮几的爪足間。牠現在正蜷在上頭打盹——在睡夢中動了動，咕噥了幾聲。

「我的意思是，」霍比說——擦去手上的黑汙，用僵硬的動作拿起筆刷，彷彿一名專注於工作的幽靈，「——你也知道，交易買賣從來非我所長；但我已在這行打滾多年，有時候——」一筆刷迅速輕撣，「——吹捧與詐欺間的界線確實非常模糊。」

我等著，遲疑不決，目光落在那只日式櫃上。它很美，是從波士頓偏遠郊區一名退休船長家裡找到的戰利品：貝雕與瑪瑙貝，未婚女子以十字繡勾勒的舊約故事；鯨油的氣味在夜裡燃燒，年華老去的沉寂。

霍比又放下筆刷。「喔，席歐，」他說，口氣有些惱怒，用手背抹了抹額頭，留下一道黑色的汙痕。「你是期望我大罵你一頓嗎？沒錯，你是騙了那位先生，但也盡力想要彌補自己的過錯了。但他就是不肯賣，你能怎麼辦？」

「不只那只子母櫃。」

「你說什麼？」

「我從來不該那麼做的。」我無法迎視他雙眼，「開始我只是想付清帳單，解決我們的財務問題；然後，我想——沒辦法，有些家具真的太美了，它們騙過我的眼睛，只是靜靜躺在倉庫裡——」

我想我確實是期望霍比會不可置信地提高音量，大發雷霆。但這更糟。若他憤怒咆哮，我還有辦法應付，但他卻沉默不語，只是用一種哀然的表情傻傻看著我，面孔籠罩在檯燈的光暈中，工具在他身後的牆上成排羅列，有如共濟會的標誌。他什麼也沒說，只是靜靜聽我講述，等他最後終於開口時，聲音比平時還要沉靜，沒有絲毫暖意。

「好吧。」他看上去好像寓言故事中的角色：黑色的圍裙，神祕的木匠，半身被陰影所籠罩，「好，那你打算怎麼處理？」

「我——」這不是我預期中的回應。我怕他會生氣（儘管霍比性情溫和，鮮少發怒，但絕對不是一點脾氣都沒有），早已想好各種理由和藉口；但面對他如此異常的冷靜，我沒有一句辯解說得出口。「你說什麼我都會照做。」長大後，我還不曾感到如此可恥或羞愧過，「一切都是我的錯——我會扛起所有責任。」

「好吧，那些家具都賣出去了。」他一面說一面思索，彷彿喃喃自語般。「到現在還沒有其他人聯絡你？」

「對。」

「這事有多久了？」

「喔——」起碼五年，「一、兩年吧。」

他五官糾結。「老天！不，不，」他急忙解釋，「我只是很高興你能對我這麼坦白。但接下來你有得忙了。你必須聯絡那些客戶，告訴他們你對那些家具有所疑慮——不必全盤托出，只要說你察覺事情不對，來源可能有問題——所以想用當初的原價買回。如果他們不接受——無所謂，至少你盡了自己的責任。但若他們願意賣——你就得咬牙頂下來，懂嗎？」

「懂。」我沒說——也說不出口的是，我們現在手上的現金連要買回四分之一的家具都不夠，一天內就會破產。

「你說不只一件，所以還有哪些？總共多少件？」

「我不知道。」

「你不知道？」

「好吧，我知道，只是——」

「席歐，拜託了。」他總算生氣了，我暗暗鬆了口氣。「別再拐彎抹角，坦白告訴我。」

「好——但那全是檯面下的交易，現金，沒有留下紀錄。我的意思是，就算查帳簿，也永遠不可能知道——」

「席歐，不要讓我再問一次。總共多少件？」

「喔——」我嘆了口氣，「——十幾件？大概？」看見霍比臉上驚駭的表情，我又補了一句。實際上是三十多件，但我有把握，多數受騙的對象不是無知到不可能發現，就是有錢到根本不放在心上。

「老天，席歐，」霍比過於震驚，沉默了片刻才說，「十幾件？我希望不是所有的價錢都像亞佛列克一樣離譜吧？」

「不，不，」我趕緊回答（但實際上有幾件我賣了足足兩倍的價錢），「而且都不是我們的常客。」起碼這點是真的。

「那是誰？」

「西岸的客戶。電影圈——還有科技業的人，有些來自華爾街，但是——都是年輕人，你曉得的，做基金的，都是笨錢。」

「你有客戶名單嗎？」

「不算有，但我——」

「你有辦法聯絡上他們嗎？」

「呃，事情很複雜，因為——」我並不擔心那些相信自己以低價買到薛萊頓真品、匆匆帶著收據回家，還自以為占了我便宜的人。「貨物既出，概不退換」的老規矩在這裡再合適不過，我從沒說過那些家具是真品。真正令我擔心的是那些被我蓄意推銷——蓄意欺騙——的客戶。

「你沒留記錄？」

「對。」

「但是你知道對方是哪些人，有辦法聯繫上他們。」

「大概吧。」

「『大概吧』？那是什麼意思？」

「我手邊有些單據——送貨單；所以應該有辦法找到聯絡方式。」

「我們手上的現金足夠把家具全部買回來嗎？」

「呃——」

「行或不行？答案很簡單。」

「呃——」我不可能坦白告訴他真相，也就是我們沒辦法。「——有困難。」

霍比揉了揉眼：「好吧，無論有沒有困難，我們都得這麼做。別無選擇，只能自己勒緊褲帶。即便我們得因此過上一段拮据的日子——即便沒錢繳稅也一樣；因為，」見我只是看著他，他又說，「我們不能讓這些家具頂著真品的名號流落在外，一件都不行。老天——」他不可置信地搖了搖頭，「——你為什麼要那麼做呢？它們甚至沒有好到可以以假亂真！我有時候只是手邊有什麼就用什麼——自己胡亂拼湊材料——」

「實際上——」實際上，霍比的手藝好到就連有些認真的收藏家也分不出真偽；但提出這點大概不是什麼明智的主意——

「——而且，重點在於，只要有一件贗品被當作真品賣出——你所有商品都會被認定是假貨；全部都會令人起疑——從這間店裡賣出的每一件家具都再也無法令人信任。我不知道你有沒有想過這點。」

「呃——」我想過，想過很多次。自從與盧修斯．李維共進午餐後就幾乎不曾停止思考。

他好安靜，安靜了好久，我不由緊張起來。但他只是嘆了口氣，揉揉眼，半轉過身，俯身重拾他的工作。

我沉默無語，只是看著他用筆刷上的亮黑色線條描繪出櫻桃樹的樹枝。一切又變得嶄新了。我和霍比一起經營這家古董店、一起報稅。我是他意志的執行者。我沒有搬出去，而是選擇繼續住在二樓，付一筆微薄的象徵性房租，一個月只要幾百塊。至今為止，若要說我有任何家或家人，那就是他。當我下樓來幫他黏膠，並不是因為他真的需要幫手，而是要我作伴，一面翻找夾鉗，一面在響亮的馬勒樂曲中大聲交談；有些傍晚，我們會散步去白馬小館，在吧台前吃些三明治、小酌幾杯，而這對我而言，常是一天中最美好的時光。

「怎麼了？」霍比問。他察覺我仍佇立身後，但沒有轉身。

「對不起，我不是故意要惹出這麼大的麻煩。」

「席歐，」他停下手中的筆刷，「你自己也該清楚——現在有多少人想拍背稱讚你、鼓勵你。坦白說，部分的我也這麼覺得，因為說真的，我不曉得你是怎麼辦到的。就連韋堤——韋堤和你一樣，客人都很喜歡他，沒有他賣不出去的東西，但就連是他，看見精美的家具，心裡也不免掙扎。真正的赫伯懷特，真正的齊本德爾！居然賣不出去！而你，卻有辦法用高價賣出那些垃圾！」

「它們不是垃圾，」我說，很高興終於能說句實話，「有很多家具是真的很棒，連我都給騙了。我想是因為你自己親手修復，所以才看不出它有多真假難辨。」

「對，但是——」他頓了會兒，似乎不知該如何解釋，「——你很難讓不懂家具的人甘心花那麼多錢在家具上。」

「我懂。」我們店裡有只珍貴的安妮女王子母櫃，正面有鴨形紋飾與把手。在拮据的日子裡，我也曾努力嘗試以合理的價格賣出，最低限度是二十萬元左右。它已擺在店裡多年，雖然近來有些客人提了相當公道的價格，但都被我拒絕了——原因很簡單，有這樣一個完美無瑕的家具佇立於明亮的門口，會替深藏店內的贗品灑上一層美化的光芒。

「席歐，你非常優秀、非常有天分，這點毫無疑問。但是——」他語調又躊躇了起來。我感覺得出來，他正在努力思索該怎麼繼續，「——我的意思是，聲譽對商人非常重要，我們講求的無非是誠實與良心。這圈子裡沒有祕密，任何消息都會傳開。所以——」他沾了沾筆刷，湊上前，察看櫃子，「——我要說的是，雖然詐欺的罪名很難證實，但如果你不把這事處理好，以後總有一天會反咬我們一口。」他的手無比穩定，筆刷勾勒出來的線條沒有絲毫猶豫。「一件大幅修復過的家具……不用說紫外線，只要有人把它移到光線明亮的地方，你會非常意外……就連相機也能捕捉到肉眼永遠無法發現的紋理差別。只要有人替這些家具拍照，或者，我的天吶，決定把它送去佳士得或蘇富比，當作美國重要文物拍賣……」

沉默在我們之間膨脹，氣氛越來越嚴肅，無法填滿。

「席歐，」筆刷停止片刻，又立刻動了起來，「我不是在替你找藉口，但是——別以為我不知道，讓你陷入今日境地的，不是別人，正是我。我把事情統統丟給你一人獨自面對，還期盼你創造五餅二魚的奇蹟。你很年輕，沒錯，」他斷然道，半轉過身來阻止我，不讓我插口，「你確實是，而且你對我無心經營的業務部分具有非常、非常高的天分；你像化腐朽為神奇般，讓店裡生意轉虧為盈，讓我樂於繼續把頭埋在沙堆裡，對樓上所發生的一切只作不聞。所以，在這件事上，我和你同樣有責任。」

「霍比，我發誓，我從來——」

「因為——」他拿起打開的顏料瓶，看了看標籤，彷彿忘了那是什麼，然後又放下，「——這一切好到像作夢一樣，不是嗎？源源不絕的收入，讓人看了就開心；但我仔細探究過嗎？沒有。別以為我不知道——若不是你忙著在樓上巧立名目，鋪子可能早就得讓出去，我們也得另覓住所。所以，你看看這裡——我們將重新開始——把過去一筆勾銷——船到橋頭總會直。總之一件一件處理。這是我們唯一的方法。」

「等等，我想說清楚——」他的冷靜讓我很苦惱，「——一切責任都在我身上。如果事情真走到那一步，我只想要你知道這點。」

「當然。」他揮動筆刷，那敏捷的手法是如此熟練且本能，讓人心底不由升起一股莫名的不安。「不過暫且就先這樣了，好嗎？不——」見我仍想開口，他又說，「——拜託了。我希望你去把事情處理好，如果需要我，我也會盡我所能地提供協助，除此之外，我不想再談了，可以嗎？」

屋外雨絲飄蕩。地下室又濕又黏，有種陰森的地底寒慄感。我站在原地，注視他，不知該說些什麼或做些什麼才好。

「拜託了，我沒有生氣，只是想繼續把這櫃子修好。沒事的，別擔心。上樓去吧，好嗎？」見我仍佇立原地，他又說，「這櫃子不是那麼好處理，如果我不想有任何閃失，就真的得全神貫注。」

17.

我默默上樓，樓梯大聲作響。經過掛滿琵琶照片的走廊，卻沒有勇氣望去。踏進地下室前，我原本打算先從簡單的消息開始，之後再丟出驚人的震撼彈。但後來實在覺得自己骯髒齷齪，不忠不義，怎樣都說不出口。霍比對油畫一事所知越少，就越安全。無論如何，我都不該把他牽扯進來。

但我仍希望有個傾吐的對象，某個我信任的人。感覺似乎每隔幾年，就會出現一篇有關失蹤名作的報導，除了我的金翅雀及兩幅出借的范德艾斯特外，還有一些價值連城的中古世紀作品與眾多埃及古文物。學者們撰寫了不少專文，甚至是書；聯邦調查局網站還將它列為十大藝術品犯罪之一。先前我很放心，因為大部分的人都假定，無論是誰偷走二十九與三十號展廳的范德艾斯特作品，同時也偷走了我的金翅雀。三十二號展廳的所有屍體幾乎都集中在坍塌的門口附近；據調查員表示，在門楣倒塌前，曾有十秒——或許甚至三十秒的時間，讓少數人有機會逃出生天。調查單位曾在三十二號展廳的廢墟內進行過顯微鏡式的搜索，雖然金翅雀的裱框找到時依然完好無缺（它還曾空蕩蕩地掛在海牙莫瑞泰斯皇家美術館的牆上，「提醒我們失去了那無可取代的文化遺產。」），卻從未發現過任何可證實為畫作本身的殘骸，包括碎屑、古釘殘骸，或它獨特的鉛錫顏料碎屑。不過由於畫是繪於木頭上，因此有人（一名滿口大話的知名歷史學家，對於他的強烈堅持我只有無限感激）認為金翅雀是被從畫框裡撞了出來，跌入紀念品店裡的熊熊烈火之中，也就是爆炸的中心點。我在公共電視網的一部紀錄片裡看過那名歷史學家，他意味深長地在莫瑞泰斯皇家美術館的空洞裱框前來回踱步，用他那強而有力、嫻熟鏡頭的雙眼直視攝影機，娓娓說道：「這幅曾經歷台夫特火藥爆炸的袖珍名作終究難逃其宿命，數世紀後，燒毀於另一場如歐·亨利或莫泊桑小說般詭譎奇異的人為爆炸中。」

至於我：官方說法是——許多媒體都刊載過，大眾也普遍認為是事實真相——爆炸時，我離金翅雀好幾個展廳遠。這幾年來，無數作者想要訪問我，但全被我拒於門外。但有許多人，目擊證人，都證實最後是在二十四號展廳看見我母親，那名身穿緞面風衣的美麗黑髮女子，甚至有許多證人表示我就在她身邊。二十四號展廳裡共發現四名成人與三名孩童的屍體——而在一般大眾的認知中，我只是地上的另一具屍體，冰冷僵硬，在混亂中被忽略了。

但韋堤的戒指是我所在之處再確鑿不過的證明。幸運的是，霍比不喜歡談論韋堤的死，只是偶爾——次數並不頻繁，通常是他在深夜黃湯下肚之後——會緬懷過往。「你能想像我的感受嗎？這難道不是奇蹟嗎——？」總有一天，會有人發現其中的關連；我一直都知道這點。但這些年來，我渾渾噩噩浮沉於毒品之中，始終無視這危機。或許沒有人會發現，或許永遠不會有人知道。

我坐在床沿，眺望窗外的第十街——下班時間，準備出門吃晚餐的人們高聲談笑。輕柔的雨霧斜斜飄蕩在窗外街燈的白色光暈下。一切是如此岌岌可危、如此嚴厲。我好想吞顆藥丸，而就在我準備起身，給自己倒杯酒時——我看見街燈照耀的範圍外，有個景象在街上川流來去的車流中顯得尤為突兀——是一個動也不動的人影，獨自佇立雨中。

半分鐘後，他仍在那兒。我熄了燈，走到窗邊。彷彿回應般，人影遠遠離開街燈的映照範圍。儘管他的五官在黑暗中瞧不真切，我卻非常清楚他是誰：高聳的肩膀，略短的雙腿，厚實的愛爾蘭身軀；牛仔褲、連帽上衣、厚重的鞋靴。一時間，他只是凍結般佇立原地，一個工人般的人影，在此時此地、在周遭的攝影助理、穿著體面的夫妻與歡天喜地趕赴約會的大學生中分外扞格。然後他轉身了，踩著不耐煩的迅速腳步離開。等他走進下一盞街燈的光線下時，我看見他把手伸進口袋，拿起手機撥號，低垂著頭，顯得心煩意亂。

我放下窗簾，非常確定自己是看見幻覺；事實上，我一天到晚看見幻覺，這是現代城市生活的一部分，這些朦朧的惡夢與災難的紋理，聽見汽車警報器響便驚慌失色，總是等待壞事的發生；煙霧的味道，噴灑的碎玻璃。然而——我還是希望自己能百分之百確定那人影只是幻覺。

鴉雀無聲。死寂。街燈透過蕾絲窗簾，在牆上灑下蜘蛛般的扭曲陰影。一直以來，我都知道那是個錯誤，留著那幅畫，卻依舊不肯放手。留下它對我毫無益處，它甚至不曾為我帶來任何好處或樂趣。在拉斯維加斯時，我想看隨時可以拿出來看，無論是我生病、想睡覺，或悲傷的時候；無論清晨或深夜、無論炎夏或勁秋；無論時節或太陽如何遞嬗變換。在博物館裡看是一回事，但在各種不同的光線、心情與季節中品味，就像是用上千種不同的方式欣賞它。所以，將它——一個由光芒而生、並且只存活於光芒的事物——鎖在黑暗之中是錯誤的，我無從辯解。比錯誤更不堪：根本是瘋狂。

我從廚房裝了一杯冰塊，到櫥櫃前倒了杯伏特加，回到房裡，拿出夾克口袋中的iPhone，然後——在反射性地撥了傑若呼叫器的前三碼後——又掛斷電話，改撥巴波家的號碼。

是艾塔接的電話。「席歐！」她說，聽起來很高興，背景裡傳來廚房電視的聲音。「你要找凱薩琳嗎？」只有凱西的家人和好友才會叫她凱西；其他人都喊她凱薩琳。

「她在家嗎？」

「她晚餐後才會回來。我知道她一直在等你的電話。」

「嗯——」我不由一陣開心，「妳可以轉告她我想找她嗎？」

「你什麼時候會再回來看看我們？」

「很快，我希望。普萊特在嗎？」

「不在——他也出門了。我一定會告訴他你打來過。盡早回來看看我們好嗎？」

我掛上電話，坐在床沿啜飲伏特加。知道自己必要時還有普萊特讓我安心不少——不是關於那幅畫，我還沒信任他到那種程度；是李維的那只子母櫃。李維的緘默令我倍感不祥。

但是——他能怎麼辦？我越想，就越覺得李維這樣掀出底牌是弄巧成拙。為了一個家具把我趕盡殺絕對他有什麼好處？如果我鋃鐺入獄、油畫物歸原主，他這輩子就再也沒有機會得到它，他又能從其中得到什麼？若他真想要那幅畫，除了袖手旁觀，讓我自曝行蹤，他什麼也都不能做。我唯一的優勢——僅有的優勢——就是李維不曉得畫的下落。他想雇誰來跟蹤我都可以，但只要我不接近倉庫，他就永遠別想找到它。

第十章　白癡

1.

「喔，席歐！」凱西說；那是聖誕節前不久的一個週五午後，她拿起母親的瑪瑙耳環，舉到燈光下讚嘆。我們先是在Tiffany看了一早上的銀器和瓷器，之後來到佛列德餐廳好好坐下來吃一頓午餐。「好美的耳環！只是……」她眉心微蹙。

「怎麼了——？」下午三點，餐廳裡依舊人聲鼎沸。我趁她離座打電話時將耳環從口袋拿出，放在桌巾上。

「嗯——我只是在想，」她眉頭糾結，好像看著一雙不確定自己該不該買的鞋。「——它們美麗極了！謝謝！但是……這副耳環真的適合那天戴嗎？」

「看妳囉。」我說，拿起血腥瑪麗，喝了好大一口，掩飾我的訝異與煩躁。

「是瑪瑙的關係。」她將一只耳環放到耳旁比了比，若有所思地側過視線。「我很喜歡！只是——」她再次將耳環舉到頭頂暈散的燈光下，寶石閃耀生輝，「——瑪瑙不太適合我，看起來可能會有點冰冷，你懂嗎？配上白色和我的膚色？尼羅河一樣的綠色！媽也不適合綠色。」

「妳決定就好。」

「唉，你生氣了。」

「我沒有。」

「你有！我傷了你的心！」

「沒有，我只是累了。」

「你看起來心情很不好。」

「拜託，凱西，我只是累了。」我們近來花了不少力氣在找新公寓，但結果不如人願。雖然大多時候我們都能以玩笑置之，但那些充滿遺棄氣息、被人拋之在後的赤裸空間和空洞廳房，都不由令人（我）想起童年眾多醜陋的回憶：搬家的紙箱、廚房的氣味、了無生氣的陰暗臥房；但更糟糕的是，四處脈動著一種（顯然）只有我能聽見的不祥機械嗡鳴；仲介四處走動，打開電燈開關，指指點點介紹各種不鏽鋼用具，話語聲精神奕奕地在光可鑑人的牆面間迴盪，但仍無法驅散那股憂心焦慮的粗重氣息。

為什麼呢？並不是我們看的每一間公寓都是因不好的原因而空置，儘管我莫名如此相信。幾乎在每一間公寓裡，我都能聞到離婚、破產、生病或死亡的氣息，但那顯然都是我的幻覺——更何況，無論是事實或想像，先前住戶的不幸又能怎麼傷害我和凱西？

「別氣餒。」霍比說（他和我一樣，對於房間與物體的靈魂，那些被歲月所遺留的粒子，感應都過於強烈）。「把它看成是一項工作，在箱子裡尋找小巧的零件。只要能咬牙堅持，最後一定會找到你要的。」

他說得沒錯。我一直抱著運動家的精神——凱西也是——看過一間又一間房子：有被猶太老嫗寂寞幽魂所占據的陰森戰前公寓，還有四面都是透明玻璃的畸形怪屋；我知道自己如果住那，一定會無時無刻覺得對街有狙擊手瞄準著我。沒有人會預期找房子是件好玩的事。

相形之下，和凱西到Tiffany登記結婚禮物似乎是個有趣的差事，能讓我們暫時喘口氣。和顧問碰面，挑選我們喜歡的東西，挑完後就可以手牽手輕盈離開，去吃聖誕午餐。殊不知——我萬萬沒想到——聖誕節前夕的週五到曼哈頓最擁擠的名品店之一人擠人會如此可怕，那壓力令我天旋地轉，呼吸困難：所有電梯都塞滿了人，樓梯也同樣人滿為患；遊客摩肩擦踵，聖誕假期的購物人潮在展示櫃前你推我擠，搶購手錶、絲巾、手提包、旅行鐘、禮儀手冊和各種閃耀Tiffany專屬色澤的奢華商品。我們在五樓舉步維艱了好幾個鐘頭，新娘顧問寸步不離緊跟身後，卯足全力提供完美無瑕的服務，自信滿滿地協助我們挑選禮物，緊迫盯人到我有種被人跟蹤監視的錯覺（「一件瓷器應該要能讓你們兩人同時有『這就是我們，它代表了我們夫妻』的感覺……這是你們品味的重要展現。」）。凱西則在一個又一個展示櫃前輕盈穿梭：這條金手鍊！不，藍色的比較好！等等……剛才第一個看的是什麼？八角型那個會不會太繁複？這時候，顧問就會在旁幫忙說明：城市幾何學……浪漫的花朵……永恆的優雅……豔麗的光彩……儘管我滿口「當然」、「那個很好」、「那個也不錯」、「兩個都可以」、「妳決定就好，小凱」，顧問還是不停掏出更多東西，顯然希望能從我身上哄出一些更為明確的偏好與意見，輕聲細語地向我解釋每樣物品的細膩作工，這裡的朱紅、那裡的手繪緣飾；到最後我必須咬住舌頭，以免衝口說出真實心聲，那就是，儘管這些東西精緻美麗，但凱西要選哪個圖案對我毫無分別，因為在我眼中，它們都是同一個模樣：新穎亮麗，毫無魅力，拿在手裡了無生氣；更不用說價格：一個毫無歷史的盤子要八百塊？就一個盤子？有組美麗的十八世紀餐具比這光豔冰冷的新玩意兒便宜多了。

「但你不可能所有東西都同樣喜歡！而且對，沒錯，我一直在想那些飾品，」凱西對耐心徘徊身旁的女店員說，「雖然我很喜歡，但可能不太適合我們。」接著又對我說，「你覺得呢？」

「我都可以，妳說了算。我沒意見，真的。」我說。見她仍佇立原地，眨眼等待我意見，我不由將雙手插進口袋，別開目光。

「你好像很煩躁；我只是想知道你喜歡什麼。」

「對，但是——」我看過太多來自遺產拍賣與破碎家庭的瓷器，以至於這些光輝耀眼、完全未曾使用過的展示品看起來就像透著一股無可言喻的悲傷，彷彿無聲承諾這些閃閃發亮的新餐具必定帶來同樣閃閃發亮、幸福美滿的未來。

「東方馬戲團系列？還是尼羅河禽鳥？給點意見吧，席歐，我知道這兩個之中你一定有比較喜歡的一個。」

「這兩個系列都很安全，不會出錯；兩者都同樣有趣而且精緻。這個就比較簡單，適合日常一般使用。」顧問熱心插口；在她心中，「簡單」顯然是用來對付已經頭昏腦脹，而且暴躁不耐的新郎的關鍵字。「真的非常簡單、非常中性。」讓新郎挑選日常使用的瓷器似乎是登記禮物的標準程序（我想我可以拿它們來招待超級盃派對的客人，哈哈），而「正式精品」則該留給專家——也就是女士——來決定。

「我都可以。」察覺她們都在等我回應，我便扔出這麼一句，語氣比想像中粗魯。素白色的瓷器不是什麼能挑起我興趣的東西，特別是一個盤子要四百塊時。它們總會讓我想起我有時會去麗池飯店接見的和藹老太太：這些寡婦一身Marimekko，聲音嘶啞，頭上纏著頭巾，手上戴著豹形手環，準備搬去邁阿密；而她們的公寓裡塞滿七十年代透過室內設計師買回來的黑玻璃與鍍鉻家具，儘管價格等同一件上好的安妮女王家具——但無法保值（雖然這麼說很殘忍，但我有責任告訴她們），如今甚至不值當初一半的價格。

「瓷器——」新娘顧問用她精心保養過的素面指尖在盤緣遊走，「我希望夫妻們能將這些精美的銀器、水晶和瓷器看作是一天圓滿結束的象徵，看到它們就想起美酒、享樂、家庭與團聚。一組精美的瓷器是為婚姻添加永恆品味與浪漫的絕佳紀念品。」

「對。」我又說。但那說法令我駭然失色；即便在佛列德喝了兩杯血腥瑪麗，也仍無法完全沖淨那滋味。

凱西看著那副耳環，神色似乎有些疑慮。「好吧，我會在婚禮上戴。它們很美，而且我知道是你母親留下來的。」

「戴妳想戴的就好，不用勉強。」

「知道我在想什麼嗎？」她淘氣地將手伸過桌面，握住我的手，「我在想你需要睡個午覺。」

「沒錯。」我說，將她掌心貼上我臉頰，想起自己是多麼幸運。

2.

事情進展地非常迅速。去巴波家共進晚餐不到兩個月，我和凱西便幾乎天天都會見面——兩人一起出門散好久的步、共進晚餐（有時在Match 65或勒比沃魁克餐廳，有時就在廚房吃個三明治），一同回憶舊時光，聊起安迪、聊起下雨週日玩的大富翁（「你們兩個超壞的……我簡直就像秀蘭．鄧波獨自對抗亨利．福特和J．P．摩根一樣……」）、聊起我們不讓她看《風中奇緣》，硬逼她看《地獄怪客》那晚她哭得淅瀝嘩啦；聊起那些必須盛裝出席的痛苦夜晚——起碼對小男生來說很痛苦；僵硬地坐在遊艇俱樂部裡喝檸檬可樂，巴波先生焦躁不安地環顧餐廳，尋找阿瑪里奧，他最喜歡的服務生；每次去那，他都堅持要找他練習自己可笑的薩維爾．庫加式西文。同學、派對，我們總有聊不完的話題；你記得這個嗎、記得那個嗎、記不記得我們以前曾……不像和卡蘿．隆巴德在一起時那樣，只有性和酒精，卻無話可說。

儘管我和凱西之間存在著天壤之別，但那無所謂。畢竟，正如霍比曾睿智建言過的，婚姻不正是兩人互補的結合嗎？我不是該為她生命帶來嶄新的體驗，而她亦然嗎？除此之外（我這麼告訴自己），我不也是該放下過去向前看了嗎？放棄那座我永遠無法進入的花園？專注此刻，活在當下，而非為那永遠不可得的對象而心傷？這麼多年來，我一直沉溺於沒必要的哀愁之中，自我煎熬：琵琶、琵琶、琵琶，欣喜而絕望，永無止境，永不結束。任何一點微不足道的小事，都能讓我躍上星空或墜入默然的憂鬱；只要看見手機出現她的名字、電子郵件最後署名「愛你的琵琶」（她所有電子郵件都是這麼署名，每個人都一樣），我就可以飄飄然好幾天——但若她打給霍比，卻沒有說要和我說話（為什麼要呢？），我的世界就像要毀滅一樣。我瘋了，我知道；不，更糟，心底深處，我對琵琶的愛還與母親、母親的死，以及永遠再不可能擁有母親的痛苦混合交雜。我盲目且幼稚地渴望著拯救與被拯救，渴望時光能倒流、渴望過去能改變，而這一切的執妄是如此貪婪地將自己與她緊緊相繫。那麼岌岌可危，那麼病入膏肓。我會看見幻覺。只差那麼一點，我就和那種離群索居、獨自住在拖車公園、會跟蹤自己在購物中心看見的女孩的變態沒有兩樣。但真相是：我和琵琶一年大概只會見到兩次面；我們會通電子郵件、會傳簡訊，但次數並不固定，也不頻繁。她回來時，我們會交換彼此看過的書、會一起去看電影；我們是朋友，也只是朋友。我渴望和她發展戀情的期盼完全不切實際，而那接連不輟的悲慘與挫敗卻是再殘忍不過的現實。我真要為這毫無來由、毫無希望的執念虛擲我餘生嗎？

放棄是我刻意為之的決定。我付出僅有的一切，如同野獸啃噬自己的腿，只為逃出陷阱。我成功了，而在深淵另一頭，用一雙興味盎然的灰綠色眼珠看著我的，就是凱西。

和凱西在一起很快樂。我們相處融洽。這是她在城裡度過的第一個夏天，「我這輩子有史以來第一次——」緬因的別墅大門深鎖，哈利叔叔和表兄弟姊妹們都去了加拿大的馬德琳群島。「——而且我和媽的關係還不是太穩定——喔，拜託嘛，陪我一起做些什麼嘛。這週末可以和我一起去海邊嗎？」所以，到了週末，我們就去東漢普敦，晚上住在她去法國避暑的朋友家；平日下班後，我們會約在下城見面，在街邊的咖啡館喝微溫的酒，翠貝卡區荒涼冷清的夜色，熱到彷彿就要著火的人行道；來自地鐵格柵的熱風吹起我菸頭的點點星火。永遠涼爽的電影院，和金科爾酒吧與中央車站裡的生蠔酒吧。每星期兩個下午——她會戴上帽子和手套，穿上Jack Purcell帆布鞋與乾淨的裙子，從頭到腳噴上醫療等級的防曬噴霧（她和安迪一樣，都對陽光過敏），獨自開著她後座特別改造成可放置高爾夫球具的黑色Mini Cooper去辛納寇克或梅德斯通。不像安迪，她總是吱吱喳喳，一刻也靜不下來，說笑話時會緊張發笑；和她父親一樣，隱隱有種渙散的活力，但不給人那種脫序、諷刺的感覺。若是在臉上撲好粉，畫好妝，那蒼白的膚色、粉嫩的雙頰和結結巴巴的笑顏就與凡爾賽宮女沒有兩樣。無論城市或鄉間，她都會穿著輕薄短小的休閒亞麻洋裝，拎著奶奶的古董鱷魚皮包，並在讓她走起路來搖搖晃晃（「這雙鞋痛死人了！」）、痛苦磨人的Christian Louboutin紅底高跟鞋內貼上姓名和地址，以免跳舞或游泳時踢開一旁，忘了自己把它們丟在哪兒：銀鞋、繡鞋、綁著緞帶的尖頭鞋，一雙要價上千元。「你這個大壞蛋！」她朝樓梯底部大喊——那時凌晨三點，我們喝蘭姆可樂喝到酩酊大醉——而我因為隔天還要上班，不得不跌跌撞撞下樓招車。

提議結婚的人是她，在我們去參加派對的路上。香奈兒十九號香水，淺藍色洋裝。我們踏上公園大道——兩人都因在樓上喝了些雞尾酒而有些微醺——一走出門，街燈就啪地亮起。我和她凝結原地，四目相望：是我們做的嗎？那一刻實在太有趣了，我們忍不住開始歇斯底里地大笑——彷彿光芒自我們身上傾瀉，彷彿我們可以點亮整條公園大道。而當凱西攫住我的手，問：「你知道我們該做什麼嗎，席歐？」時，我非常清楚她想說什麼。

「妳確定嗎？」

「確定！拜託！你不這麼想嗎？媽一定會很高興。」

我們連日期都還沒敲定，因為要看教堂有沒有檔期、一些一定要出席的賓客有沒有空，或者會不會碰到某人的比賽或預產期等等關係而不停一變再變。所以，這場婚禮究竟是怎麼演變成這樣一樁重大盛事、如此聲勢浩大——破百名的賓客名單、上萬元的花費、直逼百老匯秀的服裝與排場——我實在不曉得。我知道其他人有時會將失控的情勢歸咎到岳母身上，但就我們來說，這完全與巴波太太無關，她幾乎半步也沒離開過她的臥房與刺繡籃，也從不接電話、不接受邀請，甚至再也不去找髮型設計師；她過去可是每隔一天就會出門整理一次頭髮，就在午餐前十一點整，從來不曾間斷。

「媽一定會很高興。」在我們匆匆跑回巴波太太房間時凱西這麼低語，用她小巧尖銳的手肘頂了頂我肋骨。而巴波太太聽說後的欣喜神情（你來說，凱西輕聲道，從你口中聽到她會更高興。），不論我日後在腦中重複播放多少遍也永不厭倦：雙眼訝然圓睜，喜悅毫無防備地在她那疲憊淡漠的面孔上綻放。她一手握住我，一手握住凱西，臉上那美麗的笑容——我永遠不會忘記——讓我覺得一切都值得了。

誰想得到我也有能力讓別人開心呢？或者，誰想得到我也能有這麼開心的一天。我的心情恍若彈弓；在麻木封閉多年後，我的心就像玻璃罩中的蜜蜂般，激動地橫衝直撞。所有一切是如此明亮、鮮明、混亂而錯誤——但與過去多年來毒品帶給我的消沉折磨，那如爛牙般、由某種腐敗物所造成的髒噁疼痛相比，這是一種純淨清晰的痛苦。而那份清晰是多麼令人喜悅，感覺就像摘下一副令視野模糊的骯髒鏡片。整個夏天，我的心情幾乎都高亢不已：激動、瘋狂、精力充沛、不停穿梭於琴酒、雞尾酒蝦與清脆的網球擊打聲中，滿腦子裡只有凱西、凱西、凱西！

四個月過去，時序進入十二月，早晨清新，空氣中瀰漫濃濃的聖誕氣息。我和凱西訂婚了，我是多幸運啊！但儘管一切如此完美，到處充滿愛心與鮮花，恍若音樂喜劇的終曲，我卻只覺得胸煩欲嘔。不知為何，那令我整個夏天神采飛揚、精神奕奕的活力，到了十月中卻將我重重摔落至無邊無盡的憂傷細雨中。除了少數的例外（凱西、霍比、巴波太太），我痛恨接觸人群，無法專心聽別人說話，也無法與顧客交談；無法訂好標價、無法搭乘地鐵，所有人類活動都彷彿毫無意義、難以理解。就像野外擁擠群聚的黑色蟻丘，無論朝哪個方向看，都沒有半分光線。八個星期來，我每天按時服用抗憂鬱藥，但毫無作用，之前吃的藥也一樣（不過話說回來，我所有藥都試過了。顯然地，我是那不幸的五分之一人口，不會看到雛菊田和蝴蝶，只有嚴重的頭痛與自殺念頭）。儘管那黑暗有時會隱隱揭去，讓我能夠理解周遭環境；熟悉的形體在眼前逐漸清晰，彷彿晨曦點亮臥房中的家具。但那股安心永遠只是暫時的，因為真正的早晨從未降臨，事情總在我能穩定下來前又恢復黑暗，眼前彷彿倒滿墨水，只能在黝黑中掙扎淹溺。

我不曉得自己為什麼會覺得如此迷失。我仍未忘懷琵琶，我很清楚，或許永遠無法，而我終其一生都必須背負這瘢疤，這種愛著自己永遠無法擁有的人的哀傷。但我同時也清楚，我眼下所面臨的焦慮和困境，是來自那急遽拔升到我無所適從的社會階級（起碼我這麼覺得）。我和凱西不再有那麼多時間享受小倆口的甜蜜夜晚，在昏暗的餐廳裡手握著手，同擠沙發座一側。相反地，每天晚上不是有派對要參加，就是在熱鬧的餐廳和她朋友共進晚餐。在這些令人精神緊繃的場合裡（沒有鴉片劑的幫助，我只能提心吊膽、緊張兮兮，感覺所有神經突觸都被摧殘到體無完膚），我很難展現適當的社交熱情，特別是我下班後往往已身心俱疲——不多久，又有婚禮需要籌備，各種瑣事如雪崩般滾滾而來，而我也必須展現與新娘同等的興奮與熱忱，對鮮豔的包裝紙和雪片般飛來的商品與手冊表露關切。對凱西來說，這已變成一份正職工作：拜訪文具店和花店、研究外燴廠商、供應商、收集布料樣品和一箱又一箱的法式小甜點與蛋糕樣品；情緒焦躁，不停要我幫她從色卡上幾乎一模一樣的象牙色和薰衣草色中選一個喜歡的顏色。她除了和伴娘們籌辦了一連串的「青春少女」過夜派對外，還為我規劃了一場「男孩週末」（是普萊特主辦嗎？起碼我知道自己可以喝到爛醉如泥）——然後是蜜月，一疊又一疊的閃亮手冊。（斐濟還是南塔克特？米科諾斯島好還是卡布里島好？）「很漂亮。」我用近來專門應付凱西的溫柔新語調不停重複，「每個看起來都很棒。」不過考量到她家族與大海間的歷史，我很納悶她怎麼沒對維也納、巴黎、布拉格或任何一個不在那該死的大海中央、徹頭徹尾就是一座島嶼的地方感興趣。

然而，我從沒對未來如此肯定過；而每當我提醒自己是選擇了一條正確的道路時——如同我現在時常這麼做的——我想起的不僅是凱西，還有巴波太太；她的喜悅令我乾涸已久的心靈覺得好踏實、好滋潤。我們的好消息顯然令她精神許多、振作許多，她開始會在公寓裡走動、塗上一點點紅潤的口紅；就連我們之間最平凡的互動都添上了一抹祥和、穩定的光彩，周遭的空間彷彿變得更寬闊，平靜照亮我內心所有魆暗的角落。

「我從沒想過自己還能如此開心。」有天晚餐時，巴波太太輕聲對我這麼說。那時凱西忽然一躍而起，衝出去接電話——她常常這樣——只剩我們兩人坐在她房裡的牌桌前，尷尬地戳著盤裡的蘆筍和鮭魚排。「因為——你一直對安迪很好，鼓勵他，讓他更有自信。在你身邊，他總是能表現出最好的一面，一直都是。而且——我好高興我們就要真的成為一家人，在法律上正式成為一家人；因為——喔，我想我不該舊事重提，不過希望你不介意我說些心底話；我總是把你看作是自己的孩子，你知道嗎？即便在你還小的時候。」

這句話實在讓我太過震驚與感動，以至於一時反應不過來——只能狼狽地結結巴巴——她看得心有不忍，便將話題轉到其他事上。但每當我想起這件事，心裡就充滿溫暖。還有另一個同樣令人開心（但可恥）的回憶，是我在電話中宣布這消息時，琵琶那隱隱震驚的靜默。我在腦海中不停重播那一刻，細細回味她訝然的停頓。「喔？」旋即恢復神色，「喔，席歐，太好了！我等不及要認識她了！」

「喔，她很棒。」我刻毒地說，「我從小就愛上她了。」

而這一點——從我仍未能完全領悟、理解的層面來說——絕無半分虛假。今昔的交錯能挑起人瘋狂的情慾：想起九歲的凱西是如何鄙視十三歲時那一副怪胎模樣的我（猛翻白眼、不得不坐在我身旁吃晚餐時就不情不願地噘起小嘴），心裡就湧現無比歡樂。而且看見從前認識的人臉上流露毫不遮掩的震驚，我更是樂在其中：你？和凱西．巴波？真的假的？你和她？我沉浸在那份樂趣與扭曲的心態、那純然的不可能性中：趁巴波太太睡著後悄悄溜進凱西房間——小時候她嚴禁我進去的房間；同樣的粉紅色印花壁紙，和安迪在世時一模一樣，不曾有過任何改變，門上貼著手寫的警告標誌：**禁止進入，請勿打擾**——我推著凱西進去，她在身後鎖上房門，一指按上我的嘴，沿著我雙唇遊走；第一次快樂、嬉鬧地倒向她床單。噓，媽咪睡了，安靜點！

每一天，我有好多機會可以提醒自己有多幸運。凱西永遠都是那麼精神奕奕、那麼開心。她迷人、熱情、熾烈。美若天仙，全身散發一種糖霜似的潔白光輝，令路人也不禁側目。我羨慕她是那麼喜愛人群、那麼熱愛世界，那麼活潑有趣又隨心所欲——「小鳥兒！」霍比這麼喚她，語氣無比溫柔——她是如此清新！沒有一個人不愛她。在她那極具傳染性的開朗個性下，只有個非常微不足道的缺點，我曉得這簡直就像雞蛋裡挑骨頭，但凱西似乎永遠不會為任何事展現強烈的感動。就連那位親愛的卡蘿．隆巴德在說起前男友，或在新聞上看到受虐寵物或芝加哥又有哪間老酒吧倒閉時——她從小在那長大——都會淚眼婆娑；但似乎從來沒有任何事能讓凱西緊張焦慮或情緒激動，甚至是驚訝。在這點上，她與母親和哥哥非常相似——但巴波太太和安迪的自持和凱西非常不同；無論何時，只要有人提起嚴肅的話題，凱西就會拋出失禮或貶損的評語。（「不好笑。」有次別人問起巴波太太，她便有些浮躁地嘆了口氣，皺了皺鼻子，如此說道。）但同樣地——就連有這念頭都讓我覺得自己病態又噁心——我不停找尋她為安迪與巴波先生傷心的蛛絲馬跡，卻始終一無所獲，心裡不由煩亂了起來。他們的死難道對她一點影響也沒有嗎？我們不是至少應該談一談嗎？在某種程度上，我敬佩她的勇敢：她總是抬頭挺胸，昂然面對悲劇或命運的捉弄，無論你怎麼稱呼。或許她真的只是有顆強烈的防衛心，真的非常封閉自己，臉上戴著一張精湛的面具。但那些波光粼粼的晶藍淺灘——乍看之下是那麼誘人——仍是如此平緩，所以我有時會有種不安的感覺，彷彿自己走在及膝的水中，腳下隨時可能踩空，來到可以泅泳的深水處。

凱西輕輕碰了碰我手腕。「怎麼了？」

「巴尼百貨。我的意思是，既然我們都來了，要不要去居家用品部看看？我知道媽不會喜歡我們在這裡登記禮物，但去挑些特別的東西或許會很好玩。」

「不行——」我拿向水杯，將其他餐點推開一旁，「——如果妳不介意，我得去下城一趟；跟客人有約。」

「那你今晚會回上城嗎？」凱西在東七十街和另外兩個室友分租一間公寓，離她上班的藝術機構不遠。

「還不確定。晚餐可能有約，但可以的話我會盡量推掉。」

「那雞尾酒呢？拜託嘛；或起碼晚餐後來喝一杯？如果你不露個臉大家會很失望的。查爾斯和貝蒂——」

「我盡量，保證。別忘了那個。」我說，朝耳環努了努下巴，它們仍躺在桌巾上。

「喔！不！當然不會！」她歉疚地說，立刻抓起它們，塞進包包，彷彿那是一把零錢。

3.

當我們並肩離開餐廳，走進聖誕節的熱鬧人潮中時，我只覺得搖搖欲墜又滿心哀傷。那些綁上緞帶的建築與熠熠生輝的窗戶只是加深了那份悲愴的壓迫感：陰暗的冬日天空，由珠寶、皮草，與一切金錢權勢和繁華蒼涼組成的灰色峽谷。

我到底有什麼毛病？我心想；我與凱西穿越麥迪遜大道，她粉紅色的Prada大衣在人潮中颯爽翻飛。我為什麼要怪凱西沒有為了安迪與她父親的死鬱鬱寡歡、怪她一如過往地生活度日？

但是——當我搭住凱西的手肘，看見她報以燦爛的笑容時——一時間，我又釋然了，暫時忘卻所有煩憂。距離我在翠貝卡區那間餐廳離開盧修斯．李維已過了八個月，但至今仍沒有一個人向我詢問贗品的事。但若他們真的聯絡我，我也已完全準備好要坦承自己的錯誤：我缺乏經驗，在這行中還是新手。對不起，先生，這裡是退還的款項，請接受我最誠摯的道歉。夜裡，我會清醒地躺在床上，安慰自己，若事情真的一發不可收拾，起碼我沒留下太多證據；若非必要，我盡量不留下任何書面記錄；如果是較小的家具，我還提供客戶現金折扣。

然而，然而。這只是遲早的問題。只要有一個客人挺身而出，事情就會像雪球般越滾越大。毀了霍比的名聲已經夠糟了，若有太多人要求退款，我將無力負擔所有款項，屆時就會走上法庭；而只要上了法庭，霍比，古董店的法定合夥人，也會名列被告。要讓法庭相信他對我所作所為一無所知非常困難，特別是有幾筆交易高達美國重要文物的程度——若事情真的走到那一步，如果嚴正為自己辯護代表所有罪責必須由我一人承受，我甚至不確定霍比會那麼做。能夠確定的是：我有許多客戶有錢到根本不會在乎。但是，但是。誰知道哪天會不會有人忽然心血來潮，察看那些赫伯懷特餐椅的底部（舉例來說），然後發現它們並不全然一致？或者把桌子帶去獨立鑑定，發現一七七〇年代根本不會使用或甚至根本還沒發明那種飾板？每天，我都在想第一件的詐欺指控會在什麼時候、以什麼方式浮現：律師寄來的存證信函，蘇富比美國家具部來電通知？某個室內設計師或收藏家衝進店裡厲聲質問，霍比下樓來，在旁聆聽，我們有麻煩了，你有空嗎？

如果這件將會破壞我婚事的醜聞在婚禮前浮上檯面，我不曉得會發生什麼事；我連想都不敢想。或許再也不會有任何婚禮。然而——考量到凱西，以及巴波太太的立場——等婚後才浮現似乎更殘酷，尤其是自從巴波先生死後，巴波家就不如以前優渥了。他們現金周轉不靈，卡在信託基金裡，無法動用。媽咪必須將部分員工轉為兼職，其餘統統解雇；而爹地——正如普萊特試圖挑起我興趣，看能不能多幫他賣些古董時所透露的——到後來神智有點失常，為了某些「情感因素」，把超過百分之五十的資產放進願景銀行（巴波先生的曾曾祖父曾是麻州一家歷史創建銀行的總裁，與願景合併後名字就被拿掉了），一家商業銀行怪物。不幸的是，願景銀行在巴波先生死前不久便停止分紅，隨即倒閉，因此巴波太太必須大幅縮減她過去對慈善基金會的慷慨支持，凱西也必須出外工作。還有普萊特在喝酒時總不忘再三重申，他現在在那間風雅的小出版社擔任編輯的薪水，甚至比媽咪以前付給管家的還少。若事情鬧大，我相信巴波太太一定會盡其所能地伸出援手；而凱西，做為我的配偶，無論願不願意，都有幫忙的責任與義務。但這樣對她們太卑鄙了，特別是在霍比的大力讚揚下，他們都相信（尤其是普萊特，他非常關心家裡日漸減縮的資產）我是某種金錢魔術師，憑空現身拯救他妹妹。「你懂得賺錢，」他直截了當地說，告訴我他們全家人都很高興凱西是要嫁給我，而非她以前常一起廝混的游手好閒之徒。「而她不懂。」

但最令我擔心的還是盧修斯．李維。雖然我再也沒從他那裡聽過任何有關那只子母櫃的消息，但從夏天開始，我便不停收到令人困擾的信件：手寫的字跡，沒有署名，鑲有藍邊的紙卡，頂端以銅版字體印著他的姓名：**盧修斯．李維**

距離我們會面之日已逾三月，無論從何種標準來看，我的提議都十分公平且合理。你能否認嗎？

又過了八週。相信你能理解我的心情。我對你越來越失望。

之後又是：

三星期後，只有一句話：

你的沉默欺人太甚。

儘管我拚命將這些信件阻擋於腦海之外，卻依舊寢食難安。只要想起它們——不僅時常，而且總是毫無預警，吃飯吃到一半，叉子還舉在空中——那感覺就像有人狠狠摑了你一巴掌，將你自睡夢中喚醒。我提醒自己，李維在餐廳裡提出的指控完全空口無憑，可惜成效不彰。無論以何種形式回應他都是自找麻煩，我唯一要做的，就是對他視而不見、充耳不聞，把他當成街上一名咄咄逼人的乞丐。

但短時間內接連發生了兩件令人不安的意外。有一天，我上樓問霍比要不要一起出門吃午餐——「好啊，等我一下。」他回答；正在櫥櫃前翻看郵件，眼鏡棲息在他鼻尖。「嗯——」他咕噥了聲，將一只信封翻到正面察看，然後打開封口，拿出裡頭的卡片——先是把信舉得遠遠的，透過眼鏡上緣閱讀內容，然後又收回眼前。

「你看看。」他說，將卡片遞給我，「這是什麼？」

卡片上寫著李維再熟悉不過的字跡；只有短短兩句話，沒有開頭，也沒有署名。

你推托的還不夠久嗎？既然僵持下去對你們都沒好處，我們現在是否可以開始考慮我向你那位年輕拍檔提出的條件了？

「喔，老天，」我說，將卡片放回桌上，別開目光。「看在聖彼得的分上。」

「怎麼了？」

「是他，跟我買子母櫃的那個人。」

「喔，他啊。」霍比說，調整了一下眼鏡，靜靜打量我，「他兌現那張支票了嗎？」

我一手耙過頭髮：「還沒。」

「他說的提議是什麼意思？他在說什麼？」

「聽我說——」我走到水槽前，倒了杯水；這是我爸以前需要冷靜時慣用的手法，「——我不想拿這事煩你，但這傢伙簡直陰魂不散。我到後來根本連信都不拆，直接扔掉。如果以後又收到，我建議你直接扔進垃圾桶就好。」

「他想要什麼？」

「呃——」水龍頭好吵；我把杯子放到下頭。「我想想，」我轉身，用手抹了抹額頭，「其實很荒謬，我為了那只子母櫃開了張支票給他，就像我之前說過的，金額比他原先購買的價格還要高。」

「所以問題在哪兒？」

「嗯——」我喝了口水，「——不幸的是，他另有打算。他認為呃，呃，他認為我們在檯面下還有其他的事業，想插進來分一杯羹；懂嗎，所以不想兌現我的支票。他已經找到個老婦人，需要二十四小時的全天看護，而他希望我們能用她的公寓來，呃——」

霍比挑眉道：「設局？」

「對。」我說，很高興他幫我把話說完。「『設局』是一種詐騙手法，將贗品或劣等的家具布置在私人住家內——通常是老年人的家——這些屋子再不久就要賣給聚集在臨終病榻前的禿鷹：那些生存在食物鏈最底層的寄生蟲。他們摩拳擦掌，準備要將氧氣帳內的老婦人生吞活剝，卻沒想到自己反而被人狠狠敲了一筆竹槓。「我想把錢退還給他——誰知道他反過來這麼提議；我們提供家具，事成後雙方五五平分。從那之後他就開始一直騷擾我。」

霍比一臉茫然：「這太荒謬了。」

「對啊——」我閉上雙眼，捏了捏鼻梁，「但他非常堅持，所以我才建議你——」

「這婦人是誰？」

「一個老太太，某個親戚長輩之類的。」

「她叫什麼名字？」

我將水杯按在太陽穴上：「我不知道。」

「她住在這裡嗎？在城裡？」

「應該吧。」我不喜歡這問題的走向，「總之——直接把信扔了就好。很抱歉沒有早點告訴你，但我真的不想你擔心。只要我們置之不理，他遲早會放棄。」

霍比看了看卡片，又向我看來。「我要留著這封信，不，」他厲聲阻止我插口，「必要的話，我們可以拿它報警。我不在乎那只櫃子——不，不，」他說，舉手阻止我開口，「沒有用的，你想亡羊補牢，但他卻逼你犯罪。這事已經多久了？」

「不確定，幾個月吧？」見他雙眼牢牢注視我，我只好回答。

「李維。」他眉頭緊蹙，研究那張卡片，「我會問問莫伊拉。」莫伊拉就是德弗里斯夫人的芳名，「如果他再寫信來，你一定要告訴我。」

「好。」

我不敢想像如果德弗里斯夫人正巧認識盧修斯．李維或聽說過他這個人的話會怎樣，但幸好之後再也沒有他的消息。我真是走了天大的狗運，霍比那封信裡的內容如此曖昧不明，不過它背後所蘊含的危險再清楚不過。我不用擔心李維會實踐他的威脅，那太愚蠢了，他不可能去報警，因為——我再三提醒自己——他想得到那幅畫，唯一的機會就是讓我保持自由之身，親手把畫拿回來。

然而，十分荒謬地，這只是讓我更想將畫緊緊握在身旁，想看的時候就能看。雖然明知不可能，我仍無法壓抑這念頭。我視線所及的每一個地方、和凱西看的每一間公寓，都能在其中看見可能的藏畫地點：高高在上的碗櫥、假壁爐、只有架起高梯才搆得著的寬梁、看起來很容易撬起的地板。夜裡，我躺在床上，凝視黑暗，幻想自己訂製一只特別的防火櫃，把畫安安穩穩地鎖在其中——甚至更異想天開的——一個能夠控制溫濕度的藍鬍子密室，沒有鑰匙，只有密碼鎖。

我的，是我的。恐懼，盲目崇拜，貯藏。戀物癖者的喜悅與憂懼。我很清楚自己有多愚蠢，在電腦和手機裡下載那幅畫的圖片，以便私下欣賞。油畫的筆觸透過數位螢幕呈現，十七世紀的殘存陽光壓縮成點陣像素。但色彩越純粹，就越能感受到那扎實的筆法；而感受越強烈，我就越渴望那幅畫，那幅無可取代、光輝耀眼、浸浴於光線中的畫。

無塵環境。二十四小時保全。儘管我拚命告訴自己不要去想那位把一名女子整整囚禁在地下室裡二十年的奧地利人；但不幸地，浮現我腦中的就是這比擬。我死了怎麼辦？被公車撞了怎麼辦？那個醜陋的包裹會不會被誤認成垃圾，就這麼扔進焚化爐？我打過三、四通匿名電話到倉庫，只為了確認我從像走火入魔般不停重複造訪的網頁上得知的事實，好讓自己放心：那就是倉庫的溫濕度保證絕對控制在藝術品保存的標準範圍內。醒轉時，我有時會覺得整件事就像一場夢，但又很快想起它並不是。

但如今有貓捉老鼠般的李維藏在暗處，我根本無法想像自己要怎麼去倉庫。我只能按兵不動。但不幸地，租金三個月內就要到期了。不過考量到種種一切，我想不出有任何必須親自前往的必要，只要請葛里沙或其他工人幫我進去繳費就好，我相信他們一句也不會過問。但這時候，又發生了第二件悲劇，我被葛里沙嚇得魂飛魄散。幾天前的週五，當我獨自在店裡計算本週盈收時，他歪著頭，悄悄走進來，說：「少校，我們得談談。」

「談什麼？」

「你被人盯梢了。」

「什麼？」除了意第緒語和喉音濃重的俄語外，葛里沙講話還常夾雜語焉不詳的布魯克林方言和從饒舌歌裡學來的流行語，以至於我有時實在聽不懂從他嘴裡吐出來的英文。

葛里沙大聲噴了口氣：「我想你沒聽懂我的意思，老大。我是在問你一切都還好嗎；我是指在法律上。」

「等等，」我說——我帳正算到一半——然後從計算機前抬起頭來，「等等，你到底在說什麼？」

「你是我兄弟，我沒有要譴責或批評你的意思，只是想把事情弄清楚，好嗎？」

「怎麼了？到底出了什麼事？」

「有人在外頭監視你。你知道嗎？」

「誰？」我望向窗外，「什麼意思？什麼時候的事？」

「我還想問你咧。我現在連開車去布魯克林猶太區和我表弟簡克商量一些他生意上的事都不敢了——就怕這些傢伙會跟到我頭上。」

「跟蹤你？」我坐下。

葛里沙聳聳肩：「到現在已經有四、五次了。昨天我下貨車時，又看到有人在前門附近徘徊，但後來悄悄溜到對街。牛仔褲——年紀略大——穿著很休閒。簡克不知道這件事，但他嚇壞了；就像我說的，我們現在有生意要做。他要我問你知不知道是怎麼回事。那傢伙沒有說過一句話，只是等在那。我在想是不是和你那黑鬼的交易有關。」他謹慎地說。

「不是。」黑鬼就是傑若；我已經好幾個月沒見他。

「好吧。我也不願這麼說，但我想大概是條子在四處打探。麥可——他也發現了。他還以為是有關他小孩扶養費的事。但那傢伙只是在附近徘徊，什麼也沒做。」

「這事已經多久了？」

「誰曉得；起碼一個月了。但麥可說還要更久。」

「下次看到他可以指給我看嗎？」

「他也可能是私家偵探。」

「怎麼說？」

「因為他有些地方給人感覺比較像是退休警察。麥可認為這個——這個愛爾蘭人；他們認識不少警察，所以知道。麥可說他看起來年紀比較大，像退休的條子之類。」

「是嗎。」我說，想起自己曾在窗外見過的那名壯漢。我前前後後看過他四、五次，或該說跟他長相相似的人，營業時間在門外流連不去——總是在霍比也在或有客人在的時候，所以我無法上前質問——儘管他外表看似無害，連帽上衣配工程靴，但我無法肯定。有一次，我看到一個很像他的人在巴波家外徘徊不去——嚇得我魂飛魄散——但定睛細看後，就知道是自己看錯了。

「他已經出現了一陣子，但這次——」葛里沙頓了會兒，「——我通常不會多嘴，這或許根本沒什麼，但昨天……」

「昨天怎麼了？說清楚啊。」見他只是揉揉脖子，歉疚地轉開目光，我便開口催促。

「昨天換了個人；不同的人。我以前就看過他在附近徘徊；在店外。但昨天他走進店裡，特別指名要找你，而且他那副模樣我看著就覺得不對。」

我猛然靠倒椅背。我就一直在想，李維什麼時候才會想到要親自過來。

「我沒有和他說到話。我那時出去了——」他點了點頭，「——在外頭裝貨。但我看見他走進店裡。他就是那種會引人注意的人，衣著體面，但看起來又不像客戶。你出門吃午餐，麥可自己在店裡——那人走了進來，問：『席爾鐸．戴克在嗎？』你不在，所以麥可就說你出去了。『去哪兒？』問了一堆你的事，像是你在這工作嗎、住在這嗎、住多久了、現在去哪等等之類的。」

「霍比呢？」

「他不想見霍比，只想見你。然後——」他指頭在桌上一畫，「——就離開了。在店裡逛了會兒，這看看，那看看，到處亂逛。他的樣子——我從對街看進來，覺得他很奇怪——麥可沒向你提這事，因為覺得可能不是什麼要緊事，也可能是私事。『最好別多管閒事』。但我也看到他了，覺得還是告訴你一聲比較好。因為，嘿，我在他身上聞得出同類的味道，懂我意思嗎？」

「他長什麼樣子？」我問，然後——見葛里沙沒有回答——又問：「老嗎？胖嗎？白頭髮？」

葛里沙發出著惱的聲音：「不不不，」他斬釘截鐵地搖了搖頭，「看起來絕對不老。」

「那他到底長什麼樣子？」

「他看起來就像那種你不會想惹他的傢伙；他就長那樣。」

「什麼？」

沉默接踵而至，葛里沙點了根Kool涼菸，又遞了根到我面前，「所以我該怎麼做呢，少校？」

「我和簡克需要擔心嗎？」

「應該不用，對。」我說。他勝利似地舉起手，我略微尷尬地和他擊了個掌。「但你可以幫我個忙嗎？如果再見到那兩個人，可以跟我說一聲嗎？」

「沒問題。」他頓了會兒，目光灼灼地打量我，「你確定我和簡克不用擔心？」

「呃，我根本不曉得你們兩個在搞什麼生意，不是嗎？」

葛里沙從口袋裡掏出條骯髒的手帕，擤了擤紫青色的鼻子，「我不喜歡這個答案。」

「反正就小心些，以防萬一。」

「少校，你也一樣。」

4.

我對凱西說了謊。我其實沒事要忙。我們在巴尼百貨公司外的第五大道街角吻別，她決定要回去Tiffany看水晶——我們早上連水晶都還沒看——而我獨自去搭六號地鐵。但我並沒有加入傾巢走下地鐵站台階的購物人潮，只覺得心裡好空虛、好迷惘、好迷失、好累又好不舒服，因此停下腳步，看向地鐵旅棧的骯髒窗戶。地鐵旅棧位於布魯明戴爾百貨裝卸貨區的正對面，活脫脫就像從《失去的週末》裡搬出來的場景，它自從父親開始酗酒就是這般模樣，不曾有絲毫改變。店外：霓虹燈散發黑色電影的氛圍；店內：同樣陰鬱的紅牆，黏膩的桌子，破裂的地板磁磚，還有嗆鼻的清潔劑味；面頰凹陷的酒保肩上披著抹布，正替吧台前一名雙眼血絲的孤單客人倒酒。我想起我和母親兩人有次在布魯明戴爾和爸走散，而她——那時我完全不曉得她是怎麼知道的——毫不猶豫地走出百貨公司，穿越馬路，來到這裡，發現他和一群氣喘吁吁的老卡車司機與貌似無家可歸的頭巾老人一塊兒暢飲一杯四塊的烈酒。我站在門裡等待，被強烈的混濁啤酒味燻得頭昏眼花，深深為這裡的溫暖、隱密與黑暗所吸引。點唱機散發著幽冥的微光，雄鹿獵人的遊戲機在店內深處一閃一滅——「哼，老人和絕望的味道。」母親曾這麼譏諷地說，皺起鼻子，手提購物袋，牽起我的手離開酒吧。

一杯黑牌約翰走路，獻給老爸；或許兩杯。有何不可呢？酒吧裡的黝黑與隱密看起來好溫暖、好親切，那傷感的醺然氣氛能讓人暫時忘了自己是誰、為何置身此地。但到了最後一刻，我回神，吃了一驚，陡然退開門前。酒保朝我看來，於是我轉身繼續前行。

萊辛頓大道。濕濡的風。陰冷潮濕的森幽午後。我走過五十一街的車站，然後是四十二街，但仍腳步不停，繼續前行，想要釐清思緒。我走過一棟又一棟的灰白色公寓，街上人潮熙來攘往，亮了燈的聖誕樹在高處的閣樓陽台上閃閃發亮，自我陶醉的聖誕樂曲自店內流洩而出。我穿梭於人群之間，心裡有種奇異的感受，彷彿自己已不存於世，彷彿我是走在一片超乎街道甚至城市能夠容納的廣大灰色異境中，靈魂出竅，與其他遊魂一同在介於過去與現在間的迷霧中浮沉飄蕩。綠燈，紅燈，路人在我眼前以異樣孤獨與寂寞的姿態漂浮而上，空白的面孔，耳裡塞著耳機，視線緊盯前方，雙脣無聲掀動。在如千斤壓頂的大理石色天空下，城市裡的喧囂陰冷潮濕又震耳欲聾，淹沒街上所有聲響；垃圾和報紙，水泥和毛毛雨，一幅如石巖般沉重的冬日汙穢灰幕。

成功逃離酒吧後，我想到自己可以去看場電影——戲院裡的孤寂或許能平靜我的思緒。找個幾近無人的下午場次，一部即將下映的熱門電影。我冷到不停猛吸鼻子，昏沉沉地走到第二大道和三十二街上的戲院，卻發現我想看的法國警察片已然開演，另一部有關身分疑雲的驚悚片也是，剩下的全是賀歲片與我無法忍受的浪漫喜劇：海報上印著全身髒兮兮的新娘、打成一團的伴娘，還有個愁眉苦臉、頭戴聖誕帽的老爸，一手各抱著一個哇哇大哭的嬰兒。

計程車司機的下班時間到了。陰沉的午後，街道的上方高處，燈火在寂寥的辦公室與公寓大樓內幽幽閃耀。我轉身，繼續朝著下城前進，不知道自己要去哪，也不知道為什麼要去。我走著走著，心裡開始升起一股奇異的喜悅，彷彿在我跨越三十二街的同時也釋放了自我，解開一條條纏繞的絲線，破布自我身上片片掉落。我跟著尖峰時刻的人潮前行，從下一刻走到下一刻。

到了十條還是十二條街外的另一間戲院，一樣：中情局電影已經開演了，備受好評的一九四〇年代女性領導人傳記電影也是，但法國警察片還要一個半小時才開始；除非我想看心理變態片或家庭狗血劇——而我不想——剩下的一樣只有新娘、單身派對、聖誕帽老爸和皮克斯能選擇。

走到第七街上的戲院時，我卻沒有停下腳步，就這麼經過售票亭，繼續往前走。毫無來由地，無法解釋地，就在我穿過聯合廣場、隨著憑空襲來的黑暗漩渦浮沉飄盪時，我忽然決定要打給傑若。這念頭莫名帶給我一種神祕的喜悅，一種神聖的羞愧。我這麼臨時打去，他有貨可以賣我嗎？還是只能買街上一般常見的興奮劑？我不在乎。我已經幾個月沒碰那些東西了，而無論究竟是為了什麼原因，總之我開始覺得傍晚裡的一場短暫交會，然後回到霍比家、在臥房裡失去意識，是一種再合理不過的反應：對於這些聖誕燈火、假期人潮；對於那些永無止境的聖誕鐘響與喪禮般的陰森音符，還有凱西從凱特紙品店買回來的糖果粉紅筆記本，上頭貼滿各式各樣的標籤：**伴娘**、**賓客**、**座位表**、**花藝**、**廠商**、**檢查表**、**外燴商**。

我趕緊往後退開——交通號誌變了，我差點撞上一輛車子——踉蹌退倒，差點摔在地上。我沒必要繼續多想自己對於盛大婚禮的莫名恐懼——密閉空間、密室幽閉症、突如其來的動靜，到處都是誘發恐懼的原因。不知為何，地鐵對我並不造成太大的困擾，擁擠的建築比較容易。我總會預期忽然發生什麼意外，濃煙升起，一名男子在人群邊緣疾奔而過。就連坐了超過十名還是十五名觀眾的電影戲院我都無法忍受，會直接帶著付了全額票價的電影票轉身離去。然而這龐大擁擠的教堂儀式開始有如一大群快閃族般在我身旁聚集。我只能吞下幾顆贊安諾，揮汗穿過其中。

但同樣的，我覺得近來的自己就像坐在狂風暴雨中的小船般，被急遽增加的社交生活搞得天旋地轉。我只希望這波濤會在婚禮後平靜下來，因為我內心真正渴望的，是回到那凱西只專屬於我的寧靜夏日：小倆口的晚餐，窩在床上看電影。源源不絕的邀請與聚會讓我筋疲力盡，她那些如旋風般令人眼花繚亂的朋友、忙碌擁擠的夜晚、混亂喧鬧的週末；我只能緊閉雙眼，咬牙苦撐：琳賽？不是，洛莉？對不起……那這位呢——？芙莉妲？嗨，芙莉妲，還有……崔佛？翠佛？幸會幸會！我彬彬有禮地站在對方的古董木桌旁，把自己灌到腦筋一片空白，聽他們喋喋不休地聊起鄉間別墅、共管式公寓、校區、健身計畫——沒錯，天衣無縫地從親餵轉換成瓶餵，不過最近的午睡時間有很大的變動；我們老大才剛開始上幼稚園，康乃狄克的秋天美不勝收，喔，對，當然了，我們每年都會帶女兒出去玩一次，但兒子一年兩次，去韋爾、加勒比海，去年去蘇格蘭玩飛蠅釣，還造訪了一些很棒的高爾夫球場——但是，喔，對，席歐不打高爾夫，也不滑雪或出海，對嗎？

「對，對不起。」一群人聚在一起時就是這樣（只有自己人才聽得懂的笑話、發呆、所有人圍在iPhone旁看旅遊時錄的影片），我很難想像他們有任何一個人會獨自去戲院看電影，或獨自去酒吧吃東西。有時候，一群男人聚在一起的友善氣氛，特別會讓我隱隱有種在接受工作面試的感覺。還有——更不用說，那些孕婦？「喔，席歐！他是不是很可愛！」凱西會毫無預警地把朋友的嬰兒塞到我面前——嚇得我魂飛魄散，一把跳開，彷彿那是根點燃的火柴。

「喔，男人有時就是需要些時間適應。」瑞斯．戈德法布發現我坐立難安，便提高音量，蓋過在保母看管下從客廳傳來的響亮嬰兒哭鬧聲，自鳴得意地說，「但是我告訴你，席歐，當你第一次把自己的小孩抱在懷裡——？」（拍拍他妻子的便便大腹）「——你會覺得心好像碎了那麼一點。因為當我第一次看見小布蘭，」（一張小臉黏答答的，走路搖搖晃晃，毫無可愛之處）「凝視他那雙藍色大眼，那美麗的粉藍色時？我就在瞬間脫胎換骨了。我戀愛了。那感覺就像：嘿，小老弟！你是要來重新教導我一切的！而且我告訴你，第一次看見他笑，我就像大家說的那樣，整個人瞬間融化，是不是啊，蘿倫？」

「是嗎。」我禮貌地說，走進廚房，給自己倒了一大杯伏特加。我爸在孕婦身旁也是特別不自在（事實上，有次甚至因為一句過於無腦的批評而丟了飯碗：顯然他那些關於孕婦的笑話在辦公室不是太受歡迎），而且毫無一般人會有的「瞬間融化」反應，從來無法忍受任何小孩或嬰兒，更不用說那些把小孩視為珍寶的父母：面露愚蠢笑容、撫摸自己孕肚的女人、把嬰兒背在胸前的男人。每次被迫參加學校活動或兒童派對時，他不是出去抽菸，就是像藥頭般一臉陰沉地悄悄躲到人群邊緣。顯然地，我也遺傳了他這點；而且誰曉得呢，或許戴克爺爺也一樣，這份對於繁衍後代的強烈厭惡在我的血液裡轟然迴響，感覺就像是與生俱來，透過基因世代相承。

在點頭招呼中度過的夜晚。那深沉漆黑的喜悅。不用了，謝謝，霍比，我吃過了；我想我就帶本書上床了。那些人談論的話題，甚至是男人間的話題？只要想起戈德法布家那晚的聚會，我就想把自己灌到連走路都走不穩。

快到亞斯特區時——非洲鼓手、醉酒爭執、自攤販飄來的裊裊焚香——我覺得心情好些了。我的耐藥性毫無疑問是降低了：這念頭令我精神一振。一週只要一、兩顆，讓我有辦法熬過最痛苦的社交聚會就好，而且我只會在真正需要它們時才服用。我用大量酒精取代毒品，但它們對我一點用也沒有；鴉片劑可以讓我放鬆，讓我什麼都能忍受、什麼都能做；我可以在痛苦的場合中保持愉悅，站上好幾個小時，聆聽所有乏味又荒謬的陳腔濫調，而不會想出去一槍了結自己。

但是我已經很久沒有打給傑若，當我躲進一家滑板店門內打電話時，卻聽見另一頭直接傳來語音信箱的訊息——一則機械聲的留言，聽起來不像他的聲音。他換號碼了嗎？我心忖；第二次還是一樣，我不由擔心了起來。像傑若這樣的人——以及他之前的傑克——即便和他有固定聯繫，他也可能會毫無預警地從地球上消失。

我茫然無措，只能沿著聖馬克坊朝湯普金斯廣場走去。**全日二十四小時開放。未滿二十一歲不得進入**。在遠離媒體高樓的下城處，雖然寒風更顯冷冽，但天空也更加開闊，讓人更容易呼吸。肌肉猛男溜著同樣雄壯威武的比特犬，濃妝豔抹的性感女郎一身飄逸洋裝；流浪漢步履蹣跚，穿著拖地的長褲和用膠帶黏補的鞋子，牙齒有如南瓜燈籠。店外矗立著一架又一架的墨鏡、骷髏頭手鍊與五彩繽紛的變裝假髮。這裡有間供毒品成癮者以舊針換新針的服務中心；或許不只一間，但我不確定在哪。據說華爾街那些傢伙都是直接在街上買——若你相信傳聞的話——但我消息沒那麼靈通，不曉得門路。再說了，誰會賣給我？一個戴著玳瑁眼鏡、剪著上城髮型，一身打扮就是要和凱西去挑婚禮瓷器的陌生人？

我心煩意亂。對於祕密的迷戀崇拜。這些人明白靈魂的陰暗——就像以前的我一樣——明白那些低語與幽影，那些轉手的金錢、那些暗號、那些規則、那第二個的自我；明白那些所有能讓生活超脫昇華、變得可愛可親的祕密撫慰。

傑若——我停在一家廉價壽司店外的人行道上，想弄清楚自己置身何方——傑若跟我提過一間酒吧，紅色的遮陽棚，在聖馬克坊附近，或許在A大道上？他每次都從那裡過來，或在來找我的路上繞去那裡一下。那裡的酒保私下另有營生，有些客人情願多付一倍的錢，也不想在街上交易。傑若總是親自送去給她。她叫做卡翠娜——我連這都還記得；但這裡幾乎每間酒吧看起來都像那間酒吧。

我沿著A大道往北走，然後轉向第一大道，鑽進第一家勉強算是有紅色遮棚的酒吧——雖然現在看起來像是肝棕色，但以前可能是紅色——問：「這裡有個叫做卡翠娜的酒保嗎？」

「沒有。」酒吧後方那名焦紅髮色的女子回答；她自顧自地替客人倒啤酒，看也沒看我一眼。帶著推車的頭巾女士睡著了。櫥窗裡閃閃發亮的聖母像與亡靈節雕像。一群群灰鴿無聲拍動翅膀。

「心動不如馬上行動，心動不如馬上行動。」我耳畔傳來一個低沉的聲音——

我轉身，看見一名成熟魁梧、臉上掛著大大笑容、嘴裡鑲著金色門牙的黑人。他將一張卡片塞進我手裡，上頭印著：**刺青與藝術穿環**。

我笑了——他也是，一陣顫動全身的哈哈大笑，一個我們兩人心照不宣的笑話——然後將卡片塞進口袋，繼續往前走。但不一會兒後，我就後悔方才怎麼沒向他問路。就算他不肯告訴我，起碼看起來也像知道地方在哪兒。

人體穿環。腳底穴道按摩。金銀收購。許多臉色蒼白的小孩。更遠處，一名綁著雷鬼頭的蒼白女孩——就她獨自一人——帶著一隻髒兮兮的小狗，面前擺著一塊磨損到我根本無法辨識字跡的紙板。我良心不安地把手伸進口袋——但凱西送我的鈔票夾太緊了，一時間抽不出錢來。我手忙腳亂，能感受到周遭所有視線都集中在我身上。然後——「嘿！」那隻小狗咆哮撲來，氣沖沖地用針尖般的牙齒咬住我褲管。我大喊一聲，往後退開。

所有人都笑了——那些小鬼、街上的攤販，還有一名戴著髮網，坐在台階上講手機的廚師。我甩開緊咬住我褲管的小狗——又是更多笑聲——轉身離去。為了平復驚恐的情緒，我躲進下一間酒吧——黑色的遮陽棚，只有些許紅色——問酒保：「這裡有個叫做卡翠娜的酒保嗎？」

他停止擦拭酒杯，反問：「卡翠娜？」

「我是傑若的朋友。」

「你是說卡翠娜？不是凱雅？」吧台前的男人——東歐人——頓時安靜了下來。

「大概吧，呃——？」

「她姓什麼？」

「呃——」一名皮衣男子收起下巴，在他的高腳椅上轉過身，用貝拉．魯格西[1]的眼神牢牢瞪著我。

酒保以沉穩的目光打量我：「這個女孩，你要找她幹嘛？」

「呃，老實說，我——」

「她頭髮什麼顏色？」

「呃——金色？還是——坦白說——」從他臉上的表情看來，我顯然立刻就要被扔出店外；或者更慘：我看見酒吧後方擺著一根被鋸短的路易斯威爾球棒。「——算了，是我搞錯了——」

我離開酒吧。走遠之後，忽然聽見身後傳來一聲高喊：「波特！」

我凍結原地，聽見對方又喊了一聲。我不可置信地轉過身。人潮在我們身旁川流來去，但我只是楞在原地，心裡依舊無法相信。只見他笑著衝上前來，緊緊抱住我。

「鮑里斯。」那雙銳利的黑眉，快活的黑瞳。他長高了，神情更顯空洞。黑色的長外套，眼睛上除了同一個舊傷疤外，還添了兩條新的。「天吶。」

「我才要喊天吶！」他拉著我，「哈！看看你！好久不見了。」

「我——」我震驚到說不出話來，「你在這裡做什麼？」

「我才要問——」他微微退開，把我從頭到腳打量一遍，然後手朝街道一揮，彷彿這裡是他的地盤，「——你在這裡做什麼？什麼風把你吹來的？」

「什麼？」

「我前幾天才去過你店裡！」他甩開臉前髮絲，「專門去找你的！」

「原來是你？」

「要不然是誰？你怎麼知道要來這裡找我？」

「我──」我不可置信地搖了搖頭。

「你不是來找我的？」他訝然後退，「不是嗎？這純屬意外？我們是偶然重逢？太神奇了！你臉色幹嘛這麼蒼白？」

「什麼？」

「你臉色糟透了！」

「去你的。」

「哈，」他說，一手勾住我脖子，「波特啊波特！你看看你這黑眼圈！」他用指尖掃過我眼睛下緣，「不過西裝倒是很帥。還有，嘿──」他放開我，大拇指和食指在我太陽穴上彈了一下，「──還是同一副眼鏡？你是從來沒換過嗎？」

「我──」除了搖頭外，我不曉得能說什麼。

「怎麼？」他伸出雙手，「你不是在怪我見到你這麼開心吧？」

我笑了起來，不曉得該從何說起，「你為什麼不留個號碼給我？」我說。

「所以你沒生我的氣？沒對我懷恨在心？」儘管他臉上沒有笑容，卻興味盎然地咬著下唇，「你不──」他頭朝馬路歪了歪頭，「──你不想找我打場架還是怎樣？」

「嗨，兩個帥哥。」一名身材瘦削、目光冷淡、穿著黑色緊身牛仔褲的女人忽然出現鮑里斯身旁，神態看起來像他女朋友或老婆。

---

1 Bela Lugosi，一八八二年出生於匈牙利，知名恐怖電影演員，最廣為人知的角色為德古拉公爵。一九五六年死於心臟病。

「大名鼎鼎的波特。」她說，伸出一隻白皙纖長的手，銀色戒指一路套到指節。「幸會，久仰大名了。」她比鮑里斯微微高上一些，一頭柔軟的長髮，黑衣底下的身軀頎長優雅，宛如蚺蛇。「我是瑪莉安。」

「瑪莉安？妳好！其實我叫席歐。」

「我知道。」她在我手裡的掌心冰涼如水。我看見她手腕內側刺著五芒星刺青。「但他每次說到你都叫你波特。」

「說到我？是嗎？他都說了些什麼？」已經好幾年沒有人叫過我波特，但她輕柔的語氣讓我不由想起那早已遺忘的舊故事內容，那黑暗魔法師用來和蛇溝通的語言：爬說語。

鮑里斯原本一手攬著我肩膀，但一見她出現，便立刻鬆手，彷彿兩人說了什麼暗號。他與瑪莉安交換了個眼色——那眼神我再熟悉不過。在過去那些順手牽羊的日子裡，我和他無須言語，只要一個眼神交換，就知道對方是要說「走吧」或者「他來了」——鮑里斯似乎有些慌張，雙手耙過髮絲，目光灼灼地看著我。

「你會在這附近待上一陣子嗎？」他問，開始倒退離開。

「哪裡附近？」

「這裡附近。」

「要也可以。」

「我——」他止步，皺起眉頭，視線越過我肩膀，望向馬路——「我想和你聊聊。但現在——」他憂心忡忡地說，「——我有其他事要辦。一小時後怎樣？」

瑪莉安瞥了我一眼，用烏克蘭語說了些什麼。兩人交談片刻後，瑪莉安用一種奇妙親暱的態度挽住我的手，領著我往前走了幾步。

「那裡，」她指出方向，「往那個方向走，大概四、五條街外有家酒吧，在第二大道旁，名字叫老波蘭酒吧。他會去那兒找你。」

5.

幾乎三小時後，我仍坐在那間波蘭酒吧的紅色塑膠沙發椅上。聖誕燈飾閃爍明滅，點唱機裡傳出響亮的惱人龐克搖滾組曲和波蘭聖誕樂曲。我等得很不耐煩，思索他到底會不會出現，我該不該直接回家？我連他的聯絡方法都沒有——一切是那麼突如其來。我以前曾在谷歌上搜尋過鮑里斯的名字，純粹只是試試——但總一無所獲——不過話說回來，我也無法想像鮑里斯過著任何一種會在網路上留下蛛絲馬跡的生活。他可能在任何地方、做任何工作：在醫院拖地、提著槍潛伏於異國叢林、在街上撿拾菸頭。

酒類的特價時段要結束了，幾名看起來像是學生和藝術家的客人與頂著啤酒肚的波蘭老頭和幾名五十來歲、灰髮斑斑的中年流氓陸續走進店裡。我剛喝完第三杯伏特加；他們的一杯很大，再來一杯不會是明智的決定。我知道自己該點些吃的，但肚子不餓，心情又比先前更加惡劣灰暗。一想到我們久別重逢他卻放我鴿子，我就鬱悶至極。若我非得往光明面想，起碼買毒的任務中斷了：我沒有服藥過量、沒有蹲在哪個垃圾桶前嘔吐，也沒有被人狠削一頓，或因為試圖跟臥底警察買毒而被送進警局——

「波特。」他來了，一面鑽進對面座位，一面甩開臉前髮絲；那動作令我不由想起過去。

「我正要走。」

「對不起。」仍是那同樣猥瑣卻迷人的笑容，「我臨時有事。瑪莉安沒跟你說嗎？」

「沒有。」

「好吧，但我可不是在什麼會計公司工作。」他傾身向前，雙手按在桌上，「別生氣！我也沒想到會在街上遇到你！我已經盡快趕來了！幾乎是用跑的！」他五指微屈，越過桌面，輕輕拍了拍我的臉，「老天！真的好久沒見了！我好高興看到你！你不高興嗎？」

長大後的他瀟灑英俊。即便在他最懵懂、最貧困的時候，也一直有種討喜的古靈精怪感，靈巧的眼珠與敏捷的機智。不過那飢腸轆轆的窘迫已不復見，其他一切也恰如其分。雖然皮膚看起來飽經風霜，但衣裝筆挺，五官銳利，神態堅定，有著如鋼琴演奏家般的騎士氣質；而他過去那些小小的灰色歪齒——我看見了——如今已被美國標準白牙所取代。

他察覺我的眼神，用大拇指敲了敲那對白閃閃的門牙：「新玩意兒。」

「我發現了。」

「瑞典的牙醫做的。」鮑里斯說，向服務生招了招手，「貴的不得了。我老婆成天唸個沒完——鮑亞，你的牙齒有夠難看！我說我才不要換什麼牙齒，但那是我花過最值得的一筆錢。」

「你什麼時候結婚的？」

「啊？」

「你想的話可以帶她一起來啊。」

他一臉愕然：「你是說瑪莉安嗎？不，不——」他從西裝外套口袋拿出手機，在螢幕上按了幾下，「瑪莉安不是我太太！這個——」他將手機遞給我，「——這個才是我老婆。你喝什麼？」他問，隨即轉頭用波蘭語對服務生說了些什麼。

我看向 iPhone 的螢幕，照片裡是間白雪覆頂的小木屋，門外站著一名一身滑雪裝備的金髮美女；在她身旁，兩個裹成肉粽似的金髮小孩同樣一身滑雪裝備，但性別無法分辨。看起來不太像照片，反而像瑞士健康產品——優格或什錦果麥——的廣告宣傳照。

我震驚不已，抬頭向他看去。他別開視線，臉上流露以前常有的那種俄國人神情：嗯，對啊，就你看到的那樣。

「你老婆？真的假的？」

「真的啊。」他說，挑起一邊眉毛，「還有我小孩；雙胞胎。」

「幹。」

「是啊。」他懊悔地說，「在我很年輕時生的——太年輕了。那時不是好時機——但她想留下孩子——『鮑亞，你怎麼能這麼狠心！』——我還能說什麼？坦白說，我跟他們也不是太熟。實際上，最小的那個——不在照片裡——最小那個我連見都還沒見過。我想他應該只有……多大呢？六週吧大概？」

「什麼？」我再次看向照片，努力想將眼前這幅美滿的北歐家族景象和鮑里斯聯想在一起，「你離婚了嗎？」

「沒有沒有——」伏特加送來了，沁涼的酒瓶與兩只小小的玻璃酒杯，他替我們兩人各斟了一杯，「——雅絲翠和小孩大多時候都待在斯德哥爾摩，冬天有時會去亞斯本滑雪——她是滑雪冠軍，十九歲時還曾是奧運選手——」

「是嗎？」我說，盡量不要流露太不可置信的語氣。仔細多看幾眼後，我發現那對雙胞胎顯然髮色太金黃也太活潑，看起來完全不像鮑里斯。

「對啊，沒錯。」鮑里斯熱切地說，猛力點頭，「她一定要待在能滑雪的地方——但你也知道我，我最討厭雪了，哈！她父親是個非常非常極端的右翼分子——基本上就是個納粹——有這種老爸，難怪雅絲翠會有憂鬱的毛病！那個什麼都看不順眼的糟老頭！但瑞典人很不快樂，成天愁雲慘霧，所有瑞典人都一樣。上一秒還在大笑喝酒，下一秒——就一臉陰沉，半聲屁也不吭。謝謝。」他用波蘭語對服務生說。服務生又端了些輕食過來：黑麵包、馬鈴薯沙拉、兩種鯡魚、酸奶小黃瓜沙拉、高麗菜捲，還有些醃蛋。

「我不曉得這裡也供應餐點。」

「是沒供應。」鮑里斯說，在黑麵包上抹上奶油，又灑了點鹽，「但我快餓死了，就請他們幫忙從隔壁叫些吃的來。」他和我碰了碰酒杯，「Sto lat！[2]」他說——這是他以前敬酒乾杯的標準台詞。

「Sto lat。」伏特加好香，有種我認不出的苦藥草味。

「所以，」我也拿了些吃的，問，「瑪莉安呢？」

「啊？」

我攤開雙掌，就像我們小時候常做的那樣，意謂：請解釋。

「喔，瑪莉安啊！她是我手下！我的左右手，可以這麼說。不過我告訴你，她比任何男人都還要優秀，保證讓你刮目相看，老天。像她這樣的女人不多啊，我告訴你，足足價值和她等重的黃金。來，來，」他說，又替我斟了些酒，把酒杯推回我面前，「Za ustrechu！[3]」他向我舉起酒杯，「敬我們的重逢！」

「不是該換我敬酒才對嗎？」

「喔，對——」他碰了碰我酒杯，「——但我好餓，你又拖拖拉拉不說。」

「那就敬我們的重逢吧。」

「敬我們的重逢！還有命運！感謝它讓我們再次相聚！」

喝完酒，鮑里斯立刻大快朵頤。「所以你現在到底在做什麼？」我問。

「這個做一點、那個做一點。」他吃起東西依舊像個飢腸轆轆、狼吞虎嚥的純真孩童。「什麼都做；就勉強餬口，你知道的。」

「那你住哪？斯德哥爾摩？」見他沒有回答，我又追問。

他豪爽地揮了揮手：「哪裡都住。」

「像是——？」

「喔，你知道的，歐洲、亞洲、北美洲、南美洲……」

「那範圍也太大。」

「是啊。」他說，嘴裡塞滿鯡魚，伸手抹去下巴上的一滴酸奶，「我現在自己在做些小生意，如果你懂我意思的話。」

「什麼意思？」

他嚥了一大口啤酒，把鯡魚沖下喉嚨：「就那樣啊，你知道的。名義上是居家清潔公司，工人大多來自波蘭。公司名稱還有很棒的雙關意：『波蘭清潔服務』，懂嗎？」他咬了口醃蛋，「猜猜看我們的口號是什麼？『為您清得乾淨溜溜』，哈！」

我選擇讓這話題默默打住。「所以你這段時間一直待在美國？」

「喔，沒有！」他又為我們兩人各斟了一杯伏特加，對我舉起酒杯，「我到處跑。今年大概在這待了六到八個星期吧。其他時間——」

「都在俄國？」我問，一口飲盡伏特加，用手背抹了抹嘴。

「沒有，沒在那裡待太久。北歐、瑞典、比利時；有時候在德國。」

「我還以為你回去了。」

「啊？」

「因為——嗯，我一直沒有你的消息。」

「喔。」鮑里斯昏昏欲睡地揉了揉鼻子，「我那時候過得亂七八糟、一塌糊塗。還記得你家——最後那晚發生的事嗎？」

---

2 波蘭歌，用以祝福他人身體健康、長命百歲、事事順利。Sto lat意為「百歲」。

3 俄國敬酒詞，用於無特別目的、純粹朋友相聚之聚會，意為「敬我們今日相聚」。

「當然。」

「所以囉。我這輩子還沒見過那麼多白粉，大概足足有半盎司的古柯鹼，但我完全沒有賣出去，連四分之一克都沒有。很多都送人了，想也知道——我在學校變得很受歡迎，哈！所有人都愛死我了！但大部分呢——都進了我鼻子。還有——我們找到的那些袋子——裡頭裝滿各種藥丸那些——你還記得嗎？那些綠色的小藥丸？是非常強效的癌症病人自殺藥——如果你爸在吃那種東西，代表他絕對是上癮上瘋了。」

「是啊，我也吃過一些。」

「所以你也知道！他們現在甚至已經不再生產那些可愛的綠色小藥丸了！有的全是些防毒蟲的玩意兒，讓你無法注射或吸食！但你爸呢？從酒精進展到那玩意兒？不管怎樣，醉倒街頭還是好些。我第一次吃的時候——連第二句話都來不及說就昏了過去，要不是小咪在——」他大拇指作勢劃過喉嚨，「——我就死定了。」

「沒錯。」我說。想起過去曾感受過的那份愚蠢喜悅，跪在霍比家的二樓房間，一頭栽倒桌前。

「總之——」鮑里斯一口喝乾他的伏特加，又替我們兩人各斟了一杯，「——杉卓拉也在賣；不是那個，那是你爸自己要吃的。她賣的是別種，在她工作的地方。還記得史都華和莉莎那對夫妻嗎？那兩個看起來超級正常的房屋仲介商？他們是她的大金主。」

我放下叉子，問：「你怎麼知道的？」

「她自己說的！而且我猜在她拿不出東西時，他們就跟她翻臉了。之前在你家，那個律師臉先生和雛菊托特包太太還一副好好夫妻的模樣……拍拍她的頭……問『有什麼我們能做的嗎？』……『可憐的杉卓拉』……『我們好為妳難過』……然後藥一沒——呼，馬上變了個人！她告訴我的時候我真的很為她難過，我們竟然那樣對她！給她惹了那麼大的麻煩！但是，那個時候——」

他彈了彈自己的鼻子，「——藥已經全跑到這兒了。沒了。」

「等等——是杉卓拉告訴你的？」

「對啊，在你離開之後；我搬去和她一起住時她說的。」

「你最好解釋清楚一點。」

鮑里斯嘆了口氣：「好吧，說來話長。畢竟我們已經很久沒見面了，不是嗎？」

「所以你搬去和杉卓拉一起住？」

「就——斷斷續續，大約四、五個月吧；在她搬回雷諾之前。之後我們就斷了聯絡。我爸那時已經回澳洲了，懂嗎，和小咪之間也不太順利——」

「那感覺一定很奇怪。」

「多多少少。」他不安地說，「事情是這樣的——」他靠回椅背，又伸手招呼服務生上前，「——我那時狀況很糟。好幾天睡不著覺。你也曉得一下沒了古柯鹼是什麼感覺——太可怕了。我只有自己一人，真的很害怕。你曉得那種靈魂開始腐爛的感覺——呼吸急促，恐懼排山倒海襲來，就像死神伸出手，要帶走你一樣？我瘦到只剩皮包骨——又渾身髒兮兮——怕到不停發抖，就像一隻快死的小貓！還有聖誕節——大家都走了！我打給好幾個人，但沒半個人接我電話——我去找一個叫做李的傢伙，以前有時會去借住他家的游泳池小屋，但他也不在，大門深鎖。我一直走一直走——跌跌撞撞，又冷又怕！沒有半個人在家！所以我就去找杉卓拉，那時小咪已經不跟我說話了。」

「老天，你膽子還真大。就算給我一百萬，我也不會回去。」

「我知道，得整整吸上一盎司的白粉才有辦法；但我那時實在太孤單、太不舒服了。滿嘴胡言亂語。那感覺就像——你想躺下來，動也不動，只是看著時鐘數心跳？但偏偏又找不到可以躺下來動也不動的地方？而且自己根本連個鐘都沒有？我都快哭了！不曉得到底該怎麼辦才好！我甚至不確定她是不是還住那兒。但她家裡亮著燈——整條街上唯一的燈光——所以我走到玻璃門前，看見她就在那兒，同樣的海豚隊T恤，在廚房裡調瑪格麗特。」

「她看到你什麼反應？」

「哈！一開始不肯讓我進去！站在門口吼了好久——詛咒我、用各種髒話罵我！但我哭了起來，問她能不能收留我。」他聳了聳肩，「她就答應了。」

「什麼？」我說，伸手拿向他替我倒的伏特加，「你是說留下來過夜那種收留——？」

「我很怕啊！她讓我睡她房間！還把電視轉到聖誕電影頻道！」

「嗯。」我看得出來他想要我繼續追問細節，但從他眉飛色舞的表情看來，我不確定自己能不能相信他是真的睡在她房間。「好吧，很高興你的問題解決了。她有提到我嗎？」

「呃，有提到一點。」他哈哈大笑，「好吧，是提了很多！因為呢，別生氣，我把一些事情都推到你頭上了。」

「很高興我幫得上忙。」

「當然，沒錯！」他興高采烈地和我碰了碰酒杯，「感激不盡！換作你也會這麼做的，我不介意。不過老實說，可憐的杉卓拉，我想她其實很高興看到我；看到任何人都好。我的意思是——」他仰頭一飲而盡，「——他們實在太過分了……那些豬朋狗友……她自己孤伶伶一個人，成天就是喝酒，連班也不敢去上。一不小心就很容易出事——半個鄰居也沒有，真的很嚇人。因為波波・西佛——好吧，波波其實沒那麼壞。『大老？』別人會這麼稱呼他不是沒有原因的！杉卓拉怕死他了，但他沒向她討你爸的債，起碼不是太認真；絕對不。更不用說你爸欠的可多了。他大概是發現她破產了——她一樣被你爸整得慘兮兮，所以不如放她一馬，沒必要為難她，反正石頭裡也搾不出油來。但其他人呢？她那些所謂的朋友？全都像銀行家一樣壞心。你知道他們怎樣嗎？『這是妳欠我的』，態度之凶惡，人脈又他媽的廣，有夠可怕。比他還要糟糕！

而且根本沒多少錢，只是她手頭的現金遠遠不夠，而且他們手段之差勁──」（嘲弄地將頭一偏，手狠狠一指）「『幹，誰要等妳，妳最好想個辦法』之類的。總之──幸好我回去了，因為那時我還有辦法幫她。」

「怎麼幫？」

「把我偷走的錢還給她。」

「你還留著？」

「沒啊。」他理所當然地說，「都花光了。但是──我還有其他辦法，懂嗎。古柯鹼沒了後，我又拿錢去找槍枝店的吉米補貨。懂嗎，我是替自己和安柏買的──就我們兩人。非常非常漂亮的一個女生，純真，又特別，而且年紀很小，只有十四歲！在米高梅那晚，我們變得很親近，整晚坐在凱蒂爸爸套房的浴室地板聊天。連接吻都沒有！就是一直聊一直聊一直聊！我都要哭了。我們真的對彼此敞開了心房。然後──」他一手按上心口，「早晨到來時我覺得好糟，這一切為什麼要結束呢？我們可以坐在那裡聊到天荒地老！一切是那麼幸福，那麼完美！我和她之間就是變得這麼親近，懂嗎，就在那短短一晚。總之──所以我才去找吉米。他的古柯鹼爛透了──連史都華和莉莎的一半都比不上。但消息不脛而走，懂嗎──所有人都聽說了米高梅的那個週末，我和那些玩意兒；所以大家開始來找我──我頭一天回學校，就有一打的人找上門，拚命塞錢給我。『拜託幫我買一些⋯⋯拜託幫我買一些⋯⋯拜託幫我兄弟買一些⋯⋯』我有注意力缺失症，得靠它來做功課⋯⋯』沒多久，我的買主就包括高年級的美式足球員和半個籃球隊。還有很多女生⋯⋯安柏和凱蒂的朋友⋯⋯喬丹的朋友⋯⋯拉斯維加斯大學的學生！頭幾批賠了點錢──因為開始還不知道要怎麼開價，價錢壓很低，想討大家歡心，唉唉唉。但摸清楚之後──我就發了！吉米給我很大的折扣，因為他自己也大賺了一筆；我幫了他很大的忙，懂嗎，幫他把毒品賣給不敢自己去買的小鬼──他們很怕像吉米那樣的藥頭。凱蒂⋯⋯喬丹⋯⋯那些女孩有的是錢！每次來找我都興高采烈。古柯鹼不像搖頭丸——我也賣，但生意時好時壞，有時一口氣賣很多，有時又好幾天乏人問津。但古柯鹼就有很多固定客戶，而且一個禮拜就會來找我兩、三次。光是凱蒂——」

「哇。」即便這麼多年過去，聽見她的名字我心裡仍不由一動。

「沒錯！敬凱蒂！」我們舉起酒杯，一飲而盡。

「她真的好美！」鮑里斯重重放下酒杯，「我以前光在她身旁就覺得頭暈目眩，光是和她呼吸同樣的空氣就覺得幸福的快飛上天。」

「你有和她睡過嗎？」

「沒有……老天，我盡力了……但有晚她只是在她弟房裡用手幫我；那時她醉的一塌糊塗，心情又好。」

「老天，我肯定是走的太早了。」

「沒錯。她連拉鍊都還來不及拉下來，我就射在褲子裡了。還有，凱蒂的零用錢——」他伸手拿向我的空酒杯，「一個月兩千塊！而且這還只是她買衣服的錢！不過她已經有太多衣服，何必再買？總之，到了聖誕節，我的生活就像電影裡那些鏗鏘作響的收銀機和金錢符號，電話沒一刻停過。我成了大家最好的朋友！以前完全沒見過的女生會主動獻吻，還直接把脖子上的黃金項鍊摘給我！所有能試的毒品我都試過了，每天每夜，白粉排起來足足有我手掌那麼長，但身邊一樣滿滿都是錢。我簡直就像學校裡的疤面煞星！有個傢伙甚至給了我一輛摩托車——還有人給了一輛二手車。我光從地上撿起衣服——口袋裡都會掉出好幾百塊——卻完全不曉得錢是從哪來的。」

「你一口氣說太多，我需要消化一下。」

「還用你說！我從小到大都是這樣過來的，要在最短的時間學會最多的事。大家都說經驗是最好的老師，通常也的確是，但我沒被這經驗害到小命不保就算走運了。偶爾偶爾……當我喝啤酒的時候……可能會來一、兩口？但其實我根本不喜歡了。我把自己搾得一乾二淨，如果你在五年前遇到我，我整個人就像——」他把兩頰往內一吸，「——這樣。不過——」服務生帶著更多鯡魚和啤酒回來，「——我說夠了。你呢——」他上下打量我，「怎樣？看起來混得不錯咧？」

「還可以吧，我想。」

「哈！」他一手扶著沙發椅背，往後靠倒，「有趣的歷史世界，是不是？古董交易？那個老玻璃？是他帶你進門的？」

「對。」

「聽說很好削。」

「對。」

他上下打量我：「你過得開心嗎？」他問。

「不是太開心。」

「那你聽我說，我有個很棒的主意！來替我工作！」

我轟然大笑。

「不，我不是在開玩笑！不，不，」他說；見我試圖插口，他便蠻橫地阻止我，又替我倒了一杯伏特加，推過桌面，「他付你多少錢？我說真的，我給你兩倍。」

「不，我喜歡這份工作——」我太強調「工作」兩個字，我是不是真的聽起來那麼悽慘，「——我喜歡我現在在做的事。」

「是嗎？」他向我舉起酒杯，「那還有什麼好不開心的？」

「我不想談。」

「為什麼？」

我敷衍地揮了揮手，「因為——」我已數不清自己喝了幾杯，「就那樣。」

「如果不是因為工作，還能有什麼原因？」他喝乾伏特加，猛力甩了甩頭，開始吃起那盤新的鯡魚，「錢？女人？」

「都不是。」

「那就是女人的問題了。」他洋洋得意地說，「我就知道。」

「聽著——」我喝完剩下的伏特加，重重放在桌上——我實在太天才了；笑容無法遏制地在我臉上蔓延，這是我這幾年來有過的最棒一個主意！「——我們在這裡待夠了。來——我們走！我有個天大的驚喜要給你。」

「走？」鮑里斯說，顯然不是很開心，「走去哪？」

「跟我走就是了。來了你就知道。」

「但我想留在這裡。」

「鮑里斯——」

他靠在椅背上：「算了啦，波特，」他舉起雙手，說，「放鬆點。」

「鮑里斯！」我望向酒吧裡的人潮，好像預期會看見什麼暴動景象，但目光隨即轉回他身上，「我不想再待在這裡了！我已經在這裡坐了好幾個小時。」

「但是——」他煩躁地說，「我為了你把整個晚上都空出來了！我本來有事要做的！你現在就要走？」

「對！而且你要和我一起走。因為——」我張開雙臂，「——你一定得親眼看看這驚喜！」

「驚喜？」他扔下捏成一團布球的餐巾，「什麼驚喜？」

「你來了就知道。」他是怎樣？已經忘了要怎麼玩樂了嗎？「走啦，我們離開這鬼地方。」

「現在就走？為什麼？」

「沒為什麼！」酒吧裡漆黑喧鬧。這是我有生以來第一次對自己如此確定、如此為自己的機敏沾沾自喜，「走啦，快點喝完！」

「非去不可嗎？」

「你一定會非常高興；我保證，走啦！」我說，伸長手臂，輕輕搖了搖他肩膀，「沒蓋你，你絕對想不到這驚喜有多棒。」

他交叉雙臂，往後靠向椅背，狐疑地打量我：「我覺得你在生我的氣。」

「鮑里斯，你到底是搞屁啊？」我醉眼昏花，搖搖晃晃地站了起來，還必須扶住桌子才能保持平衡，「別和我爭，走就是了。」

「我覺得現在和你一起離開是個錯誤。」

「是嗎？」我半睜著一雙醉眼看向他，「你到底來不來？」

鮑里斯冷冷看著我，然後捏了捏鼻梁，說：「你不說我們要去哪？」

「不說。」

「那你介不介意我司機載我們過去？」

「你有司機？」

「當然；他現在等在兩、三條街外。」

「幹。」我轉過頭，哈哈大笑：「你有司機？」

「所以你不介意他載我們過去？」

「有什麼好介意的？」我頓了會兒後才回答。儘管醉的亂七八糟，他的態度依舊令我愕然——他看著我，眼神有著過去從未見過的古怪、冰冷與算計。

鮑里斯一口飲盡剩下的伏特加，站了起來：「好吧。」他說，手裡漫不經心地轉著一根未點燃的香菸，「那我們就盡快了結這鬧劇。」

6.

當我站在霍比家門口開鎖時，鮑里斯遠遠停在後方，好像覺得我插在鎖中的鑰匙會引發房子劇烈爆炸一樣。他的司機將車並排停在路邊，籠罩在誇張的煙霧之中。一上車，他和司機便說起烏克蘭語，沒一句英語；即便我大學時修過兩學期的俄語會話，依舊一個字也聽不懂。

「進來吧。」我說，幾乎無法克制臉上的笑容。那個白癡到底在想什麼，以為我會偷襲他還是綁架他之類的嗎？但他依舊佇立街上，雙拳插在大衣口袋，回頭看向司機；他叫做簡克、傑里還喬里之類的，我忘了到底是什麼鬼。

「怎麼了？」我問。若我不是這麼醉，見他這副疑神疑鬼的模樣大概會火冒三丈，但現在只覺得滑稽好笑。

「再告訴我一次，我們為什麼要來這裡？」他說，仍遠遠逗留後方。

「你進來就知道。」

「你住這？」他狐疑地問，探頭看向屋內的客廳，「這裡是你家？」

我開門製造的聲響顯然比預期中還要大。「席歐？」霍比的聲音自屋內傳來，「是你嗎？」

「對。」他已換好衣服，準備出門晚餐：西裝、領帶——該死的！我心忖；家裡來了客人嗎？旋即猛然一震，察覺現在才剛開始晚餐時間，但感覺已像是凌晨三點。

鮑里斯小心翼翼地來到我身後，雙手插在大衣口袋，沒有關上前門，任由它大大敞開，視線落在那些巨大的玄武岩甕和水晶燈上頭。

「霍比，」我說——他已來到玄關，挑著眉，德弗里斯夫人在他身後憂心忡忡地喋喋不休。

「——嗨，霍比，還記得我和你提過——」

「小波！」

那團小小的白色棉球——盡責地蹣跚跑過玄關，來到前門——忽然凍結原地，隨即尖聲高吠，用牠最快的速度（現在已經一點也不快了）向前狂奔。鮑里斯則——又笑又叫地——跪在地上。

「喔！」他一把抱起小波；小波猛力掙扎，跳起來狂親他臉頰。「你變胖了！牠變胖了！」他激動地說，「你把牠養胖了！沒錯，哈囉，小胖仔，你這個小毛球。哈囉！你沒忘了我，是不是啊？」他仰倒地上，哈哈大笑；小波——仍開心地叫個不停——拚命在他身上跳來跳去。「牠還記得我！」

霍比調整了下眼鏡，興致盎然地站在一旁——但德弗里斯夫人顯然不覺得有什麼有趣；她站在霍比後方，對眼前這幅奇異的景象微微蹙起眉頭，看著我這位滿身伏特加味的客人和小狗在地毯上打滾。

「別告訴我，」霍比將手插進西裝外套口袋，說，「這位就是——？」

「沒錯。」

7.

我們沒有停留太久——這幾年來，霍比已經聽說過許多鮑里斯的事；我們一起去喝一杯吧！如果是卡米烏拉格的茱蒂或其他來自他過去的神祕人物忽然現身，我也會像鮑里斯現在一樣充滿興趣和好奇——但我覺得我們都已經醉了，而且過於亢奮，可能會惹德弗里斯夫人不高興。雖然她臉上掛著禮貌的微笑，但坐在玄關椅上的姿態卻相當僵硬，戴著戒指的小手交疊膝上，從頭到尾沒說過幾句話。

所以，我們離開了——還有小波，牠興奮地跑在我們身旁。鮑里斯開心地大聲喊叫，揮手要車子繞過來載我們。「沒錯，小笨狗，沒錯！」——他對波普說，「——那是我們的車！我們有車了！」

忽然間，鮑里斯司機的英語說得跟他一樣好了。我們三個變得像多年知交一樣——應該說我們四個，還得加上波普。牠站在窗邊，前腳搭著玻璃，異常認真地看著西城高速公路上的燈光。鮑里斯貼在小波身後，一面親牠的背，一面喋喋不休——同時用英語和俄語對傑里（那名司機）解釋我有多棒，說我是他童年時的摯友、心臟裡的血液！（傑里在駕駛座上轉過身，伸出左手，鄭重地和後座的我握了握手）還說兩名好友能在這廣大世界久別重逢是多麼美妙。

「是的，沒錯。」傑里鬱鬱寡歡地說，猛然一個急轉，駛上哈德遜街，我整個人往車門滑去。「我和瓦汀也是如此。我日日為他哀傷——哀傷到夜裡會醒來悼念他。瓦汀是我兄弟——」他向後座的我瞥了一眼，駛上斑馬線，行人紛紛走避，貼了黑膜的車窗外閃過一張張吃驚的面孔。「——比兄弟還親，就像鮑亞和我一樣。但是瓦汀——」

「是場可怕的悲劇。」鮑里斯悄悄對我說，隨後又看向傑里，「——沒錯，沒錯，太可怕了——」

「——我們看著瓦汀早早就被送進棺材。廣播上那首歌唱的都是真的，你聽過嗎？就是唱鋼琴師的那個歌手？『惟有好人命短』。」

「他會在那裡等待我們。」鮑里斯安慰地說，伸手越過座椅，拍了拍傑里肩頭。

「對，我也是這麼告訴他的。」傑里喃喃自語，忽然猛力切到一輛車前。我身子往前一甩，被安全帶狠狠勒住，小波飛了出去。「這種事是很深沉的——無法以言語表達，無法以人類的唇舌言喻。但最後——我用鏟子把他埋進墳裡——在心底對他說：『再會了，瓦汀。替我看著門，別讓它關上。兄弟，記得在那兒替我留個位置。』只是，天吶——」你幫幫忙好嗎，我心想，努力維持臉上鎮定的表情，把小波抱到腿上；兩眼可以好好看路嗎？「——費奧多，請你幫幫我，我有兩個有關上帝的重要問題想問。你是大學教授——」（什麼？）「——或許可以幫我解答。第一個問題是——」他透過後視鏡迎視我雙眼，舉起一根手指，說，「——上帝有幽默感嗎？第二：上帝的幽默感殘酷嗎？像是上帝會不會只因為好玩就捉弄我們、折磨我們，像壞小孩對待花園裡的昆蟲一樣？」

「呃，」我說，他雙眼牢牢看著我，而非即將到來的彎路，讓我心裡警鈴大作，「大概吧，我不曉得，希望不是。」

「你問錯人了。」鮑里斯說，遞了根菸給我；接著又遞了根給前座的傑里。「上帝也把席歐折磨得慘兮兮。如果受苦是種尊榮，那他現在就是個王子了。對了，傑里——」他在裊裊白煙中靠向椅背，「我要你幫我個忙。」

「儘管說。」

「放我們下車後，你可以幫忙顧一下小波嗎？載牠繞上幾圈，看牠想去哪都行？」

那間夜總會位於皇后區，但我不確定確切地點在哪。前廳鋪著紅毯，感覺就像是那種你出獄後會被送來這裡，上前親吻祖父面頰的房間，享受大家族式的聚會。一堆酒鬼坐在路易十四風格的椅子上，圍聚在鋪了金色桌布的餐桌前大快朵頤，一面抽菸，一面大聲喊叫，一面拍打彼此的背。後廳裡，深紅色的牆上掛著聖誕花圈與蘇聯時代的亮片燈泡裝飾——有公雞、築巢的鳥、紅星、太空船、鐮刀與榔頭的標誌配上花巧的西里爾標語（新年快樂，親愛的史達林）——看起來像是臨時拼湊，但又活力十足。鮑里斯（頭埋在紙袋裡，還沒下車他就拎著酒瓶猛灌）摟著我，用俄文把我介紹給在場眾人，說我是他弟弟。而從所有人一擁而上，抱我、親我、拿起水晶冰桶裡的大瓶伏特加想倒酒給我的模樣看來，他們大概是真的把我當成他親生兄弟。

終於，我們來到店內深處：黑色的絲絨窗簾前守著一名眼若蛇蠍的光頭流氓，西里爾文刺青一路蔓延至下顎骨。密室內響著震耳欲聾的音樂，空氣中瀰漫著濃濃的汗水、鬍後水、大麻和科伊巴雪茄味：視線被滿滿的亞曼尼、運動服、鑽石和鉑金勞力士錶所填滿。我這輩子從沒一口氣見過這麼多男人身上戴著這麼多黃金——黃金戒指、黃金項鍊、黃金門牙。一切就有如一場怪誕、混亂，又閃閃發亮的夢境。我此時正處於醉酒後最令人不安的階段，視線無法聚焦，除了點頭與揮手外什麼都做不了，只能任由鮑里斯拖著我穿過人潮。到了深夜時分，瑪莉安又不知不覺地如鬼魅般再度出現。她先是吻了吻我臉頰，那感覺鬱闇陰森，彷彿某種儀式動作凍結於時光。然後便和鮑里斯一同消失，留我獨自坐在桌前，身旁擠滿酩酊大醉的酒鬼和拚命抽菸的俄國人。大家似乎都知道我是誰（費奧多！），不停拍打我的背、替我倒酒，把食物和萬寶路塞到我面前，扯開嗓子、和藹地用俄文對我高聲說話，但似乎不期待我回答——

一隻手按上我肩膀。我的眼鏡被人摘下。「有事嗎？」我對忽然坐上我大腿的陌生女子說。我是珊娜。喔，嗨，珊娜！你在做什麼？沒什麼。妳呢？色情片女星的氣質，人工仿曬的肌膚，做過隆乳手術的胸部在洋裝下呼之欲出。我們家族繼承有預言能力，能不能讓我看看你的手相？當然沒問題。她英文相當流利，只是在夜總會的嘈雜聲中很難聽清楚她在說什麼。「你天生就是個哲學家。」她一隻塗成芭比粉紅的指甲在我掌心中遊走，「非常非常聰明，有過許多起伏——幾乎什麼都經歷過一些。但你很寂寞，希望能遇到一個可以共度餘生的女孩，對不對？」

這時候，鮑里斯回來了，只有他。他拉了張椅子坐下，興致勃勃地用烏克蘭文和我的新朋友短暫交談一陣。最後她將眼鏡戴回我臉上，起身離去。但臨走前不忘跟鮑里斯討了根菸，在他臉頰親了一下。

「你認識她？」我問鮑里斯。

「從來沒見過。」鮑里斯替自己點了根菸，說，「你想的話，我們現在可以走了；傑里在外頭等著。」

8.

夜已深。經過夜總會的混亂洗禮，汽車後座讓人覺得好舒服、好安心（中控台的溫暖微光，廣播的細語呢喃）。小波安安穩穩睡在鮑里斯腿上，我們就這樣有說有笑地兜了好幾個小時——傑里也應聲加入，啞著嗓子大聲描述他在布魯克林一個他稱為「磚屋」（社會住宅）長大的故事。我和鮑里斯直接就著酒瓶灌飲溫熱的伏特加，吸了幾口他從大衣口袋拿出來的古柯鹼——鮑里斯還不時遞給前座的傑里。即便開著空調，車裡還是熱的要命；鮑里斯滿頭大汗，耳朵紅的像著火一樣。「你看，」他說——他已脫去外套，現正解開袖扣，塞進口袋，捲起袖子——「是你爸教我怎麼打扮的。我非常感激他這點。」

「是啊，我爸教了我們很多事。」

「是啊。」他語調懇切——猛力點頭，半點諷刺之意也無，伸手抹了抹鼻子，「他看起來總是文質彬彬。就像——夜總會裡許多人不是一身皮衣，就是絨布運動服，一看就是移民樣。最好還是打扮得樸實一點，像你爸，一件好外套，配上一只好錶，但就是有品味——你曉得，簡單——入境隨俗。」

「是啊。」我的工作需要敏銳的觀察力，所以我已經注意到鮑里斯的手錶——瑞士製，市價大概要五萬元，歐洲花花公子的錶款——以我的標準來說太過招搖，但與先前在夜總會裡看到的黃金和鉑金首飾相比，已經相當低調了。我還看見他前臂內側刺著一個藍色大衛之星。

「那是什麼？」我問。

他將手腕舉到我面前。「萬國錶。好的手錶就像銀行裡的現金，緊要關頭隨時可以拿去典當或變現。這是白金，但看起來像不鏽鋼。手錶還是看起來便宜點比較好。」

「不，我是說那個刺青。」

「喔。」他把袖子又捲高了些，懊悔地看著自己手臂——但我視線已離開那個刺青。車裡燈光昏暗，但我還是一眼就能認出針孔痕跡。「你是說這個星星？說來話長。」

「但是——」我知道最好不要問那些針孔的事，「你又不是猶太人。」

「當然！」鮑里斯激動地說，把袖子重新放下，「我當然不是！」

「好吧，那我想我該問的是你為什麼要……」

「因為我跟波波．西佛說我是猶太人。」

「什麼？」

「因為我想他收我當手下！所以就撒了謊。」

「真的假的？」

「真的！我真的那麼說！他常來杉卓拉家——在街上到處打探，尋找可疑的跡象，像你爸可能沒死之類的——有一天，我鼓起勇氣找他攀談，說我想幫他工作。那時事情開始失控——學校裡出了麻煩，有人被送去勒戒所，還有人被退學——我必須斬斷自己和吉米的關係，懂嗎，暫時先找點別的事做。沒錯，我的姓聽起來就不對，但在俄羅斯有很多猶太人都取鮑里斯這個名字，所以我就想：有何不可？他怎麼會知道？我以為刺青會是個好主意——能幫忙說服他相信我。我找了個欠我一百塊的傢伙幫忙刺，還編了個驚天地泣鬼神的悲慘故事，說我母親是波蘭猶太人，家人都被送去集中營，嗚嗚嗚好可憐——結果是我太蠢，不曉得猶太人禁止刺青。你笑什麼？」他防衛辯解，「像我這樣的人——對他很有用處。你懂嗎？我會說英語、俄語、波蘭語、烏克蘭語，還受過教育。總之，他非常清楚我他媽的根本不是什麼猶太人，當著我的面大聲諷笑，不過最後還是收了我，非常好心。」

「你怎麼能替想殺了我爸的人工作？」

「他才不想殺了你爸！那不是真的，這麼說對他也不公平。他只是想嚇嚇他！但是——沒錯，我確實替他工作了一陣子，大約一年。」

「你都幫他做些什麼？」

「信不信由你，但我沒碰什麼骯髒事！只是個幫手——送送信、跑腿之類的；還有幫忙溜他的小狗、領乾洗衣物！波波在我人生最低潮的時候對我非常仁慈、非常慷慨——不只是朋友，幾乎就像父親；我可以把手按在心口發誓，絕對比我親生父親還像父親。波波對我一直都很公平；不只公平，而且友善。我看著他做事，從他身上學到很多。所以我不是太介意為了他扛這顆星。還有這個——」他把袖子捲到二頭肌上，那裡刺了朵荊棘玫瑰以及西里爾文字——「這是為凱雅刺的，我人生的摯愛。她是我這輩子最愛的一個女人。」

「你每個人都這麼說。」

「對，但我對凱雅是真心的！為了她，要我披荊斬棘、上刀山、下油鍋都沒問題！就算要我付出性命也甘之如飴！我這輩子再也不會愛誰像愛凱雅一樣——絕對不會。她是我的唯一。只要能和她在一起，就算只有一天，要我死也願意。但是——」他再度把袖子放下，「——你永遠不該把別人的名字刺在身上，因為這麼一來你就會失去她。我紋身時太年輕了，還不理解這一點。」

9.

自從卡蘿．隆巴德離開曼哈頓後，我就再也沒碰過古柯鹼，現在半點睡意也沒有。清晨六點半，傑里仍載著後座的小波在下東城打轉（「我帶他去熟食店吃培根蛋和起司！」），而我們則精神高亢地在C大道一間二十四小時營業的陰冷酒吧裡繼續敘舊。酒吧的牆上畫滿塗鴉，窗上釘著粗麻布窗簾，遮蔽晨曦。阿里巴巴俱樂部，一杯酒三塊，歡樂時光：早上十點到中午十二點。我們試著多灌自己點啤酒，好讓睡意萌發。

「你知道我大學時做了什麼嗎？」我告訴他，「我上了一年的俄語會話。完全因為你，但成績很差，從來沒好到可以讀俄文；你懂的，就捧著一本奧涅金，找個地方坐下——你得讀俄文原文，大家都這麼說，譯本讀不出原味。但是——我一天到晚想起你！想起你說過的一些小事——各式各樣的事——喔，哇，你聽，他們在放〈悠游大海〉，有沒有聽到？是熊貓熊耶！我完全忘了那張專輯。總之，我有篇俄文文學課的期末報告——俄文翻譯文學——主題就是《白癡》。我看那本書的時候一直想起你，想起你在我房間抽我爸的菸的樣子。我在腦中想像你唸那些人名，這樣比較記得住……實際上，我覺得自己好像聽你唸完了一整本書！在拉斯維加斯的時候你看了整整六個月，還記得嗎？俄文版的《白癡》。有好長一段時間，你什麼事都不做，就光看那本書。還記得因為杉卓拉的關係，你有好一陣子不能下樓，我還得帶食物上樓給你嗎？像安妮．法蘭克一樣。總之，我看的是《白癡》的英文翻譯，但我希望自己有天也能用俄文看，你曉得的，等我俄文夠好的時候。但我從來沒做到。」

「去他的學校。」鮑里斯說，顯然完全沒有被我的話打動，「如果你想學俄文，就和我一起去莫斯科，包你兩個月就說得嚇嚇叫。」

「所以你打算告訴我你到底在做什麼了嗎？」

「就像我之前說的，什麼都做，勉強餬口而已。」然後在桌子底下踢了我一腳，「你現在覺得好多了，是不是？」

「啊？」前廳除了我們之外只有另外兩名客人——樣貌俊美，膚色蒼白出奇；一男一女，都是黑色短髮，目光牢牢鎖在對方身上，眼裡只有彼此。男人握住對面女人的手，正小口小口嚙著她手腕內側。琵琶。她的身影忽然閃過腦中，我心裡一痛。倫敦差不多是午餐時間了。她在做什麼？

「剛遇到你的時候，你看起來一副要投河自盡的模樣。」

「對不起，我今天過得不順。」

「不過你家很漂亮。」鮑里斯說。從他所坐的位置看不見那對情侶。「所以你們倆是一對？」

「不是！才不是那樣。」

「我又沒說你們是！」鮑里斯用批判的眼神看著我，「老天，波特，不要這麼神經兮兮好嗎！另外一人是他妻子，那位女士，是不是？」

「對。」我靠向椅背，不安地說，「好吧，算是。」霍比與德弗里斯夫人之間的關係依舊是個深不可測的謎，就像她和德弗里斯先生依然有效的婚姻一樣。「我一直以為她是寡婦，結果原來不是。她——」我傾身湊向桌面，揉了揉鼻子，「——她住上城，霍比住下城，兩人卻時常出雙入對……她在康乃狄克有間房子，他們有時週末會一起過去。她結婚了——但是……我從沒見過她丈夫。我到現在還搞不清楚究竟是怎麼回事。坦白說，我認為他們應該只是好朋友。對不起，我又在喋喋不休了。我實在不知道自己幹嘛說這些。」

「而且他還教你怎麼做生意！他看起來人很好；真正的紳士。」

「啊？」

「你老闆啊。」

「他不是我老闆！我是他的合夥人。」美好的藥效開始消退。血液在我耳邊奔騰，有如蟋蟀叫聲般尖銳刺耳。「事實上，幾乎所有買賣方面的業務都是由我負責。」

「好，對不起！」鮑里斯舉起雙手，說，「別生氣。我只是想你來和我一起工作。」

「你希望聽我怎麼回答？」

「聽著，我想報答你，跟你分享我所有的一切。因為，」他說，毅然打斷我，「我今天所擁有的一切，都是你給我的。所有的好事，波特，都是因為你才會發生。」

「什麼？你的意思是我把你拉進毒品交易圈？哇，好吧，」我說，點燃一支菸，剩下的推還給他，「很高興知道這點，我真為自己驕傲，謝了。」

「毒品交易？誰說我在販毒了？我只是想要補償你！為了我做過的事。我告訴你，這種生活棒透了，我們在一起保證會很開心。」

「你是在經營伴遊公司嗎？是這樣嗎？」

「聽著，我可以告訴你一件事嗎？」

「請說。」

「我真的很抱歉過去那樣對你。」

「算了，我沒放在心上。」

「這一切都是你給我的，我們難道不該有福同享嗎？這些好處你也有分，是你應得的。」

「聽著，鮑里斯，我可以插句話嗎？我不想涉入任何危險或可疑的交易。無意冒犯，」我說，「但我現在已經泥菩薩過江了；而且像我之前說的，我訂婚了，事情不一樣了，我真的不認為——」

「那為什麼不讓我幫你？」

「我不是那個意思。我的意思是——好吧，我不想說得太仔細，但總之我做了些不該做的事，現在正努力想彌補；我的意思是，我還在想有什麼方法能彌補。」

「很難。機會不多。有時候，你能做的就是想辦法隱瞞，不要讓人發現。」

那對美麗的情侶起身離開。兩人手牽著手，將珠簾推開一旁，雙雙踏入店外冰冷微弱的晨曦之中。我看著珠簾在他們離去的身影之後擺盪碰撞，隨著女孩搖晃的臀部起伏漣漪。

鮑里斯靠向椅背，雙眼牢牢看著我：「我一直試著要替你討回來，」他說，「可惜沒成功。」

「什麼？」

他皺起眉頭：「好吧——所以我才會去店裡找你。你現在一定已經聽說了，有關邁阿密那件事。上新聞時，我很擔心你會怎麼想——而且，坦白說，我有點怕他們會因為我而追查到你身上，懂我意思嗎？不過現在不用擔心了；起碼不用那麼擔心，只是——事情還是一樣。當然了，我自己也焦頭爛額——但我之前就知道這布局很糟，應該相信自己的直覺才是。我——」他又用鑰匙沾了些白粉，飛快吸了一口。我們是酒吧裡唯一的客人。那名嬌小的紋身女侍——或帶位服務生——或無論到底是誰，已經消失在簡陋的後房——我匆匆掃了一眼——只見一群人坐在庭院拍賣會買來的沙發上，好像在看什麼一九七〇年代的色情片——「不管怎樣，事情糟透了。我早該知道的。有人受傷，我也栽了個蔥。不過我也學到一個寶貴的教訓，就是永遠不要和陌生人交易——等等，我另一邊也吸一下——就像我說的，和陌生人交易永遠是個錯誤。」他捏了捏鼻子，把袋子從桌子底下傳給我。「一個人會忘記的，總是他最熟悉的事。永遠不要和陌生人進行重大交易！永遠！其他人會說『喔，這個人很好』——我呢，我是願意相信，我天生就這樣。但壞事總會發生。懂嗎——我了解我朋友，但朋友的朋友呢？就沒那麼了解了！人類就是這樣染上愛滋病的，不是嗎？」

我不該繼續吸下去——我知道，即使我正在這麼做——這是個錯誤。我已經吸食太多。即便那份消沉的不安開始在體內蔓延，一種有如玻璃板陣陣顫動的碎裂感，我依舊能感到自己下頷緊咬，血液猛力撞擊太陽穴。

「總之，」鮑里斯說，語調飛快，一腳在桌底下焦躁抖動。「我一直在想要怎麼把它拿回來。拚了命地想，想，想！當然我自己是不能再用它了。事情完全被我搞砸了。當然——」他不安地挪動身子，「——那不是我去找你的原因，不完全是。部分的我想要道歉，親口跟你說聲『對不起』。因為——我是真心感到愧歉。不過部分也是因為新聞上的消息——我想告訴你不用擔心，因為你可能在想——好吧，我不知道你會怎麼想。只是——我不希望你聽說後擔心受怕，蒙在鼓裡，什麼都不知道，以為事情會查到你身上。一想到這，我心裡就非常不安、愧疚。所以我才想找你談一談，告訴你我沒有把你牽連進來——沒有人知道我們的關係。最重要的是，我想你知道，我真的真的非常努力要把它拿回來；用盡辦法，卯足全力。因為——」他三個指尖按上額頭，「——我靠它賺了好大一筆錢，而且我真的很希望它能回到你手上——你知道的，看在往昔的分上，我希望你能再次擁有它，真真正正地專屬於你，藏在衣櫃之中或怎樣；讓你能和以前一樣，想看就拿出來看。因為我知道你有多愛它。我後來也不禁愛上它。」

我楞楞看著他。新一波的藥效發作，我終於開始聽進他的話。「鮑里斯，你到底在說什麼？」

「你知道的。」

「不，我不知道。」

「別逼我說出口。」

「鮑里斯——」

「我試著告訴你，我求你不要離開。只要再多等一天，我就可以拿回來還你。」

珠簾仍在風中擺盪，平滑的波浪起伏蜿蜒。我瞪著他，呆若木雞，依稀有種兩場夢境交會碰撞的迷茫感：正午豔陽下，翠貝卡餐廳內刀叉噹啷作響，桌子對面的盧修斯・李維衝著我不屑蔑笑。

「不，」我說——一身冷汗，將椅子往後一推，雙手掩面。「不。」

「要不然呢，你以為是你爸拿走了嗎？我有點期望你會那麼想，因為畢竟他欠了一屁股債，而且已經偷了你不少東西。」

我硬逼自己放下手，看著他，一個字也說不出來。

「我把畫掉包了。沒錯，是我。我以為你知道。聽著，我很抱歉！」見我依舊楞楞看著他，又說，「我把它藏在學校置物櫃。只是想開個玩笑，你知道。好吧——」他嘴角揚起一個虛弱的微笑，「——不好笑。只是想捉弄你一下。但是——聽我說——」他敲了敲桌子，吸引我注意，「——我發誓，我從沒打算要占為己有。那不是我的原意。我怎麼會知道你爸的事？只要你再多留一晚——」他激動地舉起雙手，「——我就會還給你。我發誓我真的會。但我無法說服你留下，你就是非走不可，一刻也不願多留！一定要走！就是現在，鮑里斯，馬上！連等到早上都不肯！非走不可，多等一秒都不行！而我也沒有勇氣告訴你我做了什麼。」

我瞪著他，口乾舌燥，心跳猛烈到我現在唯一能做的，就是動也不動地坐在位置上，期望它能慢下來。

「現在你真的生氣了。」鮑里斯垂頭喪氣地說，「你想殺了我。」

「你到底在說什麼？」

「我——」

「你說掉包是什麼意思？」

「聽著——」他緊張地左右張望，「——我很抱歉！我知道找你一起嗑藥不是好主意。我知道到了坦承的時候場面或許會很難堪！但是——」他傾身向前，雙手按在桌上，「——我真的覺得很抱歉，是真的。如果不是，我也不會來見你，在街上喊住你，說我想補償你；我是認真的，我會補償你。因為，你懂嗎，我能賺這麼多錢都是因為這幅畫，它讓我——」

「那我藏在上城的到底是什麼東西？」

「你說什麼？」他說，臉色一垮，推開椅子，收起下巴看著我：「你是認真的嗎？這麼多年來你從來沒有——？」

但我無法回答。我的嘴唇在動，卻發不出任何聲音。

鮑里斯在桌上拍了一下：「你這白癡。你是說你從來沒打開過嗎？怎麼可能——」

見我依舊雙手掩面，啞口無言，他便伸長手臂，越過桌子，搖撼我肩膀。

「真的嗎？」他急切地說，試圖迎視我目光，「你沒打開？從來沒打開看過？」

內室傳來一聲微弱的女性尖叫，愚蠢而空洞。下一秒，同樣愚蠢空洞的男人哄笑聲緊接響起。然後，酒吧一台果汁機忽然開始轉動，如電鋸般震耳欲聾，感覺好像響了特別久。

「你不曉得？」當那嘈雜聲終於停止時，鮑里斯開口問我；笑聲和拍手聲自內室傳來。「你怎麼會——」

但我一個字也說不出。牆上的塗鴉層層疊疊，標籤貼紙，潦草字跡，眼神渙散的醉客。內室裡，眾人嘶啞吶喊著「加油、加油、加油」。我腦中一下湧進太多東西，無法呼吸。

「這麼多年來，」鮑里斯半皺著眉，說，「你一次也沒有——？」

「喔，老天。」

「你還好嗎？」

「我——」我搖了搖頭，「你怎麼知道我有那幅畫？你怎麼知道？」見他一聲不吭，我又問了一遍，「你翻過我房間？你翻我的東西？」

鮑里斯看著我，兩手梳過頭髮，說：「你醉了之後就不知道自己在做什麼，這點你知道嗎，波特？」

「饒了我吧。」我在一陣不可置信的沉默後說。

「不，我是說真的。」他柔聲道，「我是個酒鬼，我自己很清楚！從十歲喝下第一口酒開始，我就成了不折不扣的酒鬼。但是你，波特——你像我爸。他喝酒——然後會無意識地到處徘徊，做些他自己清醒後也記不得的事；砸車、揍我、打架；醒來發現自己斷了鼻子，或跑到一個完全不同的城鎮，躺在火車站的長椅上——」

「我不會那樣。」

鮑里斯嘆了口氣：「對，沒錯，但你會忘記自己做過什麼，像他一樣。我不是說你會做什麼壞事，或有什麼暴力舉動，這點你不像他；但你知道，你會——喔，就像我們去麥當勞遊樂場那次，那個兒童遊樂區；你在那個充氣玩意兒上醉的亂七八糟，有個女士甚至還打電話報警。幸好我立刻帶你離開，在沃爾瑪超市站了半個小時，假裝在挑學校要用的鉛筆，然後回到巴士上，坐車回家。那晚你什麼也不記得，毫無記憶。『麥當勞？鮑里斯，什麼麥當勞？』或者，」他說，用力地吸了下鼻子，不讓我插口，「或者你茫到完全意識不清那天，硬逼著我和你一起『去沙漠散步』？好，我們去散步，沒問題。只是你醉到幾乎無法走路，而外頭足足有一百零五度的高溫。你走到一半不想走，直接躺在沙地上，要我把你留在那兒等死。『別管我，鮑里斯，不要管我。』記得嗎？」

「說重點。」

「我能說什麼？你很不快樂，一天到晚把自己灌到神智不清。」

「你也是。」

「對，但我不會失憶，趴倒在樓梯上不省人事，記得嗎？醒來後發現自己躺在地上，離家好幾哩遠，雙腳突出樹叢，但毫無記憶自己是怎麼來到這裡？去你的，我有次還三更半夜寄了封電子郵件給史皮爾斯卡亞，完全就是發酒瘋，說她是個美麗的女人，我愛她愛到不可自拔——那時候我也的確是。隔天到了學校，我嚴重宿醉。『鮑里斯，鮑里斯，我們必須談一談。』呃，談什麼？她一臉溫柔和善，盡可能地委婉表達。電子郵件？什麼電子郵件？我一點記憶都沒有！只能滿臉通紅地站在原地，看她遞了張從詩集上影印下來的詩給我，告訴我我應該愛同年紀的女孩！沒錯——我做了許多蠢事。比你的還蠢！但我，」他說，把玩手上的香菸，「我試著享受人生，試著開心；而你想的卻是死，那不一樣。」

「為什麼我覺得你在轉移話題？」

「我不是要批評你什麼！只是——我們那時做了很多瘋狂的事，我想你大概都已經不記得了。不，不！」他看見我臉上表情，飛快搖了搖頭，說，「不是那件事。但我必須說，你是我唯一同床過的男生！」

我憤怒地大笑出聲，好像是咳嗽或者嗆到。

「那呀——」鮑里斯輕蔑地靠在椅背上，捏緊自己鼻孔，「——嘖。我想在那年紀，那種事在所難免。我們都年輕，需要女生陪。我想你心裡可能有別的意思。但是，不，等等，」他飛快地說，臉色一變——我將椅子往後一推，起身欲離——「等等，」他抓住我衣袖，又說，「別走，拜託，聽我說完；你完全不記得我們一起看《第七號情報員》那晚的事了？」

我正要拿起椅背上的外套，聽到這句話不由停止動作。

「記得嗎？」

「我該記得嗎？那有什麼重要？」

「我知道你不記得。因為我以前喜歡測試你，刻意提起那部電影，開玩笑，看你有什麼反應。」

「《第七號情報員》又怎樣了？」

「就在我認識你之後不久，」他的膝蓋瘋狂抖動，「我想你還不習慣伏特加——不曉得該給自己倒多大杯。你會帶著一大杯玻璃杯進房，像是……像是水杯那麼大。我看到心裡就想：慘了！你不記得？」

「那樣的夜晚多到數不清。」

「你不記得了。我會清理你的嘔吐物——把你的衣服扔進洗衣機——你甚至連我做了這些都不曉得。你會哭著告訴我各式各樣的事情。」

「什麼事情？」

「像是……」他做了個不耐煩的表情，「……喔，你母親死了都是你的錯……你希望死的是自己……如果死了，你或許就能留在她身旁，和她一起在黑暗中作伴……沒必要深究，我不想破壞你心情。席歐，那時候的你一團糟——沒錯，和你在一起，大多時候都很有趣！做什麼都可以！但是你就像一團爛泥。或許該把你送進醫院才對。你會爬上屋頂，朝游泳池跳下去。那可能會摔斷脖子耶，真的是瘋了！到了晚上，你會跑去躺在馬路上，沒有半盞街燈，沒有人會看到你，就那樣等著車子從你身上碾過去。我得跟你打上一架才有辦法把你拉起來，拖回屋裡——」

「我在那條該死的鬼街上躺一輩子也不會有車開過來。有睡袋的話，我在那睡一整晚都沒問題。」

「我不跟你追究這個。你那時根本瘋了，會把我們兩個都害死。有一晚你拿了火柴，試圖燒了房子，你還記得嗎？」

「我只是在開玩笑。」我不安地說。

「那地毯呢？還有沙發上燒出的大洞？那也是開玩笑？我還得把靠枕翻過來，以免杉卓拉發現。」

「那爛東西便宜到甚至不是用難燃布料做的。」

「是，是，你說的都對。總之，那一晚，我們在看《第七號情報員》。我沒看過，但你看過。我看得津津有味，但你完全就是醉昏了。那時候，第七號情報員來到島上，出現一堆很酷的裝備，然後他按下按鈕，拿出他偷走的那幅畫？」

「喔，我的天吶。」

鮑里斯哈哈大笑：「沒錯，你就是！老天保佑！實在有夠精彩。你醉到連路都走不穩——我有東西要給你看！很棒的東西！世上最棒的東西！你擋在電視機前面；不，真的！我正看到電影最精彩的部分，你卻不肯閉嘴。幹，快滾啦！總之，你滾了，氣到快爆炸，三字經狂飆，到處乒乒乒乓，製造各種噪音。然後，你就帶著那幅畫下來了，記得嗎？」他笑了起來，「有趣的是——我那時很肯定你是在唬爛我。舉世聞名的博物館名畫？少來咧。但是——是真的。有眼睛的人都看得出來。」

「我不相信。」

「是真的。我那時確實知道。因為如果世上真有人能畫出那樣的贗品，那麼拉斯維加斯就會是地球古往今來最美麗的一座城市！總之——這實在太有趣了！我還因為教會你偷書報攤的蘋果和糖果就洋洋得意，殊不知你早就偷過世界級的藝術名作。」

「我沒有偷。」

鮑里斯咯咯笑了幾聲：「對，你沒有。你解釋過了，是為了要保護它才藏起來。好重大的責任啊。」他探身向前，說，「你剛才的意思是，這麼多年來你完全沒打開看過？你是有什麼毛病？」

「我不相信。」我又重複一遍。「你是什麼時候拿走的？」我問。他翻了個白眼。「怎麼拿的？」

「聽著，我說過了——」

「你要我怎麼相信？」

鮑里斯又翻了個白眼，將手伸進外套口袋，點開iPhone裡的一張照片，遞到桌子對面給我。是金翅雀那幅畫的背板。畫作本身的複製品隨處可見，但背板就如指紋般獨特：濃郁的棕、紅色封蠟與各種凌亂的歐洲籤條（羅馬數字、龍飛鳳舞的羽毛筆簽名），散發一種蒸氣火車或古老國際條約的感覺。斑駁的棕、黃兩色上交疊散發著一種近乎生命力的鮮明，宛如枯葉。

他將手機收回口袋。我們就這麼無言靜坐良久，終於，鮑里斯拿起一根菸。

「現在信了嗎？」他問，煙霧自嘴角逸散。

我的腦袋開始旋轉、崩裂；美好的藥效開始消退，憂慮與不安悄悄逼近，猶如暴風雨前的烏雲。有好長一段時間，我們只是以陰鬱的眼神注視彼此：一種尖銳的化學頻率，孤獨與孤獨間的對峙，宛若峰巒頂巔的兩名西藏僧人。

然後，我一言不發地起身，拿起外套。鮑里斯跟著一躍而起。

我撞開他肩膀，頭也不回地離去。「等等。」他喊住我，「波特？別生氣。我說我會補償你，我是認真的——」

「波特？」我穿過嘩啦作響的珠簾，踏上街道，走進陰沉灰暗的晨曦，聽見他又喊了一聲。除了一輛計程車外，C大道上杳無人跡。司機看到我似乎很高興，就像我看到他也很高興一樣，立刻疾駛到我面前。鮑里斯還來不及開口，我便跳上後座，揚長而去，獨留披著大衣的他在垃圾桶旁孑然孤立。

10.

我在早晨八點半抵達倉庫。磨牙磨到下巴發疼，心臟快要爆炸。呆板的天光：平凡乏味的早晨喧鬧，處處充滿鮮明的威脅。十點十五分，我坐在霍比家的臥房地板上，思緒如陀螺般旋轉不停，從左而右又從右而左地搖晃擺盪。地毯上散落著兩只購物袋，還有一頂從來沒用過的小帳篷、一個米色的密織棉布枕頭套，聞起來依舊有如我在拉斯維加斯的臥房；一個裝滿各種我知道自己應該沖進馬桶的止痛藥和嗎啡的錫罐、一團團拆下來的封箱膠帶——那是我費盡千辛萬苦，花了足足二十分鐘才用美工刀割開的。割的時候只覺脈搏在指尖上陣陣跳動，就怕一不小心割得太深，會損及油畫。最後，我終於割開一側，小心翼翼地用顫抖的雙手將膠帶一圈一圈撕開，卻發現——裹著報紙、夾在兩片紙板之間的——是一本畫得亂七八糟的公民課本（《民主、文化多樣性與你！》）。

色彩鮮豔的多文化族群。封面上，亞裔小孩、拉丁小孩、非裔美國小孩、美洲原住民小孩，以及一名頭上纏著穆斯林頭巾的女孩與一名坐輪椅的白人小孩面露微笑、手牽著手，美國國旗在他們身後飛揚飄蕩。打開課本，只見一個美滿歡樂又沉悶無趣的模範公民世界。在那世界裡，不分種族文化，所有人都和樂融融地共同生活，守望相助；住在市中心的小孩手提澆水壺，站在社會住宅外，為一株盆栽澆水，樹上頭的枝葉分別代表各個不同的政府部門，鮑里斯在上頭畫了好幾把寫有他名字的匕首，還有玫瑰與愛心滿滿環繞在小咪姓名縮寫四周；在一道回答一半的範例問題上另外有雙鬼鬼祟祟瞄向一側的監視之眼：

人類為什麼需要政府？發揚意識型態、懲罰犯錯者、宣揚平等主義與友愛。
請列舉美國公民所肩負之義務與責任。選舉國會議員、讚揚多樣性、打擊政府敵人。

幸好霍比出門了。藥丸完全沒用，我躺在床上翻來覆去，只覺得恍恍惚惚，煎熬難耐——思緒如脫韁野馬般急速飛馳，心跳狂亂到我筋疲力盡。鮑里斯的聲音依舊在我腦中陣陣迴盪——兩個小時後，我強迫自己下床，把房間收拾乾淨，洗了個澡，刮好鬍子——結果不小心割傷自己；因為流鼻血的關係，我上唇麻到幾乎就像去看牙醫一樣，毫無知覺。然後替自己煮了一壺咖啡，在廚房找到一塊不知放了多久的司康，強迫自己吞進肚裡。到了中午，我下樓開店——及時攔截到身披塑膠雨衣的女郵差（她臉上神情有些防備，站得離雙眼黏濕、上唇割傷、手裡拿著血淋淋面紙的我遠遠的）。就當她伸出戴著乳膠手套的手，將郵件遞到我面前時，我猛然醒悟，這一切還有什麼要緊？李維愛寄多少信給霍比都可以——就算打給國際刑警也無所謂——現在還有誰會在乎？

屋外雨絲不絕。行人縮著身子，匆匆疾行。雨水用力敲打窗戶，滴滴答答落在路邊的垃圾袋上。我坐在桌前的發霉扶手椅中，試圖平穩情緒，或至少在店裡的褪色絲綢與幽暗間尋找些許安慰，它那苦甜參半的陰鬱彷彿童年雨日裡的昏暗教室。但驟然來去的多巴胺將我狠狠摔進谷底，留下一種彷彿死亡即將來臨的戰慄感——一種最先在腹部感到的悲傷，然後在額內陣陣鼓動，所有曾被我緊閉門外的黑暗再次瘋狂湧入。

井底之蛙。這些年來，我一直渾渾噩噩，將所有現實隔絕於外。我從童年開始就被那份譫妄包圍其中，隨著它那緩慢而閒適的潮水旋轉、飄蕩；躺在拉斯維加斯的粗毛地毯上，嗑藥嗑到神智不清，對著天花板上的電風扇哈哈大笑。只是我現在笑不出來了，晚了一百年的李伯縮著身子，抱頭倒在地上。

有什麼方法可以解決這一切？沒有。在某種層面上，鮑里斯拿走那幅畫，其實是幫了我一個大忙——起碼我曉得多數的人都會這麼想。現在，這一切不關我的事了，再也沒有人能責怪我，我所面臨的眾多困境從此煙消雲散。但即便我心裡清楚，任何一個正常人都會因擺脫那幅畫而如釋重負，我卻從來沒感到如此絕望、如此自我厭惡、如此羞愧過。

溫暖疲憊的古董行。我無法靜止不動，一下坐，一下站；一下走到窗前，一下又回到桌邊。放眼所及的一切都散發濃濃的恐怖。一個橘黃色的小丑玩偶鄙夷地看著我，就連家具都看起來虛弱蒼白，不成比例。藏著上城那個祕密，我怎能相信自己是個更好、更睿智、更崇高、更重要、更值得生存於世的一個人？但我卻這麼相信了。那幅畫讓我覺得自己沒那麼脆弱與平凡。它是我存在的支撐與例證，是我的養分與一切總和，是奠定整座教堂的楔石。這實在太可怕了，看著它忽然消失眼前，我幡然領悟，原來我一直以來，都是悄悄地用那雄偉、隱密而野蠻的喜悅豢養著自己成年後的生活，相信我所有人生全維繫在一個隨時可能分崩離析的祕密上。

11.

大約下午兩點左右，霍比回家，像客人一樣從街上走進店裡，門口的鈴鐺叮鈴作響。

「昨晚真是個大驚喜。」由於下雨的緣故，他一張臉紅通通的。脫下雨衣，甩乾水珠後，我才看見他底下一身參加拍賣會的裝扮，美麗的舊西裝配上溫莎結的領帶。「你和鮑里斯居然又見面了！」從他的心情我看得出來，拍賣會一定進行得很順利。儘管他鮮少抱著勢在必得的心態出席，但他知道自己要什麼，所以在比較冷僻的拍賣會上，若沒人和他競標，他通常可以抱回許多美麗的古董。「你們昨晚一定玩得很開心。」

「嗯。」我縮在角落喝茶，頭痛到快要爆炸。

「我聽了他那麼多事，如今終於見到他本人，感覺好有趣，就像遇見書裡的角色一樣。我總是把他想像成《孤雛淚》裡那個小扒手——喔，你知道的——就那個小男孩，調皮鬼；叫什麼名字來著？傑克什麼的？破破爛爛的外套，一臉髒兮兮。」

「相信我，他以前確實很髒。」

「嗯，狄更斯沒有告訴我們小扒手後來怎麼了，說不定長大後變成了個人人敬重的商人，誰曉得呢？而且波普簡直瘋了，我從沒看那小傢伙這麼開心過。」

「喔，對了——」他半轉身，忙著收拾外套，所以沒發現我聽見波普的名字後整個人像被石化般僵立當地，「——趁我還沒忘記前趕快告訴你，凱西打來了。」

我沒有回答，半點聲音也擠不出來。我完全忘了波普。

「滿晚的——十點左右吧。我跟她說你遇到鮑里斯，回來一下後又出去了。這麼說應該不要緊吧。」

「當然。」我在沉默掙扎片刻後終於開口，努力想拉回朝著各種不祥預感奔騰飛竄的思緒。

「有件事要轉告你。」霍比的手指按在脣上，「她留了句話，但我得想想。」

「想不起來了。」他微微一怔，搖了搖頭，說，「你得打給她。你們今晚有飯局，在某人的家。八點！這我記得，但想不起來在哪裡。」

「隆史崔特家。」我說，心裡一沉。

「好像是。總之，你居然在街上巧遇鮑里斯！他非常有趣——很迷人——他來紐約多久了？打算待多久？」沒聽見我回答，他又親切地問了一遍——他看不見我臉上表情，不曉得我正驚恐地眺望屋外街道。「我想我們可以請他過來吃頓飯，你覺得怎樣？如果你想的話，可以請他晚上有空時過來坐坐。」見我仍沉默無語，他便說，「看你吧，決定好了告訴我一聲就好。」

12.

大約兩小時後——我筋疲力盡，頭痛到兩眼也跟著疼痛流淚——卻仍不停瘋狂思索要怎麼找回波普，同時拚命絞盡腦汁捏造又推翻一個個能夠解釋牠不見的原因。我把牠綁在前門，牠就這麼不見了？有人偷偷把牠抱走？這一聽就知道是騙人的：除了此刻正下著滂沱大雨外，波普已經又老、脾氣又差到我連要把牠拖去消防栓都有困難。美容店呢？波普的美容師是個看起來亟需情感慰藉的老太太，在自己家裡工作，名字叫做西西莉亞，總在下午三點準時把牠送回來。獸醫院呢？先撇開波普根本沒生病的事實不談（我先前為什麼不這麼說？），牠去的獸醫院就是韋堤和潔西以前去的那家，霍比也認識他們。麥可杜墨醫生的醫院就在街尾，我為什麼要帶牠去別家醫院？

我呻吟了聲，起身走至窗邊。無論怎麼想，我最後總是撞進同樣的死胡同。大約再一、兩個鐘頭，霍比就會困惑地走進來，環顧店裡四周，問：「波普呢？你有看到牠嗎？」就這樣：無限迴圈，也無法跳出遊戲。你可以強制結束，關掉電腦，重新開機，再次開始，但遊戲依舊凍結在同一幅畫面。「波普呢？」沒有作弊碼。遊戲結束。絕無可能避免的那一刻。

猙獰的雨勢減緩為毛毛細雨，人行道閃閃發亮，遮棚落下淅瀝瀝的水幕，所有行人似乎都抓緊了這機會，穿上雨衣，帶著自己的狗衝到街角。到處都是狗：趾高氣揚的牧羊犬、黑色的大貴賓、混種㹴犬、混種獵犬、一頭老態龍鍾的法國鬥牛犬和兩隻洋洋自得的臘腸狗，高高抬著下巴，嬌滴滴地一前一後穿過街道。我煩躁地坐回椅上，拿起佳士得的拍賣目錄，心煩意亂地翻了起來：醜的要死的現代水彩畫；一件刻著兩隻打架水牛的醜陋維多利亞銅器要兩千塊，瘋了。

我要怎麼告訴霍比？波普又老又聾，有時候會在僻靜的角落睡著，無法立刻聽見我們的呼喚。但牠就要吃晚餐了，我會聽見霍比上樓，在沙發後方、琵琶房間和牠常去的地方四處尋找。「小波寶？趕快出來唷！吃飯了喔！」我可以假裝不知道嗎？假裝我也在屋裡找牠，困惑地搔搔自己腦袋？小波神祕消失了？百慕達三角洲？店門的鈴鐺響起，我一顆心直往下墜，先前美容師那個藉口又重回腦中。

「我差點就要把牠留下來了。」

是波普——除了全身濕淋淋外，看起來不像有在這小小歷險記中受什麼傷——鮑里斯要把牠放下時，牠還煞有其事地硬起四條腿，旋即跑到我身邊，高高抬起頭，要我搔牠下巴。

「牠完全不想你。」鮑里斯說，「我們玩得很開心。」

「你們做什麼去了？」我在一陣冗長的沉默後開口，想不到其他話好說。

「睡覺，大多時候。傑里放我們下車——」他揉揉一雙黑眼圈，打了個呵欠，「——我們一起睡了個香甜的午覺，就我們兩個。你記得嗎——牠以前會把自己蜷成一顆球，躺在我頭上，像一頂毛帽？」波普從來不會把下巴擱在我頭頂上睡覺——只有和鮑里斯才會。「醒來後——我洗了個澡，帶牠出去散步——沒走多遠，牠不想走太遠——我打了幾通電話，一起吃了個培根三明治，然後就讓傑里載我們回來了。聽著，我很抱歉！」見我沉默無語，他便衝口而出，一手耙過亂糟糟的頭髮。「真的，我會彌補你，好好彌補你，我發誓。」

店裡的沉默幾乎要把人碾碎。

「最起碼，你昨晚玩得開心嗎？我很開心。開心的不得了！不過今天早上就沒那麼好玩了。拜託你說句話，什麼都好。」見我仍一語不發，他忍不住脫口而出，「我一整天都非常非常非常不安。」

波普在地上聞啊聞，一路溜達到牠的水碗前，開始靜靜地喝起水來。好長一段時間，除了牠單調的喝水聲外，屋內沒有半點聲音。

「我發誓，席歐——」他一手按上心口，「我覺得糟透了。我現在的心情——我的羞愧——沒有任何言語能形容。」見我仍毫無反應，他又更加正色道，「沒錯，我承認，有部分的我自問：『你為什麼要破壞這一切，鮑里斯？你為什麼就非得打開那張大嘴？』但我怎麼能騙你？怎麼能把你蒙在鼓裡？這起碼算得上點什麼吧？」他說，煩躁地搓揉雙手，「我不是懦夫。我說過。我承認。我不想你擔心，完全不曉得發生了什麼事，只能成天胡思亂想、疑神疑鬼。我會想辦法好好補償你的，我保證。」

「為什麼——」雖然霍比在樓下忙著用吸塵器，但我依舊壓低音量，就像以前杉卓拉在樓下，我不想她聽見我們吵架，便會壓低嗓子，憤怒地道，「——你為什麼——」

「什麼為什麼？」

「你到底為什麼要拿走那幅畫？」

鮑里斯眨了眨眼，有些自以為是的。「因為有猶太黑手黨跑到你家，還能為什麼！」

「不，才不是這個原因。」

鮑里斯嘆了口氣：「好吧，那是部分原因——一小部分的原因。畫放在你家安全嗎？當然不安全！學校也是。所以我拿了本舊課本，用報紙包起來，黏成同樣的厚度——」

「我是問你為什麼要拿走它——」

「還能為什麼？我就是個賊啊。」

波普仍埋首碗前，唏哩呼嚕地大聲喝水。我看得一把火起，思索鮑里斯在所謂「玩得很開心」的這段時間以來，有沒有想到要餵牠喝水。

「而且——」他微微聳了聳肩，「我想要那幅畫。沒錯，誰不想？」

「為什麼？為了錢嗎？」見他沉默不語，我又追問。

鮑里斯扮了個鬼臉：「當然不是。這種東西不能賣；不過——我必須承認——大約四、五年前，我曾惹了樁麻煩，差點就要把它賣了，用非常非常低廉的價格，幾乎可說是拱手讓人，只為了儘速脫手。幸好我沒有。我那時進退不得，亟需現金。但是——」他用力吸了下鼻子，又伸手抹了抹，「——企圖轉賣這種東西，保證你立刻就會被送進監獄，這點你應該也很清楚。但把它當成談判工具——就完全是另一回事了！他們把它當作抵押品——收下畫，供給你貨品；你賣完後，再帶著錢回去，把對方的那分還給他們，畫便重回你手上，遊戲結束。明白嗎？」

我一語不發，又開始翻起仍平攤在我辦公桌上的佳士得目錄。

「你也知道，」他語氣中透著一點哀傷，一點勸慰，「『財不露白』，還有誰比你清楚這點？我打開你的置物櫃，想找錢買午餐，心想：什麼？有事嗎？這是什麼？要把它偷偷帶出去藏起來不是什麼難事。我拿了本舊課本去小咪的教室，同樣大小、同樣厚度——同樣的膠帶，什麼都一樣！小咪也幫了忙，但我沒告訴她原因。這種事不能讓小咪知道。」

「我還是不敢相信你偷了那幅畫。」

「聽著，我不會找藉口，是我拿走了，沒錯，但是——」他露出得意的笑容，「——我有騙你嗎？我有說謊嗎？」

「有，」我不可置信地沉默了片刻，然後才說，「你說了謊。」

「你從沒直接問過我！如果你問，我一定會告訴你！」

「鮑里斯，你強詞奪理。你就是說謊了。」

「好吧，但我現在沒說謊。」鮑里斯說，無可奈何地環顧四周，「我以為你早就發現了！都這麼多年了！我以為你知道是我！」

我走向樓梯，小波尾隨身後。霍比已經關了吸塵器，留下震耳欲聾的寂靜，而我不想他聽見我們。

「我不清楚確切的下落——」鮑里斯隨隨便便地擤了擤鼻子，察看面紙裡的內容物，皺了皺臉，「——但有九成的把握是在歐洲。」他將面紙揉成一團，塞進口袋，「熱那亞，可能性不大；我猜最有可能是在比利時或德國。荷蘭，或許；他們在那談判籌碼會更大，因為那裡的人更容易被說動。」

「那也沒縮小範圍多少。」

「聽好！你該慶幸畫不是在南美！因為我保證，如果在那，你這輩子永遠不可能再看到它。」

「我還以為你說畫找不回來了。」

「我不是說一定能拿回來，只是說我或許能查出它的下落。或許。那和知道要怎麼把它找回來完全是兩回事。在這之前，我從沒和那些人交過手。」

「哪些人？」

鮑里斯默然不語，不安地低著頭，視線在地上打轉：鐵製的鬥牛犬雕像，堆疊的書本，琳瑯滿目的方毯。

「牠不會尿在這些古董上嗎？」他朝小波努了努下巴，問，「這些高級家具？」

「不會。」

「牠在你家時一天到晚到處亂尿，樓下的地毯全是尿騷味；大概是因為在我們去之前，杉卓拉不常帶牠出去。」

「什麼人？」

「啊？」

「你沒和哪些人交過手？」

「事情很複雜。如果你想聽的話，我可以解釋。」他匆匆補上一句，「只是我想我們都累了，現在不是時候。但是我會打幾通電話，之後再告訴你我有什麼收穫，好嗎？一有任何消息，我保證一定會回來告訴你。喔，對了——」他用手指點了點上唇。

「怎樣？」我問，嚇了一跳。

「你這裡有點東西；鼻子下面。」

「刮鬍子割傷的。」

「喔。」他站在那兒，神色猶豫，彷彿就要衝上前，更激動地跟我道歉或爆發情緒。但懸宕於我們之間的沉默存在著一種果斷的決絕，所以他只是把手插進口袋，說：「好吧。」

「好吧。」

「那就再見了。」

「再見。」他走出門外，我佇立窗邊，凝視他避開滴落遮棚的水珠，悠然離去——他以為自己離開了我的視線，肢體立刻放鬆，姿態也輕盈了起來——我有種預感，這很有可能是我最後一次和他見面。

13.

從我目前的狀況看來——基本上就是處於垂死邊緣，頭痛欲裂，整個人為痛苦吞沒，幾乎什麼也看不見——沒有必要繼續開店。因此儘管天氣已然放晴，街頭再度出現人影，我依舊將招牌翻到「打烊」那面——波普焦慮地尾隨在後——硬把自己拖上樓，因眼後傳來的劇烈疼痛幾欲作嘔，在晚餐前睡了幾個鐘頭。

凱西和我約好七點四十五分先在她母親家碰面，兩人再一起去隆史崔特家赴約。但我早到了點——一部分是因為我想在晚餐前和她獨處幾分鐘，另一部分是因為我有東西要給巴波太太——一本我在霍比倉庫找到、算是相當少見的展覽手冊：林布蘭時期之印刷技術。

「不，不。」當我走進廚房，請艾塔幫我敲門時她這麼回答，「她醒著，我不到十五分鐘前才替她送茶過去。」

「醒著」兩個字之於巴波太太，意謂她仍身穿睡衣與被小狗啃過的拖鞋，並且披著一件像是舊長外套的外衫。「喔，席歐！」她說。她那真誠的感動與毫無防備的坦率，令我不由想起安迪那些少數真正開心的時候——像是他的奈格勒二十二厘米望遠鏡鏡頭終於送抵門前，或是喜出望外地找到一個叫做LARP（角色扮演現場實境秀）的色情網站，巨乳少女揮舞刀劍，與武士和巫師各種角色翻雲覆雨。「你真的、真的太貼心了！」

「妳應該沒有這本吧？」

「沒有——」她開心翻閱，「——你真好！你絕對不相信，我大學時代曾在波士頓看過這個展覽。」

「一定很精彩。」我說，在扶手椅中坐下。一個鐘頭前，我還無法想像自己現在能這麼開心。那時的我，為了畫的事心煩意亂，頭痛欲裂，想到要去隆史崔特家吃飯心情就低落不已，思索自己要怎麼熬過一整晚的焗蟹肉和佛瑞斯特對經濟議題的滿口大話，而實際上最想做的是轟掉自己的腦袋。我試過打給凱西，想求她和我一起裝病，藉口缺席，改去她家，兩人一起在床上度過這晚。但是——一如往常而且令人火大地——只要凱西出門，就常常不回電話，簡訊和電子郵件也石沉大海，留言直接送進語音信箱——「我得買支新電話。」聽我多次抱怨失聯的問題後，她這麼煩躁回答，「這支有問題。」——但我每次想找她一起去附近的蘋果門市買新電話，她總有藉口推託：隊伍太長、有約要赴、沒心情、好餓、好渴、想上廁所；我們不能改天再買嗎？

我緊閉雙眼，坐在床沿，聯絡不到她讓我心煩意亂（我每次真的需要找她時，似乎都聯絡不上）。我也想過要不要直接打給佛瑞斯特，告訴他我生病了。但儘管心情低落，我依舊渴望與她見面，即便只是在餐桌對面，而且還得和我討厭的人共進晚餐。因此——為了強迫我自己下床，來到上城，度過痛苦的夜晚——我吞了一些對從前的我來說非常微量的鴉片劑。雖然它沒能平息我的頭痛，卻令我心情出奇地好。我已經好幾個月不曾感到如此輕鬆。

「你和凱西今晚要出門吃飯？」巴波太太問，依舊眉開眼笑地翻著我帶來的手冊。「佛瑞斯特．隆史崔特？」

「對。」

「他以前和你和安迪同班，對不對？」

「對，他以前和我們同班。」

「他不是那些欺負你們的壞小孩之一嗎？」

「嗯——」這飄飄欲仙的幸福感讓我變得寬容許多，「不算是。」佛瑞斯特笨頭笨腦、反應遲鈍（「先生，請問樹算植物嗎？」），從來不曾有那聰明才智，能夠集中砲火，想出各種五花八門的方式迫害我和安迪。「但沒錯，妳說得對，他也是那群人之一，妳知道的，就坦波、薩普、卡諾瓦和夏佛曼那群。」

「沒錯，坦波，我的確還記得他；還有那個姓蓋伯的男孩。」

「蓋伯？」我說，心裡有點詫異。

「他後來絕對是走上了歧途。」她說，視線不曾離開那本手冊，「積欠卡費……什麼工作都做不久，還出了點法律問題，我聽說；開了幾張空頭支票，而他母親顯然無法阻止那些人把事情告上法院。還有威恩．坦波，」我還來不及解釋蓋伯並不真屬於那群頭腦簡單、四肢發達又逞凶好鬥的惡霸，她便抬起頭來，說，「就是他拿安迪的頭去撞淋浴間的牆。」

「對，就是他。」我對淋浴間那起事件印象最深的不是安迪的腦震盪，而是夏佛曼和卡諾瓦把我壓在地上，試圖把一條體香劑塞進我屁股。

巴波太太——妥妥貼貼地裹在外套裡頭，腿上蓋著披肩，彷彿要乘坐雪橇，參加聖誕派對——仍翻閱著手冊。「你知道坦波那孩子說了什麼嗎？」

「什麼？」

「坦波那孩子。」她仍看著手冊，語調輕快，彷彿正在與雞尾酒派對上的一名陌生人交談。「你曉得他說了什麼嗎，當他們問他為什麼要把安迪打暈時。」

「我不曉得。」

「他說：『因為我就是看那小鬼不爽。』他現在是律師了，我聽說；希望他在法庭裡不會那麼衝動，比較管得住自己脾氣。」

「威恩不是最糟的。」我在一陣疲憊的沉默後說，「絕對算不上。卡諾瓦和夏佛曼——」

「他母親甚至沒在聽，而是在傳手機簡訊；有什麼迫在眉睫的要緊事必須和客戶聯繫。」

我看向襯衫袖口。下班後我刻意換了件新襯衫——若要說過去那些沉溺於鴉片的日子（更不用說古董贗品的買賣）教會了我什麼，那絕對是漿挺的襯衫和剛從乾洗店拿回來的西裝能夠完美掩飾各種惡形惡狀——但嗎啡讓我變得糊塗遲鈍，粗心大意，在房裡四處遊蕩，一面哼艾略特・史密斯的歌，一面更衣著裝。陽光……令我多日無眠……（我發現了）其中一個袖口沒扣好；更糟的是，我選的袖扣甚至不成對，一個紫色，一個藍色。

「我們可以告他的。」巴波太太心不在焉地說，「不曉得當時為何沒那麼做；錢斯說這只會讓安迪在學校更難過。」

「嗯——」我絕不可能不露半點行跡地重新扣好袖口；必須等上了計程車再弄。「淋浴間那件事其實是夏佛曼的錯。」

「對，安迪也這麼說，還有坦波那孩子。但真正動手、真正讓安迪腦震盪的人，毫無疑問——」

「夏佛曼很奸詐，他把安迪推給坦波——等真正動手時，夏佛曼已經溜到對面的置物間，和卡諾瓦與其他傢伙一起哈哈大笑。」

「好吧，我不曉得這件事，但是大衛——」大衛是夏佛曼的名字——「他和其他男孩不一樣，總是那麼客氣、那麼有禮貌。他常來我們家，每次都很細心，絕對不會冷落安迪。你知道有很多小孩都那樣，生日派對忘了邀請安迪——」

「對，但夏佛曼對安迪不懷好意，一直都是。因為他母親老是強迫他和安迪做朋友；逼他邀請安迪、逼他來這裡。」

巴波太太嘆了口氣，放下茶杯；是茉莉花茶，從我坐的地方聞得出來。

「好吧，誰曉得呢，你比我了解安迪。」她突如其來地說，把外衣的刺繡領口又拉緊了些，「我從來不曾真正了解他，但就某些方面而言，他是我最鍾愛的一個孩子。真希望我以前沒有那樣逼著他，總是強迫他做另一個人。你比他父親、比我，甚至是他哥哥，更能接受原本的他。你看，」她在緊接而至的冰冷沉默中說，語調沒有太大改變，手裡依舊翻閱著手冊。「這是聖彼得，他正阻止小孩接近耶穌。」

我順從地起身，繞到她身後。我知道這幅畫，是摩根圖書博物館中最偉大、最具爭論性的銅版畫之一。畫名為〈耶穌宣教〉；根據傳言，畫名會取為「一百盾的畫作」[4]，是因為林布蘭被逼著以一百荷蘭盾的價格買回自己的畫。

「他是那麼獨特；我是指林布蘭。即便是宗教的主題——感覺也像聖人親臨人世，做為他的模特兒。這兩幅聖彼得——」她指向自己牆上的兩小幅墨水畫，「——相隔多年，內容也截然不同，但畫中男子無論軀體與靈魂都如出一轍，即便和其他人排在一起，也一眼就能認出他，不是嗎？那光禿的頭顱，以及同樣的面孔——恭順、懇切，全身上下寫滿良善，卻總散發著一抹憂慮與不安，那朦朧隱約的叛徒形影。」

儘管她仍低頭看著手冊，我的目光卻已轉向身旁桌上的銀質相框。相片裡是安迪與他父親，只是一張普通的快照，卻像透著一種預示、無常與毀滅，沒有任何一名荷蘭大師能畫出比這精巧的構圖了。安迪與巴波先生身後襯著深色背景，牆上的燭台插著熄滅的蠟燭；巴波先生的手擱在一艘模型船上；即便他手下按著的是一顆骷髏頭，也營造不出比這更有諷喻性、更令人毛骨悚然的效果。相片上方，取代備受荷蘭靜物畫家喜愛的沙漏的，是一只寫著羅馬數字、冰冷嚴厲、隱隱透著股陰森感的時鐘。黑色指針指著十一點五十五分。快沒時間了。

「媽咪——」是普萊特。他闖了進來，見到我猛然止步。

「親愛的，不用敲門，沒關係，」巴波太太說，依舊看著手冊，不曾抬起頭來。「我這兒永遠歡迎你。」

他瞪大眼睛看著我。「是凱西。」他似乎慌亂不知所措，雙手插在軍裝外套的口袋裡，對巴波太太說：「她有事耽擱了。」

---

4 英文畫名為「Hundred Guilder Print」，意為「一百盾的畫作」；guilder 為荷蘭貨幣單位。

巴波太太臉上流露吃驚的神色。「喔。」她說。兩人四目相望，似乎無聲交換了什麼訊息。

「耽擱？」我平心靜氣地問，輪流看向兩人，「她現在在哪？」

沒有人回答。普萊特——目光牢牢凝視母親——欲言又止。巴波太太若無其事地將手冊擱在一旁，看也沒看向我，說：「我想她今天可能是出門打高爾夫球去了。」

「是嗎？」我說，心裡略感詫異，「今天天氣不是不適合打高爾夫嗎？」

「塞車了。」普萊特急忙插口，向母親瞥了一眼，「她被困在路上。高速公路現在一團混亂，她已經打給佛瑞斯特了，」他說，又轉頭向我看來，「他們會等你們。」

「要不——」巴波太太沉默片刻後，又若有所思地說，「你和席歐先一塊兒出去喝個酒如何？沒錯，」她對普萊特說，交疊雙手，語氣果斷，彷彿事情就這麼決定了。「我覺得這主意再好不過。你們一塊兒出去喝個酒。你啊！」她說，面帶微笑，轉頭看向我，「看看你有多貼心！非常謝謝你送我這本書。」她說，伸手握住我的手，「這是全世界最棒的一份禮物。」

「但是——」

「怎麼了？」

「她不用回來這裡梳洗一下嗎？」我有些困惑，沉默了片刻後問。

「什麼？」兩人的視線同時向我轉來。

「如果她出門打高爾夫，不用先回來換套衣服嗎？她不會想一身高爾夫球裝去佛瑞斯特家吧。」我又補了一句，視線在兩人間逡巡。然後——見兩人都沒有回答，又說，「——我不介意在這裡等她。」

巴波太太若有所思地抿起雙唇，沉甸甸地垂著雙眼——我立刻明白，她累了。她沒想到自己得打起精神娛樂我，但又太有禮貌，說不出口。

「不過，」我尷尬站了起來，說，「時間晚了，我也想來杯雞尾酒——」

就在這時，我口袋裡安靜了整天的手機忽然大聲作響：是簡訊。我笨手笨腳地——累到差點想不起來自己的口袋在哪——摸索手機。

沒錯，是凱西，那充滿表情符號的簡訊。♥♥嗨，小波♥我會遲到一小時☺☏☼♬！！希望沒太晚通知你！佛瑞斯特和西莉雅會等我們，晚上九點和你在那碰面。最愛你了！小凱♥♥♥

14.

五、六天過去，但鮑里斯的那番話依然讓我委靡不振——部分是因為我忙著接待客人、參加拍賣會、找房子；部分也因為我和凱西幾乎每晚都有累人的活動得出席：假日派對、正式晚宴、大都會博物館聽德布西的歌劇〈佩利亞斯與梅麗桑德〉。每天早上六點起床，卻要深夜才能入睡，有一晚甚至至凌晨兩點才回家，幾乎沒有任何自己的時間；（更糟的是）幾乎沒有和她獨處的時間。這通常會讓我煩躁不安，但現在因為深深為疲憊所吞沒，必須時時與倦意奮戰，所以無暇多想。

一整週以來，我都在期待凱西星期二的姊妹淘時間——不是因為我不想見她，而是霍比那天要出門吃晚餐，而我非常期待能自己獨處，吃些冰箱裡的剩菜剩飯，早早上床睡覺。但到了晚上七點的打烊時間，店裡卻仍有工作需要處理。早些時候，有名室內設計師奇蹟似地走進店裡，詢問一件過時、昂貴，而且絕對賣不出去的白鑞古董。打從韋堤還在時，它就一直擱在櫃上積灰塵。我不是太了解白鑞，因此想找出一本過期的《古董》雜誌來看。那時我才關店不到五分鐘，就看見鮑里斯從街上衝了過來，乒乒乓乓地敲打玻璃門。外頭正下著傾盆大雨，而在那滂沱的雨勢中，他看起來猶如穿著大衣的一縷幽魂，無法辨識，但他的敲門聲仍和過去一樣特別，就像他以前會繞進我爸家的院子，輕快地敲打落地窗，要我放他進去。

他閃身而入，用力甩了甩頭，水珠濺得到處都是。「要不要和我一起去上城？」他劈頭就說。

「我在忙。」

「是嗎？」他說，語調熱情又著惱，而且明顯流露一種幼稚的受傷感，令我不由從書架上轉過頭來。「你連原因都不問？我以為你會想去。」

「上城哪裡？」

「我要去找些人談談。」

「關於——？」

「對。」他開心地說，吸了吸鼻子，又伸手一抹，「沒錯，就是那件事。你不是一定要來，我會帶我手下陶利過去，但我想到幾件事，想說你一起去的話大概也不錯——小波！」他說，俯身抱起跑來迎接他的波普。「沒錯，我也好高興看到你！牠喜歡培根。」他對我說，搔了搔波普耳朵，又把鼻子埋進波普頸背磨蹭。「你有煎培根給牠吃過嗎？牠也愛吃麵包，吸飽油的麵包。」

「跟誰談？你要去見誰？」

鮑里斯撥開臉前濕漉漉的髮絲。「我認識的一個人，名字叫做赫斯特，瑪莉安的老朋友。他這次也挨了記悶棍——坦白說，我不認為他幫得上忙，但瑪莉安覺得再找他談一次也無妨；我想她說得或許沒錯。」

15.

前往上城途中，雨勢大到傑里必須扯開嗓子，禮車後座的我們才聽得到他說話（「這什麼鬼天氣！」）。鮑里斯低聲向我介紹赫斯特這個人。「非常、非常悲傷的身世。他是德國人，很有意思的一個傢伙，非常聰明又敏感，家世也很顯赫……他提過一次，但我忘了。他爸算是半個美國人，留給他一大筆錢，但他母親再婚時——」他這時說了個全球知名的產業名稱，聽起來有種古老黑暗的納粹影子，「上百萬的資產。你無法想像這些人多有錢。家財萬貫，賺錢像拉屎一樣簡單。」

「沒錯，這身世有夠悲慘的。」

「聽我說完——赫斯特是個非常糟糕的癮君子。你也知道我——」他淡淡聳了聳肩，「我不隨便評斷或譴責他人。你愛做什麼就做什麼，我不在乎！但是赫斯特——真的很慘。他愛上一個有毒癮的女孩，讓他也一起走上了這條不歸路。她把他搾得一乾二淨，錢沒了後就拍拍屁股走人。赫斯特的家人很早之前就已經和他斷絕關係。但他依舊為了這可怕的爛女人掏心掏肺。拜託——她一定都快四十歲了，名字叫做烏麗卡。赫斯特手上只要有點錢——她就會回來一陣子，然後再度離開。」

「他和這件事有什麼關係？」

「這次交易是赫斯特一個夥伴安排的，名字叫做薩沙。我見過那傢伙——看起來人還不壞——但誰知道呢？赫斯特說他自己從未和薩沙的人合作過，我本該詳加調查，但那時時間緊迫，無暇細究，所以——」他舉起雙手，「——唉，就這麼搞砸了！瑪莉安說得沒錯——她從來沒錯過——我該聽她的話的。」

雨水自車窗潺潺而下，如水銀般沉重，將我們封閉在車內。燈光在身旁瘋狂閃爍融淌，我不由想起過去在拉斯維加斯時，爸將車開去洗，我和鮑里斯坐在凌志後座的情景。

「赫斯特對他交易的對象通常都有那麼點吹毛求疵，所以我想應該沒問題。但是——他這個人說話很委婉，你懂嗎？他們很『特別』，他說，『不因循常規』；那是什麼鬼意思？然後，等我到的時候——才知道那些人根本都是瘋子；會拿槍掃射雞的那種瘋子。像那種場合——你會希望一切平和、安靜！但他們是看太多電視還是怎樣？那是他們該有的反應嗎——？在那種場合，大家通常都會非常非常有禮貌，講話非常小聲，非常冷靜！瑪莉安說——她說得沒錯——別管那些槍！這些人是腦子有問題嗎？居然在邁阿密養雞？即便像這樣的小事——你懂我意思，在這種有按摩熱水池、有網球場的社區——誰會養雞啊？你不會想聽到鄰居打來抱怨院子裡的雞太吵！但到了那時——」他聳了聳肩，「——我已經進退不得。既然一腳已經踩進去，也只能告訴自己不要太擔心，但結果證明我的預感是對的。」

「出了什麼事？」

「我其實也搞不清楚。我拿到他們所承諾的一半貨品——其餘的一週內會到。這很不尋常。但之後他們就鋃鐺入獄，我一直沒拿到剩下的貨品和那幅畫。赫斯特——好吧，赫斯特也想知道東西的下落，他現在也缺錢的很。總之，希望在上次和我談過後，他又多查到了點消息。」

16.

傑里在六十幾街附近放我們下車，離巴波家不是太遠。「在這？」我問，甩乾霍比傘上的雨水。我們站在第五大道上的一棟巨大花崗岩豪宅前——黑色的鐵門，雄偉的獅首門環。

「對——這是他父親的房子——他母親那邊的家人試圖循法律途徑將他趕出去，但祝他們好運，哈。」

我們按了門鈴，搭乘電梯來到二樓。我可以聞到焚香、大麻和烹煮義大利麵醬的氣味。一名又瘦又高的金髮女子——頭髮很短，平靜的面孔上鑲著一雙小眼睛，宛若駱駝——替我們開了門。她身上的裝扮像是過去的街頭頑童或報童：千鳥紋長褲、踝靴、髒兮兮的衛生衣、吊帶。鼻梁上戴著一副富蘭克林細框眼鏡。

她一語不發地打開門，隨即離去，將我們獨自留在陰鬱昏暗，如舞廳一般大的沙龍裡。這裡猶如佛雷．亞斯坦電影中的名流社會場景，只是沒落破敗版的廢墟：挑高的天花板、剝落的灰泥、雄偉的鋼琴、發黑的吊燈，一半的水晶不是碎了就是不見了；好萊塢式的螺旋階梯上散滿菸蒂，伊斯蘭蘇非教派的吟誦聲隱隱在背景中迴響：Allahua Allahu Allahu Haqq. Allahua Allahu Allahu Haqq。有人用炭筆在牆上塗鴉，一個個等同真人大小的裸體人形循序步上台階，猶如格放的底片。除了一張破爛的沙發床和幾把像從街上撿回來的桌椅外，房裡鮮少家具。牆上掛著空蕩蕩的相框與一顆公羊頭顱。電視上，一部動畫閃耀著明亮炫目的活力，旋轉的幾何圖形不時與字母和賽車實景切換交替。除了電視以及那名金髮女子消失的門口外，房裡唯一的光源來自一盞燈，白熾的光圈映照出融化的蠟燭、電腦電線、空啤酒罐和瓦斯罐；粉彩畫散逸箱中，眾多目錄整整齊齊地分門別類；有德文書和英文書，包括納博科夫的《絕望》以及封面被撕掉的海德格爾的《存在與時間》；除此之外還有素描本、藝術書籍、菸灰缸和燒焦的錫箔紙；骯髒的枕頭上睡著一隻灰色虎斑貓。門旁掛著一對大鹿角，有如自德國黑森林狩獵小屋裡帶回來的戰利品。天花板上爬滿鹿角扭曲的岔影，散發一種陰森不祥的北國童話氣氛。

鄰房傳來交談聲。窗前釘著薄薄一層床單，街上的天光透進屋內，暈散成朦朧的紫光。我環顧四周，物品的輪廓一一自黑暗幻化浮現，有種夢境的奇異感。房裡掛著一面布幕——將地毯如帳篷般鬆垮垮地掛在天花板釣魚線上——充作隔簾之用；但定睛一看，才發現原來是幅繡帷，而且作工精美，來自十八世紀或甚至更早之前，非常類似我在拍賣會上看過的一幅亞眠繡帷，估計要價四萬英鎊。而且原來不是牆上的每面裱框都是空的，有些裡頭嵌著畫。其中一幅——即便在微弱的燈光下——看起來也像柯洛的作品。

我正要上前細看時，一名樣貌介於三十至五十歲之間的男人忽然出現門邊：面色憔悴、四肢修長瘦削，淺棕色的直髮梳向腦後，黑色龐克牛仔褲的膝頭裂著缺口，身上一件骯髒邋遢的英國軍裝毛衣，外頭套著件不合身的西裝外套。

「你好。」他對我說；沉靜的英國腔，隱隱帶著一抹德國口音。「你一定是波特。」旋即轉頭對鮑里斯說，「很高興你來了。你們該多留一會兒，坎蒂、尼爾和烏麗卡正在做晚餐。」

繡帷後有什麼動了動，就在我腳邊。我迅速退開，看見地上許多蠶繭般的形體；是睡袋，還有遊民的氣味。

「謝了，但我們無法待太久。」鮑里斯說，抱起貓，搔搔牠耳朵。「不過可以來些酒，謝謝。」

赫斯特默默將手中的酒杯遞給鮑里斯，用德語向鄰房喊了些什麼，隨即又轉頭對我說：「你是做古董交易的，對嗎？」在電視的光源映照下，他那雙海鷗般的蒼白小眼炯然生輝，眨也不眨。

「對。」我不安地回答；然後又說：「呃，謝謝。」另一個女人——褐色的鮑伯頭、黑色長靴，短裙底下可見肌若凝脂的大腿上有著一隻黑貓刺青——帶著一瓶酒和兩只玻璃杯出現，一個給赫斯特，一個給我。

「Danke（謝謝），親愛的。」赫斯特說；又問鮑里斯，「兩位紳士想要來些海洛因嗎？」

「現在不行。」鮑里斯說。他傾身向前，趁褐髮女子離開前偷了個吻。「不過我在想，你有沒有薩沙的新消息？」

「薩沙——」赫斯特在沙發椅中重重坐下，點了根菸。那條破損牛仔褲與腳上的戰鬥靴讓他看起來像是滄桑版的一九四〇年代好萊塢特色明星，二流的中歐演員，以扮演悲劇小提琴手與溫文儒雅的落魄難民聞名。「目前似乎是在愛爾蘭。若你問我，我會說這是個好消息。」

「感覺不太可能。」

「我原本也這麼認為。但我找人談過了，就目前而言，消息確實沒錯。」他說話時有毒癮者那種平板沉靜、有氣無力的腔調，但並不含糊。「所以——應該很快就會有更多消息進來，我希望。」

「尼爾的朋友？」

「不，尼爾說他從來沒聽說過他們；但起碼是個開始。」

酒很難喝；超市買回來的席哈葡萄酒。我不想接近地上那些軀體，於是飄了開去，走到一張破爛的桌前，端詳上頭的石膏像：一具男性的軀幹、一具身披布巾、倚著岩石的維納斯像，還有一隻穿著涼鞋的腳。在昏暗的燈光下，它們看起來就像珍珠繪畫美術用品店裡會賣的尋常石膏像——畫室裡供學生素描的模型——但當我指尖撫過那隻腳的表面時，卻感到一種大理石的柔軟，如絲綢般光滑平順。

「他們為什麼要把畫帶去愛爾蘭？」鮑里斯不安地問，「那裡有什麼收藏家？我以為大家都是想方設法地要把東西送出愛爾蘭，而非送進去。」

「對，但薩沙認為他可以用那幅畫清償自己一筆債務。」

「所以他在那裡有門路？」

「顯然是。」

「很難相信。」

「什麼事很難相信？他有門路？」

「不，那筆債務。那個傢伙——看起來像半年前還在街上偷輪圈蓋。」

赫斯特微微聳了聳肩，雙眼沉沉欲睡，額前布滿皺紋。「誰曉得。不確定消息是否正確，但我不會碰運氣。否則我願意拿自己身家賭上去嗎？」他說，懶洋洋地將菸灰撣落地上，「不願意。」

鮑里斯對著酒杯皺起眉頭：「他是門外漢。相信我，只要見到他本人，你就會知道。」

「對，但薩沙說他喜歡賭。」

「你不覺得薩沙可能有事瞞著你？」

「我不覺得。」他的言行中透著一種飄渺感，彷彿是在自言自語。「『靜觀其變』，他們是這麼說的。一個無法令人滿意的回答。如果你問我，我會說事情大有蹊蹺。但就像我說的，我們還沒完全查清楚。」

「那薩沙什麼時候會回紐約？」廳內的昏暗燈光讓我瞬間跌回童年的拉斯維加斯，那種入睡後夢境縈繞不去的飄渺氛圍：香菸煙霧繚繞，髒衣服堆疊地板，鮑里斯的面孔在電視螢幕的映照下時青時白。

「下禮拜。我會打電話通知你，你自己和他談。」

「好。但我認為你也該在。」

「我也這麼認為。這次算學到教訓了，我們以後都會聰明一點……這事原可避免的，不過，」赫斯特說，心不在焉地緩緩搔著自己脖子，「你也明白，我不想把他逼太緊。」

「這對薩沙來說還真方便。」

「你心裡有疑慮，直說無妨。」

「我認為——」鮑里斯壓低音量，「——你對他太寬容了。沒錯，對，」他舉起雙手，「我懂。但是——這一切也太方便了，他的朋友就這麼消失不見，毫無線索，而他對此事完全一無所知！」

「好吧，或許吧。」赫斯特說。他彷彿失了魂，部分的他已不知神遊何方，宛如與幼童獨處一室的大人。「我身上背負重大的壓力——我們都是。我也和你一樣，想把事情查個水落石出。不過我們唯一知道的，就是他的人以前當過警察。」

「不，」鮑里斯說得斬釘截鐵，「他不是警察，我確定。」

「好吧——坦白說，我也不這麼認為。我們還有很多事不曉得，但我依舊懷抱希望。」他從製圖桌上拿起一只木匣，在裡頭東翻西找，「兩位紳士確定不來一些嗎？」

我別開目光。我非常想要，也想看看那幅柯洛，但又不想經過地上那些軀體。我發現廳房對面的壁板上靠著另外幾幅畫：一幅是靜物畫，還有兩幅小巧的風景畫。

「想看就去看吧。」赫斯特說，「列賓是假的，但克拉茲和貝甄都是要賣的；如果你有興趣的話。」

鮑里斯哈哈大笑，拿了根赫斯特的菸。「他不是圈內人。」

「不是嗎？」他和善地說，「如果兩幅一起帶，我可以給他個好價錢。賣家急著想脫手。」

我上前細看：靜物畫，蠟燭與半空的酒杯。「克拉茲—黑達？」

「不是——是彼德．克拉茲。不過——」赫斯特放下木匣，來到我身邊，舉起連著電線的檯燈，兩幅畫頓時籠罩在冰冷嚴峻的強光下。「——這一幅——」指尖在空中遊走，「——有沒有看到這火焰的倒影？以及桌子的邊緣，那匹布？幾乎就像黑達的二流作品。」

「很美。」

「對，以這類的畫作來說。」他一靠近，我就能聞到他像沒洗澡般，又髒又臭，彷彿中國木匣內那種有如進口商品店的強烈霉塵味。「但對現代眼光來說有點乏味。仿古典畫風，斧鑿過深。不過貝甄那幅非常棒。」

「外頭有很多假的貝甄。」我持平道。

「對——」檯燈映在風景畫上的光芒有種幽藍的色調，奇異、詭譎——「但這幅非常動人……一六五五年，義大利……那褐土色是多麼美麗啊。克拉茲那幅就沒那麼好，我認為。非常早期，但兩者的來源都毋庸置疑，如果能一起收藏就好了……它們從來不曾分開過，這兩幅畫。父與子；一塊兒收藏在荷蘭一個古老世家中，世代相承，戰後流落至奧地利。而彼德．克拉茲……」赫斯特又將燈舉高了些，「坦白說，克拉茲的作品良莠不齊。技巧傑出，畫面優美，但這幅就是有哪裡不對勁，你不覺得嗎？構圖就是怪怪的，有種不協調感。還有——」他用大拇指指出畫布上過於明亮的光澤：漆上太多了。

「我同意。還有這裡——」我循著畫布，隔空指出一道醜陋的弧線：過度的清理把顏色都刷淡了。

「沒錯。」他回答時的神情親切和善，又昏昏欲睡，「非常正確。丙酮。不管是誰做的，都應該被拖出去槍斃。但像這樣一幅保存狀況不佳的中等之作——即便只是匿名作品——也比一幅大師傑作還要值錢；諷刺之處就在這兒，起碼對我來說，這更值錢。尤其是風景畫，非常非常容易脫手，又不容易引起當局注意……光憑描述很難辨別作品身分……但大約還是值個二十幾萬。不過，那幅法布里契爾斯——」他好整以暇地沉默良久後道，「——完全是另外一回事。它是我經手過最驚人的一件作品，無庸置疑。」

「沒錯，所以我們才那麼想把它找回來。」鮑里斯在陰影中咕噥道。

「非凡卓越。」赫斯特又平靜地說下去，「像這樣的一幅靜物畫——」他緩緩揮了揮手，指向那幅克拉茲（指緣汙穢，手背上的靜脈瘢疤猙獰）「——如此執拗地使用錯視畫法，非常偉大的技巧，但過於雕琢，對精準的要求幾近走火入魔。給人一種死亡的感覺。這類畫被稱為『死去的自然』不是沒有原因的，對嗎？但是法布里契爾斯……」他懶洋洋地往後一退，「我知道金翅雀的評價，我非常熟悉那幅畫。它被歸類為錯視畫，遠遠看去，也確實給人這種感覺。但不管藝術歷史學家怎麼說，事實是，有些筆法確實看起來像錯視畫法……那面牆和那座棲台、黃銅上的反光，還有……那毛茸茸的胸脯，非常栩栩如生，蓬鬆綿細，看上去是那樣柔軟。克拉茲會一板一眼地講求精準，把所有細節都潤飾到無可挑剔的地步——像范霍斯崔坦那樣的畫家甚至更走火入魔，要求到吹毛求疵的地步。但是法布里契爾斯……他為這類畫作賦予了雙重意義……對錯視畫法擊出一記精彩的回擊……因為這幅畫的其他部分——鳥兒的頭部，還有翅膀？——一點也不寫實或生動。他刻意拆解原本的形象，讓我們看見他的描繪方法，塗抹以塊狀的色彩，輪廓非常概略，非常粗糙；特別是頸部的線條，扎扎實實的色塊，非常抽象。所以他在世時所受的推崇才不比現在。這幅畫給人一種雙重的感覺，你看見那筆觸，看見作畫的色彩，也同時看見那隻栩栩如生的小鳥兒。」

「對，沒錯。」鮑里斯在聚光燈外的黑暗之中咕噥道，啪的一聲闔上打火機。「沒有色彩，我們就沒有畫好看。」

「正是如此。」赫斯特轉身，半邊面孔籠罩在陰影下。「這是個玩笑，法布里契爾斯跟我們開的玩笑。這幅畫的核心之中蘊藏著一個玩笑，世上所有卓絕不朽的大師都會這麼做。林布蘭、維拉斯奎茲、晚期的提香。他們都會開玩笑，藉此自娛。他們勾勒出一幅幻像——但是，上前細看呢？畫面瞬時崩解成為筆觸。怪誕而抽象。那是一種截然不同，但同時又更深刻的美麗。是它，又非它。我會說光憑這幅玲瓏的傑作就足以讓法布里契爾斯躋身畫界巨擘之列。而那幅金翅雀呢？他在如此小巧的空間之中創造出如此驚人的奇蹟，不過我必須承認，當我第一次將那幅畫拿在手裡時——」他轉頭看向我，「——它的重量令我大為驚訝。」

「是啊——」我心裡不由隱隱感到一陣喜悅，沒想到他也注意到了這細節。這對我異常重要，因為它與我的童年夢境和記憶緊緊交織相連，牽動我每一根心弦——「它的畫板比你想像中要厚，所以有點分量。」

「分量；沒錯，就是這兩個字。還有那底色——沒有我小時候見到時那麼黃了。它被清理過——我相信是在九〇年代早期。後期修復，燈光比較明亮。」

「很難說。我沒有參考基準。」

「嗯，」赫斯特應了聲。鮑里斯坐在黑暗中，煙霧自他手中的菸頭裊裊升起，讓我們站立之處的光暈多了份午夜酒館舞台的迷濛感。「也可能是我記錯了。我第一次看到那幅畫時大約只有十二歲。」

「我第一次看到它時也差不多是那個年紀。」

「嗯，」赫斯特附和，搔了搔眉毛——我看見他手背上有幾塊十分錢大的瘀青——「那是家父唯一一次帶著我出差，去海牙。會議室裡奇冷無比。看不見任何一片顫動的枝葉。我下午想去德里夫利，那個遊樂園，但他最後帶我去了莫瑞泰斯皇家美術館——非常棒的一個博物館，收藏有許多偉大的畫作，但我唯一記得的是你那隻小金雀。那幅畫就是特別能打動小孩的心，不是嗎？Der Distelfink：這是我第一次知道它的名字，它的德文名字。」

「對啦，對啦，對啦。」鮑里斯無聊的聲音自黑暗中傳來，「我現在是在看電視教育頻道嗎？」

「你也經手現代藝術嗎？」我打破接踵而至的沉默，問。

「嗯——」赫斯特用他那雙乾涸枯槁的淡漠雙眼牢牢凝視我。經手不是正確的動詞，他似乎覺得我的說法很有趣——「有時候。不久前才進來過一幅史威特——還有麥唐納－萊特——你知道他嗎？很可愛的畫家。多數時候有什麼我就收什麼，老實說——你有經手過任何繪畫作品嗎？」

「非常少。藝品交易商總是搶先我一步。」

「太可惜了。攜帶性在我們這一行中至關重要。若有適當的文件，我這裡有許多中階作品可以正大光明地放進市場賣。」

大蒜，廚房裡傳來鍋碗的碰撞聲，隱隱有種摩洛哥露天市集的尿騷味和焚香味。蘇非教派的單調吟誦仍持續不斷，在我們身旁的黑暗之中盤旋繚繞，無止無休地向神明祈誦。

「或是這幅列賓。非常逼真的一幅贗品。我認識一名贗畫師——加拿大人，很有意思，你會喜歡他的——接受客人委託訂製，波洛克、莫迪利亞尼，統統可以——如果你想的話，非常樂意介紹給你認識。這些畫的利潤不高，但只要有一幅出現在正確的地點，錢財就會滾滾而進。」他沉默了片刻，隨後又平穩地開口：「在較為古老的作品裡，有很多是義大利畫作，但我個人的喜好——如你眼前所見，比較偏向北方的藝術家。這幅貝甄就是非常好的範例；不過當然了，這些描繪頹圮廊柱和質樸的擠奶女工的義大利風景已經不太符合現代口味，不是嗎？我自己比較喜歡那邊那幅霍延，可惜是非賣品。」

「霍延？我可以發誓那是柯洛。」

「從這裡看過去，沒錯，你會覺得它是柯洛。」他很開心我將兩者誤認，「風格非常相近的兩個畫家……梵谷曾那麼說過——你知道那封信嗎？他稱霍延為『荷蘭的柯洛』？同樣如薄霧般輕柔，朦朧中的開闊，你懂我意思嗎？」

「你是從——」我正要問出交易商典型必問的問題時——你是從哪兒拿到手的？——又阻止了自己。

「非常了不起的一個畫家。作品豐富，這幅尤為美麗。」他說，語氣中充滿收藏家的自豪，「仔細看的話，可以看見許多有趣的細節——小巧的獵人、吠叫的狗兒；還有——非常典型的——署名在船尾上頭。多迷人啊。如果你不介意——」他朝繡帷後方那些如死屍般的軀體努了努下巴，「不妨上前看看。你不會吵到他們的。」

「不用了，但是——」

「沒關係——」他舉起一隻手，「——我非常了解。或者我拿過來給你？」

「好，謝謝，我非常想看。」

「坦白說，我對那幅畫的感情也與日俱增，捨不得和它分開。他自己也從事畫作的買賣；我是說霍延。很多荷蘭大師都這麼做：揚．史丁、維梅爾、林布蘭。但霍延——」他微微一笑，道，「——就像我們這位朋友鮑里斯，什麼都涉獵：繪畫、房地產、鬱金香期貨。」

鮑里斯聽見了，在黑暗中發出一聲不滿的咕噥，似乎想說些什麼。但就在這時，一名瘦骨嶙峋的青年冷不防地從廚房裡走了出來，頭髮凌亂不堪，看上去約莫二十出頭，嘴裡含著根老式水銀體溫計，一手遮在眼前，阻擋燈光。他身上穿著一件宛若女裝的古怪厚羊毛衫，像浴袍般幾乎長及膝蓋。看上去一臉病容，昏沉恍惚，衣袖捲了起來，用兩根手指揉著前臂內側。但下一秒，卻雙膝一軟，臥倒在地。體溫計摔在拼花地板上，發出清脆的玻璃聲響，但完好無傷。

「搞什……？」鮑里斯捻熄香菸，站了起來，貓咪自他大腿竄進陰影之中。赫斯特——揪緊眉心——把檯燈放在地上，光芒在牆上與天花板間瘋狂擺盪。「喔。」他煩躁地說，撥開眼前髮絲，跪在年輕人身旁，察看狀況。「回去。」他惱怒斥責現身門口的女人，以及一名神情冰冷專注的黑髮壯漢和兩名表情呆滯、年紀看起來不超過十六歲的高中男孩——然後，看見眾人仍瞠目結舌地杵在原地——他手一揮，呼喝：「全給我回廚房去！烏麗卡。」他對金髮女子道，「halt sie zurück.（別讓他們過來。）」

繡帷掀動，後方躺著一個個裹著毛毯的蜷縮身影，昏昏欲睡的聲音此起彼落：eh? was ist los?（啊？出了什麼事？）

「Ruhe, schlaft weiter.（沒事，回去睡你們的覺。）」金髮女子呼喊，隨即轉向赫斯特，德語如連珠砲似地急切吐出。

有人呵欠，有人咕噥；更遠處，一團身影坐了起來，以美國口音無力呻吟：「什麼？克勞斯？她說了什麼？」

「閉嘴，寶貝，繼續回去睡。」

鮑里斯拿起外套穿上。「波特，」他說。見我毫無反應，只是駭然瞪著地板上口吐白沫的男孩，他又喊了一聲：「波特，」他抓住我手臂，「夠了，我們走吧。」

「好，對不起。我們晚點再談。該死的。」赫斯特懊惱地說，搖晃男孩疲軟的肩膀，以一種父母伴斥小孩、不是太有說服力的口氣責罵道：「該死的白癡！廢物！尼爾，他注射了多少？」他問那名再度現身門口，正以批判的目光冷眼旁觀的彪形大漢。

「我怎麼知道。」那名愛爾蘭人回答，陰沉沉地把頭往旁一扭。

「走吧，波特。」鮑里斯抓住我手臂。赫斯特將耳朵貼上男孩胸口，金髮女子再度現身，跪在他身旁，檢查他的呼吸道。

當兩人用德語急切交談時，繡帷後方傳來更多聲音和騷動。簾幕陡然掀起一陣波濤：褪色的花朵，fête champêtre[5]，放浪的仙女在噴泉與藤蔓間嬉戲。我的視線正停留在一個鬼鬼祟祟躲在樹後偷窺仙女的好色山怪上，忽然間，毫無預警地——有東西蹭上我的腿——我大吃一驚，猛然跳開，一隻手冷不防地自底下襲來，抓住我褲管。地板上，有團髒兮兮的人影——在繡帷底下只隱約可見他紅腫的面孔——用昏昏欲睡的渾厚聲音問我：「他是個侯爵，你知道嗎，親愛的？」

我扯開褲管，往後退開。地上的男孩微微轉了轉頭，發出像是溺水的聲音。

「波特。」鮑里斯拿起我的外套，幾乎是一把塞到我面前。「走了啦！快點！拜。」他抬起頭，對廚房喊了一聲（美麗的褐髮女子現身門口，揮了揮手：再見，鮑里斯，拜！），推著我往前走，跟在我後方閃身而出。「拜，赫斯特！」他說，伸出大拇指與小指放到耳旁，做了個「再打給我」的手勢。

「拜，鮑里斯！抱歉出了點小意外！我有消息會立刻聯絡你！起來。」愛爾蘭人上前，與赫斯特一人一邊架起男孩胳膊，兩人協力把他扶了起來。男孩雙腳疲軟，趾尖在地上拖行——門邊起了一陣慌亂的騷動，兩名年紀輕輕的少年警戒後退——把他扛進鄰房點著燈的門口。在那兒，

---

5 法文，「花園宴會」之意。

與鮑里斯狀似親暱的那名褐髮女子手裡拿著針筒，從小小的玻璃瓶內抽了些液體出來。

17.

我們搭乘電梯下樓，忽然被寂靜包圍其中，耳邊只有齒輪的摩擦聲與滑輪的嘎吱作響。屋外，天氣已然放晴。「來吧。」鮑里斯對我說——緊張地望向街道——從大衣口袋拿出手機——「我們先過馬路，走——」

「怎麼了？」我問——如果快一點，我們還趕得及綠燈——「你要報警嗎？」

「沒有，不是。」鮑里斯魂不守舍地回答，抹了抹鼻子，左右張望，「我不想在這等車。我要打給傑里，叫他去公園另一頭接我們。我們走過去。這裡的小鬼有時候會不小心注射過量。」他見我焦慮地回頭往別墅方向看去，便安慰道，「別擔心，他沒事的。」

「他看起來不像沒事。」

「對，但他起碼還有呼吸，而且赫斯特手上有納洛酮，可以替他解毒。簡直像變魔術一樣，你看過嗎？你會馬上出現戒斷症狀，生不如死，但起碼能保住小命。」

「他們應該送他去急診室。」

「為什麼？」鮑里斯理直氣壯地反問，「你覺得急診室的人會怎麼處理？替他注射納洛酮，就這樣。赫斯特自己來還比較快。沒錯——他醒來後會吐得自己全身都是，覺得頭上好像被人捅了一刀，但留在那總比在救護車裡好。砰，襯衫剪開，臉上套上氧氣罩，救護人員用力拍打臉頰，把他叫醒；然後警察出現，所有人都用嚴厲的評判眼光看他——相信我，納洛酮，非常猛烈，醒來時沒在醫院就已經很糟，但在的話更慘；刺眼的燈光，所有人臉上都寫著滿不以為然的敵意，把你當狗屎看，『毒蟲』、『服藥過量』，放眼望去全是嫌惡的臉色，說不定你想回家時還不讓你回家，把你送去精神病院，社工長驅而入，給你一堆『世界多美妙』的狗屁大話；除了這些之外，說不定條子也會來拜訪你——等等，」他說，「等我一下。」隨即用烏克蘭語講起手機。

黑暗。在街燈氤氳的光暈下，公園長椅被雨水洗刷得濕滑閃亮，水珠滴答淌落，樹木陰暗潮濕。濕漉漉的小徑深埋於落葉之下，幾名形單影隻的上班族踏著匆忙的步履返家。鮑里斯——低著頭，雙手插在口袋，視線盯著地面——已掛了電話，正喃喃自語著些什麼。

「你說什麼？」我問，斜眼睨向他。

鮑里斯緊抿雙脣，抬起頭來。「烏麗卡。」他陰惻惻地說，「那個婊子，剛才應門的人就是她。」

我抹了抹額頭，只覺得緊張反胃，冒了一身冷汗。「你怎麼認識這些人的？」

鮑里斯聳了聳肩。「你是說赫斯特？」他問，踢起一把落葉，「好幾年前認識的。我是因為他才認識瑪莉安——我很感激他介紹我們認識。」

「然後呢——？」

「什麼然後？」

「地上那個人是怎麼回事？」

「他？昏倒那個？」鮑里斯做了個他以前常做的表情，意思是「誰知道」。「他們會照顧他，別擔心。常有的事，每次都平安落幕。真的。」他說，語調更為熱切，「因為——聽著，你聽我說，」他用手肘撞了撞我腰側，說，「常有小鬼在赫斯特那兒混——一天到晚換面孔，每次都是不同的人——大學生或高中生的年紀。多半是有錢人家的小孩，信託基金，大概是想拿家裡偷出來的藝術品或畫作跟他交易？他們知道自己可以去找他，因為——」他撇了撇頭，甩開眼前的髮絲，「——赫斯特小時候，你知道的——很久以前的事了，一九八〇年代左右——在這裡附近念了一、兩年的書，就是那種會逼你穿制服外套的高級男校。離這不遠，我們有次坐計程車時他指給我看過。總之——」他吸了吸鼻子，「——昏倒的那個男孩？他不是什麼流落街頭的窮光蛋，而且他們會好好照顧他。我們就祈禱他這次乖乖學到教訓，以後不敢再亂來。很多人都是這樣，接受過納洛酮的震撼教育後就會收斂一點。除此之外，坎蒂是護士，醒來後她會照顧他。你知道坎蒂？就那個褐髮女生？」見我悶不作聲，他又戳了戳我肋骨，說，「你有看到她嗎？」他放聲大笑，「那個——？」他垂手指向膝蓋上緣，畫出靴口的位置，「她美翻了。老天，如果我能讓她離開那個尼爾，就那個愛爾蘭人，一定會把她搶過來。我們有次去了康尼島，就我們兩人。我這輩子從來沒有這麼開心過。她喜歡織毛衣，你能想像嗎？」他偷偷斜睨了我一眼，「像她那樣的女人——居然喜歡織毛衣？但她偏偏就是！還說要織一件給我！是認真的！『鮑里斯，只要你想要，我隨時可以替你織一件。只要告訴我你喜歡什麼顏色，我一定織！』」

他試圖提振我心情，但我仍心有餘悸，一句話也說不出來。一時間，我們只是低首疾行。黑暗中，除了我們踩在公園小徑上的沙沙聲響外，萬籟俱寂。腳步聲彷彿在身旁巨大的城市黑夜外無盡迴盪，汽車的喇叭聲與警笛聲猶似自半哩外傳來。

「好吧，」不一會兒後，鮑里斯再度開口，又睨了我一眼，「起碼我現在搞清楚了。」

「什麼？」我愕然反問。我的思緒仍停留在那男孩與自己體驗過的虛驚意外上：昏倒在霍比家樓上的浴室，頭撞到洗手台邊緣，鮮血淋漓；在卡蘿．隆巴德家廚房地板醒來，聽見卡蘿一面尖叫，一面搖晃我；幸好只有四分鐘，五分鐘內沒醒我就要報警了。

「我很確定，是薩沙拿了那幅畫。」

「誰？」

鮑里斯一臉惱容：「烏麗卡的弟弟，很有意思。」他說，雙臂在他狹窄的胸前交疊，「一個巴掌拍不響，如果你懂我的意思的話。薩沙和赫斯特很親——赫斯特向來聽不得別人說他壞話——好吧，你要不喜歡薩沙也難——大家都愛他——他比烏麗卡好相處，但我和他就是不對盤。大家都說赫斯特誠實耿直，直到他和這兩人搞在一起。以前的他，一心鑽研哲理……準備接手老爸的公司……但你看看他現在成了什麼模樣。不過我從沒想過薩沙會背叛赫斯特，永遠不可能。你聽懂我們剛才說什麼嗎？」

「不懂。」

「好吧，赫斯特非常信任薩沙，對他的話深信不疑，但我就沒那麼肯定了。而且我也不認為畫在愛爾蘭；就連尼爾，那個愛爾蘭人，都不這麼認為。我很不喜歡她又回來找赫斯特，那個烏麗卡——但又無法直說。因為——」他將雙手深深插進口袋，「——我有點驚訝薩沙居然敢這麼大膽，但又不敢這麼對赫斯特說。不過我想事情應該就是如此，沒有其他解釋——這場失敗的交易、逮捕行動、與警察間的槍戰，所有一切，都是為了要讓薩沙有機可趁，偷走那幅畫。赫斯特身邊寄生蟲一堆——他心太軟，又太信任人——性情溫和，你懂的，相信人性本善——好吧，他能讓薩沙和烏麗卡為所欲為，但我可不行。」

「嗯。」雖然我與赫斯特僅有一面之緣，但在我看來，他性情似乎也沒有特別溫和。

鮑里斯板著張臉，朝水窪踢了一腳。「但我們現在有個問題，和薩沙合夥的那個傢伙究竟是何方神聖？就是幫忙布局牽線的那個人？他真名是什麼——？我不知道。他自稱『泰瑞』，但一聽就知道是假名——我也不用自己的真名，但是『泰瑞』？加拿大人？當我白癡嗎！他來自捷克共和國，沒比我像『泰瑞．懷特』到哪去！我想大概是個混混——剛出獄——腦袋空空，沒受過教育——總之就是頭畜生。八成是薩沙不知從哪裡找來充門面的，分他點甜頭，要他破壞這次交易——而且還只有微不足道的甜頭，大概。但我曉得這『泰瑞』長什麼模樣，而且知道他在安特衛普有人脈，所以我要打給我的手下櫻桃，讓他去查查看。」

「櫻桃？」

「對——我手下維科多的綽號。我們都叫他櫻桃，因為他鼻頭老是紅通通的，也因為他的俄文名字維亞念起來就像俄文裡的『櫻桃』；而且俄國有部很有名的肥皂劇《冬季櫻桃》——算了，很難解釋。總歸來說，我用這部戲取笑過維亞，搞得他很不爽。總之——沒有櫻桃不認識的人、沒有他不曉得的事，任何內幕消息都逃不出他耳朵。行動前兩週——櫻桃就會查得清清楚楚，所以不用擔心你那隻小金雀，好嗎？我們一定可以解決的。」

「你說『解決』是什麼意思——？」

鮑里斯發出一聲著惱的聲音：「這圈子很封閉，你懂我意思嗎？關於錢的事赫斯特說得沒錯，沒有人會買這幅畫。不可能賣得掉。但是——若流進黑市，當作交易的籌碼，就可以永無止境地轉手。它價值連城，又便於攜帶。旅館客房——來來回回，永遠不會被人發現。毒品、軍火、雛妓、現金——你想換什麼都可以。」

「雛妓？」

「對，雛妓，男童、女童，隨便你。聽著，你聽我說，」他舉起一隻手，說，「我完全不碰這檔事。我小時候也差點被賣過——烏克蘭到處都是人蛇，或該說以前曾經是；每個街角、每個火車站，沒有例外。而且我可以告訴你，如果你年紀輕，日子又不好過，說不定會覺得那是筆好交易。衣冠楚楚的男人保證能幫你在倫敦餐廳等地方找到工作，還提供機票和護照——哈，接下來呢，你一覺醒來，發現自己被銬在某間地下室裡。我這輩子打死也不會碰這種事；這是不對的，但總是存在。那幅畫一旦離開我和赫斯特的掌控——誰知道會被拿去交換什麼？一下轉到這批人手中，一下又轉到那批人手中。重點是——」他舉起食指，「——你的畫不會消失在什麼獨裁藝術瘋子的收藏品中。它太有名了，沒有人會想買。買來做什麼呢？他們能拿它怎麼辦？涼拌炒雞蛋。除非被警方找到——而他們還沒找到，這點我們非常肯定——」

「我希望畫被警方找到。」

「好吧——」鮑里斯精神奕奕地揉了揉鼻子，「好，很崇高的心態。但現在呢，我唯一能確定的，就是畫會轉手，而且只會在小規模的圈子內流動。而櫻桃是個非常好的朋友，又欠了我一大筆人情債，所以，開心點！」他抓住我手臂，說，「不要再一副天快垮下來的死人樣了！我保證我很快會再和你聯絡。」

18.

鮑里斯將我獨留在街燈之下（「沒辦法送你回去！我遲到了！有約得赴！」）。我佇立原地，驚魂未定，打量了四周一下，才知道自己置身何處——亞爾文公寓大樓的灰色牆面如巴洛克時期遺留下來的可怕遺跡——以及鏤空燈飾內的燈光、裴卓森法國高級魚子醬專賣店門上的聖誕裝飾，都敲醒了我某些深埋的記憶：十二月，母親頭上戴著毛帽，對我說：寶貝，我去街角買些可頌當早餐，馬上回來……

我心不在焉，完全沒察覺一名男人迅速駛過街角，朝我撞來。「小心點！」

「對不起。」我甩了甩頭，向他道歉。儘管是對方的錯——他只顧著按喇叭，拿著手機大聲廢話，完全沒留意路況——但人行道上仍有許多不以為然的眼神投向我，而非他。我覺得喘不過氣，茫然失措，努力想接下來該去哪。我可以搭地鐵回霍比家——如果我想搭地鐵的話。但凱西的公寓比較近，雖然她和兩個室友法蘭西與小艾都不在家，今晚是女孩之夜（根據過往經驗，我知道她們通常會去看電影，所以沒必要打電話或傳簡訊給她），但我有鑰匙，可以自己進去，替自己弄杯喝的，躺下來休息一下，等她回家。

天氣放晴了，冬月在雲隙中透出皎潔的光芒。我又開始朝東走，不時停下腳步，想要招攬計程車。我很少沒先電話聯絡就直接跑去凱西家，主要是因為我不喜歡她的室友，她們對我也沒好感。但儘管我們和法蘭西與小艾在廚房交換的招呼和玩笑總是生硬造作，凱西的公寓卻是全紐約裡少數能讓我感到真正安全的地方。沒有人知道可以去凱西那兒找我。我總覺得那裡只是一個暫時的寄居地；她沒有帶多少衣服過去，只有床尾架上的一只行李箱。而且為了某種無法解釋的原因，我喜歡公寓裡那種空曠、平靜的匿名感，僅僅活潑卻貧乏地裝飾著幾張抽象圖案的地毯和從平價設計店買回來的現代家具。她的床很舒服，閱讀燈的光線也明亮柔和。房裡有台大螢幕的電漿電視，所以我們想的話，可以躺在床上看電影。不鏽鋼冰箱裡永遠裝滿各式各樣的女孩食物：鷹嘴豆、橄欖、蛋糕、香檳；許多愚蠢的外帶素食沙拉和六種不同口味的冰淇淋。

我在口袋裡摸索鑰匙，心不在焉地打開門鎖（腦中想著家裡有什麼吃的，還是得叫外賣？她一定吃過了，沒必要等她），結果差點一頭撞上門板——屋裡上了門鍊。

我關上門，在原地呆立了一分鐘，一頭霧水，又試了一次，門鍊發出卡嗒輕響：我看見紅色沙發、裱框的建築照片；咖啡桌上燒著一根蠟燭。

「哈囉？」我喊了一聲；然後又是，「有人嗎？」聽見屋內有動靜，第二次提高了些音量。

我用力敲門，音量大到足以驚動鄰居。感覺過了許久後，艾蜜莉才終於來到門邊，透過縫隙看著我。她穿著一件邋遢的居家休閒服，褲子的圖案花俏繁複，讓她臀部看起來膨脹許多。「凱西不在。」她冷冷地說，沒有解開門鍊。

「我知道。」我回答，口氣煩躁，「沒關係。」

「我不曉得她什麼時候回來。」我第一次見到艾蜜莉是在巴波家；她當時九歲，臉蛋肥嘟嘟的，直接將門甩在我臉上。她認為我配不上凱西，也從沒掩飾過這個想法。

「無所謂。妳可以讓我進去嗎，拜託？」我煩躁地說，「我想進去等她。」

「對不起，現在不是時候。」小艾仍留著一頭小麥色的短髮與劉海，和她小時候一樣。而她下巴的線條——和二年級時如出一轍，沒有絲毫改變——令我不由想起安迪；他一直都很討厭她，艾咪鼻涕蟲，艾咪臭蜥蜴。

「這太莫名其妙了。拜託，讓我進去。」我又煩躁地說了一遍，但她只是無動於衷地站在門縫之後，沒有直視我雙眼，而是看著我的臉側。「聽著，小艾，我只想進她房裡，躺下來休息一下——」

「我想你還是晚點再來比較好。對不起。」她打破橫亙於我們之間的猜疑沉默，說。

「聽著，我不在乎妳在做什麼——」另一個室友法蘭西起碼會維持表面的客套，「——我不想打擾妳，只是想——」

「對不起，你最好還是離開。因為……因為……我住在這裡。」她說，提高音量，不讓我解釋——

「老天，妳不是認真的吧。」

「——我才是這裡的房客。」她不安地眨了眨眼，「這是我家，不是你想來就能來的地方。」

「饒了我吧妳！」

「而且……而且——」她也怒了，「——聽著，我幫不上忙。現在真的不是好時機，你還是走吧。可以嗎？抱歉。」她把門關上，「晚宴上見。」

「什麼？」

「你的訂婚晚宴？」艾蜜莉說，又把門拉開，透過縫隙注視我。我就這麼看著她那雙焦躁的藍色眼珠，直到她再度掩門。

19.

一時間，我只是站在陡然陷入死寂的走廊，楞楞瞪著緊閉門扉上的貓眼。靜默中，我想像自己能夠聽見小艾站在門的另一頭，跟我一樣氣息粗重。

很好，妳不用想當伴娘了；我心忖，轉身走下樓梯，故意製造許多大聲的噪音，憤怒的同時又有種異樣的快感。我腦中時常浮現各種對於小艾的惡毒批評與想像，藉此自娛，而今天之事只是進一步確認了我那些念頭。凱西不只一次為小艾的「無禮」道歉過，但這次？用霍比的話來說，就是孰可忍，孰不可忍。她為什麼沒有一起去看電影？家裡有男人嗎？儘管小艾腳踝粗壯，長得又不是太好看，但確實有個男朋友，一個叫做比爾的傢伙，是花旗銀行的主管。

熠熠生輝的漆黑街道。一離開大廳，我便躲進隔壁的花店，查看留言，順便在回去前傳封簡訊給凱西，以防萬一。如果她看完電影，我可以和她一起喝點東西、吃頓晚餐（就我們兩人，沒有她的閨密；方才的怪事讓我渴切希望與她獨處），而且——一定要——針對小艾的行為進行一場幽默的推論。

燈火輝煌的窗口。自冷藏櫃中透出的死亡光芒。霧茫茫的玻璃後方，蘭花沾著水露，在風扇下簌簌顫抖，如幽魂般蒼白飄渺，宛若天使。花朵前方標示著離譜的高價，有些甚至開價上千：毛茸茸的、有脈紋的、有斑點的、形似獠牙的、有血斑的、如惡魔面孔的，顏色從屍青色到瘀紅色應有盡有——甚至有一株雄偉的黑色蘭花，灰根如游蛇般蜿蜒爬出鋪滿青苔的盆栽。（「拜託你，親愛的，」凱西之前憑直覺就猜到我聖誕節想送她什麼禮物，這麼告訴我，「想都別想。它們太美了，而且一交到我手上保證立刻枯萎。」）

沒有新留言。我又飛快傳了個簡訊給她（**嘿，有空打給我，得和妳談談，剛才發生了一件很好笑的事。愛妳。**）然後，為了確認電影尚未結束，我又撥了一次她的號碼。但就當手機轉進語音信箱時，我在玻璃上看見一個倒影，就在花店後方的綠色叢林深處。然後——不可置信地——那倒影轉身了。

是凱西，低著頭，穿著她粉紅色的Prada大衣，與一個我認識的男人親暱地手挽著手，依偎在他身旁低語——我已經好幾年沒看過他，但還是一眼就能認出來——同樣的肩膀，同樣慵懶又鬼祟的步伐——是湯姆．蓋伯。他棕色的捲髮依舊很長，也依舊一身學校裡那種呼麻成性的富家公子哥裝扮（Tretorn鞋、寬鬆的愛爾蘭麻花厚毛衣，沒穿外套）；手上拎著酒行的袋子，也就是我和凱西有時會臨時起意，一起跑去買酒的那家酒行。但真正讓我震驚到啞口無言的是凱西，她每次和我牽手時，都一定會微微保持些距離——把我拉在身後，像小孩玩倫敦鐵橋般，天真可愛地搖晃我手臂——但她此刻卻深深地、悲傷地依偎在他身旁。我看著眼前景象，頭腦卻無法理解，只覺一片空白——他們在等紅綠燈，公車呼嘯而過，眼裡只有彼此，完全沒察覺我的存在——蓋伯輕聲和她說了些什麼，搔了搔她頭髮，然後轉身將她拉進懷裡，親吻她雙唇，而她也用從沒給過我的溫柔悲傷回吻他。

除此之外，我看見——綠燈了，兩人穿越馬路；我飛快轉身，從亮著燈的花店櫥窗上，我可以清楚看見兩人相偕走進離我只有幾呎之遙的公寓前門——凱西心情不好，悄聲說了些什麼，激動地嘶啞低語。她倚著蓋伯，臉貼著他衣袖；蓋伯愛憐地摟住她，捏了捏她手臂。雖然我聽不見話語內容，但那語調再清晰不過：即便心裡難過，她仍開心有他相伴，他也一樣。那是無法偽裝的，馬路上任何一個陌生人都看得出來。然後——就當他們在漆黑的櫥窗裡與我擦肩而過時，這雙濃情蜜意、相互依偎的幽魂——我看見凱西飛快舉起手，抹去臉上一顆淚珠。這景象讓我震驚不已，只能呆立原地，傻傻眨眼。這實在太令人難以置信了，雖然不知道原因，但這是有史以來第一次，凱西哭了。

20.

我夜不成眠，幾乎沒什麼睡。隔天下樓開店時，因為心神不寧，竟然在位置上發呆了半個小時，才想到自己忘了將「打烊」的招牌翻面。

凱西每週要去兩次漢普敦。陌生的號碼一閃而逝，迅速掛斷電話。晚餐吃到一半，凱西會看著手機皺起眉，然後關機道：「喔，只是小艾；喔，只是媽咪；喔，只是廣告，他們不知從哪找到我的號碼。」三更半夜的簡訊，宛若潛水艇的閃爍微光，在牆上映出幽微的藍色聲納。凱西裸著臂自床上一躍而起，關掉手機，白皙的雙腿在黑暗中倏忽而逝。「喔，打錯電話了；喔，只是陶弟，他又不知在哪喝醉了。」

還有，我心裡一沉：巴波太太。我很清楚，在面對麻煩時，巴波太太總有辦法輕輕巧巧將問題消弭於無形——她那藏身幕後，操縱微妙事物的能力——就我所知，雖然她從不曾公然對我說謊，但絕對省略或竄改過部分的訊息。各種細微瑣事開始湧回腦中，比方說，幾個月前，我走進巴波太太房裡，聽見大廳打了通電話上來，而她透過對講機，壓低音量，以急切的語調回答門房：不，我不在乎，不要讓他上來，讓他在樓下等。不到三十秒，凱西拿起手機，查看簡訊，隨即一躍而起，忽然說她要帶叮鈴噹和小克萊出去散步。雖然巴波太太臉上毫無疑問閃過一抹不悅的寒霜，而且——等房門在凱西身後「喀」地關上後——她回頭握住我的手，神色又恢復煥然一新的溫暖與活力，但我絲毫沒起疑。

我們今晚本來有約：我要陪她參加一個朋友的生日派對，之後再去另一個朋友的派對露臉。雖然凱西沒有打給我，但傳了封試探的簡訊過來：**席歐，你好嗎？我在上班，有空打給我**。我看著簡訊，依舊無法理解，思索自己該不該回覆——但我能說些什麼？——就在此時，鮑里斯忽然闖進店裡，說：「我有消息了。」

「是嗎？」我恍神了一會兒才回答。

他抹了抹額頭。「這裡方便說話嗎？」他問，環顧四周。

「呃——」我甩了甩頭，回神道，「當然。」

「我腦子還昏昏的，」他說，揉了揉眼，頭髮東歪西翹。「需要來杯咖啡。算了，不行，沒時間。」他舉起一隻手，含糊解釋，「也無法久留，只能待一分鐘。但是——好消息——關於你那幅畫，我有明確的線索了。」

「什麼線索？」我問，陡然自凱西那團朦朧迷霧中驚醒。

「我們很快就會知道。」他顧左右而言他地說。

「畫在哪——」我努力集中思緒，「——它沒事吧？他們把它藏在哪？」

「這些問題我現在無法回答。」

「它——」我思緒一團混亂，深呼吸了口氣，用大拇指在桌上畫了條線，要自己鎮定，然後抬起頭來——

「怎麼了？」

「畫需要保存在一定的溫度和濕度範圍內——你知道這點，對吧？」那是別人的聲音，不是我的，「他們不能隨便把它藏在某個潮濕的車庫或任何一個地方。」

鮑里斯像從前般嘲諷地抿起雙唇：「相信我，赫斯特把那幅畫當自己小孩一樣寶貝。但是——」他閉上雙眼，「——那些人我就無法保證了。很遺憾地，我必須告訴你，這些傢伙沒什麼智商，我們只能祈禱他們沒那麼笨，不會把畫藏在披薩烤箱或什麼東西後頭。開玩笑的啦。」見我一臉駭然，嚇得目瞪口呆，他又得意地道，「不過據我所知，它目前被藏在一間餐廳裡，或一間餐廳附近；總歸是同一棟建築。這晚點再說。」他舉起一隻手，說。

我又不可置信地沉默片刻，然後問：「畫在這裡？在曼哈頓？」

「晚點再說，這事不急。還有另一件事。」他說，壓低音量，語調急迫，目光在店裡四周掃視，「聽著，這才是我來找你的真正原因。赫斯特——他一直不曉得你姓戴克，直到今天在電話上問了我才知道。你認識一個叫做盧修斯．李維的人嗎？」

我坐了下來：「為什麼問？」

「赫斯特要你離他遠一點。他知道你是古董交易商，但在知道你名字前，一直沒把這事和另一件事聯想在一起。」

「什麼事？」

「赫斯特不肯說清楚。我不曉得你和這個盧修斯有什麼關係，但赫斯特說離他遠一點，不要和他有任何牽扯，我覺得必須馬上告訴你。他以前曾因為另一件無關的事惹得赫斯特勃然大怒，赫斯特甚至派了馬丁去處理他。」

「馬丁？」

鮑里斯揮了揮手：「你沒見過馬丁；相信我，只要見過你一定記得。總之，這個叫做盧修斯的傢伙不是什麼好東西，你不要和他有任何生意上的往來。」

「我知道。」

「我可以問問你和他有什麼關係嗎？」

「我——」我又搖了搖頭，這事不是三言兩語能解釋清楚的。「事情很複雜。」

「好吧，我不曉得你有什麼把柄落在他手上。如果需要幫忙，說一聲就是——我保證一定幫你解決——我敢說赫斯特也是，因為他喜歡你。很高興看到他昨天興致這麼高昂，這麼健談！很少有人可以像你一樣，讓他輕鬆展現自我、交流興趣。我很為他難過。他非常聰明，我是說赫斯特；才華洋溢，但是——」他看向手錶，「——對不起，我不想失禮，但我還有其他地方要去——我有信心我們能把畫拿回來！機會很大，會成功的！所以——」他起身，豪爽地一拳搥向自己胸口，「打起精神！一有消息我立刻聯絡你。」

「鮑里斯？」

「嗯？」

「如果你女朋友劈腿你會怎麼做？」

鮑里斯——原本正朝門口走去——又回頭多看了我兩眼。「你說什麼？」

「如果你覺得女朋友背著你偷吃，你會怎麼做？」

鮑里斯皺起眉頭：「你不確定？沒有證據？」

「對。」我回答，然後才想起嚴格來說並非沒有證據。

「那你必須直接開門見山地問她。」鮑里斯說得斬釘截鐵，「找個氣氛平和，她又毫無防備的時候，問她個措手不及；在床上，或許。如果問對時機，即便她說謊——你也會知道。她會緊張慌亂，不知所措。」

「她不會。」

鮑里斯笑了起來：「好吧，那你找到了個好女人！少見的奇女子！她美嗎？」

「美。」

「有錢嗎？」

「有錢。」

「聰明嗎？」

「大部分人都這麼認為；對。」

「冷血？」

「有一點。」

鮑里斯哈哈大笑：「而你愛她，對嗎，只是沒那麼愛。」

「為什麼這麼說？」

「因為你沒生氣，沒抓狂，甚至也不難過！你沒有急怒攻心、大吼大叫著說要親手掐死她！這代表你的靈魂還沒有和她糾葛太深，而這是好事。聽我過來人一言，離你傾心所愛的人遠一點，她們才是真正會要了你的命的人。你想開開心心地活在世上，需要的是一個擁有自我空間，也讓你擁有自我空間的女人。」

他拍了拍我肩膀，兩次，隨即揚長而去，留下我楞楞地看著眼前的銀盒，再次對自己骯髒的人生感到無比消沉。

21.

當晚，凱西替我開門時，並沒有她原該有的那麼鎮定。她一口氣夾雜不清地說了許多事：她想買一件新洋裝，試穿了，但拿不定主意，所以先暫時保留；暴風雨襲擊緬因——好多樹都倒了，島上的老樹；哈利叔叔打電話來，真不幸的消息！「喔，親愛的——」她好可愛，跑來跑去，踮起腳尖要拿酒杯——「可以幫我拿一下嗎？拜託？」那兩個室友——法蘭西和小艾——都不見人影，就像她們和男友在我到達之前就很識趣地先走一步了。「喔，不用了——我拿到了。聽著，我有個很棒的主意，我們去辛西亞家之前先吃個咖哩怎麼樣？我好想吃喔。你不是帶我去過萊辛頓大道上一家祕密基地——你喜歡那家？叫什麼名字？什麼宮的？」

「妳是說那個跳蚤窩？」我冷冷地說，甚至連外套也沒脫。

「你說什麼？」

「那裡有油膩的羊肉咖哩，還有讓妳看了心情就鬱悶的老人和布魯明戴爾百貨的減價人潮。」

水宮餐廳是萊辛頓大道上一家位於二樓、隱密簡陋的印度餐廳，從我小時候開始就不曾有任何改變：同樣的印度薄餅、同樣的價格、窗戶附近同樣因漏水褪成粉紅色的地毯；甚至連服務生都沒換過。過去，我和母親看完電影後總會來吃咖哩餃和芒果冰淇淋，而服務生的面孔仍和我童年記憶中同樣圓潤、幸福、和煦。「當然，有何不可？去『曼哈頓最悲傷的一家餐廳』吃飯，多棒的主意。」

她轉身看向我，皺起眉頭：「不去就算了。貝魯奇比較近。或者——你想做什麼都行。」

「是嗎？」我雙手插在口袋，斜倚門口。多年來與世界頂尖騙子同住一個屋簷下的經歷，已鍛鍊出我冷酷無情的個性。「我想做什麼都可以？真大方。」

「對不起，我以為吃咖哩是個好主意。算了。」

「沒關係，妳不用裝了。」

她抬起頭，臉上浮現空洞的笑容。「你說什麼？」

「少來了，妳很清楚我在說什麼。」

她一語不發，美麗的額頭上擠出一道皺紋。

「有了這次教訓，妳應該知道以後和他在一起時記得把手機打開。我肯定小艾一定試過要聯絡妳。」

「對不起，我不曉得——」

「凱西，我看到你們了。」

「喔，拜託。」她微微楞了一會兒，眨了眨眼，說，「你不是認真的吧。你是說湯姆嗎？我說真的，席歐，」屋內陷入一片死寂，她打破沉默，說，「湯姆是老朋友了，我們已經認識好久，兩個人真的很親——」

「我想也是。」

「——他也認識小艾——」她瘋狂眨眼，好像受到迫害，「我知道那情況一定很讓人誤會；我知道你不喜歡湯姆，而且你有很好的理由不喜歡他。因為……我知道你母親過世時發生的事，而且沒錯，他的態度很惡劣，但他那時年紀還小，後來也很懊悔——」

「懊悔？」

「——但是，他昨晚聽到了些壞消息，」她飛快地說，彷彿台詞說到一半被人打斷，「——關於他自己的事——」

「妳會和他聊起我？你們兩人坐在一起，對我說長道短，還為我感到難過？」

「——而且湯姆是要來看我們的，我和小艾，我們兩個；忽然間說來就來，就在我們要去看電影前，所以我們才留下來，沒和其他人出去。你不相信的話，可以去問小艾。他沒有其他地方可去，心情很差，是私事。他只是想找人談談，所以我們能怎麼——」

「妳真以為我會相信嗎？」

「聽著，我不知道小艾跟你說了什麼——」

「告訴我，蓋伯的母親還留著東漢普敦那棟房子嗎？我記得她以前把保母解雇後——或該說保母辭職後——總是把他丟去鄉村俱樂部，而且一丟就是好幾個小時。網球課、高爾夫球課；他現在高爾夫球大概打得很好，是不是？」

「是。」她冷冷地說，「他打得很好。」

「我大可說些傷人的話，但我不會。」

「席歐，別這樣。」

「可以跟妳說說我的推論嗎？妳介意嗎？細節可能不會完全正確，但基本上應該八九不離十。我知道妳在和湯姆約會，當初在街上巧遇普萊特時他就這麼說過了，而且他也不是太樂見你們兩人在一起。沒錯，」我冷冷地打斷她，不讓她插口，語氣就和我此刻心情同樣嚴厲與殘酷，「對。沒必要找藉口。蓋伯一直很有女人緣，詼諧、幽默；只要他想，可以是個非常風趣的伴侶，即便近來開了不少空頭支票、在鄉村俱樂部偷東西，等等之類的——」

「——那都不是真的！是憑空捏造的！他從來沒偷過任何東西——」

「——而且妳爸和妳媽從來就不是太喜歡湯姆，或該說根本不喜歡。妳爸和安迪死後，妳無法繼續和他在一起，起碼無法在眾人面前繼續，那太傷妳媽的心。還有，正如普萊特所說，有好幾次——」

「我不會再見他了。」

「所以妳承認了。」

「我不覺得這在婚前有什麼要緊。」

「為什麼？」

她撥開眼前的髮絲，沉默不語。

「沒什麼要緊？為什麼？妳以為我不會發現？」

她憤怒地抬起頭來，說：「你這個人就像石頭一樣，冰冷無情，你知道嗎？」

「我？」我別開目光，笑了起來，「我冰冷無情？」

「對，就是你。『受害者』、『道德崇高』。」

「看來我的道德感確實比某些人高了點。」

「你根本就樂在其中。」

「相信我，我沒有。」

「喔，是嗎？從你臉上的冷笑我還真看不出來。」

「那妳覺得我該怎麼辦？默默裝沒事？」

「我已經說過我不會再見他；實際上，我之前就這麼告訴他了。」

「但他還是死纏爛打。他愛妳，不肯聽妳說不。」

出乎我意料之外地，她居然臉紅了：「對。」

「可憐的小凱西。」

「說話不用這麼酸。」

「可憐的寶貝。」因為想不到其他話好說，我又譏誚了一句。

她原本在抽屜裡翻找開瓶器，此時轉身冷冷看向我。「聽著，」她說，「我不期望你懂，但愛上不該愛的人是很痛苦的。」

我沉默不語。初進屋時，一看見她，我就怒火攻心，全身冰冷。我拚命告訴自己她沒有力量傷害我，或者——上帝保佑——讓我為她感到難過。但有誰比我清楚，她說得一點也沒錯？

「聽著，」她又說，放下開瓶器。她發現機會，也沒打算放過；就像在網球場上，冰冷無情，觀察對手的弱點……

「離我遠一點。」

我太激動了，語氣過於尖銳。這樣不對。我希望自己冰冷無情，一切都操控在我手中。

「席歐，拜託你。」她站在那兒，一手按住我衣袖，鼻頭和雙眼開始泛紅，淚水盈眶——就像每年季節一到，可憐的安迪就會過敏症發作；就像她只是個普通人，而你會真心為她感到難過一樣。「對不起，真的。我非常非常抱歉。我不曉得自己還能說什麼。」

「是嗎？」

「對。我重重傷害了你。」

「傷害，這也是一種說法。」

「而且我知道你不喜歡湯姆——」

「這兩件事有什麼關係？」

「席歐，你真有這麼在乎嗎？不，你知道你沒有的。」她飛快地說，「你只要認真想想就知道。還有——」她沉默片刻，才又開口，「——我不是要指責你，但你做了什麼我都知道，只是我不在乎。」

「我做了什麼？」

「喔，得了吧，」她疲憊地說，「和那些豬朋狗友鬼混、吸毒；我不在乎。」

暖氣開始運轉，發出響亮的轟隆聲。

「我和你天造地設，結婚對我們來說是再正確不過的決定，你我都心知肚明。因為——我就是知道，你不必告訴我；而且我是真心的——自從我們開始交往後，生活就比較開心了，不是嗎？你比以前振作不少。」

「是嗎？妳說『振作』是什麼意思？」

「聽著——」她著惱地嘆了口氣，「——不用裝了，席歐。瑪蒂娜——小艾——泰莎．馬戈利斯，你還記得她嗎？」

「幹。」我以為沒有人知道泰莎的事。

「所有人都試著告訴我：『離席歐遠一點，沒錯，他是很可愛，但也是個毒蟲。』泰莎跟小艾說，自從她發現你在她廚房裡吸海洛因後，就停止和你往來了。」

「我不是在吸海洛因。」我說，只覺雙頰燒燙。他們把嗎啡藥丸壓碎，但吸的根本沒用，白白糟蹋了那些嗎啡。「總之，泰莎根本不在意吸毒的事，她自己以前也常要我幫她買——」

「這完全是兩碼子事，你自己也清楚。媽咪，」她說，不讓我開口——

「——是嗎？兩碼子事？」我提高音量蓋過她，「哪裡兩碼子了？妳倒是說說看。」

「——媽咪，我發誓——你聽我說，席歐——媽咪很愛你，非常愛你。你的出現救了她一命。她終於肯開口、肯吃東西，還開始培養興趣，會去公園散步，總是期待看到你。你無法想像她之前是什麼模樣。你已經是我們家裡的一分子了。」她趁勝追擊，說，「真的。因為……安迪——」

「安迪？」我冷然一笑。安迪對他自己病態的家庭不存有任何有趣的幻想。

「聽著，席歐，別這樣。」她又恢復往常的那個凱西：親切和善，通情達理；你可以在她的直率之中看見巴波先生的影子。「這是正確的決定；我們的婚姻。我們天造地設。對我們身邊所有人來說，這都是再好不過的結果；更遑論你我。」
「是嗎？所有人？」
「對。」她已完全恢復鎮定，波瀾不起地說，「別這樣，你懂我意思。我們為什麼要破壞這一切？畢竟，我們讓彼此成為了更好的人，不是嗎？你和我都一樣。而且——」她露出一個蒼白的小小微笑；就像她母親一樣，那個笑容——「我們郎才女貌，情投意合，相處又融洽。」
「所以是理智勝過情感。」
「如果你要這麼說也可以，沒錯。」她說，用那坦然的同情與愛憐看著我，令我——猝不及防地——感到怒意在瞬間煙消雲散。她那冷靜的頭腦就如銀鈴般清晰。「從今以後——」她踮起腳尖，親吻我的臉頰，「——讓我們好好地、真誠地、寬容地對待彼此，永遠過著幸福快樂的日子，好嗎？」

22.

所以，那晚我留下了——點了外賣，回到床上。雖然，在某種程度上，要假裝一切如常不是什麼難事。（因為，就某種角度來說，我們不都一直在假裝嗎？）但其他時候，我卻覺得那所有未知與未說出口的一切沉沉壓在我們之間，幾乎要讓我窒息。之後，當凱西蜷在我身旁、酣然入睡時，我卻清醒地躺在床上，凝視窗外，覺得自己好孤獨、好寂寞。夜晚的靜默（是我的錯，不是凱西——即便在消沉的時刻，凱西也不會無話可說）以及那橫亙於我們之間、似乎無法跨越的鴻溝，都讓我不由狠狠想起十六歲時，我在茱莉身旁那手足無措的模樣。雖然她稱不上是我女朋友，卻是我第一個如此看待的女人。我們是在哈德遜一家酒鋪外認識的。那時，我手裡捏著錢，站在門外，希望有人能進去幫我買瓶酒。然後她就這麼氣勢洶洶地轉過街角，身上穿著蝙蝠般的前衛裝扮，與她笨重的腳步與村姑般的樣貌格格不入。她那張樸實卻討喜的面孔活脫脫就像一九〇〇年代的牧場女主人。「嘿，小鬼——」她從紙袋中拿出自己的酒，「——這是找你的錢。不，真的，沒什麼大不了。你是打算自己一個人站在寒風裡喝酒嗎？」她那時二十七歲，年紀幾乎要比我大上一輪，男友剛從加州的商學院畢業——我們一直都很清楚，等她男友回來後，我就再也不能去找她或和她聯絡。這點我和她心知肚明，無須開口。在我難得能去公寓找她的午後（起碼我覺得很難得），我會跑上五樓樓梯，來到她的單房公寓，腦中塞滿各種澎湃的情緒和想對她說的話，覺得自己就要爆炸。但她只要一打開門，所有話語立刻消失無蹤，我連想像正常人一樣維持兩分鐘的交談都沒有辦法，只能無語徘徊，絕望地跟在她身後，雙手深深插在口袋裡，咒罵自己、痛恨自己，看著她赤腳在公寓走來走去，看起來帥氣無比，話語毫不費力地自她嘴裡湧出，為了地上的髒衣服和忘了先買一手啤酒道歉——我要她下樓買嗎？——直到我再也忍不住，不等她把話說完，就直撲上前，把她撞倒沙發床上，有時猛烈到我的眼鏡甚至會甩飛出去。一切是那麼美妙，我覺得自己死而無憾。但事後，我清醒地躺在床上，心裡卻像被掏空般，看著她雪白的手臂擱在被單上，街燈探進，恐懼八點鐘的到來，因為那代表她必須起床更衣，準備去威廉斯堡的一家酒吧上班。我年紀不夠，還不能去那裡看她。而我甚至不愛茱莉。我仰慕她，為她神魂顛倒，羨慕她的自信，甚至有些怕她，但我不是真的愛她，她對我亦然。如今，我也不太確定自己是否真的愛著凱西（起碼不像我自己過去期望的那樣愛她），但以前明明有過同樣的經驗，心情還如此低落實在是我始料未及。

23.

與凱西之間的一切讓我暫時忘了鮑里斯。但是——只要我一入睡——它就會悄悄地潛回夢境。我驚醒了兩次，在床上陡然坐起。一次是通往倉庫保險櫃的門如惡夢般打開，一群包著頭巾的女人在外頭死命搶奪許多二手衣物；然後——我再度入睡，同樣的夢境，卻是不同的場景——倉庫變成一個只圍著薄薄簾幕的空間，頂上毫無遮蔽，抬頭就可以看見天空；布牆翻飛，沒有長到能觸及地上的草坪。後方是寬廣的綠色原野與幾名身穿白色長洋裝的女孩，這畫面（莫名）充滿一種死亡般的能量與陰森的儀式氣息，我不由驚醒，坐在床上大口喘息。

我看了下手機：凌晨四點。煎熬了三十分鐘後，我赤裸上身，在黑暗中坐起——覺得自己像是法國電影中的騙徒——點了根菸，望向窗外的萊辛頓大道。這個時候街上幾乎杳無人跡：計程車司機才剛開工，或者剛下班，誰知道呢？但那場宛如預言的夢境卻不願消散，如毒霧般繚繞徘徊。我的心仍為了那虛無飄渺的不祥預感以及危險廣闊的氣氛激烈鼓動，難以平息。

不管是誰做的，都應該被拖出去槍斃。光是以前還相信那幅畫一年三百六十五天都安然保存在藝術品所需的華氏七十度氣溫與百分之五十濕度時（正如倉庫手冊以活潑專業的語調向我保證的），我就已經夠擔心了。像那樣的藝術品不是隨便哪裡都能放。它耐不了冷、熱、潮濕、陽光直射，需要嚴格控管的環境，如同花店裡的蘭花。光是想像它被塞在披薩烤箱後方，就足以讓我這信徒的心跳失速；儘管不同，但那驚恐的感覺就像我當初以為巴士司機要把波普扔下車，把牠獨自留在外頭下著雨、又荒涼偏僻的路旁自生自滅。

話說回來，那幅畫究竟有多少時間是在鮑里斯手中？鮑里斯？即便是赫斯特，這位自我宣稱的藝術愛好者，我也不覺得他的住處有特別講究藝術品的保存。災難的可能性百百種：林布蘭的〈加利利海的暴風雨〉，他終生唯一畫過的一幅海景，據說因為缺乏妥善的保管，就這麼損毀了；維梅爾的著名傑作〈情書〉被一名飯店服務生自架上割了下來，因為夾在床墊之下變得皺紋斑駁；畢卡索的〈貧困〉和高更的〈大溪地風景〉都因為被某個白癡藏在公廁裡而被水浸壞。在我那些如著魔般無法停止的閱讀中，最深深烙印在我腦海、揮之不去的是卡拉瓦喬的〈聖弗朗西斯和聖勞倫斯誕生〉，這幅畫被人從聖羅倫佐教堂的禮拜堂偷走，由於割取的手法過於粗糙，就連資助此次盜竊的金主看見它都忍不住失聲痛哭，拒絕接受。

我發現了，凱西的手機不在它平常的位置上——也就是窗台上的充電器中。她早上起床的第一件事就是抓起手機，毫無例外。有時候，我半夜醒來，會看見她那側有藍色的光芒在黑暗中閃爍；在被子底下，在她的祕密巢穴之中。若我睡眼惺忪地翻過身，問她在做什麼，她會回答：「喔，我只是看一下時間。」我想像手機被關了電源，深埋在凱西鱷魚皮包的混亂之中：唇蜜、名片、香水樣品、零散的鈔票；她每次只要拿出梳子，就會掉出幾張皺巴巴的二十元現鈔。而在那兒，在那片芳香的狼籍中，蓋伯會在夜裡不停打來，留下許多簡訊和留言，等待她早晨醒轉後察看。

他們都聊些什麼？對對方說些什麼？奇怪的是，要想像他們的互動並不難。愉快的閒談，有種鬼祟的密謀感；蓋伯在床上喊她傻氣的暱稱，搔癢搔到她嬌聲尖叫。

我捻熄香菸。無形無體，無知無覺，了無意義。凱西不喜歡我在她房裡抽菸，但我想就算她在梳妝台的珐瑯盒裡發現菸屁股，大概也不會說什麼。想要了解這世界，有時候你只能將注意力集中在極其微小的一部分，鉅細靡遺地檢視身邊的事物，用它來代替整體。然而，自從那幅畫從我手邊消失後，我就一直有種自己被無邊的浩瀚所淹沒的感覺——不只時間與空間那了無新意的浩瀚，還有人與人之間即使只距一臂之遙，也無法跨越的浩瀚。而在那陡然湧現的暈眩中，我想起所有我曾經去過以及未曾去過的地方，一個失落而寬廣的未知世界，城市與巷弄交織而成的骯髒迷宮，漂浮遠處的灰燼與充滿敵意的廣闊，切斷所有聯繫，所有失去後再不復得的事物；而我的畫就在那洶湧的激流中驟然遠去，漂流於無名之地：那小小的靈魂碎片，在漆黑海面浮沉明滅的朦朧微光。

24.

我再也睡不著，所以也沒叫醒凱西，就這麼離去。在黎明前的無光時刻一面發抖，一面摸黑穿衣。有個室友回來了，正在浴室裡洗澡，而我現在最不想要的，就是在出門時撞見她們任何一人。

等我走出F號地鐵時，天空已開始透出魚肚白。我在刺骨的低溫中蹣跚前行——抑鬱寡歡、筋疲力盡——到家後，自己打開側門進屋，拖著沉重的步履走向二樓臥房，眼鏡骯髒不堪，滿身的菸味、做愛味、咖哩味和凱西的香奈兒十九號香水味。我停下腳步迎接小波，牠原本縮在走廊上，看到我就異常興奮地在我腳邊瘋狂打轉。我拿出口袋裡捲成一團的領帶，掛在門後的衣架上——「席歐，是你嗎？」聽見話語聲自廚房傳來，我血液差點凍結。

一頭紅髮探出角落。是她，手裡端著咖啡。

「對不起，我嚇到你了嗎？我不是故意的。」她張開雙臂擁抱我，發出一聲近似快樂的低吟，而我只是傻在原地，呆若木雞。小波在我們腳邊興高采烈地哀哀嚎叫，跳來跳去。她身上仍穿著睡衣，下半身是一件糖果色的條紋睡褲，上身則是長袖T恤外加霍比的舊毛衣。她聞起來仍有亂糟糟的被單和床鋪味：喔，老天！我心想，閉上雙眼，將頭埋在她肩窩，幸福與恐懼同時湧現，一陣來自天堂的疾風，喔，老天。

「好高興見到你！」她就在那兒，她的髮絲——她的雙眼。是她。像鮑里斯一樣啃得短短的指甲，嚙著下唇，好像拇指吸太多的小孩；還有如大理花一般的紅色亂髮。「你好嗎？我好想你！」

「我——」我所有的決心都在瞬間灰飛煙滅，「妳怎麼來了？」

「我本來要去蒙特婁！」那是一種比她年紀幼小許多的刺耳少女笑聲，一種屬於遊樂場的嘶啞笑聲。「先去那裡找我朋友山姆幾天，然後再去加州和埃佛特碰面。」（誰是山姆？我心想。）

「但我的飛機後來改飛另一條航線——」她喝了一大口咖啡，默默將杯子遞給我：要喝嗎？不要？然後又喝了一口才說，「——我被困在紐沃克，所以就想，有何不可呢，我下次再和他約，這次先來城裡看看你們。」

「喔，太好了。」你們。我也包括在內。

「我想既然我聖誕節不會回來，那突然來給你們個驚喜應該很好玩。而且你的訂婚宴就在明天。你要結婚了！恭喜！」她的指尖輕觸我手臂，而當她踮起腳尖，親吻我臉頰時，我感到那吻彷彿貫穿全身。「我什麼時候能見見她？霍比說她是你夢中情人，你一定很興奮。」

「我——」我震驚不已，手按在她方才親吻的位置。那兒，我還感覺得到被她雙唇觸碰的地方晶瑩生輝，但立刻察覺這動作一定很讓人誤會，連忙把手縮回來。「是啊，謝謝。」

「能見到你真好。你氣色好極了。」

她似乎沒發現我一見到她，就變得有多呆頭呆腦、目眩神迷、訝然不知所措；也或許她注意到了，只是不想讓我難堪。

「霍比呢？」我問，但不是因為我真的在乎，而是因為和她獨處一室感覺像在作夢，而且有點令人害怕。

「喔——」她翻了個白眼，「——他堅持要去一趟麵包店。我說不用麻煩，但你也知道他。他喜歡去幫我買小時候媽和韋堤常買給我吃的那種藍莓比司吉。真不敢相信他們現在還有在做——但不是天天都有；他說的。你確定不喝些咖啡嗎？」她朝店裡走去，只隱隱還有些跛行的痕跡。

太美妙了——她說的話我幾乎一個字也沒聽進去。只要和她共處一室，我就會這樣。她凌駕於一切之上：她的肌膚、她的雙眼、她嘶啞的聲音、火紅的秀髮。她偏頭的動作有時看起來就像自顧自地在哼著歌。廚房裡的燈光與她散發的光芒摻雜交錯，繽紛、清晰而美麗。

「我替你燒了些CD！」她回頭看向我，說，「真希望我有帶在身上。但我沒想到自己會來，回去後我一定記得把它們寄來給你。」

「我也替妳準備了些CD，」實際上，我房裡有一整疊的CD，還有各種因為讓我想起她而買的東西。不過實在太多了，我反而不好意思寄給她。「還有書。」和珠寶；但我沒說出口。以及圍巾、海報、香水、黑膠唱片、DIY風箏組和一個玩具塔。一條十八世紀的黃玉項鍊、初版的《奧茲國的女王》。我會買這些東西，主要是因為想她、想讓自己感覺在她身邊。雖然其中一些送給了凱西，但我還是不可能把這些東西全拖出來給她，因為實在是太瘋狂了。

「書？喔，太棒了。我在飛機上把帶來的書看完了，需要一本新書。我們可以交換。」

「當然。」赤裸的雙腳，紅咚咚的耳朵。自T恤領口邊緣露出的凝脂玉膚。

「《土星之環》。埃佛特說你可能會喜歡。喔，對了，他要我跟你說嗨。」

「喔，好，嗨。」我討厭她這份虛偽，假裝我和埃佛特是朋友。「我，呃——」

「怎麼了？」

「實際上——」我的手在發抖，但我甚至沒有宿醉，只能希望她沒有發現。「我得回我房間一下，一下就好，可以嗎？」

她一臉詫異，用指尖輕點額頭，意謂：唉呀，我真傻。「喔，對，對不起！我在這裡等你。」

我一直等回到房裡、關上房門後，才又恢復呼吸。我身上的西裝——昨天的西裝——還不算太糟，但頭髮好髒，需要沖個澡。我該刮個鬍子嗎？換件襯衫？她會發現嗎？我特意為了她跑回房裡梳洗一下會很奇怪嗎？我可能溜進浴室刷個牙而不被她發現嗎？但就在這時，我心底忽然湧現一股冷靜的思緒，察覺自己坐在房裡，門扉緊閉，浪費和她相處的寶貴時間。

我起身，打開房門：「嘿。」我朝走廊呼喊。

她又探出頭來：「嘿。」

「今晚想不想一起看部電影？」

她臉上微露詫異之色。「好啊。哪部？」

「顧爾德的紀錄片，我一直很想看。」實際上，我已經看過了，而且在戲院裡的整段期間都假裝她就坐在我身旁，想像她每個片段會有什麼樣的反應、看完後我們會有什麼樣的美妙交談。

「好啊，聽起來很棒。幾點？」

「七點多吧。我再查查。」

25.

這一天，只要想起即將到來的夜晚，我就興奮的魂不守舍。在一樓顧店時（因為忙著招呼聖誕假期的客人，無暇全心投注在晚上的計畫），我不停思索自己該穿什麼（休閒一點，不要穿西裝，不要太講究）、該帶她去哪裡吃晚餐——不要太高級、不能引起她戒心，或讓自己顯得太刻意，但同樣風格獨具，別緻、迷人、安靜，不會影響我們交談，而且不要離電影論壇劇院太遠——此外，她已經離開紐約一陣子，或許會想去些新地方（「喔，這間小餐廳嗎？對啊，很棒，很高興妳也喜歡，真是挖到寶了。」）。不過，除了上述種種考量外（最關鍵的是安靜，這點比食物和地點都還要重要，任何需要扯開嗓子的地點都不在我名單範圍），還必須要能臨時訂到座位——並且有提供素食餐點。一間迷人可愛的餐廳，不要太貴，以免她起疑；也不能看起來像是我精心安排、大費周章才找到的地方；要貌似隨意、一時興起。她到底為什麼能和那個白癡埃佛特一起生活？他不會打扮，又一口兔牙，一雙眼裡老是寫著驚訝？覺得所謂的美食就是健康食品店裡賣的紫米飯和海帶？

日影漸移，到了六點，早先和琵琶一塊兒出門的霍比回家了，把頭探進店裡。

「嘿！」他頓了會兒，然後用一種開心卻謹慎的語調開口，令我不由（心裡一沉）想起母親回家，發現爸又情緒緊繃、焦躁不安時會用的語調。霍比知道我對琵琶的感覺——我從沒告訴過他，一個字也沒有，但他就是知道；即便不知道，我的心意也一目了然（不只是他，任何一個走進店裡的陌生人都看得出來），身後幾乎就像有煙火迸發。「你今天好嗎？」

「很好！你呢？」

「喔，非常好！」他鬆了口氣，「我們去聯合廣場吃了頓午餐，在吧台吃；真希望你也在。後來又去了莫伊拉那兒，三人一起去亞洲協會看看。她現在去買聖誕禮物了。她說你，嗯，晚點會和她碰面？」語調雖然輕鬆，但透著一股父母不確定是不是該讓情緒不穩的青少年獨自開車出門的擔憂。「電影論壇劇院？」

「對啊。」我緊張地說。不想讓他知道我要帶琵琶去看顧爾德的電影，因為他知道我已經看過了。

「她說你們要去看顧爾德的電影？」

「對啊，呃，我一直很想再看一遍。不要告訴她我已經看過了。」我不假思索地脫口而出，然後又支支吾吾地問，「你，呃——」

「沒有，沒有——」他連忙回答，「——我沒說。」

「好吧，呃——」

霍比揉了揉鼻子：「嗯，我相信電影一定很棒。我也很想看。但不是今晚，」他飛快補上一句，「改天吧。」

「喔——」我努力裝出失望的口氣，但顯然不是太有說服力。

「總之，要我幫忙顧店嗎？你要不要先上樓梳洗一下？你知道的，如果你打算用走的過去，得在六點半前出門。」

26.

前往戲院途中，我忍不住哼起歌來，無法壓抑臉上的笑意。當我轉過街角，看見她站在戲院門口，甚至緊張到必須駐足片刻，冷靜情緒，才敢跑上前去迎接她，接過她手中的東西（她手上提滿大大小小的購物袋，連珠砲似地說起今天的經歷）。所謂天堂莫過於此，和她一同排隊，兩人因寒冷緊緊依偎。走進戲院後，紅地毯迎接我們的到來，美好的夜晚就此展開。她疊起戴著手套的雙手，問：「你想吃爆米花嗎？」「當然！」（我衝向櫃台）「這裡的爆米花很好吃——」然後，兩人相偕走進影廳，我貌似不經意地觸碰她的背，她外套上的絲絨觸感，那完美的棕色外套、完美的綠色帽子、再完美不過的嬌小紅髮——「這裡——坐走道可以嗎？妳想坐走道旁嗎？」我們一起看過幾次電影（五次），我每次都仔細留意她喜歡的座位。而且，多年來，我不停鼓起勇氣，盡量不著痕跡地向霍比探聽她的品味、喜惡和習慣；每次都假裝不經意地詢問，一次只問一個問題，前前後後將近十年。她喜歡這個嗎？她喜歡那個嗎？而如今，她站在眼前，轉身微笑，向我看來；我！因為是七點的場次，戲院裡坐著滿滿的觀眾——遠遠超出我能忍受的人數——考量到我那隨時隨地都會發作的焦慮症以及對所有擁擠場合的痛恨。就算電影開演後，還是有觀眾陸續進場，但我不在乎，就算我現在是在索姆河戰役中被德軍包圍的散兵坑也無所謂，最重要的是，黑暗中，她就在我身旁，她的手臂就在我的手臂旁。還有那配樂！顧爾德一頭亂髮，坐在鋼琴前，熱情沸騰，頭用力向後甩動，宛如來自天使國度的使者，完全沉浸與沉沒在那莊嚴的旋律之中！我的視線不停悄悄向她瞄去，就是克制不住自己，但至少要過了半小時才敢真正轉頭看去——她的側臉浸浴在螢幕的白光下——卻陡然一驚，發現她並不喜歡這部電影。她覺得無聊乏味；不，她心煩意亂。

我垂頭喪氣地看完剩下的電影，但幾乎什麼也沒看進去；或該說，我看了，但是以截然不同的角度：顧爾德不再是醉心琴音的神童，不再神祕、不再孤獨、不是果決地在名聲正盛時急流勇退，回到加拿大的雪國——而是個憂鬱症患者，孤僻隱匿，與世隔絕，疑神疑鬼，嚴重依賴藥物；不，他根本就是個毒蟲。走火入魔，無時無刻戴著手套，恐懼細菌，終年將自己裹在圍巾之中，不由自主地痙攣抽搐。宛如暗夜裡的鐘樓怪人，甚至無法維繫最基本的人際關係；（在一場我忽然覺得不忍卒睹的訪問中）他問一名錄音工程師，他們為什麼不能去找律師，成為法定的兄弟——有點像是我和湯姆．蓋伯在他家漆黑後院歃血為盟，只是是已故天才的翻版悲劇；或者更詭異的——像是當年在遊樂場上，鮑里斯抓住我揍他揍到指節血跡斑斑的拳頭，塞進他鮮血淋漓的嘴中。

27.

「那部電影看得妳很不開心。」離開戲院時，我忍不住脫口而出，「對不起。」

她抬頭看向我，好像很驚訝我居然發現了。我和她走出戲院，踏進一個藍影籠罩、如夢似幻的朦朧世界——這是入冬以來的第一場雪，地上積著五吋高的冰晶。

「妳不想看的話其實我們可以先走。」

但她只是震驚般地搖了搖頭。雪花紛然飄落，迷濛瑰麗，宛如純淨的北國，電影中的純淨北國。

「不用，」她不情不願地說，「我沒有不喜歡那部電影——」

我們穿的鞋子都不合適，兩人在街上跌跌撞撞。腳步聲響亮，我聆聽，專注聆聽，等待她繼續說下去，並做好準備，要在她滑跤時扶住她手臂。但她轉頭看向我時，只是說：「天吶，我們別想招到計程車了，是不是？」

我思緒飛轉。那晚餐呢？怎麼辦？她想回家了嗎？幹！「餐廳不是太遠。」

「我知道，只是——喔，有了！」她高喊——我的心頓時一沉，但謝天謝地，車被別人攔走了。

「嘿，」我說。我們來到貝佛德街附近——燈火通明，到處都是咖啡館。「我們在這裡試試怎樣？」

「招計程車？」

「不是，找地方吃東西。」（她餓了嗎？求求你，上帝，請讓她肚子餓。）「或起碼喝個東西。」

28.

十分神奇地——彷彿眾神早有安排——我們一時心血來潮，走進一間半空的酒吧，沒想到裡頭溫暖舒適，燭火澄黃，金碧生輝，比我先前挑選的任何一間餐廳都好上許多。

小小的桌子，我和她兩膝相觸——她有感覺到嗎？像我一樣清楚感覺到嗎？明亮的燭焰映照她臉龐，髮絲上閃耀著金屬火光，斑斕豔麗，幾乎像要著火一樣。一切都是那樣絢爛，那樣甜美如花。酒吧裡播著鮑布．迪倫的老歌，襯著時近聖誕的東村窄街再完美不過，輕若鴻毛的大片雪花紛然飄落，就像那種你會想像舊唱片封面般，挽著女孩手臂，漫步城市街頭的銀白寒冬——因為琵琶就是那樣的女孩，雖然不是最漂亮的，但是是你選擇共享幸福的脂粉未施的平凡女孩。實際上，那畫面就是一種幸福的理想，他聳起的肩膀，她羞赧的微笑，那未竟的結局，彷彿他們可能走向任何他們想去的地方。然後——她就在那！是她！熱情而親切地開懷暢談，問起霍比、問起古董店；問我好不好、問我在看什麼書、聽什麼音樂。好多好多的問題，但同時似乎也急於分享她的生活，她那冷兮兮的公寓，暖氣的電費高昂，燈光陰鬱，瀰漫一股潮濕的霉味；鬧區主街上的廉價服飾店，倫敦現在開了好多美國來的連鎖店，變得像購物中心一樣。你現在吃什麼藥、我現在吃什麼藥（我們都有創傷後壓力症候群，看來這病症在歐洲另有一種不同的縮寫，而且不小心的話，會讓你被送進軍醫院）；她有座小巧的花園，但必須和其他六個人共享；有個英國瘋女人在裡頭養了許多從南法偷運進來的生病陸龜（「因為寒冷和營養不良全死了——真的很殘酷——你能想像嗎，她沒有好好餵牠們，只有麵包屑。我還偷偷背著她去寵物店買了烏龜飼料。」）——還有她是多麼想養狗，但倫敦的檢疫程序非常麻煩，瑞士也是；她為什麼老是住在這種對狗不友善的地方？還有，哇，她好幾年沒看過我氣色這麼好了。她很想我，非常想，多美好的一個夜晚——我們在那坐了好幾個鐘頭，為了一些微不足道的小事哈哈大笑，但同時也很認真、嚴肅。她不僅善於付出，也善於接納（這是她的另一個迷人處：善於聆聽，她專注的神情是如此耀眼炫目——從來不曾有人像她一樣專注聽我說話。在她身旁，我覺得自己好像換了個人，一個更好的人。所有我無法對他人傾吐的事，都可以向她訴說。更不用說凱西，只要一有嚴肅的言論，她不是用玩笑冷冷打發，就是轉換或打斷話題，有時甚至直接裝作沒聽見）。在她身旁，我只有無盡的喜悅。我日日夜夜、時時分分，沒有一刻不愛她，她的心，她的想法，她的靈魂，她所有一切。夜幕漸深，我希望這酒吧永遠不要打烊。永遠。

「不，不，」她說，一指摩挲著酒杯杯緣——她雙手的線條強烈牽動我心弦。韋堤的戒指套在她食指上，我從來無法用此刻凝視她雙手的眼神注視她面孔，怕她會覺得我是變態。「我其實還滿喜歡那部電影；還有裡頭的配樂——」她笑了起來。聽在我耳中，那笑聲彷彿藏盡一切美妙的旋律。「美的讓我不禁屏息。韋堤看過他演奏一次，在卡內基，說那是他人生中最美好的夜晚之一。只是——」

「只是什麼？」她紅酒的氣味，還有脣上的紅酒印。這是我人生中最美好的夜晚之一。

「好吧——」她搖了搖頭，「——演奏會那幾幕；那些排練廳。因為，你知道——」她搓了搓手臂，「——那真的非常、非常辛苦。練習，練習，練習——一天六小時——我舉笛子舉到手都瘦了——還有，好吧，我相信你一定都聽膩了，那些有關正面思考的廢話。老師和物理治療師說得簡單——『加油，妳可以的！』、『我們對妳有信心！』——然後，你真的相信了他們，拚命努力努力再努力，到頭來卻反而恨起自己，因為覺得自己不夠認真、沒有進步都是自己的錯，於是又加倍努力，最後——唉。」

我沉默不語。這些我都聽霍比說過了。他一開口就停不下來，而且非常苦惱。看來，瑪格瑞特姑姑把她送去瑞士那所有醫生駐診的瘋人學校是再正確不過的決定。雖然無論從哪項標準來看，她都已完全從那場意外中康復，但神經仍有些損傷，不過只影響高階的功能，無從精準完成一些細緻的動作。但儘管細微，卻依舊存在。對其餘九成九的職業或興趣來說——歌手、陶藝家、動物管理員，以及外科手術醫生外的任何一類醫生——這都毫無影響；但對她來說，卻非常重要。

「而且，我不知道，我在家很常聽音樂，每天都聽iPod聽到睡著，但是——我最後一次去演奏會是什麼時候的事了？」她難過地說。

聽iPod聽到睡著？這代表她和那個什麼名字來著的傢伙沒有發生性關係？「那妳為什麼不去？」我問，決定將這情報留到之後再思考。「不喜歡聽眾？人群？」

「我就知道你懂。」

「好吧，我相信一定有人跟妳建議過，因為也有人這麼跟我建議過——」

「什麼建議？」她那悲傷的笑容究竟有什麼魔力？要怎麼破除？「贊安諾？乙型阻斷劑？催眠？」

「都有。」

「嗯——如果是恐慌症發作，或許吧。但不是。那是一種悔恨，悲傷，嫉妒——而這是最糟的——有個叫做貝塔的女孩——很蠢的名字，不是嗎？貝塔？她的演奏真的很普通；我沒有看不起她的意思，但小時候開始她就經常落後，而現在居然進了克里夫蘭愛樂管弦樂團。我不願承認，但心裡真的很不是滋味。不過這種心病無藥可治，不是嗎？」

「呃——」其實有，而且在亞當克萊頓鮑威爾大道上的傑若生意如日中天。

「那些聲音——還有觀眾——會觸發某種東西——我回家，覺得所有人都看不順眼；我會自言自語，用不同的聲音和自己爭論，心情一連低落好幾天。而且——好吧，告訴你，我試過教音樂，但就是不適合我。」多虧了瑪格瑞特姑姑和韋堤舅舅的金援，琵琶不用工作（埃佛特也沒在工作，而且同樣是要感謝瑪格瑞特姑姑和韋堤舅舅——據我推測，「音樂圖書館員」大概乍聽之下像個前景光明的職業，但其實骨子裡就是份無薪的實習工作，他的帳單都是琵琶付的）。「那些青少年——看著他們暑假一到就去音樂學校或墨西哥城的交響樂團演奏，我就不說那讓我有多痛苦了。但年紀再小的小孩又不夠認真。光是和他們相處我就心浮氣躁。在我看來——他們的態度過於輕忽——白白浪費天分。

「教學是個鳥工作。我也不想當老師。」

「沒錯，但是——」她喝了口酒，「——如果我不演奏，還能做什麼？——我生活裡幾乎只有音樂，還有埃佛特。我只能繼續念書、繼續修課——但我必須坦承，我沒有那麼喜歡倫敦，那裡一年四季都死氣沉沉，老是下雨，在那也沒什麼朋友。而且有時候到了晚上，還會聽見公寓裡頭有人在哭，可怕的痛苦啜泣聲從隔壁傳來，而我——我很高興你找到自己的興趣，因為有時候我真的不曉得自己到底在做什麼。」

「我——」我焦急思索此刻究竟該說些什麼才對，「回來吧。」

「回來？你是說紐約？」

「當然。」

「那埃佛特怎麼辦？」

我無言以對。

她目光灼灼地看著我：「你真的不喜歡他，對不對？」

「呃——」說謊有什麼意義？「對。」

「好吧——如果你多了解他一點，就會喜歡他。他人很好，脾氣很溫和、平靜——他很穩定。」

我再次無言以對。這些特質在我身上完全找不到。

「還有，倫敦——我確實想過搬回紐約——」

「是嗎？」

「當然了。我很想念霍比，非常想。他常開玩笑說，我們花在電話費上的錢都可以替我在這租一間公寓了——不過當然了，他還活在過去，以為打去倫敦的長途電話一分鐘要五塊錢。幾乎每次通電話他都會試著說服我搬回來……好吧，你也知道霍比，他不會直說，但你懂的，會不停暗示我，老是說這裡又有什麼工作機會，哥倫比亞大學又有什麼教職之類的——」

「是嗎？」

「是啊——在某種程度上，我也無法理解自己為什麼要住得那麼遠。以前帶我去上音樂課、聽交響樂團演奏的是韋堤，但在家裡等我的永遠都是霍比；你懂的，放學後會上樓來替我準備點心、幫我種科學課報告要用的金盞花。即便現在——當我重感冒、忘記要怎麼煮洋薊或清理桌巾上的燭蠟時，你猜我會打給誰？還是霍比。但是——」是我的想像嗎？還是紅酒讓她激動了點？「——老實告訴你，知道我為什麼不常回來嗎？在倫敦——」她快哭了嗎？「——這件事我不輕易告訴別人，但在倫敦，我起碼不會無時無刻想起那天的事。『我前一天就是走這條路回家。』、

『這裡就是我和韋堤以及霍比最後一次共進晚餐的地方。』在那裡，我起碼不會時時刻刻想著：我該在這裡左轉嗎？還是右轉？彷彿我所有命運就維繫在我是搭F號地鐵還是六號地鐵上。可怕的預感。所有一切都令我害怕。每次回到這裡，我就像重回十三歲——而且不是讓人開心的那種時光倒流。一切在那天停止了，真的；我甚至不再成長。你知道嗎？那件事之後我就再也沒有長高過，一公分都沒有。」

「妳的身高剛剛好。」

「這種情況很常見。」她說，無視我笨拙的讚美。「受傷與受創兒童——常常無法長到正常身高。」她那種如卡曼贊德醫生般的口吻無意識地來來去去——雖然我從未見過卡曼贊德醫生，但能感受到他的浮現與掌控，彷彿一種淡漠的抽離機制。「因為資源分散了，生長系統就停止運作。我學校裡有個女生——沙烏地阿拉伯的公主，十二歲的時候被歹徒綁架。雖然綁匪最後都被處決了，但是——我認識她的時候她已經十九歲，人很好，但身材非常嬌小，大約只有一百五十公分。她受到嚴重的創傷，從被抓走的那一天起，就再也沒長過一公分。」

「哇，是那個地窖女孩？妳和她是同學？」

「海斐利峰學院是個奇異的組合，在那裡有逃離總統官邸時遭人槍擊的學生，也有父母只是想要她們減肥，或為了冬季奧運受訓就把她們送去的女生。」

她任由我握住她的手，什麼也沒說——身上依舊裹著層層衣物，不讓服務生替她掛起外套。夏天裡穿長袖——一年四季都裹在半打圍巾裡，就像藏在層層繭蛹中的昆蟲——保護著這損壞過又重新拼湊修復的女孩。我怎能如此盲目？難怪這部電影讓她心神不寧：顧爾德終年藏在笨重的大衣底下，藥罐堆疊，捨棄自己的舞台，歲末白雪在他身旁越積越深。

「因為——我聽你說過，知道你和我一樣偏執。我也總是忍不住不停思索。」琵琶沒有要求，但服務生又悄悄上前，替她斟滿酒杯，而她似乎完全沒發現。親愛的服務生，我心想，上帝保佑妳，我一定會給妳一筆永生難忘的小費。「如果我是申請星期二或星期四的徵選就好了；如果我先前就答應韋堤帶我去博物館就好了……他想帶我去看那展覽已經想了好幾個星期，堅持一定要我在它結束前去看……但我總有其他事要做，和朋友黎安一起看電影要比那場展覽重要許多，等等之類的；而她呢，順帶一提，在意外發生後就像人間蒸發一樣——那天下午看完那場愚蠢的皮克斯電影後就再也沒見過她。但這些細微的徵兆不是被我忽略，就是茫然未覺——只要我稍加留意，一切就不會相同——就像是，韋堤之前拚了命要帶我去博物館，一定起碼問過我十幾次。感覺就像他有所預感，知道有什麼災禍即將降臨，我們那天會出現在那兒完全都是我的錯——」

「起碼妳沒被學校退學。」

「你有嗎？」

「休學，也夠糟了。」

「只要想到如果那事從來沒發生，我就覺得好奇怪。如果我們那天都不在博物館，或許就不會認識對方。若是那樣，你覺得你現在會在做什麼？」

「我不知道，」我回答，有些吃驚，「想都無法想像。」

「是啊，但你一定想過。」

「我不像妳，我沒有什麼專長或天分。」

「那你有什麼興趣？」

「沒什麼特別的，就一般的興趣：電腦遊戲、科幻小說和電影等等。每次有人問我長大後想做什麼，我常會耍嘴皮子，說我想當銀翼殺手之類的。」

「老天，那部電影給我好大陰影。我常想起泰瑞的姪女。」

「什麼意思？」

「就是她注視鋼琴上照片那一幕，想知道她的記憶究竟屬於她還是泰瑞的姪女。我也常回想過去，只是想尋找徵兆，你懂嗎？尋找一些我應該察覺但疏忽的事物。」

「妳說得對，我也這麼想，但是預兆也好、跡象也好、片段的知識也好，沒有任何邏輯的方法能夠……」為什麼在她身邊我連一句話都說不好？「……我得說，這聽起來實在太瘋狂了，尤其是從別人嘴裡聽見；責怪自己沒有預測到未來。」

「嗯——或許吧，但卡曼贊德醫生說自責在所難免。意外、災禍——約有百分之七十五的災難受害者都相信事前曾有警訊出現，只是被他們所疏忽或誤解；十八歲以下的孩童比例甚至更高。但這並不代表那些徵兆並不存在，不是嗎？」

「我不這麼認為。事後回想——當然會覺得如此。但我覺得這比較像是在計算時一開始就加錯兩個數字，導致最後得出錯誤的總和。如果往前檢視，自然能看見那錯誤——發現那個導致不同結果的關鍵點。」

「對，但那也差不多糟，不是嗎？發現錯誤，看見出錯的時間點，卻無法回去改正？我的徵選會——」她吞下一大口酒，「——茱莉亞音樂學院的管弦先修班——我的視唱指導老師說我有機會拿到第二席；如果表現得真的很好，首席也未嘗不可，所以我想這徵選會應該很重要。但是韋堤——」沒錯，那絕對是淚水，她雙眼在火光中熠熠生輝，「——我知道自己不該吵他陪我去上城，他根本沒必要去——母親在世時他就把我寵壞了，等她過世後更是變本加厲。那天對我來說很重要，沒錯，但是有重要到那地步嗎？沒有。因為，」她哭了，微微的飲泣，「我根本不想去博物館。我想他陪我去，只是因為我知道他會趁徵選開始前帶我去吃午餐，地方隨我挑——他那天本來該待在家裡的，有別的事要辦。他們甚至不讓家屬進去旁聽，他得在走廊上等——」

「他知道自己在做什麼。」

她抬頭看向我，好像我說錯了什麼。但我知道若我用對語氣，這會是最適切的一句話。

「我和他在一起的那段時間，他滿口說的都是妳。而且——」

「而且什麼?」

「沒什麼。」我閉上雙眼，覺得自己不勝酒力；還有她，還有那種無法解釋的無力感都令我茫然暈眩。「只是——那是他在世的最後一刻，妳懂嗎?而我和他的生命之間彷彿只存在著一線之隔。不，是沒有絲毫空隙，彷彿我們之間有什麼打開了。就像有股浩瀚的真實——這世上真正重要的事物——一閃而逝。不是我，也不是他。我們合而為一，他就是我，我就是他，我們擁有同樣的想法——無須言語。實際上只是短短幾分鐘，感覺卻像好幾年，我們直到現在還可以說是存在於那時，那刻。好吧，我知道這聽起來很奇怪——」事實上，這類比根本就莫名其妙，怪誕，而且瘋狂，但我想不出其他解釋的方法，「——但妳知道芭芭拉·古博里嗎?她在萊因貝克開課講授那些利用催眠回溯前世今生的事?因果、轉世之類?共同輪迴好幾世的靈魂?我知道，我知道，」看見她驚訝(以及微微警戒)的表情，我趕緊說，「我每次去見芭芭拉，她都要我唸誦『嗯』還是『嗡』什麼音的來癒療我……呃，滯塞的氣輪之類——『海底輪缺陷不足』——我沒開玩笑，這就是她對我的診斷，『失根……』、『心靈緊扼……』、『能量破碎……』我只是站在那喝雞尾酒，也沒幹嘛，但她自己就忽然飄過來，告訴我該吃些什麼，好強化自己心靈……」她開始恍神了，我看得出來，「——對不起，我離題了。只是她說起這些事，把我搞得心煩意亂。霍比那時也在，喝著一大杯老蘇格蘭威士忌，問:『那我呢，芭芭拉?我該多吃一點根莖類蔬菜嗎?還是該練習倒立?』但她只是拍拍他手臂，回答說:『喔，不用擔心，詹姆斯，你是**進化人種**。』」

這句話把她逗笑了。

「但韋堤——他也是進化人種——沒開玩笑，我是認真的。遠超出我們理解範圍的人種。芭芭拉告訴我們的那些故事——在緬甸的時候，有某某大師把手按在她頭上，在那瞬間，知識灌注她全身，從此脫胎換骨——」

「嗯，埃佛特也是——當然了，他從來沒真正見過克里希那穆提[6]，但——」

「對，沒錯，」埃佛特——我也不知道為什麼每次聽到他名字心裡就一股煩躁——以前念過南英格蘭某所教導身心靈整合的寄宿學校，那裡的課程名字都是什麼「關懷地球」、「為他人著想」等等之類的。「但是——就像韋堤的能量，或力場——老天，聽起來好俗，但我不知道還有什麼其他說法——從那時候開始就一直跟在我身旁。我陪著他，他也陪著我，彷彿再也不分離。」儘管這感受十分強烈、深刻，但我以前從不曾對任何人說過。「那感覺就像——他就存在於我腦海、我身旁。我的意思是——幾乎我一搬進霍比家，就不由自主地被樓下的古董店吸引——它像卷軸般將我拉了進去——那是一種很直覺的感受，無法解釋。因為——我對古董有興趣嗎？沒有。怎麼會有？但我卻在那裡，一件件察看他收購的古董，研讀他寫在拍賣會目錄邊緣的註記。他的世界，他的一切；店裡所有一切——都如火焰般吸引著我。我甚至不曾刻意尋找——而是命運找上了我。在我十八歲前，沒有人教過我這一切，但我就像早熟穩於心般，獨自待在店裡，做著韋堤的工作，就像——」我不安地翹起雙腿，「——妳有沒有想過，他要我去找妳是多麼奇怪的一件事？機緣——或許吧，但對我來說絕非偶然，比較像他看穿了真正的我，把我送去我該去的地方、找我該找的人。所以，沒錯——」我冷靜了些，察覺自己語調有點太急促，「——對不起。我不是有意要把話題扯遠的。」

「沒關係。」

靜默中，她凝視著我，但不像凱西——她總是有些心不在焉，不喜歡認真的話題。換作是她，不是會眼神飄忽，尋找服務生，就是丟出任何輕鬆或／而且好笑的評語，以免氣氛變得太嚴肅。琵琶不一樣，她凝神聆聽，專注地陪在我身旁。而且我看得出來，她是多麼為我感到悲傷；而正因她是真心喜歡我，那悲傷才又更濃郁了些。我們有許多共同點，無論心靈或情感上都存在一種無法割捨的聯繫。她喜歡我作伴，信任我，希望我好；最重要的是，她想成為我的朋友。有些女人或許會為此洋洋得意，以我的悲慘為樂，但琵琶不是那樣的人。見我為了她支離破碎，她絲毫不覺得那有什麼有趣。

29.

翌日——也就是訂婚宴當日——前一晚的親暱消失無蹤，留下的（無論是早餐或者我們在走廊上的飛快招呼）只有知道自己再也不可能獨占她的挫敗感。我們兩個都很尷尬，錯身而過時總是相撞，交談時音量太大，語調又過於歡欣，而我不由（滿心悲傷）地想起她去年夏天的造訪，也就是她帶著「埃佛特」出現的四個月前，我們曾坐在門口台階，熱切地談天說地，只有我和她，在天色漸晚的時分。我們肩並著肩（『就像兩個老遊民。』），膝蓋碰著膝蓋，手臂碰著手臂，看著街上來來去去的行人，天南地北地聊起童年、聊起和朋友一起在中央公園玩耍、在沃爾曼溜冰場溜冰（在過去的日子裡，我們是否見過彼此？在冰上擦肩而過？）；聊起剛跟霍比一起在電視上看的《亂點鴛鴦譜》、聊我們都很喜歡的瑪麗蓮夢露（「春日裡的一縷幽魂。」）、聊可憐墮落的蒙哥馬利．克里夫特，無論去哪，口袋裡總是帶著幾顆藥丸（這件事我本來不曉得，也不予置評）；聊克拉克．蓋博的死，以及夢露無比的內疚與自責——而不知為何，這話題莫名地讓我們開始談起命運、神祕學與占卜：生日與運氣好壞有關嗎？諸事不順的低潮期；不祥的星象排列？看手相的算命師會怎麼說？你給人看過手相嗎？沒有——你呢？或許我們該去第六大道上那間有紫燈和水晶球的心靈治療工作室看看，它好像二十四小時營業——喔，對，你是說那個有熔岩燈，還有羅馬尼亞瘋女人在門口潑婦罵街的地方？我們聊到夜色黑到幾乎看不見彼此，不必

6 J. Krishnamurti，印度哲學家，同時被譽為二十世紀最偉大的靈性導師。

要地壓低音量，喁喁私語：你想進去了嗎？還不想。豐腴圓滿的夏月在天上散發皎潔純淨的光芒，我對她的愛也是那般的純粹，簡單，堅定，一如月光。但我們終究得進屋，而幾乎就在走進門的那瞬間，魔力消失了。站在明亮的玄關裡，我和她尷尬、僵硬，幾乎就像戲劇終了，燈光亮起，而我們之間的親暱露出了它原本的面目：一切都是虛假。好幾個月來，我一直苦苦想找回那一刻；而在那酒吧裡，在那短短一、兩個小時內——我成功了。但此刻，一切又變得好不真實，我們又重回起點。我試著告訴自己，只要能獨占她幾小時便已足夠。只可惜那並不是真的。

30.

安・德拉梅森——凱西的教母——替我們選了一間私人俱樂部舉辦晚宴。就連霍比也沒去過，但早已久仰大名，包括它（古老莊嚴）的歷史，它（堂皇顯赫）的建築，以及赫赫有名的成員（眾星雲集，從亞倫・博爾到伊迪絲・華頓都曾是他們的會員）。「那裡的早期希臘復興裝潢在全紐約應該是數一數二。」他難掩興奮之情地說，「樓梯——還有壁爐架——不知道閱覽室有沒有開放？據說那裡的灰泥還是最早的手工原貌，非常值得一看。」

「會有多少人出席？」琵琶問。她沒帶晚宴所需的服裝，所以被逼著去摩根勒菲買了件洋裝。

「兩百多人吧。」而在這兩百多人中，大約只有十五人（包括琵琶、霍比、布萊斯葛多先生與德弗里斯夫人）屬於我的賓客，另一百人是凱西邀請的客人，其餘的連凱西都說她不認識。

「包括市長，」霍比說，「以及兩名議員，還有摩納哥的亞伯特親王，對嗎？」

「他們邀請了親王，但我實在不認為他會來。」

「喔，所以就只是場溫馨的晚宴；家人至親齊聚一堂，溫馨祝福。」

「聽著，我只負責出席，他們要我做什麼，我就做什麼。」是安・德拉梅森在巴波太太漠視這場婚禮的「危機時刻」（她的說法），一把抓過統籌計畫的最高指揮權；是安．德拉梅森替我們敲定合適的教堂與合適的牧師；也是安．德拉梅森替我們安排好（眼花繚亂的）賓客名單與（棘手至極的）座位表。而且到了最後，對一切握有最後裁定權——從戒指的枕墊到婚禮上的蛋糕——的人，看來也是她。是安．德拉梅森替我們聯絡禮服設計師，並出借她在聖巴泰勒米島上的別墅給我們度蜜月。凱西只要一有問題就會打給她（事實證明她們一天會通上好幾次電話）；也是她堅決將自己定位為（引述陶弟的說法）「婚禮黨衛總指揮」。而讓這一切顯得最滑稽荒謬的是，安．德拉梅森看我極度不順眼，幾乎都無法正眼看我一眼。我跟她心目中的完美女婿天差地遠，連我的名字都粗俗到她說不出口。「那新郎的想法呢？」、「新郎能盡快給我他的賓客名單嗎？」顯然地，和我這樣的人（家具商！）走入禮堂——或多或少——跟死去無異。所以才需要這些盛大華麗的安排，需要這些冰冷的儀式，彷彿凱西是什麼烏爾王朝的失落公主，打扮得精緻華美，出席盛宴——並在鈴鼓手與伴娘的列隊陪同下，浩浩蕩蕩走進冥府。

31.

我看不出我有什麼特別的原因會需要在宴會展現機智，所以在出門前吞了些藥，好讓自己保持愉快的心情，並在我最好的滕博亞瑟西裝口袋塞了一顆緊急備用的奧施康定，以防萬一。

俱樂部好美，美到我不由痛恨起眾多賓客帶來的壓迫感，人潮多到我無法好好欣賞建築的細節、並排懸掛的裱框畫——其中幾幅非常精緻——以及架上的珍稀典籍。紅絨帷幔、耶誕花圈——樹上點的是真的蠟燭嗎？我目眩神迷地站在樓梯頂端，不想招呼客人，不想與人交談，根本不想在這——

一隻手按上我衣袖。「怎麼了？」琵琶問。

「什麼？」我無法迎視她雙眼。

「你看起來好悲傷。」

「我是。」我說，但不確定她有沒有聽見；我自己都幾乎沒有聽見，因為在這時候，霍比——察覺我們兩人落後了——回過頭來尋找我和琵琶，高聲呼喊：「啊，原來在這……」

「去吧，招呼你的客人去。」他說，如父親般慈祥和藹地用手肘撞了撞我，「大家都在找你！」在這些陌生身影之中，他和琵琶是唯一真正獨特、有趣的面孔：她，在一身綠色紗袖的輕柔禮服中宛若仙子；他，在深藍色的雙排扣西裝與從皮爾皮鞋買回來的美麗舊鞋映襯下，顯得優雅又迷人。

「我——」我絕望地環顧四周。

「不用擔心。我們晚點就過去找你。」

「好吧。」我說，強自鎮定——但把他們獨自留在衣帽間附近，一面研究約翰．亞當斯的肖像畫，一面等待德弗里斯夫人寄放她的貂皮大衣，自己舉步維艱地擠過擁擠的廳房後——我發現除了巴波太太外，我一個人也不認識，而我現在也不覺得自己有辦法面對她。只是她在我有機會開溜前便已看見我，抓住我衣袖，拿著她的萊姆琴酒站在門邊，被一名如鬼魂般臉色陰鬱的老紳士纏住。他有張嚴厲的紅色面孔以及嚴厲而清澈的嗓音，兩邊耳朵上冒著一叢灰髮。

「喔，梅多拉，」他說，一臉詫異，「還是這麼討喜，這個可愛的老女孩，世上少有，百年難得一見。都要九十歲了！就像她老愛掛在嘴邊的，她家族是尼克博克一脈中血統最純正的一支——妳該看看她的，在看護的照顧下精神奕奕——」說到這，他允許自己發出一聲小小的放縱輕笑——「太可怕了，親愛的，但也非常有趣；起碼我覺得妳會這麼認為……他們現在無法雇用非白人的看護——這是現在的說法，對不對？非白人？因為梅多拉對她，嗯，這麼說吧，她對年輕時使用的語言有強烈的偏好，特別是當他們試圖制伏她，或請她進浴缸的時候。聽說只要脾氣一上來就變得十分剽悍！會抄起撥火棒追打非裔看護。哈哈哈！好吧……妳曉得的……『幸而上帝垂憐，那人不是我』。我想她大概是屬於那個被稱為『月光寶盒』的世代，我說梅多拉。而她父親在維吉尼亞確實有間祖產——在古奇蘭郡，對不對？利益聯姻，無庸置疑。但那兒子——妳見過他們兒子，對嗎？——不成材啊，是不是？有酗酒的毛病。還有他們的女兒，在社交圈裡有那麼些抬不起頭來。好吧，說委婉些，身材是太圓潤了點。把貓當收藏品在收集，如果妳懂我意思。還有梅多拉的弟弟歐文——歐文人非常、非常好，卻在運動俱樂部的更衣室裡心臟病發過世……在運動俱樂部的更衣室裡有些親密時光，如果妳懂我意思……很好的一個人，歐文；但總給人一點行屍走肉的感覺，還沒找到真正的自我便撒手人寰，我是這麼覺得。」

「席歐，」巴波太太說，在我試圖開溜時，忽然冷不防地按住我手臂，就像困在起火車輛中的遇難者在最後一秒抓住救難人員。「席歐，我向你介紹一下，這位是海維斯塔克．歐文先生。」

海維斯塔克．歐文轉身，用一雙銳利——而且在我看來，不全然那麼和善的眼神注視我。「你就是席爾鐸．戴克。」

「恐怕是。」我回答，吃了一驚。

「嗯。」我對他臉上的表情越來越反感。「你很訝異我認識你，對嗎？好吧，其實我認識的是你那位備受景仰的生意夥伴，霍伯特先生；以及他先前那名同樣受人敬重的合夥人，布萊克威爾先生。」

「原來如此。」我用一種堅定而溫和的語調回答。在古董交易這一行裡，我每天都會碰到像他這種說話含沙射影的老紳士。巴波太太始終不曾放開我的手，現在只有抓得更緊。

「海維斯塔克是華盛頓．歐文[7]的直系後裔。」她幫忙介紹，「現在正著手撰寫先人的傳記。」

---

7 Washington Irving，美國知名作家，著名作品包括《李伯大夢》、《沉睡谷傳奇》等。

「很有意思。」

「是的，非常有意思。」海維斯塔克心平氣和地回答，「只可惜華盛頓．歐文在今日的學術界已略顯失寵；邊緣化。」他說，很高興自己能用到這個詞彙，「學者說他的筆觸不夠美國，有點太過世界主義——太歐洲化。不過這是預料中的事，我想，因為歐文大部分的筆法都是承自約瑟夫．艾迪生與理查．史提爾。總之，我相信我這位著名的先人一定會認可我每日的作息。」

「什麼樣的作息——？」

「到圖書館閱讀舊書報、研究政府過去的文書紀錄。」

「為什麼要研究政府紀錄？」

他愉快地揮了揮手：「我對它們很有興趣；而我有個交情甚篤的同儕更是如此，偶爾會找到一些非常有趣的訊息……我想你們兩人應該認識。」

「是誰？」

「盧修斯．李維？」

沉默接踵而至。在靜默之中，人群喋喋不休的交談聲與酒杯碰撞聲變得如此震耳欲聾，彷彿有道狂風忽然席捲而至。

「沒錯，盧修斯。」滑稽的眉毛，如吹笛子時噘起的雙唇。「我就知道你對他的名字不陌生。如你所知，你賣了件非常有趣的子母櫃給他。」

「對，而且我很樂意買回來，如果我能說服他的話。」

「喔，一定是的。只是他不願意賣，就像——」他說，不懷好意地阻止我開口，「——換作是我，我也不會賣；因為還有另一件更有意思的作品。」

「好吧，恐怕他得死了這條心。」我愉快地說。方才聽到李維的名字便駭然失色純粹是本能反應；一朝被蛇咬，十年怕草繩。

「死了這條心？」海維斯塔克發出一聲輕笑，「喔，我不認為他會死心的。」

我微笑以對，但海維斯塔克只是更加沾沾自喜地看著我。

「在現今這個時代，你能在電腦上找到的資訊非常驚人。」他說。

「是嗎？」

「是啊，你知道嗎，盧修斯最近找到了些有趣的消息，關於你賣出的其他幾件家具；實際上，我想那些買主應該不知道那些家具有多有趣。十二把『鄧肯・費』的餐椅送至達拉斯？」他說，啜飲手中的香檳，「把『珍貴的薛萊頓家具』運送給休士頓的買家？洛杉磯還更多？」

我努力不讓臉上的表情動搖。

「『博物館等級的家具』，當然了——」他把巴波太太也扯了進來，「——我們都知道所謂『博物館等級』五個字完全取決於你指的是那種博物館，不是嗎？哈哈！但盧修斯對你近來的幾筆重大交易追查得相當仔細，他在考慮等假期結束後，是不是該南下德州一趟，去——哈！」看見身穿一襲冰藍色綢緞禮服的凱西飄然而至，他忽然像跳舞般迅速轉身，說，「太好了，太好了，錦上添花！親愛的，妳今天美極了。」他說，傾身上前，在她頰上一吻，「我正和妳迷人的準夫婿說話呢。沒想到我們居然認識共同的朋友，太讓人吃驚了！」

「是嗎？」等到她正面轉向我——直視我，在我頰上輕輕一吻——我才發現凱西並不完全肯定我今晚會如期現身。見到我，她心裡的寬慰幾乎觸手可及。

「你在和席歐以及媽咪分享八卦嗎？」她說，轉頭看向海維斯塔克。

「喔，小貓咪，妳太淘氣了。」他親暱地一手挽住她，另一手拍拍她手背；一名身披清教徒皮囊的惡魔男子，瘦削、和藹、活躍。「來吧，親愛的，我看得出來妳需要喝一杯，我也是。咱們走吧——」又轉頭瞥了我一眼，「——讓我們找個舒服安靜的地方，好好聊聊妳未婚夫的八卦。」

32.

「謝天謝地，他終於走了。」巴波太太在兩人朝著飲料桌離去後這麼喃喃道，「那些滔滔不絕的閒聊總是讓我筋疲力盡。」

「我也是。」我大汗淋漓。他是怎麼知道的？他方才提到的家具都是由同一家貨運公司運送。但是——我也非常需要來一杯酒——他怎麼可能知道？

我察覺巴波太太說了些什麼。「不好意思，妳說什麼？」

「我說這場面是不是很驚人？沒想到會來這麼多賓客，我很意外。」她的穿著極為簡單——黑洋裝、黑跟鞋，還有那枚壯觀的雪花胸針——但巴波太太不適合黑色，只讓她散發一種憔悴又悲傷的自棄感。「我非得融入這些人群嗎？我想是的。喔，天吶，你看，那是安的丈夫，他那個人好無聊。如果我說我想自己留在家是不是很過分？」

「方才那男人是誰？」我問她。

「海維斯塔克？」她一手扶著額頭，說，「我很高興他這麼堅持重申自己的名字，否則我也不知道該怎麼向你介紹他。」

「我還以為你們是好朋友。」

她怏怏不樂地眨了眨眼，那不安的神情令我對自己的語調有些自責。

「嗯，」她斷然回答，「他是一副很親暱的樣子——總是表現得好像和你很相熟；他對每個人都是如此。」

「你是怎麼認識他的？」

「喔——海維斯塔克是紐約歷史協會的志工。沒有他不知道的事、沒有他不認識的人。不過，別說出去，我認為他根本不是華盛頓．歐文的後裔。」

「是嗎？」

「這麼說吧——他是很有魅力；我的意思是，他人脈確實廣大……宣稱自己和亞斯特家族與華盛頓．歐文有血緣關係，而又有誰能反駁他呢？他提到的許多人都已不在世上了，有些人覺得這很有意思。海維斯塔克是個討人喜歡的傢伙，或該說，只要他想，就可以討人喜歡。他常去探望那些年長的女士——你剛才也聽到了，對紐約歷史如數家珍——日期、姓名、系譜。你出現前，他正向我介紹這街上每一棟建築的歷史——所有發生過的醜聞——隔壁那棟連棟房屋在一八七〇年代曾發生過震驚社會的凶殺案——確實沒有他不知道的事。像在幾個月前的一場午餐會中，他便在席間煞有其事地說起一樁有關佛雷．亞斯坦[8]的下流軼事，但我實在不覺得那是真的。佛雷．亞斯坦！亂發脾氣，像水手一樣咒罵髒話！坦白告訴你，我就是無法相信——沒有人相信。錢斯的祖母在好萊塢演戲時也認識佛雷．亞斯坦，說他是全世界最可愛的一個人，從沒聽過他任何一句壞話。當然了，有些老牌明星真的很糟糕，我們都聽說過那些故事。喔，」她一口氣也沒喘便痛苦地說，「我好累，又好餓。」

「來——」我好為她心疼，領她走向一張空椅，「——妳先在這坐會兒。要不要我替妳拿些吃的？」

「不用了，謝謝，陪著我就好。但我想我不該霸占你不放。」她說，但沒有半點說服力，「你是今晚最重要的人物。」

「我說真的，去幫妳拿些吃的花不了一分鐘，」我飛快掃視屋內，看見服務生端著一盤盤前菜來回穿梭，隔壁房裡還有一桌食物，但我現在非常需要和霍比談話。「我保證一定盡快回來。」

---

8 Fred Astaire，美國知名電影、舞台劇演員與歌手，曾獲得金球獎、艾美獎、奧斯卡等多項大獎。

幸好霍比身材高大——幾乎是場內最高的一個——所以我輕而易舉就找到他，人海中的一座安穩燈塔。

「嗨。」快走到他身邊時，有人忽然抓住我手臂。是普萊特，穿著一件有樟腦丸味的綠色絲絨夾克，看起來凌亂狼狽，焦躁不安，而且顯然已有了醉意。「你們倆還好嗎？」

「什麼？」

「你和小凱之間都解決了？」

我不太確定要怎麼回答這問題。沉默片刻後，他將一綹灰金色的髮絲塞至耳後。他的臉孔因開始步入中年而顯得紅潤浮腫，我不只一次心想，拒絕長大的普萊特是如此不自由，他已遊手好閒太久，原本所繼承的一切光彩都已消失無蹤。現在的他，只能端著萊姆琴酒在宴會外圍遊蕩，而他的弟弟陶弟——仍未從大學畢業——卻能在人群之中侃侃而談，身旁環繞的對象包括一所長春藤大學的校長、一名億萬資本家，以及一名重要的雜誌出版商。

普萊特的視線依舊停留在我臉上。「聽著，」他說，「我知道這不關我的事，但你和小凱……」

我聳了聳肩。

「湯姆不愛她。」他忽然脫口而出，「你的出現是凱西生命中最美好的一件事，她自己也清楚。我的意思是，看看他是怎麼對她的！你知道嗎，安迪過世那週末她就是和他在一起。因為如此，她才要安迪去照顧爹地，即便他根本應付不來。她自己為什麼不去呢？湯姆，湯姆，湯姆，一切都因為湯姆。而且，顯然呢，和她在一起時，他總是滿口『天長地久』、『此生唯一』，或起碼她是這麼說的。但相信我，他私底下根本不是這麼一回事。因為——」他垂頭喪氣地沉默片刻，「——看看他是怎麼把她玩弄於股掌的——像吸血鬼一樣不停討錢、背著她和其他女生打情罵俏——讓我反胃至極；媽咪和爹地也是。因為他根本就是把凱西當飯票。他就是這樣看待她的。但是——不要問我為什麼，她就是為他神魂顛倒，完全失去理智。」

「在我看來，到現在都還是如此。」

普萊特皺了皺臉：「別這樣，她要嫁的人是你。」

「蓋伯看起來不像是會結婚的人。」

「嗯——」他吞下一大口酒，「——無論是誰跟湯姆結婚，我都衷心為她難過。小凱或許衝動了些，但並不笨。」

「是不笨。」差遠了。她不僅安排了一樁能讓母親開心的婚事，還能繼續和自己心中所愛上床。

「他們永遠不可能有結果的。就像媽咪說過的：『只是一時迷戀』、『遲早會分開』。」

「她說她愛他。」

「男人不壞女人不愛。」普萊特說，甚至懶得反駁，「你沒發現嗎？」

對，我沒發現。我冷冷地想；這不是真的。否則琵琶為什麼不愛我？

「老弟，你需要來一杯。實際上——」他將杯裡剩下的琴酒一飲而盡，「——我自己也要再來一杯。」

「聽著，我真的得去找個朋友。還有，你母親——」我轉身，指向我方才扶她坐下的方向，「——她也需要一杯酒，還有食物。」

「喔，媽咪。」普萊特說，看起來就像我提醒了他爐子上還有水在燒，匆忙離開。

33.

「霍比？」

看見我按住他衣袖，他似乎嚇了一跳，飛快轉身。「一切都還好嗎？」他立刻問。

光是站在霍比身邊──光是呼吸他所散發的純淨氣息──我就覺得舒坦許多。「聽著，」我說，緊張地環顧四周，「我們能不能──」

「啊，這就是新郎倌嗎？」一名熱切徘徊在他身旁的女士插口。

「對，恭喜！」更多陌生面孔湧上前來。

「好年輕啊！你看起來真年輕！」一名五十多歲的金髮女士握住我的手，「而且真是英俊！」轉頭對她朋友說，「簡直就是白馬王子！看起來連二十二歲都不到。」

霍比彬彬有禮地把我介紹給周遭的賓客──溫文儒雅、從容得體，彷彿一頭溫煦圓融的雄獅。

「呃，」我環顧四周，「霍比，抱歉我得借一步說話，希望你不會覺得我失禮──」

「私下說句話嗎？沒問題。抱歉，我們先告退一步。」

「霍比，」一來到安靜些的角落，我立刻開口，鬢邊的頭髮已被汗水浸濕。「你認識一個叫做海維斯塔克．歐文的人嗎？」

他皺起一雙白眉：「誰？」他問，又更加仔細地端詳我，「你確定你沒事嗎？」

他的語調，還有表情，都讓我明白，原來他對我的了解比平時表現出來的還要深刻。「對，」我說，將眼鏡推上鼻梁，「我沒事。但是──聽著，海維斯塔克．歐文，這名字聽起來耳熟嗎？」

「不，我應該耳熟嗎？」

我顛三倒四地將來龍去脈解釋了一遍──我亟需酒精；過來途中沒繞去酒吧一趟實在太傻了。霍比聽著，臉上神情越來越茫然。

「等等，」他說，目光在攢動的人頭間梭巡，「他在哪？你有看到他嗎？」

「呃──」人群在自助餐檯與碎裂的冰檯旁蜂擁攢動，戴手套的服務生剔除一桶又一桶的生蠔外殼。「──那裡。」

霍比──少了眼鏡就看不清楚──眨了兩次眼後瞇起眼。「哪個？」他簡單地問，「是那個——」他雙手舉至頭側，比出那兩撮灰髮。

「對，就是他。」

「嗯。」他盤起雙臂，忽然散發一種樸拙粗獷的從容感，讓我瞬間瞥見霍比的另一面：不是那個穿著剪裁合身西裝的古董交易商，而是在阿爾巴尼那段過往人生中可能成為的警察或強悍牧師。

「你認識他嗎？他是誰？」

「嗯。」霍比極不自在地拍了拍胸前口袋，尋找他不能抽的香菸。

「你認識他嗎？」我又追問一遍，語氣更為急迫，無法阻止自己向海維斯塔克所在的吧台看去。有時候，如果事情比較敏感，你很難從霍比口中問出答案——他不是會改變話題，就是三緘其口，語焉不詳。而最糟糕的商談地點，莫過於一個隨時可能有人上前友善打斷的擁擠空間。

「不算認識，但和他有過生意上的往來。他來這裡做什麼？」

「新娘的朋友。」我回答——我的口氣令他臉上浮現驚訝的表情。「你怎麼認識他的？」

他飛快眨了眨眼。「怎麼說呢，」他回答，似乎有些不情不願，「我不知道他的真名。我和韋提以為他叫索隆．葛里斯坎，但他真正的名字——原來完全是另一回事。」

「他是誰？」

「金光黨。」霍比粗魯地回答。

「喔。」我感到一陣天旋地轉，沉默片刻後回答。這些金光黨會像鯊魚般哄誘老人引狼入室，騙走他們手裡值錢的東西，有時甚至公然行搶。

「我——」霍比大為震驚，笨拙地別開目光——「當然了，這裡對他來說肯定有許多肥羊。一流的騙徒——他和他的搭檔都是。這兩人聰明狡詐，像撒旦一樣。」

一名笑容燦爛、配戴教士白領的禿頭男士正不辭艱辛地朝我們走來。我盤起雙臂，轉身背對他，阻擋他繼續靠近，心裡暗暗期望霍比沒有看見，以免他倉促結束話題，上前招呼他。

「盧修恩．瑞斯；起碼他那時用的是這個名字。他們兩人合作無間，懂嗎——海維斯塔克，或索隆，不管他現在怎麼自稱，會找年長的女士或先生攀談、閒聊，打探他們的住址，登門拜訪……慈善晚宴、喪禮、美國重要文物拍賣會，所有地方都是他們尋找獵物的場合。總之——」他雙眼凝視酒杯，「——他會帶著他這位親切風趣的朋友——瑞斯先生——登門造訪。而當這些可愛的長輩分心招待他們時……很可怕，真的。珠寶、名畫、手錶、銀器，所有看得到的東西都不放過。不過，」他換了個語調，說，「那已經是很久以前的事了。」

我實在太渴望酒精的慰藉，很難不向吧台望去。我已經看到陶弟為一對長者夫婦指出我的位置。他們看著我，臉上露出期望的笑容，就像準備邁開蹣跚的腳步，向我走來，自我介紹。所以我堅決地轉過身，背向他們。「你是說他們專挑老人下手？」我追問霍比，希望能再多打探些消息。

「對——很遺憾我必須這麼說，但他們專挑無助的對象下手，任何願意讓他們進門的人都不放過。而且很多老人擁有的並不多，他們會一次把獵物搜刮乾淨。但若對方真是一頭肥羊——？嗯，他們會一連送上好幾個星期的水果籃、推心置腹地促膝長談、親暱地拍拍手背——」

那名教士，或牧師，無論是誰，發現我在忙，便親切地舉起一隻手——晚點聊！——穿越人群離去。我對他投以感激的微笑。他就是要替我們證婚的聖公會主教、那個不知道什麼名字的神父嗎？還是安迪與巴波先生死後，巴波太太開始去的那間聖依納爵教堂的天主教牧師？

「他們很熟練，精通此道，沒有絲毫破綻，有時會假裝成家具鑑識員，提供免費的鑑定服務，用這方法登堂入室。或者，如果對方情況真的不好——臥床不起、痴呆失智——他們就矇騙看護，假裝是家屬。不過——」霍比搖了搖頭，「——你吃過了嗎？」他問，企圖改變話題。

「吃了。」我回答，雖然那不是實話，「謝謝。但是——」

「喔，太好了！」他鬆了口氣，「那裡有生蠔，和魚子醬。那道蟹肉料理也很好吃。你今天沒下樓吃午餐，我替你留了盤燉牛肉和一些豆子還有沙拉——但你沒吃，我看到它們還在冰箱——」

「你跟韋堤和他們有什麼關係？」

霍比眨了眨眼：「對不起？」他用他那魂不守舍的語調說，「喔——」朝葛里斯坎的方向點了點頭，「——你說他嗎？」

「對。」廳內歡欣的假期氣氛——燈光、明鏡；壁爐裡火光閃動，水晶燈熠熠生輝——卻讓我有種身陷夢魘的感覺，彷彿四面八方都有無數眼睛觀察著我、壓迫著我。

「嗯——」霍比別開目光——服務生剛端出一碗新的魚子醬，他已朝著自助餐檯半轉過身——但最後還是打消念頭。「好幾年前，他帶著許多要賣的珠寶和銀器來店裡；說是家裡傳下來的古董。只是其中有個鹽罐——年代相當早，十分珍貴——被韋堤認了出來；因為他認識當初向他買下那只鹽罐的女士。而且他也知道她被兩名假托是要為慈善活動募集舊書的年輕金光黨給騙了。總之，韋堤以寄售的名義收下那些物品，聯絡那位老太太並打電話報警。而我，好吧，我呢——」掏出口袋裡的一條利伯提花朵方巾，抹了抹額頭，聲音小到我幾乎聽不見，又不敢要他提高音量。「——發生這事的一年半前，我從某人手中買了件家具，當時就該察覺不對勁，但是——又說不上來到底哪裡不對。是在東八十幾街上的一棟新大樓——房內擺著許多奇奇怪怪的美國家具，茶櫃、直立式大鐘、鯨骨雕像，還有多到足夠成立學校的溫莎靠椅——但是沒有地毯、沒有沙發、沒有任何可以充作餐桌的桌子，沒有睡覺的地方——好吧，我相信你一定會比我早察覺不對勁。沒有什麼過世的姑母，也沒有長輩留下來的遺物，只是一間他倉促租來放置那些非法戰利品的公寓。那件家具也是，而讓我意外的正是這點。我聽過他的名聲，因為那時候他已經自己有間小店。只是小小一個門面，麥迪遜大道上一個非常小的空間，離以前的帕克博內畫廊不遠，很漂亮的一個地方，只接受預約。雪佛萊古董；一些一流的法國真品——不是我的專長。

每次經過那裡，總是大門深鎖，只能從窗戶窺探。我一直不知道店主是誰，直到他因為那件家具聯絡我。」

「然後呢？」我問，再次轉身。我看見普萊特正洋洋得意地帶著他出版社老闆走來，連忙用念力阻止他靠近。

「然後——」他嘆了口氣，「——長話短說，事情最後鬧上法院，韋堤和我都出面作了證。索隆——韋堤都叫他壞蛋——那時已消失無蹤——店在一夕之間清得乾乾淨淨，說是要『重新整修』，但當然了，從此再也沒有開張過。不過我相信瑞斯坐了幾年牢。」

「那是什麼時候的事？」

霍比咬著食指側緣，思索了會兒。「老天，我相信一定有三十年了——甚至三十五年？」

「那瑞斯呢？」

霍比皺起眉頭：「他也來了嗎？」目光再度掃視人群。

「我沒看到。」

「他頭髮大約是這個長度。」霍比用手指比向脖子下方，「過領，像英國人那樣；某個特定年紀的英國人。」

「白髮嗎？」

「那時還沒；現在的話，可能吧。嘴巴很小，看起來陰險狠毒——」他噘起雙脣，「——像這樣。」

「是他沒錯。」

「好吧——」他把手伸進口袋，摸索放大鏡，然後才想起這種場合自己不會帶在身上。「你主動提議說願意退還款項，所以如果他真是瑞斯——我實在不了解他為何如此堅持，因為他絕對沒有立場把事情鬧大或要求什麼，不是嗎？」

「對。」我沉默許久後回答，儘管這是一個難以啟齒的天大謊言。

「好了，別這麼憂心忡忡的模樣了。」霍比說，能結束這話題顯然讓他如釋重負。「你不該讓這事壞了今天的宴會。不過——」他拍了拍我肩膀，往另一頭看去，尋找巴波太太的身影，「——你得警告莎曼珊一聲，絕不能讓那頭黃鼠狼進她家門，什麼原因都一樣。您好！」他說，轉身迎向一對終於擠上前來，正滿心期待站在我們身後微笑的老夫婦。「我是詹姆斯．霍伯特，這位就是我們今天的新郎倌。」

34.

晚宴六點開始，九點結束。我面帶笑容，一身是汗，努力想要擠到吧台前，卻不停被攔截、打斷，有時還會被像坦塔羅斯[9]一樣強而有力的手臂給硬生生拖回去。喉嚨乾渴欲裂，酒吧近在眼前，卻又像遠在天邊——「來了來了，今天的主角！」、「春風得意的新郎倌啊！」、「恭喜！」、「席爾鐸，你一定要來見見哈利的表妹法蘭西——隆史崔特和亞伯納西兩家是親戚，父親那邊的親戚，家族在波士頓的支脈。錢斯的祖父是——法蘭西？喔，你們認識啊？太好了！還有這位是……喔，伊莉莎白，找到妳了，打斷一下，妳看起來美極了，這藍色把妳襯得亮眼極了！我非常榮幸向妳介紹……」最後，我放棄喝酒（和吃東西）的打算——包圍在不停變換的陌生人牆中——佇立原地，看見有服務生經過，就飛快抓起托盤上的香檳，有時還有開胃菜，像是小巧的法式鹹派和迷你魚子醬貝里尼；陌生面孔來來去去，我被圍困在家財萬貫、有權有勢的豪門貴冑間，不停禮貌地點頭……

9 Tantalus，希臘神話裡的人物。宙斯之子，因洩漏天機，受永世飢渴之苦。

（永遠不要忘記，你不是他們的一分子。我在拍賣會會計部門認識的一個毒蟲好友有次在印象派與現代藝術拍賣會上看到我和幾個重要的客戶應酬，便在我耳畔如此低語……）

……攝影師如旋風般席捲而至，我凍結原地，轉頭對不認識的人群微笑，被各種無聊乏味的話題禁錮其中：高爾夫球賽、政治；小孩從事什麼樣的運動、念什麼樣的學校；在耶爾、海恩尼斯、巴黎、倫敦、傑克遜鎮或木星買的第三、四、五、六棟房子；韋爾現在蓋成那樣好醜，記得它以前還只是個可愛的小村莊……你都去哪裡滑雪，席歐？你滑雪嗎？為什麼，你和凱西一定要來找我們……

我不停尋找霍比和琵琶的身影，卻鮮少看見他們。凱西不停興高采烈地把人拉上前來，介紹我們認識，旋即又像鳥兒飛離窗台，轉眼消失無蹤。值得慶幸的是，海維斯塔克也不見人影。最後，氣氛終於開始冷靜下來，但依舊熱絡。人潮逐漸往衣帽間移動，服務生也開始收拾自助餐檯的蛋糕與甜點。就在這時——我被凱西的一群表兄弟姊妹拉住不放——我瞄向房間另一頭，想要尋找琵琶的身影（我整晚都無法克制地不停搜尋她的紅髮；那是這房裡唯一重要有趣的景色）——沒想到，卻看見她和鮑里斯在一起，不由大為詫異。他們兩人聊得眉飛色舞，鮑里斯緊黏在她身旁，微微搭著她，手裡夾著根未點燃的香菸。喁喁細語，談笑風生。他是在咬她耳朵嗎？

「對不起。」我說，迅速穿過房間，來到壁爐旁——兩人不約而同地轉頭，向我張開雙臂。

「嘿！」琵琶說，「我們正說到你呢！」

「波特！」鮑里斯說，緊緊抱住我。儘管他盛裝出席，一身藍白條紋的西裝（麥迪遜大道上那間 Ralph Lauren 裡的成群有錢俄國人常看得我目瞪口呆），但不知為何看起來卻一點也沒體面多少，暈黑的雙眼讓他顯得粗俗暴躁；還有儘管嚴格來說，他的頭髮並不髒，卻給人一種骯髒的感覺。「真高興看到你！」

「我也是。」我也邀了鮑里斯，但沒想到他真的會出現——鮑里斯不是那種會記住日期或地址這類繁瑣小事的人；即便真的記住了，也很少會準時現身。「妳知道他是誰，對吧？」我轉頭問琵琶。

「她當然知道我啦！我所有一切她都知道！我們現在是全世界最要好的兩個朋友了！不過呢——」他裝出一副殷勤的模樣，轉頭看向我，說：「——我需要和你私底下說句話。請容我們暫且告退一下。」他對琵琶說。

「又要說悄悄話？」她玩笑地用腳上的芭蕾舞鞋踢了踢我鞋子。

「別擔心！我會把他送回來的！待會兒見！」他拋了個飛吻給她，隨即向我看來，一面走，一面附在我耳旁道：「她好可愛。老天，我愛死紅髮了。」

「我也是，但我要娶的人不是她。」

「不是嗎？」他一臉詫異，「但她向我打招呼！還知道我的名字！哈，」他說，湊上前來仔細端詳我，「你臉紅了！沒錯，波特！」他大呼小叫，「你臉紅了！像小女孩一樣！」

「閉嘴啦。」我厲聲喝叱，回頭瞄了一眼，深怕琵琶會聽見。

「所以新娘不是她？不是這個紅髮小女生？太可惜了，真是。」他東張西望地問，「那到底誰才是新娘？」

我指向凱西：「她。」

「喔！天藍色禮服那個？」鮑里斯激動地捏了捏我手臂，「老天，波特！她？全場最美的女人！太美了！根本女神！」他一副要五體投地的模樣。

「別鬧啦——」我抓住他手臂，連忙把他拉起來。

「天使下凡！如嬰兒眼淚般純淨無瑕！你根本就是癩蝦蟆吃天鵝肉——」

「沒錯，我想大部分人都這麼認為。」

「——不過——」他拿走我的伏特加，吞了一大口後又還給我，「——有點冰山美人的感覺，你不覺得嗎？我自己比較喜歡溫暖親切一點的。她——就像朵百合，或雪花！希望她私下沒那麼冷。」

「你絕對想像不到的。」

他挑了挑眉：「喔，所以……就是她……」

「對。」

「她承認了？」

「對。」

「所以你才沒陪在她身邊？因為你不想。」

「多多少少吧。」

「好吧，」鮑里斯一手耙過頭髮，「——那你現在必須去和她說句話。」

「為什麼？」

「因為我們得走了。」

「走？走去哪？為什麼？」

「因為我需要你和我一起去散個步。」

「為什麼？」我問，舉目四望，希望他沒把我從琵琶身邊拉走，急著想再次找到她。她身旁的蠟燭與橘色火光都讓我想起那間溫暖的酒吧，彷彿那光芒就是能帶領我們重回那晚的通道，回到那張讓我們膝碰著膝的小木桌，看著她臉龐浸浴在同樣的橘色光暈中。一定有什麼方法可以讓我穿過房間，牽起她的手，將她拉回那一刻。

鮑里斯甩開眼前的髮絲：「來吧。聽完我的話，保證你絕對精神一振！不過你得先回家拿護照。還有錢。」

在鮑里斯身後，是一張張不動聲色、冰冷陌生的女性面孔。巴波太太側身而立，微微面向牆壁，抓著一名看來不怎麼開心的教士的手。

「怎麼了？你有在聽嗎？」他搖晃我手臂。過去，在吸食強力膠後，我會睜著雙眼，毫無所覺地躺在床上，瞪著天花板上驚人的藍白色爆炸；而在那分崩離析的世界裡，是這聲音一次一次將我拉回現實。

「走啦！我們車上說。快，我替你買好了票──」

走？我向他看去；那是我唯一聽進去的一個字。

「我會解釋。不要這樣看我！沒事，別擔心。只是──首先呢──你必須離開一陣子；最多三天。所以──」他彈了下手指，「──去，去，去和冰山美人交代一下，然後就離開這裡。這裡不能抽菸，對不對？」他說，左右張望，「我沒看見有人抽菸。」

離開這裡。這是我整晚中聽到最像人話的一句話。

「你現在必須立刻回家。」他努力想抓住我視線，那模樣我再熟悉不過。「收拾你的護照，還有現金。你手邊有多少錢？」

「都在銀行。」我說，將眼鏡推回鼻梁，他的口氣莫名讓我清醒過來。

「我不是問你銀行或明天能夠準備多少錢，我是問你手邊現在有多少現金。」

「但是──」

「我有辦法把畫拿回來了。但我們不能繼續傻站在這裡，現在就必須動身。立刻，馬上。所以快去吧，快。」他說，輕輕地好意踢了我小腿一下。

35.

「你在這兒呢，親愛的。」凱西說，挽住我的手，踮起腳尖，親吻我臉頰──包圍在她身旁的兩名攝影師同時捕捉到這畫面：一名來自報社的社交版，另一名則是安特意為了今晚聘雇的。

「今晚是不是棒極了？你累了嗎？希望我家人沒讓你吃不消！親愛的安妮——」說著，一手伸向安．德拉梅森。老婦人一頭僵硬的金髮，一身僵硬的塔夫塔禮服，皺紋密布的脖頸與她刻鑿般的緊繃臉孔看起來極不相稱。「——這一切都太完美了……我們一家人是不是該拍張照？就妳、我和席歐三人？」

「凱西，」尷尬的拍照任務一結束，安．德拉梅森（顯然地，她一點也沒把我當家人看）便揚長而去，和其他更重要的賓客道別。她一離開，我立刻不耐煩地說：「我要走了。」

「但是——」她一臉困惑，「——安不是替我們訂了間餐廳——」

「妳得替我編個理由，這對妳來說應該不是什麼難事，對吧？」

「席歐，說話別這麼酸。」

「因為妳母親一定不會去，我很肯定。」如今要說服巴波太太去餐廳吃飯簡直是天方夜譚，除非是某個她確定自己不會撞見熟人的地方。「就說我先帶她回家了；她生病了、我生病了，都可以，發揮妳的想像力。妳會找到理由的。」

「你在惱我嗎？」巴波家的用語：著惱。小時候安迪也會用這個字。

「惱妳？沒有。」一切已塵埃落定，我也接受了這事實（蓋伯？凱西？），現在，他們兩人之間的事感覺起來幾乎就像什麼與我無關的低俗八卦。她戴著母親的耳環，我看到了——而且心裡異樣感動，因為她說得沒錯，它們一點也不適合她——我心裡一痛，伸出手，碰了碰耳環，還有她臉頰。

「喔！」身後的群眾中呼喊出聲——很高興看到我們小倆口終於有些親密的舉動。凱西——立刻抓緊機會——握住我的手，朱脣輕吻。又是一陣歡呼。

「可以嗎？」我趁她靠上前時在她耳畔低語，「如果有人問起，就說我出差了。有個老婦人打電話來，請我去看她的家具。」

「當然。」我必須稱讚她：心平氣和，完全沒有絲毫慌亂。「你什麼時候回來？」

「喔，很快。」我說，不過不是太有說服力。我會欣然離開這裡，一直走一直走，走上好幾天、好幾個月，直到來到墨西哥海岸，或許；某個與世隔絕的海岸。在那裡，我可以獨自遊蕩，日復一日穿著同樣的衣服，直到它們腐敗脫落，變成一名戴玳瑁眼鏡的瘋狂外國佬，靠修理桌椅維生。「好好照顧自己。還有，別讓那個海維斯塔克進妳媽公寓。」

「好——」她的聲音輕到我幾乎聽不見，「——他近來確實有些煩人。一直打電話，想帶花和巧克力來看我們。可憐的老頭。媽不肯見他。一直打發他，我心裡也有點過意不去。」

「不用。別讓他接近妳媽，他是個騙子。我先走了，再見。」我大聲說，在她臉頰上啄了一下（更多相機快門聲；攝影師整晚就等著這畫面），然後去找霍比（他正喜孜孜地研究一幅肖像畫；傾身貼在前面，鼻尖離畫只有幾吋），告訴他我要離城一陣子。

「好。」他轉過身，小心翼翼地說。和他合夥以來，我幾乎不曾請過一天假，更不用說離開曼哈頓。「你和——？」他朝凱西努了努下巴。

「不是。」

「一切都還好嗎？」

「很好。」

他看著我，又看向房間另一頭的鮑里斯。「你知道的，如果有任何需要，」他忽然說，「隨時都可以開口。」

「嗯，我知道。」我回答——一陣錯愕，不太確定他是什麼意思，或者該如何回應，「——謝謝。」

他聳了聳肩，似乎有些難為情，尷尬地轉回畫前。鮑里斯靠在吧台前，一面喝香檳，一面狼吞虎嚥剩下的魚子醬貝里尼。看到我，他一口飲盡手中的香檳，朝門口歪了歪頭，表示：走吧！

「再見。」我對霍比說，和他握了握手（這不是我平常會做的事），留下他茫然目送我離去。我也想和琵琶道別，卻遍尋不著她蹤影。她在哪兒？圖書室？洗手間？我決心要再看她一眼——一眼就好——在我離去之前。「你知道她在哪兒嗎？」我飛快找了一圈，又回頭去問霍比，但他只是搖了搖頭。所以，我只能焦心守在衣帽間旁，等她回來，直到鮑里斯——嘴裡塞滿開胃前菜——抓住我手臂，將我拉下樓梯，踏出門外。

第 五 部

我們擁有藝術，是為免死於真相。

——尼采

第十一章

紳士運河

1.

林肯禮車轉過街角——但當司機停在我們面前時，我發現車內之人並非傑里，而是一個我從未見過的男人，髮型像是酒醉拘留所裡的人替他理的，臉上許多穿環，一雙冰藍色的眼珠。

鮑里斯用俄語替我們兩人介紹。「Privet! Myenya zovut Anatoly.（嗨！我是安納陶利。）」那人說，伸出一隻手，上頭紋著模糊的藍色皇冠與星芒刺青，像是烏克蘭復活節彩蛋上的圖案。

「安納陶利？」我謹慎地說。「Ocyen' priyatno?（很棒吧，是不是？）」一連串的俄語緊接而起，我一個字也聽不懂，只能絕望地看向鮑里斯。

「安納陶利一句英文也不會。」鮑里斯開心地說，「對不對啊，陶利？」

安納陶利神情肅穆地看著後照鏡中的我們，又發表了一串長篇大論，回應鮑里斯。我很肯定他指節上的刺青是某種監獄標誌：藍色的環代表刑期，代表他坐了幾年牢，如樹木年輪般與時積累。

「他說你很會說話。」鮑里斯嘲諷地說，「很有禮貌和教養。」

「傑里呢？」

「喔——他昨晚先飛了。」鮑里斯回答，摸索他外套胸前的口袋。

「飛？飛去哪？」

「安特衛普。」

「我的畫在那？」

「不是。」鮑里斯從口袋裡掏出兩張紙，先在昏暗的燈光下掃視一遍後，才將其中一張交給我。「但我的公寓在那兒，還有車。傑里先去開車，拿些東西，再和我們會合。」

我把紙舉到燈光下，看見是一張列印的電子機票：

機票確認

戴克／席爾鐸 DL2334

紐沃克自由國際機場（**EWR**）至荷蘭阿姆斯特丹（**AMS**）

登機時間：**12:45A**

航行時間：七小時四十四分鐘

「從安特衛普開車到阿姆斯特丹只要三小時。」鮑里斯說，「我們會同時抵達史基浦機場——我可能會比你晚一小時——我讓瑪莉安替我們訂不同的班機，我的在法蘭克福轉機，你的是直飛。」

「今晚的飛機？」

「對——所以你知道了，我們沒有多少時間——」

「我為什麼也要去？」

「因為我可能會需要幫手，但又不想牽扯其他人進來。好吧——傑里可以。但連瑪莉安都不知道我們此行的目的。喔，我大可告訴她的，」他打斷我，又說，「只是——這件事越少人知道越好。總之，你必須趕快回去拿你的護照，手邊有多少現金統統一併帶走。陶利會載我們去紐沃克。我——」他拍了拍他的登機箱，我剛才才看見它擱在後座上。「——我都收拾好了，就留在車上等你。」

「錢呢？」

「看你有多少。」

「你該早點告訴我的。」

「沒必要——」他到處翻找香菸，「錢的事不用太擔心，有多少都可以，看你方便。錢不是重點，只是要拿出來擺擺樣子。」

我摘下眼鏡，用衣袖擦拭鏡片。「什麼意思？」

「因為——」鮑里斯用指節敲了敲太陽穴，這是他以前用來表示「笨蛋」的手勢，「——雖然我打算付錢，卻不打算付全額。偷我的東西還想有錢拿？這樣他們以後不就會為所欲為？這算哪門子教訓？只會讓他們知道『這人不用放在眼裡。』、『我們想幹嘛就幹嘛』。但是——」他像抽筋般翹起雙腿，拍打口袋，尋找打火機，「——我要讓他們相信我們有心付錢。所以你大概需要找台提款機——我們可以在路上或到機場再領。新鈔看起來更有派頭。你只能帶一萬塊現金進歐盟，對不對？但我會把多的用橡皮筋捆起來，放在我的行李箱。還有——」遞了根菸給我，「——我覺得全讓你一個人出不公平，所以一到那裡我會準備更多現金，當作我給你的禮物。還有銀行匯票——或該說沒用的匯票——假的存款單、空頭支票。加勒比海那裡的空殼銀行，保證一切看起來像真的一樣。我不曉得能不能成功，我們得隨機應變。只要有點腦子的人都知道，像這樣的交易，除了現金外，沒有人會接受匯票！但他們沒經驗，又狗急跳牆，所以——」他又起食指與中指，說，「——我覺得成功希望很大。到時就知道了！」

2.

安納陶利駛過街角，我跑進店裡，數也沒數，直接抓起所有尚未存入銀行的現金，總額大約是一萬六千元上下。然後快步上樓——波普跟在我腳邊團團轉，焦慮哀嚎——收拾行李，把東西塞進旅行袋：護照、牙刷、刮鬍刀、內褲、第一條看見的西裝長褲，以及兩件額外的襯衫和毛衣。我還拿出藏在襪子抽屜最深處的知更鳥酒瓶，但隨後又放回原位，飛快關上抽屜。

我匆匆跑過走廊，小波仍緊跟腳邊。看見琵琶的赫特威靈頓雨靴佇立她臥房門外，我不由陡然止步：那亮麗的青綠色使她身影頓時充滿我腦海，感到一陣滿滿的幸福。一時間，我愣在原地，不知該如何是好。然後，我走回房裡，拿起初版的《奧茲國的女王》，不及細想便匆匆寫下一張字條。*旅途平安。我愛妳；認真的，不是開玩笑。*我將墨水吹乾，夾進書裡，放在她靴旁的地板上。地毯上的景象（翡翠城，綠色雨靴，奧茲國的色彩）讓我幾乎有種錯覺，彷彿自己跌進了一首俳句，或某種能解釋她之於我的意義的完美文字組合。有那麼一會兒，我只是動也不動，站在原地——時鐘滴答作響，潛沉的童年記憶；門打開，眼前是一場明亮而熟悉的白日夢，我與她並肩走在夏日草地上——然後，我下定決心，走回房裡，拿出一條在拍賣會上不停用她名字呼喚我的項鍊。我把項鍊從藍黑色的絲絨盒裡拿出，小心翼翼地掛在其中一只雨靴上，金黃色的光芒錚然發亮。那是一條十八世紀的黃寶石項鍊，一條屬於童話仙后的項鍊，上頭鑲著鑽石蝴蝶結以及晶瑩剔透的蜂蜜色大寶石，就像她瞳孔的顏色。當我轉身，視線從她掛在對牆上的照片移開，匆忙下樓時，心裡幾乎有種小時候對著窗子扔石頭的驚恐與快感。霍比會知道那條項鍊價值多少，但等琵琶發現它以及那張字條時，我早已遠去。

3.

我和鮑里斯自不同的航廈啟程，所以就先在安納陶利放我下車的地方道別。玻璃門滑開，發出窒悶的喘息。機場內，完成安檢手續後，我站在大廳黎明前的光潔地板上，察看螢幕上的航班資訊，經過一家家拉下金屬門的漆黑店鋪：布魯克史東、Tie Rack、納森熱狗；輕快的七〇年代樂曲飄入意識之中（愛……愛讓我們相守……親愛的，時時想著我……）；經過冰冷陰森、圍著繩子的登機門，候機室空無一人，只有幾名大學生一人占了四張椅子，躺在上頭打瞌睡；經過仍未打烊的寂寞酒吧、寂寞的優格店、寂寞的免稅商店。因為鮑里斯三番兩次地強調，所以我進去買了第五瓶伏特加（「保險起見，以防萬一……在那裡，只有在政府核准的店裡才買得到酒……所以你或許會想買個兩瓶。」），然後一路走到我（擁擠）的登機門：眼神死氣沉沉的少數民族家庭、盤腿坐在地上的背包客；油光滿面、神情困頓的生意人專注於眼前的筆記型電腦，看來已十分習慣這程序。

班機客滿。我拖著沉重的腳步前進，走道上擠滿乘客（經濟艙，中間排，一排五個座位），不知道瑪莉安是怎麼幫我訂到機票的？幸運的是，我累到無法再多加思索其他事，幾乎連安全帶提示燈都還沒熄滅便已入睡——沒喝飲料、沒吃晚餐、沒看飛機上的電影——一直到窗板拉起，陽光傾瀉滿艙，空服員推著已分盤裝好的早餐餐車經過時才醒來。冰冷的葡萄，冰冷的果汁，油膩的蛋黃，保鮮膜包裝的可頌麵包，自由選擇的茶或咖啡。

我們約好在行李提領處碰面。生意人默默拿起行李，迫不及待地離去——去開會、研究行銷企劃、找情婦，誰知道呢？幾名抽大麻的小鬼背著貼有彩虹徽章的背包互相推擠，大呼小叫，差點拿走不屬於他們的旅行袋，爭論哪家咖啡店才是一早醒來抽大麻的最好去處——「拜託，藍鳥絕對是——」

「不，等等——哈里米斯特拉那裡——我說真的，沒開玩笑，我寫下來了好不好。就在這張紙上。不，等一下，你們給我聽好，我們應該直接過去。因為雖然我不記得店名，但它開得很早，而且早餐超棒。鬆餅、柳橙汁、阿波羅十三號，什麼都有，還可以直接在桌邊抽大麻。」

一行人揚長而去——總共約十五到二十人。無憂無慮，笑聲映襯著他們光澤閃耀的髮絲，背著背包，爭論怎樣進城最便宜。儘管我沒有托運的行李，還是在提領區等了超過一小時，看著一只貼滿膠帶的行李在運輸帶上淒涼地轉過一圈又一圈，直到鮑里斯出現身後，伸長手臂箍住我脖子，試圖踩住我鞋跟。

「來吧。」他說，「你臉色糟透了。我們先去吃些東西，好好談一談！傑里的車在外面等了。」

4.

我沒想到迎接我的會是一座為了聖誕節妝點得美輪美奐的城市：冷杉枝、彩帶、櫥窗裡的星星裝飾、自運河吹來的冰冷寒風、火光、節慶攤販、騎腳踏車的人們、玩具、色彩、糖果，假期的喧鬧與絢爛。小狗、小孩、聊八卦的朋友、旁觀的群眾、拿著包裹的人們；頭戴禮帽、身穿軍用大衣的小丑，還有一名穿著聖誕裝扮的跳舞小丑，一切宛如埃佛坎特畫中的景色。我還沒完全清醒，一切看起來都好不真實，就像我在飛機上做的那場倏忽夢境。夢裡，我看見琵琶站在一座充滿許多高大噴水池的公園裡，一顆有著如土星環般的星球巍峨地低懸天際。

「新市場區。」傑里說，載著我們來到一個有著童話般尖塔城堡的大廣場——環繞四周的——是一座開放的露天市集，薄薄白雪覆蓋在砍伐下來的常青樹上，戴著手套的攤販不住跺腳，猶如童書裡的插畫。「呵呵呵。」

「這裡每次都一堆條子。」鮑里斯板著一張臉說，在傑里急轉時滑向門邊。

由於種種原因，我原本對此次的住宿安排極為憂慮，而且已經想好藉口，以免我們必須占用民房或席地而睡。幸好瑪莉安替我在舊城運河河畔裡訂了間飯店。我放下行李，將現金鎖進保險櫃，然後回街上和鮑里斯會合。傑里已經去停車了。

他將菸蒂扔在石板路上，用腳跟踩熄。「我有陣子沒來這了。」他說，吐出白茫茫的霧氣，環顧四周，打量街上衣裝嚴密的行人。「我在安特衛普有公寓——是因為公事才會留在安特衛普；而且那裡很美——同樣的海上雲朵，同樣的陽光。我們有天會去的。但我老是忘記自己有多喜歡這裡。我快餓死了，你呢？」他說，一拳打在我手臂上，「介意走一走嗎？」

我們信步穿過狹小的街道，潮濕的巷弄窄到車輛無法通行。霧濛濛的赭色小店塞滿老舊的印刷品和積滿灰塵的瓷器。運河上的天橋，棕色的河水，孤獨的棕鴨。塑膠杯在河面上載浮載沉，寒風強勁而濕潤，夾雜針細的棕色雨雪。周遭的空間感覺濕冷而封閉。運河在冬天裡不會結冰嗎？我問。

「會，但是——」他擤了擤鼻子，「——溫室效應，我想。」他身上仍穿著前晚赴宴的大衣與西裝，看起來既與周遭格格不入，又如魚得水。「什麼爛天氣！我們在這躲一躲吧？你覺得怎樣？」

運河畔的骯髒酒吧，或咖啡館，什麼都好。深色木料與海洋主題的裝潢：船槳、救生圈。即便在大白天裡，紅燭依舊燒著微弱的火光，散發一種孤寂的朦朧氣氛。氤氳悶濕的光線，水珠凝結在玻璃內側。店裡沒有菜單，只有一面寫滿潦草字跡的黑板，上頭的菜色我一樣也看不懂：dagsoep（湯）、draadjesvlees（燉牛肉）、kapucijnerschotel（荷蘭灰豆）、zuurkoolstamppot（酸菜香腸）。

「我來點。」說完，鮑里斯便點起菜來，令人意外的是他會說荷蘭語。菜餚上桌，一看就知道是鮑里斯會點的食物：啤酒、麵包、香腸、豬肉馬鈴薯與德國酸菜。鮑里斯——一面開心地大快朵頤——一面緬懷他第一次也是唯一一次嘗試在城裡騎腳踏車的經過（災難級的大慘敗），還有他多喜歡阿姆斯特丹的鯡魚新料理；幸好現在不是時節，因為顯然呢，它的吃法是捏住尾鰭，頭下腳上地直接將整條魚塞進嘴裡。但我仍對周遭的環境無所適從，無法仔細聽他說話，而且感官變得異常敏銳，只能用叉子攪著我的馬鈴薯泥，感到這座陌生的城市自四面八方壓迫著我：菸草味、麥芽味、蛋酒味。咖啡館的牆壁是如皮裝古書的悲傷棕色；後方，幽暗的甬道與輕拍堤岸的苦鹹河水，低垂的天空與老舊的建築，全都以一種陰鬱、詩意、瀕臨毀滅的方式相互依偎。城市裡的石板路與寂寥——起碼對我來說——散發一種感覺，讓人想就這麼任由河水淹沒，不想拒絕。

不多久，滿臉通紅、氣喘吁吁的傑里加入我們。「這裡不太好停車，」他說，「對不起。」他朝我伸出手。「真開心見到你！」他說。他誠摯而溫暖的擁抱嚇了我一跳，彷彿我們是一對闊別已久的老友。「一切都好嗎？」

已經喝到第二杯啤酒的鮑里斯正滔滔不絕地說起赫斯特。「我不懂他為什麼不搬來阿姆斯特丹算了。」他說，開心地啃著一塊香腸。「他老是抱怨紐約！討厭這個、討厭那個，什麼都討厭！同時間呢——」揮手指向起霧窗外的運河，「——他所愛的一切都在這裡，甚至和這裡說同樣的語言。如果他真想快樂，我是說赫斯特；如果他真想擁有任何快樂或喜悅？就該掏出兩萬塊，回去那個快速勒戒所，然後搬來這裡抽大麻，在博物館窩上一整天。」

「赫斯特——？」我問，視線在他和傑里間徘徊。

「怎樣？」

「他知道你要來這裡嗎？」

鮑里斯吞下一大口啤酒。「赫斯特？不，他不知道。事成後再告訴他會簡單許多。因為——」

他舔去手指上的芥末醬，「——我的懷疑是正確的。是該死的薩沙偷走那幅畫；烏麗卡的弟弟。」他急切地說，「而正是因為烏麗卡，赫斯特才會陷入兩難的局面。所以——我自己處理還比較容易。這樣一來，我反倒幫了赫斯特個忙——一個將讓他永生難忘的大忙。」

「你說『處理』是什麼意思？」

鮑里斯嘆了口氣：「我——」儘管我們是店裡唯一一桌客人，他仍舊左右張望，確保隔牆無耳。「——唉，事情很複雜，我可以說上三天三夜，也可以用三句話簡單解釋。」

「烏麗卡知道是他偷的嗎？」

鮑里斯翻了個白眼：「鬼才知道。」這句話是我多年前教鮑里斯的。放學後在我家無所事事。鬼才知道。你夠了沒有。沙漠蒼茫的夕陽，關起窗簾。拿定主意。面對現實吧。不可能。他臉上同樣的陰影。金黃色的光芒在游泳池畔的落地窗上跳動閃耀。

「除非薩沙真是個白癡，否則不會告訴烏麗卡。」傑里說，臉上流露擔憂之色。

「我不知道烏麗卡究竟知道什麼、不知道什麼。反正無關緊要。她對弟弟的忠誠勝過赫斯特，以前已有過許多次前車之鑑。你會以為——」手豪邁一揮，要女侍替傑里端杯啤酒過來，「——你會以為薩沙起碼還有點腦子，知道要先按兵不動一陣子！但是不，因為赫斯特的關係，他無法在漢堡或法蘭克福把畫抵押出去——赫斯特會立刻知道。所以他就把畫帶來這裡。」

「好吧，如果你知道畫在哪裡，我們為什麼不直接報警就好。」

沉默與木然緊接而至，好像我剛拿出一罐汽油，還提議在自己身上點火。

「好吧，我的意思是，」我等女侍端來傑里的啤酒，擱在桌上，再度離去後，才又防衛地開口；傑里和鮑里斯則是自始至終都沒說過一句話。「這不是最保險、最簡單的做法嗎？讓警察找回畫，和你毫無關係？」

店外傳來一聲腳踏車鈴響，一名女子在人行道上呼嘯而過。車輪骨碌碌轉動，女巫般的黑色斗篷在身後獵獵飛舞。

「因為——」我的視線在兩人間遊走，「——你想想它所經歷的一切——它必定經歷過的一切——鮑里斯，我不曉得你明不明白，光是運送一幅畫就要多小心？光是妥善包裝就要多大功夫？我們何必要冒這個險？」

「我也這麼認為。」

「只要一通匿名電話，通知藝術品犯罪偵察組的探員；他們不像一般警察——和一般警察也沒有往來——他們只在乎那幅畫，知道該怎麼處理的。」

鮑里斯靠向椅背，四下張望了一陣，然後向我看來。

「不，」他說，「這不是個好主意。」他的口氣就像和五歲小孩說話，「你想知道為什麼嗎？」

「你想想，這是最簡單的方法。你只要袖手旁觀就好。」

鮑里斯小心翼翼地放下啤酒杯。

「他們把畫毫髮無傷找回來的機率最大。還有，如果我報警——如果我真的通知他們——該死的，我可以請霍比打電話——」我雙手抱頭，「——無論從哪個角度看，你都不會有任何危險。我的意思是——」我太累了，頭暈目眩，兩雙如電動鑽頭般的眼睛盯著我，我無法思考，「——如果由我或是某個不屬於，呃，你們組織的人報警——」

鮑里斯轟然大笑：「組織？好吧——」他猛力搖頭，髮絲散落眼前，「——我們有三個以上的成員，所以確實稱的上某種組織——！但如你所知，我們規模不大，也不是太有秩序。」

「你該吃點東西。」傑里看著我動也沒動過的豬肉與馬鈴薯，在接踵而至的緊繃沉默中對我這麼說。「他該吃點東西，」他又對鮑里斯說，「你勸勸他。」

「他想的話餓死也無所謂。總之，」鮑里斯從我盤裡偷走一塊豬肉，塞進嘴裡——「只要一通電話。我打。」

「不行。」鮑里斯忽然怒氣騰騰，推開椅子，「不准打。去你的，給我閉嘴，不准打。」見我試圖插口，他又惡狠狠地抬起頭，厲聲斥喝——傑里冷不防地按住我手腕；這動作我再熟悉不過，那早已遺忘的賭城舊日語言，每當我爸在廚房裡咆哮喝問這到底是誰的房子、誰付的帳單——

「還有，」鮑里斯沒想到我會悶不作聲，便趁勝追擊，繼續蠻橫地道，「不要再讓我從你嘴巴聽見『報警』兩個字，你最好立刻打消這愚蠢的念頭。『報警、報警』。」見我毫無回應，他便舉起手，在空中可笑地前後揮舞，好像「報警」是什麼類似「獨角獸」或「童話王國」之類的愚蠢幼稚字眼。「我知道你只是想幫忙，但這提議對你毫無益處，所以算了吧，別再提什麼『報警』。總之，」他忽然又轉為平心靜氣的親切語調，分了些啤酒到我半空的酒杯，「就像我先前解釋過的，既然薩沙這麼急於脫手，他有縝密考慮過自己的計畫嗎？有搶得一步，甚至兩步的先機嗎？沒有。薩沙是外地人，對這裡的門路不熟。他需要錢，又必須千方百計地閃避赫斯特的耳目，結果反而一頭栽進我手裡。」

我沉默不語。我可以自己私下報警。這只是舉手之勞，沒必要把鮑里斯或傑里牽扯進來。

「運氣好的嚇人，對不對？我們有個喬治亞朋友——非常有錢，但對赫斯特和藝品收藏家的世界一無所知，甚至不曉得那幅畫叫什麼名字，只知道是一隻鳥——黃色的小鳥。不過櫻桃相信他是真的看過那幅畫。在房地產界勢力非常龐大的一個人；無論這裡和安特衛普都一樣。手裡握有許多產權，對櫻桃來說幾乎與父親無異，但沒受過太多教育，如果你懂我意思。」

「畫現在在哪？」

鮑里斯用力揉了揉鼻子：「我不知道。他們不打算透露。但維亞已經聯絡上他們，說他認識一個買主；時間和地點已經安排好了。」

「在哪？」

「還不確定。他們換了好幾次地點。一群有病的傢伙，疑神疑鬼。」他說，手指在腦袋旁轉繞，「可能會要我們等上一、兩天。說不定要等交易前一小時才會知道。」

「櫻桃——」我說，但隨即又住口不語。維亞是櫻桃俄文名字維科多的暱稱——英文版的寫法是維克多——櫻桃只是綽號。我對薩沙一無所知：年齡、姓氏，甚至連樣貌都不知道。除了知道他是烏麗卡的弟弟外，他對我來說就像一張白紙——而依據鮑里斯到處稱兄道弟的習慣來看，他究竟是不是烏麗卡親生兄弟也未可知。

鮑里斯將大拇指上的油脂舔乾淨。「我本來是打算把你飯店客房布置一下；你懂的，你，美國人，大買主，有興趣收購那幅畫。而他們——」女侍上前，收走他的空酒杯，換上一杯全滿的。他壓低音量，傑里禮貌地點了點頭，傾身靠近。「——他們來你房間交易；通常都是這樣，你買，他賣，就這麼簡單。但是——」他微微聳了聳肩，「——他們沒經驗，疑心病又重，想自己挑地點。」

「在哪？」

「還不曉得！我不是才說過嗎！他們一直三心二意。如果他們想要我們等——我們就等，必須讓他們覺得自己是老大才行。現在，對不起，」他伸了個懶腰，打呵欠，揉了揉一雙黑眼圈，說，「我累了！想睡覺！」他轉頭用烏克蘭語對傑里說了些什麼，然後又回頭看向我。「對不起，」他說，傾身上前，一手摟住我肩膀，「你可以自己回飯店嗎？」

我試圖不著痕跡地掙脫他摟抱，回答：「可以。你住哪？」

「女朋友的公寓——在杰戴克街。」

「杰戴克街附近。」傑里說，倏然起身，除了禮貌外，還隱隱有種軍人的氣質，「過去的中國城區。」

「有地址嗎？」

「不記得了。你也知道我，就是記不住地址。但是——」鮑里斯拍了拍口袋，「——我知道你住哪。」

「嗯。」過去在拉斯維加斯時，如果我們走散——口袋塞滿偷來的儲值卡，躲避購物中心的保全——最後總是回我家碰頭。

「所以——我會回飯店和你碰面。你有我的號碼，我也有你的。一有消息我會立刻打給你。好了——」他在我後腦杓拍了一下，「——別擔心了，波特！不要一臉悶悶不樂的模樣！無論成敗，我們都是贏家！一切都會很順利的！你知道怎麼回去，對吧？只要往這走，之後在辛歐街左轉；對，就是那裡。我很快會再跟你聯絡。」

5.

回飯店途中，我轉錯了個彎，因此在街上茫然遊蕩了好幾個小時。店裡裝飾著玻璃飾品，夢幻的灰色小巷上標示著我不會唸的路名；金色的佛像與亞洲刺繡，古老的地圖，古老的大鍵琴；霧濛濛的棕色店鋪裡的陶器、高腳杯和古董瓷罐。太陽出來了，運河畔的景色銳利而明亮，通風舒暢，閃閃發光。海鷗尖鳴，自天空俯衝而下，狗兒嘴裡叼著一隻活螃蟹匆匆跑開。我頭暈目眩、筋疲力盡，只覺得靈魂徹底脫離了軀體，遠遠在旁觀察一切。我信步經過糖果店和咖啡店；古董玩具店裡賣著一八〇〇年代的台夫特磁磚，古鏡與銀器在干邑色的濃郁燈光中吞光吐豔，如果霍比見到這些嵌入式的法式櫥櫃以及法式宮廷的花雕木桌，一定會讚嘆地倒抽一口氣——事實上，這整座霧氣氤氳、優雅親切的城市，和它的花店、麵包店與antiekhandels（古董店）都令我想起霍比。不只因為它古意盎然的富裕，而且這裡有種如霍比般的祥和感，就像兒童繪本中的景致，店主穿著圍裙掃地，虎斑貓在陽光明媚的窗邊打盹。

但這一切看得我眼花繚亂。我不堪負荷，又累又冷。最後，在向陌生人搭訕問路後（幾名面色紅潤、手上捧著大束鮮花的家庭主婦，以及戴著細框眼鏡，手上染著菸草漬的嬉皮），我循著運河橋上的原路走回去，重新穿過如童話般燈火閃耀的狹窄街道，回到飯店。一走進大廳，我立刻在櫃台換了些零錢，上樓沖了個澡。浴室裡隨處可見弧面的玻璃家飾與性感煽情的飾品，新藝術風格中又夾雜了某種彷彿船艙基地般的冰冷科幻未來感。然後趴在床上睡了會兒——幾小時後，我被在床頭櫃上震動旋轉的手機吵醒，有那麼一會兒，那熟悉的聲音讓我以為自己還在家裡。

「波特？」

我翻身坐起，伸手拿向眼鏡。「呃——」我睡著前沒有關上窗簾，黑暗中，只見運河的倒影在天花板上粼粼搖曳。

「怎麼了？你嗑茫了嗎？不要告訴我你去了咖啡館。」

「沒有，我——」我茫然環視房內——天窗、橫梁、櫥櫃、傾斜的屋頂，還有——我起身，按揉腦袋，看見窗外的運河橋在夜色中亮起了燈，拱形的倒影映在漆黑的水面上。

「總之我要上去了。你房裡沒女人吧？」

6.

從大廳櫃台到我的房間除了要換搭兩台電梯外，還要走上一段路，所以聽見敲門聲如此迅速響起，我心裡頗為意外。傑里謹慎地走到窗邊，背對我們守在那；鮑里斯則上下打量了我一番。「衣服穿一穿。」他說。我沒穿鞋子，身上披著飯店浴袍，而且因為洗完澡直接睡著，頭髮現在翹得亂七八糟。「你得梳洗一下。去——把頭髮梳一梳、鬍子刮一刮。」

見我走出浴室（我把西裝掛在裡面除皺），他不滿地抿起雙脣，說：「你沒有更好的西裝嗎？」

「這已經是滕博亞瑟的西裝。」

「對，但看起來就像被你當睡衣穿過一樣。」

「我是穿了一陣子，我還有另一件比較好的襯衫。」

「好吧，換上吧。」他打開床腳邊的一只行李箱，「順便把你的錢裝來這裡。」

但等我換好衣服，一面扣袖扣，一面走回房內時，腳步卻忽然凍結，僵立在房間中央。因為我看見他歪著頭，站在床邊，全神貫注地組槍：就像霍比工作時一樣，精準熟練地裝上撞針，往後一拉，動作逼真而強烈，「喀」。

「鮑里斯，」我說，「現在是他媽的怎樣。」

「冷靜點。」他說，斜睨了我一眼，拍拍口袋，拿出個彈匣，卡了進去：咔嗒。「事情不是你想的那樣。完全不是。這只是要做做樣子而已！」

我望向傑里寬闊的背，木然靜立，無動於衷。有時候，在店裡，若有夫妻開始為了買家具的事爭執，我也會擺出同樣的專業姿態，轉過身去，只作不聞。

「只是——」他正嫻熟地前後拉動槍上某個零件，測試是否管用，然後舉到眼前察看。這動作如此超現實，彷彿來自大腦深處某個全年二十四小時無休播放黑白電影的部位。「我們要在他們的地盤碰面，而且對方有三人；好吧，兩人，重要的只有兩人。而且我現在可以告訴你了——我本來還有點擔心薩沙也會出現。若是如此，我就不能和你一起去了。幸好事情非常順利，所以我現在才能在這裡！」

「鮑里斯——」我佇立原地，只覺得天旋地轉，反胃欲嘔，瞬間領悟自己闖進了什麼樣的瘋狂愚行——

「別擔心！我都替你安排好了——」他拍拍我肩頭，「——薩沙太緊張，不敢在阿姆斯特丹露面——怕消息會傳回赫斯特耳朵。而他也確實有理由害怕，這對我們來說再好不過。」

「所以。」他啪地一聲組好槍：鉻銀與墨黑的槍身，有種平滑的密實感，如水裡的一滴機油，黑暗扭曲周遭的空間。

「別告訴我你要帶那玩意兒。」我打破接踵而至的凝重沉默，說。

「我是要帶，但會放在槍套裡——只會放在槍套裡，不會掏出來。不過等等，」他舉起一隻手，「你別急著開口——」但我沒開口，只是楞在原地，驚恐到腦筋一片空白，「——我得告訴你多少次，這只是要嚇唬人而已。」

「你一定是在開我玩笑。」

「快把衣服穿好。」他輕快地說，彷彿我不曾開口。「只是做做樣子，如果他們看見我身上有槍，就比較不敢輕舉妄動，懂嗎？」見我只是傻傻呆立原地，他又說，「這是為了安全起見！」他提高音量，不讓我插口，「因為……你是有錢人，我們是保鏢，事情就是這樣。他們也會如此預期。別擔心，一切會非常文明，我們只要這樣輕輕掀開外套——」他腰間掛著個隱藏槍套，「——他們就會畢恭畢敬，不敢胡作非為。如果我們就這樣闖進去——」他模仿女生東張西望的蠢樣，「保證危險的多。」

「鮑里斯，」我只覺得心如死灰，暈眩乏力，「我做不到。」

「做不到什麼？」他收起下巴，向我看來，「你沒辦法走下車，在我身邊站上五分鐘，看我把你那幅該死的畫討回來，是嗎？」

「我是說真的。」手槍靜靜躺在床上，我的視線不由被它吸引而去。所有在空氣中嗡嗡振鳴的負面能量似乎都因為它而更加強化、放大。「我做不到，真的，算了吧。」

「算了？」鮑里斯五官糾結，「你不能就這樣放棄！你讓我白白跑來這裡，搞得自己進退不得。然後現在呢——」他手猛力一揮，「——到了最後關頭，才意見一堆，覺得這也不安全、那也不安全，對我指手畫腳、發號施令？你難道不信任我嗎？」

「我當然信，只是——」

「很好，那就信我這一回，拜託你。你當買家，」見我悶不作聲，他又不耐煩地說，「這就是我們的腳本，一切都安排好了。」

「你該早點跟我說的。」

「夠了，」他氣沖沖地說，拿起床上的手槍，塞進槍套，「拜託你別爭了，我們就快遲到了。如果你剛才在浴室多待兩分鐘，就根本不會看見這把槍！永遠不會知道我身上有武器！因為——波特，聽我說，拜託你就聽我這一回——接下來的情況會是這樣：我們進去，站上五分鐘，你不用開口，所有談話都由我們負責。只動口，不動手。你拿回你的畫，大家皆大歡喜。然後我們離開，出去吃頓晚餐。就這樣，可以嗎？」

傑里已離開窗邊，此刻正上下打量我，眉頭擔憂深鎖，用烏克蘭語對鮑里斯說了些什麼。兩人低聲交談片刻，內容難辨。鮑里斯旋即摸向手腕，準備摘下手錶。

傑里又說了些什麼，猛烈搖頭。

「對，」鮑里斯說，「你說得沒錯。」隨後點了點頭，對我道，「用他的。」

勞力士白金總統錶。鑽石指針。我看著傑里摘下他小指上那枚巨大的斜切鑽石戒指——並像小孩獻上自己親手做的禮物般，滿心期盼地將手錶與戒指放在掌心，遞到我面前。我只能絞盡腦汁，努力想個禮貌的方式拒絕。

「對，」見我躊躇不決，鮑里斯便說，「他說得沒錯，你看起來不夠闊氣。要是有雙鞋子讓你換就好了。」他說，不滿地看向我的黑色孟克鞋，「不過現在也只能將就了。好吧，我們趕快把錢收一收，」——皮質手把的旅行袋，裡頭已塞滿一疊又一疊的鈔票，「——然後就可以出發了。」他像飯店女傭整理床鋪般，雙手靈巧，動作飛快，「面額最大的鈔票放最上面，看看這些百元新鈔，多漂亮。很好，美極了。」

7.

街上洋溢著假期的歡欣華美與魔幻氣氛。倒影在黑色水面上跳躍閃動：街道上方的花飾拱廊，運河遊船上的璀璨光暈。

「事情會很輕鬆簡單。」鮑里斯一面說，一面轉動廣播頻道，跳過比吉斯、荷蘭語和法語的新聞，想找首歌來聽。「我看準了他們只想盡快拿到這筆錢。越快脫手那幅畫——就越少機會撞上赫斯特。他們不會太仔細檢查那些匯票和存款單，注意力只會集中在那六十萬美金上。」

我獨自一人和那袋現金坐在後座。（「因為，先生，您必須習慣自己是一名尊貴的乘客！」傑里在繞過來替我打開後車門時這麼說。）

「懂嗎——我希望能夠騙過他——存款單絕對是真的，」鮑里斯說，「匯票也是，只是是來自安圭拉的一間空殼銀行。安特衛普的俄羅斯人——還有P·C·霍夫斯崔克這裡的俄國人也是——會來這裡投資、洗錢，收購藝術品，哈！這家銀行在六週前還好好的，沒問題，現在可不。」

我們行經運河，行經河水。街上，五彩繽紛的霓虹天使自屋頂探出上身，宛如船首雕像。藍色的亮片，白色的亮片，光彩搖曳，白色光瀑與聖誕星飾，絢爛奪目，無法穿透。一切就像我小指上那令人難以置信的閃耀鑽石尾戒，與我毫無關連。

「懂嗎，我想告訴你，」鮑里斯說，不管廣播了，轉頭對後座的我說，「我要告訴你的是，不要擔心，真的。」他說，眉心糾結，鼓勵似地搖了搖我肩膀，「一切都會沒事的。」

「小菜一碟！」傑里說，後視鏡裡的面孔容光煥發，很高興自己有機會說出這四個字。

「我們是這樣計畫的，你想知道我們的計畫嗎？」

「我想答案應該是『想』。」

「出市區不久後，我們要先換輛車。櫻桃會在約定地點和我們碰面，用他的車載我們過去。」

「而且過程保證和平。」

「絕對和平。你知道為什麼嗎？因為你有錢！這是他們唯一的目的。就算匯票無法兌現——對他們來說也是一樁好交易。什麼也不用做就有四萬塊現金入袋；或該說幾乎什麼也沒做！之後，櫻桃會在停車場放我們和那幅畫下車——然後——我們就這麼大大方方地離開！找地方慶祝！」

傑里喃喃說了些什麼。

「他在抱怨那個停車場。告訴你一聲，他不認為那是個好主意。但是——我不想開我自己的車去，而且我們現在最不需要的，就是吃張違規停車的罰單。」

「地點到底在哪？」

「這點嘛——就讓人有點頭痛了。我們得先出城再回來。他們堅持要在自己的地盤交易，櫻桃也同意了，因為——好吧，說真格的，那樣比較好。起碼在他們地盤上，我們可以確定不會有警方插手。」

我們來到馬路較為冷清的一區，筆直，荒涼，車流零星，路燈也距離更遠。舊城那生氣蓬勃的裂紋與璀璨、燈火通明的花飾窗格，所有隱密的細節——銀色溜冰鞋、樹下歡樂嬉戲的兒童——都被更為熟悉的蕭索城景取代：相片紀念品店、鎖匠、鑰匙保險櫃、阿拉伯文的招牌、沙威瑪、印度烤雞串。大門深鎖，所有店都關了。

「這裡是奧華通，」傑里說，「不是什麼太好或太有趣的地區。」

「這裡是我手下狄瑪的停車場，他已經特意為今晚掛上客滿的標誌，以免有人打擾。我們的車會停在長期——啊——」他大罵了聲blyad（賤人）；不知哪裡忽然冒出一輛廂型車，狂按喇叭，硬生生切過我們面前，逼得傑里不得不一個急彎，用力煞車。

「這裡的人有時會很莫名的凶狠。」傑里快快不樂地說，打開方向燈，轉進停車場。

「把你的護照給我。」鮑里斯說。

「為什麼？」

「因為我要把它鎖在置物箱裡，等我們回來。最好不要帶在身上，以防萬一。我的也會一起鎖進去。」他說，舉起護照給我看，「還有傑里的；傑里在美國出生，是如假包換的美國公民——沒錯。」他提高音量，蓋過傑里的大笑，「這對你來說天經地義，但我呢？我要拿到美國護照非常非常困難，而且我真的不想搞丟這玩意兒。你懂的，波特。」他看著我，說，「根據荷蘭法律規定，所有人必須隨身攜帶證件，街上會有臨時抽檢——不遵守就會受罰。不過——在阿姆斯特丹來這招？這是什麼警察國家啊？誰會信？這裡？我——才不相信，一百年也不可能。總之——」他關上置物箱，牢牢上鎖，「——如果我們被攔下來，最好是罰錢了事，想辦法動動嘴皮子，蒙混過關，也不要真掏證件出來。」

8.

停車場內閃爍著憂鬱的橄欖綠微光。雖然門口掛著客滿的標誌，但長期停放區內其實仍有不少空位。當我們緩緩駛進停車格時，我看見一名身穿運動夾克的男子靠在一輛白色的Range Rover上，手一揮，菸落進一堆橘色灰燼中，朝車子走來。他後退的髮際線，以及臉上的飛行員墨鏡和結實的軍人體格，都讓他散發一種精明老練、飽經風霜的退休飛行員氣質，一名在烏拉山脈測試基地監控精密儀器的男人。

「維克多。」我們下車時他緊緊握住我的手，這麼自我介紹，並分別在傑里和鮑里斯背上各搥了一下。經過一段簡潔的俄文開場白後，一名娃娃臉的捲髮少年爬出駕駛座，鮑里斯在他臉上拍了一巴掌，用一串輕快的口哨歡迎他；是〈好船棒棒糖號〉[1]的旋律。

「這位是秀蘭。」他對我說，搔了搔少年螺絲般的捲髮，「秀蘭・鄧波。我們都這樣叫他——為什麼？你猜得到嗎？」——他哈哈大笑，少年臉上浮現羞赧的笑容，露出深深的酒窩。

「不要被他外表給騙了，」傑里悄悄對我說，「別看秀蘭看起來像個奶娃，但他就像我們這裡所有人一樣，還有其他不為人知的面目。」

秀蘭對我彬彬有禮地點了點頭——他會說英文嗎？看起來不像——隨即替我們打開Range Rover的後車門。我們三人上車——鮑里斯、傑里和我——而維克多・櫻桃坐在前座的副駕駛座上，和我們說話。

「事情應該很容易。」當我們駛離停車場，回到奧華通的馬路上時，他正色對我說，「就是一次簡單明瞭的典當。」近距離觀看，我發現他的面孔寬闊、精明，唇型小而嚴肅；還有種譏誚的警戒神情，讓我對今晚的邏輯，或該說邏輯的缺乏——換車、完全不知道自己要去哪、對所有情況一無所知，以及那惡夢般的陌生感——莫名安心了些。「我們這是在幫薩沙一個大忙，而正因如此，他對我們會畢恭畢敬，百依百順。」

冗長的低矮建築。斷斷續續的燈光。我有種感覺，似乎一切都是假的，是發生在其他人身上，而不是我。

「你想想，薩沙難道可以走進銀行，抵押那幅畫嗎？」維克多裝腔作勢地說，「不行。他難道可以走進當鋪，典當那幅畫嗎？不行。在私自竊取的情況下，他可以聯絡赫斯特往常的人脈，拿畫抵押換錢嗎？也不行。所以，忽然冒出一個神祕的美國人——也就是你——我替他牽線的人選，他自然是再高興不過。」

「薩沙注射海洛因就像你我呼吸一樣平常。」傑里悄悄對我說，「一拿到錢，他絕對會立刻跑去買一大堆毒品。」

維克多．櫻桃調整他的眼鏡：「沒錯。他不是藝術愛好者，也不挑剔交易對象，只是把畫當高利息的信用卡來用，或起碼他這麼以為。你賺到投資——他賺到錢。你拿出現金——帶走那幅畫，當作擔保——讓他有錢去買白粉，自己留一半，再將剩下的一半稀釋轉賣，一個月後帶著雙倍的現金回來找你，收回那幅畫。如果事情不如預期？如果他一個月後沒有帶著雙倍的錢回來找你？那麼那幅畫就是你的了。就像我說的，簡單明瞭的典當。」

「只是這次對他來說沒那麼簡單了——」鮑里斯伸了個懶腰，呵欠道，「——等你消失後，他發現匯票無法兌現怎麼辦？找赫斯特幫忙？那他就等著被人扭斷脖子吧。」

「我很慶幸他們改了那麼多次會面地點。雖然莫名其妙，但拖到今天星期五，反而對我們有好處。」維克多說，摘下他的飛行員墨鏡，用襯衫擦拭乾淨。「我讓他們以為你有意縮手，因為他們不是一直取消，就是一直更改計畫——甚至不知道你是今天才抵達荷蘭——因為他們一直出爾反爾，我就說你已經厭倦緊張兮兮抱著一箱綠油油的鈔票在阿姆斯特丹枯等消息，所以打算把錢存回銀行，飛回美國。他們不喜歡這樣，所以——」他朝旅行袋努了努下巴，「——就約在週末，銀行都關門了，你只能帶著手邊有的現金，而且——他們這陣子常和我聯絡，大多時候是透過電話，但也在紅燈區一間酒吧和他們碰過一次面，所以同意不用先見過你，就直接把畫一併帶來，今晚立刻交易。我跟他們說你的班機明天起飛，而且誰叫他們自己胡搞瞎搞，所以不足的款項就由匯票補齊，要不然就是什麼也沒有。而這點呢——雖然他們不情願，但也認為還算合理，就答應接受了。讓事情變得更加簡單。」

1　秀蘭．鄧波在電影《明亮眼眸》中所唱的曲目。

「簡單許多。」鮑里斯說，「我本來還不確定要怎麼說服他們收匯票，所以最好是讓他們以為是因為自己亂來，才非得收匯票不可。」

「我們約在什麼樣的地方？」

「小餐館。」他發音的方式讓那三個字聽起好像是一個字，「De Paarse Koe.」

「荷蘭文，意思是『紫色的牛』，」鮑里斯幫忙解釋，「很嬉皮，靠近紅燈區。」

寂寞的長街——大門緊閉的五金行，馬路旁的磚堆；即便在黑暗中倏忽而逝，快到看不真切，一切仍莫名顯得如此重要，如此意義重大。

「那裡的食物很糟，」鮑里斯說，「難吃的甘藍菜和某種又硬又冷的全麥吐司。你會以為那裡可以看到很多辣妹，但實際上只有銀髮老太太和胖子。」

「為什麼選那？」

「因為那裡晚上很安靜。」維克多．櫻桃說，「過了營業時間，餐館已經打烊，但因為還算是公眾場合，所以不會發生任何失控的情況，懂嗎？」

放眼望去，只有陌生。我在不知不覺間脫離了現實，穿越邊境，走進一片荒涼國度。在這裡，沒有一件我能理解的事。夢境，片段。成捆的電線，被風吹開的瓦礫塑膠套。

鮑里斯用俄語與維克多交談。等他發現我兩眼注視著他，便轉頭向我看來。

「我們只是在說薩沙今晚會在法蘭克福，」他說，「替他剛出獄的一個朋友在餐廳慶祝。我們有三方不同的來源都證實了這項消息，秀蘭也是。他以為自己這麼做很聰明，不留在城裡。如果今晚的事傳回赫斯特耳朵，他便可以攤開雙手，說：『誰，我？那和我無關。』」

「而你，」維克多對我說，「你是紐約來的商人。我告訴他們你是藝術品交易商，有偽造罪的前科，現在經營一個類似赫斯特的組織——以繪畫來說規模小許多，但以資金來說又大許多。」

「赫斯特——上帝保佑他，」鮑里斯說，「要不是他把所有錢都拱手讓人，自己一毛不剩，現在就是全紐約最有錢的人。他一直都是這樣，養那麼多人，自己卻過得苦哈哈。」

「很不划算的生意。」

「對，但他喜歡有人作伴。」

「毒蟲慈善家，哈。」維克多說，慈善家唸成慈「散」家，「幸好他們三不五時就會死幾個人，要不然誰知道會有多少無腦毒蟲和他一起擠在那垃圾堆裡。總之——到了那裡後，你盡量不要開口。他們不會期待禮貌的寒暄。一切公事公辦，速戰速決。鮑亞，把匯票給他。」

鮑里斯用烏克蘭語說了些什麼，口氣嚴厲。

「不行，他必須親自給，匯票要是從他手中拿出來的。」

銀行匯票與存款單上都印著佛拉克．法蘭提謝克和安圭拉民眾銀行的字樣。而這只是強化了那夢境般的拋射感，一個急遽加速，無法放慢的軌跡。

「佛拉克．法蘭提謝克？這是我的名字？」這感覺似乎是個重要的問題——就像我可以神奇地脫離軀體，或至少超越時空，來到另一個國度；而在那裡，我可以將一些基本的事實——像是身分——置之不理，統統拋諸腦後。

「名字不是我選的。有什麼就用什麼。」

「我要這樣自我介紹？」這些紙感覺不對，太薄了，而且上頭寫的是「民眾」銀行而非「大眾」銀行，看起來更不對勁。

「不用，櫻桃會介紹你。」

佛拉克．法蘭提謝克。我在嘴裡默默反覆練習這名字。即便難記，但它夠強烈、夠陌生，彷彿有種迷失於太空異境，到處都是漆黑街道、火車鐵軌及滿滿石板路和霓虹天使的稠密感——現在，再度回到舊城，回到它的古老與不可知，它的運河與腳踏車架，它魆黑河面上粼粼蕩漾的聖誕光華。

「你本來打算什麼時候才要告訴他？」維克多．櫻桃問鮑里斯，「他必須知道自己叫什麼名字。」

「反正他現在知道了。」

不知名的街道，難以理解的曲折，無名的距離。我甚至不再嘗試辨認路牌，或留意我們行經的方向。我身旁的一切──我所能見到的一切──能帶給我指引的，只有高懸於雲朵之上的月亮。雖然飽滿明亮，卻不知為何有種異樣的虛無感，缺乏重力，不像沙漠裡安穩純淨的月光，反而像派對上的節目，在魔術師眨眼間一躍而出或沒入黑暗，悄然遠去。

9.

紫牛餐廳位於一條杳無人跡的單行道上，寬度只夠一輛車通行。周遭其他店家──藥局、麵包店、腳踏車店──全都大門緊閉，除了遠遠另一頭的印尼餐廳外，沒有一間仍在營業。秀蘭．鄧波讓我們在前門下車，對街的牆上畫滿塗鴉，各種笑臉與箭頭、輻射線的警告標誌、驚奇隊長與閃電標誌，還有淌血的恐怖電影字體寫著保持美觀！

我透過玻璃門望向店內，餐廳空間狹長，而且──乍看之下──空無一人。紫色的牆面，天花板上掛著彩繪玻璃燈，不成套的桌椅上漆著幼稚園般的色彩，除了烤爐旁的櫃台外，店裡光線昏暗，只有深處一只冷藏櫃亮著燈。病懨懨的室內盆栽，約翰藍儂與洋子的簽名黑白照，布告欄上貼滿亂七八糟的布道會、瑜伽課和各種綜合療法的傳單和廣告單。牆上畫著塔羅牌壁畫，窗上貼著一張電腦列印的菜單，薄薄的紙上印有許多埃佛特風格的天然食物：胡蘿蔔湯、蕁麻湯、蕁麻泥、扁豆堅果派──雖然看起來都不特別美味，但我不由想起自己最後一頓真真正正、不是匆匆幾口果腹的正餐，是在凱西家床上吃的外賣咖哩。

鮑里斯察覺我的視線。「我也餓了，」他說，表情頗為認真，「等等再一起去吃頓好料。布萊克餐廳。只要二十分鐘。」

「你不進去？」

「還不是時候。」他微微站開一旁，避開玻璃門的範圍，左右打量街道；秀蘭．鄧波開車繞著街區打轉。「別在這和我蹉跎了，快點和維克多以及傑里一起進去。」

悄然來到餐館玻璃門前的男子身材瘦削，樣貌邋遢，神情焦躁，約莫六十來歲，有張狹長的面孔和過肩的怪人長髮，以及一頂像一九七三年《靈魂列車》裡會戴的牛仔鴨舌帽。他拿著一串鑰匙佇立門前，視線越過維克多，朝我和傑里看來，似乎無法決定該不該讓我們進去。他兩眼距離很近，加上濃密的灰色眉毛與蓬鬆的灰色鬍子，看起來就像頭疑神疑鬼的老雪納瑞。隨後又一名男人出現，年紀比他小上許多，身材也壯碩許多，甚至比傑里還要高上半個頭，貌似馬來西亞人或印尼人，臉上有個刺青，耳朵上戴著驚人的鑽石耳環，頭上頂著個黑色髮髻，讓他看起來就像《白鯨記》裡的魚叉手——如果《白鯨記》裡的魚叉手會穿絲絨運動褲和橘膚色的亮面棒球外套的話。

老毒蟲拿著手機講電話。他等著，兩眼始終謹慎地盯著我們。之後又撥了通電話，轉身走進餐館深處，手掌緊貼側臉，神情宛如一名歇斯底里的家庭主婦。印尼人仍站在玻璃門邊看著我們，動也不動，看起來異樣靜止。簡短交談一陣後，老毒蟲走回門口，眉頭緊蹙，似乎老大不情願地掏出鑰匙，插進鎖孔轉動。我們一進門，他立刻對維克多．櫻桃比手畫腳地大聲抱怨。印尼人走上前，雙臂環胸，倚在牆上，只是靜靜聆聽。

有麻煩了，肯定是。不安。他們說的是哪國語言？羅馬尼亞？捷克？內容我毫無頭緒，但維克多．櫻桃一臉冰寒，極為不悅，灰髮老毒蟲則是越來越是煩躁——或者生氣？不，是不耐煩，沮喪，甚至企圖哄騙。他聲音裡的哀怨越來越明顯，而那名印尼人自始至終只是牢牢盯著我們，宛如蟒蛇，靜得教人提心吊膽。我站在大約十呎外——儘管提著現金的傑里站得離我太近——我仍擺出一副僵硬漠然的表情，假裝在看牆上的標誌和標語：綠色和平、皮草禁入、歡迎素食主義、天使保佑！我在太多危險的地方買過太多毒品（紐約西班牙哈林區內爬滿蟑螂的公寓、聖尼可拉斯社會住宅區裡瀰漫濃濃尿騷味的樓梯間），知道此刻最好不要流露半點興趣，因為——至少以我的經驗來說——這類的交易過程大多相去不遠，你必須表現出一副從容自在、漠不關心的模樣，除非必要，絕不開口；若是不得不開口，語氣也必須冰冷單調，而且——目的一達成——立刻走人。

「天使保佑才怪。」鮑里斯在我耳畔說，無聲無息悄悄來到我身旁。

我沒有回答。即便這麼多年過去，我們仍習慣交頭接耳、竊竊私語，就像在史皮爾斯卡亞老師班上。但以目前的情況看來，這似乎不是什麼該有的表現。

「我們準時抵達。」鮑里斯說，「但他們還少一個人，所以這位死之華先生才會這麼神經兮兮，希望我們能等他來；這是他們自找的，誰叫他們一直換地點。」

「那裡是怎麼回事？」

「讓維亞處理就好。」他說，用鞋子戳了戳地板上的一團乾燥毛球——死老鼠嗎？我吃了一驚，然後才領悟是隻被咬壞的貓咪玩具，地上還散落著其他好幾個；旁邊一張四人桌底下甚至還半藏著一個滿滿都是深色尿塊和糞便的貓砂盆。

我思索這樣一個骯髒汙穢的貓砂盆放在用餐者可能踩到的桌子底下對服務有什麼好處嗎？（更不用說會否影響餐館的吸引力、衛生，或甚至合不合法）。但就在此時，我發現交談聲停止，原本正在說話的兩人轉頭看向我和傑里——維克多．櫻桃以及臉上流露警戒又期待的灰髮老毒蟲走上前來，視線飛快在我和傑里手上的袋子來去。傑里友善地上前幾步，打開旅行袋，卑屈地欠身行禮，放下袋子，然後向後退開，讓老人檢視。

老人像近視般貼上前察看，皺起鼻子，發出一聲躁怒的驚呼，抬頭看向依舊面無表情的櫻桃。又是一陣無法理解的交談。灰髮老頭似乎有所不滿，關上旅行袋，起身向我看來，視線在我們之間迅速來去。

「我是佛拉克。」我忐忑地說，忘了自己應該姓什麼，暗暗期望他不會問我。

櫻桃對我使了個眼色：那些單據。

「對，對。」我說，手伸進外套內最上方的口袋，拿出銀行匯票和存款單——打開後，先用希望看起來像是從容隨意的態度掃視一遍，然後才遞給對方——

想起來了，是法蘭提謝克。但就在我伸出手時——砰的一聲，宛如一陣強風從你最意想不到的方向颳進屋內，大力甩上房門——維克多．櫻桃迅速繞到灰髮男子身後，槍托重重砸向他後腦杓，力道之大，連他帽子都飛了出去。灰髮老頭雙膝一軟，呻吟倒地。而那名仍慵懶靠在牆上的印尼人似乎和我一樣驚訝；他全身一僵，與我四目交會，兩人眼裡都熊熊寫著「搞什麼？」，吃驚的表情就像一對好友交換眼色。我本來還不明白他為何不離開牆邊，直到回頭望向身後，才駭然發現鮑里斯和傑里的槍口都正對著他：鮑里斯的槍托穩穩抵在他左掌掌心，傑里則一手提著旅行袋，倒退朝前門走去。

斷續的閃光，有人自後方廚房竄逃而出：一名年輕的亞裔女人——不，是男孩，膚色白皙，茫然的驚恐雙眼掃視房內，依卡的印花圍巾，長髮飛揚，迅速不見蹤影。

「後面有人。」我飛快地說，左右張望。放眼所及，餐館如雲霄飛車在我四周飛轉，心跳猛烈到我連話都說不清楚。我不確定有沒有人聽到我的話——或起碼櫻桃有沒有聽到，因為他正抓著灰髮老人的牛仔外套，把他從地上拎了起來，狠狠掐著他，槍口頂著他的太陽穴，不知道用哪種東歐語言大聲咆哮，把他往後方推去。印尼人也不再懶洋洋地靠在牆上，而是謹慎又優雅地看著我和鮑里斯，感覺看了好久，好久。

「你們這些下三濫會後悔的。」他靜靜地說。

「手，你的手，」鮑里斯和善地說，「放在我可以看見的地方。」

「我沒有武器。」

「一樣。」

「好吧。」印尼人說，語氣同樣平和。他將雙手舉在空中，上下打量我——記住我的長相；我醒悟後不由打了個冷顫；他已將我的樣貌存進資料庫——然後看向鮑里斯。

「我知道你是誰。」他說。

果汁冷藏櫃發出幽暗的微光。我可以聽見自己的呼吸，一進一出，一進一出。廚房內傳來金屬碰撞聲，還有模糊不清的哀嚎。

「可以的話，麻煩請趴下。」鮑里斯說，朝地板努了努下巴。

印尼人順從地往下跪去——並極其緩慢地——平趴在地，但沒有絲毫慌亂或恐懼的神情。

「我認識你。」他又說了一遍，聲音有些窒悶。

一道飛影在我眼角倏忽而逝，快到我大驚失色：是貓，惡魔般的漆黑，活生生的鬼魅，飛竄進魆黑之中的魆黑。

「我是誰？」

「來自安特衛普的鮑亞，對不對？」他說他身上沒武器是騙人的；就連我都可以看見他腋下的鼓脹。「波蘭人鮑亞？老鼠尾鮑亞？赫斯特的夥伴？」

「是的話又怎樣呢？」鮑里斯和顏悅色地問。

那人不再作聲。鮑里斯頭一撇，甩開眼前髮絲，發出嘲諷的聲音，彷彿就要語出譏誚。但就在這時，維克多．櫻桃獨自走出後方，從口袋掏出一條像是塑膠束帶的東西——我心跳漏了一拍，只見他手臂下夾著一個尺寸與厚度都符合的包裹，包在白色毛氈內，用麵包店的麻線綁著。

他一膝頂向印尼人的背，將束帶綁上他手腕。

「快走。」鮑里斯對我說，隨即又喊了一聲——我全身僵硬，動彈不得，他輕輕推了我一把——「快！先上車。」

我茫然張望——卻看不見店門，根本沒有門——然後，我看見了，趺趺撞撞跑出餐館，倉促到我滑了一跤，差點摔在貓咪玩具上。回神後驚惶跑向停在路旁吐氣的Range Rover。傑里在門口外頭把風，天空開始飄下絲絲細雨——「上車，快上車。」他厲聲催促，鑽進後座，揮手要我跟上。這時，鮑里斯和維克多也衝出餐館，跳進車內。引擎發動，我們便這麼安安靜靜、用一點也不刺激的平穩速度絕塵而去。

10.

再次回到主街，車內一片歡欣：笑聲、擊掌聲，我的心跳猛烈到幾乎喘不過氣。「剛才是怎麼回事？」我嘶啞地問了好幾次——大口喘息，視線在他們之間不停來去，但他們只是充耳不聞，嘰哩呱啦拚命說著俄語與烏克蘭語，四個人都一樣，包括秀蘭．鄧波。「Angliyski!（說英文！）」

鮑里斯轉頭看向我，揉了揉眼，一手摟住我脖子。「計畫生變，」他說，「剛才那是即興演出——隨機應變。不會有比這更好的機會了，他們的第三個人沒出現。」

「趁人之危。」

「這叫當機立斷。」

「出其不意！攻其不備！」

「你——」我得用力喘息才能把話擠出口，「——你說過不會掏槍。」

「反正沒人受傷啊，不是嗎？那有什麼差別？」

「我們為什麼不乾脆付錢就好？」

「因為我們運氣好！」他高舉雙臂，「百年難得一次的機會！機運之神眷顧我們！他們能怎麼辦？對方只有兩個人——我們有四個。如果他們有點腦袋，一開始就不該放我們進去。還有——沒錯，我知道，只是四萬塊，但若非必要，我幹嘛沒事白白送錢給他們？更不用說東西還是從我手上偷走的。」鮑里斯哈哈大笑，「你有看到他臉上的表情嗎？那位死之華先生？當櫻桃狠狠用槍砸他腦袋的時候？」

「你知道他在抱怨什麼嗎，那個死老頭？」維克多說，興高采烈地轉頭看向我，「他想要歐元！『什麼，是美金嗎？』」他模仿他躁怒的表情，「『你帶美金來給我？』」

「我保證他現在希望自己有收下那些美金。」

「我保證他現在希望自己有閉緊嘴巴。」

「我很想聽聽他會怎麼跟薩沙解釋。」

「我真想知道那傢伙叫什麼名字；放他們鴿子那個，我要請他喝一杯。」

「不曉得他現在在哪。」

「大概在家洗澡。」

「讀聖經。」

「看電視上播的《聖誕頌歌》。」

「最有可能是跑錯地方了。」

「我——」我的喉嚨緊縮到必須先吞口水才說得出話來。「那小鬼怎麼辦？」

「啊？」下雨了，毛毛細雨拍打擋風玻璃，街道漆黑閃耀。

「什麼小鬼？」

「一個男孩；或女孩；廚房的雜工；管他是誰。」

「什麼？」櫻桃轉頭——我依舊氣喘吁吁，氣息粗重。「我沒看見任何人。」

「我也沒有。」

「呃，我看見了。」

「她長什麼樣子？」

「年紀很輕。」我仍能看見那張幽魂般的年輕面孔像定格般凍結眼前，雙唇微啟。「白色外套，看起來像日本人。」

「是嗎？」鮑里斯好奇地問，「你看就看得出來？分得出他們是哪裡人？日本、中國、越南？」

「我沒看清楚。總之是亞洲人。」

「男的還女的？」

「我以為在那工作的都是女生。」傑里說，「養生食物，紫米飯等等之類的。」

「我——」現在我真的不確定了。

「好吧——」櫻桃一手耙過他的小平頭，「——幸好她跑了，不管她是誰。因為你們知道我在後頭還找到什麼嗎？」一把短管的莫斯伯格500霰彈槍。」

笑聲和口哨聲轟然大作。

「該死的。」

「在哪？葛羅斯丹沒有——？」

「沒有，他把它——」他做了個手勢，模仿吊帶的樣子，「——英文是怎麼說的？像用什麼布條的東西把它吊在桌子下。我趴在地上時恰巧看見的——頭一抬，就看到它在那，我的頭頂上。」

「你沒把它留在那裡吧？」

「當然沒有！我不介意帶走，只是那玩意兒實在太大，我雙手又都拿著東西。所以就卸了螺絲，拆了撞針，扔進巷子裡。還有——」他從口袋裡掏出一把銀色的短管手槍，遞給鮑里斯，「——這個！」

鮑里斯把槍舉到燈光下打量。

「好一把小巧的隱藏式迷你手槍。腳踝上的槍套就藏在牛仔喇叭褲裡頭！不幸的是，他動作不夠快。」

「塑膠束帶。」傑里微微偏過頭，對我說，「維亞總是能先發制人。」

「是啊——」櫻桃抹去寬額上的汗水，「——束帶又輕又小，很好攜帶，而且替我省了很多子彈；若非必要，我不喜歡傷人。」

中古世紀的城市：蜿蜒迤邐的街道，燈光灑落橋面，照亮雨水漣漪的運河，又逐漸消融於無邊細雨之中。無止無盡的無名店家，閃閃發亮的櫥窗展示，女性內衣、襪帶，廚房用品如手術器材般整齊排列。到處都是外國文字：Snel bestellen、Retro-stijl、Showgirl-Sexboetiek。

「後門通往巷子。」櫻桃說，脫下他的運動夾克，大口牛飲秀蘭．鄧波從前座下方拿出的一瓶伏特加——雙手微微顫抖，而且他的臉，尤其是鼻子，散發一種怵目驚心、緊張焦慮、像魯道夫一樣的紅光。「他們一定是為他打開的——那第三個人——好讓他從後門進來。我把門關上，順便上了鎖——或該說我用槍口指著葛羅斯丹腦袋，逼他關門上鎖。他不停啜泣，哭得像奶娃一樣——」

「那把霰彈槍啊，」鮑里斯對我說，接過前座傳來的酒瓶，「邪惡的髒東西。還短管的——？子彈可以從這裡直接打到漢堡。你不用瞄準，照樣能打中房裡半數的傢伙。」

「很聰明，不是嗎？」維克多．櫻桃淡然道，「說自己第三個人還沒到，『麻煩再等五分鐘』？『對不起，搞錯了』——？『他隨時會到』？結果他從頭到尾就提著那把霰彈槍等在後頭。如果他們好好盤算的話，這倒是個黑吃黑的妙招——」

「說不定他們真有這打算，否則幹嘛藏把槍在後頭？」

「我認為我們這次是運氣好，僥倖逃脫——」

「你們在餐館的時候，前門忽然停了輛車，嚇死我和秀蘭。」傑里說，「兩個男的。我以為我們完了，結果只是兩個同性戀法國佬在找餐廳——」

「——但是謝天謝地，後頭沒人。我讓葛羅斯丹趴在地上，把他跟暖氣銬在一起。」櫻桃說，「啊，不過呢——！」他舉起那個毛氈包裹，「——首先，這是要給你的。」

他將包裹遞給後座的傑里，傑里——像怕打翻托盤一樣，小心翼翼地用指尖接過——又轉交給我。鮑里斯——吞下一大口伏特加，用手背抹了抹嘴——開心地用酒瓶撞了撞我手臂，嘴裡一面哼：祝你聖誕快樂，祝你聖誕快樂。

我將包裹擱在大腿上，雙手輕撫邊緣。毛氈薄到我的指尖立刻確定是它，那質感和重量都再正確不過。

「拆吧。」鮑里斯努了努下巴，說，「最好先打開，確保這次裡頭包的不是公民課本！他們把畫藏在哪？」他趁我解麻線時問櫻桃。

「又髒又小的打掃工具間，放在一個爛到不行的塑膠公事包裡。葛羅斯丹二話不說就帶我過去。我還以為他會胡攪蠻纏一陣子，但顯然一槍敲在他腦袋就夠了。反正這裡還多的是生意可做，沒必要為此挨子彈。」

「波特。」鮑里斯說，試圖吸引我注意；然後又一聲：「波特。」

「什麼事？」

他舉起公事包：「這裡的四萬塊要給傑里和秀蘭．鄧波，這是他們的報酬，感謝他們幫忙。

多虧了這兩位，我們才一毛也不用付給那個小偷薩沙。還有維亞——」他伸手握住櫻桃的手，「——我們現在不只扯平；換我欠你了。」

「不，鮑亞，我欠你的一輩子也還不清。」

「得了，那不值一提。」

「不值一提？不值一提？才不是那樣，鮑亞，若不是因為你，我早就沒命了，今晚哪還能在這裡；我的命是你給我的，今生今世……」

他的故事很有趣，如果我有心情聽的話——有人拿一件我不確定是什麼事，但顯然非常嚴重的罪行誣陷櫻桃。那案子與他毫無關係，他清清白白，對方只是為了減少自己的刑期才栽贓到他頭上。除非櫻桃願意供出他的頂頭上司（「如果我想保命的話，這絕對不是什麼聰明的做法。」），否則他將面臨十年的牢獄之災。而鮑里斯，是鮑里斯救了他。他追查到那個卑鄙小人的下落；對方已保釋出獄，在安特衛普。而這過程顯然非常困難而且激烈，櫻桃開始哽咽，稍稍啜泣了一會兒。不只如此，其中似乎還牽涉了縱火、血戰，還有什麼和電鋸有關的事，但到了那時，我已經一個字也聽不進去，因為我已經解開繩索，街燈與雨水的倒影在我的油畫表面上流轉變幻。我的金翅雀——甚至在我翻到背面察看前，就已經明明確確、毫不懷疑地知道——它絕對是真品。

「看到嗎？」鮑里斯在維亞說得口沫橫飛時打斷他，「看起來完好無缺，不是嗎，你的 Zolotaia ptitsa?（小金鳥？）我就說我們會搞定的，對不對？」

彷彿多疑的湯瑪斯撫摸耶穌掌心，我的指尖不可置信地撫過木板邊緣。正如任何一名家具交易商所知——或以剛才的例子來說——正如聖湯瑪斯所知，要騙過觸覺要比視覺困難。即便這麼多年過去，我的雙手仍然記得這幅畫，記得如此熟悉，指尖立刻朝木板底部的釘孔痕跡移去。那是（許久以前，或起碼傳言是這麼說的）這幅畫過去被當作酒館招牌或漆櫃的一部分懸掛時留下的小孔，但究竟真相如何，沒有人確定。

「後座那名男士還有呼吸嗎？」維克多．櫻桃問。

「應該。」鮑里斯用手肘撞了撞我胸側，「說句話啊。」

但我一句話也說不出來。真的是它；我知道，即便在黑暗中，我也百分之百肯定。那飛揚的黃色翅膀線條，以及用筆刷末端勾勒出的羽毛。左上方邊緣多了個先前沒有的缺口，不超過兩公釐，但除此之外，完好無缺。我變了，但它依舊如昔。而當拉長的光影在畫上忽明忽滅時，我突然覺得自己的人生好噁心；相形之下，它就像一陣短暫爆發的無形能量，一種如生物靜電般的嘶嘶聲響，和窗外呼嘯而過的街燈一樣毫無意義。

「啊，真美。」傑里柔聲讚嘆，湊在我右方觀看。「多麼純淨啊！就像一朵小雛菊，懂我意思嗎？」見我不答，他便用手肘撞了撞我，說，「原野上的一朵素雅小花？就像——」他比手畫腳：你看！多美！「懂我意思嗎？」他問，又頂了我一下，但我暈眩到無法回答。

同時間，鮑里斯正英、俄語夾雜地低聲與維亞說話，有關 ptitsa（鳥）和其他我聽不懂的字句；母親與嬰孩，動人的愛。「還希望自己當初有報警嗎？」他說，一手摟住我肩膀，頭倚著頭，像我們小時候一樣。

「我們現在還是可以報警。」傑里說，轟然大笑，一拳打在我另一隻手臂上。

「沒錯，波特！要不要啊？不要？現在聽起來不像是什麼好主意了，是不是？」他挑起一邊眉毛，對我身旁的傑里這麼說。

11.

等我們轉進停車場下車後，大家的情緒依舊高昂，高聲說笑，用各種語言回味這次突襲的種種片段——所有人，除了我之外。我仍未從震驚中恢復過來，只覺茫然無措，天旋地轉。迅疾的畫面和突如其來的動作依舊在黑暗中迴盪，朝我襲來。我駭然失神，一個字也說不出來。

「看看他，」鮑里斯原本在說些什麼，忽然住口，在我手臂上搥了一拳，「簡直像有人剛幫他吹完喇叭，這輩子還沒這麼爽過。」

所有人都在笑我，就連秀蘭．鄧波也不例外。全世界都籠罩在笑聲之中，從磁磚牆面反彈回來，破碎而如金屬質地的笑聲，狂亂，迷幻，彷彿這世界正在成長、膨脹，宛如一顆美麗的氣球，朝星空飄然遠去。我也在笑，但我甚至不知道自己在笑什麼，因為我仍心有餘悸，不住簌簌打顫。

鮑里斯點了根菸，面孔在地下室的微光之中顯得幽綠慘澹。「把東西包好，」他朝那幅畫努了努下巴，溫言道，「鎖進飯店的保險櫃，然後真的找個人來幫你吹喇叭。」

傑里皺起眉頭：「我們不是要先去吃東西嗎？」

「沒錯，我快餓死了。先吃飯，再吹喇叭。」

「去布萊克？」櫻桃說，打開Range Rover的副駕駛座車門，「一小時後見？」

「好。」

「真不想這樣過去。」櫻桃說，拉了拉襯衫衣領。他整件上衣都被汗浸成透明，緊緊貼在身上。「不過我可以來杯白蘭地，一杯一百歐元那種。我現在就可以灌下一夸脫。秀蘭——傑里——」他用烏克蘭語說了些什麼。

「他說，」鮑里斯在緊接響起的大笑聲中說，「他說今天的晚餐就讓秀蘭和傑里買單；用那付錢——」傑里得意洋洋地舉起旅行袋。

然後——停車場內陷入短暫的沉默。傑里一臉苦惱，對秀蘭．鄧波說了些什麼。秀蘭——對他一笑，露出可愛的深深酒窩——揮手打發他，甩開傑里試圖交給他的旅行袋。看到傑里不死心又遞了一次，便翻了個白眼。

「Ne syeiychas,」維克多・櫻桃不耐煩地說，「現在先別管，晚點再分。」

「拜託。」傑里說，再次伸長手臂，遞出旅行袋。

「好了啦，晚點再分，要不然我們整晚都得耗在這裡。」

Ya khochu chto-by Shirli prinyala eto. 傑里說，語句如此直截，咬字如此清晰，就連俄文差勁如我都聽懂了。我想要秀蘭拿去。

「才不要！」秀蘭用英語回答，然後——無法克制地——瞥了我一眼，確認我有聽見；彷彿課堂上驕傲自己知道答案的小學生。

「好了啦。」鮑里斯——雙手按在屁股上——著惱地撇開目光，「放哪台車重要嗎？你們有人想捲款潛逃嗎？不可能，我們都是朋友。所以你們打算怎麼辦？」見兩人都沒有動作，他又說，「留在這裡給狄瑪撿回去？拜託你們哪個人決定一下。」

一陣漫長的沉默。秀蘭盤起雙臂，站在原地，對傑里堅持遞出的旅行袋只是斬釘截鐵地搖頭，然後憂心忡忡地問了鮑里斯個問題。

「對，對，我無所謂，」鮑里斯不耐煩地說，「去吧。」又對傑里說，「你們三個一輛車。」

「你確定嗎？」

「非常確定。你們今天都忙夠了。」

「你自己行嗎？」

「不行。」鮑里斯說，「我們兩個會用走的回去！開玩笑，我當然可以。」他打斷傑里的抗議，說，「我們自己行的，去吧。」大家都笑容滿面，維亞、秀蘭和傑里向我們揮手道別（Davaye!），跳上Range Rover，發動引擎，駛上斜坡，再次回到奧華通的街道。

12.

「啊，真刺激的一晚。」鮑里斯抓了抓肚子，說，「我快餓死了！趕快離開這裡。不過——」他皺起眉頭，回頭朝揚長而去的Range Rover看了一眼，「——算了，無所謂。我們可以的。很近，從你飯店走去布萊克沒多遠。還有你，」他朝我手上那幅畫努了努下巴，說，「——也太隨便了！你應該把它重新綁好！不能只是用布包一包就拎在手上到處走。」

「對，」我說，「沒錯。」我繞到車頭，把畫放在引擎蓋上，在口袋裡翻找那條麵包店的麻線。

「我可以看看嗎？」鮑里斯來到我身後，問。

我掀開毛氈，兩人尷尬佇立了片刻，猶如兩名徘徊在基督誕生畫作旁的次等法蘭德斯貴族。

「費了好大功夫啊——」鮑里斯點了根菸，朝旁吐氣，以免煙噴到畫上，「——但很值得，對嗎？」

「對。」我說。我們的語調戲謔卻壓抑，彷彿教堂中坐立難安的男孩。

「如果認真算，」鮑里斯說，「我擁有它的時間比任何人都長。」隨即又換了個語調，「記住——如果有需要，我隨時可以替你安排兌現。只要一次，你就可以退休了。」

但我只是搖了搖頭，無法將心中的感受化為言語，儘管在多年前的博物館裡，我便與韋堤共享過這樣原始而深沉的感受。

「只是開個玩笑；好吧——算是。但是，不，我說認真的，」他說，指節在我衣袖上磨蹭，「它現在是你的了，清清楚楚，確確實實。你何不多留一會兒，好好欣賞一陣再還給博物館？」

我沉默無語，心裡已經在思索要怎麼把它運出荷蘭。

「先把它包起來吧。我們得離開了。之後你愛怎麼看就怎麼看。唉，給我啦。」他說，從我笨拙的手中搶過麻線；我忙了老半天還沒找出兩端。「——讓我來，否則我們得在這耗上一整晚。」

13.

鮑里斯將畫包好、綁好，塞到手臂下——吸完最後一口菸——繞到駕駛座旁。但正要上車時，身後忽然響起一聲輕鬆友善的美國口音：「聖誕快樂。」

我轉身，對方總共三人。其中兩名中年男子踩著慵懶的步伐、有些心不在焉地朝我們走來，彷彿是要上前幫忙——他們開口說話的對象是鮑里斯，不是我，而且似乎很高興看到他——除了那兩人之外，微微快步走在前方的是一名亞裔男孩。他身上的白外套不是廚房員工穿的那種罩衫，而是一件用白色羊毛裁製的不對稱外衣，約有一吋厚；他不住發抖，怕到脣色幾乎一片紫青。身上沒有武器，或起碼看起來沒有武器；很好，因為另外兩人——高大魁梧，一臉正經——最吸引我目光的，就是在廉價日光燈下閃耀藍色金屬光澤的手槍。但即便如此，我仍未領悟——我被那友善的聲音給騙了，以為他們抓到了那男孩，帶來我們面前——直到我望向鮑里斯，發現他僵立原地，面如死灰。

「很抱歉我必須這麼對你。」那名美國人對鮑里斯說，但聽起來毫無歉意——真要說的話，反倒像開心。他虎背熊腰，一臉無聊，穿著材質柔軟的灰色外套。儘管年紀不小，卻給人一種任性天真的感覺，一雙熟透般的柔軟白手，還有如管理階層般的溫文氣質。

鮑里斯——香菸仍叼在嘴裡——凍結原地，低聲說：「馬丁。」

「嘿，沒錯！」馬丁親切地說。另一名男子——一個身穿短大衣、灰金色頭髮的流氓，五官像北歐民俗故事中的角色一樣粗獷——從容不迫地走到鮑里斯面前，在他腰間搜拍一陣後，拿走手槍，交給馬丁。我茫然看向那名白外套男孩，但他看上去就像被錘子狠狠槌過腦袋，和我一樣，完全看不出眼前景象有什麼有趣或意義。

「我知道你一定很不爽。」馬丁說，「——但是。」他低沉的嗓音宛若蛇蠍，與雙眼呈現強烈的對比。「嘿，我也很不爽。我和費茲本來在皮姆家，沒打算出門。天氣爛透了，對不對？我們的白色聖誕跑去哪了？」

「你們在這做什麼？」鮑里斯說。儘管態度極為冷靜，但我從沒見過他如此害怕過。

「你覺得呢？」滑稽地聳了聳肩，「我和你一樣驚訝，如果你想知道的話。想不到薩沙有這膽子打給赫斯特。不過——嘿，事情搞到這地步，他還能打給誰；我想。所以我們就速戰速決吧。」他說，友善地將槍口往旁一點。我忽然驚恐察覺他的槍口正對著鮑里斯，現在用它指向鮑里斯手中的毛氈。「拿過來。」

「不。」鮑里斯厲聲拒絕，甩開眼前的髮絲。

馬丁眨了眨眼，有點困惑地。「你說什麼？」

「不。」

「什麼？」馬丁哈哈大笑，「不？你認真的嗎？」

「鮑里斯，就給他們吧！」看見那個叫費茲的傢伙把槍壓上鮑里斯太陽穴，揪住他頭髮，猛然往後一扯，力道之大，鮑里斯不由呻吟了一聲，我慌忙開口，驚恐凍結原地。

「我知道。」馬丁好聲好氣地說，友善地瞄了我一眼，好像在說：唉，這些俄國人啊——全都是瘋子，不是嗎？「好了啦，」他對鮑里斯說，「爽快一點。」

那人又猛力扯了鮑里斯頭髮一下，他再次痛苦呻吟，並從車子對面拋了個不容錯認的眼神給我——我就像親耳聽見他說出口般，理解地清清楚楚。那急切而獨特的眼神一如我們過去順手牽羊的日子：跑，波特，快跑。

「鮑里斯，」我不可置信地無言沉默片刻，然後才說，「算我求你了，把畫給他們。」但鮑里斯只是再次絕望呻吟；費茲的槍口狠狠頂住他下巴，他只能任由馬丁上前，拿走他手中的畫。

「太好了。感激不盡。」馬丁心不在焉地說，把槍夾在手臂下，試圖解開麻線，但鮑里斯打的結很頑強。「酷。」他的手指不太靈活；我趁他伸手拿畫時，仔細一看，發現原因了：他嗑藥嗑茫了。「總之——」馬丁望向身後，像想和不在場的朋友分享這笑話般，隨即又轉回頭來，茫然地聳了聳肩，「——對不起。費茲，把他們帶去那。」他說，一面忙著拆開那幅畫，一面朝停車場邊陰暗如地牢的角落努了努下巴。那裡比任何地方都還要昏暗，而當費茲微微轉身背向鮑里斯，用槍向我示意——去吧，你們兩個，快去——時，我心裡一涼，終於驚恐領悟鮑里斯從一見到他們兩人就知道的事；知道他為什麼要我逃命，或起碼試著逃命。

但就在費茲用槍示意我的瞬間，鮑里斯忽然失去蹤影。他的香菸濺出一陣火花，飛了出來。費茲厲聲慘叫，不停拍打自己臉頰，抓著自己衣領踉蹌退倒，香菸就落在他脖子上。同一瞬間，馬丁——在我正對面，注意力集中在那幅畫上——忽然抬起頭來，而我仍隔著車頂傻傻看著他。但就在這時，我聽到了，在我右邊，三聲迅速的爆裂聲令我們兩人飛快轉向。隨著第四聲巨響（我閉著眼，驚恐瑟縮），感到一陣溫暖的血花灑過車頂，迎面落在我臉上。我睜開眼，看見那名亞裔男孩駭然後退，手往下一抹，在衣服上留下血痕，宛如屠夫的圍裙。而鮑里斯原本的所在處現在只剩下一面亮晃晃的招牌，上頭寫著「繳費處」。鮮血自車底下汩汩湧出，鮑里斯手肘撐地，踢蹬雙腳，掙扎著想要站起來。我看不出他有沒有受傷，但肯定是想也沒想就朝他跑了過去，因為等我回過神時，人已經到了車子另一側，試圖扶他起身。到處都是血，費茲慘不忍睹，軟趴趴地靠在車旁，太陽穴上一個棒球大小的孔洞。就在我發現費茲的槍落在地上時，鮑里斯的厲聲驚呼也陡然響起。是馬丁，他眼神淩厲，袖子一片殷紅，一手緊壓手臂，掙扎著要舉槍。

一切發生得迅雷不及掩耳，就像ＤＶＤ快轉般，我完全不記得自己拿起地上的槍，只記得猛烈的後座力將我的手臂往上彈震。我沒有真的聽到槍響，直到感到那強大的後座力。彈殼往後飛來，打在我臉上。我又開了一槍，震耳欲聾的槍聲令我不由瞇起眼睛。每開一槍，我的手臂就感到一次強烈的衝擊。扳機很難扣，很硬，彷彿要拉開一個過於沉重的門栓。車窗碎裂，馬丁舉起一隻手，安全玻璃爆裂，水泥碎屑自柱子上飛濺而出。我打中馬丁肩膀，那柔軟的灰色外套浸飽黑色的血跡。黑漬蔓延，無煙火藥味與震耳欲聾的回音將我的意識逼回頭顱深處，以至於我不像真的聽見聲音，而是感覺有面牆在我腦海中用力砸落，將我帶回某段漆黑可怕的童年記憶。馬丁毒蛇般的雙眼與我四目交會，他往前撲倒，槍抵在車頂。我又開了一槍，打中他眼睛上方。鮮紅的血霧令我不由瑟縮。然後，在我身後某處，我聽見水泥地上傳來疾奔遠去的腳步聲——是那男孩，那件白色外套朝出口奔去，手臂下夾著那幅油畫。他沿著坡道跑向停車場外的馬路，回音在磁磚間迴盪不絕。我幾乎就要朝他開槍，只是驀然間，我又像快轉般跳到下一段時空，發現自己背對車子，兩手撐在膝上，槍掉落在地。但我完全不記得自己把槍扔下，儘管聲音確實存在，那金屬撞擊地面的清脆聲響。而且仍然持續不斷，我仍能聽見回音，手臂上也仍能感受到槍的震動。我俯身乾嘔，費茲的鮮血在我舌尖上旋轉蔓延。

黑暗中傳來疾奔的腳步聲。再一次地，我看不見，動不了。所有景物邊緣都蒙著一層黑。我感覺自己正在墜跌，但其實沒有。因為我不知何時坐到了一面磁磚矮牆上，頭埋在膝蓋間，看著我雙腳之間的一灘鮮紅唾液，或嘔吐物；水泥地上塗著環氧樹脂，閃閃發亮。鮑里斯呢，他在那兒，氣喘吁吁，上氣不接下氣，滿身是血地跑了回來。他的聲音彷彿來自幾百萬哩遠：波特，你還好嗎？他跑了，我沒追上，讓他給逃了。

我攤開掌心，看向手上的紅色血痕。鮑里斯仍急切地說著什麼，但儘管他用力搖撼我的肩膀，我還是只能看到他唇齒掀動，聽見彷彿隔著隔音玻璃傳來的胡言亂語。自槍口冒出的煙霧與曼哈頓的雷陣雨及城市潮濕馬路的阿摩尼亞味異樣相似。青藍色的雜點映在一輛淺藍色Mini

Cooper車門上。更近一點的地方，一灘三呎寬、如絲緞般光澤耀眼的黑色血泊自鮑里斯車底下悄悄爬開，往外蔓延，如阿米巴原蟲般逐步逼近。我不禁思索它要多久才會到達我鞋邊，還有到達時我該怎麼辦。

鮑里斯用他緊握的拳頭在我頭側大力——但並不憤怒地——搥了一下。一次冰冷的敲擊，不夾雜任何情緒，就像在做心肺復甦術一樣。

「沒事了。」他說，「你的眼鏡。」他朝旁努了努下巴。

我的眼鏡——血跡斑斑，但完好無缺——躺在我腳邊的水泥地上。我不記得它們從我臉上掉落。

鮑里斯替我撿了起來，在自己袖子上擦了擦，交還給我。

「來吧。」他說，抓著我手臂，把我拉了起來。儘管他全身是血，而且手不住顫抖，聲音卻是如此沉著、撫慰。「一切都結束了。你救了我們。」那幾聲槍響引發了我的耳鳴，現在彷彿有一群蝗蟲在我耳邊嗡嗡飛舞。「幹得好。現在——過來這裡，快。」

他帶我來到大門深鎖的漆黑玻璃辦公室後方。我的駝毛外套上沾了血跡，鮑里斯像衣帽間服務生般幫我脫下，裡外翻面，掛在一根水泥柱上。

「你之後得扔掉這外套。」他說，猛烈打了個哆嗦，「還有襯衫。不過不是現在——晚一點。現在——」他打開門，尾隨我走進，打開電燈，「——來吧。」

陰暗潮濕的廁所，瀰漫濃濃的小便斗除臭錠味與尿騷味。沒有洗手槽，只有一枚水龍頭和地板上的排水孔。

「快，動作快。」鮑里斯說，把水開到最大。「先將就一下。只要——嗯！」他把頭伸到水頭龍底下時不由皺起臉孔，掬了把水往臉上潑去，用力搓洗——

「你的手臂。」我聽見自己說。他的姿勢不對勁。

「對——」冰冷的水花四處飛濺，潑灑空中，「——我被他打中了，但不嚴重，只是皮肉傷——喔，天啊——」他吐了口口水，語無倫次地說，「——我該聽你的才對。你試著要警告我！鮑里斯，後面有人！在廚房！但我有聽進去嗎？有放在心上嗎？沒有。那個該死的小王八蛋——那個中國小鬼——是薩沙的男朋友！姓吳還是辜？我記不得他名字。啊——」又把他的頭伸到水龍頭下，嘟噥了會兒，水潺潺滑落他臉龐——「看！是你救了我們，波特！我以為我們死定了……」

他往後退開，兩手在臉上胡亂抹了一把，鮮紅色的水珠串串滴淌。「好了。」他說，抹去眼裡的水，甩了甩手，帶我走向湧泉如柱的水龍頭。「換你了。頭過去——對，沒錯，很冰！」見我身子一縮，他又把我壓了回去，「對不起！我知道！先把手洗一洗，然後是臉——」

水冷的像冰，令人窒息。冰涼的液體鑽進我鼻腔。我從沒這麼冷過，但神智總算清醒了些。

「快，動作快。」鮑里斯說，把我拉起來，「西裝——好，深色的——看不出來。襯衫現在沒辦法處理。把領子立起來，像這樣——我來。車上有圍巾，對嗎？你可以圍在脖子上？不，不行——你想都別想——」我在發抖，想伸手拿向外套，牙齒冷到不住格格打顫，上半身全濕透了，「——好吧，穿吧，否則你會冷死，記得內外反穿就好。」

「你的手。」儘管他穿著深色外套，光線又昏暗不明，我依舊可以看到他上臂的焦痕，黑色羊毛上黏著血跡。

「別擔心，這沒什麼。我的老天，波特——」他開始朝車子走回去——半走半跑，我匆匆跟上，只要想到可能會失去他或獨自被拋棄在這停車場裡就莫名驚慌。「馬丁！那混蛋有嚴重的糖尿病，怎麼還不早死！還有那位死之華先生，我也欠你一次！」他說，將那柄迷你手槍塞進口袋，然後——從他西裝的胸前口袋中——掏出一袋白粉，隨手一拋，灑出漫天雪花。

「好了。」他說，拍去手上的粉末，往後跳開。他面色如土，瞳孔凝滯，就連抬頭向我看來時都像沒看到我一樣。「這是他們唯一會追查的目標；馬丁身上也有。他嗑藥嗑翻了，你有注意到嗎？所以動作才那麼遲緩——他和那個費茲都一樣。他們沒想到會有那通電話——沒想到今晚會要開工。老天——」他緊閉雙眼，「——我們真的是好狗運。」他全身是汗，面無血色，伸手抹了抹額頭，說，「馬丁了解我，知道我身上有什麼武器，但沒想到我還有另一把槍；還有你——他們根本沒把你看在眼裡。上車，」他說，「不對——」他抓住我手臂；我像夢遊般跟著他來到駕駛座旁，「——不是那裡，那裡現在一團糟。喔——」他猛然止步，彷彿在明滅不定的綠光中靜立良久——然後才搖搖晃晃地撿起地上的槍，用口袋裡的手帕擦拭乾淨——小心翼翼地捏在布裡——然後重新扔回地上。

「呼，」他說，試圖穩住呼吸，「這能魚目混珠，他們會花好幾年的時間追查這條線索。」他陡然住口，一手扶著受傷的手臂，上下打量我，問：「你能開車嗎？」

我無法回答，只覺得頭暈目眩，怔忡失神，全身不停發抖。心臟在方才瞬間碰撞、凍結後又重新猛然跳動，就像有拳頭重重打在我胸口般，劇痛不已。

鮑里斯飛快搖了搖頭，嘖了兩聲。「另一邊。」見我兩腿又開始自己跟著他移動，便說，「不對，不對——」帶我繞回另一側，打開副駕駛座的車門，輕輕推了我一把。

我全身濕透，不停發抖，只覺得好想吐。地上有包司迪麥口香糖。地圖上顯示著法蘭克福、奧芬巴赫、哈瑙。

鮑里斯繞了車子一圈，仔細檢查，然後小心翼翼地回到駕駛座那側——左閃右避，努力不要踩到血泊——上車後雙手握住方向盤，深呼吸了口氣。

「好。」他說，長長吐出口氣，像即將展開任務的飛行員般喃喃自語，「繫好安全帶。你也是。煞車燈還好嗎？車尾燈？」他拍拍口袋，在椅子上挺直腰桿，把暖氣開到最大，「油很夠——很好。電熱椅也不能忘記——那可以讓我們身子暖和起來。我們不能被攔下來，」他解釋，「因為我不會開車。」

各種細微的聲響：座椅的皮革嘎吱聲，水珠自我濕淋淋的衣袖滴答落下。

「你不會開車？」我打破嗡嗡作鳴的緊繃沉默，問。

「呃，其實是會。」他防衛辯解，「以前開過。我——」他發動引擎，一手搭著椅背，倒車出去。「——好吧，要不你以為我幹嘛請司機？我有這麼尊貴嗎？沒有。但我確實有——」舉起一根食指，「酒醉駕駛的前科。」

我閉上雙眼，以免經過時又看見那團軟趴趴又血淋淋的肉塊。

「所以，你明白了吧，如果他們把我攔下來，一定會把我帶回警局，而我們不想看到這情況發生。」刺耳的嗡鳴在我腦中大聲迴響，我幾乎聽不見他在說什麼。「你得幫忙，像是——留意路牌、不要讓我開上公車道等等。這裡的腳踏車道是紅色的，汽車不能行駛，所以你也要幫我注意。」

我們再次回到奧華通，朝阿姆斯特丹而去。又是同樣的鎖店、鑰匙保險櫃、旅館空房、數位印刷、海吉通訊、無限享用、各種阿拉伯文字。燈光流洩，宛如惡夢一場。我永遠無法離開這條該死的馬路。

「老天，我最好開慢一點，」鮑里斯悶悶不樂地說，一臉呆滯，看起來悽慘落魄，「trajectcontrole：幫我留意標誌。」

我袖口上有血痕。巨大的血珠。

「trajectcontrole，測速照相，機器會告訴警察你超速。他們會開無標示的警車，而且數量還不少，有時會先偷偷在你後面跟上一陣子才把你攔下來。不過——我們很幸運——今晚這方向車流不多。週末，我猜，又是聖誕節。這可不是什麼會歡慶聖誕的社區，如果你懂我意思。你明白剛才發生了什麼事，對吧？」鮑里斯問，胸口呼吸起伏，用力揉了揉鼻子，發出喘息的聲音。

「不。」是別人出的聲，不是我。

「好吧——是赫斯特。那兩個傢伙都是赫斯特的人。費茲大概是他在這麼緊急的時間內唯一能在阿姆斯特丹聯繫上的人，但是馬丁——幹。」他說得飛快，而且斷斷續續，幾乎口齒不清，眼神呆滯，只是牢牢盯著前方。「誰知道馬丁居然在城裡。你知道赫斯特和馬丁是怎麼認識的，對吧？」他說，微微向我看來，「精神病院！加州的高級精神療養院！『加州旅館』，赫斯特以前都這麼說！那是赫斯特家人還願意和他往來的時候。他是去戒毒的，但馬丁會被送去那，是因為他是個徹頭徹尾的瘋子；會插瞎人眼睛的那種瘋子。我親眼看他做過一些我連講都不想講的事。我——」

「你的手臂。」他的手很痛，我可以看見他眼裡閃耀著淚光。

鮑里斯扮了個鬼臉。「沒什麼啦，這不算什麼。喔。」他說，抬起手肘，讓我用手機的充電線纏住他手臂止血——我拔出充電器，在傷口上方繞了兩圈，盡可能地繫牢。「——聰明。很好的預防措施，感謝！不過沒必要，真的。只是擦傷——了不起就多塊瘀青，我想。幸好這件外套很厚！只要清理乾淨——吃些抗生素和止痛藥——我就會沒事。我——」他顫巍巍地深呼吸了口氣，「——我得找到傑里和櫻桃，希望他們直接去布萊克那了。狄瑪——我們也得聯絡狄瑪，關於剛剛那場混亂，他一定會很不高興——警察會找上門，麻煩的要命——不過一切看起來就像臨時起意，沒有任何線索會牽連到他身上。」

車頭燈呼嘯而過。血液在我耳畔奔騰流竄。馬路上車流冷清，但每一輛都令我驚恐瑟縮。

鮑里斯呻吟了聲，一手抹過臉孔。他說了些什麼，語調急促煩躁。「什麼？」

「我說——這實在是一團糟。我還在想到底是出了什麼問題。」他的聲音嘶啞，斷斷續續，「因為，我現在在想——或許是我錯了，或許是我多疑——但或許赫斯特其實一直都知情？知道是薩沙拿走了那幅畫？只是沒想到他把畫帶出德國，試圖背著他抵押兌現。等到事情一失控——

薩沙慌了——他還能打給誰？不過，當然了，這只是我的猜測，或許赫斯特真不知道是薩沙偷的；若非薩沙這麼愚蠢和大意，他或許永遠不會知道——去他媽的環形道路。」鮑里斯忽然咒罵一聲。我們已經出了奧華通，現在正在繞圈子。「我要走哪條路？打開導航。」

「我——」我胡亂摸索。無法理解的文字，看不懂的選單：Geheugen、Plaats。我轉動轉盤，又是不同的選單：Gevarieerd，Achtergrond。

「喔，該死的。我們試試這條。」鮑里斯說，有點隨便又急促地轉了個彎。「呼，剛才真的好險，算你有種，波特。費茲——費茲根本昏了頭，整個人都還沒醒。但是馬丁，我的老天。然後你——？忽然變這麼勇敢？萬歲！我甚至忘了你也在。但好險你在！你說你以前從沒拿過槍？」

「對。」濕濡的漆黑街道。

「好吧，跟你說件事，聽起來大概很好笑，不過——這是稱讚；你開起槍來有夠娘炮。你知道這為什麼是稱讚嗎？因為，」鮑里斯說，用一種輕浮、狂熱的模糊語調，「你知道在危險情況下，從沒開過槍的男人和女人有什麼差別嗎？女人呢——波波以前說過——比較容易打中目標。但多數的男人呢，希望自己看起來威猛剽悍，電影看太多，容易不耐煩，槍開太快——該死的。」鮑里斯忽然一聲咒罵，狠狠踩下煞車。

「怎麼了？」

「事情不妙。」

「怎麼不妙？」

「這條路被封了。」他切換至倒車檔，循著原路倒退離開。

工地。推土機矗立於鐵絲網後，空蕩冷清的建築，窗戶上貼著藍色塑膠布。一疊疊的水管、水泥磚以及荷蘭文的塗鴉。

車子駛進另一條看起來沒有半盞街燈的馬路。我打破緊接而至的木然沉默，問：「現在怎麼辦？」

「嗯——這裡沒有可通行的橋梁，那裡也是死路一條，所以……」

「不，我的意思是我們現在怎麼辦。」

「什麼意思？」

「我——」我的牙齒抖到幾乎說不出話來，「鮑里斯，我們完了。」

「不，我們沒有。葛羅斯丹的槍——」他笨拙地拍拍外套口袋，「——我會扔進運河；如果警方追查不到他身上，就更不可能追查到我身上。何況——沒有其他任何線索和我們有關。我的槍呢？乾乾淨淨，沒有序號，就連車子輪胎都是新的！我會把車開去給傑里，他今晚就會把輪胎換掉。聽著，」見我毫無反應，鮑里斯又說，「不用擔心！我們很安全！要我再說一次嗎？安——全——。」（每說一個字就比出一根手指頭。）

車子碾過一個坑洞，我下意識地縮了縮，嚇了一跳，雙手掩面。

「而且你知道最重要的是什麼嗎？我們是相交多年的死黨——我們信任對方，而且——喔，老天，前面有個警察，我開慢一點。」

我瞪著腳上的鞋子。鞋子，鞋子，鞋子。我現在腦中唯一能想到的，就是在我穿上這雙鞋子的幾個小時前，還不曾殺死任何人。

「因為——波特，波特，你想想。聽我一分鐘就好，拜託。如果我是個陌生人——一個你不認識或不信任的人，事情會怎麼樣？如果你是和一個陌生人一起離開停車場，那麼你往後的人生將永遠和那個人禁錮在一起。你必須對他非常小心，一輩子都是。」

冰冷的雙手，冰冷的雙腳。小吃店、超級市場、打光的水果與糖果塔、Verkoop Gestart!（減價大折扣！）

「你的人生——你的自由——都將取決一名陌生人的忠誠。如果那樣的話呢？沒錯，你就需要擔心，絕對需要。你會深陷泥沼，爬都爬不出來。但是——除了我們之外，沒有任何人知道這件事，就連傑里也不知道！」

我說不出話，只能猛烈搖頭，努力想要平緩呼吸。

「你說誰？那個中國男孩？」鮑里斯不屑地哼了一聲，「他能和誰說去？他未成年，在這沒有合法身分，什麼語言都說不好。」

「鮑里斯——」我微微傾身，覺得自己就快暈過去，「——畫被他拿走了。」

「啊。」鮑里斯痛苦地皺了皺臉，「只能當它沒了，恐怕。」

「什麼？」

「或許再也找不回來。我想到就不舒服——打從心底不舒服。因為，我也不願這麼說——但那個姓吳、還是姓辜的，不管到底姓什麼；在他親眼目睹剛才的事情之後——？現在滿腦子會想的，就只有自己的未來。嚇得魂飛魄散！那可是死了人啊！說不定會被遣送出境！他不想牽連其中，只想把那幅畫拋諸腦外。他不曉得它真正的價值，如果被抓進警局？不只關上一天？他只會想盡快擺脫它。所以——」他昏沉沉地聳了聳肩，「——讓我們祈禱他真的逃走了，那個小混蛋。否則那小鳥兒的命運最後很有可能是會被扔進河裡——毀屍滅跡。」

街燈映照在停靠路邊的汽車引擎蓋上。我覺得輕飄飄的，彷彿與自己失了連結。重回軀體會是什麼感覺？我無法想像。我們回到舊城，石板路上車聲轆轆，黑白色的夜景彷彿自范德尼爾的畫作躍然而出，十七世紀的氛圍自四面八方逼近，錢幣般的銀色光輝在漆黑河面上閃爍蕩漾。

「可惡，這條路也封了。」鮑里斯咕噥，又猛然煞車，倒車後退，「我們得另外找條路。」

「你知道我們在哪嗎？」

「知道——這還用說嗎？」鮑里斯說，語調異常開心，有點嚇人，而且和我們目前的處境毫不相襯。「那條就是你的運河，紳士運河。」

「哪條運河？」

「阿姆斯特丹是個很容易辨認方位的城市，」鮑里斯說，好像我沒開過口一樣，「在舊城，你只要跟著運河，直到——喔，拜託，他們把這條路也封了。」

漸次的灰階。異樣活躍的黑夜。掛著吊鐘的山牆上，幽魂似的小小月亮彷彿另一顆星球的衛星，神祕，迷濛。雲層陰森詭譎，只隱隱透著棕、藍兩色的光影。

「別擔心，這是常有的事。老是在蓋東西，永遠都有地方施工，搞得亂七八糟，一片混亂。這些——我想是在蓋新地鐵線之類的。大家都快被煩死了。鬧出一堆醜聞弊案。嘖，每個城市都一樣，不是嗎？」他的語調含糊，聽起來就像喝醉了。「馬路到處都在施工，政客的荷包越來越滿？所以大家才都騎腳踏車，比較快。只是，很抱歉喔，到了聖誕節前一週，不管在哪，我都絕對不會騎腳踏車。喔，不——」車子開上窄橋，猛然停在一條車龍之後，「——我們有在動嗎？」

「我——」我們停在一座人行步橋上。雨濕的窗戶上清楚可見粉紅色的水珠。行人就在不到一呎之外來回走動。

「下車看看怎麼回事。喔，等等。」我還來不及回神，便聽見他不耐煩地說。鮑里斯將車打到停車檔，自己下了車。我看著他浸浴在車燈中的背影，廢氣氤氳繚繞，宛如劇場一景，莊嚴，肅穆。

「廂型車。」他說，重重坐回駕駛座，用力甩上車門，深呼吸了口氣，兩手抵著方向盤，伸直手臂。

「他在做什麼？」我驚惶失措，左右張望，心裡隱隱預期有人會發現血跡，朝我們衝來，用力敲打窗戶，硬把車門拉開。

「我怎麼知道？這該死的城裡就車子太多了。聽著，」鮑里斯說——前方刺眼的車尾燈映出他蒼白汗濕的面孔。後方又來了更多車，我們困在中央，動彈不得——「沒人知道我們會塞上多久。這裡離你飯店只有幾條街遠，你最好下車用走的。」

「我——」是前方的車尾燈讓擋風玻璃上的水珠看起來這麼鮮紅嗎？

他手不耐煩地一揮。「走吧，波特。」他說，「我不知道前面的廂型車是怎麼回事，就怕交通警察會出現。暫且兵分兩路對我們兩人都好。朝紳士運河走——你不會錯過的。這裡的運河都是環形圍繞，你知道的，對吧？只要往那個方向走——」他指出方向，「——就會看到。」

「你的手怎麼辦？」

「皮肉傷而已！要不是太麻煩，我就把外套脫了給你看。去吧，我得打給櫻桃。」他從口袋中拿出手機，「我或許得離城一陣子——」

「什麼？」

「——但如果我們暫時無法聯絡，別擔心，我知道你住哪兒。你最好不要嘗試打給我或聯繫我。我會盡快回來。一切都會沒事的。去吧——把自己清理乾淨——在脖子上圍條圍巾，圍高一點——我很快就會跟你聯絡。不要一副想吐的樣子，臉色白的像鬼！你身上有沒有備用的玩意兒？要不要我給你點什麼？」

「什麼？」

他在口袋中摸索一陣。「喏，拿去。」透明藥袋上一個模糊的戳印，「不多，但非常非常純，大約一個火柴頭那麼大。只有這個。等你醒來後，心情就不會那麼糟了。現在，記住——」他開始在手機上撥號；我非常在意他沉重的呼吸，「——圍巾記得圍高一點，包住整個脖子，盡可能走在陰暗處。快！」見我仍坐在原位，他吼了一聲，音量大到行人步道的一名男子轉頭向我們看來。「快啊！櫻桃——」我下車，只見他癱倒在座位上，顯然大鬆了口氣，開始啞著嗓子，用烏克蘭語快速交談——周遭車輛靜止不動，刺眼的車燈照在我身上，我只覺得好可怕，好暴露——然後沿著步橋，循來時路折返。他在我眼裡的最後一個景象，就是一面講手機，一面搖下車窗，探出上身，想在瀰漫的汽車廢氣中看清楚前方那輛靜止的廂型車究竟是怎麼回事。

14.

接下來的一個鐘頭，或好幾個鐘頭，我只是不停循著運河的環形道路徘徊尋找飯店，悽慘落魄，一如過往——所以你可以想見那有多麼悲涼。氣溫驟降，我的頭髮和衣服全濕了，冷到牙關不停打顫。天色昏暗，每條街黑到看起來都一模一樣，但又沒黑到可以讓我穿著沾染有剛被自己殺死的死者血跡的衣服四處遊蕩。我快步沿著漆黑的街道前行，腳步聲異樣明確，彷彿在惡夢中裸身徘徊，感覺顯眼又不安。我避開街燈，努力安慰自己這件內外反穿的外套看起來非常正常，沒有任何不對，心裡的疑懼卻只是不斷擴大。路上有行人，但不多。我怕被認出來，所以摘了眼鏡。根據以往經驗，我知道自己身上最醒目的特徵就是那副眼鏡——一眼就會看見，並在腦中留下深刻的印象——儘管這麼做無助於尋找飯店，但也給了我一份不理性的安全感和隱藏感。看不懂的路牌與迷濛的街燈孤伶伶地漂浮於黑夜之中，朦朧的車燈與幻麗的聖誕裝飾，都有種追捕者透過失焦鏡頭觀察獵物的氛圍。

結果原來是我走過頭，旅館早在兩條街後。除此之外，我還不熟悉歐洲的習慣，忘了過了特定時間後，必須按鈴才能進入旅館。所以當我最後終於打著噴嚏、覺得自己快結冰般來到玻璃門前，卻發現大門深鎖時，只能傻傻呆立原地，好像在那站到天荒地老，不停像殭屍般拉扯門把，用一種規律、機械、節拍器也似的麻木一拉再拉，一拉再拉，冷到腦筋一片空白，無法理解自己為什麼被拒於門外。我透過玻璃門，悲慘地看向大廳後方那光澤耀眼的黑色櫃台：沒有人。

然後——一名男子匆匆自後方現身，眉毛訝然挑起——他穿著深色西裝，一頭黑髮梳得整整齊齊。在我們四目交會時，他眼裡閃過瞬間的驚駭。我領悟自己現在的樣子一定慘不忍睹，但他隨即別開目光，翻找鑰匙。

「很抱歉，先生，我們十一點後就會鎖門。」他說，視線依舊閃避，「為了客人的安全考量。」

「我被雨耽擱了。」

「當然，先生。」他的視線——我驚覺——停留在我襯衫的袖口上，上頭有塊如二十五分硬幣大小的棕色血跡。「若您需要的話，櫃台有雨傘可供出借。」

「謝謝。」然後又愚蠢地補上一句，「我不小心把巧克力醬灑到衣服上了。」

「真糟糕，我能理解您的不便。若您願意，我們非常樂意替您將襯衫送去清洗，看能不能處理乾淨。」

「那就太好了。」他聞不出血的味道嗎？在溫暖的大廳中，我覺得自己渾身都是那味道，那種鏽味與鹽味。「而且這還是我最喜歡的一件襯衫。巧克力泡芙，唉。」閉嘴，閉嘴。「不過很美味。」

「很高興聽您這麼說，先生。如果您需要，我們很樂意替您預約明晚的餐廳。」

「謝謝。」我嘴裡有血，到處都聞得到、嚐得到它的氣味與滋味。我只能祈禱他不像我一樣，感受那麼強烈。「那就太好了。」

「先生？」正當我要往電梯走去時，他又出聲喊住我。

「什麼事？」

「我想您應該需要鑰匙吧？」他走出櫃台，從格架上拿出一把鑰匙，「二十七號房，對嗎？」

「對。」我回答，一方面感激他告訴我房間號碼，一方面又心生警戒，他竟記得如此清楚，一下就想到。

「晚安，先生。希望您住得愉快。」

兩台不同的電梯，無止境的走廊與紅色地毯。終於，我回到房裡，打開所有電燈——桌燈、床頭燈、絢爛耀眼的水晶燈。我甩動肩膀，脫下外套，就這麼扔在地上，筆直朝浴室走去。一面走，一面解開染血的襯衫鈕釦，如釘耙前的科學怪人，踉蹌顛躓，跌跌撞撞。我將又髒又黏的衣服揉成一團，扔進浴缸，把水開到最熱、最大。粉紅色的溪流在我腳下流淌。我用百合花香味的沐浴膠清洗全身，直到我聞起來猶如喪禮上的花圈，肌膚如火燒般灼熱。

那件襯衫算是完了。即便水已變清許久，領口處仍頑強印著一片扇形的棕色汙漬。我把它留在浴缸裡繼續浸泡，轉而處理圍巾，然後是外套——上頭也沾了血跡，但顏色深，看不出來——盡可能小心地將它翻回正面（我為什麼要穿這件駱駝毛外套赴宴？為什麼不穿深藍色那件？）。一邊的領子沒那麼糟，但另一邊慘不忍睹。那酒紅色的髒汙有種喧譁的生動感，讓我瞬間重回開槍那刻，再次感受到那後座力、爆炸，與飛濺的血珠。我把它塞到洗手台的水龍頭下，倒上洗髮精，用衣櫥裡的鞋刷使勁猛刷。等洗髮精和沐浴膠都用完後，就直接用肥皂搓洗汙漬，又用刷子刷了一會兒，彷彿童話中毫無希望、注定失敗的僕人，必須在天亮前完成一件不可能的任務，否則只能死去。最後，我雙手累到不停發抖，改用牙刷，直接把牙膏擠在汙漬上——奇怪的是，它比我先前用的任何方法都有效，但依舊無法清除。

最後，我終於放棄了，沒有用。我將滴水的外套掛在浴缸上，猶如帕夫里考夫斯基先生的濕漉鬼魂。我小心翼翼，不想讓毛巾沾上任何血跡，所以用衛生紙辛辛苦苦把磁磚上的紅色汙痕與水珠擦乾淨，像強迫症患者般每擦幾下就揉成一團，扔進馬桶沖掉。再用牙刷仔細刷拭磁磚縫隙，刷得整間浴室像診所一樣的潔白無瑕，鑲了鏡子的牆面閃閃發光，映出無數的孤獨。即便在最後一點粉紅也消失許久後，我仍不肯停止——一遍一遍重複清洗被我用髒的擦手巾，上頭仍染著可疑的紅暈——然後，我筋疲力盡，搖搖晃晃地走進浴缸，用高到我幾乎無法忍受的水溫，把自己從頭到腳重新刷洗一遍，用肥皂猛力搓擦頭髮，因流進眼裡的泡沫潸然淚下。

15.

我醒了，在某個不明的時刻。門鈴聲震耳欲聾，我像被火燙到般猛然驚醒。汗濕的床單凌亂糾結，百葉窗嚴嚴緊閉，所以我不知道現在是幾點幾分，甚至是晝是夜。我仍未完全清醒，昏昏欲睡地套上浴袍，沒解開門鍊，只將門打開一道縫隙，試探地問：「鮑里斯？」

一名面孔濕潤的制服女子。「先生您好，我是洗衣間的員工。」

「什麼？」

「櫃台要我來的，先生，他們說您要求今早來收需要清洗的衣物。」

「呃——」我低頭朝門把看去。在發生那一切之後，我怎麼會忘記掛上「請勿打擾」的牌子？「等等。」

我從行李箱中拿出訂婚宴上穿的襯衫——就是鮑里斯說不夠高級，不能穿去和葛羅斯丹會面那件。「這兒。」我說，塞過門縫交給她，然後又說：「等等。」

那件西裝外套。還有圍巾。都是黑色的。我敢嗎？它們看起來都慘不忍睹，而且摸上去依舊潮濕。不過當我打開桌上的檯燈——戴上眼鏡，把臉貼在衣服前，用被霍比訓練過的銳利眼光仔細檢查時，卻看不見任何血跡。我用一張白色衛生紙到處壓拭，看它會不會被染成粉紅色。會——但微乎其微，幾乎看不見。

她仍在門外等待。在某種層面上，這種刻不容緩的急迫感反而令我心安：我必須立刻決定，無可猶豫。我從口袋裡拿出皮夾；在赴安．德拉梅森的晚宴前，我曾在口袋裡塞了顆奧施康定，它雖然也濕了，但依然驚人的完好。（我想過自己有天會感激那延長釋放藥性的配方嗎？從來不。）我把它連同鮑里斯的透明藥袋一併取出，然後才把外套和圍巾交給她。

我關上房門，只覺如釋重負。但不到半分鐘，就有一縷擔憂如呢喃般悄悄潛進意識裡，不多久就爬升成刺耳的尖鳴。倉促決定。太瘋狂了。我在想什麼啊？

我躺下，又爬起，然後再次躺下，試圖入睡。之後，我在床上坐了起來，恍恍惚惚，無可遏制內心的衝動，拿起話筒撥號給櫃台。

「是的，戴克先生，有什麼可以為您服務的嗎？」

「呃——」我緊閉雙眼；我為什麼要用信用卡付錢呢？「我只是想問一下——我剛送了件西裝去乾洗，想知道它送出去了沒。」

「對不起，您說什麼？」

「你們是把衣服送出去乾洗嗎？還是飯店內就有乾洗服務？」

「送出去外頭，先生，我們合作的廠商非常可靠。」

「你能幫我查查衣服送出去了嗎？我剛想到今晚就要穿它。」

「我查一下，請稍候。」

我焦急等待，楞楞地瞪著床頭櫃上的海洛因，上頭印著一個彩虹色的骷髏頭以及「續攤派對」的字樣。不多久，櫃台人員回到線上。「請問先生您今晚何時需要這件西裝？」

「很早。」

「衣服恐怕已經替您送出去了。貨車剛離開。但當日就可清洗完畢，保證今日傍晚五點可以送抵客房。」他打破緊接而至的沉默，又問，「先生，請問還需要其他服務嗎？」

16.

鮑里斯沒有騙人，他給我的白粉真的很純——沒有半點雜色，只是一般分量就讓我頭昏眼花。因此，不知過了多久，我只是飄然欲仙地在死亡邊緣來來回回，進進出出。數個世紀，數座城市。滑翔在緩慢的時間內，欣然來去；百葉窗緊閉，空蕩蕩的浮雲幽夢，不停進化變幻的昏暗黑影，有種如簡．維尼克斯[2]美麗戰利品畫作般的靜止感：死去的鳥兒羽毛殷紅，垂落在一呎之外。在僅存的一絲意識之中，我覺得自己了解了死亡的祕密與恢弘，那所有不欲世人所知，直到最終時刻方能體悟的認知：沒有痛苦，沒有恐懼，只有壯麗的離去，莊嚴躺於死亡渡船，帝王般退入無邊的浩瀚，漸行，漸遠，凝視遙遠岸上的庸碌世人，不再為人類自古以來的渺小愛欲、恐懼、悲傷與死亡所束縛。

幾小時後，也或許是幾百年後，刺耳的門鈴響起，穿透夢境，我卻沒有絲毫瑟縮，只是從容地起身——輕飄飄地、開心地踩著蹣跚腳步，搖搖晃晃，扶著家具一路前進——對門口的女孩綻露微笑。神情靦腆的金髮女孩將裝在塑膠套中的衣物交還給我。

「戴克先生，這是您的衣物。」正如所有荷蘭人的習慣——或起碼感覺起來如此——她將我的姓氏唸成「戴卡」，像是戴卡．米特福德，德弗里斯夫人許久以前認識的一位朋友。「我們非常抱歉。」

「什麼？」

「希望沒有為您帶來任何不便。」太美了！那雙藍色眼珠！她的口音好迷人。

「什麼意思？」

「我們保證會在五點前將衣物送還給您；櫃台說不用向您收費。」

「喔，不要緊。」我說，思索自己該不該給她小費，隨後察覺自己現在完全無法思索任何有關金錢或算數的問題。然後——關上房門，將衣服扔在床尾，搖搖晃晃走向床頭櫃——看向傑里的手錶：六點二十，我不禁莞爾一笑。想想那些海洛因替我省去多少煎熬擔憂——整整一小時又二十分鐘的苦難！太瘋狂了，打給櫃台！想像警察出現一樓大廳！吠陀般的寧靜浸淫我全身。擔心！多浪費生命啊！所有宗教聖典都是對的，「擔憂」顯然是所有性靈未進化的原始人類的表徵。葉慈那句詩是怎麼說的？有關出神忘我的中國哲人那句？所有事物終將殞落並重建。那些古老閃耀的雙眼。這就是智慧。數世紀以來，人類憤怒、哭泣、摧毀，為自己微不足道的個體生命悲鳴，但這一切有什麼意義？這些徒勞無功的悲傷？想想原野上的百合。為什麼要擔憂呢？我們，作為智慧生物，來到世上，不就是該在這如白駒過隙的有限生命裡即時享樂嗎？

絕對是。所以我才不會為了清潔員工從門縫底下塞進來的無禮字條焦躁煩心（親愛的貴客，我們本欲整理客房，但不幸未能……）；所以我才敢興高采烈穿著浴袍就大膽踏上走廊，捧著滿手濕答答、看起來就有問題的毛巾攔住女傭——房裡的每一條毛巾都被我弄濕了；我先前把外套捲起來，在上頭來回滾動，想把水擠乾，而現在毛巾上有幾個我先前沒注意到的粉紅色汙漬——您想換批乾淨的毛巾嗎？當然，沒問題！喔，您忘了鑰匙了嗎，先生？被鎖在外頭了？喔，等等，需要我替您開門嗎？而且因為如此，即使才發生剛才的事，我仍不假思索地點了客房服務，放縱地讓男侍進入客房，把餐車推到床尾。（有蕃茄湯、沙拉、總匯三明治和洋芋片；大部分都在三十分鐘後又被我吐了出來，但那是全世界最愉快的一次嘔吐，好玩到我忍不住哈哈大笑：哇嗚，這實在是全世界最棒的毒品！）我生病了，我知道，在華氏零度的天氣下穿了好幾小時的濕衣服讓我高燒不止，不停打冷顫。但我仍像不干己事般，毫不在乎。這不過是個軀殼：容易犯錯、容易生病。充滿不適與痛苦。人們為什麼對它這麼在意？我把行李箱中的衣服全部穿上身（兩件襯衫、毛衣；再一件長褲、兩雙襪子），喝起迷你酒吧中的可樂——意識依舊恍惚，而且虛脫無力——在鮮明的清晰夢境中進進出出：未經切割的鑽石、閃閃發亮的黑色昆蟲；其中有個關於安迪的片段特別清楚，他全身濕漉，踩著嘎吱作響的網球鞋走進房間，在身後留下一道水痕。

2 Jan Weenix，荷蘭黃金時期著名畫家。

他看起來有些不對勁，神色有異。近來好嗎，席歐？

馬馬虎虎。你呢？

馬馬虎虎。嘿，聽說你和小凱要結婚了，爹地告訴我的

酷

對啊，酷，但我們無法出席。爹地在遊艇俱樂部有活動

唉，太可惜了

接著我們一起去了某個地方安迪和我提著沉重的行李準備搭船自運河離去，只是安迪一副不可能我打死也不會上船的模樣而我說當然我能理解，所以開始一根根地拆下螺絲把船解體，將零件統統收進我行李箱，把所有東西包括船帆帶上岸，這就是我們的計畫，只要跟著運河它們就會把你帶去任何你想去的地方，也可能折返起點。但這工程比我想像中浩大，解體一艘帆船不像拆解一張桌椅而且零件太大塞不進行李箱還有一個巨大的推進器我試圖包在衣服裡塞進去但安迪覺得無聊所以到一旁和一個我看不順眼的傢伙玩西洋棋然後他說好吧如果你不能事前規劃妥當，就只能且走且戰。

17.

我在一陣劇烈的頭痛中醒來，反胃想吐，全身發癢，彷彿有上千隻螞蟻在我皮膚底下爬竄。藥效退了之後，驚恐再度襲來，而且比先前更加猛烈。我顯然生病了，高燒不退，冷汗直流，再也無法否認。在跌跌撞撞走進浴室又吐了一次後（不像上次嗑藥後的嘔吐好玩，只像平常一樣悽慘），我回到房內，楞楞地看著床尾上仍裝在塑膠套裡的西裝外套和圍巾，打了個寒顫，慶幸自己的好運。一切算是平安落幕了（有嗎？），原本可能沒那麼順利。

我笨拙地從塑膠套裡拿出西裝和圍巾——腳下的地板有種海面的顛簸與虛浮感，我必須扶著牆，穩住身體——然後戴起眼鏡，坐在床邊，就著燈光仔細察看。衣服看起來有些磨損，但除此之外，似乎沒什麼問題，但我無法確定。布料太黑了，我看見幾塊汙漬，但隨即又失去蹤影；我的眼睛還是看不太清楚，視力尚未完全恢復。這或許是什麼計謀——如果我下樓，說不定會發現警察在大廳守株待兔——但是，不——我用力甩開這念頭——這太荒謬了，如果他們真在衣服上發現任何可疑之處，就會扣押下來，當作證物，而非送回來給我，不是嗎？他們絕不可能洗得乾乾淨淨又燙得妥妥貼貼然後物歸原主。

我仍未完全清醒，依舊失神恍惚。那艘船的夢境滲透進現實，感染整間房間，所以，現在這裡已不僅是間旅館客房，還是一間船艙：內嵌式的櫥櫃（在我床鋪上方與屋簷之下）上整整齊齊鎖著黃銅螺釘，塗上海洋色調的鮮豔釉彩。船身以木頭打造，甲板顛簸搖晃，漆黑的運河河水陣陣拍打。譫妄的幻境：無根無柢，伶仃飄蕩。屋外，白霧正濃，一絲風也沒有，暈黃的街燈如火光般燒灼穿透，槁如死灰的靜止，朦朧幻化為一片迷濛。

癢，好癢。皮膚猶似著火。我不僅噁心想吐，而且頭痛欲裂；藥性越奢侈，藥效退去後的痛苦就越強烈——心理與生理皆然。血塊自馬丁額頭潑灑而出的畫面又浮現腦海，只是此刻更加貼近，彷彿我就存在於他體內，能夠感受到每一次的脈動與噴濺，還有——更可怕的是，一種冷入骨髓的凍結感——那幅畫，沒了，消失了。血跡斑斑的外套，少年疾奔的雙腳。暈厥。災厄。對人類來說——受困於軀體之中，無法逃離生老病死——世上並不存在憐憫：生命短如流星，擾攘一生後終將死去，如垃圾般在地底腐爛。時間迅速摧毀我們每一個人，但摧毀，或失去，本身就是超脫了死亡——打破那些比世俗連結更為強烈的束縛——那是一種形而上的脫離，一種懾人的絕望新口味。

在百家樂牌桌上的父親，開著冷氣的午夜。世事不是你表面看到的那樣，底下還隱藏其他祕密的意義與面向。機運的幽微與展現。觀察星象，等待水星逆行時豪賭幾把，冀求那些未知的知識。黑色是他的幸運色，九是他的幸運數字。老兄，再來張牌。世間自有其道，而我們都是其中的一部分。但若你深入探究這所謂的道（而這呢，顯然是他從沒費心去做過的），遲早有天會發現自己碰上一堵漆黑的空洞，黑到它將斬釘截鐵、毫無轉圜地摧毀所有你見過或自以為是光明的一切。

第十二章　集結點

1.

聖誕節前幾天的日子一片模糊，由於高燒與形同禁閉的生活，我很快失去了時間感。每天關在房裡，門上永遠掛著「請勿打擾」的牌子；還有電視——它不僅沒帶給我絲毫正常的假象——反而放大各種形形色色的迷惘與混亂，沒有任何邏輯與條理，接下來會播放什麼，沒有人知道，什麼都有可能：荷蘭語的芝麻街、荷蘭人圍在桌前高談闊論、更多荷蘭人圍在桌前高談闊論；雖然有Sky News、CNN、BBC等國際新聞頻道，但沒有任何當地新聞是以英文播報（全都無關緊要，沒有一則和我或停車場的事件有關），不過，我在亂轉頻道時曾被嚇了一大跳。那時，我隨手轉到一部年代久遠的美國警察秀，卻在畫面上訝然驚見二十五歲的父親：他演過許多沒有台詞的角色，而那正是其中之一。媒體記者會上，他站在一名政治候選人後方，負責對那人發表的政見點頭稱是。而在那奇異的瞬間，他望向鏡頭，目光飄洋過海，直抵未來，與電視機前的我四目相會。這一刻所蘊含的嘲諷是如此荒誕驚悚，層層糾結，我不由駭然瞪大雙眼。除了他的髮型與體格較為健壯外（重訓練出來的：他那時常去健身房），我們簡直就像一對雙胞胎。不過最強烈的震撼還是來自他那磊落的神態——那個那時（約一九八五年左右）已滿口謊言、開始酗酒的父親。他的個性，或者未來，沒有絲毫顯露在那張面孔之上；恰恰相反，他那專注堅毅的面容，彷彿承諾著果敢與信用。

之後，我便關掉了電視。日子一天天過去，客房服務漸漸成為我和現實世界的唯一聯繫，而我只有在黎明前最黑暗的時刻，才會請依舊睡眼惺忪、反應仍然遲緩的服務人員送餐過來。「不，我想要荷蘭本地的報紙，謝謝。」我（用英語）對那名只會說荷蘭語，帶著《國際先鋒報》和我的荷蘭麵包、咖啡、火腿、蛋與主廚精選起司叩門的服務生說。但他還是一直帶先鋒報出現，所以我只好趁天亮前自己下樓去拿本地報紙。幸好它們就攤成扇形，擺在樓梯旁的茶几上，讓我不用經過櫃台，省了一件煩憂。

Bloedend（血腥）。Moord（凶殺）。太陽似乎要到了九點才會升起，而且即使天亮後，天色也依舊灰濛，彷彿德國歌劇中如煉獄般微弱昏暗的舞台燈光。顯然地，我用來刷外套領口的牙膏裡含有過氧化氫或其他漂白成分，被我刷過的地方褪成了一塊猶如我手掌大小的灰白色，蒼白的外緣恍如一縷幽魂，我不由想起費茲的腦漿。下午三點半左右，天光開始消退；傍晚五點，天色便已一片黑暗。那時街上若沒有太多行人，我便會翻起外套領子，在頸間緊緊繫上圍巾——小心翼翼地低著頭——閃身鑽進黑夜，走到飯店幾百碼外的一家亞洲小店裡，用我剩下的歐元買了幾份現成的三明治、蘋果、一把新牙刷、咳嗽藥水、阿斯匹靈和啤酒。Is alles?（這樣就好了嗎？）操著一口不標準荷蘭語的老婦人問。我用慢到人神共憤的速度數著零錢。一枚，兩枚，三枚。雖然我有信用卡，但已下定決心不要掏出來——這是我莫名為自己訂的另一個遊戲規則，一個毫無道理的預防措施，因為我想騙誰啊，飯店已經有我的信用卡卡號，在超商買個三明治又會怎樣？

蒙蔽我理智的部分是恐懼，部分是高燒。我不知道自己到底生了什麼病，總之沒有好轉的跡象。每過一個小時，我就覺得自己的咳嗽又嚴重一分，肺也痛得更厲害。別人說荷蘭人特別講究整潔，原來是真的。清潔用品琳瑯滿目，超商裡堆滿許多我從未見過的商品，讓人眼花繚亂。最後，我買了一瓶正面印著一隻白色天鵝與雪山背景、背面則是一顆骷髏頭和交叉骨頭標誌的清潔劑回到飯店。不過雖然清潔劑的效果強到可以溶解我襯衫上的條紋，卻仍無法洗淨衣領上的印漬，它只是從肝棕色的汙痕褪成如真菌般的森然疊影。洗到第四還第五次後，我已經嗆得滿眼淚水，只能把它包起來綁好，放進塑膠套中，塞進頂櫃深處。我知道如果沒有東西增加重量，把它扔進運河，它只會浮上水面；我也不敢拿去街上的垃圾桶丟——一定會被人看見，然後我就會被逮捕歸案；事情一定會這麼發展；雖然毫不理性，但我就是打從心底知道，一如夢裡獲知的事實。

一陣子。一陣子是多久？最多三天，鮑里斯在安．德拉梅森籌辦的訂婚宴上這麼說過。但那時他沒有料到費茲和馬丁的出現。

鐘鈴與花環，櫥窗裡的星星，緞帶與金色胡桃。夜裡，除了蓋被外，我還穿著襪子和沾有血漬的大衣與高領毛衣睡覺，因為我就算按照飯店皮裝手冊上的指示，以逆時針方向轉動暖氣開關，房間也暖不起來，無法緩和高燒帶來的疼痛與冷顫。白色的羽絨被，白色的天鵝。房裡瀰漫著刺鼻的漂白水味，猶如廉價的熱水池。走廊上的女傭會聞到嗎？偷竊藝術品的刑期不會超過十年，但殺了馬丁，我便跨越了那條界線，踏進另一個截然不同的領域——有進無退，再也沒有後路可歸。

但我的腦子在不知不覺間發展出了一套用來思索——或該說迴避——馬丁死亡的想法。那舉動——它的永恆與無可抹滅——讓我跌進另一個截然不同的世界。在那裡，無論從任何實際的考量來看，我都已然死亡。我有種超脫一切的感覺，彷彿隨著一塊漂浮海面的浮冰悄然遠去，回頭凝視那越來越小的陸地。木已成舟，無法挽回。我已灰飛煙滅。

但那也不要緊。我在這塵世中微不足道，馬丁亦然。我們輕易就會被從記憶中抹去。別的不說，這起碼在社會及道德上有其寓意。但在所有可預見的未來——只要歷史仍被書寫的一天，除非冰山融化，阿姆斯特丹淹沒於洪流之間——那幅畫將永遠為世人所謹記與悼念。有誰記得或在乎那個炸了帕德嫩神廟屋頂的土耳其人姓名？或那個下令摧毀巴米揚大佛的回教領導者？無論生死，他們的所作所為都將永存歷史。這是最糟糕的一種永生。無論有心或無意，我都熄滅了世界中心的一盞光芒。

上帝的旨意。保險公司是這麼說的，如此突如其來又不可思議的災禍，除此之外，沒有任何其他話語能形容。機率是一回事，但有些事就是遠遠落在精算表外，就連保險公司都不得不考量超自然力量，否則無從解釋——運氣背到極點——正如父親有一晚在游泳池畔這麼幽幽說過的。夜色無情降臨，他一根接著一根抽著總督牌香菸，驅趕周遭的蚊子。這是他少數嘗試與我談論母親死亡的回憶之一：壞事為什麼會發生？為什麼是我？為什麼是她？錯誤的時間，錯誤的地點；你很幸運，百萬分之一的機率。沒有任何支吾搪塞，沒有避重就輕，而是——從他口中說出，我恍然大悟——這是他必須傳達給我的一個信念，也是他能給予我的最好回答；就像阿拉或上帝的旨意，這是他對於命運之神——他心目中最偉大的一個神祇——心悅誠服的敬意展現。

如果現在是他被關在這間客房裡。想到這點，我差點笑出聲來。我能清楚想像他進退不得、焦躁踱步的模樣，無處可逃，拚命掙扎，享受那置之死地的戲劇張力，就像法利．格蘭傑飾演的角色，一名受人誣陷、身陷囹圄的警察。但我也能清楚想像他對於我此刻困境的幻想與著迷，那曲折的發展與逆轉就像牌桌上的賭局，無可預測。我能清楚想像他痛心疾首的搖頭，不祥的星象。這事是有形狀的，有個更大的格局。如果我們只是在說故事，小鬼，你懂的。他會研究數字占卜、鑽研星座書、擲銅板、請示星象。無論你對我父親有什麼看法，都必須承認，他起碼有套一路走來，始終如一的世界觀。

飯店裡擠滿聖誕假期的人潮。情侶，夫妻；走廊上，美國軍人以士兵特有的平板語調交談，聲音中的階級與權威清晰可聞。我躺在床上，吃過了藥，昏昏沉沉，在持續的高燒中夢見白雪皚皚的山峰，純淨卻又駭人，那是貝希特斯加登新聞短片中的阿爾卑斯山景色。在我書桌上方的油畫之中，強勁的風勢呼嘯而過，海面波濤洶湧：傾覆的小船獨自在黝黑的汪洋上掙扎。

父親：我和你說話時放下遙控器。

父親：好吧，我不會說是災難，只是失敗。

父親：奧黛莉，他一定要和我們一起吃飯嗎？他每天晚上都一定要他媽的和我們同桌嗎？妳就不能讓亞拉美達在我回家前先餵飽他嗎？

Uno牌，海戰棋，神奇畫板，四子棋。藏在我聖誕襪裡的綠色士兵玩具和噁心的橡膠昆蟲。巴波先生：海上求救信號。維克多：請求協助。回音：我要轉向右方航道。

第七大道上的公寓。灰濛的雨日。無數單調吹奏玩具口琴的時光，吸，吐、吸，吐。

到了星期一，也可能是星期二，我終於鼓起勇氣，拉起嚴密的百葉窗。那時已時近傍晚，天光開始消褪，飯店外的街道上有組電視台人員正在採訪聖誕節遊客。英語，美國口音。聖尼古拉斯教堂裡的聖誕演奏會，賣荷蘭甜餅的假期攤販。「差點被一輛腳踏車撞倒，但除此之外非常好玩。」我胸口一痛，再度關起百葉窗，走進浴室，站在熱水底下，直到水流沖得我皮膚發疼。到處都是閃耀童話光芒的餐廳，美麗的商店展示著喀什米爾大衣、厚重的手織毛衣，還有各種我忘了打包的溫暖衣物。但多虧了那些我從天還沒亮就開始埋首鑽研的荷蘭報紙，我現在連打到一樓櫃台要壺咖啡都沒有勇氣，因為其中一份頭版上刊著一張停車場出口拉起警方封鎖線的照片。

報紙散落在床鋪另一側的地上，彷彿一張指向我不想去的可怕地方的地圖。一遍一遍，無法遏制地，我趁著自己沒有陷入昏睡或與不存在的人進行激烈爭辯的空檔間，一次次回頭搜索近似英文的荷蘭文，但很少，而且相隔甚遠。Amerikaan dood aangetroffen（發現美國死者）。海洛因。古柯鹼。Moord（凶殺案）：死亡率、媒介、病態、謀殺。Drugsgerelateerde criminaliteit（與毒品相關之犯罪案件）：Frits Aaltink afkomstig uit Amsterdam en Mackay Fiedler Martin uit Los Angeles（來自阿姆斯特丹之費茲・阿爾丁克與來自洛杉磯之麥奇・費德勒・馬丁）。Bloedig：血腥。Schotenwisseling：誰看得懂？schoten：槍擊的意思嗎？Deze moorden kwamen als en schok voor ——什麼東西？

鮑里斯。我走到窗邊，佇立片刻，然後再度離開。即便當時橋上一片混亂，我仍記得他要我不要打給他，這點他非常堅持。只是我們分別的十分匆忙，我不記得他是否曾解釋我為什麼只能等他主動聯絡。不過不管怎樣，我也分不清這是否還有任何意義了。而且，他也強烈堅持自己沒有受傷，或起碼我不停這麼提醒自己。但那晚的可怕記憶再三入侵腦海，我不停看到他外套衣袖上的燒焦洞口，在鈉光燈照耀下顯得又濕又黏的黑色羊毛。我只知道，交通警察會在橋上攔住他，因為無照駕駛把他帶回警局：很鳥的原因，沒錯，如果真被抓的話，但總比其他我能想到的可能性好上太多。

Twee doden bij bloedige（兩名死者死於血腥的）……報導並未就此結束，之後還有更多。隔天，再隔天，跟著我傳統荷蘭早餐一起送來的是更多有關奧華通槍殺案的報導：版面小了些，但訊息更為密集。Twee dodelijke slachtoffers.（兩名死者）Nog een of meer betrokkenen.（另有一名或多名在場人士）Wapengeweld in Nederland.（荷蘭境內之槍枝暴力事件）。費茲以及其他幾名荷蘭男子的照片，還有一篇我絕不可能看懂的長篇報導。Dodelijke schietpartij nog onopgehelderd（致死槍擊案線索依舊不明）……我擔心他們說的不再是毒品——也就是鮑里斯刻意留下的誤導線索——而是已轉移到其他方向上。一切因我而起，是我讓事情一發不可收拾，暴露在陽光底下。如今，整座城市的人都讀著我看不懂的文字，用我聽不懂的語言說長論短。

先鋒報上一幅巨大的 Tiffany 廣告。永恆的美麗與工藝。Tiffany 祝您佳節愉快。

機運是很狡詐的；我爸以前總愛這麼說；要仰賴系統和數據分析。

鮑里斯在哪？我在昏昏沉沉的高燒中，想靠想像他各種出其不意的現身方式來娛樂或起碼轉移自己的注意力，可惜沒能成功。指節凹得霹啪作響，嚇得女生花容失色；在全國能力測驗開始半小時後才出現，大門早已上鎖，他把臉貼在門上鑲有鐵絲網的強化玻璃窗上，困惑的表情引得整間教室轟然大笑。哈，為了我們光明遠大的未來。回家路上，當我嘗試向他解釋什麼是標準化測驗時他這麼譏諷以對。

在夢裡，我去不了我該去的地方。總是有事阻撓我，不讓我去。

離開美國前，他曾把他的號碼用簡訊傳給我。雖然我不敢回傳（不知道他現在到底什麼情況，或別人會不會透過簡訊查到我身上），但我不停提醒自己，必要的話，我仍然可以聯絡上他，他也知道我在哪。但是，天黑好幾個小時後，我仍清醒地躺在床上，天人交戰。殘酷的沉悶，我來來回回、反反覆覆地思索如果如果如果，那會造成什麼傷害嗎？最後，在一陣天旋地轉間——夜燈照亮房間，我半夢半醒，恍恍惚惚——再也無法承受，拿起床頭櫃上的手機，在我還不及細想、打退堂鼓前傳了簡訊給他：你在哪？

接下來的兩到三個小時，我清醒地躺在床上，幾乎無法控制自己的焦慮，手臂擋在臉前，將光線阻絕在外，但房內根本毫無光亮。不幸的是，到了大約天亮的時候，我從大汗淋漓的睡夢中甦醒，卻發現手機一片漆黑，毫無反應；我忘了關機，電池已完全沒電。我又不想聯絡櫃台，問他們有沒有充電器可以租借，所以猶豫了好幾個鐘頭，到了下午才終於放棄認輸。

「當然沒問題，先生。」櫃台的服務人員說，幾乎看也沒看我一眼，「美國的手機嗎？」

謝天謝地；我心想。上樓時盡量不要顯得太倉促。手機已經很舊，速度又慢。我插上電源，站在旁邊等了一會兒，等待蘋果的標誌亮起。後來等到不耐煩，便走到迷你酒吧前，給自己拿了瓶酒，回來又瞪了它片刻，鎖定螢幕才終於出現。那是我開玩笑掃描進手機裡的一張學生時期舊照，十歲的凱西在十二碼罰球時舉足飛騰空中。這是我第一次看到一張照片這麼開心。但就在我要輸入密碼時，主畫面又忽然消失不見，手機嘶嘶響了大約十秒，螢幕上黑灰兩色的條紋不住跳動，變成雜訊般的粒子，最後出現一張哭臉，在一陣令人反胃的旋轉後，啪的一聲熄滅。

下午四點十五分。運河對岸，吊鐘山牆上的天空正轉為一片青藍。我手裡拿著充電器，背靠著床，坐在地毯上。在此之前，我已經有系統地試過房裡所有插座，而且還試了兩遍——手機更不知開開關關了多少次，舉到燈前查看，想說手機可能已經開機，只是螢幕壞了。我試著重新設定，但手機已經毀了，毫無反應，螢幕冰冷黑暗，像屍體般了無生氣。顯然是我把它燒壞了；在停車場那晚，手機被我弄濕——從口袋拿出來時我看見螢幕上有水珠——雖然那時我心急如焚地等了一、兩分鐘它才成功開機，但似乎沒壞，直到我試圖插上充電器。手機裡的資料我都有備份在家裡的手提電腦上，除了我目前唯一需要的一樣東西——鮑里斯的號碼；那是我們在前往機場途中，他用簡訊傳給我的。

運河波光倒映在天花板上，粼粼蕩漾。屋外，不知何處，飄揚著微弱的聖誕鐘琴與走音的頌歌演唱。O Tannenbaum, O Tannenbaum, wie treu sind deine Blätter.（喔，聖誕樹，喔，聖誕樹，你的葉子如此青翠。）

我沒有回程機票，但我有信用卡，可以搭計程車去機場。*你可以搭計程車去機場*；我告訴自己。史基浦機場，第一班起飛的班機，回到紐沃克甘迺迪機場。我有錢。我像小孩般喃喃自語。天知道凱西現在在哪——要我猜的話，大概是在漢普敦——但巴波太太的助理珍奈特（雖然巴波太太現在沒有太多事情需要協助，但依然留著助理）是那種可以在短短幾個小時內就替你搞定好機票的萬能幫手，無論你要從哪裡起飛都一樣，聖誕夜也不例外。

珍奈特。想到珍奈特，我就感到一陣莫名的心安。珍奈特能有效解決你所有煩惱；珍奈特身材豐滿又紅潤，穿著她的粉紅色羊毛衫與格紋襯衫，猶如布雪筆下的美麗少女，只是穿的是一身J. Crew；無論什麼事珍奈特都會回答太好了！喝咖啡時用的還是印有「珍奈特」的粉紅馬克杯。

能理性思考令我如釋重負。我在這裡坐困愁城對鮑里斯或任何人有什麼好處？天氣又冷又濕，我又不懂荷蘭文。高燒，咳嗽，受監禁的惡夢感。我也不想在不知道鮑里斯是否平安的情況下棄他而去，這就是那種會出現在戰爭電影中的掙扎，留下倒地的戰友，獨自逃跑，又不知道前方是否等待著更可怕的無情煉獄。但我是如此渴望離開阿姆斯特丹，渴望到我可以想像自己跪倒在紐沃克的入境處，額頭抵著大廳地板，久久不能自已。

電話簿。紙筆。只有三個人看見我：印尼人、葛羅斯丹，以及那個亞裔少年。雖然馬丁和費茲在阿姆斯特丹的同伴此刻很有可能在四處追查我的下落（又是一個離城的好理由），但我沒有理由相信警方也在找我。他們沒有理由對我的護照起疑。

但是——彷彿臉上狠狠被挨了一拳——我退縮了。不知為何，我一直以為當初辦理入住手續時需要護照，到現在都仍寄放在櫃台那。但實際上，自從護照被鮑里斯拿走、鎖進車子置物櫃後，我就再也不曾想起它。

我非常、非常冷靜，刻意要自己用最自然、隨意的動作放下電話簿。在正常情況下，這件事再簡單不過：查地址，找到大使館的辦事處，想清楚自己要去哪，排隊，等待，輪到我時禮貌耐心地開口。我有信用卡，有附照片的證件。霍比可以替我把出生證明傳真過來。我焦躁地想要驅趕陶弟·巴波在晚餐時說過的一件事——他有次在國外弄丟護照（義大利還是西班牙？），結果必須找個證人親自到場替他擔保。

紫墨色的天空。美國現在時間還早，霍比才剛開始午休，準備走去傑佛遜小館用餐，或許還替他即將舉辦的聖誕午宴挑選菜色。琵琶還在加州嗎？我想像她在飯店的床上翻身，昏昏欲睡地拿起電話，眼睛仍未睜開。席歐，是你嗎？怎麼了？

如果被攔下來，最好是罰錢了事，想辦法動動嘴皮子，蒙混過關。

我覺得自己快吐了。自己跑去領事館（或什麼都好）接受訊問和填寫一堆文件只是自找麻煩。我還沒給自己訂立期限，決定要等多久，但任何一個舉動——隨意的舉動、無意義的舉動，如昆蟲在玻璃罐中嗡嗡衝撞的舉動——都比在這裡多困一分鐘、眼角餘光不停瞥見幽暗的人影要好的多。

先鋒報上又有一幅巨大的Tiffany廣告，捎來佳節的問候。隔頁則是數位相機的廣告，上頭印著花巧的藝術字體和一幅米羅的署名畫作：

你可以整整一週看著一張照片，卻永遠不再想起它；也可能驚鴻一瞥，卻永遠忘不了它。

中央車站。穿越歐盟國家邊境不必檢查護照。任何一輛火車，任何一個目的地。我想像自己搭乘火車，漫無目的地在歐洲打轉：萊因瀑布，提洛爾山道，電影般的隧道與暴風雪。有時候，事情端看你是否能置之死地而後生。我記得父親曾在沙發上如此半夢半醒、昏昏欲睡地說過。

我瞪著電話，高燒燒得我頭暈目眩，只能動也不動地坐在原位，試圖思考。午餐時，鮑里斯說過可以從阿姆斯特丹搭火車到安特衛普（還有法蘭克福：但我不想接近德國），還有巴黎。如果我去巴黎的領事館申請新護照，或許比較不會被聯想到與馬丁一事有關。但不管怎樣，都還有中國小鬼那個證人，此事無法改變。我只知道自己現在已出現在歐洲每一台執法單位的電腦上。

我走進浴室，在臉上潑了把水。太多鏡子了。我關上水龍頭，要拿毛巾把臉擦乾。有條不紊，一個動作接著一個動作。恐懼總在入夜後蔓延，我的心情也跟著陰暗。倒杯水。吃顆阿斯匹靈退燒——我的高燒也總是在入夜後攀升。簡單的動作。我快把自己逼到了極限，我知道。我不知道警方有沒有在通緝鮑里斯，但無論我有多擔心他會被警方逮捕，都更害怕薩沙那邊會派人出來追捕他。然而，這也是一個我不允許自己細究的念頭。

2.

翌日——聖誕夜時——儘管毫無食慾，我仍強迫自己吃下一大份客房服務的早餐，看也沒看便扔掉報紙，就怕只要再看到「奧華通」或「凶殺案」三個字，我便會打退堂鼓，再也提不起勇氣去做我必須做的事。吃完早餐後，我木然撿起床邊一週份的報紙，捲起來塞進字紙簍中，再從櫃子裡拿出被漂白劑洗壞的襯衫——確認仍綁得好好後——又把它裝進從亞洲超商拿回來的塑膠袋中（袋口沒綁，比較好提，如果路上看到合用的磚頭也方便裝進去）。然後，翻起外套的領子，繫上圍巾，轉過「請勿打擾」的牌子，讓女傭稍後能進房打掃後便出門離去。

天氣很糟，這對我是好事。街道濕濡，運河上飄著斜斜雨絲。我走了大約二十分鐘——又冷，又慘，不停打噴嚏——終於在一個特別靜僻的街角找到垃圾桶，周遭沒有任何車輛或行人，一家商店也沒有，只有清冷的屋子門戶緊閉，阻擋寒風。

我飛快將襯衫扔進垃圾桶，然後繼續往前走。儘管牙關仍不住打顫，但我難以壓抑興奮的心情，不由加快腳步，迅速穿過四、五條街。我兩腳都濕了，鞋底太薄，不適合石板路，而且我真的好冷。他們什麼時候會來收垃圾？無所謂了。

除非——我搖了搖頭，驅散思緒——那個亞洲超商。塑膠袋上印有亞洲超商的名字，離我飯店只有幾條街遠。但這念頭實在太荒謬了，我要自己保持理智。有誰看見我？沒有。

第三小隊：收到。第四小隊：狀況出現。

停止。停止。我已沒有回頭路。

我不知道哪裡有計程車站，所以又漫無目的地遊蕩了二十幾分鐘，直到終於在街上攔到一輛計程車。「中央車站。」我對那名土耳其司機說。

司機駛過如老舊新聞畫面中的陰森灰暗街道，停在車站之前。但一時間，我還以為他載錯地點，因為從正面看去，那棟建築比較像是博物館，而非車站：紅磚堆砌的山牆與塔樓，夢幻雄偉，一棟筆直挺立的荷蘭維多利亞式建築。我走進車站，加入洶湧的假期人潮，盡可能無視周遭無所不在的警察，努力不要讓自己看起來太過突兀。偉大的民主世界再次在我身旁川流來去，我只覺得滿心不安，又茫然困惑。祖父母、學生、疲憊的年輕新婚夫妻與拖著背包的小孩。購物袋與星巴克的馬克杯，行李箱的車輪聲，為綠色和平組織收集連署簽名的青少年，我終於回到人類社會的紛擾與喧囂。雖然下午就有火車前往巴黎，但我想搭最晚的一班。

隊伍綿延無盡，一路排到書報攤。「今晚的火車嗎？」等我終於來到窗口時，售票人員這麼詢問。她是一名體型寬闊、膚色蒼白的中年婦女，乳房柔軟，態度虛假親切，彷彿二流畫作中的老鴇。

「對。」我回答，希望自己看起來沒有實際上那樣不安。

「幾張票？」她問，幾乎看也沒看我。

「一張就好。」

「好。麻煩出示護照。」

「等一——」我的聲音因高燒嘶啞，兩手拍打身上的口袋；我本來還期望他們不會要查看護照。「——啊，對不起，我忘了帶，留在飯店的保險櫃了——不過——」我拿出紐約州政府發放的身分證、信用卡、社會安全卡，塞到窗口底下。「我有這些。」

「搭乘火車必須攜帶護照。」

「我知道。」我竭力裝出嫻熟、理智的語調，「但我今晚才要離開。妳看——？」我指向腳邊空蕩蕩的地板：沒有行李。「我是來送我女朋友的，想說既然都來了，可以的話，就不如先排隊把票買一買。」

「嗯——」服務人員看向她的螢幕，「——時間還早。我建議你晚上再來買票。」

「那也可以——」我捏了捏鼻子，忍住噴嚏，「——但我想現在先買。」

「恐怕沒辦法。」

「拜託妳，這會替我省下很多麻煩。我已經排了四十五分鐘，誰知道晚上還要排多久。」琵琶說過——她靠火車遊歷了全歐洲——我很肯定自己聽她說過，在歐洲搭火車不會檢查護照。「我只希望現在能先買好票，晚上回來前才有時間去把該辦的事辦好。」

售票員用銳利的眼神打量我，然後拿起證件，看了看照片，又向我看來。

「聽著，」見她猶豫不決，或看起來猶豫不決，我又說，「妳看得出來照片上的人是我，上面也有我的姓名和社會安全號碼——或者，」我說，從口袋裡拿出紙筆，「我也可以簽名給妳比對。」

她將兩個簽名並排在一起查看，然後又看向我和信用卡——似乎在那瞬間有了結論：「我無法接受這些證件。」她將所有卡片與證件推出窗口還我。

「為什麼？」

我身後的隊伍越來越長。

「為什麼？」我又問了一遍，「它是合法的有效證件，我在美國搭飛機都是用這代替護照。兩個簽名是一致的，」見她不答，我又說，「妳看不出來嗎？」

「對不起。」

「妳的意思是——」我可以聽見自己聲音裡的絕望。她用挑釁的眼神迎視我目光，彷彿要我繼續爭辯。「妳是要我今晚再回來重新排隊？」

「抱歉，先生，我愛莫能助。下一位。」售票員說，望向我身後的旅客。

就在我轉身離開——擠過人群時——忽然聽見有人在我身後喊道：「嘿！嘿，老兄！」

一開始，我還沒從售票口的打擊恢復過來，以為自己出現幻聽。但當我不安轉身時，卻見一名眼眶通紅、頭髮剃得乾淨溜溜的鼬臉少年，踩著腳上的巨大運動鞋，踮著腳尖，蹦蹦跳跳向我走來。從他飛快左右張望的表情看來，我本以為他要賣我護照，但他只是湊上前，說：「你還是放棄吧。」

「什麼？」我遲疑回答，望向他身後五呎外的女警。

「告訴你，老兄，我帶著護照不知來來回回多少次了，但他們一次也沒檢查過。但只要有一次沒帶？去法國那次？他們就把我扔進大牢，法國的移民監獄，關了整整十二小時，忍受他們的垃圾食物和垃圾態度。太可怕了。警局的監獄髒的要命。相信我——你會希望自己帶齊文件的。少了護照，我保證你會很悽慘。」

「沒錯。」我說。外套底下大汗淋漓，卻又不敢鬆開圍巾或解開扣子。好熱。頭好痛。我離開他，感到監視器的鏡頭牢牢盯著我，那灼熱的視線彷彿要燒穿我身軀。我穿過人群，努力隱藏自己的不安。高燒燒得我腳步虛浮、頭昏眼花，只能用力捏著口袋裡的美國領事館號碼。

我花了點時間才找到公共電話——在車站遠遠另一頭。那裡擠滿邋遢的青少年，像召開部落會議般坐在地上——然後又花了更多時間弄清楚要怎麼撥號。

話筒中先傳來一串輕快活潑的荷蘭語，然後是一個愉快的美國口音：歡迎來到美國駐荷領事館，我想繼續使用英文服務嗎？更多選單，更多選項。按一是這個服務，按二是那個服務，請稍候，我們馬上為您轉接服務人員。我耐心地遵從指示，佇立原地，眺望人群，直到驚覺讓別人看見我面孔可能不是什麼好主意，趕緊轉身面對牆壁。

電話響了好久，久到我思緒不由飄了開去，墜入一團游離的白霧之中。忽然間，電話接通了，一個輕鬆的美國口音響起，聽起來像置身在聖塔克魯茲的海灘：「早安你好，這裡是美國駐荷領事館，請問需要什麼服務？」

「你好，」我說，如釋重負，「我——」我考慮要不要使用假名，問出需要的訊息就好，但實在太虛弱也太疲憊，顧不了那麼多——「我現在好像被困在荷蘭，哪裡都去不了了。我叫做席爾鐸．戴克，我的護照被偷了。」

「很遺憾發生這種事。」她正輸入些什麼，我可以聽見電話另一頭傳來打字聲，聖誕樂曲在背景飄揚。「在這種時候遺失護照太糟糕了——大家都出外旅行了，你懂吧。你向警方報案了嗎？」

「什麼？」

「護照失竊的事；你必須馬上報案，第一時間通知警方。」

「我——」我暗暗咒罵自己，為什麼要說護照是被偷？「——不，對不起，我剛剛才發現自己護照不見；我在中央車站——」我環顧四周，「——現在是用公共電話打給妳。老實說，我不確定是不是被偷，也可能是從我口袋掉了出來。」

「嗯——」更多打字聲，「——無論遺失或失竊你都必須向警方報案。」

「對，但我火車就快開了；他們現在不讓我上車，但我今晚就必須抵達巴黎。」

「請稍候。」車站裡人潮太過擁擠，潮濕的羊毛味與悶熱的體味在過分溫暖的空間裡猛烈爆發。不多久，她又回到線上：「好——請先讓我詢問一些資訊——」姓名，出生日期，護照發行的日期與城市，我在大衣底下大汗淋漓，四面八方都是潮濕的氣息與身軀。

「你手邊有任何可以證明你公民身分的文件嗎？」她問。

「對不起——？」

「有沒有過期的護照？出生或歸化證明？」

「我有社會安全卡、紐約州的身分證，還有一份從美國傳真過來的出生證明。」
「喔，太好了。這樣應該足夠。」
真的嗎？我動也不動地佇立原地。這樣就可以？
「你有電腦可以使用嗎？」
「呃——」飯店的電腦？「——有。」
「好——」她給了我一個網址，「你必須下載、列印，然後填好護照遺失／失竊申報表，帶來我們的辦事處；在阿姆斯特丹國家博物館附近，你知道在哪嗎？」
我終於可以鬆懈緊繃的神經，一時反應不及，只能呆立原地，任由人聲在身旁鼎沸，如幻覺般模糊流散。
「所以——我們需要以下的文件，」那名加州女孩說，她輕快的語調將我從色彩繽紛的高燒幻景中喚醒，「申報表、傳真文件、兩張五乘五公分的白底照片。喔，還有，別忘了，一份報案證明。」
「什麼？」我問，心裡一驚。
「像我之前說的，護照若有遺失或失竊，我們需要你向警方報案。」
「我——」我楞楞地看著一群蒙著面紗、從頭到腳裹在黑衣裡的奇異阿拉伯女子無聲無息從我面前走過。「我沒時間去報案。」
「什麼意思？」
「我不是今天就要飛回美國，但是——」我花了點時間才從震驚中恢復，咳嗽咳到淚水都湧出來了，「——我去巴黎的火車兩個小時後就要開了。所以——我不知道該怎麼辦。我不確定我能及時準備好文件，趕到警察局。」
「嗯——」遺憾的語調，「——好吧，其實呢，你知道嗎，我們辦事處再四十五分鐘就要關門了。」

「什麼?」

「我們今天提早下班;聖誕夜,你知道的。明天也不會上班,還有這個週末。但聖誕節後的星期一早上八點半就會恢復正常上班。」

「星期一?」

「很抱歉。」她說,聽起來已經放棄了,「但程序就是如此。」

「但這是緊急狀況!」我的聲音因高燒嘶啞。

「緊急狀況?家人或者醫療上的緊急狀況?」

「我——」

「因為在極少數的情況下,我們確實可以提供正常辦公時間以外的緊急支援。」她口氣不再那麼親切了。她在趕時間,照本宣科;我可以聽見背景中又有另外一具電話響起,彷彿廣播的call-in節目。「不幸的是,這僅限於攸關生死的緊急狀況。並且,我們在發行護照豁免證明前,必須先確認確實發生有緊急狀況。因此,除非事情攸關生死,或你患有任何急病重症需要今日下午前往巴黎,並能提供充分資訊,如醫生、牧師或葬儀社之書面聲明,證實情況確實緊急——」

「我——」星期一?幹!我根本不打算去警局報案。「——很抱歉,聽著——」她試圖結束通話——

「對。你可以在二十八號星期一前將所有文件準備齊全,然後,沒錯,我們一收到申請書,就會盡快為你處理——對不起,可以稍等我一下嗎?」喀噠。她的聲音變小了。「早安你好,這裡是美國駐荷領事館,可以請你稍待片刻嗎?」另一陣鈴聲緊接響起。喀噠。「早安你好,這裡是美國駐荷領事館,可以請你稍待片刻嗎?」

「我多快可以拿到新護照?」她一回到線上後我就問。

「喔，一旦收到你的申請書，我們最多十個工作天就可以為你準備妥當。這是指一般情況——若在平時，我會盡量替你趕在七天內完成，但現在剛好是聖誕節，相信你能理解，辦事處人手有些不足，到新年假期結束前辦公時間也不太固定。所以——很抱歉。」她打破緊接而至的震驚沉默，又說，「你或許得等上一陣子。壞消息，我知道。」

「那我現在該怎麼辦？」

「你需要旅行上的協助嗎？」

「什麼意思？」我大汗淋漓。悶熱惡臭的空氣中瀰漫濃濃的體味，令人難以呼吸。

「需要匯款嗎？或臨時的住處？」

「我到底要怎樣才能回家？」

「你住巴黎嗎？」

「不，美國。」

「好吧，若有臨時護照——但臨時護照連進入美國所需的晶片都沒有，所以我不認為有其他方法能比我們幫你重辦一本護照快——」鈴，鈴，鈴，鈴。「等等，先生，可以請你稍待片刻嗎？」

「我叫做荷莉，需不需要給你我的分機號碼？若你在荷蘭期間碰上任何問題，或有任何需要協助的地方都可以與我聯繫。」

3.

不知為何，我的高燒總在日落後攀升。而此時雖然天色尚早，但我已在寒冷中行走許久，能感到它開始有一陣沒一陣地發作；有種重物沿著牆面，垂吊至高大建築物上方的顛簸感。所以，在走回飯店途中，我幾乎無法理解自己為什麼還能走動？為什麼還沒跌倒？或甚至為何還能繼續前進？在雨日的運河小街上，我彷彿脫離自身的軀殼，足不點地，輕飄飄、無意識地翱翔於高空，飛升，再飛升，直至虛幻的天際，從遠遠上方俯視自己。沒在火車站招計程車是個錯誤，垃圾桶裡的塑膠袋和售票員粉嫩光澤的面孔不停浮現眼前；還有眼裡噙著淚水的鮑里斯，染血的手緊壓在他衣袖上的燒焦處。狂風呼號，頭顱傳來斷斷續續的灼痛。手肘旁似乎有個黑影動了動，我不由一縮：漆黑的水花，虛驚一場。沒有人；實際上，街道冷冷清清，除了——偶爾偶爾——會有一名腳踏車騎士佝僂昏暗的身影在霏霏霪雨中飛掠而過外，周遭空無一人。

沉甸甸的頭顱，燒灼的咽喉。當我終於在街上攔到計程車時，離飯店只剩幾分鐘的路程。唯一的一件好事，是等我上樓後——冷到不停發抖——發現他們已打掃好房間，並補齊迷你酒吧裡的存貨；它本來已被我喝得乾乾淨淨，連君度橙酒也不剩。

我拿出兩瓶迷你琴酒，直接摻進水龍頭的熱水，坐到窗邊的錦椅上，玻璃杯懸垂指尖，凝視時間無聲流逝。我恍恍惚惚，半夢半醒，肅穆的冬陽如平行四邊形般斜斜映在牆上，然後悄悄滑下地毯，越變越窄，越變越窄，直到消失無蹤。晚餐時間到了，我胃好痛，喉嚨裡充滿苦澀的膽汁味，但仍端坐於黑暗之中。我什麼都想過了，常常想，想了很多，而且還是在不那麼絕望的時候；那衝動毫無預警地重重搖撼我，那從未真正離開我的蠱惑低語。有些日子裡，它只是徘徊於我聽覺邊緣，但有些時候，它會無可遏制地瘋狂咆哮，幻化為怵目驚心的殘暴畫面。我不清楚原因，但有時就連一場爛電影或痛苦的晚宴都能觸發它。短暫的沉悶與長期的煎熬，一時的驚恐和永久的絕望同時向我襲來，在蒼涼的火光中熊熊燃燒，讓我看見，真的看見，當我以澄澈的思緒與清晰的絕望回望那些年歲時，這世界與其中的一切是如此無法忍受、如此無可挽回的敗壞，從未有過任何好事或圓滿，靈魂無法承受的幽閉恐懼，那無窗的房間，沒有任何出口，一波又一波的羞愧與恐懼，別管我；大理石地板上的母親屍體，停止，停止；我在電梯、在計程車裡喃喃自語，不要管我，我想死；不只一次，那冰冷、敏銳、自我毀滅的怒火驅使我在恍惚中堅決上樓，不加挑選地吞下手邊所有酒精與藥丸，只可惜最後還是被自己的耐藥性與愚蠢所打敗。清醒後雖然痛苦錯愕，但也為霍比鬆了口氣，起碼他不用發現我冰冷的屍體。

黑鳥。艾格伯特．范德．坡爾筆下的不祥灰日。

我站了起來，打開桌上的檯燈，在尿黃色的微弱燈光下巍巍搖晃。我可以等，我可以逃，但這都只是一時之計，猶如老鼠在蛇籠中徒勞無功地倉皇走避與凍結躲藏，只是延長那份提心吊膽的痛苦與煎熬。我還有第三個選項：由於許多原因，我相信如果我在下班時間向領事館留言表明我是一名美國公民，犯了一級謀殺罪，想要自首，應該能讓他們在第一時間回我電話。

挺身反抗。生命是空虛的、徒勞的、痛苦的。我需要對它忠誠嗎？我欠它什麼嗎？沒有，完全沒有。那何不反咬命運一口呢？既然無法撕下生命中的一頁，不如整本書扔進火裡，速戰速決。此刻的殘酷困境不見盡頭，除了我自身的恐懼之外，還有太多外來的、過去的殘酷等在後頭。只要分量足夠（檢查藥袋：剩不到一半），我會欣然在桌上倒出厚厚一排白粉，傾倒上頭：偉大的黑暗靈魂，繁星迸裂。

但是我不確定剩下的分量足夠我了結自己。我不想浪費自己僅剩的幾小時空白，最後又只是在牢籠中醒來（或者，更糟的是：在荷蘭的醫院醒來，而且身上沒有護照）。不過，話說回來，我的耐藥性降低了，而且我很有把握，只要我先把自己灌醉，加上我的緊急藥丸，這些分量應該綽綽有餘。

迷你酒吧裡的冰涼白酒。有何不可？我喝完剩下的琴酒，打開瓶塞，心裡覺得異常堅定與開心——我餓了，雖然他們替我添了新的餅乾和下酒菜，但空腹的話效果會好很多。

那份安心感巨大到難以言喻。安靜的消失。完美，太完美了，拋棄一切的喜悅。我在廣播上找到一個古典音樂頻道——無伴奏的聖誕單聲聖歌，陰鬱，莊嚴，聽起來不像旋律，反而像鬼魂的評論——考慮自己要不要先洗個澡。

但那可以等。我沒有走進浴室，反而打開書桌抽屜，找到旅館的信紙。灰色的教堂石塊，六階小調。垂憐頌。在熾熱的高燒與屋外運河的拍岸聲間，周遭的空間靜靜幻化為一幅幽森的雙重疊影，一個既是旅館客房，又是緩慢傾覆的船艙的邊境地帶。怒海上求生。沒頂淹溺。在我們還小的時候，安迪曾用他那奇怪的火星男孩聲音告訴我，他在學習頻道上聽到說聖母瑪利亞會保佑水手，受玫瑰經庇護的子民永遠不會溺斃。Mary Stella Maris. 聖母瑪利亞，海上守護星。

我想起做午夜彌撒的霍比，一身黑色西裝，跪在長椅前。金漆自然地磨損、消逝。櫥櫃的門上與寫字桌的蓋板上常有許多微小的凹痕。

器物會尋找合適的主人。它們就像人一樣，有些虛偽狡詐，有些誠實耿直，有些猜忌多疑，有些美好善良。

真正的絕世逸品不會憑空出現。

飯店的筆不是太好寫，我希望自己有支好一點的筆，但紙張厚實滑順。四封信，霍比與巴波太太的會最長，因為他們值得我悉心解釋，也因為若我死去，在這世上，真正會在意的只有他們兩人。但我也會寫給凱西——保證這絕對不是她的錯。琵琶的會最短，我只想讓她知道我有多愛她，並讓她知道，她不愛我一點也沒有什麼不對。

但我不會那麼說。我想留給她的是玫瑰花瓣，而非毒箭。重點在於，我會避開那個顯而易見的事實，只讓她知道，儘管短暫，但她曾讓我如此快樂。

我閉上雙眼，高燒帶來銳利的記憶碎片，憑空迸裂，狠狠向我襲來，有如叢林裡接連爆發的曳光彈，熊熊火焰中照見情感糾葛、鉅細靡遺的過往片段。琴弦般的光芒穿透我們第七大道的舊公寓鐵窗；粗糙的麻布墊與我在地上玩耍時它在我掌心與膝蓋留下的紅色格印；母親的橘色禮服，我一直想摸摸看它裙襬上的閃亮綴飾；我們以前的管家亞拉美達在玻璃碗中磨芭蕉泥；安迪向我行了個禮，然後沿著他家的陰暗走廊蹣跚離去：是的，船長。

中古世紀的樂聲，樸實嚴峻，超凡脫俗。那平實旋律的莊嚴與壯麗。

重點是，我其實並不難受。感覺像是我最後也最糟的一次根管治療，牙醫在刺眼的強光底下靠上前來，告訴我說：快好了。

十二月二十四日

親愛的凱西，

非常抱歉，但我希望妳知道這一切與妳，或妳任何一位家人都無關。我另外也留了封信給妳母親，信裡有較為詳細的解釋與說明。但我也想私下向妳保證，這決定與我們之間，尤其是近來之事，完全無關。

這僵硬的語調以及異樣僵硬的字跡是從何而來——扞格矛盾的洶湧回憶與幻覺自四面八方壓迫著我——我不知道。潮濕的雨雪擊打窗戶，有種深沉的歷史重量感，飢餓，行進的軍隊，永無止境的悲傷細雨。

正如妳清楚所知，也曾親口向我表明的，早在認識妳之前，我就有許多問題，而其中沒有一項是妳的錯。若令堂問起妳在近來事件中扮演什麼樣的角色，我建議妳讓她去問問泰莎．馬戈利斯，或者——更好的是——小艾；我相信她一定非常樂於分享她對我的看法。還有——完全無關的另一件事，以後不要再讓海維斯塔克．歐文踏進妳家公寓一步，永遠不要。

幼時的凱西。細緻的秀髮糾纏在她臉龐。閉上你的鳥嘴。快停止，否則我要去告狀了。

最後——

（我的筆在這句上方遲疑徘徊）

最後，我想告訴妳，妳那晚是多麼美麗，看見妳戴母親的耳環我非常感動。她非常喜愛安迪——若她尚在人世，也一定很喜歡妳，並由衷為我們感到高興。很抱歉我們必須如此結束，但我希望妳一切安好，真的。

愛妳的席歐

黏好信封，寫上地址，放到一旁。櫃台應該有郵票。

親愛的霍比，

要寫這封信並不容易，我也很抱歉自己必須動筆。

汗水與寒顫交替侵襲。綠色雜點出現眼前。我高燒不止，四周的牆壁似乎不斷縮小。

此事無關我賣出的那些贗品，原因相信你很快就會知道。

硝酸。燈黑色的顏料。家具就像世上所有生命，都會在時間長河中得到自己的傷疤與印記。歷史的結果，可見與不可見。

我不知該怎麼解釋，但我想，此刻浮現我腦中的，是我和母親在中國城街頭發現的那隻生病小狗。她是一頭比特幼犬，躺在兩個垃圾桶間，全身又髒又臭，瘦到只剩一把骨頭，虛弱無力，站都站不起來。人們就這麼經過她面前，沒有一個伸出援手。我看了很難過，母親答應我，如果我們吃完飯她仍在這裡，就把她帶回家照顧。離開餐廳後，她還在，所以我們就攔了輛計程車，我把她抱在懷裡。回家後，母親在廚房替她準備了個紙箱，她好開心，拚命舔我們的臉，喝了好多水，吃我們替她買的狗食，但立刻又吐了出來。

好吧，長話短說，她死了。不是我們的錯，我們卻無法擺脫這念頭。我們帶她去看獸醫、替她買專門的狗食，但她只是越來越虛弱。到了那時，我們都已深深愛上她，母親又帶她去看了動物醫療中心的一位專家，但那名獸醫說，小狗生病了——我忘了病名——你們找到她時她就已經染了病，我明白這不是你們想聽的結果，但如果你們現在就讓她安樂死會仁慈許多。

我振筆疾書，筆尖在紙上草率遊走。但寫到末了，當我要拿新信紙時，手卻駭然凍結。我方才感受到的那種輕盈，那種有如最後一次的急速滑翔，完全不是我想像中那種文情並茂的感人道別。字跡高高低低，歪七扭八，而且內容雜亂無序，前言不對後語，想看都很難看懂。一定還有其他更簡單、簡短的方法可以感謝霍比，並傳達我內心想說的話：也就是他無須自責，他一直對我很好，而且竭盡所能地幫助我，就像我和母親竭盡所能地幫助那頭比特幼犬——這例子其實非常貼切，我只是不想說太長——因為她原本調皮可愛的個性到了死前最後那段日子變成了驚人的破壞力，沙發被她撕成碎片，幾乎整間公寓都被她破壞得體無完膚。

多愁善感，自我耽溺，庸俗乏味。我喉嚨彷彿被刀鋒狠狠劃過。

椅套拆下了。你看這裡，有蛀蟲，我們得用卡普林諾處理。

我在霍比家二樓浴室服藥過量那晚，儘管期望自己不會醒來，但終究還是醒來，臉貼在朦朧迷幻的六角形老舊地板磁磚上，只覺心醉神迷，原來從死後的世界看出去，一間戰前風格的簡單白色浴室也可以變得如此光彩絢麗。

這是盡頭的開始？抑或盡頭的結束？

Fabelhaft.（太棒了。）這輩子從沒這麼開心過。

一件一件來。阿斯匹靈。迷你酒吧裡的瓶裝冷水。阿斯匹靈卡在胸口，痛苦地刮擦著，彷彿我吞下的是石礫，而非藥丸。我搥打胸口，想將它們打落。酒精放大我的不適，我好渴，又茫然暈眩，好像喉嚨裡卡著魚鉤。水流可笑地淌下面頰，我氣喘吁吁，上氣不接下氣。我喝酒（本來）是想當做給自己的犒賞，但它入喉卻像松節油，在我胃裡燒灼。我該洗個澡嗎？或是打電話下樓要些簡單的熱食，像是清湯或熱茶？不，我該喝完酒，或直接打開伏特加。我在網路上讀過，企圖服藥自殺的人只有百分之二會成功。雖然這數據感覺低得荒謬，但我先前的經驗也不幸驗證了此例。再也不會下雨了。某人的自殺遺書如此寫道。人生不過一場鬧劇。珍．哈露的丈夫在他們的新婚之夜結束自己的性命。喬治．桑德斯的最棒。他是好萊塢一名經典老牌明星，父親喜歡引用他的遺言，倒背如流。親愛的世界，我要先走一步了，因為這裡實在好無聊。其次是哈特．克萊恩。腳一轉，縱身一躍，墜落時上衣如氣球般鼓脹。永別了，大家！高聲道別，自船上一躍而下。

我再也不認為這是自己的軀體。它再不屬於我。我的手動著，感覺卻不像自己的手，而是自有其意志。起身時，也像是操縱一只傀儡木偶，張開四肢，在繩索的牽引下顛躓站立。

霍比曾告訴過我，他年輕時喝的是蘇格蘭順風（Cutty Sark），因為那是哈特．克萊恩的威士忌。英文原意是短裙。

琴房裡的淺綠色牆壁，棕櫚樹和開心果冰。

結冰的窗戶。霍比童年時沒有暖氣的房間。

古老的大師，他們永遠都是對的。

我在想什麼？我感覺到什麼？

呼吸好痛。海洛因在另一頭的床頭櫃上。即便是我爸以及他對演藝圈那份無可撼動的熱愛，也必須讚賞這場景與安排——海洛因、骯髒的菸灰缸，酒精與種種一切——我無法忍受自己被發現時像個過氣的酒吧歌手，穿著旅館浴袍，呈大字型癱倒地上。所以，我現在該做的，就是把自己梳理乾淨，洗個澡、刮好鬍子、穿上西裝，不要讓他們看見我骯髒邋遢的模樣。最後，我會等到夜間的清潔女工下班後，再把請勿打擾的牌子從門上拿下來。最好是讓他們第一時間發現我，我不想他們等到飄出惡臭才察覺。

與琵琶共度的那晚恍若隔世。我回想那時的自己是多麼快樂，在嚴寒的漆黑冬日匆匆趕去見她；看見她佇立於電影論壇劇院的街燈之下，我開心的彷彿快要爆炸。我駐足街角，細細品嚐那一刻——看著她尋找我身影的喜悅，她凝視人群的期待臉龐。是我，她找尋的不是別人，是我。以及在那彈指瞬間深深震撼內心的信念，以為自己擁有了一份永遠不可能屬於你的東西。

衣櫥裡的西裝。襯衫全髒了。我為什麼沒想到要拿一件出去送洗？鞋子吸飽了水，看起來慘不忍睹，為這畫面添上最後一抹可悲——但是，不（我恍恍惚惚地停在房間中央），難道我真的想裝扮整齊，西裝、皮鞋，種種一切，躺在床上，讓自己看起來像具停屍台上的屍體嗎？我一身冷汗，再次顫抖，惡夢重演。我得坐下來。或許，我得好好重新思索一遍。撕掉那些信，讓它看起來像是一場意外。我應該要把一切安排得像是我正準備前往某個神祕的盛裝派對，只是出門前臨時起意，這樣應該比較好——坐在床沿，不小心吸多了點，漆黑的光芒，劈劈啪啪，開心地跪在前方。唉呀。

喧鬧的白翅，朝無垠飛躍而去。

忽然間——小號大聲鳴奏——嚇了我一跳。禮樂的吟誦聲被喧騰的節慶樂曲所取代。高低起伏的旋律，尖銳刺耳。挫敗的情緒在體內沸騰。這是個毒蟲的房間。錯了，一切都錯了。熱情華麗的慶典節奏完全不是現在該有的旋律，輕快的管弦樂章，某某進行曲。我的胃立刻一緊，猛烈的噁心感湧上喉頭，彷彿我一口氣吞下了一夸脫的檸檬汁。我還沒來得及撲向垃圾桶，口中已噴出清澈的酸液，一波又一波的黃色浪潮。

吐完後，我坐在地毯上，額頭抵著垃圾桶尖銳的金屬邊緣，惱人的孩童芭雷舞曲在背景輕盈彈躍。我甚至沒醉，最慘的就是這個，只是想吐。我可以聽見一群吵吵鬧鬧的美國夫婦經過走廊，歡樂嘻笑，準備要回各自的房間，大聲道別：大學時期的老友，金融區的工作，超過五年的公司法資歷，費歐娜秋天要上一年級了，奧克蘭地亞一切都好；好，那就晚安了；老天，我愛死你們了。一個我可能也擁有的人生，只是我不想要。而這，是我蹣跚起身，走去關掉那討厭的音樂時最後記得的一個念頭——胃猛烈翻騰——像從橋上一躍而下般，俯身撲倒床上。房裡的每一盞燈都仍大大亮著，光線卻一點一滴離去，我逐漸淹沒於黑暗之中。

4.

小時候，母親死後，我總會在睡前努力想像她的身影，希望自己能夠夢見她，只是從來不曾成功。或該說，我不停夢見她，只是她在夢中總是缺席：微風吹過剛清空的房子，她留在便條紙上的字跡，香水的氣味，陌生的失落城鎮，我知道她才剛從這些街道經過，卻又消失不見，影子在陽光燦然的牆上一閃而逝。有時，我會在人群或離去的計程車中看見她，儘管我沒有一次能追上，但仍珍惜這些驚鴻一瞥。每一次，她總會在最後一刻消失：我總是剛好錯過她的電話，弄丟她的號碼，或者氣喘吁吁地跑到她該在的地方，卻發現已人去樓空。成年後，這些長期積累的失之交臂又和一種更混亂、更煎熬難耐的倉皇焦慮同聲脈動：我會驚惶地記起、得知、或從某個難以置信的對象口中聽聞，她就住在城鎮另一頭的破敗貧民窟，而為了某些無法解釋的原因，我已經好幾年沒去看她或與她聯絡。醒來後，我常會瘋狂地想攔一輛計程車或想辦法去找她。這些執拗的情節有種反覆且幾近殘酷的氛圍，讓我不由想起霍比一個客戶的華爾街丈夫，他非常神經質，只要情緒一來，就會以同樣呆板的描述與手勢重複同樣的三場越戰經歷：同樣噠噠噠的槍火聲，同樣砍剁的手，永遠都是同樣一個地方。聽他又開始口沫橫飛說起老掉牙的故事，所有人的表情都凍結在餐後酒杯之後。那場面我們都已見識過無數次，而且（就像我那殘酷的迴圈，不停夜復一夜，年復一年，夢復一夢地尋找母親）每次都同樣刻板僵硬，一成不變。他總是會被同一根樹根絆倒，總是無法及時趕到朋友蓋吉身邊，就像我永遠找不到母親。

但那晚，我終於找到了她。或更正確來說：她找到了我。彷彿這是我們唯一的機會，儘管在別的夜晚，別的夢境，她或許還會再來找我——或許在我臨死之際，但這感覺有如奢求。當然了，如果我覺得會有張熟悉的面孔在門口迎接自己，應該就比較不會那麼懼怕死亡（不只是我自己的死，還有韋提的死、安迪的死；所有的死亡），因為——提筆至此，我淚水幾欲奪眶而出——我想起可憐的安迪曾一臉驚恐地告訴過我，在他所有認識而且喜歡的人當中，只有母親已先走一步。所以——或許當安迪被沖至大海遙遠彼端，趴在地上吐水咳嗽時，就是母親跪在身旁，在那異國海岸迎接他的到來。或許光是表達這樣的盼望便愚不可及。但是，同樣地，或許不說反而更愚昧。

無論如何——僅此一好也好，不只一次也罷——這都是個寶貴的恩賜。如果她只能見我這麼一面，如果這是他們唯一允許她的，那麼，她也是將這機會保留到了最重要的一刻。因為，忽然間，她就在那。我站在鏡子前，看著身後客房的倒影，感覺卻更像霍比的店；或該說，一個比霍比的店更大、更寬敞，更永恆不滅的空間：大提琴般的棕色牆壁，一扇開啟的窗戶，彷彿通往某個無法想像、陽光更燦爛、更寬廣的國度入口。我在鏡子裡看到的空間不像一般認知中的空間，完美和諧，看起來更遼闊，比現實更真實，深沉的寂靜環繞四周，超越所有聲音與語言；在那裡，一切是如此清晰與靜謐，同時又像倒放的電影，你可想像打翻的牛奶躍回盒中，跳躍的貓咪無聲飛回桌面；一個不存在時間的中途站；或者，更正確來說，它同時存在於宇宙四方，所有歷史與動作都在同一時刻發生。

而在我飛快轉開視線又再度回望後，我看見了，鏡子裡，她的倒影出現在我身後。我啞口無言。莫名地，我知道自己不能轉身——那是違反規定的，無論究竟是什麼規定——但我們可以看見彼此，目光可以在鏡中交會，而她看到我，就像我看到她一樣高興。她就是她。一個真真切切的存在。她有種心靈上的真實感，有深度，有訊息。她存在於我和她的來處之間，無論那到底是什麼樣的地方，有著什麼樣的景色。最重要的，是我們的目光在鏡中交會的那一剎那，驚喜，訝異，她那美麗的藍色瞳眸，虹膜四周環繞著一圈漆黑，光燦耀眼的淺藍色眼珠：嗨！深情、聰穎、悲傷、幽默。似動又似靜，似靜又似流轉，猶如一幅偉大畫作中的魔力與能量。十秒即永恆。一切終又回到她身上。你在那一秒便能理解，你可以永遠生活其中：她只存在於鏡裡，存在於鏡框內的空間，而儘管她並不活著，不真的活著，卻也並未死去，因為她尚未誕生，卻也不是從未不曾誕生——就像我，神奇的，莫名的，亦是如此。我知道她能告訴我我想知道的一切（生命，死亡，過去，未來），即使那答案，那能回答一切的答案已經在她的微笑之中，一個聖誕前夕因祕密過於美好而不能洩漏的微笑；還不能。嗯，你只能耐心等待。但就在她要開口時——愛憐又著惱地吸了口氣，那神情我再熟悉不過，那聲音我至今也仍清晰可聞——我醒了。

5.

當我睜開眼時，天已經亮了。房裡所有的燈都仍大大地亮著，我躺在被裡，卻完全不記得自己是怎麼鑽進被窩。一切仍浸浴於她的存在之中，飽滿充盈——比生命更高、更廣、更深，一種因光線變幻而造成的模糊虹彩；我記得自己認為這一定就是看見聖人的感受——我並不是說母親是聖人，只是她的出現就像火光在漆黑的房中迸然爆發，那樣驚人而且獨特。

我仍昏昏欲睡，在被單中輕盈擺盪，那場甜美的夢境靜靜沖刷著我，烘托著我。即便是走廊傳來的早晨聲響都感染了她的色彩和氣息；若我就這麼半夢半醒地凝神聆聽，彷彿可以聽見她那輕巧獨特的雀躍步伐混雜於走廊上來回清理客房餐盤的碰撞聲、電梯纜線的運轉聲，以及電梯的開關聲之間：一個非常城市的聲音，令我不由想起薩頓公寓——和她。

忽然間，殘存的夢境迸射最後幾縷的生物熒光，附近的教堂響起激越的鐘鳴，嚇得我一下驚惶坐起，摸索眼鏡。我忘了今天是什麼日子：聖誕節。

我跌跌撞撞地下床，來到窗邊。除了鐘響還是鐘響。街道雪白而荒涼，冰霜在磁磚屋頂上燦然生光。屋外，紳士運河上，雪花盤旋飛舞，一群黑鳥啁啁啼鳴，在河面上空俯衝徘徊，天空因此顯得熱鬧紛亂。整齊壯觀的斜飛起伏，猶如單一的智慧個體，前後旋繞，牠們的動作似乎也傳達到了我細胞深處，詩人的白色天空，飛舞的雪花，猛烈的強風。

修復的首要原則：永遠不要採取自己無法挽救的步驟。

我沖了個澡，刮了鬍子，穿好衣服。然後，靜靜地，收拾打包我的物品。我得想辦法把傑里的戒指和手錶還給他——假如他還活著，但對於這點我越來越是存疑。光是那只錶就價值不菲——可以買一輛七系列的寶馬，一間公寓的頭期款。我會把它們用聯邦快遞寄給霍比保管，並將霍比的名字留給櫃台，以免傑里來找。

結霜的窗櫺，白雪掩埋的石板路，深沉，無聲，街上人車皆無，世紀層層交疊，一九四〇年代與一六四〇年代的穿越。

重要的是，不要深究。重要的是，抓緊那跟著我醒轉的夢境能量。我不會說荷蘭話，所以會去美國領事館，請他們聯絡荷蘭警方。儘管那會破壞某位工作人員的聖誕假期與家人共享的大餐，但我不敢放任自己等待。或許，先下去看看國務院的網站，了解我身為美國公民所具有的權利也不壞——這世上顯然還有許多比荷蘭監獄更糟的地方，而如果我把所知的一切坦承托出（赫斯特和薩沙、馬丁和費茲，法蘭克福和阿姆斯特丹），他們也許能找到油畫。

但誰知道最後會怎樣。我什麼也無法肯定，只知道逃避就此結束。無論發生什麼事，我不會像我父親一樣，絞盡腦汁地閃躲，直到車子翻覆，起火燒燬。我會挺身而出，接受到來的一切。所以，我筆直走進浴室，將那透明藥袋沖下馬桶。

就這樣：和馬丁一樣迅速，一樣無可挽回。我爸以前常說的那句話是什麼？面對現實。但他從來沒這麼做過。

我巡視房裡每一個角落，把一切整理乾淨，除了那些信，即便是上頭的字跡都教我害怕。但是——意識逼我重新思考——我確實必須寫信給霍比，不是自艾自憐的酒後胡言亂語，而是交代正事，像支票簿、帳本和保險箱鑰匙放在哪兒；最好也一併坦承詐欺的事，清楚表明他完全被蒙在鼓裡，做為書面證明。或許我可以在美國領事館請人見證和公證；或許荷莉（或誰都好）會同情我，報警前先請人幫忙處理。葛里沙可以在不牽連自己的情況下替我作證：我們從未談過這些事，他也從沒問過我，但他知道事有蹊蹺，那些悄悄往返倉庫的旅程。

如此一來，就剩下琵琶與巴波太太了。老天，那些我曾寫給琵琶卻從未寄出的信！在埃佛特那次災難性的來訪後，我盡我最大努力、絞盡腦汁發揮創意，終於想出一句我自認輕鬆愉快又感情豐富的道別語：我要離開一陣子。這遺言，在那時候，起碼以簡潔的標準來看，也堪稱得上是小小的傑作。不幸的是，我錯估了劑量，十二小時後在滿床單的嘔吐物中醒來，像狗一樣病懨懨地踉蹌下樓，準備早晨十點與國稅局的人會面。

我想說的是，一封即將入獄服刑的道別信不會也不該是那樣，最好是隱而不寫。琵琶並沒有被我所蒙蔽，她明白我是什麼樣的人。我什麼也無法給她。我是一個惡瘡，我隨時可能崩潰瓦解，我是她亟欲擺脫的一切。入獄只是讓她確認那些她早已知道的事實。我能做的，就是斬斷與她的聯繫。若父親真的愛過母親——若他真的曾經像他說得那樣愛她——不也會這麼做嗎？

然後——是巴波太太。如同船難，直到最後一刻，直到救生艇放下、船身開始著火，你才會真正意識到這驚人的事實，才會察覺真實的自己——沒想到，得到終了，當我考慮結束自己生命時，才知道原來我真正狠不下心傷害的人，是她。

我離開客房——想在聯絡領事館前先下樓詢問聯邦快遞的資訊和察看美國國務院的網站——但又驀然止步。門把上掛著一小包綁著緞帶的糖果，上頭附有一張寫著「聖誕快樂！」的手寫字條。某處傳來人們的笑語，客房服務的濃烈咖啡香、焦糖香和剛出爐的麵包香瀰漫整條走廊。我每天早上都會點飯店的早餐，卻只是食不知味地送進嘴裡——荷蘭的咖啡不是很有名嗎？我每天都喝，卻不曾好好品嚐。

我將糖果塞進西裝口袋，站在走廊，深深呼吸。即便是死刑犯也能選擇自己的最後一餐。霍比（不僅對烹飪樂此不疲，也熱愛享用美食）曾不只一次在晚餐結束之際，一面啜飲瑪雅邑白蘭地，一面尋找空鼻煙壺和多的碟子給客人當菸灰缸，一面說起這話題。對他來說，這是個形而上學的問題，最好是在吃完甜點，酒足飯飽，傳遞最後一盤茉莉花牛奶糖時再思考，因為——等到最後，得到夜晚結束之際，當你閉上雙眼，與地球揮手道別，認真思索時——你心中真正的選擇是什麼？某個能夠讓你想起過去的安心滋味？童年某個遺忘週日吃過的簡單雞肉晚餐？又或者——抓住最後一次奢侈的機會，享用地平線遙遠彼端的雉雞、野莓，和阿爾巴的白松露？我呢？在踏進走廊前，甚至沒發現自己餓了。但那一刻，當我飢腸轆轆，佇立原地，嘴裡瀰漫難聞的氣味，想著這將是我最後一次自由選擇餐點時，只覺得自己彷彿從來不曾聞過像那溫暖甜糖味般的芳香滋味：咖啡，肉桂，歐式早餐的奶油麵包。真有趣；我心想，回到房裡，拿起客房服務的菜單；原來我只想要這麼簡單的東西，原來我這麼渴望胃口得到滿足。

Vrolijk Kerstfeest!（聖誕快樂！）半個小時後，廚房的服務生向我祝賀——一名彷彿自揚．史丁畫作中走出的少年，體格結實，凌亂的頭髮上戴著亮片花環，一耳後方插著聖誕節的冬青裝飾。

他手一翻，掀開托盤的銀蓋。「特製荷蘭聖誕麵包。」他譏諷地說，「只限今日。」我點的是「聖誕香檳早餐」，餐點包括有一瓶香檳、一份松露蛋佐魚子醬、一份水果沙拉、一盤燻鮭魚、一塊法式肉派、六種不同口味的沾醬、醃黃瓜、酸豆、佐料和醃洋蔥。

他打開香檳，（在我把剩下的大半歐元都塞給他當小費後）離開客房。我替自己倒了杯咖啡，小心翼翼地品嚐，不確定自己的胃是否受得了（我還是想吐，而且靠近聞就覺得沒那麼香了）。就在這時，電話響了。

是櫃台的服務人員。「聖誕快樂，戴克先生。」他飛快地說，「很抱歉，但有訪客想要找您，恐怕已經在上樓的路上了。我們本來想攔阻——」

「什麼？」我凍結原地，咖啡杯停在空中。

「他已經上樓了，正朝您客房前去。我試過阻止，請他在大廳稍等，但他就是不肯。我是指——我同事請他稍等，我還來不及通知您，他就已經上去了——」

「喔。」我環顧房內，所有決心在瞬間煙消雲散。

「我的同事——」他捂住話筒，放到一旁，隨後又說，「——我同事剛上樓追去了——事發突然，我想我應該——」

「他有說他叫什麼名字嗎？」我問，走到窗邊，思索能不能用椅子砸破窗戶。我住的樓層不高，只需輕輕一躍，或許十二呎高。

「沒有，先生。」他說得飛快，「我們無法——他非常堅決——從櫃台旁溜上去——」

走廊上傳來騷動。有人用荷蘭語大聲喊叫。

「——我們今早人手不足，我相信您一定能了解——」

門上傳來堅定的敲打聲——我心裡一驚，手一震，咖啡灑至空中，就像不停從馬丁額上噴出的血花。幹！我暗暗咒罵，看向我的西裝和襯衫：又毀了。他們就不能等早餐後再出現嗎？但話說回來，我一面心忖——一面用餐巾擦拭襯衫，陰鬱地望向門口——或許是馬丁的人；或許事情會比我預期中還要快結束。

但相反地，我一打開房門——幾乎無法相信自己的眼睛——是鮑里斯。衣衫凌亂，雙眼通紅，一副悽慘狼狽的模樣。頭髮和外套肩膀上覆蓋著雪花。我太過震驚，一時間甚至連如釋重負的感覺都沒有。他一把抱住我。「怎麼回事？」我問。然後又對走廊上一臉堅決，迅速大步朝我們走來的工作人員說：「不要緊，沒關係。」

「看到嗎？我為什麼要等？我為什麼要等？」他氣沖沖地說，甩手指向猛然止步、楞楞地看著我們的工作人員。「我不是說了嗎？我知道他住哪間房！如果不是我朋友，我怎麼會知道？」然後又對我說，「我不知道他們幹嘛這麼大驚小怪。太荒謬了！我在樓下站了老半天，但櫃台後一個人也沒有，半個人影也不見！根本撒哈拉沙漠！」（橫眉豎目地瞪著工作人員）「我一直等，一直等，還按了鈴！然後，腳才剛踏上樓梯——就有人大呼小叫『等等，這位先生——』他學嬰兒一樣哭哭啼啼，「——『請您回來』——然後他就開始追在我後頭——」

「謝謝。」我對那名工作人員說，或該說對著他的背影說，因為他用訝異又不悅的眼神來回看了我們一陣後，便默默轉身離開了。「我非常感謝，真的。」我朝著他在走廊上漸行漸遠的背影高喊，知道他們會攔阻擅闖客房的不速之客讓我鬆了口氣。

「不客氣，先生。」他連頭都懶得回，說，「聖誕快樂。」

「你是要不要讓我進去？」等到電梯門終於關上，走廊上只剩我們兩人後，鮑里斯才說，「還是我們就傻站這裡大眼瞪小眼？」他好臭，聞起來像已經好幾天沒洗澡，而且表情除了隱隱看起來有些不屑外，似乎又非常自得。

「我——」我心臟撲通狂跳，胃又一陣翻騰，「——當然，你可以進來一下，沒問題。」

「進去一下？」他用輕蔑的眼神上下打量我，「你要出門嗎？」

「老實說，沒錯。」

「波特——」他放下袋子，半開玩笑地用手背碰了碰我額頭，「——你在發燒，看起來糟透了，簡直像剛去挖了巴拿馬運河一樣。」

「我覺得很好。」我粗魯地回答。

「但你看起來一點也不好。臉白的像死魚一樣。你幹嘛一身西裝？幹嘛不回我電話？這是什麼？」他問——視線越過我身後，看向那份早餐。

「去吧，自己來。」

「好，你不介意的話，我就不客氣了。太精彩了，這個禮拜。開了一整晚的車，這樣過聖誕夜實在有夠鳥——」他將外套甩落地上，「——好吧，坦白說，我有過許多更糟的，起碼高速公路沒塞車。我們在路上找了個地方停了會兒，爛的要命，但只有它有開；是間加油站，我們在那吃了點芥末香腸，我平時是很喜歡，但老天，我的肚子——」他從吧台拿了個玻璃杯，替自己倒了些香檳。

「不過看看你，」他手一揮，「這麼享受，過得很爽嘛。」他已踢掉鞋子，腳上穿著濕透的襪子扭啊扭，「老天，我的腳趾都凍僵了。街上到處都是泥——雪都融化成水了。」他拉開一張椅子，「陪我坐坐。吃點東西吧。看來我來的正是時候。」他掀開熱食的餐蓋，聞了聞那盤松露蛋。「好香！還是熱的！這是什麼？」他問。我從外套口袋裡拿出傑里的手錶和戒指，遞到他面前。「喔，對！我都忘了。別擔心，你可以自己還他。」

「不，你幫我還。」

「好吧，我們是該給他撥個電話。這頓大餐夠五個人吃了。我們何不——」他舉起香檳，像研究滿桌麻煩的財務報表般，打量瓶裡還剩下多少。「——我們何不再多點些香檳；一瓶，或兩瓶，順便多要些茶或咖啡也可以？我——」將椅子拉向桌前，「——我快餓死了！——」先拎起一塊燻鮭魚，舉到嘴巴上方，大口吞下，然後才拿出口袋裡的手機，「——我叫他把車停一停走過來，要不要？」

「好。」一見到他，我體內就有什麼死去了。幾乎就像小時候，我獨自在家好幾個鐘頭，聽見父親的鑰匙在鎖孔裡轉動，心裡不由大鬆口氣；但一看到他身影，心又直沉谷底。

「怎麼了？」他大聲舔起自己指頭，「你不想傑里過來嗎？你以為是誰開車載了我一整晚？是誰連睡都沒睡？起碼該讓他吃些早餐。」他已經開始吃起那盤松露蛋，「這幾天發生了很多事。」

「我也發生了很多事。」

「你要去哪？」

「替你點餐。」我從口袋裡拿出房卡，交給他，「我還不會結帳，需要什麼就記在房號上。」

「波特——」他扔下餐巾，本想追上前，但又驀然止步，並且——出乎我意料之外地——笑了起來。「去吧，去找你的新朋友或不管你有什麼要事要處理！」

「我這裡也發生了很多事。」

「是嗎——」他洋洋自得地說，「——我是不知道你碰到了什麼事，但我敢保證，發生在我身上的事一定起碼多你五千倍。這一星期有夠精彩，都可以出書了。當你在這飯店悠哉享受時，我——」他走上前，一手按住我衣袖，「——等等。」手機響了，他半轉過身，迅速用烏克蘭語說了些什麼，但見我朝門口走去，又驀然住口，掛斷電話。

「波特。」他抓住我肩膀，用力凝視我雙眼，然後推著我朝房裡走去，一腳在身後踢上房門。「搞什麼，你就像《殭屍之夜》一樣；我們喜歡的那部電影叫什麼？那部黑白片？不是《活死人之夜》，是比較詩意那部——？」

「《與殭屍同行》；瓦爾．路頓。」

「對，就是那部。坐下，這裡的大麻非常強，就算你已經習慣了也一樣，我該先警告你的——」

「我一根大麻也沒抽。」

「——因為我告訴你，我第一次來的時候，大概是二十歲吧，每天狂抽，以為自己什麼都能應付，結果——老天，都怪我自己——我一副跩個二五八萬的模樣，對咖啡店的一個傢伙說：『我要你店裡最厲害的玩意兒。』結果他還真聽話了！抽完三根後我連走都不能走！站都不能站！就像我忘了怎麼移動自己雙腳一樣！視野變得超級窄，無法控制自己的肌肉，完全脫離現實！」他領我走向床邊，坐在我身旁，一手摟住我肩膀。「而且，你也知道我，但是——我從來沒有那樣過！心跳快的要命，就像在跑馬拉松，但我根本一直坐著沒動——完全不曉得自己在哪——只看到可怕的漆黑！只有我自己一人，還小小哭了一會兒，你知道的，默默質問上帝：『我做了什麼？』、『為什麼要這樣懲罰我？』根本不記得自己是怎麼離開那裡！就像一場可怕的惡夢。而且這還只是大麻而已，我警告你；大麻！我來到街上，雙腿發軟，緊抓著水壩廣場附近的一個腳踏車架。還以為車子開上人行道，就要朝我撞來。最後終於回到我女朋友在約丹區的公寓，在半滴水也沒有的浴缸裡躺了好久。所以——」他狐疑地看向我灑了一身咖啡的襯衫。

「我一根大麻也沒抽。」

「我知道，你說過了！只是想和你分享我的故事，以為你會覺得有趣。好吧——是很丟臉。」他說，「隨便啦。」接踵而至的沉默彷彿永無止境。「我忘了說——」他替我倒了一杯礦泉水，「之後呢？我跑去水壩那裡遊蕩，整整三天不對勁。我女朋友說：『我們出去吧，鮑里斯，你不能再這樣躺下去，好好的週末都要被你浪費了。』」好啦，結果我在梵谷博物館裡大吐特吐。經典。」

冷水沖過疼痛的喉嚨，讓我起了一身雞皮疙瘩，童年的記憶自體內深處甦醒：沙漠毒辣的陽光，午後痛苦的宿醉，牙齒在空調的冷風中格格打顫。我和鮑里斯難過到不停乾嘔，看到彼此乾嘔的模樣又哈哈大笑，結果嘔得更厲害。我房裡有盒壞掉的餅乾，看了又是一陣反胃。

「好吧——」鮑里斯斜睨了我一眼，「——這裡大概出了點事。要不是今天是聖誕節，我就會去替你張羅點東西，讓你肚子舒服些。來——」他扔了些食物到盤子上，推到我面前。然後拿起冰桶裡的香檳，再次打量水平線，把剩下的酒全倒進我半空的柳橙汁杯（半空，因為被他喝掉一半）。

「來。」他說，向我舉杯，「聖誕快樂！祝我們兩個長命百歲！耶穌誕生了，耶！好——」他將香檳一飲而盡——拿起桌巾上的麵包，把食物堆到自己面前，「——對不起，我了解你想知道發生了什麼事，但我真的餓了，一定得先吃點東西。」

法式肉派。魚子醬。聖誕麵包。儘管現在情況一片混亂，但我真的也餓了，所以決定先以感激的心情面對此刻與眼前的食物，跟著吃了起來。一時間，我們兩人都沉默無語。

「好點了嗎？」不久後，他瞥了我一眼，說，「你累壞了。」他又叉起更多鮭魚，「現在流感很嚴重，秀蘭也得了。」

我沒有回答。我才剛接受了我們共處一室的事實。

「我還以為你和女生出去約會了。好吧——告訴你我和傑里之前去哪了。」見我不答，他又說，「我們去了法蘭克福；嗯——你應該曉得。有夠瘋狂的！但是——」他喝完香檳，走到迷你酒吧前，蹲下來，察看裡頭有什麼——

「我的護照在你那嗎？」

「對啊，在我這。哇，這裡有些很好的酒耶！還有這些可愛的迷你絕對伏特加。」

「在哪？」

「喔——」他手臂下夾著一瓶紅酒，輕快地走回桌邊，把三瓶迷你伏特加塞進冰桶。「喏。」他從口袋中掏出護照，滿不在乎地扔在桌上。「現在——」他坐了下來，「——我們該乾一杯嗎？」

我坐在床沿，動也不動，吃了一半的餐盤仍擱在腿上。我的護照。

漫長的沉默降臨，鮑里斯伸長手臂，越過桌子，中指在我的香檳杯上彈了一下，像用湯匙敲打酒杯般發出一聲尖銳的叮響。

「可以聽我說句話嗎，麻煩了。」他譏誚地說。

「什麼？」

「敬酒啊？」手中的酒杯朝我一點。

我伸手揉額：「你到底想幹什麼？」

「啊？」

「有什麼好敬的？」

「聖誕節？上帝的恩惠？可以嗎？」

我們之間的沉默，儘管不真的劍拔弩張，卻讓我們熾目相視，語調失控。最後，鮑里斯倒回椅背，朝我的酒杯點了點頭，說：「我不想追問，但你打算瞪我瞪到什麼時候，你覺得我們可以——？」

「我總有一天會把這一切想清楚。」

「什麼？」

「我總有一天會把這一切想清楚。就像工作一樣，像是，這裡有件要做的事……那裡有件要做的事。把事情分成不同的兩堆，或許三堆。」

「波特，波特，波特——」他親暱中又帶著些許嘲諷，傾身上前，說，「——你這個笨蛋，忘恩負義，又不懂欣賞。」

「『忘恩負義』，嗯，我可以為了這句話乾一杯，我猜。」

「怎樣？你忘了我們那次的歡樂聖誕嗎？那些快樂的舊日子，一去不復返？你爸——」手傲然一揮，「——那家餐廳？那些豐盛的大餐和喜悅？開開心心的慶祝？你心裡難道不珍惜那段回憶嗎？」

「我的老天。」

「波特——」他吸了口氣，「——你了不起啊，簡直比女人還糟糕。『快點，快點』、『起來，快。』你沒看到我簡訊嗎？」

「什麼簡訊？」

鮑里斯——原本正伸手拿向酒杯——又陡然停住，飛快瞥了地板一眼，而我，突然無法忽視他擱在椅邊的袋子。

鮑里斯興致勃勃地用拇指剔起門牙：「想看就看啊。」

他的話盤旋在狼籍的早餐上方。銀質的餐盤蓋上映著扭曲的倒影。

我拿起袋子，佇立原地；見我朝門口走去，他臉上的笑容開始消退。

「等等！」他呼喊。

「等什麼？」

「你不打開看看？」

「聽著——」我太了解自己，不敢放任自己耽擱；我絕不會讓舊事重演——

「你要做什麼？你要去哪？」

「我要把它拿去樓下，讓他們鎖進保險箱。」我其實根本不知道這裡有沒有保險箱，只是不想讓那幅畫靠近我——它和陌生人在一起比較安全，在衣帽間，在那裡都好。我也想好了，只要鮑里斯一離開，我就打電話報警，但在那之前什麼也不會做；沒有理由把他也牽扯進來。

「你開都沒開！連裡頭有什麼都不知道！」

「我知道。」

「你他媽的是什麼意思？」

「或許我不需要知道裡頭是什麼。」

「是嗎，不用嗎？或許你需要。裡頭不是你想的東西。」他又補了一句，有些自鳴得意的。

「不是嗎？」

「不是。」

「你怎麼知道我在想什麼？」

「我當然知道你在想什麼！而且——你錯了。對不起。但是——」他舉起雙手，「——裡頭的東西更好，好上太多。」

「更好？」

「對。」

「怎麼可能？」

「就是可能。好上千百倍。你就信我這一次。打開看看。」他說，粗魯地努了努下巴。

「這是什麼？」我震驚不已，楞了大約三十秒後才問。拿出一捆百元鈔票——美鈔——然後又一捆。

「這還不是全部。」他用掌心揉了揉後腦杓，說，「只是一部分。」

我看向鈔票，然後是他：「什麼的一部分？」

「這個嘛——」他賊賊一笑，「——我想說現金的效果比較驚人，是不是？」

鄰房傳來隱隱的喜劇節目聲，罐頭笑聲清晰可聞。

「這是不是更驚喜、更棒！而且我告訴你，這還不是全部，但美元現鈔你應該比較容易帶回去。跟你帶來的相比——是少了一點；他們其實還沒付錢——我一毛都還沒收到。不過——就快了，我希望。」

「他們？他們是誰？誰還沒付錢？付什麼錢？」

「是我先自掏腰包，這裡是我自己的錢，從家裡保險櫃裡拿出來的；我們在安特衛普停了一下。這樣比較好，不是嗎——讓你親自打開禮物，而且還是在聖誕節的早上，呵呵呵。不過之後還有更多。」

我翻過鈔票，反覆前後察看。捆得整整齊齊，直接從花旗銀行提領出來。

「『謝謝你，鮑里斯。』、『喔，小事一樁，不客氣。』」他恢復自己的聲音，嘲諷回答，「我的榮幸。」

一疊又一疊的鈔票。清清白白，乾乾淨淨。握在手中，感覺如此新穎。雖然我對這整件事依舊懵懵懂懂，不明所以，但能感受到一種明顯的滿足或感情。

「就像我說的——這只是一部分。兩百萬歐元，換成美金還要更多。所以——聖誕快樂！這就是我要送你的禮物！其餘的我在瑞士替你開了個戶頭，到時再把存款簿給你，這樣一來——怎麼了？」見我將那疊鈔票放回袋內，關緊袋口塞回給他，他幾乎駭然一個後退，說，「不！這是你的！」

「我不想要。」

「你不懂！拜託你聽我解釋。」

「我說了我不想要。」

「波特——」他盤起雙臂，冷冷看著我，神情就像當初在波蘭酒吧時那樣，「——換作別人，他早已大笑走出門口，永遠不會再回來。」

「那你為什麼不那麼做？」

「我——」他環顧房內，彷彿一時間找不到理由，「——我告訴你為什麼！因為我們之前的情分。就算你把我當罪犯看也一樣。而且，我想要補償你——」

「補償什麼？」

「啊？」

「你到底要補償我什麼？可以麻煩解釋一下嗎？這些錢到底是從哪裡來的？為什麼事情就這樣結束了？」

「好吧，老實說，你不該這麼快——」

「我不在乎那筆錢！」我幾乎是在尖叫，「我在乎的是那幅畫！畫在哪？」

「如果你有點耐心，不要這麼快——」

「這筆錢是要做什麼用的？從哪來的？誰給的？比爾蓋茲？聖誕老人？牙仙？」

「冷靜點，你現在跟你爸以前那激動的樣子沒兩樣。」

「畫在哪？你把它怎麼了？不見了是不是？被交易掉了？賣掉了？」

「當然沒有，我——嘿——」他匆匆推開椅子，發出刺耳的摩擦聲，「——老天，波特，冷靜一點。我當然沒把畫賣掉。我為什麼要那麼做？」

「我不曉得！我怎麼知道？這一切是為了什麼？有什麼意義？我為什麼要跟你來這裡？你為

什麼非得把我牽扯進來不可？是打算帶我來這裡幫你殺人嗎？是不是？」

「我這輩子從未殺過任何人。」鮑里斯傲然回答。

「老天。我有沒有聽錯？我現在是該笑嗎？你剛才真的是說你這輩子從沒——」

「那是自我防衛，你很清楚。雖然我不以傷害別人為樂，但必要時還是會保護自己，還有你。」他說，蠻橫地打斷我，不讓我開口，「我是指馬丁，否則我現在不會在這裡，你大概也是——」

「鮑里斯，如果你不肯閉嘴，可以幫我個忙嗎？你可以去那裡站一會兒嗎？因為我現在真的不想看見你在我視線範圍。」

「——馬丁的事，如果警方知道了，一定會頒獎給你，還有其他許多因為他現在已不在世上的無辜死者也一樣。馬丁他——」

「好吧，老實說，你可以離開，那樣或許更好。」

「馬丁是個惡魔，毫無人性，但那不全是他的錯，他生來就是如此，沒有任何感情，你懂嗎？馬丁做過許多比開槍殺人還要殘暴百倍的事，我知道，只是不是對我們。」他匆匆地說，揮了揮手，彷彿這就是所有誤會的關鍵，「我們，他會出於好意直接開槍了結我們，不帶任何惡意與邪念。但——他是好人嗎？是世上該有的正常人嗎？不，他不是。費茲也不是什麼好玩意兒，所以——你的這些痛苦和悔恨——一定要從不同的角度來衡量；你必須把它看作是一次崇高的英勇行為。你知道嗎，你不能一直活在這麼黑暗的心態中，這對你很不好。」

「我可以問你一件事嗎，一件就好？」

「請問。」

「那幅畫在哪？」

「聽著——」鮑里斯嘆了口氣，別開目光，「我已經盡力了。我知道你很想要它，只是沒想到少了它你會這麼不開心。」

「你能不能就直說它在哪？」

「波特——」他一手按上心口，「——我很抱歉讓你這麼生氣。我沒料到這點。但你不是也說你不打算留著，準備還回去；你不是這麼說的嗎？」見我只是冷冷瞪著他，他又補上一句。

「這是哪門子的正確決定？」

「我不是要說了嗎！只要你肯乖乖閉嘴，讓我解釋，而不是一直大聲咆哮，口吐白沫，破壞我們的聖誕節！」

「你到底在說什麼？」

「白癡。」他用指節敲了敲太陽穴，「你以為這筆錢是從哪來的？」

「我他媽的怎麼知道？」

「這些是獎金！」

「獎金？」

「對！把畫安全送回去的獎金！」

我一時反應不及，只是楞楞地站在原地。我得坐下來。

「你在生氣嗎？」鮑里斯小心翼翼地問。

走廊上傳來各種聲響。蕭索的冬陽在黃銅燈罩上閃耀。

「我還以為你會很高興。你不高興嗎？」

但我仍未從震驚中恢復，無法開口。只能楞楞地瞪著他，呆若木雞。

看到我這模樣，鮑里斯甩開臉前髮絲，笑了起來。「這主意還是你給我的。你自己大概都沒察覺這點子有多棒！天才！真希望我有想到。『通知藝術品調查員，通知藝術品調查員。』好吧——這實在太瘋狂了！起碼我當時這麼認為。坦白說，我覺得你對這件事有點神經質，只是沒想到——」他聳了聳肩，「——悲劇不幸發生，你也很清楚發生了什麼事。在橋上分道揚鑣後，我打給櫻桃，怎麼辦，我們能怎麼辦呢？我們傷腦筋了會兒，稍微四處打探一番，然後——」向我舉起酒杯，「——老實說，這主意實在太天才了！我為什麼要質疑你？我不該質疑你的。打從一開始，你就是聰明的那個！當我還在阿拉斯加——整整走上五英里到加油站偷巧克力棒時——看看你，心思這麼縝密！我從來不該懷疑你。因為——」他舉起雙手，「——我越想，就覺得你是對的。誰想得到呢？你那隻小鳥的賞金足足超過一百萬美元！甚至不用實際找到那幅畫！只要能提供線索就好！半個問題也沒問！就能拿到現金；乾乾淨淨，清清白白的現金——！」

屋外雪花撲窗。隔壁房裡傳來劇烈的咳嗽聲，或大笑聲，我聽不出來。

「這些年來不停前前後後、來來回回的轉手。到頭來，只是一場輸家的遊戲，危險又麻煩。而且——我現在不禁自問——何必這麼費事呢？只要提供線索就能拿到這麼一大筆合法獎金？因為——你說得沒錯——他們只求破案，不問任何問題，只在乎要怎麼把畫拿回來。」鮑里斯點了根菸，把火柴扔進自己水杯裡，發出一聲嘶響。「我沒親眼在場見證，真希望我有——但又想不到什麼好藉口可以出現現場，如果你懂我意思。德國特警隊！防彈背心，槍！扔下所有東西！趴下！街上起了好大一陣騷動，好多人圍觀！啊，我真想看看薩沙臉上的表情！」

「是你報的警？」

「不是我打的電話；是我手下狄瑪——因為停車場槍擊案的事，他現在恨死德國人了。根本沒必要，替他招來很大麻煩——」他焦躁地翹起雙腿，吐出一大團煙，「——我大概猜得到他們把畫藏在哪。法蘭克福那有間公寓，薩沙以前一個女朋友的。大家都把東西藏在那。但我就算帶上半打手下也不可能進得去。鑰匙、警報器、監視器、密碼。唯一的問題是——」他打了個呵欠，用手背抹了抹嘴巴，「——好吧，兩個問題。第一，警方需要正當理由搜索那間公寓。你不能只是假冒熱心市民，打通匿名電話，說誰誰誰是小偷，如果你懂我意思。第二個問題呢——我不記得確切的地址了。非常非常隱密——我只去過一次——三更半夜，神智又不是太清醒，只知道大概在哪一區……以前本來是貧民窟，現在變得非常高級……我讓傑里載我過去，沿著街道前前後後看了好幾遍，花了有夠他媽多的時間。最後呢——我把範圍縮小到一排房屋，但無法百分之百確定是哪一棟，只好下車走過去看。想到要在街上露面我就怕的要死——怕被看到——但還是下車走過去看，用我自己的雙腳，半閉著眼，有點像要催眠自己，你知道，看能不能回想當初走了幾步？試圖用身體去感覺？總之——我想得太簡單了。狄瑪呢——？」他勤奮地挑著桌上的麵包，「——狄瑪的表哥的小姨子，實際上是前小姨子，嫁給一個荷蘭人，生了個兒子，名叫安東——大概二十一、二十二歲吧，沒有任何前科，姓范德布林克——安東是荷蘭公民，從小就說荷蘭話，這對我們也有幫助，如果你懂我意思。安東——」小口小口啃著一條麵包，隨即扮了個鬼臉，吐出卡在牙縫裡的一顆麥粒。「——安東工作的酒吧有很多有錢人光顧，就在P．C．霍夫斯崔克，阿姆斯特丹的高級商業區——古馳街、卡地亞街。是個乖小孩，會說英語和荷蘭語，外加大概兩個俄文單字。總之，狄瑪要安東打電話給警察，說他看見兩名德國人，其中一名完全符合薩沙的特徵——戴著一副老奶奶的眼鏡，身穿『大草原之家』的上衣，手上有個圖騰刺青，而那圖案呢，安東正巧能依據我們提供的照片如實畫出來——總之，安東打給藝術品調查小組，說自己在酒吧裡看到這些德國人喝得爛醉，起了爭執，氣憤之下東西就忘了帶走——什麼？是一份檔案夾！內容當然是假造的。我們本來是想留支電話，動過手腳的電話，但又沒有人技術好到能拍胸脯保證無法追查到我們身上。所以——我印了些照片出來……除了我給你看過的那張外，還有一些我手機裡有的……再加上一些較為近期的報導來佐證時間，雖然是兩年前的報紙，但是——無所謂，安東只是剛好發現這個檔案夾，懂嗎，掉在椅子底下，加上邁阿密那起事件的報導，你知道，好把所有線索連結起來。然後再順帶把法蘭克福的地址和薩沙的名字插進裡頭，方便的很。這一切都是瑪莉安的主意，功勞得算在她頭上，回去後你該好好請她喝一杯。她從美國快遞了些東西過來——非常非常有說服力的東西。上頭有薩沙的名字，還有——」

「薩沙被關進牢裡了嗎？」

「對，沒錯。」鮑里斯哈哈大笑，「我們拿到贖金，博物館找回畫，警方結案，保險公司收回他們的錢，民眾得到啟發，皆大歡喜。」

「贖金？」

「好啦，獎金，贖金，隨便你。」

「是誰出的錢？」

「不知道。」鮑里斯手不耐煩地一揮，「博物館、政府、私人金主。重要嗎？」

「對我來說很重要。」

「不該重要。你應該心存感激，乖乖閉上嘴巴。因為，」他抬起下巴，提高音量，不讓我開口，「你知道嗎，席歐？你知道嗎？猜啊！猜猜我們有多幸運！那裡不只有你那隻小鳥——誰想得到呢？還有其他許多失竊的名畫！」

「什麼？」

「足足有二十多幅，說不定還更多！其中有一些已失蹤多年！而且——不是每一幅都跟你的一樣美麗可愛；事實上，大部分都沒那麼好；我是這麼覺得。不過其中四、五幅的賞金還是很高——比你的還高。就連一些沒那麼有名的——死鴨、喊不出名字的肥臉男人的無聊畫作——都有低額一點的獎賞——五萬塊、十萬塊之類的。誰想得到？『協尋線索』。一切都很吻合。而且，我希望，」他說，語氣中帶了幾分嚴肅，「或許你可以因此原諒我。」

「啊？」

「因為——他們說這是『史上至關重要的一次藝術品收復』，我希望你聽說了後會很高興——也或許不會，誰知道，但我是這麼期望的。博物館的世紀鉅作，終於又回到民眾手中！珍貴文物的保存與管理！天大的喜悅！所有天使都為此歌頌！若不是你，這一切永遠不可能發生。」

我吃驚不已，無言以對，只能楞楞地坐在原位。

「當然了，」鮑里斯又說，朝床上那只打開的旅行袋努了努下巴，「這還不是全部。裡頭是瑪莉安、櫻桃和傑里的聖誕禮物。我直接抽了三成給安東和狄瑪，兩人五五對分。其實出力的全是安東，所以要我說的話，我認為該給他二成，狄瑪一成。不過這對安東來說已經是天文數字，他已經很滿足了。」

「他們還找到其他幅畫，不只是我的。」

「對，你沒聽到我說嗎——？」

「其他什麼畫？」

「喔，一些世界知名的作品！失蹤了好幾年！」

「像是——？」

鮑里斯不耐煩地嘟噥一聲；「我怎麼會知道名字，你問好玩的嗎。幾件現代作品——非常重要，而且價值連城，大家都興奮的要命，但我坦白說，其中有些我實在不懂有什麼好大驚小怪。明明就像幼稚園畫的還那麼貴？『醜陋的汙漬』、『長觸手的黑色長棍』。不過——還是有好幾件重要的歷史作品；其中有幅林布蘭。」

「不是海景？」

「不是——暗房裡的一群人，有點無聊。不過梵谷的就很美，海岸的風景畫。還有……呃，我也不知道……常見的主題，像聖母瑪利亞、基督，還有許多天使；甚至有幾尊塑像，還有亞洲的藝術品。我覺得不值錢啦，但應該要價不菲。」鮑里斯用力捻熄香菸，「喔，對，差點忘了。他跑了。」

「誰？」

「薩沙的亞裔小男友。」他走到迷你酒吧前，帶著開瓶器和兩只玻璃杯回來，「算他走運，警方攻堅時他人不在公寓；而且——如果他聰明，他也的確是——就會知道不要回去。」他交叉手指，說，「再找其他有錢男人就好，反正他專做這種事。其實這倒也不失為份好工作，如果你懂我的意思。總之——」他咬脣打開瓶塞，砰！「——我真希望自己早幾年想到！輕輕鬆鬆就有大筆支票入袋！而且還是合法獎金！這些年就不用像追球跑一樣，到處瞎忙，前前後後——」他搖晃開瓶器，吱，嘎；吱，嘎。「——來來回回，提心吊膽，傷透腦筋！我為它頭痛了這麼多年，結果原來眼皮底下就藏著這麼一大筆輕輕鬆鬆的政府懸賞！我告訴你——」他伸手越過桌面，替我稀里嘩啦倒了一大杯紅酒，「——就某種層面來說，赫斯特大概和你一樣，很高興事情這麼落幕。他當然也愛錢，但同時又心懷罪惡，腦子裡一堆公眾利益、文化傳承等莫名其妙的想法。」

「我不懂赫斯特和這一切有什麼關連。」

「我也不懂，而且我想我們永遠不會知道了。」鮑里斯斷然道，「我和他從頭到尾口氣都非常小心，非常禮貌。而且，沒錯——」他不耐煩地飛快喝了一大口酒，「——沒錯，我是生赫斯特的氣，有一點。或許我現在不像以前那麼信任他了，也或許我本來就沒那麼信任他。但是——赫斯特說，早知是我們，他絕對不會派馬丁出馬。可能是實話。『永遠不會，鮑里斯——我永遠不會那麼做。』但誰知道呢？坦白說——我偷偷告訴你——我覺得他這麼說大概只是要保全顏面。因為事情被馬丁和費茲搞砸後，除了優雅退場，宣稱自己一無所知外，他還能怎麼辦？不過我得提醒你，這只是我的猜測；」他說，「我的推論。赫斯特自己另有一套說法。」

「什麼說法——？」

「赫斯特說——」鮑里斯嘆了口氣，「——赫斯特說他本來也不知道是薩沙拿走那幅畫，直到畫被我們搶走，薩沙從歐洲蔚藍的晴空底下打電話給他，要他幫忙拿回來時才知道。馬丁會在城裡純屬巧合——從洛杉磯來這裡過聖誕節；阿姆斯特丹是毒蟲心中的度假聖地。而且，這一點——」他揉了揉眼，「——好吧，我還滿相信赫斯特說的是實話。薩沙的電話確實出乎人意外。他這麼做，無異把自己交給赫斯特宰割。沒時間交代細節，必須立刻行動，赫斯特怎麼可能知道是我們下的手？薩沙甚至不在阿姆斯特丹——他都是從黃皮猴那聽說的二手消息，而那小鬼的德文又不是太好——轉述到赫斯特耳中都是三手消息了。如果你仔細想想，一切倒是說得通。我的意思是——」他聳了聳肩。

「什麼？」

「好吧——赫斯特絕對不知道畫在阿姆斯特丹，也不知道薩沙企圖拿它來抵押變現，直到畫被我們搶走，薩沙情急之下打給他才知道的，這一點呢，我很肯定是這樣沒錯。但最初是不是赫斯特與薩沙聯手密謀，安排邁阿密那場失敗的交易，讓畫消失去法蘭克福？不無可能。赫斯特非常喜歡那幅畫；非常愛。我有沒有說過——他第一次見到就知道是誰的作品了；一眼就認出來，包括畫名還有它所有來歷背景。」

「那是世上數一數二的名畫。」

「好吧——」鮑里斯聳了聳肩，「——總之，就像我說過的，他受過良好的教育，從小在美的環境中成長。我的意思是，赫斯特不曉得是我假造那份資料。他可能不會太高興。不過——」他哈哈大笑，「——赫斯特有動過這念頭嗎？我很好奇。整段期間以來，獎金就擱在那裡，任人領取，而且完全合法！躺在光天化日下閃閃發亮，像太陽一樣！我知道自己從沒想過——直到此刻。普天同慶，舉世歡騰！不朽的藝術傑作終於失而復得！安東成了大英雄——忙著拍照、接受Sky News訪問！昨晚還在記者會上接受眾人熱烈的掌聲！大家都愛死他了——就像幾年前把飛機降落河上，救了所有乘客性命的那個機長，記得他嗎？但是，在我心中，大家鼓掌的對象不是安東——是你。」

我有好多話想對鮑里斯說，卻一句也說不出口，只覺得心裡隱隱有種抽象的感激。或許，我心想——將手伸進袋內，拿出一疊美鈔，仔細端詳——或許好運也跟厄運一樣，需要一點時間才能消化。起初什麼感覺也沒有，之後才會漸漸體會。

「這不是很棒嗎？」鮑里斯說。見我回心轉意，他顯然鬆了口氣，「你高興了嗎？」

「鮑里斯，這裡有一半該是你的。」

「相信我，我都替自己打點好了。我現在有足夠的錢，可以休息一段時間，不用做自己不想做的事。誰曉得——說不定會開間酒吧，在斯德哥爾摩；不過不一定——也可能不開，感覺有點無聊。總之——這些都是你的！之後還會有更多錢進來。記得你爸給我們一人五百塊那次嗎？我快樂的都要飛上天了！十分高貴偉大的情操！好吧——對當時的我來說確是如此，多半的時間只能餓著肚子，沮喪、寂寞，覺得自己一無所有？那可是好大一筆錢啊！在那之前，我從沒親眼看過這麼多現金！還有你——」他的鼻頭紅了起來；我還以為他想打噴嚏。「——總是那麼親切、那麼善良，把你所有的一切和我分享，而我——而我做了什麼？」

「好了啦，鮑里斯。」我尷尬地說。

「我偷了你的東西——我竟然這樣回報你。」他眼中閃耀著醉意，「你最珍惜的寶貝。我明明只希望你好，怎麼卻又對你這麼壞？」

「別說了。不——真的，夠了。」看見他哭，我趕緊勸阻。

「我能說什麼？你問我為什麼要偷走那幅畫？我能怎麼回答？只是——事情從來不是表面上看起來那樣——非黑即白，不是好，就是壞。如果是的話就簡單多了。就連你爸……供我吃、供我住、供我穿；花時間陪我聊天……雖然你對你爸深惡痛絕，但就某些方面來說，他是個好人。」

「我不會用好人形容他。」

「好吧，我會。」

「全世界只有你會。而且你錯了。」

「聽著，我的包容力比你大。」鮑里斯說，我們的歧見令他精神一振，用力抽了下鼻子，把眼淚全吸回去，「杉卓拉——還有你爸——你總是把他們想得很惡劣、很糟糕。沒錯……你爸人品是很差……不負責任……幼稚。但他心高志大，而這讓他非常痛苦！他這輩子傷害最多的，是他自己。沒錯——」他激動地說，不讓我反駁，「——沒錯，他偷你的錢，或曾試圖偷你的錢，我知道。但你知道嗎？我也偷你的東西，卻沒受到任何懲罰。和他相比，我們倆誰比較糟？因為，我告訴你——」他用腳趾戳了戳地上的袋子，「——這世界比我們所知道或所能形容的還要莫名。我知道你怎麼想，或者你會怎麼想，但或許，你不能把這件事就這麼劃分成全然的『好』或全然的『壞』，就像你一直習慣的那樣——像是，你總是把事情分成兩堆？這堆是好的，這堆是壞的？或許事情沒那麼簡單。因為——在開來這裡的路上，我徹夜不眠，看著高速公路上的聖誕燈火，我可以毫不羞愧地告訴你，我哭了——因為我在想，不由自主想起那個聖經故事——你曉得的，就管家偷走寡婦微薄的積蓄，逃到遙遠的國家，巧妙投資那筆錢，最後帶著上千倍的錢回來給寡婦？而她也欣然原諒他，兩人合力殺了一頭肥滋滋的小牛，開心慶祝？」

「我想故事不是你說的那樣。」

「好吧——我是在波蘭上的聖經學校，而且很久以前了。不過都一樣，因為，我想說的是——昨晚，在從安特衛普過來的路上，我想著——善果不總出自善行，惡果也不必然出自惡行，不是嗎？即便賢良智者也無法預見一切的果報。那太可怕了！記得《白癡》裡的梅什金公爵嗎？」

「我現在沒心情跟你進行深度對談。」

「我知道，我知道，但聽我說就好。你讀過《白癡》，對嗎？對。好，我覺得《白癡》是一本讓人很不舒服的書；實際上，我不舒服到看完《白癡》後就再也沒看過多少小說，除了龍紋身那類的小說外。因為——」我試圖打斷他，但沒能成功。「——你可以之後告訴我你的想法，但現在先讓我告訴你我為什麼覺得不舒服。因為梅什金做的沒有一件不是好事……他寬容無私……對所有人都同樣體貼，但這些善行卻得到什麼樣的結果？謀殺！災難！這以前總是令我憂心不已，擔心到晚上都睡不著覺！因為——為什麼？為什麼會這樣？那本書我前後看了大概三次，以為是自己沒理解正確。梅什金仁慈善良，熱愛世人，溫柔體貼，心胸寬大，從沒做過壞事——但他總是信錯人，做錯決定，到頭來傷害了身邊所有人。這本書傳達的訊息非常黑暗。『為什麼要當好人？』但是——昨晚，在坐車來這裡的途中，就是這點讓我大為震撼。如果事情比那更複雜呢？如果反過來也是如此呢？因為，如果有時善行也會招致惡果——書裡有哪裡說惡行一定會招致惡果嗎？或許，有些時候——錯誤的方式才是正確的方式？你可能踏上歧途，最終卻仍抵達心中的目的地？又或者，換句話說，有時你可能全盤皆錯，最後卻仍能否極泰來？」

「我不知道你到底想說什麼。」

「好吧——我必須說，我從來不曾像你一樣，把『好』、『壞』分得這麼明確。對我來說，那條界線常是虛偽不實的，這兩者從來不是毫無關連，而是缺一不可。只要所作所為是出於愛與良善，我就覺得自己盡力了。但是你——總是批判，總是活在過去的悔恨，詛咒自己，責怪自己，總是自問『如果這樣』、『如果那樣』，老是嚷嚷『人生是殘酷的』、『我當初死了就好了』。好吧——你想想，如果你所有行為、所有選擇，無論好壞，在上帝眼中都毫無分別呢？如果一切早已注定了怎麼辦？不，不——等等——這是一個值得思索的問題。如果我們的卑劣與錯誤就是決定命運，並帶領我們來到良善的主因呢？如果對我們其中部分人來說，沒有其他抵達的途徑呢？」

「抵達哪裡？」

「理解。我說『上帝』，只是用『祂』來指稱那些我們參不透的道理。巨大的天候系統緩緩自遠處逼近，不加選擇地攻擊我們，就像——」他激動地拍打空氣，彷彿拍打一片落葉。「但是——或許一切並不如想像中的偶然與虛無，如果你懂我意思。」

「對不起，但我真的不知道你想說什麼。」

「你不需要懂。重點在於，這一切或許大到你無法看見或無法理解。因為——」他高高挑起雙眉，猶如一雙蝙蝠翅膀，「——這麼說吧，如果你沒從博物館帶出那幅畫，畫後來沒被薩沙偷走，我沒想到要領取賞金——那其他幾十幅畫不就會繼續下落不明了嗎？或許再無重見天日的一天？包在棕色牛皮紙裡，束諸高閣，永遠無人欣賞？寂寞地存在於世上，不知所終？所以，或許，你就是必須有捨才有得？」

「我想這已經從『無情的嘲諷』進展成『神聖的天意』了。」

「對——但為什麼一定要給它一個名稱呢？它們不能是同一件事嗎？」

我和他四目相望。我忽然想到，儘管他的缺點不可勝數，難以言喻，但我幾乎會第一眼就喜歡上他、只要在他身邊心情就輕鬆飛揚，就是因為他從不畏懼。沒有太多人能像他一樣，帶著對人世的強烈鄙夷，自由來去，同時又對這個他童年喜歡稱之為「地球」的地方，懷抱如此堅定不搖的奇異信念。

「所以——」鮑里斯喝乾他剩下的酒，又添了一些，「——你本來有什麼要緊事？」

「什麼要緊事？」

「之前你不還急著要走。為什麼不在這多留一會兒？」

「這裡？」

「不是——我說的不是這裡——不是阿姆斯特丹——我同意我們兩個最好都先離開這裡；我自己大概有一陣子都不會想回來了。我想說的是，為什麼不趁飛回去前放鬆一下、多玩一下？和我一起去安特衛普，看看我住的地方，見見我的朋友！暫時把女人的問題拋開一旁。」

「不，我想回家了。」

「什麼時候？」

「可以的話，今天。」

「這麼快？不行！你一定要和我去安特衛普！那裡有個很棒的地方——不像紅燈區——兩個女孩，兩千歐元，而且必須兩天前預約；所有都是二。傑里可以開車載我們過去——我坐前面，你在後面好好躺下來睡個覺。你覺得怎樣？」

「老實說，我覺得你應該載我去機場。」

「老實說——我覺得最好不要。如果我是櫃台人員，我連飛機都不會讓你上。你看起來就跟得了禽流感還是SARS沒兩樣。」他正在解鞋帶，試圖把腳塞進濕透的鞋子裡。「老天！你能告訴我嗎？——」舉起那只毀了的皮鞋，「——我為什麼要買這雙高級的要命的義大利皮鞋，然後又在一週內毀了它們？——我以前那雙沙漠靴——你還記得嗎？明明就很適合衝刺，適合跳窗！我穿了整整一年！我才不在乎它們配不配我西裝。我會再多買一些那種靴子，而且以後只穿它們。」他皺眉看向手錶，說，「傑里是跑去哪了？聖誕節應該不難找車位才對。」

「你打給他了嗎？」

鮑里斯拍了下腦袋：「沒有，我忘了，該死！他大概已經在吃早餐了；要不就還等在車裡，冷個半死。」他喝乾剩下的紅酒，將那幾瓶迷你伏特加塞進口袋，「你行李收好了嗎？好了？很好，那我們可以走了。」我看見了，他正用餐巾打包剩下的起司和麵包。「下去把帳結一結吧。不過——」他不以為然地看向我扔在床上的髒外套，「——你真的應該扔掉那東西。」

「怎麼扔？」

他朝窗外黝黑的運河努了努下巴。

「你認真的嗎？」

「為什麼不行？法律又沒規定不能把外套扔進運河，不是嗎？」

「我以為有。」

「好吧——誰曉得，如果你問我，我會說起碼沒有嚴格取締。你該看看我在清潔隊罷工時看過河裡漂著什麼玩意兒，美國醉客的嘔吐物，什麼東西都有。不過——」他望向窗外，「——我同意，最好不要在光天化日下丟。我們可以藏在後車廂，帶去安特衛普的焚化爐。你一定會很喜歡我的公寓。」他掏出手機，打給傑里，「藝術家的閣樓！等店開了後我們再出去替你買件新大衣。」

6.

兩晚後（在安特衛普過完沒有任何派對或伴遊服務，只有罐頭湯、盤尼西林，以及在鮑里斯的沙發上看了幾部老電影的節禮日後），我搭乘深夜班機返美，大約早晨八點回到霍比家門口，吐出的氣息在空氣凝結成白霧。我沒按門鈴，自己從裝飾有鳳仙花的前門進屋，穿過客廳和禮物幾近全空的黯淡聖誕樹，一路來到屋子深處，找到臉孔浮腫、睡眼惺忪的霍比，穿著睡袍與拖鞋，站在廚房梯子上，正在把聖誕午宴用的湯盤和酒缽收回櫥櫃。「嗨。」我說，扔下行李箱——小波纏在身旁，忠心耿耿地拖著老邁身軀在我腳邊狂繞八字，歡迎我回家——直到抬頭看向走下梯子的他，才發現他表情有多決斷；儘管憂慮，但臉上牢牢凍結著防衛而堅定的微笑。

「你呢？」我說，直起身，離開小波，脫下新大衣，掛在廚房椅背上，「近來好嗎？」

「普普通通，老樣子。」他沒有看向我。

「聖誕快樂！好吧——現在說有點晚了。聖誕節過得開心嗎？」

「開心。你呢？」他頓了會兒後才生硬地問。

「老實說，還挺不錯的。我去阿姆斯特丹了。」見他一語不發，我又補了一句。

「喔，是嗎？一定很好玩。」他心不在焉，看上去有些恍惚。

「你的餐會還順利嗎？」我在一陣謹慎的沉默後問。

「喔，很順利。下了點凍雨，不過除此之外，很成功。」他想把梯子收起來，但碰到了些困難。「有幾個要給你的禮物還擱在樹下，如果你想拆的話。」

「謝謝。但我累壞了，今晚再拆吧。要不要我幫忙？」我說，上前一步。

「不用，不用，謝謝。」一定是出了什麼事；我從他語氣聽得出來。「我來就好。」

「好吧。」我說，思索他為什麼沒有提起我送他的禮物：一幅幼童的刺繡練習，藤蔓般纏繞的字母與數字，細毛線繡出的樣板家畜，瑪麗．史特文特練習作，十一歲，一七七九年。他還沒打開嗎？我是在跳蚤市場裡一箱老奶奶彈性褲底下找到的——以跳蚤市場的價格來說並不便宜，一幅要四百塊，但我在美國文物拍賣會上看過類似的作品，價錢足足高了十倍。我默默看著他如自動駕駛般穿過廚房——有些恍神地轉了幾圈，打開冰箱，又默默關上，什麼也沒拿，然後裝水煮茶。但從頭到尾都像裹在蠶繭中，不肯看向我。

「霍比，出了什麼事？」我終於問。

「沒什麼。」他想找湯匙，卻開錯了抽屜。

「怎麼了，你不想告訴我嗎？」

他轉身看向我，眼裡閃過一抹遲疑，然後又轉回爐子前，脫口而出：「你真的不該送琵琶那條項鍊。」

「什麼？」我嚇了一跳，問，「她生氣了嗎？」

「我——」他望著地板，搖了搖頭，「我不曉得你是怎麼了，」他說，「我再也不知該如何想。我不想多事，」見我坐在椅上，動也不動，他又說，「真的不想。坦白說，我寧可絕口不提，但是——」他似乎在腦中搜尋語句：「你難道看不出這有多令人傷腦筋，而且一點也不恰當嗎？送琵琶一條三萬塊的項鍊？在你訂婚宴當晚？就這樣留在她鞋子裡？在她房門之外？」

「沒有三萬塊那麼貴。」

「對；但我敢說，如果你是在一般店面買的話會要七萬五。還有，另一件事——」他冷不防地拉開一張椅子坐下，「唉，我不曉得該怎麼辦才好，」他滿臉愁容地說，「我不知該從何說起。」

「什麼事？」

「請告訴我另外一件事與你無關。」

「什麼事？」我小心翼翼地問。

「好吧，」廚房收音機傳來晨間的古典樂，沉思的鋼琴奏鳴曲，「聖誕節前兩天來了一名非常意外的不速之客，你的朋友盧修斯．李維。」

墜跌感瞬間襲來，那驟然的速度與深度。

「他提出了些非常驚人的指控，完全出乎我意料之外。」霍比用拇指和食指壓在緊閉的雙眼上，就這麼坐了一會兒，「另一件事先暫且不談。不，不，」他說，見我試圖開口，便揮手驅趕我的辯駁。「一件一件來。關於那些家具。」

難以忍受的沉默在我們之間猛烈翻騰。

「我知道要你坦承並不容易，我也理解是我讓你陷入那局面，但是——」他環顧四周，「——兩百萬啊，席歐！」

「我可以解釋——」

「我該寫下來的——他有照片、有運貨單，但那些都是我們從來沒賣過也從來不曾收購過的家具，美國重要文物等級的家具，不存在的家具。金額多到我想加都加不了，索性停止計算。足足有十幾件！我不曉得事情原來這麼嚴重。詐騙的事你也騙了我，那根本不是他的打算。」

「霍比？霍比，聽我說。」他看著我，但又不真的看著我，「很抱歉你必須在這樣的情況下得知，我也希望我有機會先和你解釋清楚，但是——我都安排好了，我現在可以把它們買回來了，所有的家具，一件不漏。」

但他看起來並沒有如釋重負，只是搖了搖頭，說：「這太可怕了，席歐，我怎麼能讓這種事發生？」

如果我不是那麼驚悸，就會告訴他，他唯一的責任就是錯信了我，並對我的說辭全盤接收。但他神情是如此茫然，我不忍心開口。

「事情怎麼會演變至此？我怎麼會如此無知？他——」霍比別開目光，再次不可置信地飛快搖了搖頭，「——那是你的字跡，席歐，你的簽名。鄧肯．費木桌……薛萊頓餐椅……還有送往加州的薛萊頓躺椅……那張躺椅還是我做的，席歐，我親手做的，你看著我做的。說它是薛萊頓躺椅，就像說它是那邊那個格里斯帝斯超市的購物袋一樣荒謬。所有骨架都是新的，連扶手也不例外，只有兩根椅腳是原本的架構，而你就站在那兒，看我裝上新——」

「對不起，霍比——國稅局每天都打電話來——我不知道該怎麼辦——」

「我懂。」他說，但就連說出這兩個字時，眼裡都似乎存疑，「相形之下，我在地下室的工作有如兒戲。只是——」他倒向椅背，抬眼凝視天花板，「——你為什麼不停止呢？為什麼這麼執迷不悟呢？我們一直花著不屬於我們的錢！越陷越深，越陷越深！而且還持續了這麼多年！即便我們有辦法買回全部的家具，但你很清楚，這根本不可能——」

「霍比，首先，我要告訴你，我可以把家具全部買回來。其次——」我需要咖啡；我整個人還是昏昏沉沉，尚未清醒。但爐子上一滴咖啡也沒有，現在也不是起身去煮的好時機。「——其次，好，我不想說這一切沒什麼大不了，因為事情絕非那樣。我只是想幫我們度過難關，清償一些債務。我也不曉得我怎麼會讓情況失控到這地步，但是——不，不，聽我說，」我急切地說，我可以看見他神色恍惚，思緒漸漸飄了開去，就像母親當年不得不端坐原位、忍受我爸那些複雜又荒謬的謊言時常有的反應。「我不知道他跟你說了什麼，但無論他怎麼說，我現在有錢了，一切都會沒事的，好嗎？」

「我想我沒有勇氣問你錢是從哪來的。」隨即又哀然靠回椅背，「你到底去哪兒了？如果你不介意我問的話。」

我翹起雙腿，又鬆開，兩手在臉上抹了一把。「阿姆斯特丹。」

「為什麼去阿姆斯特丹？」我還在掙扎思考該怎麼回答時，他又說：「我還以為你不回來了。」

「霍比——」羞愧如火焰熊熊燃燒。一直以來，我總是拚命在他面前掩飾自己的狡詐，只讓他看到改過向上、優雅世故的我，從不曾展現我極力想要隱藏的那面，那個殘缺卑劣的騙子、懦夫，滿口謊言、投機取巧——

「你為什麼要回來？」他說得好快，語調淒然，彷彿只想趕快把話說出口；同時煩躁起身，開始四處走動，拖鞋在地板上啪嗒作響。「我以為我們再也見不到你了。昨晚——還有之前幾晚——我徹夜不眠，清醒地躺在床上，思索該如何是好。沉船。災難。新聞上全是那些失竊的畫作。好個精彩的聖誕節。而你——卻音訊全無。不接電話——沒有人知道你在哪——」

「天啊。」我說，是真心感到震駭，「我真的很抱歉。聽著，聽著，」我說——他緊抿雙脣，只是搖頭，彷彿已聽不進我的話，沒有聽的必要。「——如果你是在擔心家具的事——」

「家具？」向來沉著、包容、撫慰人心的霍比，現在猶如一只快炸開的鍋爐，嗓音低沉，不住顫抖。「誰在說家具了？李維說你會不告而別，會逃之夭夭，但——」他站在那兒，迅速眨眼，試圖冷靜下來，「——我不相信你會那麼做，我無法相信；我擔心的是更糟的事。你懂我意思。」見我不答，他又隱隱有些惱怒地說，「你要我怎麼想？你匆匆離開宴會……琵琶和我，你無法想像；女主人發了一小頓脾氣：『新郎跑去哪兒了？』對你的驟然離去嗤之以鼻。我們沒有受邀參加會後派對，所以就沒去了——然後——你想想我回家後發現家裡沒鎖，門也沒關，抽屜裡的現金洗劫一空，心裡會有什麼感受……先不管那條項鍊，你留給琵琶的字條那麼奇怪，她也很擔心——」

「她擔心我嗎？」

「當然！」霍比揮了揮手臂，幾乎是在咆哮，「你要我們怎麼想？然後，又是李維可怕的造訪。我那時正在做派皮——本不該去應門的。但我以為是莫伊拉——結果，早上九點，我只是傻傻站在原地，一身麵粉，目瞪口呆地看著他——席歐，你為什麼要那麼做？」他絕望地問。

我不懂他的意思——我做過太多事，不知道他指的是哪一樁——別無選擇，只能搖了搖頭，別開目光。

「一切是那麼荒謬——要我怎麼相信？事實上，我根本不信。因為我能理解，」見我不答，他又說，「聽著，家具的事我能理解，你盡力了；而且相信我，我非常感激。若不是你，我現在大概只能當臨時工，住在狹小骯髒的鴿籠。但是——」他雙手捏拳，插進睡袍口袋，「——其他的謊話呢？我無法不去思索你在其中扮演的角色，尤其是你倉促離去，幾乎一個字也沒留。你和你的朋友——他是個很有魅力的男孩；雖然我不願這麼說，但他看起來就像是進過一、兩座監獄——」

「霍比——」

「唉，李維；你該聽聽他怎麼說的。」他彷彿一下洩了氣，沮喪地說，「真的是蛇蠍心腸。還有——我希望你知道，關於那件事——那件藝術品竊盜案？我毫無保留地相信你，替你說話。無論你做過其他什麼事——我都相信那與你無關。但是呢？不出三天，新聞上出現什麼？就剛好是那一幅畫，以及其他好幾幅作品？他說的都是真的嗎？」見我依舊沉默，他又追問，「真的是你嗎？」

「是。好吧，嚴格來說，不是。」

「席歐。」

「我可以解釋。」

「請，我洗耳恭聽。」他說，掌根用力在眼皮上搓揉。

「你先坐下吧。」

「我——」他絕望地環顧四周，好像害怕只要在我身邊坐下，原有的決心就會消失無蹤。

「不，你真的該坐下。說來話長，我會盡量長話短說。」

7.

他一語不發，甚至連電話響了都沒去接。長途飛行讓我全身痠痛，筋疲力盡。我避開那兩具屍體的事，隻字未提，但把其餘來龍去脈都盡可能地說清楚講明白：簡潔精要，如實交代，不企圖合理化或辯解任何行為。說完後，他端坐原位——他的沉默令我恐懼不已，廚房裡，除了老冰箱的呆板嗡鳴聲外，一點聲音也沒有。終於，他倒回椅背，雙臂交抱胸前。

「世事有時就是這麼難以預料，不是嗎？」他說。

我沉默無語，不知該說些什麼。

「我的意思是——」他揉了揉眼，「——我也是年紀大了才理解這點。時間是如此奇妙，充滿各種詭譎與意外。」

他的一席話中，我只聽見，或理解「詭譎」兩字。忽然間，他站了起來——足足六呎五吋的身高，而那姿態之中隱隱流露著一種堅定與懊悔，或起碼我覺得如此，宛如一名巡警，或即將要把你扔出酒吧的保鏢的古老幽魂。

「我會離開。」我說。

他飛快眨了眨眼：「你說什麼？」

「我會給你一張全額支票，只要等我說可以兌現時再兌現就好，這是我唯一的請求。我從來都不想傷害你，真的，我發誓。」

他手威嚴地一揮，將我的話驅之腦後。「不，等等。我要給你看個東西。」

他起身，朝客廳走去，離開了會兒——回來時——手上帶著一本快解體的相本，重新坐下，一連翻過好幾頁，最後——停在其中一頁——將相本推過桌面，遞到我面前。「看。」他說。

褪色的照片。一名身材嬌小，像鳥兒般的鷹鉤鼻男孩置身一間猶如法國美好年代、棕櫚繁茂的廳房裡，對著一台鋼琴微笑。他不是巴黎人，不太像，而是開羅人。兩只一模一樣的花盆，琳瑯滿目法國銅器和小巧的畫作。其中一幅——玻璃瓶中的花朵——我依稀認得出是馬奈。但上方一、兩幅有個更加熟悉的畫面，我的目光一頓，久久無法轉移。

當然了，它是複製品。但即便在這黯然褪色的舊相片裡，它依舊散發著那隱世獨立與異樣現代的光彩。

「藝術家的仿作。」霍比說，「那幅馬奈也是，沒什麼特別，但是——」他雙手交疊桌面，「——那些畫占了他童年很大一部分，最快樂的部分，在他生病之前——家中獨子，被僕人們照顧得無微不至，集萬千寵愛於一身——陽台上的無花果、橘子、茉莉花——他會說阿拉伯語，還有法語，你知道的，對不對？而且——」霍比緊緊交盤雙臂，用食指點著雙脣，「——他以前說過，即便只是透過仿作，你也有可能深刻了解一幅偉大的作品，幾乎就像你棲息其中。普魯斯特也這麼描述過——那段情節很有名，染了風寒的奧黛特打開門，繃著臉，散著一頭亂糟糟的長髮，膚色斑駁；而斯萬，原本從沒在意過她，卻在那一刻墜入愛河，因為她看起來就像波提伽利一幅微微損壞的壁畫上的女郎。普魯斯特只看過複製品，從未看過西斯汀教堂裡的原作。但即便如此——那整本小說，就某種層面而言，就是在講述那一刻。殘缺就是魅力的一部分，畫上斑駁的面頰。即便透過複製品，普魯斯特也能重新勾勒那畫面，重新建構另一個現實，從中汲取屬於他自己的意念，帶入世間。因為——美就是美，並不會因影印機反覆印過數百遍就有絲毫折損。」

「不。」我說，然而我心裡想的並非那幅畫，而是霍比的重製品。那些家具經過他的巧手修復，重獲生命，一次次的磨亮、抛光，直到彷彿有最純然、輝煌的時光傾灑其上。即便你這輩子從未看過或想過任何一件赫伯懷特或薛萊頓的家具，它們也會讓你從此愛上。

「好吧——這只是我這個老仿製家在自說自話。你知道畢卡索曾說過：『拙劣的藝術家仿效，傑出的藝術家剽竊。』但依舊偉大，繩索的另一頭傳達著強烈的震撼。那無關你多常抓住那條繩索，或在你之前曾有多少人抓住那條繩索，它都是同一條繩索，自更高的國度垂落，依舊透著同樣的震撼。而這些仿製品——」他雙手仍交疊桌面，傾身向前，又說，「——這些陪伴他長大的藝術家仿製品都在開羅那間房子失火時燒燬了；但坦白告訴你，對他來說，早在那之前，它們便已消失；在他瘸腿並被送回美國時。但是——他就像我們一樣，對器物有很深的迷戀。在他眼裡，每一樣東西都有自己的性格與靈魂，而儘管那過往的一切都已消失殆盡，他卻從未失去那些畫，因為真品仍存在於世上，他曾旅行了好幾次去欣賞——事實上，許多年前，當他那幅馬奈的原畫在巴爾的摩展出時，我們還特地搭了火車去看，那時琵琶的母親仍在世。那趟旅程對韋堤來說並不容易，但他知道自己永遠不可能去奧塞美術館。而他和琵琶去看荷蘭展那天，你覺得他是特意想帶她去看哪幅畫？」

有趣的是，照片中，那名腳內八的孱弱男孩——笑容甜美，在一身水手服的襯托下顯得如此純潔——也是在瀕死之際緊握住我雙手的老者：兩幅截然不同的畫面，卻交疊著同樣的靈魂。而他頭頂上的那幅畫正是連結一切的靜止點：夢境與徵兆，過去與未來，機運與宿命。它不僅有單一意義，而是無數意義。它是一個不斷擴展、蔓延，擴展、蔓延的謎。

霍比清了清嗓子：「可以問你一件事嗎？」

「當然。」

「你是怎麼保管那幅畫？」

「放在枕頭套裡。」

「棉質的枕頭套？」

「嗯——密織棉算棉嗎？」

「沒有內襯？沒有其他東西保護它？」

「只有紙和膠帶。對。」見擔憂在他眼裡瀰漫，我便回答。

「你該用玻璃紙和氣泡袋的！」

「我現在知道了。」

「對不起。」他縮了縮，一手按住太陽穴，「我思緒還有些混亂。你搭美國大陸航空時是把畫收在托運的行李箱？」

「就像我剛說的，我當時只有十三歲。」

「你為什麼不直接告訴我？你可以的。」見我只是搖頭，他又說。

「當然。」我說，回答得有些倉促，但當時的孤獨與恐懼驟然浮現腦中：總是提心吊膽害怕社工忽然出現；我那間無法上鎖的臥房裡的濃濃肥皂味；我在灰色接待區等待布萊斯葛多先生時感到的徹骨寒意；我害怕被送走的恐懼。

「我有猜到一些。只是，當你像流浪兒一樣出現門前時……好吧，希望你不介意我這麼說，但就連你的律師——嗯，你也很清楚，那時的情況他也很不安，急著想安排你離開；我這裡也是，好幾個交情甚篤的朋友都跟我說：『詹姆斯，這對你來說負擔太大……』唉，你能理解他們為什麼會這麼想。」看見我臉上表情，他趕緊補上一句。

「喔，當然。」佛格夫婦、葛羅斯曼夫婦、米爾德伯格；儘管總是彬彬有禮，也總不忘默默地傳達（起碼對我傳達）霍比已經夠多事要煩心的訊息。

「在某個程度上，那確實是很瘋狂。我知道外人會怎麼想。然而——好吧——那訊息似乎再明確不過，韋堤要你來這裡，你就出現了，猶如一隻小小的昆蟲，一次又一次地回來——」他沉吟了會兒，眉頭緊蹙，比他往常總是憂心忡忡的模樣又更愁困了些，「──我嘴笨，不善表達，但我想說的是，家母死後，我有段時間只是不停遊蕩，那彷彿永無止境的可怕夏日，有時甚至一路從阿爾巴尼走到特洛伊。下雨了就站在五金行的雨棚下，只要不用回到那已沒有她的家就好。我像遊魂般四處流浪，在圖書館待到他們把我趕出去，搭上華特弗列特的巴士，繼續遊蕩。我那時年紀雖小，但塊頭很大，才十二歲就已經像成年人一樣高。別人以為我是流浪漢，家庭主婦還會提著掃把，把我從門口台階趕走。但我也因此才會認識迪佩斯特夫人──我坐在她門廊時，她開了門，說：你一定渴了，想進來坐坐嗎？肖像畫、袖珍畫、銀版相片；這是老姨婆的，那個是老叔父的，等等之類的。旋轉階梯蜿蜒而下。終於──這是我的救生艇，我找到了。有時候，在那房子裡，你必須捏自己一把，提醒自己現在不是一九〇九年。有些家具非常美，我至今還沒看過比它們更美的美國古典家具；還有，我的老天，那個第凡內玻璃──它們那時還沒什麼特別，沒有人在意，尚未引領潮流。雖然在城市裡價格可能已然不菲，但仍可在上州的舊貨店裡以極低的金額買到。不多久，我也開始到舊貨店挖寶。不過這一切──全都是她家族傳下來的。每一件古董都有自己的故事，她也非常樂意告訴你該在什麼時候站在哪裡，以最好的光線欣賞每一樣作品。傍晚時分，夕陽餘暉繚繞房內──」他張開十指，砰，砰！「──它們便如炮竹般一個個迸出耀眼的光輝。」

從我所坐的位置，可以清楚看見霍比的諾亞方舟：成雙成對的大象、斑馬與穴獸兩兩前進，一路直到殿後的小雞、兔子和老鼠。記憶就烙印在那兒，超越文字，來自那首日午後的密碼訊息：雨珠順著天窗而下，樸實的動物們在廚房流理台上成排並立，等待救贖。諾亞：偉大的守護者，偉大的保存家。

「而且──」他起身煮咖啡，「──我想，要你一輩子照料這麼多器物是極為卑劣的想法──」

「誰說的？」

「嗯——」他自火爐前轉身，「——這麼說吧，我們這裡不是照料病童的醫院。修補老舊的桌椅有什麼崇高可言？反而只會腐蝕靈魂。我看過太多遺留下來的家具，不可能不懂這點。過度迷戀；對物品付出太多關心是會摧毀一個人的。只是——若你真正關心一樣東西，它就會擁有自己的生命，不是嗎？而所有事物——美麗事物——的意義，不就在於能引領你走向更廣闊的美麗嗎？那些打開你心門的第一幅景象，你將終此餘生地追尋它，或嘗試再次捕捉它，無論是以何種方式。因為——修復舊物，保存它們、照顧它們——在某種程度上，無法以理性來解釋——」

「我關心的一切都無法以理性解釋。」

「好吧，對，我也是。」他理解地道，「但是——」他像近視般湊到咖啡罐前察看，用湯匙舀出咖啡粉，倒入茶壺中，「——對不起，我又嘮叨了。但是從這個角度、從我的立場來看，這倒也是種解釋，不是嗎？」

「什麼意思？」

他笑了起來：「該怎麼說呢？偉大的畫作——人們會蜂擁前去欣賞，會吸引人潮，會永無止境地印在咖啡杯、滑鼠或任何你喜歡的東西上。而我，自認也是這樣，一輩子帶著真摯的心情去博物館參觀，悠然享受其中的一切，然後離開享用午餐。但是——」他繞回桌前，重新坐下，「——如果有一幅畫真正烙印在你心裡，改變你看待事物的眼光，讓你思索，讓你感受，你不會想：『喔，我喜愛這幅畫是因為它跨越所有種族、文化與語言的藩籬。』、『我喜愛這幅畫是因為它能引起全人類共鳴。』這不是任何人喜愛一件藝術的原因。那該是從暗巷內傳來的一聲隱約低語：嘖，你。嘿，小鬼。對，就是你。」他用指尖撫過褪色的照片——那是一種守護者的撫摸，一種若有似無的觸碰，指尖與照片間的聖體空間。「那是一種個體心靈的震撼。你的夢，韋堤的夢，維梅爾的夢。在你眼中見到的是一幅畫，在我眼中見到的又是另一幅；藝術書籍又有另一種不同的視角，在博物館紀念品店買卡片的女士看到的更截然不同，更不用說那些不同時代的人們——四百年前的先人，四百年後的後人——永遠不會有兩個人有一模一樣的感受；對絕大多數的人來說，甚至永遠不會有任何深刻的感受，但是——一幅真正偉大的畫作就像水一般，能以自己極其獨特的方式，從各種角度流淌進你心靈與腦海之中。你的，我是你的，我是為你而畫的。而且——我不曉得，如果我又開始不著邊際，請阻止我……」一手抹過額頭，「……但韋堤以前提過所謂命定之物。所有交易商和古董商都認得出它們，那些一再重複出現的物品。而對交易商以外的人來說，那不一定是件物品，也可能是一座城市、一種顏色、一段時間；那根承接並牢牢牽絆你命運的釘子。」

「你聽起來好像我爸。」

「好吧——那我們換個說法。是誰說巧合只是上帝隱形匿跡的手段？」

「你現在聽起來真的很像我爸。」

「誰說賭徒不能比其他人看的更透徹呢？世上一切不都值得賭上一把嗎？好事有時難道不能以奇異的方式到來嗎？」

8.

沒錯，我想是可以的；或者——引述我爸另一個弔詭的名言：有時，你必須輸，才能贏。

因為，事情至今幾乎已要一年，而在這段時間內，我幾乎都在旅行，十一個月的日子大多在機場休息室、飯店客房與各個中點站度過，計程車，起飛，降落，塑膠餐盤，從機艙鯊魚鰓般通風口吹出的腐敗空氣——儘管離感恩節還有一段時間，但燈飾都已亮起，悅耳的聖誕經典樂曲流洩空中，機場的星巴克已播起文斯．葛拉迪的《聖誕樹》與約翰．柯川的《綠袖子》。在忙碌的日子裡，我仍有時間思考（譬如說：什麼值得你生？什麼值得你死？什麼樣的追求愚蠢至極？），常常想起霍比說過的話，那些關於重重震撼你內心，如花般盛放的畫面；那些打開更加寬廣的美麗，讓你情願一生追尋卻永遠追尋不著的景象。

這樣對我很好，隻身旅行於途中。我需要一年的時間自己一人靜靜奔走，買回那些仍流落在外的贗品。我認為這項棘手的任務我還是親自出面執行最好。一個月必須出門三、四趟，紐澤西、蠔灣、普羅維斯登、新迦南；以及——更遠的——邁阿密、休士頓、達拉斯、夏洛特維爾、亞特蘭大；在我一名可愛的客戶敏蒂——她丈夫是個叫做厄爾的汽車零件富豪——的邀請下，我在他們家別墅過了三天賓主盡歡的日子，全新的珊瑚石莊園內除了有自己的撞球房、「紳士酒吧」（附帶一名真正歐洲進口的英國酒保），還有室內射擊場與可自己設定的移動標靶。我有些網路與基金客戶在其他充滿異國風情的地方還有第二間房子——起碼我覺得很有異國風情——安地卡、墨西哥、巴哈馬、蒙地卡羅、胡安萊潘、辛特拉，在花園露台品嚐奇妙的當地葡萄酒與雞尾酒，棕櫚樹與龍舌蘭相伴身旁，白色陽傘如船帆在游泳池畔翻飛鼓脹。而在各段旅行間，我都彷彿處於一種中蘊[1]狀態，在灰濛的轟鳴聲中翱翔，伴著雨點灑落的窗戶攀升至明亮有致的陽光，然後又降落重回烏雲和雨幕的懷抱，搭乘電梯下樓，加入行李提領處旁的眾多面孔，一種奇異的來世，介於現實與非現實、塵世與非塵世之間；光可鑑人的地板與玻璃屋頂的教堂回音，大廳不知名的明亮；一個我不想屬於其中，也不屬於其中的群體身分。只是我幾乎就像死了一樣，覺得自己和他們不同，也確實不同。而在群體中進出來去能讓我感到一種麻木的愉悅，在塑膠椅上假寐，在免稅商店的明亮走道上徘徊。抵達時，大家都是那樣和顏悅色，親切有禮；室內網球場，私人海灘，然後——在盡責地參觀後，一切都非常順利，讚賞波納爾與維亞爾的作品、在游泳池畔吃頓輕食午餐——得到一張要價驚人的帳單，搭計程車回到飯店，戶頭餘額又減少許多。

這是個重大的變化。我不是很清楚該怎麼解釋。在想要與不想要之間，在意與不在意之間。當然，事情遠遠要複雜許多。震撼，還有氛圍。一切變得更強烈、更鮮明，我覺得自己處於某種無法表達的事物邊界。機上雜誌的密碼訊息。能量護罩。強硬的關心。電能、色彩、光芒。一切都是指向其他事物的指標。然後，當我躺在尼斯某間飯店的淺棕色冰冷床鋪上——陽台正對盎格魯街，看著浮雲倒映落地窗前——心裡只覺萬分神奇，原來我的悲傷也能讓我如此開心；原來那些地毯、假的畢德麥雅式家具與無限頻道上輕聲細語的法語主持人能看起來如此必要且正確。

我可以很快忘記，但我不能。如同音叉的嗡鳴，它就在那兒，無時無刻伴隨著我。

白雜訊，冰冷的喧囂。登機門前阻絕一切的熾烈白光。但就連這些毫無靈魂的密閉空間都充滿了意義，耀眼生輝、隆隆作鳴。機上購物雜誌。隨身音響系統。一排排陳列著金盃威士忌、坦奎瑞琴酒與香奈兒五號的鏡子走道。我凝視其他乘客的空洞面孔——看著拿起他們的公事包或背包，排隊登機——不由想起霍比的話，他說美會改變現實的紋理。我也不停反覆想起另一個更常聽聞的格言，那就是，追求純粹之美是陷阱，是通往痛苦與悲傷的捷徑；它必須結合其他更有意義的事物。

但是是什麼事物呢？我為什麼會成為今日的我？我為什麼總只看著壞，卻忽略好？或者，換個角度說：我為什麼總如此清楚體會，自己所愛或在乎的一切只是幻覺，但是——起碼對我而言——所有值得生存的一切卻又都只存在於那幻覺？

巨大的悲傷，我才開始理解的悲傷：我們無法選擇自己的心，無法要求自己嚮往那些對自己、對他人有益的渴望。我們無法選擇自己是怎麼樣的一個人。

因為——那個不容質疑、老生常談的文化意識難道不是從童年開始就不停灌輸我們腦中——？從威廉·布萊克和女神卡卡，從盧梭到魯米到《托斯卡》到羅傑斯先生；這訊息是那樣

---

1 佛教術語，意指生命在死亡後，到下一期生命開始之前的中間存在狀態。

千篇一律，從高至低，無論男女老少、無論任何社會階層都一概接受：心有疑慮時該怎麼做？我們要怎麼知道什麼適合自己？每一個心理醫生、每一個職業輔導員、每一個迪士尼公主都知道答案：「做你自己」、「依從你心」。

只是，我真的真的很希望有人能為我解釋，如果你的心就是不可信賴怎麼辦——？如果那顆心，為了種種神祕難解的理由，讓你甘心情願在一片無法言喻的光彩中背離健康、背離家庭生活、背離公民責任、背離所有強烈的社會連結以及所有為世人殷勤擁護的善良美德，筆直走向毀滅，走向自我犧牲與災難的美妙火焰？凱西是對的嗎？若是體內最深沉的那個自我輕聲誘騙你走向篝火，轉身離開是更好的決定嗎？閉耳不聞，拒絕內心那些讚揚墮落的高聲吶喊？讓自己踏上一條將盡心盡力帶領你走向規範、走向合理的工時、走向定期的醫療檢查、穩固的關係與穩健的職涯發展的道路；紐約時報、週日的早午餐，所有一切都保證你將成為一個更好的人？還是——像鮑里斯一樣——哈哈大笑，一頭栽進呼喚你的神聖怒火比較好？

這一切無關外在的形貌，而是內在的意義；關於塵世中的輝煌，而非塵世本身的輝煌；一種不為塵世所理解的輝煌。初次瞥見純粹的他者，而你在它的存在之中不停綻放、綻放、綻放。

一個不被渴求的自我。一個無法拯救的心靈。

儘管婚事沒有取消，起碼沒有正式取消，但我也開始在巴波家若無其事的反應中仁慈體會到，沒有人認為我必須履行什麼。這樣很好。過去什麼也沒說，現在也什麼都不會說。當他們邀請我共進晚餐時（只要我在城裡就常受邀），氣氛總是非常輕鬆、愉快，甚至有說不完的話，親密、微妙；但同時又相敬如賓，禮貌客套。他們把我當家人一樣看待（幾乎），只要我想，隨時歡迎我去。在我的哄誘下，巴波太太總算願意稍稍踏出公寓，我們一起在外頭度過了些美好的午後時光：到皮埃爾飯店共進午餐，參加一、兩場拍賣會。還有陶弟，在慎思熟慮後，甚至有辦法貌似隨意而且幾乎是偶然地提起一位非常優秀的醫生姓名，但又不讓人覺得他在暗示我可能需要去看他。

〔至於琵琶：雖然她收下了《奧茲國的女王》，卻把項鍊留下，並另外附了一封信。我因為太著急打開，甚至把信封撕成兩半。重點如下——在我跪下來，把兩半拼回一起後讀道——她很高興看到我，我們在城裡共度的時光對她意義重大，這世上還有誰能為她挑選這樣一條美麗的項鍊？太完美了；何止完美，但她不能接受，因為實在太貴重。她很抱歉，還有——或許她不該這麼說，若她失言，還請我見諒，但我不該認為她並不愛我，因為她是愛我的，真的。（是嗎？我困惑地想。）只是事情很複雜，她顧念的不只是自己，還有我。我們擁有太多相同的經歷，她和我，而且我們很像——太像了。我們都在太早的時候受過太重的傷，猛烈、殘暴又無可治癒，這樣的創傷多數人都無法理解，也不能理解，而這樣不是有點……危險嗎？從自我保護的觀點來看？兩個岌岌可危、受死亡驅趕的靈魂，卻如此需要彼此扶持？這並非說她現在過得不好，因為她沒有過得不好，但這一切對我們兩人來說都可能在瞬間改變，不是嗎？那翻轉的立場，陡峭的下坡，這不就是潛藏的危險嗎？因為我們的缺點和弱點都那麼相似，可能在眨眼之間就將另一個人跟著拖下水？儘管這餘音在空氣中懸宕了片刻，但我立刻理解，震驚地理解，她真正想說的是什麼。（是我魯鈍，沒有早點發現；在這些創傷之後，那破碎的腿骨，多次的手術，聲音與腳步中的嬌憨遲緩，交抱的雙臂，蒼白的臉色，圍巾、毛衣與層層疊疊的衣物，昏沉緩慢的微笑：她，以及童年夢幻的她，就是我崇高的理想與苦難，我這些年來苦苦追尋的嗎啡棒棒糖。）

但是，我希望這份手札的讀者能知道（如果真有讀者的話），我一點也不覺得被拖下水有什麼可怕；我不是說我想拖別人一起下水，只是——我不能改變嗎？我不能成為堅強的依靠嗎？為什麼不能？〕

〔那兩個女孩你想選誰都可以，鮑里斯說，和我一起坐在他安特衛普公寓的沙發上，一面啃開心果，一面看追殺比爾。

不，我不行。

為什麼不行？我的話會選那個白雪公主。但如果你想選另一個女孩，有何不可？

因為她有男朋友？

那又怎樣？鮑里斯反問。

兩個人還同居？

那又怎樣？

其實我也是這麼想：那又怎樣？如果我去倫敦呢？那又怎樣？

而這，要不是一個糟糕至極的問題，就是我這輩子自問過最明智的一個問題。」

奇怪的是，我寫下這一切，是認為琵琶有天會看到——但她當然不會；永遠沒有人會，理由顯而易見。我並非憑記憶寫下這些內容：早在許多年前，當英文老師給我那本空白的筆記本時，就開啟了這一切；從十三歲開始的一個斷續卻持久的習慣。起初是寫給母親的信，正式但又極其親暱：冗長、著迷、思念，語調就像是寫給一個仍然在世而且焦急想知道我消息的母親。信裡頭，我總是寫我「待在」哪裡（永遠不用「住」這個字），和誰一起「暫居」；鉅細靡遺地告訴她我吃了什麼，喝了什麼，穿了什麼，在電視上看了什麼，讀了什麼書，玩了什麼遊戲，看了什麼電影；巴波家的一言一行，與爸和杉卓拉的一言一行——這些信（日期、簽名，謹慎的字跡，準備好隨時從筆記本上撕下來寄出去）中穿插著我的痛苦吶喊：「我恨這世上的所有一切」、「我想死」；或者好幾個月來只有幾句潦草、間斷的描述：鮑里斯家、三天沒上學、星期五了、像俳句一樣的人生、我快變行屍走肉；老天，我們昨晚醉到我好像有點失憶；我們玩了個叫做吹牛骰子的遊戲，晚餐吃薄荷糖和玉米片。

即便回到紐約後，我也沒有停筆。「這裡到底為什麼比我記憶中冷那麼多，還有這他媽的愚蠢檯燈為什麼讓我這麼難過？」我記下令人窒息的晚宴、談話的內容和夢境，還小心翼翼地寫下許多霍比在地下室裡教我的事。

十八世紀的桃花心木比胡桃木容易找到合襯的木料——因為眼睛容易被深色的木頭所騙

如果是人工仿舊，手法常會太工整！

一、書架會在底部接觸地面與累積灰塵的部位出現磨損痕跡；而非頂部。

二、若是可上鎖的家具，記得在鎖孔下方尋找凹痕和刮痕，因為用成串的鑰匙開鎖常會刮傷下方。

之間還零星散布著美國重要文物拍賣會的交易結果（「七十七號；聯邦；伊莉莎白；燭檯圓鏡；七千五百元」），以及——越來越多的——不詳紀錄與列表；我不知道自己當初怎麼會以為拿起這本手札的人看不懂，但根本一目了然：

十二月一至八日：三二〇點五毫克

十二月九至十五日：二〇二點五毫克

十二月十六至二十二日：一七一點五毫克

十二月二十三至三十日：四二〇點五毫克

……而遍及在這日復一日的紀錄，並躍然紙上的，是只有我自己看得見的祕密：那幅在黑暗中綻放、我從不曾直稱其名的作品。

因為，若我們是由祕密，而非展現於世人面前的臉孔所定義，那麼，那幅畫就是那讓我得以超脫塵俗、了解自己的祕密。而它就在那：在我每一頁的手札之中，即便它並不真正存在。夢境與魔法，魔法與幻想。統一場論。祕密的祕密。

〔那個小傢伙，鮑里斯在前往安特衛普的車程上說。你知道那畫家是親眼看過牠嗎——不是憑想像所畫。是真的有那麼一隻小鳥，鍊在牆上。就算把牠混進其他十幾隻同樣的鳥中，我也能把牠找出來，易如反掌。〕

他說得沒錯，我也是。若我能回到過去，一定會立刻剪斷鐵鍊，完全不在乎那幅畫是否將永遠不可能存在。

只是事情比那複雜。誰知道法布里契爾斯當初為何要畫那隻金翅雀？那幅小巧、獨立的超凡傑作，獨一無二，舉世無雙。他年輕、有名，擁有許多重要的資助者（但是很不幸地，他為他們描繪的畫作幾乎都在大火中燒燬了）。你可以把他想像成年輕的林布蘭，高額的委託源源不絕，畫室金碧輝煌，珠寶、戰斧、酒杯、皮草、豹皮、盔甲，世俗所有的權力與悲傷。但他為什麼會選擇這樣一個主題？為什麼選一隻寂寞的寵物鳥？這完全不是他那時代的特色，當時興盛畫死亡的動物，鋪張的戰利品，了無生氣的兔子、魚類、家禽，高高堆疊，難逃上桌的命運？為什麼那面素淨的牆壁對我如此重要——沒有繡帷，沒有獵號，沒有任何裝飾。而且他是如此小心翼翼、鄭重其事地簽下姓名與年分，但又不可能知道（或者他知道）一六五四年，他完成金翅雀的那一年，也將是他死去的那年？不知為何，這其中有種預言般的戰慄感，就像他接獲暗示，知道這幅小巧神祕的畫作將活得比他長，成為少數在他死後能仍繼續留存的作品之一。這樣的反常與例外苦苦困擾著我，揮之不去。為什麼他不畫個更典型的主題？為什麼不是海景、風景、歷史畫，或某位重要人士委託他畫的肖像畫、酒館酒客的底層生活；看在上帝的分上，甚至是一簇鬱金香也好，然而卻是這隻繫在銅台之上的小小俘虜？誰知道法布里契爾斯選擇這隻小巧的鳥兒是想傳達什麼？想呈現什麼？如果那句話屬實——如果每一幅偉大的畫作都是畫家的自畫像——那麼別的不論，法布里契爾斯在那幅畫中，又是想表達什麼樣的自己？一個被同時代偉大畫家推崇備至、卻又在許久之前便英年早逝，令我們一無所知的畫家？作為畫家，他說了許多，他的一筆一觸都是一句話。結實的翅膀，斑駁的羽毛，筆刷的快速清晰可見，他的手是如此堅定，迅速揮落濃稠的顏料。但是，在大膽厚塗的筆觸之外，你也能看見深情呈現的隱約輪廓，讓它有種溫柔，甚至是詼諧的對比；底層的顏料在刷毛下清晰可見；他想要我們感受到那柔軟的胸毛，那份柔和與紋理，那蜷在銅台之上的小小爪子的脆弱。

但這幅畫透露了法布里契爾斯什麼？宗教、愛情、對家庭的貢獻？什麼也沒有。我們看不見任何對於政府的敬畏，看不見他對職業的野心，看不見他對財富與權力的推崇，只有小小的心跳與孤獨，陽光燦然的牆垣，和一種無路可逃的禁錮。停滯的時間，不能被稱為時間的時間。而困在那方光芒中的，是那名毫不畏懼的小小囚犯。我想起自己以前讀過，薩金特在畫肖像畫時，總會在模特兒身上尋找動物的特徵（一旦知道他有這個習慣，我就能在他每一幅作品中看到：女繼承人的狐狸長鼻和尖耳、知識分子的兔齒、工業鉅子的猛獅雄風，以及圓潤幼童的貓頭鷹面孔）。而在這幅小巧堅定的肖像畫中，你很難不看出那隱藏在小鳥中的人影。尊貴、脆弱。一名凝視著其他囚犯的囚犯。

但誰知道法布里契爾斯究竟藏著什麼意圖？他留存於世上的作品並不多，想猜也無從猜起。小雀鳥凝視著我們，它並沒有被理想化或擬人化，就是一隻鳥。警戒，認命，沒有任何故事或寓意。你在其中看不見不屈不撓的決心，只有雙重的深淵，一道橫亙於畫家與囚禁的鳥兒之間，一道橫亙於被留下的雀鳥與我們數百年後的觀賞經驗之間。

沒錯——學者在乎的或許是他創新的筆法和運用光線的方法，以及他的歷史影響力與在荷蘭藝術界的獨特意義。但那不會是我。就如母親多年前曾說過的，她小時候只是在從柯曼奇郡圖書館借回來的書中看過這幅畫，此後便深深愛上它：意義並不重要。歷史的意義只會讓它失色。越過那無法跨越的鴻溝——小鳥與畫家、畫家與觀賞者間的鴻溝——我能清楚聽見那些對我傾訴的耳語，就像霍比說的，自暗巷傳出的呼喚，足足跨越四百年，極其私密，也極其獨特。在那光彩盈潤的氛圍與筆觸間，他讓我們看見，近距離地看見，它們究竟是什麼——手揮舞一抹又一抹的色彩，每一抹筆刷都清清楚楚——然後，站遠些，你就能看到那個奇蹟；或如霍比說的，那個玩笑；但實際上它兩者皆是，那如聖餐化體的漸變，畫依舊是畫，但同時也是羽毛與骨骼。畫裡，現實衝擊理想，玩笑成了嚴肅，嚴肅也成了笑話。在那神奇的交會點，所有想法與反想法都同樣真實。

而我期望在這苦難之中還隱藏著其他更寬廣的真相，或至少我能理解的真相——儘管我已經體悟，對我而言，真正重要的，是那些我不理解，也無法理解的真相；那些神祕、曖昧、無法解釋的真相。那些與故事扞格矛盾的、未能擁有故事的真相。在那若有似無的鎖鍊上的明耀光芒。那黃色牆垣上的陽光。讓所有生命體孤絕於彼此的寂寥。無法與喜悅分離的悲傷。

因為——如果那隻特別的金翅雀（它也確實非常獨特）從來不曾被捕捉，或沒有生來即為籠中鳥，展示在某間屋子內，讓畫家法布里契爾斯看見的話，事情又會怎樣呢？它將永遠無法理解自己為何被迫過著如此悲慘的生活：日復一日為周遭的喧囂所困惑（我是這麼想像），為煙、為吠叫的狗兒、為烹食的氣味所折磨，還必須忍受醉漢和小孩的戲弄，只能在鎖鍊的允許範圍內短暫飛翔。但就連小孩都能看見牠的尊貴：那小小的勇氣，蓬鬆的羽毛與脆弱的骨頭。牠不怯懦，甚至不絕望，而是沉著地堅守原地，拒絕封閉自己，與世隔絕。

而我，發現自己越來越常專注在拒絕封閉那部分。因為，我不在乎其他人怎麼說、不停地、說得有多動人，從來沒有任何人能說服我生而為人是個美好豐厚的恩賜。因為，真相是，人生就是一場災難。生存的基本要件——想辦法填飽肚子、結交朋友，什麼都好——全部都是一場痛苦的災難。忘掉《小城故事》裡眾人朗朗上口的可笑大話：什麼新生兒的奇蹟、一朵簡單花開的喜悅，人生啊，你美好到無法領略，諸如此類。對我而言——這一點，我將不停固執重複，直到我死，直到我這張不知感恩的虛無主義面孔摔跌倒地，虛弱到無法開口，我才會停止疾呼：寧可永遠不要誕生，也不要誕生在這池糞水；這池充滿病床、棺材與傷心破碎的泥沼。無從解脫，無可哀求，無可「重來」——就像杉卓拉以前愛說的——除了朝著年老與失去前進外，你無處可去；除了死亡，你無從離開。〔「申訴局！我有事情要投訴！」我還記得鮑里斯以前曾這麼抱怨過；那天下午，我們在他家裡談論起有些形而上學的話題，有關我們的母親：為什麼像她們這樣的天使、女神必須死亡？可恨的父親卻依舊生龍活虎，每天喝得爛醉如泥，渾渾噩噩，到處肆虐作亂，健康到彷彿永遠不可能倒下？「他們帶錯人了！他們搞錯了！為什麼一切都這麼不公平！在這個爛地方我們能找誰投訴？這裡的負責人是誰？」〕

而且——繼續說下去或許很可笑，不過無所謂，反正這些內容永遠不會有人看到——但這合理嗎？知道我們所有人，甚至是世上最幸福快樂的人，都將面對可怕的結局；知道我們到頭來終將失去所有珍視的一切——但同時也知道，無論這賭局的勝敗有多殘酷，我們還是可能欣然投身其中？

試圖在這一切之中挖掘意義似乎極其荒謬。或許因為我已凝視太久，所以只能看見一種模式。也或許，讓我借用一下鮑里斯的說法，或許我會看見這個模式，是因為它就在那兒。

我記下這些，在某種層面上，是想要理解；但是——在另一方面，我又不想理解，或試著去理解。因為一旦這麼做，我便將曲解事實。我唯一能確定的，就是我從未如此深刻感受到未來的神祕，感受沙漏即將漏完，時間瘋狂快轉。未知的、隨機的、自發的力量。我已漂泊太久，在陌生城市的旅館中看著晨曦浮現；旅程那麼長，長到我仍可在骨髓、在體內感受到噴射高速的震動，一種反覆跨越大陸與時區的感受，即便下機許久仍舊持續，陪著我搖搖晃晃走到下一個櫃台，您好，我叫艾瑪/賽琳娜/查理/多明尼克，歡迎來到某某飯店！疲憊的微笑，雙手顫巍巍地簽名，關起另一面窗帷，躺進另一張陌生的床鋪，感受另一個陌生的空間在我周遭搖晃，浮雲與幽影，一種幾近愉悅的不適，一種已死去進入天堂的飄然感。

因為——就在昨晚，我夢見了一趟旅程，還有許多蛇，身上爬著條紋，有毒，頭有如三角箭鏃。儘管牠們離我很近，我卻毫不害怕，一點也不。腦中浮現一句我不知從何處聽過的話：伴汝左右，死亡亦為爾等所遺忘。[2]而這些就是我在陰暗客房中得到的啟發，迷你酒吧明耀閃亮，異國語言在走廊上迴盪；在這裡，國度與國度之間界線變得薄弱。

從阿姆斯特丹回來後——那裡其實該是我的大馬士革，令我脫胎重生的頂巔與中途站，我想你會這麼稱呼——我便馬不停蹄地奔走，一次又一次為飯店的瞬息無常所深深感動：不是任何世俗旅遊享樂上的感動，而是一種接近卓絕的熾熱。十月裡某天，約在亡靈節左右，我住進墨西哥一間濱海飯店，走廊上窗簾漫舞，所有客房都以花朵命名：杜鵑花房、山茶花房、夾竹桃房；美輪美奐，富麗堂皇。微風輕拂的長廊彷彿通向某個接近永恆的國度，每扇房門都漆著不同色彩。牡丹、紫藤、玫瑰、西番蓮。誰知道呢——或許，在旅程盡頭等待我們的就是這些，一幅無法想像的瑰景，你必須穿過那扇門後才會知道，才能訝然注視，在上帝終於收回遮蔽我們眼前的雙手之後，並聽見祂說：看吶！

〔你有想過戒毒嗎？我問；當時《奇妙人生》正播到無聊的一段，唐娜．瑞德在月光下漫步，而我在鮑里斯安特衛普的公寓裡，看著他拿著一根湯匙和眼藥水瓶，要替自己調個他稱作「汽水」的玩意兒。

饒了我吧！我的手臂快痛死了！他已經給我看過那道猙獰的傷疤——邊緣焦黑——深深斫進他的二頭肌中。你自己去試試在聖誕節挨顆子彈，看你會不會想賴在原地狂吞阿斯匹靈！

對，但你吃得特別兇。

嗯——信不信由你——但這對我來說不是什麼大問題。我只有碰到特殊情況才會那樣。

這話我以前就聽過了。

是真的！我又沒真的上癮，至少目前還沒。我知道有人這樣維持了三、四年，一樣沒事，只要一個月頻率不要超過兩、三次就好。我的意思是，鮑里斯怏怏不樂地補充——電影的幽幽藍光在湯匙上閃耀——沒錯，我是個酒鬼。傷害早已造成，無法挽回，我到死都會是個酒鬼。若要說我的命會斷送在什麼東西上——朝咖啡桌上的一瓶俄羅斯斯丹達伏特加努了努下巴——肯定是它。你以前都沒用過針筒？

相信我，我其他麻煩已經夠大了。

好吧，龐大的恐懼與羞愧，我了解。我呢——老實說，我多數時候還是喜歡用吸的——夜店、餐廳、出門溜達，躲進男廁飛快一吸，迅速又方便。但這樣一來——你會無時無刻渴望；我想我到死都會渴望。所以最好是永遠不要開始。但是——每次看到有白癡坐在那裡捧著菸管，大聲嚷嚷針筒有多髒、多不安全，他們打死也不會碰，我還是覺得很不爽。你懂嗎，好像他們有多聰明一樣？

你為什麼開始？

其他人為什麼開始？還不是被女朋友甩了！那時候的女朋友。想使壞，想自我摧殘，哈。看來現在是得償所願了。

穿著校隊外套的吉米・史都華。銀白色的月亮，顫抖的歌聲。水牛城女孩今晚不出門嗎，出來吧今晚。

那幹嘛不停？我問。

為什麼要停？

2 出自日本詩人野口米次郎之詩〈富士山魂靈〉，句中之「汝」指的即為富士山。

這還要我說嗎？

對，但如果我不想停呢？

如果你能停，為什麼不停？

凡動刀劍者，必死於刀下。鮑里斯輕快地說，捲起袖子，用下巴按下那個看起來非常專業的止血帶按鈕。〕

雖然荒唐，但我能明白。我們無法選擇自己想要什麼，不想要什麼，而這就是那殘酷又寂寞的事實。有時候，我們就是渴望心中渴望，即便知道那將要了我們的命。我們無法逃離自己的本性。（有件事我必須肯定我爸：起碼，在他徹底發瘋、逃之夭夭之前，試過要自己追尋一條明智的道路——母親、公事包、我。）

而儘管我非常想要相信幻覺之外存在著真相，卻不由開始相信幻覺之外沒有任何真相。因為，在「現實」以及心靈與現實衝擊的交會點之間還有個中間地帶，而在那彩虹的邊緣，美開始有了生命，兩個截然不同的平面逐漸交融、模糊，提供生命所缺：而所有的藝術、所有的魔法就是存在那空間。

還有——我必須說——所有的愛。或者，說得更精確些，這樣一個中間地帶說明了愛的根本矛盾。上前細看：黑色外套上一隻斑點密布的手、摺紙青蛙向旁傾倒。退開，幻覺再次浮現：超越生命的生命，永生不死。琵琶就是這些事物之間的一首樂曲，是愛也不是愛，存在也不存在。牆上的照片，沙發底下捲成球狀的襪子。我伸出手，撫去她髮間毛絮的那一刻，她笑著，躲避我的觸碰。而正如旋律是音符之間的篇章，正如繁星因相隔才美麗，正如陽光以特定的角度照耀雨點，在天空揮灑七彩光芒——所以，我存在，也想繼續存在——還有坦白說，希望自己能死於其中的那個空間，就是這個中間地帶：絕望在此與純粹的他者交會，創造了某種雄偉。

所以，這就是我選擇寫下這些內容的原因。唯有踏進那中間地帶，那介於真相與非真相之間的絢麗邊緣，我才能忍受留在此地，寫下這一切。

學會與自己交談，學會讓自己脫離絕望是很重要的。但那幅畫也教會了我，原來我們可以跨越時空，彼此交談。而我覺得自己有些非常嚴肅而且急迫的想法想傳達給你們知道，我不存在的讀者。而且我覺得自己應該要像和你們共處一室般那樣懇切地說：那就是，生命──無論它究竟是什麼──是短暫的。命運儘管殘酷，但也許並不偶然。自然（意即死亡）總是最後的贏家，但這並不代表我們必須對它伏首稱臣，卑躬屈膝。即便我們不總樂於來到這塵世，但仍必須投身其中：保持開闊的視野與心胸，坦然跋涉，筆直穿越這汙穢的泥沼。而在邁向死亡的過程中，當我們自根本升起，又屈辱地沉沒回根本中時，那些死亡無法觸碰的，就是愛的光輝與榮耀。若數世紀以來，災難與消亡總是如影隨形跟著那幅畫──那麼愛必然也是。只要它永恆不滅（它確實也是），我在那永恆之中，也就擁有那微小的、明亮的、不可改變的一部分。它存在；也將繼續存在。而我也為古往今來喜愛美麗事物的人們貢獻了一己之愛，看顧它們，不讓它們被烈火吞沒，不讓它們迷失，並在從一雙手交到另一雙手中時，試著保存它們、拯救它們，讓它們在時光的殘骸中輝煌詠贊，直到下一代、下下一代的愛好者耳中。

誌謝

感謝勞勃・安默朗（Robbert Ammerlaan）、艾文・納博科夫（Ivan Nabokov）、山姆・佩斯（Sam Pace）、尼爾・顧瑪（Neal Guma），沒有你們，我無法完成這本小說。此外還要感謝我的編輯麥可・皮區（Michael Pietsch）、經紀人亞曼達・厄本（Amanda Urban）與吉兒・科瑞奇（Jill Coleridge），以及紐約市立圖書館的韋恩・弗曼（Wayne Furman）、大衛・史密斯（David Smith）以及杰伊・巴克斯戴爾（Jay Barksdale）。

我也必須感謝蜜雪兒・艾耶利（Michelle Aielli）、漢娜・艾爾謝克（Hanan Al-Shaykh）、莫莉・亞特拉斯（Molly Atlas）、凱特・柏恩海默（Kate Bernheimer）、理查・貝斯威克（Richard Beswick）、保羅・博格斯（Paul Bogaards）、寶琳・龐弗（Pauline Bonnefoi）、思凱・坎貝爾（Skye Campbell）、凱文・卡提（Kevin Carty）、艾佛瑞・卡巴雷羅（Alfred Cavallero）、羅溫・寇普（Rowan Cope）、賽門・寇斯汀（Simon Costin）、錫雅克・德隆（Sjaak de Jong）、桃樂絲・戴伊（Doris Day）、艾莉斯・道爾（Alice Doyle）、麥特・杜博夫（Matt Dubov）、葛瑞塔・愛德華斯—安東尼（Greta Edwards-Anthony）、菲利普・芬諾（Phillip Feneaux）、艾德娜・戈汀（Edna Golding）、亞倫・顧瑪（Alan Guma）、馬修・顧瑪（Matthew Guma）、馬可・海靈頓（Marc Harrington）、德克・強森（Dirk Johnson）、卡拉・瓊斯（Cara Jones）、詹姆斯・洛德（James Lord）、比恩・林奈爾（Bjorn Linnell）、露西・拉克（Lucy Luck）、露易絲・麥可葛羅因（Louise McGloin）、杰伊・麥金納尼（Jay McInerney）、麥爾康・馬布里（Malcolm Mabry）、松井・薇多莉亞（Victoria Matsui）、霍普・麥爾（Hope Mell）、安東尼歐・孟達（Antonio Monda）、克萊

兒・諾西爾（Claire Nozieres）、安・派契特（Ann Patchett）、珍妮・派普勒（Jeanine Pepler）、亞歷珊卓・普林格（Alexandra Pringle）、蕾貝卡・奎藍（Rebecca Quinlan）、湯姆・奎藍（Tom Quinlan）、依芙・瑞賓諾費茲（Eve Rabinovits）、馬呂斯・瑞迪埃斯基（Marius Radieski）、彼得・瑞登（Peter Reydon）、喬治・洛伊德蘭（Georg Reuchlein）、羅拉・羅賓森（Laura Robinson）、崔西・洛依（Tracy Roe）、荷西・羅薩達（Jose Rosada）、萊納・施密特（Rainer Schmidt）、伊莉莎白・西利格（Elizabeth Seelig）、蘇珊・德蘇瓦森（Susan de Soissons）、喬治・西尚（George Sheanshang）、裘蒂・施爾德（Jody Shields）、路易斯・希爾伯特（Louis Silbert）、珍妮佛・史密斯（Jennifer Smith）、瑪姬・索薩德（Maggie Southard）、丹尼爾・史達爾（Daniel Starer）、辛西亞・史塔基（Synthia Starkey）、赫克特・泰羅（Hector Tello）、瑪麗・坦多夫—狄克（Mary Tondorf-Dick）、蘿賓・塔克（Robyn Tucker）、卡爾・范提凡德（Karl Van Devender）、保羅・范德雷克（Paul van der Lecq）、阿爾賈・范寧維根（Arjaan van Nimwegen）、理藍・衛辛傑（Leland Weissinger）、茱蒂・威廉斯（Judy Williams）、潔恩・亞夫・坎普（Jayne Yaffe Kemp）以及荷蘭阿巴薩德飯店（Hotel Ambassade）與紐約前韓斯利卡爾頓飯店（Helmsley Carlton House Hotel）之所有員工。

國家圖書館出版品預行編目（CIP）資料

金翅雀．下／唐娜．塔特Donna Tartt作；劉曉樺譯.
-- 二版. -- 臺北市：馬可孛羅文化出版：家庭傳媒
城邦分公司發行, 2019.10
面；　公分. --（Echo；MO0064）
譯自：The goldfinch
ISBN 978-957-8759-84-8（平裝，上冊）
ISBN 978-957-8759-85-5（平裝，下冊）
ISBN 978-957-8759-86-2（全套：平裝） NT$: 840

874.57　　108013444

【Echo】MO0064
金翅雀（下）
The Goldfinch

作　　者❖唐娜．塔特Donna Tartt
譯　　者❖劉曉樺
封面設計❖莊謹銘
內頁排版❖張彩梅
總 編 輯❖郭寶秀
責任編輯❖李雅玲
協力編輯❖陳俊丞
校　　對❖魏秋綢
行銷企畫❖力宏勳、許芷瑀

發 行 人❖凃玉雲
出　　版❖馬可孛羅文化
10483台北市中山區民生東路2段141號5樓
電話：886-2-2500-7696
發　　行❖英屬蓋曼群島商家庭傳媒股份有限公司城邦分公司
10483台北市中山區民生東路二段141號11樓
客服專線：886-2-2500-7718；2500-7719
24小時傳真專線：886-2-2500-1990；2500-1991
服務時間：週一至週五09:30~12:00；13:30~17:00
讀者服務信箱：service@readingclub.com.tw
劃撥帳號：19863813　戶名：書虫股份有限公司
香港發行所❖城邦（香港）出版集團有限公司
香港灣仔駱克道193號東超商業中心1樓
電話：+852-2508-6231　傳真：+852-2578-9337
馬新發行所❖城邦（馬新）出版集團【Cite (M) Sdn. Bhd.】
41-3, Jalan Radin Anum, Bandar Baru Sri Petaling,
57000 Kuala Lumpur, Malaysia.
電話：+603-9056-3833　傳真：+603-9057-6622
讀者服務信箱：services@cite.my
輸出印刷❖中原造像股份有限公司
初版一刷❖2015年8月
二版三刷❖2020年1月
定　　價❖420元

ISBN：978-957-8759-85-5（平裝）

城邦讀書花園
www.cite.com.tw